Isabel
de Pe
ze on
talrijke artikelen en toneelstukken en verzorgde verschillende televisieprogramma's. Na de militaire staatsgreep in 1973 waarbij haar oom, president Salvador Allende, werd vermoord, vestigde zij zich met haar gezin in Venezuela. Momenteel is zij als schrijfster en journaliste werkzaam in haar woonplaats San Francisco (USA).

Het oneindige plan is Allendes vijfde boek. *Het goud van Tomás Vargas, Het huis met de geesten* (1985), *Liefde en schaduw* (1986) en *Eva Luna* (1988) werden wereldwijd een groot succes.

Isabel Allende

Het oneindige plan

Dertiende druk

WERELDBIBLIOTHEEK · AMSTERDAM

Vertaald uit het Spaans door Adri Boon

Eerste druk, september 1992
Tweede druk, oktober 1992
Derde druk, oktober 1992
Vierde druk, november 1992
Vijfde druk, februari 1993
Zesde druk, april 1993
Zevende druk, mei 1993
Achtste druk, oktober 1993
Negende druk, maart 1994
Tiende druk, november 1994
Elfde druk, december 1995
Twaalfde druk, oktober 1996
Dertiende druk, april 1997

Oorspronkelijke titel: El plan infinito
Omslagontwerp: Joost van de Woestijne
Foto omslag: © Marcia Lieberman, San Francisco USA

ISBN 90 284 1765 6

Voor mijn vriend, William C. Gordon, en voor de andere personen die mij de geheimen van hun leven hebben toevertrouwd. Ook voor mijn moeder, vanwege haar onvoorwaardelijke liefde en het onverbiddelijke rode potlood dat mij geholpen heeft bij de correctie van dit verhaal.

i.a.

Dank aan het leven, dat mij zoveel heeft gegeven,
dat mij de lach heeft gegeven, dat mij de smart heeft gegeven…

VIOLETA PARRA, Chili

Ik ben alleen op de bergtop bij het aanbreken van de dag. In de melkwitte nevel zie ik aan mijn voeten de lichamen van mijn vrienden, sommige zijn over de helling naar beneden gerold als rode poppen zonder ledematen, andere zijn bleke beelden verrast door de eeuwigheid van de dood. Zwijgende schaduwen klimmen naar mij toe. Stilte. Ik wacht. Zij komen naderbij. Ik schiet op die duistere silhouetten in zwarte pyjama's, spoken zonder gezicht, ik voel de mitrailleur terugslaan, mijn handen branden van de spanning, de lucht wordt doorkruist door de gloeiende lijnen van de steekvlammen, maar er valt niet één enkel geluid te horen. De aanvallers zijn doorzichtig geworden, de kogels gaan dwars door hen heen zonder hen tegen te houden, onverbiddelijk komen zij almaar dichterbij. Zij omsingelen mij... stilte...

Ik word wakker van mijn eigen geschreeuw en blijf schreeuwen en schreeuwen.

Gregory Reeves

EERSTE DEEL

Zonder haast en zonder vast reisplan reden zij over de wegen van het Westen, van koers veranderend door een plotselinge gril, omdat ze in een zwerm vogels een waarschuwend teken zagen, of aangetrokken werden door een onbekende plaatsnaam. De Reeves onderbraken hun zwerftocht daar waar zij door vermoeidheid werden overvallen of iemand tegenkwamen die belangstelling voor hun ontastbare handelswaar toonde. Zij verkochten hoop. En zo reden zij kriskras door de woestijn, trokken de bergen over en zagen het op een vroege morgen dag worden op een strand aan de Stille Oceaan. Ruim veertig jaar later, tijdens een lange bekentenis waarin hij zijn leven de revue liet passeren en de balans opmaakte van zijn vergissingen en zijn successen, beschreef Gregory Reeves mij zijn vroegste herinnering: een kind van vier jaar, hijzelf, dat bij het vallen van de avond op een heuvel staat te plassen; de horizon rood en amber gekleurd door de laatste zonnestralen, met achter zich de pieken van bergen en beneden zich een uitgestrekte, onafzienbare vlakte. Het warme vocht stroomt als iets essentieels uit zijn lichaam en uit zijn geest, elke druppel die wegzinkt in de aarde markeert het terrein met zijn stempel. Hij rekt het genot, speelt met het straaltje, maakt een honinggele cirkel in het stof en raakt doordrongen van de onbedorven vrede van de avond. Hij wordt diep getroffen door de immense weidsheid van de wereld, die hem een gevoel van euforie bezorgt, omdat hij deel uitmaakt van dat ongerepte landschap vol wonderen, een onmetelijk en nog onontdekt gebied. Iets verderop wacht zijn familie. Alles is goed, voor de eerste keer is hij zich bewust van het geluk: het is een ogenblik dat hij nooit zal vergeten. In de loop van zijn leven onderging Gregory Reeves bij verschillende gelegenheden die verbijstering over de verrassingen van de wereld, dat gevoel tot een schitterende plek te behoren waar alles mogelijk is en ieder ding, van het verhevenste tot het afschuwelijkste, een bestaansreden heeft, waar niets aan toeval is overgeleverd, niets nutteloos is, zoals zijn vader schreeuwend predikte, brandend van messiaanse bezieling, met aan zijn voeten een opgerolde slang. En elke keer als een vonkje begrip op hem oversloeg, herinnerde hij zich de zonsondergang op die heuvel. De jaren dat hij met zijn familie rondtrok uitgezonderd, was zijn kindertijd een te lange periode van verwarring en schemerduister geweest. Zijn vader, Charles Reeves, leidde de kleine clan met strenge hand en duidelijke regels, allen te zamen, een ieder zich kwijtend van zijn taak, beloning en straf, oorzaak en gevolg, een discipline die gebaseerd was op een onwrikbare waardeschaal. Als het oog Gods hield zijn vader alles in de gaten. De reizen bepaalden het lot van de Reeves zonder dat daardoor de hechtheid van het gezin werd aangetast, aangezien de gewoonten en normen vastlagen. Dat was de enige periode van zijn leven waarin Gregory zich zeker voelde. De woede kwam later, toen zijn vader stierf en de werkelijkheid onherstelbaar begon krom te trekken.

Bepakt met zijn rugzak was de soldaat 's morgens op weg gegaan en 's middags had hij er al spijt van niet de bus te hebben genomen. Hij was tevreden fluitend vertrokken, maar in loop van de dag begon hij pijn in zijn lendenen te krijgen en onderbrak hij zijn lied zo nu en dan om te vloeken. Het was zijn eerste verlof na een jaar militaire dienst aan de Stille Oceaan en hij keerde naar zijn dorp terug met een litteken op zijn buik, met de naweeën van een malaria-aanval en net zo arm als hij altijd al geweest was. Hij had zijn overhemd over een tak gehangen om zich te beschermen tegen de zon, hij zweette en zijn huid glansde als een donkere spiegel. Hij was van plan elke minuut van die paar weken vrijheid te genieten, 's avonds biljarten met zijn vrienden en dansen met de meisjes die op zijn brieven hadden geantwoord, lang uitslapen, wakker worden met de geur van vers gezette koffie en van de pannekoeken van zijn moeder in zijn neus, het enige gerecht dat zij lekker kon klaarmaken, de rest rook naar verbrande rubber, maar wie maalde nu om de kookkunsten van de mooiste vrouw in honderd mijl in de omtrek, een levende legende met een lang, welgevormd lijf en gele luipaardogen. Al urenlang was er geen mens voorbijgekomen in die verlatenheid, toen hij achter zich het gereutel van een motor hoorde en zag hoe zich in de verte vaag een vrachtwagen aftekende, die in de zindering van het licht beefde als een dappere luchtspiegeling. Hij wachtte om een lift te vragen, maar toen de wagen dichterbij kwam, veranderde hij van idee, afgeschrikt door de zonderlinge verschijning, een oude rammelkast, beschilderd in brutale kleuren, tot de nok toe volgestouwd met een hele berg spullen met bovenop een mand kippen en een hond aan een lijn. Op het dak was een megafoon bevestigd en een bord waarop in grote letters te lezen stond: *Het Oneindige Plan*. Hij ging opzij om de wagen door te laten, zag die een paar meter verderop tot stilstand komen, waarna een vrouw met vuurrood haar het hoofd door het raampje naar buiten stak en hem gebaarde dat hij mee kon rijden. Niet wetend of hij nu blij moest zijn of niet, liep hij behoedzaam naar de auto toe terwijl hij bij zichzelf zei dat hij er onmogelijk nog bij kon, want voorin zag hij drie volwassenen en twee kinderen op elkaar gepakt zitten en om achterin een plekje te vinden zou je een volleerd acrobaat moeten zijn. Het portier zwaaide open en de bestuurder sprong uit de vrachtwagen.

'Charles Reeves,' stelde hij zich beleefd maar onmiskenbaar autoritair voor.

'Benedict... meneer... King Benedict,' antwoordde de jongeman terwijl hij het zweet van zijn voorhoofd wiste.

'We zitten een beetje krap, zoals u ziet, maar waar plaats is voor vijf is ook plaats voor zes.'

De overige inzittenden waren ook uitgestapt. De vrouw met de rode ragebol verwijderde zich in de richting van een paar struiken, gevolgd door een meisje van een jaar of zes dat om tijd te winnen alvast haar broekje omlaag deed, terwijl het jongste kind, dat zich half verschool achter de andere vrouw, zijn tong uitstak naar de onbekende. Charles Reeves haalde een ladder die aan de zijkant van de vrachtauto vastgebonden zat, klom behendig tegen de lading op en maakte de hond los, die met een roekeloze sprong naar beneden kwam en snuffelend aan het struikgewas begon rond te rennen.

'De kinderen zitten liever achterin, maar zonder begeleiding is het te gevaarlijk voor ze. Olga en u kunnen op ze letten. We doen Oliver voorin zodat u daar geen last van zult hebben, het is nog maar een pup maar hij heeft al de kuren van een oude hond,' besloot Charles Reeves en maakte een gebaar dat hij moest instappen.

De soldaat gooide zijn rugzak op de berg spullen en klauterde omhoog, daarna strekte hij zijn armen uit om het jongste kind aan te pakken dat Reeves boven zijn hoofd uittilde, een tenger jongetje met afstaande oren en een onweerstaanbare glimlach, waardoor zijn gezichtje één en al tanden was. Toen de vrouw en het meisje terugkwamen, klommen ook zij naar binnen, de anderen stapten voorin in en even later zette de vrachtwagen zich weer in beweging.

'Ik heet Olga en dit zijn Judy en Gregory,' stelde de vrouw met het onmogelijke haar zich voor, haar rokken uitschuddend terwijl zij appels en koekjes ronddeelde. 'Ga daar maar niet op zitten, dat is de kist van de boa en de luchtgaatjes moeten open blijven,' voegde zij eraan toe.

De kleine Gregory hield op met zijn tong uitsteken zodra hij merkte dat de lifter van het front kwam. De spottende grimassen maakten plaats voor een eerbiedige uitdrukking en hij begon hem honderduit te vragen over gevechtsvliegtuigen, totdat hij door slaap overmand werd. De soldaat probeerde een gesprek aan te knopen met de roodharige vrouw, maar deze antwoordde slechts met ja of nee en hij durfde niet aan te dringen. Hij begon liedjes uit zijn geboortestreek te neuriën terwijl hij zo nu en dan een steelse blik op de geheimzinnige kist wierp. Toen ook de anderen op de hoop spullen in slaap waren gevallen, kon hij hen ongegeneerd observeren. De kinderen hadden bijna wit haar en zulke lichte ogen dat zij van opzij gezien wel blind leken; de vrouw daarentegen had de olijfkleurige huidskleur van sommige mediterrane rassen. De bovenste knoopjes van haar blouse stonden open en de zweetdruppels op haar hals liepen traag in een straaltje tussen haar borsten weg. Zij leunde tegen een doos en had een arm achter haar hoofd geslagen, waardoor het donkere okselhaar en een vochtplek in haar blouse zichtbaar waren geworden. Hij wendde zijn blik af, bang verrast te worden terwijl hij naar haar keek en zij zijn nieuwsgierigheid verkeerd zou opvatten. Tot nu toe hadden die mensen zich vriendelijk betoond, te vriendelijk zelfs, dacht hij, want met blanken wist je het maar nooit. Hij nam aan dat de kinderen van het andere paar waren, hoewel het, te oordelen naar de leeftijd waarop hij de Reeves schatte, net zo goed hun kleinkinderen konden zijn. Hij liet een onderzoekende blik over de lading spullen gaan en kwam tot de conclusie dat die mensen niet aan het verhuizen waren, zoals hij aanvankelijk dacht, maar dat die wagen hun permanente woning was. Hij zag dat zij een tank met zo'n tien liter water bij zich hadden en een andere met benzine en vroeg zich af waar zij die vandaan hadden, aangezien brandstof al een hele tijd op de bon was vanwege de oorlog. Alles was ingeladen met een grote zin voor orde, aan haken en pinnen hingen gebruiksvoorwerpen en gereedschap, koffers stonden in een opbergruimte waar zij precies in pasten, niets lag los, elk ding was gemerkt en er stonden ook een paar kisten met boeken. Al snel was hij niet langer opgewassen tegen de hitte en het schudden van de wagen en dutte ook hij in, geleund tegen de korf met kippen. Laat in de middag werd hij wakker toen hij merkte dat ze stopten. Het lichaam van het jongetje woog haast niets op zijn schoot, maar door het stilzitten waren zijn spieren verstijfd en hij voelde dat hij een droge keel had. Even wist hij niet waar hij was, stak zijn hand in zijn broekzak om er zijn heupflesje whisky uit op te vissen en nam er een flinke teug uit om de dufheid in zijn hoofd te verdrijven. De vrouw en de kinderen zaten onder het stof en over hun wang en hals liepen zwarte strepen van het zweet. Charles Reeves was van de weg afgereden en nu stonden zij onder een groepje bomen, de enige schaduw in die woestenij. Daar zouden zij blijven kamperen om de motor af te laten koelen, maar de volgende dag zou hij hem naar huis kunnen brengen, zei hij tegen de soldaat, die zich inmiddels wat meer op zijn gemak voelde en werkelijk sympathie begon te voelen voor die vreemde familie. Reeves en Olga haalden een paar kisten uit de vrachtwagen en zetten twee versleten kampeertenten op, terwijl de andere vrouw, die zich als Nora had voorgesteld, met de hulp van haar dochtertje Judy het eten bereidde op een oud petroleumstel en het jochie met de hond op zijn hielen takken ging zoeken voor een kampvuur.

'Gaan we hazen vangen, papa?' smeekte hij zijn vader terwijl hij hem aan zijn broek trok.

'Daar hebben we vandaag geen tijd voor, Greg,' antwoordde Charles Reeves, die een kip uit de mand haalde en haar met een stevige ruk de nek brak.

'Er is nergens vlees te krijgen. We bewaren de kippen voor speciale gelegenheden...,' verklaarde Nora, alsof zij zich wilde verontschuldigen.

'Is het vandaag dan een speciale dag, mama?' vroeg Judy.

'Ja, kind, meneer King Benedict is onze gast.'

Toen het donker begon te worden was het kamp klaar. De kip pruttelde in de pan en een ieder was verdiept in zijn bezigheden bij het licht van de carbidlampen en de warmte van het vuur: Nora en de kinderen deden schoolwerk, Charles Reeves bladerde in een beduimeld exemplaar van de *National Geographic* en Olga reeg kettingen van gekleurde kraaltjes.

'Ze brengen geluk,' legde zij de gast uit.

'En ze zijn ook tegen onzichtbaarheid,' voegde het meisje eraan toe.

'Hoe dan?'

'Als u onzichtbaar begint te worden en u doet zo'n ketting om dan kan iedereen u weer zien,' verklaarde Judy.

'Let u maar niet op wat ze zegt, het is allemaal onzin,' lachte Nora Reeves.

'Het is waar, mama!'

'Spreek je moeder niet tegen,' onderbrak Charles Reeves haar bars.

De vrouwen installeerden de tafel, een plaat hout met een tafellaken erover, aardewerken borden, echte glazen en smetteloze servetten. Die luxe leek de soldaat weinig praktisch als je kampeert, bij hem thuis aten ze van een messingen servies, maar hij onthield zich van commentaar. Hij diepte uit zijn rugzak een blik vlees op en gaf dat enigszins beschroomd aan zijn gastheer, hij wilde niet dat het leek alsof hij daarmee betaalde voor het eten, maar hij kon toch ook moeilijk van hun gastvrijheid gebruik maken zonder een kleine bijdrage te leveren. Charles Reeves zette het blik midden op tafel neer, bij de bonen, de rijst en de schaal met kip. Zij namen elkaars hand en de vader zegende de aarde voor de gave van het voedsel. Er waren geen alcoholische dranken te zien en de gast durfde zijn flesje wkisky niet uit zijn zak te halen, omdat hij bang was dat de Reeves misschien uit religieuze overwegingen geheelonthouders waren. Het viel hem op dat de vader in zijn korte gebed niet één keer het woord God had genoemd. Hij zag dat zij netjes aten en het bestek met de vingertoppen vasthielden, hoewel hun tafelmanieren niets gemaakts hadden. Na het eten deden zij het vaatwerk in een teiltje met water om het de volgende dag af te wassen, dekten het kooktoestel af en gaven de kliekjes aan Oliver. Het was ondertussen pikdonker geworden, het lamplicht moest het afleggen tegen de ondoordringbare duisternis en de familie ging rondom het vuur zitten dat in het midden van het kamp brandde. Nora Reeves pakte een boek en begon een ingewikkeld verhaal voor te lezen dat in Egypte speelde en dat de kinderen blijkbaar al kenden, want Gregory onderbrak haar.

'Ik wil niet dat Aïda opgesloten in het graf dood gaat, mama.'

'Het is maar een opera, kind.'

'Ik wil niet dat ze dood gaat!'

'Deze keer zal ze niet dood gaan, Greg,' besloot Olga.

'Hoe weet je dat?'

'Ik heb dat in mijn bol gezien.'

'Weet je het zeker?'

'Absoluut zeker.'

Nora Reeves keek enigszins onthutst naar het boek, alsof het veranderen van de afloop een onoverkomelijk bezwaar voor haar inhield.

'Wat voor bol is dat?' vroeg de soldaat.

'De glazen bol waarin Olga alles ziet wat voor ieder ander verborgen blijft,' verklaarde Judy op de toon van iemand die tegen een zwakzinnige spreekt.

'Niet alles, alleen bepaalde dingen,' verduidelijkte Olga.

'Kunt u in mijn toekomst kijken?' Benedict vroeg het zo begerig dat zelfs Charles Reeves opkeek van zijn tijdschrift.

'Wat wilt u dan weten?'

'Zal ik de oorlog overleven? Zal ik er gezond en wel uit terugkeren?'

Olga ging naar de wagen om even later terug te komen met een glazen bol en een verschoten geborduurde doek van fluweel, die zij over de tafel heen legde. De man voelde een bijgelovige huivering over zijn rug lopen en vroeg zich af of die mensen misschien tot zo'n vervloekte sekte behoorden die kinderen ontvoerden om hun in satanische missen het hart uit te rukken, vooral negerkinderen, zoals de vroedvrouwen in zijn dorp verzekerden. Judy en Gregory kwamen er nieuwsgierig bij staan, terwijl Nora en Charles Reeves zich weer verdiepten in hun lectuur. Olga gebaarde de soldaat dat hij tegenover haar moest plaatsnemen, draaide de bol rond met haar slordig gelakte nagels, staarde een hele tijd in de bol, nam daarna de handen van haar cliënt en bestudeerde zeer aandachtig de lichte palmen die doorgroefd waren met donkere lijnen.

'U zult twee levens hebben,' zei zij ten slotte.

'Hoezo twee levens?'

'Ik weet het niet. Ik kan alleen zeggen dat u twee keer of twee levens zult leven.'

'Ik zal dus niet sterven in de oorlog.'

'Als u sterft, zult u zeker weer uit de dood opstaan,' zei Judy.

'Maar ga ik dood of niet?'

'Ik vermoed van niet,' zei Olga.

'Dank u, mevrouw, dank u wel...' Zijn gezicht begon te stralen alsof zij hem een onherroepelijk garantiebewijs voor een eeuwig leven had gegeven.

'Wel, het is tijd om te gaan slapen, morgen vertrekken we vroeg,' onderbrak Charles Reeves hen.

Olga hielp de kinderen in hun pyjama's en verdween daarna met hen in de kleinste tent, gevolgd door Oliver. Even later stak Nora Reeves op handen en voeten voor de ingang gehurkt haar hoofd naar binnen om een laatste blik op de kinderen te werpen voor zij zelf naar bed ging. King Benedict lag naast het vuur en hoorde hun stemmen.

'Mama, ik ben bang voor die man,' fluisterde Judy.

'Waarom, kind?'

'Omdat hij pikzwart is.'

'Maar Judy, je hebt toch wel vaker een neger gezien? Je weet dat er mensen met heel verschillende huidskleuren zijn en het is goed dat het zo is. Wij blanken zijn het minste in aantal.'

'Ik zie anders meer blanken dan negers, mama.'

'De wereld houdt hier niet op, Judy. In Afrika zijn meer negers dan blanken. In China hebben de mensen een gele huid. Als we ten zuiden van de grens zouden wonen, zouden we raar worden aangekeken. De mensen op straat zouden stomverbaasd staan over jouw blonde haar.'

'Toch maakt die man me bang.'

'Zijn huidskleur doet er niet toe. Je moet naar zijn ogen kijken. Hij lijkt een goed mens.'

'Hij heeft dezelfde ogen als Oliver,' merkte Greg gapend op.

Tegen het einde van de tweede wereldoorlog was het leven geen pretje. Aangelokt door het avontuur vertrokken de mannen nog met een zeker enthousiasme naar het front, maar de vaderlandslievende propaganda maakte de eenzaamheid er voor de vrouwen niet minder ondraaglijk op, voor hen was Europa een verre nachtmerrie en zij waren het werken om het huishouden draaiend te houden en alleen de kinderen op te voeden beu. Daarbij was alles op de bon. Men zag nergens een teken van welvaart en soms trokken er over de wegen nog boeren die op zoek waren naar nieuw land, het blanke uitschot, zoals zij genoemd werden om hen te onderscheiden van anderen die even arm waren als zij maar waar nog veel meer op neergekeken werd: negers, Indianen en Mexicaanse dagloners. Hoewel de enige aardse goederen van de Reeves hun vrachtwagen met inhoud waren, verkeerden zij toch in een betere situatie, en zij leken minder afgestompt en wanhopig, hadden geen eelt op hun handen en hun huid was, hoewel verweerd door het buitenleven, niet zo ruw en doorgroefd als die van de landarbeiders. Wanneer zij van de ene staat naar de andere rijdend de grens passeerden, werden zij zonder dédain behandeld, aangezien de grenspolitie een subtiel onderscheid wist te maken tussen de verschillende niveaus van armoede en meteen zag dat deze reizigers niet tot de sociale onderlaag behoorden. Zij hoefden hun vrachtwagen niet uit te laden en alles binnenstebuiten te keren, zoals wel het geval was met de boeren die van hun bezittingen verdreven waren door stofstormen, droogte of de machines der vooruitgang; evenmin werden zij met beledigingen geprovoceerd tot een reactie die als voorwendsel kon dienen om tot geweld over te gaan, zoals gebeurde met latino's, negers en de weinige Indianen die de slachtpartijen en de alcohol overleefd hadden, men beperkte zich ertoe te vragen waar zij heen gingen. Charles Reeves, een man met een ascetisch gezicht en een felle blik die louter door zijn voorkomen respect afdwong, antwoordde dat hij een kunstenaar was en op weg naar een stad in de buurt om er zijn schilderijen te verkopen. Hij repte niet over zijn andere handelswaar om geen verwarring te stichten en zich genoodzaakt te zien lange verklaringen af te leggen. Hij was in Australië geboren en na de halve wereld te hebben afgereisd op schepen van smokkelaars en louche handelaars, zette hij op een avond voet aan wal in San Francisco. Hier ga ik niet meer vandaan, zei hij bij zichzelf, maar zijn zwerversaard maakte het hem onmogelijk langere tijd op één plek te blijven, en zodra de stad geen verrassingen meer bood, trok hij weg om de rest van het land te verkennen. Zijn vader, een paardendief die in Sidney zijn straf uitzat, had hem de liefde voor die dieren en voor open vlakten bijgebracht. Het leven in de vrije natuur zit je in het bloed of niet, zei hij. Verrukt als hij was van de weidse landschappen en de heldhaftige legenden over de verovering van het wilde Westen, schilderde hij uitgestrekte prairies, Indianen en cowboys. Van deze kleine schilderijenproduktie en van de glazen bol van Olga leefde het gezin.

Charles Reeves, Doctor in Goddelijke Wetenschappen, zoals

hij zichzelf noemde, had de diepere betekenis van het leven ontdekt dankzij een mystieke openbaring. Hij vertelde dat hij zich, net als Jezus van Nazareth, alleen in de woestijn bevond, toen een meester zich kenbaar maakte in de vorm van een slang die hem in zijn enkel beet, het litteken was nog te zien. Hij lag twee dagen zwaar ziek op bed en toen hij de kilte van de dood al vanuit zijn buik naar zijn hart voelde opkruipen, werd zijn geest plotseling geweldig verruimd en verscheen voor zijn koortsige ogen de volledige kaart van het universum met al zijn wetten en geheimen. Toen hij wakker werd, was hij genezen van de giftige beet en was zijn geest naar een hoger niveau gestegen dat hij niet meer dacht te verlaten. Gedurende die onthullende hallucinatie droeg de meester hem op De Enige Waarheid van Het Oneindige Plan te verbreiden en dat deed hij nu met gedisciplineerde toewijding, ondanks de grote ongemakken die een dergelijke missie met zich meebracht, zoals hij altijd tot zijn toehoorders zei. Hij herhaalde dat verhaal zo dikwijls dat hij er ten slotte zelf in geloofde en zich niet meer herinnerde dat hij dat litteken had opgelopen tijdens een val van zijn fiets. Zijn preken en boeken brachten zeer weinig geld in het laatje, nauwelijks genoeg om de huur te betalen van de zaaltjes waar de bijeenkomsten werden gehouden en zijn werken uit te geven in beperkte oplagen. De prediker bezoedelde zijn geestelijke arbeid niet met schunnige commerciële oogmerken, zoals wel het geval was bij de vele oplichters die in die dagen het land afreisden en de mensen de schrik op het lijf joegen met de toorn Gods om hen van hun schaarse spaarcenten te beroven. Ook maakte hij geen gebruik van het verfoeilijke middel van zoveel paniek te zaaien dat er een sfeer van hysterie onder de toehoorders ontstond, waardoor zij er makkelijk toe bewogen konden worden om uit iemand die schuimbekkend lag te kronkelen het Kwaad te verdrijven; voornamelijk omdat hij het bestaan van Satan ontkende en dit soort spektakels weerzinwekkend vond. Hij vroeg één dollar entree voor zijn preken en nog eens twee bij het weggaan, want bij de uitgang zaten Nora en Olga op wacht met een stapel van zijn boeken en niemand durfde langs hen te lopen zonder een exemplaar te kopen. Drie dollar was geen buitensporig hoog bedrag als men het geestelijk voordeel in aanmerking nam dat men ervoor in ruil ontving, en het publiek ging weg met de troostrijke zekerheid dat hun ellende deel uitmaakte van een goddelijke bedoeling, net zoals hun ziel een deeltje van de universele energie was. Zij waren niet reddeloos verloren en ook was de kosmos geen zwarte ruimte waar de chaos overheerste, er bestond een Grote Verenigende Geest die zin gaf aan het bestaan. Bij het schrijven van zijn preken maakte Reeves gebruik van dat beetje informatie dat hij voorhanden had, van zijn levenservaring en van een feilloze intuïtie, aangevuld met de lectuur van zijn vrouw en zijn eigen naspeuringen in de bijbel en de *Reader's Digest*.

Tijdens de crisisjaren verdiende hij zijn brood met het beschilderen van muren in postkantoren en leerde op die manier praktisch het hele land kennen, van de warme en vochtige gebieden waar nog het klaaglied van de slaven naklinkt, tot de ijzige bergen en de hoge wouden; hoewel hij steeds weer naar het Westen terugkeerde. Hij had zijn vrouw beloofd dat hun zwerftocht in San Francisco zou eindigen, waar zij in een imaginaire toekomst op een stralende zomerdag zouden aankomen en voor de laatste keer de vrachtwagen zouden uitladen om er zich voorgoed te vestigen. Aan het beschilderen van muren voor de posterijen was al lang geleden een einde gekomen, maar zo nu en dan werd hij nog gevraagd een reclamebord te schilderen voor een winkel of een allegorisch tafereel voor een parochiekerk, en dan bleven de reizigers een tijdje op dezelfde plaats, waardoor de kinderen de kans kregen om vriendjes te maken. Zij schepten enorm op tegen andere kinderen en overdreven daarbij zo erg en fantaseerden er zo wild op los dat zij ten slotte zelf beefden bij het griezelige beeld van beren en prairiewolven die hen 's nachts aanvielen, Indianen die hen achtervolgden om hen te scalperen en bandieten die hun vader bestreed met zijn geweer. De kwasten en penselen van Charles Reeves produceerden met een verbazingwekkend gemak de meest diverse schilderijen, of het nu een weelderige blondine met een fles bier in haar hand was of een angstaanjagende Mozes die de tafelen der wet omklemd hield. Maar dergelijke belangrijke werken kwamen niet vaak voor, in het algemeen raakte hij alleen bescheiden doeken kwijt die hij in samenwerking met Olga fabriceerde. Het liefst schilderde hij natuurtaferelen die hem verrukten, rode kathedralen van harde rotssteen, droge woestijnvlakten en steile kusten, maar niemand kocht wat men met eigen ogen kon zien en herinnerde aan het harde bestaan. Waarom zou je aan de muur hangen wat je ook uit het raam zag? De klant koos uit de *National Geographic* het landschap dat het meest tot zijn verbeelding sprak of waarvan de kleuren bij de versleten meubels van zijn woonkamer pasten. Legde hij er vier dollar bij, dan had hij recht op een Indiaan of een cowboy, en het resultaat was een roodhuid met een verentooi staand op de ijzige bergtoppen van Tibet of een paar cowboys met breedgerande hoeden en hoge rijlaarzen die op het hagelwitte zand van een Polynesisch strand een duel aangingen. Olga had niet lang nodig om het landschap uit het tijdschrift te kopiëren en Reeves zette er uit zijn hoofd schilderend in een paar minuten de menselijke figuur op, waarna de klanten contant betaalden en het doek nog nat meenamen.

Gregory zou hebben gezworen dat Olga altijd bij hen was geweest. Veel later pas vroeg hij wat haar rol in het gezin was geweest, maar niemand kon hem daarop antwoorden, want toen was zijn vader al dood en over dat onderwerp werd niet gesproken. Nora en Olga hadden elkaar leren kennen op het vluchtelingenschip dat hen over de Atlantische Oceaan van Odessa naar Noord-Amerika had gebracht. Gedurende vele jaren verloren zij elkaar uit het oog en het toeval bracht hen weer bij elkaar, toen Nora al getrouwd was en de ander zich gevestigd had als wonderdokter. Onder elkaar spraken zij Russisch. Zij verschilden als dag en nacht, zo in zichzelf gekeerd en verlegen als de eerste was, zo uitbundig was de tweede. Nora, lang van leden en traag van bewegingen, had het gezicht van een poes en droeg het lange, bleke haar in een knot; zij maakte zich niet op, droeg ook geen sieraden en zag er altijd uit alsof ze net uit bad kwam. Op reis, met al dat stof en bijna zonder water om zich te wassen, terwijl van strijken al helemaal geen sprake kon zijn, speelde zij het telkens weer klaar zo schoon als haar witte gesteven tafellaken voor de dag te komen. Haar gereserveerde karakter werd in de loop der tijd steeds markanter, geleidelijk aan onthechtte zij zich van de aarde en steeg op naar een hoogte waar niemand haar bereiken kon. Olga, enkele jaren jonger, was een brunette, klein van stuk, met een goed figuur, mollige vormen, een smalle taille en korte maar welgeschapen en brutale benen. Een wilde bos met henna geverfd haar viel tot over haar schouders, als een bizarre pruik in verschillende tinten rood. Zij had zoveel kettingen om haar nek hangen dat ze wel een met snuisterijen opgetuigd afgodsbeeld leek, een voorkomen dat haar goed van pas kwam bij haar waarzegsterspraktijken: de glazen bol en de tarotkaarten oogden in haar handen als natuurlijke verlengstukken van de vingers vol met ringen. Zij had niet de minste intellectuele belangstelling, las alleen de misdaadschandalen in de boulevardpers en een enkel kasteelromannetje; evenmin ondersteunde zij haar helderziendheid met systematische studie, aangezien zij die als een natuurlijke gave beschouwde. Je bent nu eenmaal helderziend of je bent het niet, boeken helpen je daar niet verder bij, zei ze. Zij wist niets van magie, astrologie, kabbala en andere zaken die met haar beroep te maken hadden, kende ternauwernood de namen van de sterrenbeelden, maar gezeten voor haar toverbol of haar gemerkte kaarten was zij een wonderlijke figuur. Zij bediende zich niet van een occulte wetenschap maar van haar verbeeldingskracht, die voornamelijk steunde op intuïtie en slimmigheidjes. Zij was oprecht overtuigd van haar bovennatuurlijke gaven, zou haar hoofd hebben verwed om de juistheid van haar voorspellingen en als ze niet uitkwamen, had ze daar altijd wel een aannemelijke verklaring voor, over het algemeen ging het om een verkeerde interpretatie van haar woorden. Zij vroeg een dollar voor het raden van het geslacht van nog ongeboren kinderen, bij vooruitbetaling te voldoen. De betreffende vrouw moest dan op de grond gaan liggen, met haar hoofd naar het noorden toe, waarna zij een muntstuk op haar navel legde en boven haar buik pendelde met een stukje lood dat aan een vislijn vastzat. Als de geïmproviseerde slinger met de wijzers van de klok meebewoog, werd het een jongetje en omgekeerd een meisje. Hetzelfde systeem paste zij toe op drachtige koeien en merries, pendelend boven het achterwerk van het dier. De voorspelling schreef zij op een papiertje dat zij bewaarde als overtuigend bewijs. Toen ze op een keer weer in een gehucht belandden waar ze enkele maanden eerder al eens waren geweest, kwam een vrouw, vergezeld van een hele stoet vijandig gestemde nieuwsgierigen, haar geld terugvragen.

'U verzekerde mij dat het een jongetje zou worden, en moet u nu zien, heb ik er weer een meisje bij gekregen, terwijl ik er al drie heb!'

'Dat is onmogelijk, weet u zeker dat ik een jongetje voorspeld heb?'

'Natuurlijk weet ik dat zeker, daar heb ik toch voor betaald!'

'U moet mij verkeerd begrepen hebben,' antwoordde Olga beslist.

Zij klom de wagen in, rommelde een poosje in haar koffer en haalde een papiertje te voorschijn dat zij iedereen liet zien waarop slechts één woord geschreven stond: meisje. De aanwezigen slaakten een diepe zucht van bewondering, de moeder daarbij inbegrepen, die aan verwarring ten prooi op haar hoofd krabde. Niet alleen hoefde Olga de dollar niet terug te betalen maar bovendien werd haar reputatie als waarzegster er door verstevigd, want zij had niet genoeg aan de middag en een deel van de avond om de rij klanten af te werken die hun toekomst wilde laten lezen. Het meest gevraagde produkt van het assortiment amuletten en middeltjes dat zij te bieden had, was haar 'gemagnetiseerd water', een wonderdadig vocht dat zij verkocht in primitieve groene flesjes. Zij vertelde dat het om gewoon water ging maar dat het geneeskrachtige eigenschappen bezat omdat het behandeld was met psychische stralingen. Die behandeling verrichtte zij 's nachts bij volle maan en bestond, naar wat Judy en Gregory ervan hadden gezien, uit niets anders dan het vullen van de flesjes, ze afsluiten met een kurk en het opplakken van een etiket, hoewel zijzelf beweerde dat ze het water tijdens die handelingen oplaadde met positieve kracht, en dat moest wel waar zijn, want de flesjes werden als warme broodjes verkocht en de gebruikers klaagden nooit over het resultaat. Al naar gelang hoe men het gebruikte, had het verschillende werkingen: als men het dronk, dan reinigde het de nieren, als men ermee masseerde, bracht het verlichting bij gewrichtsontstekingen en gesprenkeld over het haar verhoogde het de geestelijke concentratie, maar het hielp niet bij drama's van hartstochtelijke aard, zoals jaloezie, overspel of een onvrijwillig vrijgezellenbestaan, daarover liet de waarzegster bij de kopers geen onduidelijkheid bestaan. Zij was even nauwgezet in haar recepten als in geldzaken en hield vol dat een goede remedie nooit gratis kon zijn. Voor het helpen bij bevallingen vroeg zij echter niets, ze hield ervan kinderen ter wereld te brengen en vond niets zo mooi als het moment waarop het hoofdje van de baby uit de moeder te voorschijn kwam. Zij bood haar diensten als vroedvrouw aan op afgelegen boerderijen en onder de armste mensen in dorpen en stadjes, met name in de negerwijken, waar bevallen in een ziekenhuis nog iets nieuws was. Terwijl zij de wacht hield bij de aanstaande moeder, naaide ze luiers en breide slofjes voor het kind, en alleen bij die schaarse gelegenheden kreeg haar zwaar opgesmukte heksengezicht iets zachts. Zij veranderde de toon van haar stem om de barende vrouw tijdens de moeilijkste uren moed in te spreken en om het eerste wiegeliedje te zingen voor de boreling die zij had gehaald. Als moeder en kind na een paar dagen aan elkaar gewend waren geraakt, ging ze weer terug naar de Reeves, die in de buurt kampeerden. Bij het afscheid noteerde zij de naam van het kind in een schrift; het was een lange lijst en zij noemde ze allemaal haar peetkinderen. Geboorten brachten geluk, was haar vinnige verklaring voor het feit dat ze geen geld aannam voor haar diensten. Zij ging met Nora om als een zuster, en met Judy en Gregory, die zij als haar neefje en nichtje beschouwde, als een mopperende tante. Charles Reeves bejegende zij als een compagnon, met een mengeling van ijdelheid en jovialiteit. Zij vermeden elk lichamelijk contact, leken elkaar zelfs niet aan te kijken, maar vormden desondanks een team, niet alleen voor zover het om de schilderijen ging, maar bij alles wat zij gezamenlijk deden. Met z'n tweeën gingen zij over het geld en de bestaansmiddelen van het gezin, raadpleegden de kaarten en bepaalden de route, gingen op jacht en dwaalden dan urenlang door de bossen rond. Zij respecteerden elkaar en moesten om dezelfde dingen lachen. Zij was onafhankelijk en avontuurlijk, had een even vastberaden karakter als de prediker en was uit hetzelfde hout gesneden, vandaar ook dat zij niet onder de indruk was van het charisma en het artistieke talent van die man. Het enige dat haar op bepaalde ogenblikken kleinkreeg, was de mannelijke kracht van Charles Reeves, die later ook het kenmerk van zijn zoon Gregory zou zijn.

Nora, de vrouw van Charles Reeves, was een van die mensen die voor het zwijgen voorbestemd zijn. Haar ouders, Russische joden, gaven haar de beste opleiding die zij konden bekostigen. Ze haalde haar onderwijzersakte en hoewel ze ophield met lesgeven toen zij trouwde, bleef zij haar kennis van geschiedenis, aardrijkskunde en wiskunde bijhouden om zelf haar kinderen te onderwijzen, aangezien het met het zwerversbestaan dat zij leidden ondoenlijk was om hen naar school te sturen. Tijdens de tochten las zij tijdschriften en esoterische boeken, maar zonder de pretentie die lectuur ook werkelijk te begrijpen: ze beperkte zich ertoe de informatie door te geven aan de Doctor in Goddelijke Wetenschappen, zodat hij er zijn voordeel mee kon doen. Ze betwijfelde niet in het minst dat haar man begiftigd was met geestelijke krachten om het verborgene te zien en de waarheid te ontdekken, daar waar de rest van de mensen alleen maar schaduwen zag. Zij hadden elkaar leren kennen toen beiden al niet meer zo jong waren en hun relatie had altijd iets vormelijks en bedaagds gehad. Nora was totaal ongeschikt voor de praktische kant van het leven, zij verloor zich in dromen over het hiernamaals en was meer bezig met de mogelijkheden van de geest dan met de dagelijkse beslommeringen. Zij hield van muziek en de mooiste momenten van haar onbeduidende bestaan waren een paar opera's geweest, die zij in haar jonge jaren had gezien. Zij koesterde elk detail van die voorstellingen, kon haar ogen sluiten en dan hoorde zij die magistrale stemmen weer, werd zij weer aangegrepen door de liefdestragiek van de personages en genoot zij opnieuw van de kleurrijke aankleding van het decor en de kostuums. Bij het lezen van de partituren stelde zij zich elke scène voor als een deel van haar eigen leven; de eerste verhaaltjes die haar kinderen van haar te horen kregen, betroffen de verdoemde liefdes en de onontkoombare sterfgevallen van de universele lyriek. Wanneer de banaliteiten van de werkelijkheid haar te veel werden, vluchtte zij weg in die overdreven en romantische wereld. Wat Charles Reeves betrof, die had alle zeeën bevaren en met allerlei ambachten zijn brood verdiend, hij had meer avonturen beleefd dan hij ooit zou kunnen vertellen en verschillende mislukte liefdes achter de rug; van de kinderen die hij her en der had verwekt, had hij geen weet. Nora raakte verliefd op hem toen zij hem vol vuur zag preken voor een groep verbijsterde gelovigen. Net als zoveel andere vrouwen van haar generatie die niet het geluk hadden gehad dat hun pad werd gekruist door een geschikte huwelijkskandidaat en te verlegen waren om er zelf een te gaan zoeken, had zij zich al verzoend met het lot ongetrouwd te blijven, maar deze plotselinge verliefdheid terwijl ze niet zo jong meer was, gaf haar de moed haar aangeboren bedeesdheid te overwinnen. De prediker had een zaaltje gehuurd in de buurt van de school waar zij lesgaf en was bezig reclameblaadjes te verspreiden voor zijn lezing, toen zij hem voor de eerste keer zag. Zij was meteen onder de indruk van zijn nobele gelaat en zijn resolute manier van doen, en ging uit nieuwsgierigheid naar hem luisteren in de veronderstelling dat het een bedrieger was, zoals er daar zoveel langskwamen en die als enig spoor een stuk of wat verbleekte aanplakbiljetten achterlieten op de muren, maar dat bleek tot haar verrassing niet zo te zijn. Staande voor zijn publiek, met voor zich een sinaasappel die aan een touwtje aan het plafond hing, verklaarde Reeves de plaats van de mens in het universum en in Het Oneindige Plan. Hij dreigde niet met straffen en ook stelde hij geen eeuwige redding in het vooruitzicht, hij beperkte zich ertoe praktische oplossingen aan te dragen om de samenleving te verbeteren, de angst tegen te gaan en de natuurlijke bronnen van de aarde te beschermen. Alle schepselen kunnen en moeten in harmonie met elkaar leven, verzekerde hij, en om dat te bewijzen deed hij het deksel van de kist met de boa open en wikkelde, tot verbijstering van zijn toehoorders die nog nooit van hun leven een slang van een dergelijke lengte en omvang hadden gezien, het dier om zijn lichaam alsof het een brandweerslang was. Die avond verwoordde Charles Reeves de confuse gevoelens die Nora kwelden en waar zij geen uiting aan kon geven. Zij had de leer van Baha' Allah ontdekt en het bahaïsme aangenomen. Die oosterse denkbeelden over liefdevolle verdraagzaamheid, eendracht onder de mensen, het zoeken naar de waarheid en de verwerping van vooroordelen, botsten met haar strenge joodse opvoeding en de provinciale benepenheid van haar milieu, maar toen zij Reeves hoorde leek alles haar heel eenvoudig, het was niet langer nodig zich suf te piekeren over die fundamentele tegenstrijdigheden; die man kende immers de antwoorden en zou haar als leidsman kunnen dienen. Overrompeld als zij was door zijn welbespraaktheid, schonk zij geen aandacht aan de vaagheid van de inhoud van zijn woorden. Zij was zo diep onder de indruk dat ze erin slaagde haar verlegenheid te overwinnen en zodra hij alleen was op hem af te stappen met de bedoeling hem te vragen of hij gehoord had van het bahaïsme, en zo nee, hem de werken van Shoghi Effendi aan te bieden. De Doctor in Goddelijke Wetenschappen kende het betoverende effect van zijn preken op sommige vrouwen en aarzelde niet van dat voordeel gebruik te maken, maar bij de schooljuffrouw lag het anders, die trok hem aan door het zuivere dat zij uitstraalde, het doorzichtige, dat niet slechts onschuld was maar heuse rechtschapenheid, een ongereptheid lichtend en koud als ijs. Hij verlangde er niet uitsluitend naar haar in zijn armen te nemen, hoewel dat zijn eerste opwelling was bij het zien van haar vreemde driehoekige gezicht en haar met sproeten bedekte huid, maar ook door te dringen in de kristalheldere materie van die onbekende vrouw en het sluimerende vuur van haar geest aan te wakkeren. Hij stelde haar voor hem op zijn reizen te volgen, waarop zij direct ja zei met het gevoel eens en voor altijd bij de hand genomen te worden. Op dat moment, toen zij de mogelijkheid overwoog zich volledig aan hem over te geven, begon het proces van onthechting dat haar verdere bestaan zou kenmerken. Zij vertrok zonder van iemand afscheid te nemen, met een tas boeken als enige bagage. Toen zij maanden later merkte dat ze zwanger was, trouwden ze. Als er wellicht al een potentieel vuur bestond onder haar onverstoorbare uiterlijk, had alleen haar man daar weet van. Gregory werd door dezelfde eigenaardigheid geïntrigeerd die Charles Reeves aantrok in dat huurzaaltje in een armzalig plaatsje in het Mid-oosten; talloze keren probeerde hij de muren die zijn moeder onbereikbaar maakten te slechten om bij haar gevoelens te komen, maar omdat hij daar nooit in slaagde, besloot hij dat er in haar binnenste niets was, dat zij leeg was en niet in staat om werkelijk iemand lief te hebben, op z'n hoogst gaf zij uiting aan een vage genegenheid voor de mensheid in het algemeen.

Naarmate Nora aan haar afhankelijkheid van haar echtgenoot gewend raakte, veranderde zij in een passief wezen dat functioneerde uit automatisme, terwijl haar ziel zich onttrok aan aardse zaken. De persoonlijkheid van haar man was zo sterk dat zij zichzelf geheel wegcijferde om hem de ruimte te geven, en er slechts een schaduw van haar overbleef. Zij had haar rol in de dagelijkse bezigheden maar droeg weinig bij tot de dynamiek van de kleine groep; zij was uitsluitend betrokken bij het onderwijs van de kinderen en bij zaken die met hygiëne en gezondheid te maken hadden. Zij was naar Amerika gekomen op een schip vol emigranten, en de eerste jaren, totdat haar familie erin slaagde de ellende te overwinnen, had zij weinig en slecht voedsel gehad; aan die jaren van gebrek had zij een blijvende angst voor honger overgehouden en zij zwoer bij voedzaam eten en vitaminepillen. Op dezelfde toon waarop zij hen leerde lezen of de namen van de sterren noemde, en zonder de minste drang om hen te bekeren, vertelde zij haar kinderen over bepaalde aspecten van het bahaïsme dat zij aanhing; alleen als ze over muziek sprak raakte ze in vervoering, de enige momenten dat haar stem expressief werd en haar wangen kleur kregen. Later stemde zij erin toe de kinderen een katholieke opvoeding te geven, zoals normaal was in de latinowijk waar ze terechtkwamen, want zij begreep de noodzaak van integratie voor Judy en Gregory. Ze hadden al genoeg te stellen met de verschillen in ras en gewoonten om hen ook nog te kwellen met onbekende religies zoals haar bahaïsme. Daarbij vond zij dat de verschillende levensovertuigingen in wezen allemaal op hetzelfde neerkwamen en was zij alleen geïnteresseerd in de morele waarden ervan. Op een bepaalde manier stond God boven de menselijke begrippen, het was genoeg te weten dat hemel en hel symbolen waren van de relatie tussen de ziel en God: de nabijheid van de schepper leidt naar goedheid en vreedzaam genot, afstand tot hem veroorzaakt slechtheid en lijden. In tegenstelling tot haar verdraagzaamheid op religieus vlak, week zij geen duimbreed waar het ging om de beginselen van fatsoen en goede manieren; zij waste de mond van haar kinderen met zeep als ze hadden gevloekt en haalde het bord onder hun neus weg als ze niet netjes met mes en vork aten, de overige straffen kwamen voor rekening van hun vader; zij beperkte zich tot de rol van aanklager. Op een dag betrapte zij Gregory toen deze in een winkel een potlood in zijn zak stak en vertelde het voorval aan haar man. Deze gebood het kind het potlood terug te bezorgen en zijn verontschuldigingen aan te bieden en brandde daarna met een lucifer zijn handpalm, onder de onbewogen blik van Nora. Gregory liep een week lang met de open wond, vergat al gauw het motief voor de straf en wie hem die had toegebracht, het enige dat hij niet van zich af kon zetten was de woede tegenover zijn moeder. Vele tientallen jaren later, toen hij zich ten slotte met het beeld van haar had verzoend, kon hij haar heimelijk dankbaar zijn voor de drie belangrijkste dingen die zij hem had bijgebracht: liefde voor muziek, verdraagzaamheid en eergevoel.

De zon brandt genadeloos, het land is overal droog, het heeft al een eeuwigheid niet meer geregend en het lijkt of de wereld bedekt is met een fijn, roodachtig poeder. Een onverbiddelijk licht vertekent de contouren van de dingen, de horizon gaat verloren in het opwaaiende stof. Het is een van die anonieme plaatsjes, gelijk aan zoveel andere, een lange straat, een snackbar, een eenzaam pompstation, een politiepost, dezelfde armoedige winkels en houten huizen, een school met op het dak een wapperende, door de zon verbleekte vlag. Stof en nog eens stof. Mijn ouders zijn naar de winkel gegaan om voor de hele week boodschappen te doen, Olga past op Judy en mij. Op straat is geen ziel te bekennen, de jaloezieën zijn neergelaten, de mensen wachten tot het wat koeler wordt om tot het leven terug te keren. Mijn zus en Olga liggen te dommelen op een bank onder de luifel van de tent, bedwelmd door de hitte, zij worden voortdurend belaagd door de vliegen maar slaan ze al niet meer van zich af en laten toe dat ze over hun gezicht lopen. In de lucht hangt een vreemde geur, van gebrande suiker. Grote blauwe en groene hagedissen liggen roerloos in de zon, maar als ik ze probeer te vangen schieten ze onder de huizen weg. Ik ben blootsvoets en voel de hete aarde onder mijn voetzolen. Ik speel met Oliver, ik gooi een versleten stoffen bal naar hem toe, hij brengt hem mij, ik gooi hem opnieuw, en al doende raak ik steeds verder van de kampeerplaats verwijderd. Ik sla een hoek om en kom in een nauwe steeg, die voor een deel in de schaduw ligt van de rustiek vooruitstekende dakranden. Ik zie twee mannen, een is mollig en heeft een felroze huid, de ander heeft strokleurig haar. Zij hebben overalls aan en zweten, hun overhemden en haren zijn doorweekt. De dikke omklemt een zwart meisje dat niet ouder dan zo'n tien, twaalf jaar zal zijn, met één hand bedekt hij haar mond en met de andere arm tilt hij haar omhoog terwijl hij haar stevig tegen zich aandrukt, zij trappelt zwak maar houdt daar al gauw mee op, haar ogen zijn rood geworden van het moeizame ademen onder de verstikkende hand. De ander staat met zijn rug naar mij toe en worstelt met zijn broek. Beiden zijn doodernstig, geconcentreerd, gespannen en hijgen. Stilte, ik hoor alleen hun zware ademhaling en het bonzen van mijn hart. Oliver is verdwenen, de huizen ook, alleen zij hangen daar in het stof, zich bewegend als in slow-motion, en ik, verlamd. De man met het strokleurige haar spuugt twee keer in zijn hand en loopt naar het meisje, doet haar benen wijd, twee dunne, donkere stokjes die slap neerhangen, nu kan ik haar niet meer zien, fijngeperst tussen de twee robuuste lichamen van haar verkrachters. Ik wil wegrennen, ben ontzet, maar ook wil ik blijven kijken, ik weet dat daar iets wezenlijks gebeurt dat verboden is, ik ben getuige van een gewelddadig geheim. Mijn adem stokt, ik probeer mijn vader te roepen, doe mijn mond open maar er komt geen geluid uit, ik sta in brand, een verstikkende schreeuw vult me van binnen. Ik moet iets doen, alles ligt in mijn handen, een juiste beslissing zal ons tweeën, het negermeisje en mij, redden, want ik besterf het, maar er schiet me niets te binnen en een gebaar kan ik al evenmin maken, ik sta als versteend. Op dat moment hoor ik in de verte mijn naam, Greg, Greg, en verschijnt Olga in de steeg. Er volgt een lange pauze, een eeuwige minuut waarin niets gebeurt, alles stil blijft. Dan trilt door de lucht de lange schreeuw, de schorre en verschrikkelijke schreeuw van Olga en meteen daarop volgend het geblaf van Oliver en de stem van mijn zusje als het gepiep van een rat en eindelijk lukt het me weer te ademen en begin ook ik wanhopig te gillen. Verrast laten de mannen het meisje los dat, zodra ze weer grond onder haar voeten voelt, wegvlucht als een konijntje. Zij kijken naar ons, de man met het gele haar heeft iets paars in zijn hand, iets wat geen deel van zijn lichaam lijkt uit te maken en probeert het in zijn broek weg te stoppen, ten slotte draaien zij zich om en lopen weg, ze trekken zich nergens wat van aan, lachen en maken obscene gebaren, wil jij soms ook een beurt, stomme hoer, schreeuwen zij tegen Olga, kom maar hier, dan steken we 'em d'r effe in. Op straat ligt het broekje van het meisje. Olga pakt Judy en mij bij de hand, roept de hond en we lopen snel, nee, we hollen naar de wagen. Het stadje is ontwaakt en de mensen kijken ons na.

De Doctor in Goddelijke Wetenschappen berustte erin zijn ideeën te moeten verbreiden onder onontwikkelde boeren en arme arbeiders die niet altijd in staat waren de lijn van zijn ingewikkelde betoog te volgen, maar desondanks ontbrak het hem niet aan volgelingen. Slechts zeer weinigen luisterden naar zijn preken uit bezieling, de meeste mensen gingen er louter uit nieuwsgierigheid heen; in die streken was weinig vertier en de komst van Het Oneindige Plan bleef dan ook niet onopgemerkt. Nadat zij hun kamp hadden opgeslagen gingen zij op zoek naar een geschikte ruimte voor de bijeenkomst. Als ze op een paar bekenden konden rekenen, lukte het meestal om voor niets wat te vinden, in het andere geval moesten ze een zaaltje huren of een opslagplaats of een graanschuur geschikt maken. Aangezien ze geen geld hadden, gaven ze als borg het parelsnoer met diamanten sluiting van Nora, het enige erfstuk van haar moeder, met de belofte dat zij na elke bijeenkomst de huur zouden betalen. Ondertussen steef zijn vrouw het plastron en het boord van zijn overhemd, perste zijn zwarte pak, dat glom van het vele dragen, poetste zijn schoenen, schuierde zijn hogehoed af en legde zijn boeken klaar, terwijl Olga en de kinderen huis aan huis een stapeltje stencils ronddeelden waarin de lezer werd uitgenodigd voor 'Een Cursus Die Uw Leven Zal Veranderen, Charles Reeves, Doctor in Goddelijke Wetenschappen, Zal U Helpen bij het Vinden van Geluk en Voorspoed.'

Olga waste de kinderen en stak hen in hun zondagse kleren, terwijl Nora haar blauwe jurk met kanten kraagje aantrok, streng en ouderwets maar nog netjes. De oorlog had de mode veranderd, de vrouwen droegen nu kokerrokken tot op de knieën, jasjes met schoudervullingen, schoenen met plateauzolen, gecompliceerde knotjes en hoeden versierd met veren en voiles. In haar nonnenjurk leek Nora een net omaatje uit het begin van de eeuw. Olga volgde evenmin de mode, maar in haar geval kon niemand haar beschuldigen van preutsheid, want ze leek veeleer een papegaai. Overigens negeerde men dit soort verfijningen in die dorpen, de mensen werkten van zonsopgang tot zonsondergang en het vertier bestond er uit een paar slokken alcohol, die in sommige staten nog clandestien was, rodeo's, films, zo nu en dan een dansavondje en het volgen van de berichten over de oorlog en de baseballwedstrijden, zodat elke nieuwigheid de belangstelling trok. Charles Reeves moest opboksen tegen de *revivals* die een nieuw ontwaken van het christendom verkondigden, de terugkeer naar de fundamentele principes van de twaalf apostelen en de letter van de bijbel, evangelisten die het hele land afreisden met tenten, orkesten, vuurwerk, reusachtige verlichte kruizen, koren van als engelen verklede broeders en zusters en megafoons om wijd en zijd de naam van de Nazareeër uit te bazuinen; zij spoorden de zondaars tot berouw aan, want Jezus was met de tuchtroede in de hand in aantocht om de farizeeërs de tempel uit te ranselen, en riepen op om de duivelse wetenschappen te bestrijden, zoals de evolutietheorie, een verderfelijke uitvinding van Darwin. Heiligschennis! De mens is geschapen naar beeld en gelijkenis van God, niet van de apen! Koop een waardebon voor Jezus! Halleluja, halleluja! loeiden de luidsprekers. In circustenten dromden de gelovigen samen, op zoek naar verlossing en vertier, allen zongen, velen dansten en zo nu en dan raakte iemand stuiptrekkend in goddelijke extase, terwijl de emmers voor de collecte tot de rand toe gevuld werden met giften van mensen die daarmee een toegangsbewijs voor de hemel verkregen. Zoiets hoogdravends bood Charles Reeves niet, maar zijn charisma, zijn overtuigingskracht en de bezieling waarmee hij sprak, waren indrukwekkend. Dat viel onmogelijk te ontkennen. Wanneer iemand uit het publiek naar voren kwam en smeekte hem te bevrijden van kommer of ondraaglijke wroeging, legde Reeves zonder schijnheilig misbaar, eenvoudig maar tevens met groot gezag, zijn handen op het hoofd van de boeteling en concentreerde zich om hem verlichting te brengen. Velen meenden uit zijn handpalmen vonken te zien schieten, en degenen die baat vonden bij de handoplegging verzekerden dat zij in hun hoofd een krachtige elektrische schok hadden gevoeld. Het merendeel van het publiek hoefde hem maar één keer te horen om zich op te geven voor de cursus, zijn boeken aan te schaffen en zich bij hem aan te sluiten.

'De schepping wordt gestuurd door Het Oneindige Plan. Niets gebeurt toevallig. De mens is een essentieel onderdeel van dat plan, omdat hij op de evolutieschaal tussen de Meesters en de overige schepselen in staat en dus een bemiddelaarsfunctie heeft. Wij dienen onze plaats in de kosmos goed te kennen,' begon Charles Reeves, waarbij hij met zijn diepe stem zijn toehoorders elektriseerde, van top tot teen gehuld in zijn zwarte outfit, plechtig staand voor de sinaasappel die aan het plafond hing en met de boa aan zijn voeten als een rol dik scheepstouw. Het dier was volkomen willoos en verroerde nooit een vin, tenzij het rechtstreeks werd uitgedaagd. 'Als u het principe van Het Oneindige Plan wilt begrijpen, let dan goed op; mocht u het desondanks toch nog niet begrijpen, dan is dat niet erg, het is voldoende als u mijn voorschriften opvolgt. Het gehele universum behoort toe aan de Hoogste Intelligentie, die het schiep, en is zo onmetelijk en volmaakt dat de mens het nooit helemaal zal kunnen doorgronden. Onder haar bevinden zich de Logi, afgevaardigden van het licht die de opdracht hebben gekregen om deeltjes van de Hoogste Intelligentie over alle melkwegstelsels te verspreiden. De Logi staan in verbinding met de Uitvoerende Meesters, door middel van wie zij de boodschappen en de normen van Het Oneindige Plan aan de mensen doorgeven. De mens bestaat uit Fysiek Lichaam, Geestelijk Lichaam en Ziel. Het belangrijkste is de Ziel, die niet tot de aardse atmosfeer behoort maar op afstand werkzaam is, niet in ons zit maar wel ons leven beheerst.'

Wanneer hij op dit punt was aanbeland en de aanwezigen, enigszins beduusd door de pathos van zijn verhaal, angstige of spottende blikken begonnen uit te wisselen, elektriseerde Reeves zijn publiek opnieuw door naar de sinaasappel te wijzen om de gedaante van de Ziel te verklaren, die door de ether zweefde als een wazig ectoplasma dat alleen door sommige deskundige occultisten kon worden gezien. Om dat te bewijzen nodigde hij een aantal mensen uit het publiek uit om aandachtig naar de sinaasappel te kijken en te beschrijven hoe die eruit zag. Steevast beschreven zij hem als een oranje bol, ofwel een gewone sinaasappel; hij echter zag er de Ziel in. Vervolgens liet hij hen kennismaken met de Logi, die zich in gasvormige toestand in de zaal bevonden en dus onzichtbaar waren, en vertelde dat zij het verfijnde mechanisme van het universum draaiende hielden. In elk tijdperk en in elke streek kozen de Logi Uitvoerende Meesters om via hen met de mensen in verbinding te staan en de doelstellingen van de Hoogste Intelligentie te verbreiden. Hij, Charles Reeves, Doctor in Goddelijke Wetenschappen, was een van hen. Zijn opdracht was gewone stervelingen de stelregels van Het Oneindige Plan te leren, en als hij zijn taak had volbracht, zou hij deel gaan uitmaken van de bevoorrechte gemeenschap van de Logi. Hij zei dat elke handeling en gedachte van een mens belangrijk is, aangezien die van invloed is op het volmaakte evenwicht van het universum, en dat daarom ieder mens de verplichting heeft de voorschriften van Het Oneindige Plan precies op te volgen. Daarna somde hij de regels van de minimale wijsheid op die vreselijke vergissingen moesten voorkomen die het plan van de Hoogste Intelligentie ernstig zouden kunnen schaden. Degenen die dit allemaal niet in één keer bevatten, konden een cursus van zes bijeenkomsten volgen, waar zij de normen voor een goed leven zouden leren, aangevuld met lichamelijke en geestelijke oefeningen, geleide dromen en verschillende methoden om de accu van het Fysieke Lichaam en het Geestelijke Lichaam op te laden; op die manier zouden ze verzekerd zijn van een waardig bestaan en hun zielerust na de dood.

Charles Reeves was zijn tijd vooruit. Twintig jaar later zou een aantal van zijn ideeën door verschillende goeroes uitgedragen worden over heel Californië, onontgonnen gebied, verzamelplaats voor avonturiers, wanhopigen, non-conformisten, voortvluchtigen, miskende genieën, verstokte zondaars en reddeloze dwazen, en waar het nog steeds wemelt van alle mogelijke formules om aan de angst voor het leven te ontsnappen. Men kan echter Charles Reeves niet de schuld in de schoenen schuiven van het ontstaan van al die zonderlinge bewegingen. Er is iets in dat gebied wat onrust zaait in de geest. Of misschien waren degenen die naar die staat trokken wel zo jachtig op zoek naar geluk of makkelijke vergetelheid, dat zij hun ziel achterlieten, en zijn zij die nog steeds aan het zoeken. Ontelbare charlatans hebben daar hun voordeel mee gedaan door magische formules aan te bieden om de smartelijke leegte te vullen die ontstaan was door een gebrek aan geestelijk leven. Toen Reeves daar zijn preken begon te slijten, hadden velen al de manier gevonden om rijk te worden met de verkoop van onstoffelijke heilsprodukten voor de gezondheid van het lichaam en troost van de ziel, maar hij behoorde niet tot die lieden, zijn strengheid en fatsoen rekende hij zich tot eer, en hij won er het respect van zijn volgelingen mee. Olga, daarentegen, speculeerde vaag over de mogelijkheid om de Logi en de Uitvoerende Meesters op lucratiever wijze te benutten, misschien, als ze een vaste ruimte voor de bijeenkomsten vonden en een eigen kerk stichtten, maar noch Charles noch Nora deelden ooit in dat baatzuchtige idee, voor hen was de verbreiding van hun waarheid slechts een zware en onvermijdelijke morele last en onder geen beding een handeltje van sjacheraars.

Nora Reeves kon zich op de dag af precies het moment herinneren waarop zij het geloof in de goedheid van de mens had verloren en haar stille twijfels over de betekenis van het bestaan waren begonnen. Zij was zo iemand die zich zelfs onbelangrijke data herinnerde, zodat de twee wereldschokkende bommen die een eind maakten aan de oorlog met Japan zich des te dieper in haar geheugen griften. In de jaren nadien hulde zij zich op die herdenkingsdag in rouwkleren, terwijl de rest van het land zich juist overgaf aan feestvreugde. Zij verloor zelfs haar belangstelling voor diegenen die haar het meest na stonden, weliswaar was moederinstinct toch al nooit haar voornaamste eigenschap geweest, maar vanaf dat moment leek zij zich helemaal van haar twee kinderen los te maken. Ook nam zij afstand van haar echtgenoot, zonder de minste woordenwisseling, zo discreet dat hij haar niets verwijten kon. Zij sloot zich op in een geheime cel, waar zij het tot het einde van haar levensdagen klaarspeelde, de werkelijkheid geen vat op haar te laten krijgen; ruim veertig jaar later stierf zij als een prinses uit de Oeral zonder ooit aan het leven deelgenomen te hebben. Maar deze dag vierde men de definitieve nederlaag van de gele vijand met de scheve ogen, zoals een paar maanden daarvoor de ondergang van de Duitsers was gevierd. Het was het einde van een langdurige strijd, de Japanners waren verslagen met het meest moordzuchtige wapen uit de geschiedenis dat in enkele minuten honderddertigduizend mensenlevens had vernietigd en evenzovele veroordeeld tot een langzame dood. Het bericht over het gebeurde bracht een stilte van ontzetting over de wereld, maar de beelden van verschroeide lijken en platgegooide steden werden door de overwinnaars naar de achtergrond gedrongen om, vooruitlopend op de repatriëring van de strijders, plaats te maken voor vrolijk feestgedruis met vlaggen, parades en muziekkapellen.

'Herinnert u zich die neger nog die we onderweg oppikten? Zou die nog leven? Komt hij ook naar huis terug?' vroeg Gregory aan zijn moeder voordat zij naar het vuurwerk gingen kijken.

Nora antwoordde niet. Zij waren op doortocht in een stad en terwijl de anderen zich onder de mensenmenigte hadden begeven en dansten, zat zij alleen in de cabine van de vrachtauto. Tijdens de laatste maanden had haar zenuwstelsel ernstig te lijden gehad van de berichten uit Europa en de door de atoombommen aangerichte verwoesting had haar ten slotte doen wegzinken in grote vertwijfeling. Op de radio werd over niets anders gesproken, de kranten en bioscopen toonden danteske beelden van de concentratiekampen. Zij volgde het gedetailleerde verslag over de begane gruweldaden en het onstelpbare lijden op de voet, denkend aan de ononderbroken voortdenderende treinen in Europa die onverbiddelijk hun lading naar de verbrandingsovens vervoerden, terwijl in Japan ook duizenden mensen verkoolden in naam van een andere ideologie. Ik had nooit kinderen op deze wereld moeten zetten, mompelde zij vol afschuw. Toen Charles Reeves dol van vreugde thuiskwam met het bericht over de bom, vond zij het obsceen dat hij blij was vanwege een dergelijke slachting, net als de rest van de mensen leek ook haar man zijn verstand kwijt te zijn.

'Het zal nooit meer worden zoals vroeger, Charles. De mensheid heeft iets gedaan wat erger is dan de erfzonde. Dit is het einde van de wereld,' reageerde zij volledig van streek maar zonder afbreuk te doen aan haar langdurige gewoonte goede manieren te tonen.

'Praat geen onzin. We moeten de vooruitgang van de wetenschap toejuichen. Gelukkig maar dat de bommen niet in handen van de vijand zijn maar in de onze. Nu zal niemand het wagen ons aan te vallen.'

'Ze zullen opnieuw gebruikt worden en dan zullen ze een eind maken aan het leven op aarde!'

'De oorlog is afgelopen en op deze manier is erger voorkomen. Als we die bommen niet hadden gegooid, zouden er veel meer doden gevallen zijn.'

'Maar er zijn honderdduizenden mensen omgekomen, Charles.'

'Die tellen niet, dat waren allemaal Japanners,' zei haar echtgenoot lachend.

Voor de eerste keer twijfelde Nora aan de verhevenheid van zijn ziel en vroeg zij zich af of hij werkelijk een Meester was zoals hij beweerde. Zeer laat in de avond kwamen de anderen terug. Gregory sliep in de armen van zijn vader en Judy hield een met sterren en strepen beschilderde ballon vast.

'Eindelijk is de oorlog over. Nu zullen er weer boter, vlees en benzine zijn,' kondigde Olga met een stralend gezicht aan terwijl ze zwaaide met de resten van een papieren vlag.

Er lag bijna een heel jaar tussen de depressie van zijn moeder en de opname van zijn vader, maar toch zou Gregory zich beide gebeurtenissen als één enkel voorval blijven heugen, in zijn herinnering zouden beide feiten voor altijd met elkaar verbonden zijn, het begin van de ellende die een einde aan de gelukkige periode van zijn kindertijd maakte. Kort daarna, toen Nora hersteld leek en niet meer sprak over concentratiekampen en bommen, werd Charles Reeves ziek. Vanaf het begin waren de symptomen zorgwekkend, maar hij vertrouwde op zijn kracht en weigerde het verraad van zijn lichaam te aanvaarden. Hij voelde zich jong, was nog in staat om in een paar minuten tijd een wiel van de wagen te verwisselen of om zonder rugpijn urenlang op een ladder te staan werken aan een muurschildering. Toen zijn mond vol bloed liep, weet hij dat aan een visgraat die waarschijnlijk in zijn keel was blijven steken, en de tweede keer dat het gebeurde vertelde hij er niemand iets over, kocht een fles magnesiummelk en dronk daarvan als hij zijn maag in brand voelde staan. Binnen de kortste keren kon hij niet meer eten en hield zich nog slechts in leven met broodpap, bouillon en babyvoedsel, hij viel af, kreeg een waas voor zijn ogen, kon de weg niet meer duidelijk zien, zodat Olga het stuur moest overnemen. Deze raadde wanneer de zieke het schokken van de auto niet langer meer verdroeg, stopte dan, waarna ze de tent opzetten. De uren duurden lang, de kinderen renden rond in de buurt, want hun moeder had de schriftjes opgeborgen en gaf hun geen les meer. Nora had zich nooit gerealiseerd dat ook Charles Reeves sterfelijk was, ze kon maar niet begrijpen waarom zijn energie opbrandde, die ook haar energie was. Gedurende lange jaren had haar man alle aspecten van haar bestaan en dat van de kinderen beheerst, de precieze regels van Het Oneindige Plan, dat hij geheel naar eigen inzicht had uitgewerkt, lieten geen ruimte voor twijfels. Zij hadden weliswaar in zijn nabijheid geen vrijheid, maar ook werden zij niet geplaagd door zorgen en angsten. Er is geen reden tot ongerustheid, zei ze bij zichzelf, Charles heeft nooit veel haar gehad en die diepe rimpels zijn niet van vandaag of gisteren, die zijn al lang geleden ontstaan door de felle zon, hij is magerder geworden, dat wel, maar zodra hij weer begint te eten zoals voorheen zal hij er met een paar dagen bovenop zijn, het is vast een gestoorde spijsvertering, gaat het vandaag al niet veel beter met hem, vroeg zij aan niemand in het bijzonder. Olga zag dit alles aan zonder commentaar te leveren. Zij probeerde niet Reeves beter te maken met haar brouwsels en middeltjes, zij beperkte zich ertoe natte doeken op zijn voorhoofd te leggen om zo de koorts te verlagen. Naarmate de toestand van de zieke verslechterde, werd het gezin steeds heviger door een onverbiddelijke angst aangegrepen, voor de eerste keer voelden zij zich stuurloos en beseften zij de omvang van hun armoede en kwetsbaarheid. Nora kroop in haar schulp als een mishandeld dier, onmachtig een oplossing te bedenken, troost zoekend bij haar bahaïsme en liet de problemen aan Olga over, de verzorging van haar man daarbij inbegrepen. Zij durfde die lijdende oude man niet aan te raken, het was een onbekende voor haar geworden, zij kon er onmogelijk nog de man in herkennen die haar eens met zijn vitaliteit had verleid. Haar bewondering en afhankelijkheid, de pijlers van haar liefde voor hem, brokkelden af, en aangezien zij er geen andere voor in de plaats kon stellen, sloeg haar respect om in afkeer. Zodra zij een goede smoes vond, installeerde zij zich in de tent van de kinderen en ging Olga bij Charles Reeves slapen om hem gedurende de nacht te verzorgen, zoals ze zei. Gregory en Judy wenden eraan haar zo goed als naakt in het bed van hun vader te zien, maar Nora sloot haar ogen voor de situatie, bereid om voor zolang als nodig mocht zijn te doen alsof er niets veranderd was.

Een tijdlang stond de verbreiding van Het Oneindige Plan stil, omdat het de Doctor in Goddelijke Wetenschappen aan moed ontbrak om anderen hoop te geven, aangezien hijzelf de zijne begon te verliezen, zich daarbij heimelijk afvragend of de geest echt wel zoiets verhevens was of dat een maagkwaal volstond om hem te breken. Ook kon hij zich niet meer aan het schilderen wijden. Hoewel zij enorm gebrek leden, zetten zij het reizen toch voort, maar zonder vast doel nu, alsof ze iets zochten wat steeds ergens anders was. Alsof het de gewoonste zaak van de wereld was, nam Olga de plaats van de vader in, en de anderen vroegen zich niet af of dat wel de beste oplossing was, zij besliste waar ze heen gingen, bestuurde de wagen, laadde de zwaarste spullen in en uit, repareerde de motor wanneer ze autopech hadden, schoot hazen en vogels en gaf Nora met hetzelfde gezag bevelen of trakteerde de kinderen op een pak voor hun broek als ze vervelend waren. Zij vermeed de grote steden vanwege de moordende concurrentie en de strenge politiebewaking, tenzij ze op industrieterreinen of bij havens konden kamperen, waar ze altijd klanten vond. Zij liet de Reeves in hun tenten achter, zocht haar tovenaarsattributen bijeen en ging op weg om haar kunsten te verkopen. Tijdens het reizen droeg zij grove werkmansbroeken, een shirt en een pet, maar om haar beroep van helderziende uit te oefenen dook ze uit haar koffer een opzichtige gebloemde rok, een bloes met diepe uitsnijding, rammelende kettingen en gele laarzen op. Zij maakte zich nonchalant op, zonder de minste aandacht: de wangen als een clown, de lippen rood, de oogleden blauw; het effect van dat masker, gevoegd bij die kleren en het vuur van haar haar was zo afschrikwekkend dat weinigen haar diensten durfden afslaan uit vrees dat zij hen met een van haar heksenkunsten in een zoutpilaar zou veranderen. Zij openden de deur, zagen die groteske verschijning met een glazen bol in haar hand voor zich en wanneer hun mond van verbazing openviel, maakte zij van dat moment gebruik om binnen te dringen. Als het moest kon zij erg aardig zijn, dikwijls kwam ze terug met een stuk taart of vlees, geschenken van dankbare klanten, niet alleen voor de toekomst die zij met haar magische kaarten voorspeld had, maar vooral voor het sprankje vrolijkheid dat zij had doen opvonken in de sleur van hun levens. In die dagen van grote onzekerheid scherpte de tovenares haar talent, onder de druk der omstandigheden ontwikkelde zij ongekende krachten en groeide uit tot het fantastische mens dat zoveel invloed zou hebben op de jeugdjaren van Gregory. Als zij een woning binnenkwam, hoefde ze maar een paar seconden de lucht op te snuiven om van de sfeer die er hing doordrongen te raken, te voelen wat verborgen aanwezig was, de ellende op het spoor te komen, de dromen te raden, het gefluister van de doden te horen en de behoeften van de levenden te begrijpen. Al snel leerde zij dat de verhalen zich herhalen met zeer weinig variaties, dat de mensen erg op elkaar lijken en allemaal op dezelfde manier gevoelens van liefde, haat, afgunst, verdriet, vreugde en angst kennen. Zwart, blank, geel, onderhuids zijn ze allen eender, zoals Nora Reeves zei, de glazen bol maakte geen onderscheid in ras maar in smart. Iedereen wilde hetzelfde geluk te horen krijgen, niet omdat ze erin geloofden maar omdat de gedachte eraan troost schonk. Ook ontdekte Olga dat er slechts twee soorten ziekten zijn: dodelijke ziekten en ziekten die te zijner tijd vanzelf weer overgaan. Gebruikmakend van haar potjes met verschillende kleuren druivensuikertabletten, haar zak met kruiden en haar doos met amuletten, verkocht zij gezondheid aan de geneeslijk zieken in de overtuiging dat als de patiënt zijn wilskracht in werking stelde om beter te worden, hij hoogstwaarschijnlijk ook echt beter werd. De mensen hadden meer vertrouwen in haar dan in de kille ziekenhuisartsen. De enige werkelijk effectieve remedies die zij gaf, waren bijna allemaal illegaal: abortus, het trekken van kiezen, het hechten van wonden, maar zij had een scherp oog en een goede hand, zodat zij nooit in ernstige problemen kwam. Zij hoefde maar een blik op iemand te werpen om te weten of de dood nabij was, en als dat zo was dan schreef zij niets voor, deels uit gewetensangst, deels om niet haar reputatie als wonderdokter te schaden. Haar ervaring met ziekten bracht Charles Reeves geen uitkomst, omdat hij te dicht bij haar stond, en als ze al onheilspellende symptomen opmerkte, dan wilde zij dat niet toegeven.

Uit trots en angst weigerde de prediker om naar een dokter te gaan, hij wilde zijn ziekte te boven komen door zijn koppigheid, maar op een dag viel hij flauw en sindsdien ging ook dat kleine beetje gezag dat hij nog had volledig over in handen van Olga. Zij bevonden zich ten oosten van Los Angeles, daar waar de meeste latino's woonden, en zij nam de beslissing hem naar een ziekenhuis te brengen. In die tijd was de sfeer die in de stad heerste al enigszins Mexicaans getint, ondanks de uniek Amerikaanse obsessie om volmaakt gelukkig in perfecte gezondheid en schoonheid te leven. Honderdduizenden immigranten bepaalden het straatbeeld met hun verachting voor pijn en dood, hun armoede, fatalisme en wantrouwen, hun gewelddadige hartstochten, en ook met hun muziek, hete gerechten en gedurfde kleuren. De latino's leefden weggedrukt in een getto, maar overal was hun invloed merkbaar, ze behoorden niet tot dat land en ogenschijnlijk wensten ze er ook niet toe te behoren, maar heimelijk hoopten ze dat hun kinderen zich zouden integreren. Ze leerden half Engels en verbasterden het tot *Spánglish*, dat zo ingeburgerd raakte dat het mettertijd geaccepteerd werd als de taal van de chicano's. Zich vastklampend aan hun katholieke traditie en de cultus van de zielen, aan een verbleekte liefde voor hun vaderland en aan het machisme, assimileerden zij zich niet en waren één, twee generaties lang aangewezen op de meest elementaire voorzieningen. De Amerikanen beschouwden hen als kwaadaardige, onvoorspelbare, gevaarlijke wezens en velen riepen dan ook hoe het godskolere toch kon dat ze bij de grens niet werden teruggestuurd, waar dient anders die klotepolitie voor, verdomme, maar gebruikten hen intussen wel als goedkope arbeidskrachten, hoewel altijd onder toezicht. De immigranten aanvaarden hun rol van marginalen met een flinke dosis trots: afgebeuld, ja, maar gebroken, nooit, *hermano*. Olga had die wijk meer dan eens bezocht en zij voelde zich er dadelijk op haar gemak, brabbelde zonder gêne in het Spaans en het viel bijna niet op dat de helft van haar vocabulaire uit zelfverzonnen woorden bestond. Zij meende daar haar brood wel te kunnen verdienen met haar kunsten.

Ze stopten voor de deur van het ziekenhuis en terwijl Nora en Olga de zieke hielpen met uitstappen, moesten de kinderen dodelijk verschrikt de blikken van de nieuwsgierigen verdragen die toe waren komen lopen om van dichtbij die vreemde rammelkast te bekijken, waarvan de carrosserie beschilderd was met esoterische symbolen in alle kleuren van de regenboog.

'Wat is dat?' vroeg iemand.

'Het oneindige plan, dat ziet u toch?' antwoordde Judy wijzend op het opschrift langs de bovenrand van de voorruit. Niemand vroeg verder iets.

Charles Reeves moest in het ziekenhuis blijven, waar ze een paar dagen later de helft van zijn maag wegnamen en de perforaties die hij in de andere helft had dichtnaaiden. Ondertussen namen Nora en Olga met de kinderen, de hond, de boa en al hun spullen tijdelijk hun intrek bij Pedro Morales, een gastvrije Mexicaan die enkele jaren eerder de gehele cursus van de leer van Charles Reeves had doorlopen en thuis aan de wand trots het getuigschrift had hangen dat hem kwalificeerde als hogere ziel.

Het was een vierkante kerel met de onmiskenbare trekken van een mesties en een fier masker dat een goedmoedige uitdrukking kreeg als hij in een goed humeur was. In zijn glimlach schitterden meerdere gouden tanden, die hij uit ijdelheid had laten zetten nadat hij eerst de gezonde had laten trekken. Hij stond het niet toe dat het gezin van zijn leermeester aan zijn lot werd overgelaten – vrouwen kunnen niet zonder bescherming, het wemelt hier van de misdadigers, zei hij –, maar had alleen geen ruimte voor zoveel gasten, want zijn huis herbergde al zes kinderen, een gestoorde schoonmoeder en een stuk of wat verwanten. Hij hielp op de patio de tenten opzetten en het petroleumkooktoestel van de Reeves installeren en stond hen bij alles terzijde zonder zijn gasten in hun waardigheid aan te tasten. Hij sprak Nora zeer eerbiedig met *doña* aan, maar Olga, die hij als iemand beschouwde die meer tot zijn eigen stand behoorde, noemde hij slechts *señorita*. Inmaculada Morales, zijn vrouw, was volstrekt ongevoelig voor de Amerikaanse leefwijze en, anders dan velen van haar landgenoten in dat vreemde land, die zich opmaakten, op naaldhakken balanceerden en verschroeide lokken in het haar hadden vanwege het permanent en de waterstofperoxide, bleef zij de traditie van haar geboortegrond trouw. Zij was klein van stuk, slank en gespierd, met een vredig gezicht zonder rimpels, haar lange vlecht reikte tot over haar middel, ze droeg eenvoudige schorten en touwschoenen, behalve op religieuze feestdagen, wanneer zij zich in een zwarte jurk hulde en haar gouden oorringen indeed. Inmaculada was de spil van het huis en de ziel van de familie Morales. Als de patio volliep met bezoek, vertrok zij geen spier, maar zorgde er met genereuze vindingrijkheid eenvoudigweg voor dat er meer eten in de pan kwam te zitten, door extra water bij de bonen te doen, zoals ze zei, en elke middag nodigde zij de Reeves voor de maaltijd uit, *comadre*, kom met uw kinderen eens proeven van de *burritos* die ik heb gemaakt, of laat de chili-con-carne niet uw neus voorbijgaan, want er is Godlof genoeg voor iedereen, bood zij bescheiden aan. Een tikkeltje gegeneerd schoven ze dan bij aan de gastvrije dis van de Morales.

Het kostte Judy en Gregory een aantal maanden voordat ze de

regels van het sedentaire leven doorhadden. Zij zagen zich omgeven door een hartverwarmende troep donkere kinderen die een krom soort Engels spraken en dadelijk begonnen hun taal te onderwijzen, te beginnen met *chingada*, het meest expressieve en nuttige woord van hun vocabulaire, hoewel het niet verstandig was dat in aanwezigheid van Inmaculada te gebruiken. Van de Morales leerden zij wegwijs te worden in het labyrint van straten, af te dingen, in een oogopslag te zien wie vriendjes waren en wie niet, zich te verstoppen en te ontsnappen. Zij gingen met hen spelen op het kerkhof, vanuit de verte kijken naar de hoeren en van dichtbij naar de slachtoffers van noodlottige ongevallen. Juan José, die even oud was als Gregory, had een onfeilbare neus voor rampspoed, hij wist altijd precies waar je moest zijn voor auto-ongelukken, aanrijdingen, messetrekkerijen en lijken. Hij had maar een paar minuten nodig om erachter te komen waar een man, die door zijn vrouw in de steek was gelaten voor een ambulante verkoper, zich voor de trein had geworpen, omdat hij niet tegen de schande kon hoorndrager genoemd te worden. Iemand had hem doodgemoedereerd zien staan roken tussen de rails en had geschreeuwd dat hij weg moest gaan omdat er een trein aankwam, maar hij was gewoon blijven staan. Het geval kwam Juan José ter ore nog voor de tragedie plaatsvond. De kinderen Morales en de Reeves waren de eersten die op de plek des onheils aankwamen en zodra zij de eerste schrik te boven waren, hielpen zij mee de verspreid liggende onderdelen van het uiteengereten lichaam bij elkaar te zoeken, totdat de politie kwam en hen wegstuurde. Juan José stak een vinger in zijn zak als aandenken, maar toen hij overal de dode man begon te zien begreep hij dat hij afstand moest doen van zijn trofee. Het was echter al te laat om hem nog aan de rechtmatige eigenaar terug te bezorgen, want de resten van de zelfmoordenaar waren een paar dagen eerder begraven.

Het jongetje, doodsbang voor de gekwelde geest, wist niet wat te doen met de vinger, hem in de vuilnisbak gooien of hem aan de boa van de Reeves geven leek hem geen eerbiedige manier om het gedane kwaad weer goed te maken. Gregory raadpleegde in het geheim Olga, die met dé oplossing kwam: de vinger ongemerkt neerleggen op het altaar van de kerk, een geheiligde plek waar geen enkele geest bij zijn volle verstand zich beledigd zou kunnen voelen. Daar werd hij gevonden door pater Larraguibel, die iedereen simpelweg pater noemde vanwege zijn onuitspreekbare achternaam, een Baskische geestelijke met een getourmenteerde ziel maar ook met een groot praktisch inzicht, die hem zonder commentaar door de wc trok. Hij had al genoeg problemen met zijn parochianen om daarbij ook nog eens tijd te verliezen met een onderzoek naar de herkomst van een eenzame vinger.

De kinderen Reeves gingen voor het eerst van hun leven naar school. Zij waren de enige blonde kinderen met blauwe ogen in een gemeenschap van Latijnsamerikaanse immigranten, waar de regel om te overleven bestond uit Spaans spreken en hard hollen. Het was de leerlingen verboden om hun moedertaal te spreken, zij moesten Engels leren met het oog op een snelle integratie. Als iemand binnen gehoorsafstand van de juffrouw een Spaans woord liet vallen, dan kwam hem dat op een stevig pak rammel te staan. Als Christus genoeg had gehad aan het Engels om de bijbel te schrijven, dan was er geen andere taal nodig op de wereld, luidde de verklaring voor die zo drastische maatregel. Van de weeromstuit spraken de kinderen Spaans wanneer zij daar maar de kans toe kregen en wie dat niet deed werd gekwalificeerd als 'kontlikker', het ergste etiket dat je op school opgeplakt kon krijgen. Judy en Gregory merkten al snel de haatgevoelens jegens de blanken en waren bij de minste aanleiding bang tot moes geslagen te worden. De eerste schooldag had Gregory het zo erg te pakken dat zelfs zijn naam hem in de keel stokte.

'Wij krijgen er twee nieuwe leerlingen bij,' zei de onderwijzeres glimlachend, blij met die paar blanke gezichten tussen zoveel donkere kinderen. 'Ik wil dat jullie aardig voor hen zijn, hen helpen met leren en hun de schoolregels bijbrengen. Hoe heten jullie, lieverds?'

Gregory bleef zwijgen en klampte zich vast aan de jurk van zijn zusje. Ten slotte schoot Judy te hulp.

'Ik ben Judy Reeves en dit is die stommeling van mijn broer,'-

zei ze. De hele klas, inclusief de juffrouw, barstte in lachen uit. Gregory voelde iets warms en plakkerigs in zijn broek.

'Goed, ga maar zitten,' werd hun gezegd.

Een paar minuten later kneep Judy haar neus dicht en keek haar broer weinig vriendelijk aan. Gregory sloeg zijn blik neer en probeerde zich voor te stellen dat hij niet daar was, dat hij in de vrachtauto over de wegen reed, in de open lucht, dat zijn vader nooit ziek was geworden en dat die vervloekte school niet bestond, dat het slechts een nachtmerrie was. Even later rook de hele klas het en brak er een geweldig tumult uit.

'Welnu, wie is het?' vroeg de juffrouw met een valse glimlach die om haar mond geplakt leek. 'Je hoeft je nergens voor te schamen, het is een ongelukje, dat kan iedereen overkomen..., wie is het?'

'Ik heb niet in mijn broek gepoept en mijn broertje ook niet, ik zweer het!' schreeuwde Judy uitdagend. Haar verklaring werd onthaald op een koor van spottende opmerkingen en hilarisch gelach.

De onderwijzeres liep naar Gregory en fluisterde in zijn oor dat hij de klas uit moest gaan, maar hij klemde zich met beide handen aan zijn lessenaar vast, het hoofd ingetrokken en de ogen stijf dicht, rood van schaamte. De vrouw probeerde hem bij zijn arm uit de bank te trekken, eerst zachtzinnig, daarna met wilde rukken, maar het kind zat aan zijn stoeltje vastgeklemd met de kracht der wanhoop.

'*Váyate a la chingada!*' loeide Judy tegen de onderwijzeres in haar pasgeleerde Spaans. 'Dit is een kloteschool!' voegde zij er in het Engels aan toe.

De vrouw stond sprakeloos van verbazing en ook de klas verstomde.

'*Chingada, chingada, chingada*! Kom mee, Greg, we gaan.' En elkaar bij de hand vasthoudend verlieten broer en zus het klaslokaal, zij met het hoofd in de nek, hij met de kin op de borst.

Judy bracht Gregory naar een pompstation, verstopte hem tussen een paar olievaten en speelde het klaar om met een tuinslang zijn broek schoon te spuiten zonder dat iemand het zag. Zwijgend keerden zij naar huis terug.

'En, hoe was het?' vroeg Nora Reeves, verwonderd dat ze zo snel al weer thuis waren.

'De juf zei dat we niet meer terug hoeven te komen, omdat wij veel knapper zijn dan de anderen. Die ukkies spreken niet als normale mensen, mam. Zij kunnen niet eens Engels praten!'

'Wat is dat voor onzin?' onderbrak Olga. 'En waarom zijn Gregory's kleren helemaal nat?'

Zodat ze de volgende dag naar school terug moesten, meegesleept door Olga, die hen het klaslokaal binnenbracht. Zij dwong hen zich bij de juffrouw te verontschuldigen voor de beledigingen en maakte meteen van de gelegenheid gebruik om de andere kinderen te waarschuwen dat ze het niet moesten wagen de Reeves lastig te vallen. Voor het weggaan keerde zij zich nog naar de dichte massa donkere gezichtjes toe en maakte het beledigende gebaar: beide vuisten gesloten met de wijsvinger en de pink naar boven wijzend als hoornen. Haar vreemde voorkomen, haar Russische accent en dat gebaar maakten dat, tenminste voorlopig, die monsters zich koest hielden.

Een week later werd Gregory zeven jaar. Het werd niet gevierd, in feite dacht niemand eraan omdat alle aandacht van de familie op de vader was gericht. Olga, de enige die dagelijks naar het ziekenhuis ging, kwam met het bericht terug dat Charles Reeves eindelijk buiten levensgevaar was en dat ze hem hadden overgebracht naar een gewone zaal waar hij bezoek mocht ontvangen. Nora en Inmaculada Morales wasten de kinderen tot ze schoon tot achter hun oren waren, kleedden hen in hun beste goed, deden brillantine in het haar van de jongens en linten in de knotjes van de meisjes. In processie vertrokken zij naar het ziekenhuis met bescheiden boeketjes van bloemen uit de tuin en een schaal kiptaco's en doorbakken zwarte bonen met kaas, klaargemaakt door Inmaculada. De zaal was immens groot, met aan weerszijden identieke bedden en in het midden een eindeloos gangpad, dat ze op hun tenen volgden tot de plek waar de zieke lag. Een stuk karton aan het voeteneinde van het bed met de naam Charles Reeves erop geschreven, maakte het mogelijk hem te identificeren, op een andere wijze zouden ze hem niet hebben herkend. Hij was veranderd in een vreemde, was onbeschrijflijk oud geworden, zijn huid had de kleur van was, zijn ogen lagen diep in de kassen en hij rook naar amandelen. De kinderen stonden dicht tegen elkaar aangedrukt met de bloemen in hun handen, niet wetend waar ze die moesten laten, Inmaculada Morales bedekte blozend de schaal taco's met haar omslagdoek en Nora Reeves begon te trillen. Gregory kreeg het gevoel dat er iets onherstelbaars in zijn leven was gebeurd.

'Het gaat al een stuk beter met hem, nog even en dan zal hij kunnen eten,' zei Olga, terwijl ze het seruminfuus in de ader van de patiënt bijstelde.

Gregory week achteruit tot het gangpad, stormde met twee treden tegelijk de trap af en rende naar de uitgang. Voor de deur van het ziekenhuis zakte hij op zijn hurken, met zijn hoofd tussen zijn knieën en zijn armen om zijn benen geslagen als een bolletje wol, en herhaalde als een litanie *chingada, chingada, chingada.*

Bij hun aankomst in het nieuwe land logeerden de Mexicaanse immigranten aanvankelijk in het huis van vrienden of verwanten, waar dikwijls al meerdere families samenhokten. De wetten van gastvrijheid waren onschendbaar, niemand werd de eerste dagen eten en onderdak geweigerd, maar daarna moest ieder op eigen benen staan. Zij kwamen uit alle plaatsjes ten zuiden van de grens op zoek naar werk, zonder iets anders bij zich dan de kleren aan hun lijf, een zak met wat spullen op hun rug en de beste voornemens om vooruit te komen in dat beloofde land, waar, zo was hun verteld, het geld aan de bomen groeide en waar iedere handige jongen het tot ondernemer kon brengen, met een eigen Cadillac voor de deur en een blondine aan de arm. Wat ze er echter niet bij vermeld hadden, was dat op elke geluksvogel er vijftig ergens halverwege bleven steken en er nog eens vijftig mislukt terugkeerden, dat zij er zelf niet van zouden profiteren, het hun lot was het pad te effenen voor hun kinderen en kleinkinderen die op die vijandige bodem het licht zouden zien. Zij hadden geen vermoeden van de ellende die ontheemding met zich meebracht, hoe de bazen hen zouden misbruiken en de gezagdragers hen zouden achtervolgen, hoe moeilijk het zou zijn om de familie te herenigen, de kinderen en de ouderen de grens over te krijgen, van de pijn de vrienden vaarwel te zeggen en de doden achter te laten. Ook werden zij er niet voor gewaarschuwd dat zij snel hun tradities zouden verliezen en dat de cynische slijtage van het geheugen hun herinneringen zou wegvagen, en evenmin dat zij de laagsten van de laagsten zouden zijn. Maar ook al hadden ze dit alles geweten, dan zouden ze misschien toch de tocht naar het Noorden ondernomen hebben. Inmaculada en Pedro Morales noemden zichzelf '*wetbacked wirecutters*', een samentrekking van '*wirecutter*' en '*wetback*', zoals de illegale immigranten werden genoemd, en vertelden stikkend van de lach hoe zij steeds weer de grens overstaken, de ene keer zwemmend over de Río Grande, de andere keer een gat knippend in de ijzerdraadversperring tussen beide landen. Meer dan eens waren zij naar hun geboorteland teruggeweest voor vakantie, heen en weer reizend met al hun kinderen, van de jongste tot de oudste, en zelfs met oma, die zij uit haar dorp hadden weggehaald toen haar man gestorven was en zij in de war raakte. Na verloop van jaren lukte het hun gelegaliseerd te worden en kregen hun kinderen het Amerikaanse staatsburgerschap. Aan hun tafel ontbrak het nooit aan een pas aangekomen landgenoot, en de kinderen groeiden op met verhalen over arme duivels die verborgen als een stuk bagage in de dubbele bodem van een vrachtwagen de grens overstaken, van rijdende treinen sprongen of zich onder de grond voortsleepten door oude riolen, met de voortdurende angst dat ze door de politie, de gevreesde Migra, verrast konden worden en geboeid naar hun land teruggestuurd, na eerst als misdadigers geregistreerd te zijn. Menigeen stierf door de kogel van een grenswachter, of van honger en dorst, anderen stikten in de geheime compartimenten van de vehikels van de *coyotes*, die van de wanhoop een handeltje hadden gemaakt en de Mexicanen naar een dorp aan de andere kant van de grens vervoerden. In de tijd dat Pedro Morales zijn eerste reis maakte, leefde onder de latino's nog het gevoel een gebied terug te winnen dat altijd al van hen was geweest. Voor hen betekende illegaal de grens passeren geen delict maar een avontuurlijke daad van gerechtigheid. Pedro Morales was toen twintig jaar oud, had net zijn militaire dienst achter de rug, en aangezien hij niet in het voetspoor van zijn vader en zijn grootvader wilde treden, doodarme loonarbeiders op een haciënda in Zacatecas, gaf hij er de voorkeur aan de tocht naar het Noorden te wagen. En zo kwam hij in Tijuana terecht, waar hij als loonarbeider gecontracteerd hoopte te worden om op het land te werken, want de Amerikaanse boeren hadden goedkope mankracht nodig, maar hij was door zijn geld heen en kon niet wachten tot de formaliteiten afgewikkeld waren. Hij kon de ambtenaren en politiefunctionarissen niet omkopen, en evenmin beviel hem die doorgangsplaats, waar het de mannen volgens hem aan eer en de vrouwen aan eerbaarheid ontbrak. Hij was moe van het heen en weer trekken op zoek naar werk en wilde geen hulp vragen of liefdadigheid aanvaarden. Ten slotte besloot hij zich door de afrastering voor vee heen te werken die langs de grens liep en knipte met een tang het prikkeldraad stuk, waarna hij recht vooruit in de richting van de zon begon te lopen, de aanwijzingen opvolgend van een meer ervaren vriend. Zo bereikte hij het zuiden van Californië. De eerste maanden waren bar, het bleek helemaal niet zo gemakkelijk als ze gezegd hadden om je brood te verdienen. Hij trok van boerderij naar boerderij, plukte fruit, bonen en katoen, sliep langs de weg, op treinstations, op autokerkhoven, hield zich in leven met brood en bier, zijn armoede delend met duizenden lotgenoten. De bazen betaalden minder uit dan zij aanvankelijk geboden hadden en bij het minste protest haalden ze er de politie bij, die altijd achter illegalen aan zat. Pedro kon zich nergens voor langere tijd vestigen, de Migra zat hem voortdurend op de hielen, maar ten slotte ontdeed hij zich van zijn hoed en zijn sandalen, trok blue jeans aan en leerde een paar zinnen Engels brabbelen. Zodra hij in het nieuwe land een minimaal bestaan had opgebouwd, keerde hij naar zijn dorp terug om zijn meisje uit de kinderjaren op te halen. Inmaculada wachtte hem op met gesteven trouwjurk.

'Die gringo's zijn allemaal getikt, ze doen abrikozen bij het vlees en eten gebakken eieren met jam, sturen hun honden naar de kapper, geloven niet in de maagd Maria, de mannen doen thuis de afwas en de vrouwen wassen op straat de auto, in bh en onderbroek, zodat je alles ziet, maar als we ons niet met ze bemoeien, kan je er leven als een vorst,' informeerde Pedro zijn verloofde.

Zij trouwden met de gebruikelijke ceremonies en feesten, sliepen de eerste huwelijksnacht in het bed van de ouders van de bruid, die het voor die gelegenheid afstonden, en de volgende dag namen zij de bus naar het Noorden. Pedro had wat geld bij zich en was inmiddels bedreven in het oversteken van de grens, hij bevond zich in een betere situatie dan de eerste keer, maar was nog steeds even bevreesd, hij wilde zijn vrouw aan geen enkel gevaar blootstellen. Er deden gruwelijke verhalen de ronde over roofovervallen en slachtpartijen door rondzwervende bandieten, corruptie van de Mexicaanse politie en mishandeling door de Amerikaanse, verhalen die de grootste macho tot andere gedachten zouden kunnen brengen. Maar Inmaculada liep stralend van geluk vlak achter haar man aan, de zak met haar spulletjes wiegend op het hoofd, beschermd tegen onheil door het scapulier van de Maagd van Guadalupe, op haar lippen een gebed en de ogen wijdopen om de wereld te zien die voor haar lag als een wonderbaarlijke koffer boordevol verrassingen. Zij was nooit uit haar dorp weg geweest en had niet gedacht dat de wegen zo eindeloos lang konden zijn, maar niets kon haar de moed doen verliezen, de vernederingen niet, de vermoeienissen niet, en het gemene spel van het heimwee niet, en toen zij en haar man dan eindelijk hun intrek namen in een armoedige pensionkamer aan de andere kant van de grens, had ze het idee de drempel van de hemel te zijn overgegaan. Een jaar later werd hun eerste kind geboren, Pedro vond een job in een bandenfabriek in Los Angeles en begon een avondopleiding voor automonteur. Om haar man te steunen zocht Inmaculada een baantje in een confectiebedrijf en verdiende later bij als werkster, totdat haar zwangerschappen en de kinderen haar noodzaakten om thuis te blijven. De Morales waren nette en fatsoenlijke mensen, zij deden zuinig aan en leerden gebruikmaken van de voordelen die dat land bood waar zij altijd buitenlanders zouden blijven, maar waar hun kinderen een plek zouden hebben. Zij waren altijd bereid hun deuren te openen om anderen te helpen, hun huis leek dikwijls wel een opvangcentrum. Vandaag voor jou, morgen voor mij, de ene keer is het geven, de andere keer krijgen, dat is de natuurwet van het leven, zei Inmaculada. Zij stelden vast dat vrijgevigheid een verrijkende werking heeft, het geluk was aan hun zijde, het ontbrak hun nooit aan werk, zij hadden gezonde kinderen en dankbare vrienden, mettertijd slaagden ze erin de aanvankelijke armoede te overwinnen. Vijf jaar na hun aankomst in de stad opende Pedro zijn eigen garage. In de tijd dat de Reeves hun tenten in hun patio opsloegen, waren zij de meest gerespecteerde familie van de wijk, Inmaculada werd door iedereen als een moeder beschouwd en Pedro werd geraadpleegd vanwege zijn rechtvaardigheid. In die gemeenschap, waar niemand het in zijn hoofd zou halen om voor het oplossen van conflicten een beroep te doen op politie of justitie, trad hij op als arbiter bij geschillen en als rechter bij ruzies.

Olga had gelijk, althans gedeeltelijk. Een maand na de operatie verliet Charles Reeves op eigen kracht het ziekenhuis, maar zijn voornemen om weer te gaan zwerven was ronduit absurd, want het was duidelijk dat zijn herstel nog veel tijd zou vergen. De arts schreef rust, een dieet en voortdurende controle voor; voor een lange periode, misschien wel jaren, viel er aan een nomadenbestaan niet meer te denken. Het spaargeld was allang op en het gezin stond bij de Morales voor een lieve duit in het krijt. Pedro wilde echter niet horen over die kwestie, want hij had bij de meester een geestelijke schuld lopen die onmogelijk met geld te betalen viel. Charles Reeves was een man die geen liefdadigheid kon accepteren, zelfs niet van een goede vriend en discipel, en evenmin konden ze blijven kamperen op de patio van andermans huis, en tegen de smeekbeden van de kinderen in, die voorgoed de mogelijkheid verloren zagen gaan zich te bevrijden van de schoolterreur, werd de wagen verkocht na er eerst het opschrift en de megafoon van afgehaald te hebben. Met het geld dat ze ervoor kregen, aangevuld met leningen, konden de Reeves een vervallen huisje kopen aan de rand van de Mexicaanse wijk.

De Morales trommelden al hun verwanten op om het kot op te knappen. Dat werd een onvergetelijk weekeinde voor Gregory Reeves, de Latijnsamerikaanse muziek en gerechten zouden in zijn geest voor altijd gekoppeld blijven aan het idee van vriendschap. Zaterdagochtend vroeg kwam er een karavaan van verschillende wagens aanrijden, van een bestelauto die bestuurd werd door een bonk van een kerel met een aanstekelijke lach, een broer van Inmaculada, tot een hele colonne fietsen van neven, vrienden en aanverwanten, allen voorzien van gereedschap en bouwmateriaal. De vrouwen installeerden op het erf grote tafels en begonnen met opgestroopte mouwen voor al die mensen te koken. Koppen van geslachte kippen vlogen door de lucht, lappen varkens- en rundvlees stapelden zich hoog op, maïskolven, bonen en aardappelen stonden zachtjes te koken, tortilla's lagen te bruinen op het vuur, dansende messen hakten, sneden en schilden, in de zon glommen schalen met fruit en in de schaduw wachtten borden met tomaten en ui, pikante saus en *guacamole*. Uit de pannen ontsnapten geuren van smakelijke gerechten, uit de kruiken en flessen klokten bier en tequila, en uit de gitaren klonken de liederen op van het genereuze land aan de overzijde van de grens. De jongetjes holden met de honden tussen de tafels door; de meisjes, op hun paasbest aangekleed, hielpen bij het bedienen; een achterlijke neef met een vreedzaam Aziatisch gezicht waste de borden; gezeten onder een boom droeg de gestoorde grootmoeder met haar nachtegaalstem bij aan het algemene gezang; Olga deelde taco's rond onder de mannen en hield de kinderen in toom. Zagend, spijkerend en lassend werkten zij het gehele weekeinde vrolijk door onder het gezag van Charles Reeves en Pedro Morales. Het was een dolzinnigheid van zweet en zang en toen het 's maandags licht werd, stonden de muren goed in het lood, hingen de ramen in de scharnieren, lagen de golfplaten op het dak en lag er een vloer van nieuwe planken. De Mexicanen braken de tafels van de schranspartijen op, raapten hun gereedschap, gitaren en kinderen bijeen, klommen in de wagens en verdwenen stilletjes zoals ze gekomen waren, opdat niemand hen bedankte.

Toen de Reeves hun nieuwe onderkomen betraden, vroeg Gregory of dit huis niet opvouwbaar was, terwijl hij ongelovig de solide muren betastte. Die paar bescheiden kamers kwamen de kinderen voor als een paleis, nooit eerder hadden ze een vast dak boven hun hoofd gehad, alleen het doek van de tent of de blote hemel. Nora installeerde haar petroleumkooktoestel, zette de oude schrijfmachine in haar slaapkamer en gaf haar fonograaf met slingermechaniek een ereplaats in de huiskamer om naar opera's en klassieke muziek te luisteren; er was een nieuwe fase voor haar aangebroken.

Zonder er veel woorden aan vuil te maken, besloot Olga bij hen weg te gaan. Aanvankelijk bleef zij op de patio van de Morales wonen onder het voorwendsel dat het huis van de Reeves erg ver was en dat zij daar geen klanten zou krijgen; korte tijd later vond zij een zolderkamer boven een garage, helemaal aan de andere kant van de wijk, en hing een bordje op waar zij haar diensten als waarzegster, vroedvrouw en wonderdokter aanbood. Het gerucht over haar talent verspreidde zich snel en haar reputatie werd bevestigd toen zij voorgoed de baard en snor van de kruideniersvrouw deed verdwijnen. Op die plek, waar zelfs mannen geen baardgroei van betekenis hadden, was de kruideniersvrouw het doelwit van wrede spot, totdat Olga zich ermee bemoeide en haar een zelfgebrouwen drankje gaf, hetzelfde dat ze voorschreef tegen schurft. Toen de vrouw, bevrijd van baard en snor, ten slotte haar gezicht in het volle daglicht kon tonen, beweerden boze tongen dat de haren haar tenminste iets interessants hadden gegeven, terwijl zij nu gewoon een vrouw met een piratengezicht was. Men zei dat Olga, zoals zij als wonderdokter genezing bracht met haar bezweringen en zalfjes, met haar tovenarijen ook kwaad kon doen, en dat dwong respect af. Judy en Gregory zochten haar geregeld op en zo nu en dan kwam zij op de thee bij de Reeves, maar haar bezoeken werden steeds minder frequent en bleven op den duur geheel uit. Geleidelijk aan hield men binnen het gezin op haar naam nog te noemen, want dan vulde de atmosfeer zich met spanningen. Judy werd zo in beslag genomen door alle nieuwigheden dat zij haar niet miste, maar Gregory bleef contact met haar houden.

Charles Reeves was weer gaan schilderen om geld te verdienen. Op basis van een foto kon hij een afbeelding leveren die als het om een man ging tamelijk getrouw was en in het geval van de vrouwen zeer verfraaid, aangezien hij de sporen van leeftijd uitwiste, uitheemse of Afrikaanse trekken afzwakte, huid en haren lichter maakte en hen in prachtige toiletten stak. Zodra hij zich er sterk genoeg voor voelde, nam hij ook het preken weer op en het schrijven van boeken, die hij zelf drukte. Ondanks de economische malaise die Het Oneindige Plan doormaakte, zette Charles Reeves zijn levenstaak moeizaam maar met volharding voort. Het publiek bestond voornamelijk uit arbeiders en hun families, van wie velen nauwelijks een woord Engels verstonden, maar de prediker leerde een aantal sleutelwoorden in het Spaans en wanneer zijn vocabulaire te kort schoot verduidelijkte hij zijn ideeën aan de hand van tekeningen op een schoolbord. In het begin kwamen alleen vrienden en familie van de Morales naar hem luisteren, die meer belangstelling voor de boa hadden dan voor de filosofische aspecten van de lezing, maar al snel werd het bekend dat de Doctor in Goddelijke Wetenschappen een begenadigd spreker was en een kei in het sneltekenen van 'dolkomische karikaturen, je moet eens zien hoe hij dat doet, zomaar uit de losse pols, zonder te kijken zelfs,' en de Morales hoefden op niemand druk uit te oefenen om de zaal vol te krijgen. Toen hij zag in wat voor gebrekkige omstandigheden de mensen uit de buurt leefden, sloot Reeves zich wekenlang in de bibliotheek op om de wetgeving te bestuderen, zodat hij zijn gehoor, behalve geestelijke bijstand, ook raad kon verschaffen om de onbekende wateren van het maatschappelijke systeem te bevaren. Dankzij hem kwamen de immigranten erachter dat zij niet alleen maar illegaal waren maar dat zij ook bepaalde burgerrechten genoten, dat ze een beroep op het ziekenhuis konden doen, dat ze hun doden op het plaatselijke kerkhof mochten begraven – hoewel ze die altijd liever naar hun geboortedorp stuurden – en talloze andere voordelen waar zij tot dusverre niet van op de hoogte waren geweest. In die wijk moest Het Oneindige Plan het opnemen tegen het klatergoud van het katholieke ceremonieel, tegen de trommen en deksels van het Leger des Heils, tegen de curieuze poligamie van de mormonen en de rituelen van de zeven locale protestantse kerken, waaronder de baptisten die zich gekleed in de rivier lieten onderdompelen, de adventisten die 's zondags citroentaart uitdeelden en de leden van de pinkstergemeente die hun handen naar de hemel uitstrekten om de Heilige Geest te ontvangen. Aangezien het niet nodig was om het eigen geloof op te geven, want de leer van Charles Reeves bood plaats voor alle credo's, konden pater Larraguibel van de Kerk van Lourdes en de zielenherders van alle andere religies niets tegen hem inbrengen, zodat zij het nu dan eens één keer met elkaar eens waren en een ieder van zijn kansel de prediker ervan beschuldigde een beunhaas zonder grondbeginselen te zijn.

Vanaf hun eerste ontmoeting, toen de wagen van de Reeves werd uitgeladen op de patio van de Morales, waren Gregory en Carmen, de jongste dochter van het gezin, dik met elkaar bevriend. Eén blik was voldoende om een genegenheid te doen ontstaan die hun hele leven zou duren. Het meisje was een jaar jonger maar in praktisch opzicht veel pienterder, van haar zou hij de geheimen en trucjes leren om te overleven in die wijk. Gregory was mager, lang en hoogblond, zij klein, mollig, met de kleur van gebrande suiker. De jongen had een kennis verworven die niet erg gebruikelijk was, hij kon hele opera's navertellen, landschappen uit de *National Geographic* beschrijven of gedichten van Byron uit zijn hoofd opzeggen; hij kon een eend vangen, een vis schoonmaken en in een paar seconden de afstand berekenen die een auto in drie kwartier aflegt als hij dertig mijl per uur rijdt, allemaal kennis waar hij weinig aan had in zijn nieuwe situatie. Hij wist hoe je een boa in een zak moest doen, maar hij wist niet hoe je brood moest kopen op de hoek, hij had nooit samengeleefd met leeftijdgenootjes en ook had hij nooit een klaslokaal van binnen gezien, hij had geen flauw vermoeden van de gemeenheid van kinderen of van de vreselijke raciale barrières, want Nora had hem ingeprent dat de mensen goed zijn – het tegenovergestelde is een afwijking van de natuur – en allen gelijk. Totdat Gregory naar school ging geloofde hij dat. Zijn huidskleur en het ontbreken van elke vorm van boosaardigheid ergerden de anderen, die hem te grazen namen wanneer zij maar konden, meestal in de toiletten, en hem dan half suf sloegen. Niet altijd even onschuldig was hij vaak de aanleiding tot ruzie. Met Juan José en Carmen Morales verzon hij flauwe grappen, zoals het met een spuitje leegzuigen van een chocoladebonbon en de mintvulling vervangen door de heetste saus uit de keuken van Inmaculada om hem vervolgens aan te bieden aan de bende van Martínez als wie een vredespijp aanbiedt, om vrienden te worden, oké? Daarna moesten ze zich een week lang schuilhouden.

Elke dag, zodra de laatste schoolbel klonk, rende Gregory als een bezetene naar huis, achternagezeten door een hele troep kinderen die hem wilden afmaken. Hij had zulke snelle benen dat hij meestal midden op de weg stil bleef staan om zijn vijanden uit te schelden. Zolang hij met zijn familie op de patio van de Morales kampeerde, was hij niet bang, want het huis was dichtbij, Juan José liep met hem mee en niemand kon dicht in zijn buurt komen, maar toen zij naar hun nieuwe onderkomen verhuisden, was de afstand tien keer zo groot geworden en namen de kansen om op tijd zijn doel te bereiken schrikbarend af. Hij nam een andere route, sneed af via weggetjes binnendoor en zocht schuilplaatsen waar hij in elkaar gedoken wachtte tot ze er genoeg van kregen hem nog langer te zoeken. Op een keer glipte hij de kerk binnen, omdat de pater tijdens de godsdienstles had verteld dat het in de middeleeuwen gebruikelijk was om in godshuizen asiel te zoeken, maar de troep van Martínez achtervolgde hem tot binnen in het gebouw en zette een rumoerige klopjacht in. Zij sprongen van bank tot bank en kregen hem ten slotte voor het altaar in handen, waar ze tegen hem aan begonnen te trappen, terwijl de heiligenbeelden onder hun stralenkransen van verguld messing onbewogen toekeken. Op het geschreeuw kwam de energieke geestelijke toegesneld, die Gregory uit de handen van zijn vijanden bevrijdde en hen bij de haren wegsleepte.

'God heeft me niet gered!' schreeuwde het kind meer van woede dan van pijn, wijzend naar de bloedende Christus die boven het altaar hing.

'Oh nee? En ben ik dan niet gekomen om je te helpen, ondankbare hond?' brulde de pastoor.

'Ja, maar te laat! Moet u kijken hoe ik eruitzie,' loeide hij terwijl hij zijn blauwe plekken toonde.

'God heeft geen tijd voor kwajongensstreken. Sta op en snuit je neus,' beval de pater.

'U zei dat je veilig was in een kerk...'

'Natuurlijk, mits de vijand weet dat het om een gewijde plek gaat, maar die schooiers hebben geen idee van de heiligschennis die zij hebben gepleegd.'

'Die rotkerk van u is waardeloos!'

'Pas op je woorden, ondankbare vlegel, anders sla ik je tanden eruit!' dreigde de pater, zwaaiend met zijn hand.

'Heiligschennis! Heiligschennis!' bracht Reeves hem in herinnering, en dat bracht het Baskische bloed dat in de aderen van de geestelijke kookte tot bedaren. Hij ademde diep om te kalmeren en probeerde een toon aan te slaan die meer in overeenstemming met zijn gewijde kleding was.

'Luister, mijn zoon, je moet leren je te verdedigen. Help uzelf, zo helpe u God, zoals het spreekwoord zegt.'

En van die dag af sloot de goede man, die in zijn jonge jaren een vechtlustige boer was geweest, zich met Gregory in de binnenplaats van de sacristie op om hem, zonder zich veel aan te trekken van de regels voor fair play, te leren boksen. Zijn eerste les bestond uit drie onwrikbare principes: het enige belangrijke is winnen, de eerste slag is een daalder waard en direct op iemands ballen slaan, mijn zoon, en dat God ons vergeve. De jongen besloot hoe dan ook dat het godshuis minder veilig was dan de stevige schoot van Inmaculada Morales, en naar gelang zijn vertrouwen in zijn vuisten toenam, wankelde zijn geloof in de goddelijke interventie. Van toen af aan rende hij naar het huis van zijn vriendjes als hij in de problemen zat, sprong over het hek van de patio en verstopte zich in de keuken, waar hij wachtte tot Judy hem kwam redden. Met zijn zusje kon hij veilig over straat lopen, omdat zij het mooiste meisje van de school was; alle jongens waren verliefd op haar en niemand zou de stommiteit hebben begaan in haar aanwezigheid met Gregory een streek uit te halen. Carmen en Juan José probeerden te bemiddelen tussen hun nieuwe vriendje en de rest van de kinderen, maar slaagden daar niet altijd in, omdat Gregory een vreemde jongen was, niet alleen vanwege zijn huidskleur maar ook omdat hij trots, koppig en eigenwijs was. Hij zat vol verhalen over Indianen, wilde beesten, operafiguren en theorieën over zielen in de vorm van zwevende sinaasappelen, Logi en Uitvoerende Meesters, waar noch de pater noch de onderwijzeressen het fijne van wensten te weten. Bovendien verloor hij bij de minste aanleiding zijn zelfbeheersing, wierp zich met gesloten ogen en gebalde vuisten op zijn tegenstander, vocht in het wilde weg en verloor bijna altijd, hij was op school degene die de meeste slaag kreeg. Ze lachten om hem, om zijn hond – een straathond met korte pootjes en een lelijk snuitwerk – en zelfs om het voorkomen van zijn moeder, die er ouderwets uitzag en foldertjes van het bahaïsme of Het Oneindige Plan rondbracht. Maar de ergste spot kreeg hij te verduren vanwege zijn gevoelige aard. De rest van de jongens hadden zich reeds de lessen van het machisme eigen gemaakt: mannen moeten bikkelhard, moedig, dominant, eenzaam, snel met het trekken van wapens en in alle opzichten superieur aan de vrouw zijn. De twee grondregels die de jongens met de paplepel ingegoten kregen, waren dat een man op niemand vertrouwt en nooit huilt. Maar Gregory hoorde de juf praten over de zeehonden in Canada die werden doodgeknuppeld door mannen die jacht op hun pels maakten, of hij hoorde de pater vertellen over de melaatsen in Calcutta, en met vochtige ogen besloot hij onmiddellijk naar het Noorden te trekken om de arme dieren te gaan verdedigen of naar het verre Oosten te gaan als missionaris. Aan de andere kant konden ze hem suf slaan zonder dat hij een traan liet, uit trots had hij liever dat ze hem tot moes stampten dan dat hij om genade vroeg, en alleen hierom beschouwden de anderen kinderen hem niet als een onverbeterlijke flikker. Ondanks alles was hij een vrolijk kind, dat uit elk instrument muziek wist te halen, met een onfeilbaar geheugen voor moppen, de lieveling van de meisjes tijdens het speelkwartier.

In ruil voor de bokslessen eiste de pater dat hij hem hielp bij de zondagsmis. Toen Gregory dat thuis bij de Morales vertelde, kreeg hij het zwaar te verduren van Juan José en zijn broers die de ene grap na de andere maakten, totdat Inmaculada hen onderbrak om aan te kondigen dat, als straf voor al dat geplaag, haar zoon Juan José ook misdienaar zou worden, en met veel eer, gezegend zij God. De twee vrienden brachten vele uren knarsentandend door in de kerk met het zwaaien van het wierookvat, het klingelen van de misbel en het brabbelen van Latijnse teksten onder de waakzame blik van de geestelijke, die hen zelfs nog op de hoogtepunten van de dienst in de gaten hield met zijn beruchte derde oog, het oog dat hij, naar werd gezegd, in zijn nek had om te zien of er gezondigd werd. Het deed de man genoegen dat een van zijn helpers donker was en de ander blond, hij meende dat die rassenintegratie de Schepper zonder twijfel welgevallig was. Voor de mis begon, brachten de jongens het altaar in gereedheid en na afloop ruimden zij de sacristie op, bij het weggaan kregen zij een anijsbroodje, maar de werkelijke beloning bestond uit een paar heimelijke slokjes van de belegen miswijn, zoet en sterk als sherry. Op een ochtend goten zij het vocht zo enthousiast naar binnen dat ze geen maat meer wisten te houden en de fles soldaat maakten, zodat er geen wijn meer was voor de laatste mis. Gregory kwam op het idee een paar muntjes uit de collecteschaal achterover te drukken en op een holletje een flesje coca-cola te kopen. Ze schudden ermee om het koolzuur te laten ontsnappen en vulden er de wijnkelk mee. Tijdens de dienst hingen zij aan een stuk door de clown uit en zelfs de vernietigende blikken van de geestelijke konden niet verhelpen dat ze fluisterden, in gieren uitbarstten, struikelden en op de verkeerde momenten de bel luidden. Toen de pater de kelk omhoog hield om de coca-cola te consecreren, konden de jongens niet meer van het lachen en moesten ze op de treden van het altaar gaan zitten. Verdiept in de liturgische woorden begon de priester een paar minuten later eerbiedig van het vocht te drinken, maar dadelijk bij de eerste slok merkte hij dat de duivel met de kelk had geknoeid, tenzij de consecratie voor één keer een aantoonbare moleculaire verandering van de wijn teweeg had gebracht, een gedachte die hij met zijn praktische inslag onmiddellijk verwierp. Hij had een lange ervaring met de wisselvalligheden van het leven achter de rug en ging onverstoorbaar verder met de dienst, zonder dat ook maar iets aan hem verraadde wat er aan de hand was. Hij gaf zonder haast de eindzegen, verliet waardig het altaar gevolgd door zijn twee wankelende misdienaars; eenmaal in de sacristie deed hij een van zijn zware sandalen uit en gaf hun een geduchte aframmeling.

Dat was het eerste van de vele moeilijke jaren voor Gregory Reeves, het was een periode van onzekerheid en angst, waarin tal van dingen veranderden, maar ook van kattekwaad, verrassingen en ontdekkingen.

Zodra mijn familie gewend was geraakt aan haar nieuwe bestaan en mijn vader zich sterker voelde, werd er begonnen met de opknapbeurt van het huisje. Dankzij de hulp van de Morales en hun vrienden was dat nu weliswaar geen bouwval meer, maar enkele essentiële voorzieningen ontbraken nog. Mijn vader legde een primitief systeem aan voor elektrisch licht, metselde een hokje voor de wc en ontdeed samen met mij het erf van stenen en onkruid, zodat mijn moeder de tuin met groenten en bloemen kon aanleggen waar zij altijd naar verlangd had. Ook bouwde hij een schuurtje aan de rand van de droge bedding waar ons stukje grond ophield, om er zijn gereedschap en de kampeerspullen in op te bergen, hij had nog steeds de illusie ooit weer eens met een ander busje het land in te trekken. Daarna droeg hij me op een kuil te graven, hij beweerde dat volgens een Griekse filosoof elke man voor zijn dood een kind moet voortbrengen, een boek schrijven, een huis bouwen en een boom planten, aan de eerste drie dingen had hij reeds voldaan. Met tegenzin begon ik te graven op de plek die hij me aanwees, ik wilde liever niet meewerken aan zijn dood, maar ik durfde niet te weigeren of half werk te doen. 'Op een keer, toen ik op het astrale niveau reisde, werd ik naar een vertrek zo groot als een fabriek geleid,' vertelde Charles Reeves zijn gehoor. 'Daar zag ik vele interessante machines, sommige waren nog niet klaar en andere waren absurd, de mechanische principes klopten niet zodat ze nooit goed zouden kunnen werken. Ik vroeg aan een Logi van wie ze waren. Dit is jouw onvolbrachte werk, legde hij uit. Ik herinnerde me dat ik in mijn jeugd de ambitie had uitvinder te worden. Die lachwekkende machines waren produkten uit die tijd en sindsdien stonden ze daar opgeslagen, wachtend tot ik er wat mee zou gaan doen. Gedachten nemen vormen aan, hoe vastomlijnder een idee, des te concreter is de vorm. Ideeën en plannen mogen niet onvoltooid blijven, zij moeten vernietigd worden, anders verspilt men energie die beter voor iets anders gebruikt kon worden. Men moet op een constructieve maar zorgvuldige manier denken.' Ik had dat verhaaltje vaak gehoord, ik werd geërgerd door die obsessie alles af te maken en aan elk voorwerp en aan elk idee een precieze plaats te geven, want te oordelen naar wat ik om mij heen zag, bestond de wereld louter uit chaos.

Mijn vader ging vroeg weg en kwam met Pedro Morales in diens bestelwagen, waar een tamelijk grote wilg in lag, terug. Met veel moeite sleepten de twee mannen hem naar de kuil en plantten hem erin. Een paar dagen lang observeerde ik de boom en mijn vader in de veronderstelling dat de eerste elk moment zou verdorren en de tweede dood neervallen, maar omdat noch het een noch het ander gebeurde, kreeg ik het idee dat de oude filosofen een stelletje charlatans waren. De angst als wees achter te blijven was een dikwijls terugkerende dwanggedachte. In mijn dromen verscheen Charles Reeves als een krakend skelet gekleed in donkere gewaden met een dikke opgerolde slang aan zijn voeten, en wanneer ik wakker was had ik het beeld van een wrak voor me, zoals ik hem in het ziekenhuis had gezien. Het idee van zijn dood maakte me vreselijk bang. Sinds we in de stad woonden, werd ik achtervolgd door een gevoel van dreiging, de bekende normen golden niet meer, zelfs de woorden verloren hun gebruikelijke betekenis en ik moest nieuwe codes, andere gebaren, een vreemde taal met rollende r's en harde g's leren. De eindeloze wegen en de weidse landschappen waren vervangen door een labyrint van rumoerige, smerige, stinkende maar ook fascinerende straatjes, waar bij iedere stap iets te beleven viel. De aantrekkingskracht van de straten was onweerstaanbaar, daar speelde het leven zich af, zij waren het toneel van strijd, liefde en onderhandelingen. Ik was betoverd door de Latijnsamerikaanse muziek en de gewoonte om verhalen te vertellen. De mensen spraken over hun leven op de toon van een legende. Ik geloof dat ik Spaans leerde, alleen omdat ik geen woord van die verhalen wilde missen. Het liefst zat ik in de keuken van Inmaculada Morales tussen de geuren van de pannen en de drukte van de familie. Ik kon niet genoeg krijgen van dat eeuwige circus, maar ook voelde ik de geheime behoefte de stilte van de natuur te hervinden waarin ik was opgegroeid, ik zocht bomen, ik liep uren om een klein heuveltje te beklimmen waar ik gedurende enige minuten weer het genot onderging in mijn eigen huid te leven. De rest van de tijd ervoer ik mijn lichaam als een last, ik moest het beschermen tegen voortdurende bedreigingen, mijn blonde haar, de kleur van mijn huid en ogen, mijn fragiele bouw wogen zwaar op me. Inmaculada Morales zegt dat ik een vrolijk kind was, bruisend van vitaliteit en energie, met een enorme levenslust, maar zo herinner ik het me niet, in het getto ervaarde ik het ongemak anders te zijn, ik integreerde niet, al wilde ik wel als de anderen zijn, opgaan in de massa, onzichtbaar worden om zo ongestoord over straat te lopen of op het schoolplein te spelen, bevrijd van de groepen donkere jongens die op mij de agressie afreageerden die zij op hun beurt van de blanken ondervonden zodra zij hun neus buiten hun wijk staken.

Toen mijn vader uit het ziekenhuis werd ontslagen, hervatten wij schijnbaar een normaal leven, maar het evenwicht in het gezin was verbroken. Ook werd de sfeer bedrukt door de afwezigheid van Olga, ik miste haar koffer met schatten, haar tovernaarsspullen, haar opzichtige kleren, haar brutale lach, haar verhalen, haar onvermoeibare energie, het huis was zonder haar als een tafel waaraan een poot ontbreekt. Mijn ouders zwegen de kwestie dood en ik durfde er niet naar te vragen. Mijn moeder werd bij vlagen nog stiller en afweziger dan ze al was, terwijl mijn vader, die altijd een grote zelfbeheersing had gehad, last kreeg van onvoorspelbare en woeste driftaanvallen. Dat komt door die operatie, de chemische samenstelling van zijn fysieke lichaam is veranderd, vandaar dat zijn aura verduisterd is, maar hij zal snel weer de oude zijn, zei mijn moeder als rechtvaardiging in het jargon van Het Oneindige Plan, echter zonder de minste overtuiging in haar stem. Ik voelde me nooit op mijn gemak bij haar, dat kleurloze en vriendelijke wezen leek in niets op de moeders van andere kinderen. Beslissingen, toestemmingen en straffen kwamen altijd van mijn vader, troost en vrolijkheid van Olga, geheimpjes deelde ik met Judy. Met mijn moeder was ik alleen verbonden door de schoolboeken en schriftjes, door de muziek en het kijken naar de sterrenbeelden aan de hemel. Zij raakte me nooit aan, ik wende aan haar lichamelijke afstandelijkheid en haar gereserveerde karakter.

Op een dag raakte ik Judy kwijt en toen ervoer ik de angst van de absolute eenzaamheid, die ik pas enkele tientallen jaren later overwon, toen een onverwachte liefde deze soort van vervloeking ophief. Judy was altijd een spontaan en lief meisje geweest dat me beschermde, me leidde, ik hing aan haar rokken. 's Nachts schoof ik bij haar in bed en zij vertelde mij verhaaltjes of verzon dromen met precieze instructies wat ik moest doen om die te dromen. De vormen van mijn slapende zusje, haar warmte en het ritme van haar ademhaling vergezelden het eerste deel van mijn kindertijd, opgerold aan haar zijde vergat ik mijn angst, dicht bij haar kon me niets gebeuren. Op een nacht in april, toen Judy negen zou worden en ik zeven was, wachtte ik tot alles stil was en kroop mijn slaapzak uit om bij haar te gaan liggen, zoals ik altijd deed, maar ik stuitte op wild verzet. Bedekt tot haar kin en met haar handen stijf de slaapzak tegen zich aan klemmend wierp zij me voor de voeten dat ze mij niet meer naast zich wilde hebben, dat ze mij nooit meer bij zich zou laten slapen, dat het uit was met de verhaaltjes, de verzonnen dromen en al het andere en dat ik veel te groot was voor dat kinderachtige gedoe.

'Wat heb je, Judy?' smeekte ik verschrikt, niet zozeer door haar woorden als wel door de rancune in haar stem.

'Donder op en raak me nooit van je leven meer aan!' En ze barstte in snikken uit met haar gezicht naar de wand toegekeerd.

Ik ging naast haar op de grond zitten zonder te weten wat ik moest zeggen, verdrietiger om haar tranen dan om de afwijzing. Een hele poos later stond ik op en deed op mijn tenen lopend de deur open voor Oliver, van toen af aan sliep ik met mijn hond in mijn armen. In de daaropvolgende maanden had ik de indruk dat er thuis een geheim bestond waar ik buiten werd gehouden, een geheim tussen mijn vader en mijn zusje, of misschien tussen hen en mijn moeder, of tussen hen allen en Olga. Ik voelde dat het beter was de waarheid niet te weten en deed geen moeite erachter te komen. De sfeer thuis was zo gespannen dat ik probeerde zo veel mogelijk weg te blijven, ik bracht Olga een bezoek, of de Morales, maakte lange wandelingen door de velden in de omgeving, ik liep een paar mijl en keerde pas bij het vallen van de avond terug, verstopte me in het kleine schuurtje tussen het gereedschap en de andere spullen en huilde urenlang zonder te weten waarom. Niemand vroeg mij wat.

Het beeld van mijn vader begon te vervagen en werd vervangen door dat van een onbekende, een onrechtvaardige en driftige man, die, terwijl hij Judy aanhaalde, mij om iedere kleinigheid een pak slaag gaf en me van zich afduwde, ga buiten spelen, jongens moeten sterk worden op straat, gromde hij. Er viel geen enkele overeenkomst meer te ontdekken tussen de keurige en charismatische prediker van vroeger en die walgelijke oude man die zijn dagen luisterend naar de radio in een leunstoel doorbracht, half aangekleed en ongeschoren. In die tijd had hij het schilderen al opgegeven en ook kon hij zich niet meer wijden aan Het Oneindige Plan, de toestand van het huis verslechterde zienderogen en opnieuw diende Inmaculada Morales zich aan met haar pikante hapjes, haar gulle glimlach en haar scherpe oog voor andermans behoeften. Olga gaf mij geld met de instructie het ongemerkt in mijn moeders portemonnee te stoppen. Deze ongewone bron van inkomsten bleef vele jaren voortduren zonder dat mijn moeder er ooit met een woord over repte, alsof zij die wonderbaarlijke vermenigvuldiging van dollarbiljetten niet in de gaten had.

Olga verstond de kunst om op haar omgeving het stempel te drukken van haar excentrieke persoonlijkheid. Zij was een avontuurlijke trekvogel, maar daar waar zij neerstreek, al was het maar voor een paar uur, slaagde zij erin de illusie van een permanent nest te wekken. Zij bezat weinig, maar wist haar spulletjes zodanig om zich heen te schikken dat als de ruimte klein was, ze allemaal in een koffer konden en als de ruimte groot was, die er mee vol kwam te staan. In een tent in een bocht van de weg, in een hut of in de gevangenis, waar ze later zou belanden, zij was steeds een koningin in haar paleis. Toen zij bij de Reeves wegging, vond zij een kamer met een betaalbare huur, een wat treurig hokje met dat deprimerende van de rest van de wijk, maar zij slaagde erin er iets persoonlijks van te maken door het een eigen aanzicht te geven, er in korte tijd het referentiepunt van te maken voor wie naar een bepaald adres vroeg: recht door en na het derde blok rechts afslaan, op een gegeven moment ziet u dan een volgekliederd huis en links daarvan is het. De toegangstrap en de twee ramen waren helemaal in haar stijl versierd, slingers van schelpen en glazen pegels lokten de bezoekers met hun gerammel en geklingel binnen, lampjes in allerlei kleuren riepen een permanente kerststemming op en haar naam in schuinschrift vormde de bekroning van die zonderlinge pagode. De huiseigenaar en zijn vrouw drongen herhaaldelijk aan op wat meer discretie, maar daar dat niets uithaalde legden zij zich ten slotte neer bij al die frutsels en fratsels in het pand. Binnen een paar mijl in de omtrek was er haast niemand die niet wist waar Olga woonde. De kamer zelf toonde een even zonderlinge aanblik, een gordijn deelde het vertrek in twee helften, een waar zij haar klanten ontving en de andere waar haar bed stond, met aan de muur haar kleren opgehangen aan spijkers. Gebruikmakend van haar artistieke gaven en de kist met olieverf uit de tijd dat zij samen met Charles Reeves schilderijen produceerde, bedekte zij de wanden met tekens van de dierenriem en woorden in cyrillisch schrift, die grote indruk maakten op de bezoekers. Zij schafte tweedehands meubels aan en maakte er met haar rijke fantasie oosterse divans van; op kasten stonden rijen beeldjes van heiligen en tovenaars, potjes met haar brouwsels, kaarsen en amuletten; aan het plafond hingen bossen gedroogde kruiden en het viel niet mee je tussen de bijzettafeltjes door te bewegen, waar hele verzamelingen reukvaatjes op stonden met wierook van twijfelachtige kwaliteit, die zij in de Pakistaanse bazars had gekocht. Die weeïge geur was in eeuwige strijd gewikkeld met het aroma van de planten en de medicinale brouwsels, liefdesdrankjes en toverkaarsen. Ze drapeerde om de lampen sjaaltjes met franjes, legde op de vloer een mottige zebrahuid en bij het raam heerste een grote, dikbuikige boeddha van verguld gips. In dat hol speelde zij het klaar te koken, te leven en haar beroep uit te oefenen, en dat alles op een paar vierkante meter die zij dankzij haar verbeeldingskracht aanpaste aan haar behoeften en grillen. Zodra zij haar woning had aangekleed, bazuinde zij rond dat er vrouwen zijn die het onheil kunnen keren en in de duisterheid van de ziel kunnen kijken en dat zij er zo een was. Daarna ging ze zitten wachten, maar lang duurde dat wachten niet, want de mensen wisten al van het ontharingswonder van de kruideniersvrouw en al snel stonden de klanten in de rij om een beroep op haar diensten te doen.

Gregory bezocht Olga zo vaak hij kon. Na school vloog hij weg, achternagezeten door de bende van Martínez, een iets grotere jongen die nog in de tweede zat, niet had leren lezen en het Engels maar niet onder knie kreeg, maar hij had al het lichaam en het gedrag van een echte vechtersbaas. Oliver wachtte blaffend bij een krantenkiosk in een moedige poging de vijanden tegen te houden en zijn baasje een voorsprong te geven, om hem daarna als een pijl te volgen naar zijn bestemming. Om Martínez te misleiden sloeg het kind meestal af naar het huis van Olga. Die bezoeken aan de waarzegster waren een feest. Op een keer gleed hij onder het bed zonder dat zij het zag en volgde vanuit zijn schuilplaats een van haar opmerkelijke consulten. De bareigenaar van De Drie Vrienden, een ijdele rokkenjager met het snorretje van een filmacteur en een korset om zijn buikje te verbloemen, diende zich bedremmeld bij de tovenares aan op zoek naar verlichting van een geheime ziekte. Zij ontving hem gehuld in het gewaad van een astroloog, het vertrek werd slechts verlicht door rode peertjes en geurde naar wierook. De man nam plaats aan de ronde tafel waar zij haar cliënten te woord stond en vertelde stamelend met veel omhaal van woorden en smekend om de grootste geheimhouding dat hij voortdurend een branderige pijn aan zijn geslacht had.

'Laat zien,' beval Olga en bekeek hem langdurig met een zaklantaarn en een loep, terwijl Gregory onder het bed op zijn vuisten beet om niet in lachen uit te barsten.

'Ik heb de middeltjes geprobeerd die ze me in het ziekenhuis voorschreven, maar die hebben niets geholpen. Al vier maanden verrek ik van de pijn, doña.'

'Er zijn lichamelijke ziekten en ziekten van de ziel. Dit is een ziekte van de ziel,' diagnostiseerde de wondergenezeres, terugkerend naar haar troon aan het hoofd van de tafel, 'vandaar dat normale medicijnen niet helpen. Waar je mee zondigt daar moet je voor betalen.'

'En dus?'

'U hebt misbruik gemaakt van uw orgaan. Soms betaalt men voor fouten met ziekte, andere keren met een knagend geweten,' verduidelijkte Olga, die op de hoogte was van alle roddelpraatjes uit de buurt en de slechte reputatie van de patiënt kende. De week ervoor had zij nog poeders voor echtelijke trouw verkocht aan de ontroostbare echtgenote van de kroegbaas. 'Ik kan u helpen maar ik zeg u van tevoren dat elk bezoek u vijf dollar zal gaan kosten en dat het niet erg aangenaam zal zijn. Zo op het oog schat ik dat u minstens vijf keer zult moeten terugkomen.'

'Als ik daarmee geholpen ben...'

'U moet me vijftien dollar vooruit betalen, om er zeker van te zijn dat u zich niet halverwege bedenkt. Als men eenmaal begint met de behandeling moet die ook afgemaakt worden, want anders droogt uw lid op zodat hij erbij hangt als een gedroogde pruim, begrijpt u?'

'Natuurlijk, doña, wat u zegt,' beaamde de vrouwengek dodelijk verschrikt.

'Doe alles van onderen uit, uw overhemd kunt u aanhouden,' beval zij en verdween daarna achter een kamerscherm om de nodige voorbereidingen te treffen voor de behandeling.

Zij duwde de man naar het midden van de kamer, zette in een kring om hem heen brandende kaarsen neer, strooide wat wit poeder over zijn hoofd uit en sprak tegelijkertijd in een onbekende taal een bezweringsformule uit; vervolgens smeerde zij de aangetaste zone in met iets wat Gregory niet kon zien, maar dat stellig zeer effectief was, want na een paar seconden begon de ongelukkige te springen als een kikker en schreeuwde hij de longen uit zijn lijf.

'Binnen de cirkel blijven,' waarschuwde Olga, terwijl zij rustig wachtte tot de ergste pijn voorbij was.

'Ai, God nog aan toe, wat brandt dat spul! Het is erger dan Spaanse peper...,' kreunde de patiënt toen hij weer kon ademen.

'Als het geen pijn doet, helpt het niet,' besliste zij, kenner van de weldadige werking van kastijding om schuldgevoelens kwijt te raken, het geweten te zuiveren en verlichting te brengen bij zenuwziekten. 'Nu ga ik er iets fris op doen,' en kliederde er wat blauwe methyleentinctuur op, daarna bond zij er een lintje om en zei hem dat hij de volgende week terug moest komen en dat hij in geen geval het lintje eraf mocht halen en hem elke ochtend moest behandelen met de tinctuur.

'Maar hoe kan ik dan... nou ja, u begrijpt me, met dat lintje eromheen...'

'U zult zich moeten gedragen als een heilige. Die pijn heeft u gekregen omdat u niet van de vrouwen kunt afblijven, waarom stelt u zich niet tevreden met uw eigen vrouw? Dat arme mens heeft de hemel verdiend, u bent haar niet waard.' En met die laatste raad zich goed te gedragen stuurde ze hem weg.

Gregory wedde met Juan José en Carmen Morales om een dollar dat de caféhouder een blauwe piemel had, versierd met een feestelijk lintje. De kinderen klommen op het dak van De Drie Vrienden en lagen een hele ochtend door een gaatje naar de wc te loeren, totdat ze met hun eigen ogen de waarheid konden aanschouwen. Het duurde niet lang of de hele wijk wist van het geval en sindsdien moest de kroegbaas de bijnaam Lelielul verdragen, die hem tot aan zijn graf zou vergezellen.

Als Olga niet opendeed omdat ze bezig was met een klant, ging Gregory op de trap zitten en maakte een inventaris van de nieuwe decoraties op de gevel, verwonderd over het talent van zijn vriendin om iedere dag iets anders te verzinnen. Soms verscheen zij slechts gehuld in een kamerjas en met de haren als een kluwen rood zeewier, gaf hem koekjes of wat geld, ik kan je nu niet ontvangen, Greg, ik heb werk te doen, kom morgen maar terug, zei ze en gaf hem vluchtig een kus op zijn wang. Het kind vertrok verdrietig, maar begreep dat zij noodzakelijke bezigheden had. Ze had allerlei soorten klanten: naar het geluk zoekende wanhopigen, zwangere vrouwen die bereid waren elk middel te proberen om de natuur te logenstraffen, door de traditionele geneeskunst teleurgestelde zieken, verbitterde en op wraak zinnende minnaars, door de stilte gekwelde eenzamen en gewone mensen die alleen een massage, een fetisj, oosterse bloementhee tegen hoofdpijn wensten of wilden dat zij hun de hand las. Voor een ieder beschikte Olga over een dosis magie en illusie, zonder dat men zich bekommerde om de legaliteit van haar methoden, want in die wijk begreep niemand iets van de wetten van de gringo's en hechtte men er ook geen belang aan.

De waarzegster had zelf geen kinderen maar had in haar hart die van Charles Reeves geadopteerd. Zij was niet gekwetst door de ongeïnteresseerdheid van Judy, want ze wist dat zodra het meisje haar nodig zou hebben, zij weer naar haar toe zou komen, en heimelijk was ze Gregory dankbaar voor zijn trouw en beloonde hem daarvoor met liefkozingen en cadeautjes. Via hem vernam zij hoe het de Reeves verging. Menigmaal vroeg de jongen waarom zij niet langs kwam, maar hij kreeg slechts vage antwoorden. Een van die keren dat de waarzegster hem niet kon ontvangen, meende hij de stem van zijn vader door de deur te horen en zijn hart begon wild te bonken: het was alsof hij op de rand van een bodemloze afgrond stond, op het punt een doos met verschrikkingen open te doen. Hij zette het op een lopen zonder uit te willen vinden wat hij vreesde, maar zijn nieuwsgierigheid was sterker en halverwege keerde hij om. Hij verborg zich op straat en wachtte tot de klant van Olga vertrok. Het werd avond zonder dat de deur openging en ten slotte moest hij naar huis terug. Toen hij de kamer binnenkwam, trof hij daar Charles Reeves aan, die in zijn rieten stoel de krant zat te lezen.

Hoe lang leefde mijn vader eigenlijk precies? Wanneer begon hij te sterven? In de laatste maanden was hij nog slechts een schaduw van zichzelf, zijn lichaam was onherkenbaar veranderd en ook zijn geest had hem verlaten. Er school een kwade genius in die oude man die zich Charles Reeves bleef noemen, maar die mijn vader niet meer was. Vandaar dat ik geen slechte herinneringen aan hem heb. Judy, daarentegen, zit vol met haat tegen hem. Wij hebben hierover gesproken en we kunnen het noch over de feiten noch over de personen eens worden, alsof elk van ons de hoofdfiguur in een ander verhaal is geweest. We woonden in dezelfde tijd samen in hetzelfde huis, toch registreerde zij niet hetzelfde als ik. Mijn zuster begrijpt maar niet waarom ik blijf vasthouden aan het beeld van een wijze vader en een gelukkige tijd waarin we kampeerden in de open lucht onder de peilloze koepel van een hemel vol sterren of weggedoken tussen het riet in de vroege ochtend op eenden jaagden. Zij zweert dat de dingen nooit zo zijn geweest, dat ons gezin altijd door dwang werd beheerst, dat Charles Reeves een onbeduidende zwendelaar was, een verkoper van leugens, een ontaard persoon die stierf aan zijn eigen verdorvenheid en ons niets goeds naliet. Zij beschuldigt mij ervan me af te sluiten voor het verleden, zegt dat ik liever zijn slechte kanten ontken, en dat moet wel zo zijn want ik wist niet dat hij alcoholist en een door en door slecht mens was, zoals zij volhoudt. Herinner je je dan niet meer dat hij je voor elke onbenulligheid met een leren riem sloeg?, herhaalt Judy telkens weer. Ja, maar daarvoor koester ik geen wrok tegen hem, in die tijd werden alle jongens geslagen, dat hoorde bij de opvoeding. Judy werd beter behandeld, het was kennelijk niet zo gebruikelijk om meisjes te slaan. Bovendien was ik erg ongedurig en koppig; mijn moeder heeft mij nooit onder de duim kunnen krijgen, vandaar dat ze meer dan eens van me af probeerde te komen. Kort voor haar dood, tijdens een van die zeldzame gelegenheden dat we konden praten zonder elkaar te kwetsen, verzekerde zij me dat ze dat niet uit gebrek aan genegenheid deed, zij had altijd veel van me gehouden, zei ze, maar ze kon niet voor twee kinderen zorgen en natuurlijk wilde zij liever mijn zusje houden, die gehoorzamer was, terwijl ze mij niet aankon. Soms droom ik van de speelplaats van het weeshuis. Judy was veel liever dan ik, daar is geen twijfel over mogelijk, een gedwee en zoet kind, dat altijd deed wat haar gezegd werd en de natuurlijke charme van snoezige meisjes bezat. Dat duurde tot haar dertiende of veertiende, daarna veranderde ze.

Het eerste was de amandelgeur. Die kwam heimelijk weer terug, onmerkbaar bijna aan het begin, een vaag vleugje dat langs streek zonder sporen achter te laten, zo licht dat ik onmogelijk kon uitmaken of ik het werkelijk geroken had of dat het alleen de herinnering aan het ziekenhuisbezoek was toen ze mijn vader hadden geopereerd. Daarna kwam het geluid. Het duidelijkste verschil was dat geluid. Vroeger, in de tijd van de reizen met het busje, maakte de stilte deel uit van ons leven, elk geluid had zijn eigen ruimte. Tijdens het rijden hoorde je alleen de motor van de wagen en soms de stem van mijn moeder die las; tijdens het kamperen was er het knetteren van het hout op het vuur, de pollepel in de pan, de lessen, korte dialogen, de lach van mijn zusje dat met Olga speelde, het geblaf van Oliver. 's Nachts was de stilte zo diep dat het gekras van een uil of het gehuil van een wolf een enorm kabaal leek. Mijn vader zei, dat, zoals ieder ding zijn plaats heeft, ieder geluid zijn moment heeft. Hij werd verontwaardigd, wanneer iemand hem onderbrak als hij in gesprek was; tijdens zijn preken moest je je adem inhouden, want zelfs een onwillekeurig kuchje wekte zijn ijzige blik op. Ten slotte raakte de geest van Charles Reeves geheel in de war. Op zijn astrale zwerftochten moet hij niet alleen die fabriekshal vol nutteloze apparaten en krankzinnige uitvindingen hebben gevonden, maar ook vertrekken afgeladen met geuren, smaken, gebaren en onzinnige woorden, andere berstensvol dwaze plannen en weer een ander waar de geluiden van zijn mislukking galmden als het gebeier van een monsterlijke ijzeren klok. Ik bedoel hiermee niet de geluiden van de wijk: het verkeer op straat, het geschreeuw van de mensen, de machines van de arbeiders die de benzinepomp aan het bouwen waren, maar de verwarring die zijn laatste maanden kenmerkte. De radio, die voorheen alleen werd aangezet om te luisteren naar oorlogsberichten en klassieke muziek, krijste nu dag en nacht door, afgestemd op allerlei stompzinnige programma's, sportverslagen en populaire liedjes. Boven dat kabaal uit schreeuwde mijn vader om elk wissewasje, gaf tegenstrijdige bevelen, riep ons om de haverklap, las hardop zijn eigen preken of passages uit de bijbel, hoestte, kwatte aan een stuk door en snoof nodeloos luid door zijn neus, sloeg spijkers in de muur en speelde met zijn gereedschap alsof hij een mankement aan het repareren was, terwijl die waanzinnige bezigheden in werkelijkheid geen duidelijk doel dienden. Zelfs slapen deed hij lawaaierig. Die man, vroeger zo netjes in zijn manieren en gewoonten, zakte nu van het ene moment op het andere aan tafel in slaap, met zijn mond vol eten, schuddend onder een diep en amechtig gesnurk en verloren mompelend in een labyrint van god mag weten wat voor wellustige waanvoorstellingen. Genoeg, Charles, schudde mijn moeder hem geschrokken wakker, wanneer zij hem verraste als hij onder het dromen aan zijn geslacht zat; het komt door de koorts, kinderen, voegde zij eraan toe om ons gerust te stellen. Mijn vader ijlde, dat staat vast, hij had last van koortsaanvallen en op elk moment van de dag kon het raak zijn, maar 's nachts had hij geen rust, badend in het zweet werd hij 's ochtends wakker. Mijn moeder waste elke morgen de lakens, niet alleen vanwege het transpiratievocht, maar ook vanwege de bloedvlekken en het pus dat uit de puisten kwam. Op zijn benen ontstonden ettergezwellen die hij met arnica en warmwatercompressen behandelde. Sinds het begin van zijn ziekte sliep mijn moeder niet meer bij hem in bed, zij bracht de nacht met een omslagdoek om zich heen in een leunstoel door.

Tegen het einde, toen mijn vader niet eens meer kon opstaan, weigerde Judy om zijn kamer binnen te gaan, zij wilde hem niet zien, en dreigementen noch beloningen konden haar ertoe bewegen naar de zieke te gaan; toen ging ik langzaam naar hem toe, eerst keek ik naar hem vanaf de drempel, daarna ging ik op de rand van het bed zitten. Hij was uitgeteerd, zijn groenige huid zat strak over zijn botten heen, zijn ogen lagen diep in de kassen, alleen het astmatische geluid van zijn ademhaling gaf aan dat hij nog leefde. Ik raakte zijn hand aan, hij deed zijn ogen open maar herkende mij niet. Soms zakte de koorts en dan leek hij op te staan uit een lange dood, dronk een paar slokken thee, vroeg de radio aan te doen, stond op en deed een paar wankele passen. Op een morgen liep hij half naakt het erf op om naar de wilg te kijken en liet me de nieuwe scheuten zien, hij groeit en zal leven om mij te betreuren, zei hij.

Toen we die dag uit school kwamen, zagen Judy en ik uit de verte een ziekenwagen in de steeg voor ons huis. Ik rende ernaar toe, maar mijn zusje ging op de stoep zitten met haar boekentas in haar armen. Op het erf stonden al wat nieuwsgierigen bijeen, Inmaculada Morales hielp twee ziekenbroeders met het naar binnen brengen van de brancard die bijna niet door de deur kon. Ik ging naar binnen en klampte me aan mijn moeder vast, maar ze duwde me geïrriteerd van zich af, alsof ze misselijk was. Op dat moment rook ik een sterke amandelgeur en in de slaapkamerdeur verscheen een zeer lange, uitgeteerde oude man, hij droeg alleen een hemd, was blootvoets, het weinige haar dat hij nog had zat in de war, zijn ogen vlamden van de ijlkoortsen en uit zijn mondhoeken dropen speekseldraden. Met zijn linkerhand leunde hij tegen de muur, met zijn rechter trok hij zich af.

'Genoeg, Charles, hou daarmee op!' beval mijn moeder hem. 'Genoeg, in godsnaam, genoeg,' smeekte zij met haar handen voor haar gezicht.

Inmaculada Morales omhelsde mijn moeder, terwijl de ziekenbroeders mijn vader vastgrepen, hem naar het halletje brachten en op de brancard legden, bedekt met een laken en vastgebonden met twee riemen. Hij vloekte en schold erop los, een taal die ik tot dan nooit uit zijn mond had gehoord. Ik bracht hem weg naar de ambulance, maar ik mocht van mijn moeder niet mee, de auto reed met loeiende sirene in een stofwolk weg. Inmaculada Morales sloot de huisdeur, pakte me bij de hand, floot Oliver bij zich en begon te lopen. Onderweg kwamen we Judy tegen, die nog steeds onbeweeglijk op dezelfde plek zat met een eigenaardige glimlach om haar mond.

'Kom, kinderen, dan zal ik een suikerspin voor jullie kopen,' zei Inmaculada Morales, haar tranen bedwingend.

Dat was de laatste keer dat ik mijn vader in leven zag, een paar uur later stierf hij in het ziekenhuis, geveld door vreselijke inwendige bloedingen. Die nacht sliepen Judy en ik bij onze Mexicaanse vrienden. Pedro Morales was er niet, aangezien die mijn moeder hielp bij het regelen van de begrafenis. Voordat we aan tafel gingen om te eten, nam Inmaculada mij en mijn zusje apart en legde ons zo goed als ze kon uit dat we ons geen zorgen meer hoefden te maken, het fysieke lichaam van onze vader had opgehouden te lijden en zijn geestelijke lichaam was naar het astrale niveau gevlogen, waar hij zich vast al verenigd had met de Logi en de Uitvoerende Meesters, waartoe hij immers behoorde.

'Met andere woorden, hij is in de hemel bij de engelen,' voegde zij er zachtjes aan toe, veel vertrouwder met de terminologie van haar eigen katholieke geloof dan met die van Het Oneindige Plan.

Judy en ik bleven bij de kinderen Morales, die met zijn tweeën of drieën in een bed sliepen in dezelfde kamer. Inmaculada stond toe dat ik Oliver meenam, hij was verwend en als hij buiten moest blijven zette hij het hele huis op stelten met zijn gejank. Uitgeput door tegenstrijdige gevoelens viel ik al bijna in slaap, toen ik in het donker de stem van Carmen hoorde fluisteren dat ik plaats moest maken voor haar en voelde hoe haar kleine en warme lichaam naast mij in bed gleed. Mond open en ogen dicht, zei ze, en ik voelde dat ze een vinger tussen mijn lippen stak, een vinger die was ingesmeerd met iets stroperigs en zoets, waar ik op zoog als op een snoepje. Het was gecondenseerde melk. Ik richtte me iets op en stopte ook een vinger in de pot en daarna in haar mond, en zo bleven we likken en zuigen totdat de zoetigheid op was. Vervolgens sliep ik kalm in, misselijk van de suiker, het gezicht en de handen kleverig, met mijn armen om Carmen heen geslagen en met Oliver aan mijn voeten, vergezeld door de ademhaling en de warmte van de andere kinderen en het gesnurk van de getikte oma, die via een lang touw vastzat aan het middel van Inmaculada, die in de kamer ernaast sliep.

De dood van de vader ontwrichtte het gezin, in korte tijd dobberde het stuurloos rond en moest iedereen het zelf maar zien te stellen. Voor Nora betekende het weduwschap een verraad, zij voelde zich in de steek gelaten in een barbaarse omgeving, met twee kinderen en zonder inkomen, maar tegelijkertijd ervoer zij een beschamende verlichting, want de laatste tijd was haar echtgenoot niet meer de man van wie zij had gehouden en het samenleven met hem was een hel geworden. Niettemin begon zij al snel na de begrafenis de laatste maanden dat hij aftakelde te vergeten en herinneringen van vroeger te koesteren, zij stelde zich voor dat die door een onzichtbare draad met elkaar verbonden waren, zoals de draad waaraan de sinaasappel van Het Oneindige Plan hing; dat beeld gaf haar haar vroegere zekerheid terug, toen haar man over het lot van het gezin waakte met de beslistheid van een Meester. Nora gaf zich over aan haar natuurlijke matheid, de apathie die ontstaan was door de gruwelen van de oorlog werd erger, een gebrek aan levenslust dat gaandeweg ongemerkt toenam en zich in heel zijn omvang manifesteerde toen zij weduwe werd. Zij sprak nooit over de overledene in de verleden tijd, zinspeelde in vage bewoordingen op zijn afwezigheid, alsof hij vertrokken was om een lange astrale reis te maken, en later, toen zij met hem in dromen begon te communiceren, had zij het over hem op de toon van iemand die over een telefoongesprek vertelt. Haar kinderen schaamden zich hiervoor en wilden niet horen praten over die idioterieën, bang dat ze haar tot waanzin zouden drijven. Zij vereenzaamde. Ze was een vreemdelinge in die wijk, kende nauwelijks een paar woorden Spaans en zag er totaal anders uit dan de rest van de vrouwen daar. Aan de vriendschap met Olga was een einde gekomen, met haar kinderen had zij nauwelijks een band, het contact met Inmaculada Morales en andere personen uit de buurt bleef oppervlakkig, zij was vriendelijk, maar de mensen ontweken haar omdat ze haar vreemd vonden, niemand wilde haar gezwets over opera's of Het Oneindige Plan aanhoren. Zij was zo gewend geraakt aan haar afhankelijkheid dat het verlies van Charles Reeves haar in een staat van versuffing bracht. Zij deed enkele pogingen om in haar onderhoud te voorzien door zich als typiste en naaister aan te bieden, maar dat liep op niets uit, ook lukte het niet om vertaalwerk uit het Hebreeuws of Russisch te krijgen zoals haar plan was, want daar was geen behoefte aan in de buurt waar ze woonde en het idee om zich in het centrum van de stad te wagen teneinde daar haar geluk te beproeven, boezemde haar grote angst in. Over het onderhoud van haar kinderen maakte zij zich niet al te veel zorgen, aangezien ze die niet als uitsluitend van haarzelf beschouwde, zij hield er de theorie op na dat kinderen tot de mensheid in het algemeen behoren en aan niemand in het bijzonder. Urenlang zat zij onbeweeglijk voor de deur van haar huis, starend naar de wilg met een afwezige en vredige uitdrukking op haar mooie Slavische gezicht, dat al kleur begon te verliezen. In de daaropvolgende jaren verdwenen haar sproeten, vervaagden haar gelaatstrekken en leek zij zich geleidelijk aan helemaal te willen uitvlakken. Toen zij oud was, werd ze zo etherisch dat men zich haar slechts met moeite voor de geest kon halen en omdat niemand op het idee was gekomen foto's van haar te nemen, begon Gregory na haar dood zelfs te vrezen dat zijn moeder misschien wel nooit bestaan had. Pedro Morales probeerde Nora over te halen iets te gaan doen, hij knipte advertenties uit waarin personeel werd gevraagd en ging met haar mee naar de eerste sollicitatiegesprekken, totdat hij overtuigd raakte van haar onvermogen om concrete problemen te lijf te gaan. Drie maanden later, toen de situatie onhoudbaar werd, bracht hij haar naar een kantoor van de sociale dienst om bijstand voor haar aan te vragen als hulpbehoevende, blij dat zijn leermeester Charles Reeves niet meer leefde en gespaard bleef voor een dergelijke vernedering. De cheque van de openbare liefdadigheid, nauwelijks voldoende om de minimale kosten te dekken, was gedurende vele jaren het enige vaste inkomen van het gezin, dat werd aangevuld met het geld dat de kinderen bijverdienden, de biljetten die Olga in de knip van Nora liet stoppen en de discrete hulp van de Morales. Er diende zich een koper aan voor de boa en het dier werd meegenomen naar een theater van twijfelachtig allooi, waar de slang was overgeleverd aan de blikken van de belangstellenden, samen met een stel schaars geklede revuemeisjes, een obscene buikspreker en nog een paar andere circusnummers die niets voorstelden maar de afgestompte toeschouwers hoe dan ook vermaakten. Daar leefde hij nog een paar jaar, gevoed met levende ratten en eekhoorntjes en het afval dat de mensen in zijn kooi gooiden alleen maar om hem zijn verveelde kaken te zien opensperren, hij groeide en zwol zo op dat hij een vreselijke aanblik leverde, hoewel zijn makke aard niet veranderde.

De kinderen Reeves overleefden elk voor zich, ieder op zijn manier. Judy vond een baantje in een bakkerswinkel, waar zij dagelijks na school vier uur werkte en 's avonds paste zij op kinderen of maakte kantoren schoon. Zij was een uitstekende leerlinge, leerde elk handschrift te imiteren en voor een schappelijk bedrag deed zij het huiswerk van anderen. Zij zette die geheime handel voort zonder ooit betrapt te worden, terwijl zij zich ondertussen bleef gedragen als een voorbeeldig meisje, altijd glimlachend en gehoorzaam, zonder ooit de duivels van haar ziel te tonen, totdat zich de eerste tekenen van de puberteit aankondigden die haar uit het lood sloegen. Toen er twee stevige kersen op haar borsten verschenen, werd haar taille dunner en verloor haar gezicht de kinderlijke trekken, alles veranderde aan haar. In die wijk van donkere en tamelijk kleine mensen vielen haar lichte teint en haar imposante postuur zozeer op dat het onmogelijk was voor haar om onopgemerkt te blijven. Zij was altijd mooi geweest, maar toen ze over de drempel van de adolescentie stapte en de mannen van alle leeftijden en standen haar lastig begonnen te vallen, veranderde dat zoete meisje in een woest dier. Zij onderging de begerige blikken als een verkrachting, kwam dikwijls vloekend thuis, sloeg met deuren, huilde soms van onmacht omdat men haar op straat had nagefloten of uitdagende gebaren naar haar had gemaakt. Zij maakte zich het vocabulaire van een scheepskapitein eigen om op de opmerkingen terug te bekken en als iemand probeerde haar aan te raken verdedigde zij zich met een lange hoedespeld die zij altijd als een dolk bij zich droeg en die zij zonder de minste scrupules in de kwetsbaarste delen van haar bewonderaar stak. Op school ging zij op de vuist met de jongens vanwege hun boosaardige blikken en met haar klasgenootjes omdat zij met haar blanke huid onvermijdelijk hun jaloersheid en haat opwekte. Gregory zag zijn zus meer dan eens in die vreemde gevechten tussen meisjes onderling – duwen, krabben, aan de haren trekken, kijven – zo verschillend van vechtpartijen tussen mannen, die meestal kort en stil zijn en waarbij geslagen wordt. Vrouwen waren erop uit hun tegenstandster te vernederen, mannen leken eerder te willen doden of te sterven. Judy had geen hulp nodig om zich te verdedigen, de ervaring maakte van haar een echte vechtersbaas. Terwijl haar leeftijdgenootjes begonnen te experimenteren met make-up en tongzoenen en uitzagen naar het moment dat ze schoenen met hoge hakken mochten dragen, liet zij het haar kort knippen als een gevangene, hulde zich in jongenskleren en verzwolg begerig de resten bladerdeeg en zoetigheid in de bakkerij. Haar gezicht kwam vol te zitten met pukkels en toen ze naar de middelbare school ging, was ze zo dik geworden dat er niets meer over was van het tere porseleinen poppetje uit haar kindertijd, ze leek op een nijlpaard, zei ze, alsof ze zichzelf expres wilde vernederen.

Met zijn zeven jaar zocht Gregory zijn heil op straat. Hij had geen emotionele band met zijn moeder, hij deelde slechts een aantal dagelijkse dingen met haar, daarbij hadden ze hem opgevoed binnen een fatsoensmoraal die ontleend was aan stichtelijke verhaaltjes over opofferingsgezinde kinderen die beloond worden en ondankbare slechteriken die eindigen in de oven van een heks. Hij had medelijden met haar en was er zeker van dat Nora zonder Judy en hem zou sterven door ondervoeding, gezeten in de rieten stoel en starend in het niets. Geen van beide kinderen beschouwde de indolentie van hun moeder als een slechte eigenschap, maar als een geestesziekte, misschien was haar mentale lichaam op zoek gegaan naar hun vader en was het verdwaald in het labyrint van een kosmisch niveau, of was het achtergebleven in een van die grote ruimten afgeladen met zonderlinge machines en onthutste zielen. De intimiteit met Judy was verdwenen en toen Gregory het beu werd nog langer toenadering tot haar te zoeken, verving hij zijn zus door Carmen Morales, met wie hij een ruw soort genegenheid, de vechtpartijen en trouwe kameraadschap deelde. Hij was ondeugend en druk, op school gedroeg hij zich zeer slecht en de helft van de tijd had hij straf, stond hij in de hoek met ezelsoren op of moest hij zich de rake klappen van de directrice op zijn achterwerk laten welgevallen. Thuis deed hij of hij in pension was, hij kwam zo laat mogelijk binnen om te slapen, hij ging liever naar de Morales of naar Olga. De rest van de tijd bracht hij door in de jungle van de wijk, die hij tot in de geheimste uithoeken leerde kennen. Hij werd de Gringo genoemd en ondanks de haat die zijn huidskleur opwekte, mocht men hem over het algemeen graag omdat hij vrolijk en gedienstig was. Hij had verschillende vrienden: de kok van de snackbar, die altijd wel een smakelijke hap voor hem klaarmaakte, de vrouw van het buurtwinkeltje, waar hij gratis stripboeken mocht lezen, de plaatsaanwijzer van de bioscoop die hem zo nu en dan door de achterdeur binnenliet om een film te zien. Zelfs Lelielul, die nooit vermoedde dat hij de oorzaak van die bijnaam was, bood hem zo nu en dan een flesje prik aan in de bar De Drie Vrienden. Het Spaans leren ging ten koste van zijn Engels en op het laatst sprak hij beide talen gebrekkig. Een tijdlang stotterde hij en de directrice riep Nora Reeves bij zich met de raad haar kind op de school voor achterlijken van de nonnen uit de buurt te doen, maar zijn juffrouw, Miss June, kwam tussenbeide en beloofde hem te zullen helpen met zijn schoolwerk. De school interesseerde hem weinig, zijn wereld waren de straten, daar leerde hij veel meer. Zijn buurt was een stad binnen de stad, een primitief en arm getto, spontaan ontstaan rondom een industrieterrein, waar de illegale immigranten werk konden vinden zonder dat iemand hun vragen stelde. De lucht werd vervuild door de uitstoot van de bandenfabriek, waar zich door de week nog de uitlaatgassen van het verkeer en de walm van de eethuizen bij voegden, en de dikke wolk die van dit alles het gevolg was zweefde boven de huizen als een duidelijk zichtbare mantel. Vrijdags en zaterdags was het gevaarlijk je na het donker op straat te begeven, het wemelde van de dronkaards en drugsverslaafden. Zij waren licht ontvlambaar en elk moment konden er knokpartijen met dodelijk afloop uitbarsten. 's Nachts hoorde men echtelijke ruzies, gillende vrouwen, blerende kinderen, vechtende mannen, soms geweerschoten en sirenes van politieauto's. Overdag bruisten de straten van activiteit, terwijl op de hoeken mannen zonder werk lusteloos rondhingen, nietsnutten die dronken, vrouwen lastig vielen, dobbelden en de uren lieten verstrijken met een vijf eeuwen oud fatalisme achter zich. In de winkels lagen dezelfde goedkope produkten als in elk Mexicaans dorp, de restaurants serveerden Mexicaanse gerechten en de cafés tequila en bier, in het danslokaal werd Latijnsamerikaanse muziek gespeeld en bij feesten ontbrak nooit de mariachi-band met zijn enorme hoeden en zijn van goud- en zilverversiersels schitterende pakken, zingend over eer en nijd. Gregory kende ze stuk voor stuk en sloeg niet één feest over, hij kwam in het kielzog van de muzikanten de zaal binnen als de mascotte van de groep, begeleidde hen zingend en barstte als een beroepszanger uit in het onvermijdelijke ayayay van de *rancheras*, waarmee hij het enthousiasme van het publiek opwekte dat nog nooit een gringo met een dergelijk talent had gezien. Hij groette bijna iedereen bij zijn naam en dankzij zijn engelachtige verschijning won hij het vertrouwen van veel mensen. Thuis voelde hij zich minder op zijn gemak dan in het labyrint van straatjes en steegjes, op braakliggende terreinen en in leegstaande gebouwen, waar hij met de broers Morales en nog een stuk of wat andere jongetjes van zijn leeftijd speelde, steeds op hun hoede om ontmoetingen met groepen oudere kinderen uit de weg te gaan. Net zoals voor de zwarte, Aziatische of blanke arme jongeren in andere delen van de stad, was voor de latino's de buurt belangrijker dan de familie, was die hun onschendbaar territorium. Elke groep onderscheidde zich door zijn tekens, kleuren en de graffiti op de muren. Vanaf een afstand leken ze allemaal op elkaar, jongens aan de zelfkant van de maatschappij, onmachtig een gedachte te articuleren; van dichtbij waren zij verschillend, had elk zijn eigen riten en een ingewikkelde taal van symbolen en gebaren. Voor Gregory was het leren van de codes een zaak van levensbelang, hij kon de leden van de verschillende bendes herkennen aan het soort jacks of petten, aan de handgebaren waarmee ze elkaar berichten doorseinden of elkaar ophitsten om rotzooi te zoeken, hij hoefde maar de kleur van een enkele letter op de muur te zien om te weten wie die erop hadden gekalkt en wat die betekende. De graffiti markeerde de grenzen en een ieder die zich uit onwetendheid of uit lef op andermans gebied waagde, kwam dat duur te staan, vandaar dat men met een grote boog om elk van de toegangen heen moest lopen. De enige jeugdbende van de lagere school was die van Martínez, die zich voorbereidde om op een dag toegelaten te worden tot De Beulen, de meest gevreesde bende van de buurt. De leden herkenden elkaar aan de kleur paars en de letter C, hun drank was tequila vermengd met druivensap, vanwege de kleur, en zij groetten elkaar door met de gekromde rechterhand de mond en de neus te bedekken. Eeuwig slaags met de andere groepen en met de politie was hun enige doel een gevoel van identiteit aan de jongeren te geven, waarvan het merendeel schoolverlaters waren, wie het aan werk ontbrak en die op straat leefden of in gemeenschappelijke ruimtes bivakkeerden. De bendeleden hadden allemaal een strafblad en werden om de haverklap opgesloten wegens zakkenrollerij, drugshandel, dronkenschap, overvallen en autodiefstal. Enkelen waren gewapend met eigengemaakte pistolen, die bestonden uit een stuk pijpleiding dat was volgestopt met explosieve stof en met een houten handvat, maar gewoonlijk gebruikten ze messen, kettingen, stiletto's en vechtstokken, wat niet verhinderde dat bij iedere straatruzie de ambulance twee of drie zwaargewonden moest afvoeren. Die benden betekenden de grootste bedreiging voor Gregory, die zich bij geen enkele ooit zou kunnen aansluiten, want ook dat was een kwestie van ras, en het tegen ze opnemen zou een daad van pure waanzin zijn geweest. Het ging hem er niet om bekendheid te verwerven vanwege zijn moed maar om te overleven, maar ook kon hij niet voor een lafaard doorgaan, want dan zouden ze hem wreed te grazen nemen. Een paar geduchte aframmelingen volstonden om hem te doen begrijpen dat solitaire helden alleen in films bestaan, dat hij moest leren geslepen te onderhandelen, dat hij niet de aandacht moest trekken, maar wel zijn vijand goed observeren om gebruik te maken van diens zwakheden en dat hij ruzies moest voorkomen, want, zoals de pragmatische pater Larraguibel zei, God helpt de goeden wanneer die in de meerderheid zijn.

De woning van de Morales werd het echte thuis voor Gregory, waar hij, als was hij een zoon, elk moment binnenviel. Er waren daar zoveel kinderen dat het niet aankwam op één meer of minder en Inmaculada vroeg zich dan ook wel eens verstrooid af hoe zij toch aan zo'n blond kind kwam. Bij die volksstam klaagde niemand over eenzaamheid of verveling, alles werd gedeeld, van de levensangsten tot aan het enige toilet, onbenullige ruzies vocht men schreeuwend uit, maar de werkelijk belangrijke zaken bleven strikt geheim binnen de familie in overeenstemming met een eeuwenoude erecode. Het gezag van de vader stond buiten kijf, ik deel hier de lakens uit, brulde Pedro Morales telkens als iemand opstandig was, maar uit de aard der zaak was Inmaculada het echte gezinshoofd. Niemand richtte zich direct tot de vader, ze deden dat liever via de bureaucratie van hun moeder. Zij sprak haar man nooit tegen waar anderen bij waren, maar het lukte haar altijd om haar zin te krijgen. De eerste keer dat de oudste zoon als een pooier gekleed thuiskwam, gaf Pedro Morales hem een afranseling met zijn riem en zette hem het huis uit. De jongen was het zat om dubbel zo hard te moeten werken als een Amerikaan voor de helft van het loon en hing een groot deel van de dag met zijn kameraden rond in armoedige kroegen en cafés, met slechts het geld op zak dat hij met gokken had gewonnen, aangevuld met wat zijn moeder hem stiekem toestopte. Om ruzie met zijn vrouw te vermijden hield Pedro Morales zich van de domme zolang hij kon, maar toen hij opgedoft als een souteneur en met de tatoeage van een traan op zijn wang voor hem verscheen, liet hij hem alle hoeken van de kamer zien. Die nacht, toen de anderen al in bed lagen, was urenlang de zachte stem van Inmaculada te horen die haar man probeerde te overreden. De volgende dag ging Pedro op zoek naar de jongen, vond hem leunend tegen een hoek waar hij de langslopende vrouwen complimentjes maakte, pakte hem bij zijn nekvel en sleurde hem mee naar zijn garage, scheurde zijn pooierspak van zijn lijf, hees hem in een smerige broek en dwong hem gedurende een paar jaar van 's morgens vroeg tot 's avonds laat te werken, totdat hij de beste automonteur uit de omgeving was geworden en een eigen garage begon.

Toen Pedro Morales vijftig jaar werd, liet zijn zoon, getrouwd en met drie kinderen en een eigen huis aan de rand van de stad, als verjaardagscadeau voor zijn vader de traan van zijn wang verwijderen, het litteken was het enige dat herinnerde aan zijn rebelse dagen. Inmaculada bracht haar dagen door met als een slavin te zorgen voor de mannen van het gezin, als meisje had zij dat moeten doen voor haar vader en broers en later deed ze dat voor haar echtgenoot en kinderen. Bij het krieken van de dag stond zij op om een stevig ontbijt klaar te maken voor Pedro, die zeer vroeg de garage opendeed, zij zette hem nooit tortilla's van de vorige dag voor, dat zou beneden zijn waardigheid zijn geweest. De rest van de dag was zij kwijt aan duizend-en-één ondankbare bezigheden, waaronder het bereiden van drie complete en verschillende maaltijden, overtuigd als ze was dat mannen goed en altijd gevarieerd moeten eten. Het zou nooit in haar hoofd zijn opgekomen hulp te vragen aan haar zonen, vier uit de kluiten gewassen knapen, om de vloeren te schrobben, de matrassen uit te kloppen of de grove werkmanskleding te wassen, die stijf stond van de motorolie en die zij op de hand waste. Maar van haar twee dochters eiste zij dat ze de mannen verzorgden, want dat beschouwde ze als hun plicht. God wilde dat wij als vrouw geboren werden, niets aan te doen, ons lot is werken en lijden, zei ze nuchter, zonder een zweem van zelfmedelijden.

In die jaren al was Carmen Morales een balsem voor de hardheden van Gregory Reeves' bestaan en een lichtend baken in zijn momenten van verdwazing, zoals zij dat in de toekomst altijd zou blijven. Het meisje leek een bedrijvige mier, onvermoeibaar en handig, begiftigd met een grote zakelijkheid die haar in staat stelde onder de strenge familietradities uit te komen zonder haar vader tegen zich in het harnas te jagen, die zeer vastomlijnde ideeën over de plaats van de vrouwen had: die moesten zwijgen en thuisblijven, en hij aarzelde niet om ook zijn twee dochters ervan langs te geven als ze in opstand kwamen. Carmen was zijn oogappel, maar hij verlangde voor haar geen ander bestaan dan dat van de onderdanige meisjes uit zijn dorp in Zacatecas, wel werkte hij zonder zich een moment rust te gunnen om zijn vier zonen een goede opleiding te geven, van wie hij hooggespannen verwachtingen had; hij hoopte dat zij het oneindig veel verder zouden schoppen dan hun arme grootouders of hijzelf. Dankzij een grenzeloze volharding, sermoenen en straffen en door het geven van het goede voorbeeld, hield hij de familie bijeen en slaagde hij erin zijn kinderen te behoeden voor alcohol en delinquentie, dwong hij hen de middelbare school af te maken en een vak te leren. Allen slaagden redelijk in het leven, met uitzondering van Juan José, die in Vietnam sneuvelde. Aan het einde van zijn levensdagen, omringd door kleinkinderen die geen woord Spaans spraken, feliciteerde hij zich met zijn nageslacht, trots de stamvader te zijn van dat grote gezelschap, hoewel hij voor de grap concludeerde dat niemand het tot miljonair had gebracht of beroemd was geworden. Carmen lukte dat bijna, maar haar succes erkende hij nooit in het openbaar, want daarmee zou hij zijn machoprincipes verloochend hebben. Hij stuurde zijn twee dochters naar school omdat dat nu eenmaal verplicht was en hij niet wilde dat ze geheel onwetend bleven, maar verwachtte niet dat zij het studeren serieus namen, wel dat ze het huishouden leerden doen, hun moeder hielpen en ervoor waakten maagd te blijven tot hun trouwdag, het enige dat telde voor een fatsoenlijk jong meisje.

'Ik wil niet trouwen, ik wil in een circus gaan werken met getemde wilde dieren en een hoge trapeze om er met mijn hoofd omlaag aan te zwaaien en iedereen mijn onderbroek te laten zien,' fluisterde Carmen in het geheim tegen Gregory.

'Mijn dochters zullen goede moeders en echtgenotes worden of anders het klooster ingaan,' snoefde Pedro Morales altijd als iemand gewag maakte van een ongetrouwd meisje dat nog op school zat en in verwachting was geraakt.

'Gezegende Sint-Antonius, laat haar een goede man vinden!' riep Inmaculada Morales uit, terwijl ze het beeldje van de heilige ondersteboven hing om hem te dwingen naar haar nederige smeekbeden te luisteren. Voor haar was het duidelijk dat geen van haar beide dochters een roeping voor het klooster had en zij wilde zich niet de tragedie voorstellen dat zij ooit zo zouden eindigen als die sletten die ongetrouwd lagen te rotzooien op het kerkhof en een spoor van condooms achterlieten.

Maar dat alles was pas veel later. In de tijd van de lagere school, toen Carmen en Gregory een pact van kameraadschap sloten, waren die kwesties nog niet aan de orde en niemand schermde met argumenten over fatsoen om hen te beletten zonder toezicht samen te spelen. Men raakte er zo aan gewend hen samen te zien dat later, toen de vrienden midden in de puberteit zaten, de Morales meer vertrouwen in Gregory dan in hun eigen kinderen hadden om Carmen te vergezellen. Als het meisje toestemming vroeg om naar een feest te gaan, was de eerste vraag of hij ook ging, want als dat zo was dan voelden de ouders zich gerust. Vanaf de eerste dag namen ze hem zonder reserves in hun midden op en in de toekomstige jaren hielden zij zich doof voor de onvermijdelijke praatjes van de vrouwen uit de buurt, overtuigd als ze waren, tegen elke logica en ervaring in, van de zuivere gevoelens tussen de twee kinderen. Dertien jaar later, toen Gregory die stad voorgoed verliet, betrof zijn enige, nooit verdwijnende gevoel van weemoed, het huis van de Morales.

De poetskist van Gregory bevatte zwarte, koffiekleurige, gele en donkerrode schoensmeer, maar het kleurloze vet voor grijs of blauw leer, dat ook in de mode was, en het kleursel om de slijtageplekken bij te werken, ontbraken. Hij had zich voorgenomen geld te sparen om zijn werkmaterialen aan te vullen, maar zodra er een nieuwe film draaide, bezweek hij voor de verleiding. De bioscoop was een geheime verslaving, in het donker was hij een van de vele luidruchtige jongetjes, hij sloeg niet één voorsteling over van de buurtbioscoop, waar Mexicaanse films werden gedraaid, en op zaterdag ging hij met Juan José en Carmen naar het centrum van de stad om de Amerikaanse vervolgfilms te zien. De vertoning eindigde met de hoofdrolspeler aan handen en voeten gebonden in een loods vol dynamiet, waarvan de lont door de slechterik was aangestoken, op het spannendste ogenblik werd het doek weer zwart en nodigde een stem de toeschouwers uit de volgende zaterdag het vervolg te komen zien. Soms voelde Gregory zich zo ongelukkig dat hij wenste te sterven, maar hij stelde de zelfmoord steeds weer uit tot de volgende week, niet in staat deze wereld te verlaten zonder te weten hoe zijn held uit de val ontsnapte. En altijd redde die het, het was werkelijk verbazingwekkend hoe hij zich tussen de vlammen door kon voortslepen en ongedeerd uit het vuur te voorschijn kwam, met schone kleren aan en zijn hoed nog op. De film voerde Gregory naar een andere wereld, een paar uur lang was hij Zorro of de Lonesome Rider, werden al zijn dromen verwezenlijkt, als bij toverslag herstelde de goede zich van kneuzingen en verwondingen, bevrijdde hij zich van touwen en voetboeien, overwon zijn vijanden puur door zijn goedheid en kreeg hij het meisje, de twee kusten elkaar op de voorgrond, terwijl achter hen de zon of de maan scheen en een orkest van strijkers en blazers een wegstervende melodie liet horen. Hij hoefde zich geen zorgen te maken, de bioscoop was niet zoals zijn buurt, in de films kwamen alleen maar aangename verrassingen voor, de slechte werd altijd overwonnen door de goede en moest zijn misdaden bekopen met de dood of de gevangenis. Soms kreeg hij spijt en na een onvermijdelijke vernedering erkende hij zijn vergissingen, verdween hij uit het beeld begeleid door berouwvolle muziek, meestal trompetten en pauken. Gregory voelde dat het leven mooi was en Amerika *the land of the free* en *the home of the brave*, waar iemand zoals hij het tot president kon brengen, alles was een kwestie van een zuiver hart, van God en je moeder eren, eeuwig trouw blijven aan één enkel meisje, de wetten respecteren, de behoeftigen verdedigen en het geld verachten, want helden gaat het nooit om een beloning. Zijn onzekerheden vervlogen in dat immense zwart-wituniversum. Verzoend met het leven verliet hij de zaal, overlopend van goede voornemens die een paar minuten duurden; het straatbeeld bracht hem weer tot de werkelijkheid terug. Olga vertelde hem dat de films in Hollywood werden gemaakt, niet ver van zijn huis en dat alles één grote leugen was, alleen het dansen en zingen van de musicals was echt, de rest waren cameratrucs, maar het jongetje liet zich niet door die onthulling ontgoochelen.

Hij werkte ver van huis, in een wijk met kantoren, bars en kleine zaken. Zijn werkterrein besloeg vijf huizenblokken, die hij zijn diensten aanbiedend in beide richtingen doorkruiste, de blik naar beneden gericht, aandachtig turend naar de schoenen van de mensen, net zo afgetrapt en uit model als die van de latino's uit zijn buurt. Daar droeg men ook geen nieuw schoeisel, uitgezonderd enkele bendeleden en handelaren met gelakte mocassins, laarzen met zilverbeslag of tweekleurige schoenen die zeer moeilijk te poetsen waren. Hij raadde het gezicht van de mensen door de manier waarop ze liepen en door hun schoenen: de latino's droegen rode met hakken, de negers en mulatten gaven de voorkeur aan puntige gele, de Chinezen hadden kleine voeten, de blanken hadden omhoogstaande neuzen en afgesleten hakken. Het poetsen gingen hem makkelijk af, het lastige was klanten te vinden die bereid waren om tien dollarcent en vijf minuten van hun tijd te besteden aan de verzorging van hun schoeisel. Ik poets ze glimmend, ik poets ze goed! riep hij net zolang tot hij er schor van werd, maar slechts een enkeling ging op het aanbod in. Met wat geluk maakte hij in een middag een halve dollar, net zoveel als een marihuanajoint kostte. De weinige keren dat hij hasjiesj rookte dacht hij bij zichzelf dat het niet de moeite waard was zoveel uren over straat te leuren om er die troep voor te kopen die zijn maag bedierf en zijn hoofd deed bonzen als een trommel, maar om erbij te horen deed hij naar buiten toe net of hij ervan uit zijn dak ging, zoals de anderen beweerden. Voor de Mexicanen, die het in het wild hadden zien groeien in hun land, was het slechts een soort gras, maar voor de gringo's was het roken ervan een teken van stoerheid. Om niet voor hen onder te doen en om indruk te maken op blonde meisjes, blowden de jongens uit de buurt aan één stuk door. Aangezien hij weinig prettige ervaringen met marihuana had maar toch flink wilde overkomen wendde Gregory zich aan, in navolging van de boeven uit de films, een peuk aan zijn lip te hebben hangen. Hij raakte daar zo bedreven in dat hij kon praten en kauwgom kauwen zonder zijn sigaret te verliezen. Als hij zich voor zijn vrienden als een macho waar moest maken, haalde hij een zelfgefabriceerde pijp te voorschijn en vulde die met een mengsel van eigen vinding: van de straat opgeraapte peukjes, wat zaagsel en fijngemaakte asperine, waar je, naar werd gezegd, even stoned van werd als van elke andere bekende drug. De zaterdagen werkte hij de hele dag en hij verdiende dan meestal ruim een dollar, die hij bijna helemaal aan zijn moeder afstond, op de tien dollarcenten voor de film van de week en soms nog vijf voor de missionarissen in China na. Zodra hij vijf dollar bijeen had gebracht, zou de pater hem een certificaat voor de adoptie van een Chinees meisje overhandigen, maar de kunst was tien dollar bij elkaar te verzamelen, hetgeen hem recht op een jongetje gaf. God zegene je, zei de pastoor wanneer Gregory met zijn bijdrage voor de collectezak kwam, en één keer zegende God hem niet alleen, maar beloonde hem ook nog met een portefeuille met vijftien dollar erin, die Hij voor hem op het kerkhof had neergelegd. Dat was de plek bij uitstek voor heimelijke ontmoetingen 's avonds, daar verborgen de stelletjes zich tussen de zerken om naar hartelust te vrijen, bespied door de jochies uit de buurt die zich die vertoning van onstuimige liefdespraktijken niet lieten onthouden. Oh, wat eng, er dwalen doden rond, kermden de vrouwen, die het onderdrukte gelach van de pottekijkers voor het gefluister van de gekwelde zielen hielden, maar evenzogoed lieten ze hun rokken omhoog doen om tussen grafstenen en kruizen door te rollebollen. Ons kerkhof is het beste van de stad, veel mooier dan die van de miljonairs en de actrices van Hollywood, die alleen uit gras en bomen bestaan en meer op een golfbaan dan op een begraafplaats lijken, waar heeft men ooit gezien dat de overledenen geen beeld hebben om hen gezelschap te houden, oordeelde Inmaculada Morales, hoewel in werkelijkheid alleen de rijken zich mausolea en stenen engelen konden veroorloven, de immigranten hadden nauwelijks geld genoeg voor een steen met een eenvoudige inscriptie. In november, op Allerzielen, bezochten de Mexicanen de gestorven familieleden die zij niet naar hun dorpen hadden kunnen terugsturen en brachten muziek, papieren bloemen en zoetigheid voor hen mee. Vanaf de vroege ochtend hoorde men de liederen, de gitaren en de toosten, en wanneer de avond viel waren allen half dronken, de zielen uit het vagevuur, voor wie ze tequila over de grond uitgoten, inbegrepen. De kinderen Reeves gingen samen met Olga naar het kerkhof, zij kocht doodshoofden en skeletten van suiker voor hen om die op het graf van hun vader op te peuzelen. Nora bleef thuis, zei dat ze niet hield van dat soort heidense feesten, die een goed excuus vormden voor losbandigheid en uitspattingen, maar Gregory vermoedde dat de werkelijke reden was dat ze Olga niet wilde ontmoeten. Of misschien wilde ze niet erkennen dat haar man begraven was, voor haar bevond Charles Reeves zich op een ander niveau, in beslag genomen door Het Oneindige Plan. De portefeuille lag verborgen onder een paar struiken. Gregory was op zoek naar spinnen, in die tijd werd hij meer aangetrokken door de prachtige valstrikken die de spinnen weefden om insekten te vangen en hun zakken met talloze minuscule larven, dan door de onbehouwen schokbewegingen en het onverstaanbare gekreun van de vrijende paren. Ook vond hij ballonnen van wit rubber die daar lagen en die als je ze opblies de vorm van lange worsten aannamen. Hij zag de portefeuille toen hij zich over een spinnehol in de grond heen boog en voelde zijn hart en slapen wild kloppen, nog nooit had hij iets waardevols gevonden en hij wist niet of het om een geschenk uit de hemel of een duivelse verzoeking ging. Hij wierp een blik om zich heen om zich ervan te vergewissen dat niemand hem zag, griste hem weg en holde naar een praalgraf om verborgen achter de zerk zijn schat te bekijken. Hij deed de portefeuille met bevende vingers open en haalde er drie gloednieuwe briefjes van vijf dollar uit, meer geld dan hij in zijn hele leven ooit bij elkaar had gezien. Hij dacht aan pater Larraguibel die zou zeggen dat de Heer hem daar had neergelegd om hem op de proef te stellen, om te kijken of hij de buit zou houden of dat hij die aan het fonds voor de missie zou geven om zo in één klap twee kindertjes te adopteren. Er was niemand op school die zoveel geld had om van beiderlei kunne een Chinees te betalen, dat zou een beroemdheid van hem maken; hij besloot echter dat een fiets veel praktischer was dan twee kinderen in het verre Oosten, die hij trouwens toch nooit zou zien. Hij had al een paar maanden een fiets op het oog, een buurman van Olga bood er een te koop aan voor twintig dollar, een exorbitant hoge prijs, maar hij hoopte dat de man bij het zien van de biljetten door de knieën zou gaan. Het was een primitief ding dat in een erbarmelijke staat verkeerde, maar waar nog mee te rijden viel. Hij behoorde een Indiaan toe die door een bestaan vol duistere handelspraktijken verloederd was en voor wie Gregory bang was omdat hij hem met verschillende smoezen naar een garage had meegelokt waar hij geprobeerd had zijn hand in zijn broek te stoppen, vandaar dat hij Olga vroeg met hem mee te gaan.

'Je moet hem niet je geld laten zien of je mond opendoen, laat het maar aan mij over,' instrueerde zij hem. Ze was zo handig in het afdingen dat hij de tweewieler voor twaalf dollar en een amulet tegen het boze oog meekreeg. 'De rest geef je aan je moeder, begrepen?' beval zij toen ze afscheid namen.

Hij fietste zo enthousiast weg over het midden van de straat dat hij niet de frisdrankenwagen zag aankomen uit de tegengestelde richting, en botste frontaal tegen hem op. Als door een wonder werd hij niet verpletterd, maar van de fiets bleven slechts een paar stukken verbogen ijzer en de wielspaken over. De chauffeur van de vrachtwagen stapte vloekend uit, hielp hem overeind, schudde hem uit als een plumeau en stuurde hem met een dollar als troost weg.

'Je mag me dankbaar zijn dat ik je niet de bak laat indraaien wegens onoplettendheid op de openbare weg, vervloekt joch!' gromde de man, heviger geschrokken dan het slachtoffer zelf.

'Ik heb nog nooit zo'n stommeling gezien als jij, je had hem ten minste twee dollar moeten vragen,' berispte Judy hem toen zij het verhaal hoorde.

'Dat komt er nu van als je ongehoorzaam bent, ik heb je al duizend keer gezegd dat je niet op het kerkhof moet komen, gestolen goed gedijt niet,' oordeelde Nora Reeves terwijl ze de schaafwonden op zijn knieën en ellebogen met whisky schoonmaakte.

'De hemel zij dank dat je tenminste nog in leven bent,' zei Inmaculada Morales terwijl ze hem in haar armen sloot.

Geld werd een obsessie voor Gregory. Hij was bereid er alles voor te doen, zelfs maïs pellen voor tortilla's, een rotklusje waarvan zijn handen ontvelden en de stank hem urenlang misselijk maakte. Daarna ging hij over tot diefstal, maar het kwam nooit in hem op om géld te stelen, het was een avontuur, een sport, niet een manier om in je onderhoud te voorzien. 's Avonds wurmde hij zich door een gat in het schoolhek, klauterde het dak van het snoeptentje op, lichtte een zinken golfplaat op, gleed naar binnen en pakte twee, drie ijsjes, waarvan hij er een naar Carmen bracht. Die avondlijke excursies bezorgden hem een mengeling van opwinding en schuldbesef, de strenge fatsoensnormen die Nora Reeves hem had bijgebracht hamerden in zijn hoofd, hij voelde zich slecht, niet zozeer omdat hij zijn moeder bespotte maar omdat de snoepvrouw een goed oud mensje was dat een voorkeur voor hem had en hem dikwijls iets lekkers gaf. Op een avond kwam de vrouw onverwachts terug om iets te halen, opende de deur, deed het licht aan voordat hij tijd had om te vluchten en betrapte hem met het bewijs van het delict in zijn hand. Hij stond verlamd terwijl zij jammerde: 'Hoe kun je me dit aandoen, ik ben altijd zo lief voor je!' Gregory barstte in tranen uit en smeekte om vergeving, zwerend dat hij alles wat hij gestolen had terug zou betalen. 'Wat? Is dit dan niet de eerste keer?' En de ander moest bekennen dat hij haar meer dan zes dollar schuldig was aan ijsjes. Vanaf toen ging hij alleen nog maar naar haar toe om zijn schuld in te lossen, die hij beetje bij beetje afbetaalde. Hoewel de vrouw hem vergaf, voelde hij zich nooit meer op zijn gemak in haar aanwezigheid. Minder geluk had hij in de dumpzaak waar hij legergoederen stal die hem nergens toe dienden. In het opberghok bewaarde hij zijn schatten in een zak: veldflessen, uniformjasjes, petten en zelfs een paar enorme laarzen die hij, niet vermoedend dat de eigenaar van de winkel hem doorhad, in zijn schooltas wegstopte. Op een middag gapte hij een lantaarn mee, stopte hem onder zijn bloes en liep er de deur al mee uit toen er een politiewagen aankwam. Ontsnappen was onmogelijk, ze brachten hem naar het politiebureau en stopten hem in een cel, van waaruit hij kon zien hoe een zwarte jongen flink onder handen werd genomen. Doodsbang wachtte hij zijn beurt af, maar ze behandelden hem goed, beperkten zich ertoe zijn gegevens te registreren, waarna ze hem een standje gaven en hem verplichtten alles wat hij thuis had liggen terug te geven. Ze lieten Nora Reeves halen, ondanks zijn haast hysterische smeekbeden dat niet te doen omdat dat haar hart zouden breken. Zij verscheen in haar blauwe jurk met het kanten kraagje, alsof ze een beeld was dat van een oud schilderij was afgestapt, tekende het strafboek, hoorde zwijgend de beschuldigingen aan en vertrok op dezelfde manier, gevolgd door haar zoon. Wees blij dat je blank bent, Greg, als je de kleur van mijn kinderen had zou het je duur zijn komen te staan, zei Inmaculada Morales toen ze het geval vernam. Nora schaamde zich zo diep dat ze een paar weken lang geen woord zei en toen ze ten slotte de stilte verbrak was dat om te zeggen dat hij zich moest wassen en zijn enige pak moest aandoen, dat ze had aangeschaft voor de begrafenis van zijn vader en dat hem al tamelijk krap zat, want ze gingen iets belangrijks doen. Zij bracht hem naar het weeshuis van de nonnen om de moederoverste te vragen of ze hem wilden opnemen, aangezien zij niet meer wist wat ze nog aan moest met dat verdorven creatuur. Staand achter zijn moeder, met de blik in zijn schoenen geboord, mompelend ik ga niet huilen, ik ga niet huilen, terwijl de tranen in stromen over zijn wangen liepen, zwoer Gregory bij zichzelf dat als hij daar moest blijven hij onmiddellijk van de kerktoren zou springen. Dat was echter niet nodig want de nonnen weigerden hem, er waren te veel wezen die zij moesten opnemen, terwijl hij nog familie had, thuis woonde en sociale bijstand ontving, hij kwam niet in aanmerking voor het weeshuis. Vier dagen later deed zijn moeder zijn spullen in een tas en bracht hem met de bus weg naar het huis van een boerenechtpaar dat bereid was hem op te nemen. Zij nam afscheid van haar zoon met een droevige kus op zijn voorhoofd en de verzekering dat zij hem zou schrijven en vertrok zonder een blik achterom te werpen. Toen Gregory die avond aan tafel zat om, zonder een woord te zeggen of zijn blik op te slaan, samen met zijn nieuwe familie te gaan eten, dacht hij dat niemand Oliver zou voeren, dat hij nooit meer Carmen Morales zou zien en dat hij zijn pennemesje in het rommelhok had laten liggen.

'Onze enige zoon is elf jaar geleden gestorven,' zei de boer. 'Wij zijn godvruchtige, hardwerkende mensen. Hier zul je geen tijd voor kattekwaad hebben, de school, de kerk en mij helpen op het land, dat is alles. Maar het eten is goed en als je je goed gedraagt zul je goed behandeld worden.'

'Morgen zal ik pudding voor je maken,' zei de vrouw. 'Je zult wel moe zijn en naar bed willen. Ik zal je je kamer wijzen, die is van onze zoon geweest, we hebben er niets aan veranderd sinds hij is heengegaan.'

Voor de eerste keer had Gregory een eigen kamer en een bed, tot dusver had hij altijd in een slaapzak geslapen. Het was een kleine kamer, gemeubileerd met het strikt noodzakelijke en met een raam dat tot aan de horizon uitzag op bebouwde akkers. Aan de wanden hingen foto's van vroegere baseballspelers en oude gevechtsvliegtuigen, totaal verschillend van de machines die in de moderne bioscoopdocumentaires te zien waren. Hij bekeek alles zonder dat hij iets durfde aanraken en moest denken aan zijn vader, de boa, de kettingen om onzichtbaar te worden van Olga, aan de keuken van Inmaculada, aan Carmen Morales en aan de misselijkmakende smaak van gecondenseerde melk, terwijl binnenin hem een vreselijke ijsklomp ontstond. Gezeten op het bed, de tas met zijn armoedige spullen op zijn knieën, wachtte hij tot het hele huis sliep, sloop toen zachtjes naar buiten en sloot voorzichtig de deur. De honden blaften maar hij sloeg er geen acht op. Hij begon in de richting van de stad te lopen, over dezelfde weg die de bus gevolgd had en die als een kaart in zijn hoofd zat. Hij liep de hele nacht en vroeg in de ochtend stond hij uitgeput weer voor de deur van zijn huis. Oliver ontving hem met luidruchtige blijdschap en Nora Reeves verscheen op de drempel, nam het bundeltje kleren van haar zoon op en strekte de andere hand uit om hem een aai te geven, maar het gebaar bleef in de lucht hangen.

'Probeer snel groot te worden,' was alles wat ze zei.

Die middag kwam Gregory op het idee zich voor de trein te werpen.

Ik hol de heuvel op, gevolgd door Oliver, zoek de bomen op, hijgend, de takken schrammen mijn benen, ik val en haal een knie open, verdomme schreeuw ik verdomme en laat het bloed oplikken door de hond, ik zie haast niet waar ik mijn voeten zet, maar ren verder naar mijn groene schuilplaats waar ik me altijd verstop. Ik hoef de tekens op de stammen niet te zien om de weg te weten, ik ben daar zo vaak geweest dat ik het blindelings kan vinden, ik ken elke eucalyptus, elke braamstruik, elke kei. Ik duw een tak omhoog en zie de toegang, een nauwe tunnel onder een doornige struik, het moet een vossehol zijn geweest, net breed genoeg voor mijn lichaam; als ik me steunend op mijn ellebogen voortbeweeg, voorzichtig kruipend en rekening houdend met de bochten, met mijn hoofd tussen mijn armen, kan ik me erdoorheen wringen zonder dat ik vast kom te zitten, Oliver wacht buiten tot ik hem roep, hij kent het ritueel. Het heeft geregend van de week en de grond is zacht, het is koud, maar mijn hele lichaam rilt sinds een paar uur van de koorts, sinds vanochtend in het bezemhok van de school, een vuur dat nooit zal ophouden, daar ben ik zeker van. Iets grijpt me van achteren vast en ik slaak een gil, het zijn slechts de doornen van de takken in mijn trui. Zo pakte Martínez mij vast, van achteren, ik voel nog de punt van het mes op mijn keel, maar ik geloof dat het niet meer bloedt, als je je verroert snijd ik je strot door vuile kankergringo, en ik kon me niet verdedigen, het enige dat ik kon doen was janken en vloeken terwijl hij het deed. Als je het tegen Miss June zegt sla ik je zussie op d'r bek en wat ik met jou zal doen dat weet je wel, zei hij daarna, terwijl hij zijn broek ophees. Lachend ging hij ervandoor. Als de anderen erachter komen ben ik de pineut, zullen ze me voor de rest van mijn leven flikker noemen. Niemand mag het ooit weten! En als Martínez het vertelt? Ik wil hem vermoorden! Mijn handen, kleren en gezicht zitten vol modder, moeder zal woedend zijn, ik kan beter maar alvast een smoes verzinnen: ik ben door een auto aangereden of ik ben weer eens gepakt door de bende, maar dan herinner ik me dat het niet nodig zal zijn een leugentje te bedenken, want ik ga dood en als mijn lichaam begraven wordt, zal haar die vuiligheid niets kunnen schelen, dat hoop ik tenminste, ze zal wanhopig zijn, zal niet meer aan mijn streken denken, alleen aan mijn goede kanten, dat ik de afwas doe en bijna al het geld dat ik met schoenpoetsen verdien aan haar afsta, en dan zal ze ten slotte beseffen dat ik een goede zoon ben geweest en ze zal het betreuren niet aardiger tegen mij te zijn geweest, dat ze mij naar de nonnen en die boeren heeft gebracht en niet één keer eieren heeft gebakken voor het ontbijt, dat is toch helemaal niet moeilijk, Doña Inmaculada draait er haar hand niet voor om, de grootste stommeling kan nog een paar eieren bakken, ze zal spijt krijgen, maar te laat, want ik ben dan al dood. Op school zal een herdenkingsplechtigheid worden gehouden, ze zullen me eer bewijzen zoals aan Zárate, die zich in zee verdronken heeft, ze zullen zeggen dat ik de beste leerling was en een grote toekomst voor me had, de anderen zullen in een rij moeten gaan staan en ze zullen verplicht worden langs mijn doodskist te lopen om mijn voorhoofd te kussen, de kleintjes zullen in huilen uitbarsten en de meisjes zullen vast flauwvallen, de vrouwen zullen de aanblik van mijn bloed niet kunnen verdragen en gaan gillen, op Carmen na, die mijn lichaam zonder walging zal omhelzen. Hopelijk zal Miss June het niet in haar hoofd halen tijdens de begrafenis de brief voor te lezen die ik haar heb geschreven, goeie genade, hoe heb ik dat ooit kunnen doen, nooit zal ik haar nog in de ogen kunnen kijken, zij is zo mooi, ze lijkt wel een fee of een filmster, als ze eens wist wat ik allemaal denk onder de les, zij voor de klas, rekensommen uitleggend op het schoolbord en ik in de bank naar haar kijkend als een idioot, met het hoofd in de wolken, wie kan nu aan getallen denken met haar erbij! Ik denk bijvoorbeeld dat ze zegt ik ga je helpen met je schoolwerk, Greg, want je cijfers zijn om te huilen, dan blijf ik na school, de anderen gaan weg en alleen wij twee blijven in het gebouw achter, zonder dat ik haar iets zeg, alsof ze gek wordt, gaat ze op de vloer liggen en ik plas tussen haar benen. Nooit van mijn levensdagen zal ik die vieze dingen die ik denk aan de pater opbiechten, ik ben een slechterik, een smeerlap. Een afscheidsbrief schrijven aan Miss June! Dan moet je wel goed gek zijn! Nou ja, in ieder geval zal ik niet de schaamte hoeven verdragen haar weer onder ogen te komen, ik zal morsdood zijn tegen de tijd dat zij de brief leest. En Carmen, arme Carmen... het enige dat ik jammer vind als ik doodga is dat ik haar niet meer zal zien. Als ze wist wat Martínez met me gedaan heeft, zou ze met me mee zijn gegaan om hier samen met mij te sterven, maar niemand mag het weten, en zij al helemaal niet.

Dit is het ergste dat me in heel mijn leven overkomen is, de gemeenste streek die die ellendeling van een Martínez me geflikt heeft, erger dan bij de eerste communie, toen ze me dwongen een stukje brood te eten voor het begin van de mis, zodat ik door een bliksemschicht getroffen zou worden bij het doorslikken van de hostie en rechtstreeks naar de hel zou gaan; maar er overkwam me niets, ik voelde niets omdat niet ík maar hij de zonde had begaan, en wie in de kookpotten van Satan zal branden, zal niet ik zijn maar hij, omdat hij tot zonde heeft aangezet, wat erger is dan de zonde zelf, zoals pater Larraguibel ons heeft uitgelegd toen hij ons over Adam en Eva vertelde. Die dag moest ik vijfhonderd keer schrijven ik mag God niet lasteren, omdat ik tegen de pastoor zei dat God gezondigd had, aangezien Hij de appel in de hof van Eden had gehangen, wetend dat Adam hem hoe dan ook op zou eten, en als dat niet tot zonde aanzetten is, wat dan wel? Erger dan die keer dat Martínez me uitkleedde na het gymmen en mijn kleren verstopte; als de schoonmaakster niet was gekomen en me had geholpen, zou ik de nacht in de douche hebben moeten doorbrengen en zou de volgende dag de hele school me in mijn nakie hebben gezien. Erger dan die keer dat hij over het schoolplein uitschreeuwde dat hij me in de wc doktertje had zien spelen met Ernestina Pereda. Ik haat hem, ik haat hem uit de grond van mijn hart, ik mag lijden dat hij sterft, niet aan een ziekte maar vermoord door iemand, maar eerst moeten ze zijn pik afsnijden, beter verdient die schoft van een Martínez niet, ik haat hem, ik haat hem.

Zo, ik ben in mijn schuilplaats, ik fluit Oliver en hoor hem door de tunnel kruipen, ik neem hem in mijn armen en hij blijft stil liggen, hijgend, met de tong uit zijn bek, hij kijkt me met zijn fluwelen ogen aan en begrijpt me, hij is de enige die al mijn geheimen kent. Oliver is een tamelijk lelijke hond, Judy heeft een hekel aan hem, hij is van een vuilnisbakkenras en geboren met een dikke, lange staart als een baseballknuppel. Daarbij heeft hij kuren, hij bijt kleren stuk, rolt door de drollen van andere honden en gaat daarna in de bedden liggen, hij houdt van vechten en soms komt hij helemaal overdekt met beten thuis, maar hij is warm en als hij niet in de poep heeft liggen woelen ruikt hij lekker. Ik duw mijn neus in zijn nek, het bovenste haar is hard en kort, maar bij zijn huid heeft hij zacht donshaar, als watten, en ik vind het fijn om daaraan te ruiken, niets is zo lekker als de geur van een hond. De zon is ondergegaan en overal heerst schaduw, het is koud, het is een van die zeldzame winterse middagen, en hoewel ik gloei kan ik voelen hoe mijn oren en handen bevriezen, een sensatie van zuiverheid. Ik besluit om niet mijn halsslagader door te snijden met mijn pennemesje, zoals ik van plan was, ik zal doodgaan van de kou, ik laat me langzaam bevriezen gedurende de nacht zodat ik morgen verstijfd zal zijn, een langzame dood maar kalmer dan onder de trein. Dat was mijn eerste idee, maar altijd als ik voor de trein ren, word ik bang en spring op het laatste moment weg, zodat ik op een haar na toch nog aan de dood ontsnap. Ik heb het ik weet niet hoeveel keer geprobeerd en kan er maar niet toe komen zo te sterven, het moet erg veel pijn doen en daarbij vind ik het een walgelijk idee uiteengereten te worden, ik wil niet dat ze me met een schop bijeenrapen of dat een leukerd mijn vingers als aandenken bewaart. Ik duw Oliver wat van me af, als hij me bedekt zal ik nooit bevriezen, ik woel de grond enigszins om en strek me op mijn rug uit. Ik blijf onbeweeglijk liggen, met pijn in mijn achterwerk – vervloekte Martínez, die vuile flikker – en mijn hoofd vol gedachten, beelden, woorden, maar na een lange tijd houden mijn tranen op te stromen en begin ik weer normaal te ademen en dan word ik de zachte en frisse aarde gewaar die me omarmt als een omhelzing van Doña Inmaculada, ik zink weg, geef me over en denk aan de aarde, rond, gewichtloos zwevend in de peilloze duisternis van de kosmos, draaiend en draaiend, en ook aan de sterren van de melkweg, en hoe het einde van de wereld zal zijn, wanneer alles uit elkaar spat en de brokstukken de ruimte in vliegen als het vuurwerk op 4 juli, en ik voel dat ik een onderdeel van de aarde ben, dat ik van dezelfde materie ben gemaakt, als ik dood ga zal ik uiteenvallen in louter kruimels als een cake en zal ik deel van de grond gaan uitmaken en zullen er bomen uit mijn lichaam groeien. Ik krijg het idee dat ik niet alleen ben in het universum, dat ik niet eens iets speciaals ben, ik moet slechts een kluit aarde zijn, misschien heb ik geen eigen ziel, plotseling bestaat er een enkele grote ziel voor alle levende wezens, Oliver daarbij inbegrepen, en is er geen hemel, hel en vagevuur meer, dat moeten kletspraatjes van de pater zijn, die is zo oud dat hij niet helemaal helder meer in zijn hoofd is, en de Logi en de Meesters van vader bestaan ook niet, de enige die zo ongeveer de waarheid benadert, is moeder met haar bahaïsme, hoewel dat dingen verkondigt die misschien wel goed voor Perzië zijn, maar wat moeten we er hier mee. Het idee een partikel van de aarde, een zandkorrel van de kosmos te zijn bevalt me. Miss June zegt dat de staart van dwaalplaneten uit gruis van de sterren bestaat, duizenden steentjes die het licht weerkaatsen. Ik voel een grote kalmte in me ontstaan, ik vergeet Martínez, de angst, de pijn en het bezemhok, er heerst vrede in me, ik stijg op en vlieg met open ogen naar de siderale ruimte, ik vlieg, vlieg met Oliver.

Als kind al bezat Carmen Morales de handigheid die haar de rest van haar leven zou kenmerken, elk voorwerp, wat het ook was, verloor in haar vingers zijn oorspronkelijke vorm en transformeerde in iets anders. Zij kon kettingen van vermicelli maken, soldaten van closetrollen, speeltjes van garenklosjes en luciferdoosjes. Toen zij op een dag met drie appels speelde, ontdekte ze dat zij ze zonder moeite alle drie tegelijk kon opgooien, al snel jongleerde zij met vijf eieren en ging spelenderwijs over op exotischer voorwerpen.

'Met schoenen poetsen zweet je veel en verdien je weinig, Greg. Als je een kunstje leert kunnen we samenwerken. Ik heb een compagnon nodig,' bood zij haar vriend aan.

Na talloze gebroken eieren werd duidelijk dat Gregory twee linkerhanden had. Behalve het bewegen met zijn oren en het eten van levende vliegen slaagde hij er verder niet in een opmerkelijk trucje onder de knie te krijgen, maar hij was muzikaal en bespeelde de mondharmonika. Oliver bleek meer getalenteerd te zijn, ze leerden hem op zijn achterpoten lopen met een hoed op zijn snuit en papiertjes uit een kist halen. Aanvankelijk vrat hij ze op, maar later leerde hij ze netjes naar de cliënt te brengen. Carmen en Gregory bereidden de voorstelling tot in de puntjes voor en gingen er zo ver mogelijk mee de hort op om te ontsnappen aan de blikken van vrienden en buurtbewoners, want zij wisten dat als de zaak Pedro of Inmaculada Morales ter ore zou komen, niemand hen zou kunnen behoeden voor een geduchte aframmeling, zoals die keer dat ze op het idee waren gekomen om te gaan bedelen in hun wijk. Het meisje zette een rok van veelkleurige halsdoekjes in elkaar en een muts met kippeveren, en kreeg Olga zover dat deze haar haar gele laarsjes leende. Gregory pakte stiekem de hoge hoed en het vlinderdasje weg die zijn vader bij het prediken droeg en die Nora als relikwieën bewaarde. Zij riepen de hulp van Olga in voor het schrijven van de loterijbriefjes met de verzekering dat het om een spel ging voor het eindfeest van het schooljaar; zij wierp hun een van haar doordringendste blikken toe, maar vroeg geen verdere uitleg en ging over tot het dicteren van een hele reeks profetieën. Zij vulden hun uitrusting aan met eieren, kaarsen en vijf keukenmessen, alles verborgen in tassen, want ze konden hun huizen niet met deze dingen verlaten zonder zekere vermoedens te wekken. Met de tuinslang spoten ze Oliver schoon en deden hem een lintje om de hals met de bedoeling zijn woeste aanblik iets te verzachten. Ze gingen op een straathoek ver verwijderd van hun buurt staan, hulden zich in hun jongleurskleding en begonnen met de voorstelling. Al snel dromde een kleine menigte om de kinderen en de hond samen. Carmen met haar tengere figuurtje, haar zonderlinge uitdossing en haar ongelooflijke behendigheid in het jongleren met brandende kaarsen en scherpe messen, bleek een onweerstaanbare trekpleister, terwijl Gregory zich verloor in de wijsjes op zijn mondharmonika. Tijdens een pauze hield de jongen op met spelen en nodigde de toeschouwers uit hun geluk te beproeven. Voor een redelijk bedrag koos de hond een dubbelgevouwen papiertje uit de doos en bracht het naar de klant, weliswaar enigszins bekwijld maar nog uitstekend leesbaar. In een paar uur verzamelden de kinderen zoveel geld als het volledige dagloon van willekeurig welke arbeider uit de fabrieken in de omgeving daar. Toen het donker begon te worden, deden ze hun gewone kleren weer aan, pakten hun spullen in, verdeelden de recettes en keerden naar huis terug, na eerst te hebben gezworen dat ze niets over de zaak zouden zeggen, al werden ze gemarteld. Carmen begroef haar buit in een doos op de patio en Gregory gaf het thuis af, in kleine hoeveelheden tegelijk om lastige vragen te voorkomen, en hield een deel voor zichzelf om van naar de film te gaan.

'Als we hier al zoveel verdienen, denk je dan eens in hoeveel geld we op het Pershing Square kunnen maken. Daar zouden we miljonair worden. Daar gaan veel mensen heen om naar de gekken te luisteren en daar heb je ook de rijken van het hotel die in en uit lopen,' zei Carmen.

Een dergelijke stoutmoedigheid zou nooit in het hoofd van Gregory opgekomen zijn, voor wie een onzichtbare grens bestond die niet door mensen van zijn soort overschreden werd; aan de andere kant was de wereld anders, de mannen liepen gehaast omdat ze werk en dringende zaken te doen hadden, de vrouwen die daar wandelden hadden handschoenen aan, de winkels waren luxueus en de auto's blinkend. Hij was daar een paar keer geweest, toen hij zijn moeder had vergezeld om papieren in orde te maken, maar hij zou niet op het idee zijn gekomen zich daar alleen te wagen. Carmen opende hem in een ogenblik tijd de ogen voor de marktmogelijkheden: hij werkte nu al drie jaar als schoenpoetser voor tien dollarcent onder de armsten van de armsten zonder te beseffen dat hij een paar huizenblokken verderop drie keer zoveel zou kunnen vragen en meer klanten krijgen. Maar verschrikt verwierp hij dat idee onmiddellijk.

'Je bent gek.'

'Waarom ben je zo onzakelijk, Gregory? Ik wed dat je het hotel niet eens kent.'

'Het hotel? Ben je er dan binnen geweest?'

'Natuurlijk. Het is net een paleis, met schilderingen op de plafonds en de deuren, gordijnen met pompons en lampen waar geen woorden voor zijn, het lijken net lichtschepen. In de tapijten zinken je voeten weg als op het strand, en iedereen is elegant gekleed en drinkt thee met gebakjes.'

‘Heb jij thee gedronken in het hotel?’

‘Nou nee, ikzelf niet, maar ik heb gezien dat het geserveerd werd. Je moet naar binnen gaan zonder iemand aan te kijken, alsof moeder aan een tafeltje op ons zit te wachten, snap je?’

‘En als ze je pakken?’

‘Je moet nooit bekennen, uit principe. Als iemand iets zegt, hang je het rijkeluiszoontje uit, gooi je je hoofd in de nek en antwoord je met een grof woord. Ik zal je er op een dag mee naartoe nemen. Hoe dan ook, het is daar de beste plek om te werken.’

‘We mogen Oliver niet meenemen in de tram,’ bracht Gregory zwakjes in.

‘Dan gaan we lopend,’ antwoordde zij.

Van die dag af gingen ze net zo dikwijls naar Pershing Square als Carmen Morales aan het waakzame oog van haar moeder kon ontsnappen. Zij trokken meer publiek dan de predikers die boven op hun kistjes met nutteloze gedrevenheid over dingen praatten die niemand interesseerden. De grote attractie van de voorstelling was de jongleursact van Carmen, zodat als zijn vriendin niet met hem meekon, Gregory de routine van het schoenpoetsen weer opnam, hoewel hij dat nu in de straten van de zakenwijk deed. De twee kinderen waren met elkaar verbonden door de wederzijdse afhankelijkheid en het gedeelde geheim, en door nog vele andere vertrouwelijkheden.

Op zijn zestiende volgde Gregory met Juan José Morales de middelbare school, Carmen zat een klas lager en Martínez had de school verlaten om zich bij De Beulen aan te sluiten. Reeves had hem nu niet meer om zich heen en zolang hij hem kon ontlopen, voelde hij zich veilig. De baldadigheid waardoor hij voorheen geen moment stil zat was minder geworden, maar nu werd hij door andere angsten gekweld. Op de middelbare school was het grootste deel van de leerlingen blank, hij voelde zich niet meer met de vinger nagewezen en ook hoefde hij niet meer, zodra de schoolbel klonk, naar huis te hollen om aan zijn vijanden te ontkomen. Onder de arme bevolking nam men het niet altijd zo nauw met de leerplicht en al helemaal niet onder de latino’s die, zodra ze van de lagere school af kwamen, een baantje moesten zoeken om hun brood te verdienen. Zijn vader had Gregory ingeprent dat hij door moest leren, een verlangen dat hijzelf nooit had kunnen bevredigen, omdat hij vanaf zijn dertiende met een kudde schapen over de velden van Australië had rondgezworven. Ook zijn moeder voedde het idee een vak te leren om zo te vermijden dat hij zich moest laten afbeulen en de nederigste baantjes vervullen, ga maar na, kind, een derde van je leven lig je te slapen, een derde gaat op aan de dingen van alledag, en het interessante deel dat overblijft moet je werken, dus dan is het maar beter dat je iets doet waarin je plezier hebt, zei ze. De enige keer dat hij opperde om van school af te gaan om werk te zoeken, las Olga de kaarten voor hem en zag de kaart van de Wet.

'Als je het maar laat. Je zult misdadiger of politieagent worden, en in beide gevallen is het beter om geleerd te hebben,' besloot zij.

'Ik wil noch het een noch het ander worden.'

'Deze kaart zegt duidelijk dat je met de wet te maken krijgt.'

'Zegt hij ook of ik rijk zal worden?'

'Soms rijk en soms arm.'

'Maar ik zal het ver brengen, niet?'

'Het leven brengt je nergens, Gregory. Je leeft, dat is alles.'

Carmen Morales en hij leerden dansen op de Amerikaanse muziek en raakten daar zo bedreven in dat de mensen in een kring om hen heen bleven stilstaan en applaudisseerden als ze een nummertje jitterbug en rock n'roll weggaven. Zij vloog met haar benen door de lucht en wanneer ze het punt bereikte op haar hoofd te vallen, liet hij haar een onmogelijke draai over zijn schouder maken, trok haar slepend over de grond tussen zijn benen door en liet haar met een ruk weer veilig op haar benen terecht komen, en dit alles zonder het ritme of hun tanden te verliezen. Gregory spaarde maanden en maanden om een zwartleren jasje te kunnen kopen en probeerde een vetkuif voor zijn ogen te cultiveren, maar hoeveel brillantine hij ook in zijn haar smeerde, steeds weer viel het in een treurig stemmende lok stijl naar beneden, zodat hij ten slotte koos voor een kort, naar achteren gekamd kapsel, makkelijker maar minder passend bij het beeld van de opstandige rebel die de meisjes deed beven van angst en lust. Carmen leek evenmin op de hoofdrolspeelsters van de films waar de jeugd naartoe ging, blond, deugdzaam en enigszins onnozel, die de jongens deden zuchten en die de donkere en mollige Mexicaanse meisjes zonder succes probeerden te imiteren door het haar te blonderen met waterstofperoxide. Zij was een vat kruit. In de weekeinden trokken de twee hun beste kleren aan, hij altijd met zijn zwarte leren jack ook al was het bloedheet, zij met een nauwsluitende pantalon die zij in een tas verstopte en in een openbaar toilet aandeed, want als haar vader haar in een broek zou hebben gezien zou hij die van haar lijf hebben gescheurd, en vertrokken zij naar de dansgelegenheden waar men hen al kende en ze geen entree hoefden te betalen omdat zij de grote attractie van de avond waren. Zij dansten onvermoeibaar aan één stuk door, zonder een drankje te consumeren, want daar hadden zij geen geld voor. Carmen was uitgegroeid tot een vrijmoedige meid met een zwarte bos haren en een aardig gezicht met dikke wenkbrauwen en lippen; zij was goedlachs en had een stevig, rond lichaam, met te grote borsten voor haar gestalte en leeftijd, welvingen die zij verafschuwde als een mismaking, maar die Gregory met belangstelling zag groeien en elke dag voller worden. Als hij met haar danste, schudde hij haar door elkaar alleen maar om te zien hoe die courtisaneborsten de wetten van zwaartekracht en fatsoen tartten, maar toen hij merkte dat hij niet de enige was die ze bewonderde, voelde hij een ingehouden woede. Hij ervoer geen concrete begeerte naar zijn vriendin, alleen de gedachte al zou hem hebben doen rillen van afgrijzen als betrof het incest. Hij beschouwde haar evenzeer als een zus als Judy, maar soms wankelden zijn goede bedoelingen onder het verraad van zijn hormonen, die hem in een permanente crisissituatie hielden. Pater Larraguibel bedolf hem onder apocalyptische voorspellingen met betrekking tot de gevolgen van zondige gedachten aan vrouwen en het bevoelen van zijn lichaam. Hij dreigde de wellustigen met dodelijke bliksemschichten, verzekerde dat er haar op hun handpalmen zou gaan groeien, ze onder de etterende puisten kwamen te zitten, infecties aan hun penis kregen en de zondaar zou ten slotte sterven onder afschuwelijke pijnen, en bovendien rechtstreeks naar de hel gaan in het geval hij stierf zonder gebiecht te hebben. De jongen twijfelde aan de goddelijke schicht en het haar op de handpalmen, maar was ervan overtuigd dat al het andere waar was, want dat had hij bij zijn vader gezien, hij herinnerde zich hoe deze overdekt met zweren was geweest en stierf omdat hij voortdurend aan zichzelf zat. Ook viel er niet aan te denken troost te zoeken bij de meisjes van zijn school of uit de buurt, die voor hem buiten bereik waren, of zijn toevlucht te nemen tot prostituées, die hem bijna net zoveel angst inboezemden als Martínez. Hij was wanhopig van liefde, voelde een woest en onbegrijpelijk vuur in zich laaien, schrok van het bonzen van zijn hart, van de kleverige honing in zijn slaapzak, van de woelige dromen en de verrassingen van zijn lichaam, zijn ledematen werden langer, hij kreeg spieren, beharing en zijn bloed kookte onophoudelijk. De kleinste prikkel was voldoende om een plotselinge uitbarsting van genot teweeg te brengen, die hij beduusd en half versuft onderging. De aanraking van een vrouw op straat, het zien van een vrouwenbeen, een filmscène, een zin in een boek, zelfs de trillende zitplaats in de tram, alles wond hem op. Behalve studeren moest hij ook nog werken, maar de vermoeidheid verdrong niet het grenzeloze verlangen weg te zinken in een moeras, zich te verliezen in de zonde, opnieuw dat genot en die dood te ondergaan die telkens weer te kort duurden. Het sporten en het dansen hielpen hem zijn energie te ontladen, maar er was iets drastischer voor nodig om zijn bruisende instincten te kalmeren. Zoals hij op de lagere school als een idioot op Miss June verliefd was geworden, zo leed hij in zijn adolescentie onder een paar hartstochtelijke bevliegingen voor onbereikbare meisjes, meestal ouder, die hij niet durfde te benaderen, zodat hij zich erbij moest neerleggen hen op afstand te aanbidden. Een jaar later schoot hij in één stuk door naar zijn uiteindelijke lengte en gewicht, maar op zijn zestiende was hij nog een magere puber, met te grote knieën en oren, enigszins aandoenlijk, maar onder dat uiterlijk kon men een goed hart vermoeden.

'Als je geen misdadiger of politie wordt, word je filmacteur en zullen de vrouwen voor je in aanbidding liggen,' beloofde Olga als troost toen zij hem zag lijden in het boetekleed van zijn lichaam.

Zij was het die hem ten slotte redde uit de gloeiende folteringen van zijn kuisheid. Sinds Martínez hem op de lagere school had gepakt in het bezemhok, werd hij belaagd door beschamende twijfels omtrent zijn mannelijkheid. Het onderzoek van Ernestina Pereda of andere meisjes onder het voorwendsel dat zij doktertje speelden, had hij niet voortgezet en zijn kennis over die mysterieuze kant van het bestaan was dan ook vaag en tegenstrijdig. De kruimels informatie die hij stiekem in de bibliotheek opdeed, droegen alleen maar meer tot zijn verwarring bij, want ze ketsten af op de ervaring van de straat, de grappen van de broers Morales en andere vrienden, de preken van de pater, de onthullingen van de films en de schokkende beelden van zijn fantasie. Hij sloot zich op in eenzaamheid, imiteerde de kuise ridders van de ronde tafel of de helden van het wilde Westen en negeerde met koppige vastberadenheid de confusie van zijn hart en de onrust van zijn lichaam, maar steeds werd hij door zijn natuurlijke driften verraden. Die doffe pijn en naamloze verwarring hielden hem een tijdlang onderworpen, totdat hij de kwelling niet langer meer kon verdragen, en als Olga hem niet te hulp was gekomen zou hij half gek zijn geëindigd. Die vrouw had hem geboren zien worden, had alle belangrijke momenten van zijn kindertijd meegemaakt, kende hem als was hij haar eigen kind, niets van de jongen ontsnapte aan haar aandacht en wat zij niet met haar gezonde verstand vermoedde, raadde zij dankzij haar tovenaarstalent, dat grotendeels neerkwam op mensenkennis, een goed opmerkingsvermogen en het lef om raadgevingen en voorspellingen te improviseren. In dit geval waren geen zienersgaven nodig om de staat van ontreddering op te merken waarin Gregory verkeerde. In die tijd was Olga in de veertig, de rondingen van haar jonge jaren waren veranderd in vet en de ordeloosheid van haar zigeunerbestaan had haar huid doen verleppen, maar zij had haar bevalligheid en haar stijl, de weelderheid van haar rossige manen, het geruis van haar rokken en haar uitbundige lach behouden. Zij woonde nog steeds op dezelfde plek, alleen huisde ze nu niet meer in een kamertje, zij had het pand gekocht en omgetoverd tot haar privé-tempel, waar ze beschikte over een ruimte voor de medicijnen, het gemagnetiseerde water en allerlei soorten kruiden, een andere voor therapeutische massages en abortussen en een tamelijk groot vertrek voor het bedrijven van spiritisme, magie en waarzeggerij. Gregory ontving zij altijd in het kamertje boven de garage. Die dag vond zij hem er bleek en mager uitzien en werd ze weer overvallen door dat ruwe medelijden dat de laatste tijd haar voornaamste gevoel ten opzichte van hem was.

'Op wie ben je nu weer verliefd?' vroeg ze lachend.

'Ik wil weg uit deze klotebuurt,' gromde Gregory met zijn hoofd tussen zijn handen, verslagen door de vijand in zijn onderbuik.

'Waar wil je dan heen?'

'Kan me niks schelen waar naartoe, alles is beter. Hier gebeurt geen ene moer, kan je niet ademen, ik stik hier.'

'Het is niet de buurt, jij bent het. Je stikt in je eigen lichaam.'

De waarzegster haalde een fles whisky uit de kast, goot een flinke scheut in een glas, nam zelf ook wat, wachtte tot hij het op had en schonk bij. De jongen was niet gewend aan sterke drank, het was warm, de ramen waren dicht en de geur van wierook, medicinale kruiden en patchoeli verzwaarden de lucht. Met een huivering ademde hij de geur van Olga in. In een opwelling van compassie ging de tovenares achter hem staan en sloeg haar armen om hem heen, drukte haar reeds treurige borsten tegen zijn rug, haar met prullen beringde vingers knoopten blindelings zijn hemd open, terwijl hij stokstijf zat, verlamd door de verrassing en de angst, maar toen begon ze hem in zijn nek te zoenen, stak ze haar tong in zijn oren, fluisterde hem Russische woordjes toe, streelde hem met haar ervaren handen, raakte hem aan waar nog nooit iemand hem had aangeraakt, totdat hij zich met een kreun overgaf en in een bodemloze afgrond stortte, schokkend van angst en voorvoeld geluk, en zonder te weten wat hij deed en waarom hij het deed, keerde hij zich wanhopig naar haar om, scheurde in zijn ongeduld de kleren van haar lijf, wierp zich op haar als een bronstig dier, rolde met haar over de grond, trappelde om zijn broek uit te doen, baande zich een weg tussen haar rokken door, drong in een moment van radeloosheid in haar binnen en terwijl hij zich met een schreeuw bovenop haar liet vallen spoot hij gutsend leeg, alsof een slagader in zijn binnenste was opengesprongen. Olga liet hem een poosje op haar borst uitrusten, ondertussen over zijn rug krabbend zoals zij dikwijks had gedaan toen hij nog een kind was. Zij stond op toen zij vermoedde dat hij last van wroeging begon te krijgen en sloot de gordijnen, daarna deed zij doodkalm de gescheurde bloes en de verkreukelde rok uit.

'Nu zal ik je leren wat een vrouw lekker vindt,' zei ze met een nieuwe glimlach. 'Het belangrijkste is niet zoveel haast hebben, jongen...'

'Ik moet iets weten, Olga, zweer me dat je de waarheid zal zeggen.'

'Wat wil je weten?'

'Hebben mijn vader en jij... ik bedoel, hebben jullie...'

'Dat gaat jou niets aan, heeft niets met jou te maken.'

'Ik moet het weten... jullie waren minnaars, hè?'

'Nee, Gregory. Ik zal het je één keer zeggen: nee, wij waren geen minnaars en roer dit onderwerp niet opnieuw aan, want anders hoef ik je nooit meer te zien, begrepen?'

Gregory wilde haar zo graag geloven dat hij verder niets meer vroeg. Van die middag af begon de wereld er anders voor hem uit te zien, hij ging bijna elke dag bij Olga langs, en als een weetgierige schooljongen leerde hij van haar wat zij vond dat hij moest weten, hij wroette in haar geheime delen, durfde zachtjes alle mogelijke obsceniteiten te zeggen, ontdekte verwonderd dat hij niet helemaal alleen op de wereld was en dat hij absoluut niet meer naar de dood verlangde. Zoals zijn ziel opbloeide, zo ontwikkelde ook zijn lichaam zich, en in een paar weken tijd hield hij op een jochie te zijn en kreeg zijn gezicht de uitdrukking van een tevreden man. Toen Olga merkte dat hij uit pure dankbaarheid verliefd op haar aan het worden was, schudde zij hem woedend door elkaar en dwong hem naar haar naakte lichaam te kijken om nauwgezet een inventaris te maken van haar vetrollen, haar grijze haren en haar rimpels, haar vermoeidheid na zoveel jaren de strijd van het bestaan te hebben gestreden, en dreigde hem ernstig de deur uit te zetten als hij dat soort dwaze ideeën niet uit zijn hoofd zette. Zij liet hem duidelijk de grenzen van hun relatie zien en voegde eraan toe dat hij zich gelukkig mocht prijzen, dat hij een ongelooflijke bofkont was, hij zou geen andere vrouw tegenkomen die hem voor niets trouw seks gaf, zijn overhemden streek, hem geld toestopte en daarvoor niets in ruil vroeg, ze zei dat hij nog een snotneus was en tegen de tijd dat hij dat niet meer zou zijn zou zij een oude vrouw zijn, dat hij zich op zijn studie moest concentreren, eens zien of het hem lukte zich te ontworstelen aan de armoede waarin hij was opgegroeid en iemand te worden, dat hij in het land van de onbegrensde mogelijkheden leefde en dat hij een hopeloze sufferd was als hij die niet benutte.

Zijn cijfers gingen vooruit, hij maakte nieuwe vrienden, werd medewerker van de schoolkrant en het duurde niet lang of hij schreef vurige artikelen en leidde meetings van leerlingen naar aanleiding van verschillende kwesties, sommige van bureaucratische aard, zoals het tijdstip van de sportlessen, andere van principiële aard, zoals de discriminatie van negers en latino's. Je hebt het van je vader, zuchtte Nora licht bezorgd, want zij wilde niet dat ook hij prediker werd. Nu hij tot rust was gebracht door Olga kon hij het plezier in lezen ontdekken, hij benutte elk vrij ogenblik om naar de gemeentebibliotheek te gaan, waar hij bevriend raakte met Cyrus, een oude liftbediende. De man bediende de knoppen met één hand en hield in zijn andere een boek, waarin hij zo verdiept was dat de lift naar eigen goeddunken werkte, als een ontregelde machine. Hij keek alleen op wanneer Gregory kwam, dan lichtte zijn bloedeloze profetengezicht even op en veranderde de schuwe grimas om zijn mond in een flauwe glimlach, maar hij onderdrukte die terstond en groette hem met een grom om er geen twijfel over te laten bestaan dat zij alleen door een gedeelde intellectuele interesse verbonden werden. De jongen verscheen meestal pas laat in de middag na school en bleef maar een half uurtje want hij moest nog werken. De oude baas wachtte al van 's morgens vroeg op hem en naarmate de uren verstreken keek hij tot zijn eigen verbazing steeds vaker op zijn horloge, terwijl hij er toch altijd voor waakte overbodige sympathieën te ontwikkelen, maar als de jongen niet kwam was het of die dag de zon niet was opgegaan. Zij werden goede vrienden. Reeves hield ervan de zaterdagen in zijn gezelschap door te brengen, bezocht hem in de sombere pensionkamer waar hij woonde, andere keren maakten zij een wandeling of gingen naar de film en bij het donker worden nam hij afscheid van hem om met Carmen te gaan dansen. Een tijd later sprak Cyrus met hem af in een park, zogenaamd om over filosofie te discussiëren en samen te lunchen. Hij wachtte hem op met een mand waaruit een brood en de hals van een fles staken, leidde hem bij zijn arm mee naar een geïsoleerde plek waar niemand hen kon horen en kondigde op fluistertoon aan dat hij hem een diep geheim wilde onthullen. Nadat hij hem had doen zweren dat hij hem nooit zou verraden, bekende hij plechtig lid van de communistische partij te zijn. De jongen stond niet duidelijk voor ogen wat de betekenis van een dergelijke confidentie was, ofschoon het de hoogtijdagen van de heksenjacht op linkse ideeën waren, maar hij vermoedde dat het iets besmettelijks moest zijn en net zo gevreesd als venerische ziekten. Hij deed hier en daar navraag maar dat maakte de zaak alleen nog maar duisterder. Zijn moeder gaf hem een vaag antwoord over Rusland en de afslachting van een zekere keizerlijke familie in een winterpaleis, zo lang geleden allemaal dat zij met geen mogelijkheid kon zeggen waar en wanneer die had plaatsgehad. Toen hij erover begon bij de Morales sloeg Inmaculada verschrikt een kruis, verbood Pedro hem in zijn huis over onbetamelijkheden te praten en waarschuwde hem niet de stommiteit te begaan zich met zaken in te laten die hem niet aangingen. De politiek is een zondige wereld, fatsoenlijke en hardwerkende mensen hebben er niets mee nodig, bepaalde pater Larraguibel, wiens neiging tot gruwelijke overdrijvingen met de jaren toenam, hij beschuldigde de communisten ervan de antichrist in persoon en de erfvijanden van de Verenigde Staten te zijn, hij verzekerde dat praten met een communist automatisch verraad van de christelijke beschaving en het vaderland betekende, aangezien het gezegde direct aan Moskou werd doorgegeven voor duivelse doeleinden. Kijk uit wat je doet, je kunt in de problemen komen met justitie en eindigen op de elektrische stoel, die je in dat geval vanwege je dwaasheid trouwens ook verdiend zou hebben, de rooien zijn goddelozen, bolsjevisten en ontaarde mensen, ze hebben niets te zoeken in dit land, laat ze oprotten naar Rusland als dat hun ideaal is, eindigde hij met een vuistslag op tafel die zijn kopje koffie met brandy deed opspringen. Gregory begreep dat Cyrus hem het grootste bewijs van zijn vriendschap had gegeven door hem dat geheim te vertellen en nam zich voor in ruil daarvoor de man niet teleur te stellen op het pas ingeslagen intellectuele pad. De man wekte zijn belangstelling voor bepaalde schrijvers en telkens als Gregory een vraag stelde, liet hij hem zelf het antwoord zoeken, op die manier leerde hij encyclopedieën, woordenboeken en andere naslagwerken van de bibliotheek gebruiken. Als je het nergens anders kunt vinden, raadpleeg dan de kranten van vroeger, adviseerde hij. Er opende zich een brede horizon voor hem, voor de eerste keer leek het hem mogelijk uit de wijk weg te komen, hij was niet veroordeeld daar de rest van zijn dagen te slijten, de wereld was enorm wijd, zijn nieuwsgierigheid werd gewekt en hij verlangde ernaar nu zelf de avonturen te beleven die hij vroeger slechts in de bioscoop zag. Wanneer hij klaar was met school en zijn werk bleef hij uren bij zijn leermeester, op-en-neer gaand in de lift totdat hij er misselijk van werd en naar buiten wankelde om frisse lucht te krijgen.

’s Avonds at hij bij de Morales en hielp dan meteen Carmen met haar huiswerk, want zij was een bedroevend slechte leerlinge, daarna ging hij naar Olga en kwam thuis als Judy en zijn moeder al in bed lagen. Soms zocht hij gedurende de weekends het gezelschap van Nora om met haar te praten over wat hij gelezen had, maar de relatie tussen hen werd met de dag afstandelijker en hun gesprekken misten de bekoring uit de tijd van hun zwerversbestaan, toen zij hem opera’s vertelde en tijdens heldere nachten inwijdde in de mysteries van het firmament. Met zijn zuster had hij zeer weinig gemeen en hij zou wel zeer afwezig moeten zijn geweest om niet haar verbeten vijandigheid op te merken. In die jaren was het huisje opnieuw aan het vervallen, het houtwerk kraakte en het dak lekte, maar de grond was in waarde gestegen door het oprukken van de stad in die richting. Pedro Morales opperde dan ook de boel te verkopen en een klein appartement te zoeken waar de kosten minder hoog zouden zijn en het onderhoud makkelijker, maar Nora vreesde dat haar man het spoor bijster zou raken als ze ging verhuizen.

'De doden hebben een vaste stek nodig, zij kunnen zich niet verplaatsen. Ook hebben de huizen een dode en een geboorte nodig. Op een dag zullen hier mijn kleinkinderen geboren worden,' zei ze.

Buiten Olga, met wie hij de wonderbaarlijke intimiteit van wellustige minnaars deelde, was Carmen Morales degene die Gregory het meest na was. Toen Olga zijn instincten eenmaal tot bedaren had gebracht, kon hij de aanblik van de boezem van zijn vriendin verdragen zonder kwellingen. Hij wenste voor haar een minder naargeestig bestaan dan dat van de andere vrouwen uit zijn buurt, mishandeld door hun mannen, afgesloofd door hun kinderen en straatarm, hij meende dat zij met wat hulp de school kon afmaken en een beroep leren. Hij probeerde haar tot lezen te bewegen, maar zij verveelde zich in de bibliotheek, had een hekel aan studeren en toonde niet de minste belangstelling voor de nieuwsberichten in de krant.

'Als ik meer dan een halve bladzijde lees krijg ik hoofdpijn. Het is beter als jij leest en het me dan vertelt...' verontschuldigde zij zich als hij haar met een boek tegen de muur klem zette.

'Dat komt omdat ze van die grote tieten heeft. Hoe meer boezem hoe minder verstand, dat is een natuurwet, vandaar dat die ongelukkige vrouwen zijn zoals ze zijn,' legde Cyrus Gregory uit.

'Die ouwe zak!' barstte Carmen uit toen zij het hoorde, en van die dag af droeg ze puur om hem uit te dagen een bh met vulling, met zo'n spectaculair resultaat dat de buurt ophield commentaar te leveren op de weelderige lichamelijke ontwikkeling van de jongste dochter van de Morales.

Het waren niet alleen haar borsten die de aandacht vroegen, ze zag er niet langer als een bedrijvige mier uit en was veranderd in een explosief meisje waaromheen voortdurend aanbidders fladderden die echter niet de delicate grens van de eer durfden overschrijden, want aan de andere kant stonden Pedro Morales en zijn vier zonen, allen bonken van kerels, vastberaden en jaloers. Zo op het oog was zij niet anders dan de andere meisjes van haar leeftijd, ze hield van feesten, schreef romantische overpeinzingen en kopieerde verzen in een dagboek, was verliefd op filmacteurs en flirtte met elke jongen die zij binnen haar bereik had, tenminste als ze erin slaagde aan de waakzaamheid van haar familie en Gregory te ontsnappen, die de rol van dolende ridder op zich had genomen. Maar in tegenstelling tot andere jonge meisjes bezat zij een ongebreidelde verbeelding die haar later zou behoeden voor een alledaags bestaan.

Op een donderdag, bij het uitgaan van de school, stuitten Gregory en Carmen op straat op Martínez en drie van zijn bendeleden. De leerlingen die het gebouw uitstroomden bleven even staan en gingen daarna een andere kant op om hen te ontwijken, straks beschouwden ze het nog als een provocatie, maar Martínez had Carmen de zaterdag ervoor in een danszaal gezien en wachtte haar nu op met de arrogantie van wie zich sterker weet. Zij bleef op slag staan en hetzelfde deden de andere leerlingen om haar heen, die de dreiging in de lucht voelden hangen en onmachtig waren te reageren. Martínez was enorm groot voor zijn leeftijd, het was een zelfingenomen reus met een versierderssnorretje, een paar in het oog lopende tatoeages, gekleed als een pooier, het met crème ingesmeerde, plakkerige haar in twee hoge golven, een broek met bandplooien, schoenen met ijzertjes op de neuzen, een leren jasje en een paars overhemd.

'Kom, schatje, geef me eens een kus...,' hij deed een paar passen naar voren en pakte Carmen bij haar kin.

Zij duwde hem hardhandig van zich af en de ogen van de ander vernauwden zich tot vuur schietende spleetjes. Gregory pakte zijn vriendin bij de arm en probeerde haar uit die laffe insluiting weg te trekken, maar de bende sneed hun de pas af en er was niemand om hulp bij te zoeken, op straat was een vreselijke leegte ontstaan, de andere kinderen waren op een veilige afstand in een wijde boog gaan staan en in het midden waren alleen zij met hun belagers achtergebleven.

'Ik ken jou, vriendje,' spotte Martínez terwijl hij Gregory een duwtje gaf, en voegde er tegen zijn metgezellen aan toe: 'Dit is die vuile gringo-flikker waar ik het over had.'

Zonder Carmen los te laten deed Gregory opnieuw een ontsnappingspoging, maar Martínez kwam dreigend op hen af en toen begreep hij dat het zozeer gevreesde ogenblik aangebroken was, de dreiging die altijd op de loer had gelegen was onontkoombaar geworden. Hij ademde diep, probeerde zijn paniek te beheersen, dwong zichzelf na te denken in het besef dat hij er alleen voor stond, want geen van zijn kameraden zou hem te hulp komen en de anderen waren met hun vieren en hadden ongetwijfeld messen en boksbeugels bij zich. Haat kolkte in hem rond als een warme golf, van zijn onderbuik tot aan zijn keel, talloze herinneringen kwamen weer bovendrijven die hem verdwaasden, even verloor hij het besef van de wereld om hem heen en zonk weg in een duistere modderpoel. De stem van Carmen bracht hem tot de werkelijkheid terug.

'Blijf met je tengels van me af, klootzak,' en zij verdedigde zich tegen de handen van Martínez, terwijl de anderen grinnikten.

Gregory duwde Carmen opzij en liep op zijn vijand toe, de gezichten op een paar centimeter van elkaar, de vuisten gebald, de ogen vervuld van haat, hijgend.

'Wat wil je, vervloekte gringo?... Zal ik je nog een keer naaien of wil je liever op de vuist met mij?' fluisterde Martínez langzaam op zachte toon alsof hij over liefde sprak.

'Loop naar de hel! Vier van jouw maten tegen een ongewapende, dat is geen kunst,' antwoordde Gregory.

'Ha! Bid maar voor hem, jongens. Dit zal tussen ons tweeën uitgevochten worden,' beval Martínez zijn kornuiten.

'Ik wil geen gevecht tussen schooljongens. Wat ik wil is een duel op leven of dood,' gromde Gregory met de tanden op elkaar.

'Wat bedoel je?'

'Zoals je het hoort, stink-chicano,' en Gregory verhief zijn stem zodat iedereen op straat hem kon horen. 'Over drie dagen, achter de bandenfabriek, om zeven uur 's avonds.'

Martínez wierp een paar blikken om zich heen zonder goed te begrijpen waar het om ging en de bendeleden haalden, nog spottend, hun schouders op, terwijl de kring nieuwsgierigen wat dichterbij kwam, want niemand wilde een woord missen van wat er gezegd werd.

'Mes, knuppel, ketting of pistool?' vroeg Martínez ongelovig.

'De trein,' antwoordde Gregory.

'Wat nou trein verdomme?'

'We zullen eens zien wie d'r meer kloten heeft,' en Gregory

pakte Carmen bij de hand en liep samen met haar de straat uit, hij keerde Martínez en zijn maten de rug toe met de geveinsde minachting van een torero voor de stier die nog bevochten moet worden en liep gehaast door opdat niemand het bonzen van zijn hart hoorde.

Ik liep al een paar jaar voor de trein, eerst met de bedoeling me dood te laten rijden en daarna alleen maar om er de smaak van het leven door te proeven. De wind en de stilte verstorend raasde hij viermaal daags als een briesende draak voorbij. Ik wachtte altijd op dezelfde plek, een vlak, braakliggend terrein, dat soms gebruikt werd als stortplaats voor oud ijzer en vuilnis en waar de kinderen gingen voetballen zodra het was leeggeruimd. Eerst hoorde ik in de verte de fluit en het geluid van de wagons, daarna zag ik hem verschijnen, een reusachtige slang van kabaal en ijzer. De waaghalzerij bestond erin het precieze moment te bepalen om voor de locomotief langs de spoorbaan over te steken, wachten tot het allerlaatste moment, tot je hem bijna kon aanraken, dan als een bezetene rennen en met een sprong de overkant bereiken. Je leven hing af van de kleinste vergissing, een lichte aarzeling, een misstap op de rails, de behendigheid van mijn benen en mijn koelbloedigheid. Ik kon de verschillende treinen onderscheiden door het geluid van de wagons, ik wist dat de eerste trein 's ochtends de langzaamste was en die van kwart over zeven de snelste. Ik voelde me tamelijk zeker, maar omdat ik het al een hele tijd niet meer gedaan had, ging ik de volgende dagen oefenen met elke trein die passeerde, vergezeld door Carmen en Juan José om de resultaten bij te houden. De eerste keer dat ze het mij zagen doen viel de stopwatch uit hun handen en begon Carmen uitzinnig te gillen, gelukkig hoorde ik haar pas toen de trein voorbij was, want anders had ik zeker geaarzeld en zou ik nu niet dit verhaal vertellen. We ontdekten de beste plek voor de sprint, daar waar de rails duidelijk zichtbaar waren, we verwijderden de stenen en markeerden de afstand met een streep op de grond en maakten die steeds korter tot de limiet bereikt was, toen de trein langs mijn schouder streek. 's Avonds was het het moeilijkste, want op dat tijdstip was het bijna donker en de lichten van de locomotief verblindden me. Ik vermoed dat Martínez ergens anders ook oefende, waar niemand hem kon zien zodat zijn buitensporige trots gevrijwaard bleef, tegenover zijn makkers mocht hij geen spoortje vrees voor het duel tonen, hij moest absolute verachting voor het gevaar voorwenden, zoals een echte macho betaamt. Ik hoopte daar mijn voordeel mee te kunnen doen, want de jaren dat ik in de jungle van de wijk leefde, had ik nederig geleerd angst te accepteren, dat vuur in mijn maag dat me soms een paar dagen achter elkaar kwelde.

De zondag van het duel was het gerucht als een lopend vuurtje door de school gegaan en om half zeven stond er al een hele rij auto's, brommers en fietsen geparkeerd op het braaklandje, en zo'n vijftig schoolgenoten zaten dicht bij de strepen op het begin van het spektakel te wachten. De bandenfabriek lag stil maar in de lucht hing nog de misselijkmakende stank van heet rubber. Er heerste een feestelijke stemming, sommigen hadden broodjes meegenomen, een stuk of wat hadden stiekem whisky en gin bij zich in frisdrankflessen, anderen zag ik met fototoestellen. Carmen vermeed de uitgelatenheid van de anderen, zij zat alleen en bad. Zij had me gesmeekt van het duel af te zien, het is verkieslijker als lafbek bekend te staan dan in een zucht het leven te verliezen, uiteindelijk had Martínez mij niets gedaan, deze uitdaging is een dwaasheid, zonde, God zal ons er allemaal voor straffen, smeekte zij. Ik zei haar dat de zaak niets met het voorval op straat te maken had, zij was niet de oorzaak, maar slechts de aanleiding, het ging om zeer oude rekeningen die ik onmogelijk kon vertellen, mannenzaken. Zij hing een klein driehoekje van geborduurde stof om mijn nek.

'Het is het scapulier van de Maagd van Guadalupe die mijn moeder om had toen ze uit Zacatecas wegging. Het is zeer wonderbaarlijk...'

Om zeven uur precies kwamen vier gammele wagens aanrijden, overgeschilderd in de paarse kleur van De Beulen, met de bende erin die Martínez kwam steunen. Zij liepen tussen ons door terwijl zij met de hand in de vorm van een haak voor hun gezicht groetten terwijl ze uitdagend in hun kruis tastten. Ik stelde me voor dat als het misliep de hel zou uitbreken en dat de groep van mijn vrienden, ook al waren die in de meerderheid, in geen geval een dreiging was die hun vrees inboezemde, gewend als ze waren aan gewapende gevechten. Ik moest twee keer kijken voor ik Martínez herkende, want ze zagen er allemaal hetzelfde uit, dezelfde brillantinekapsels, leren jacks, sieraden en provocerende bewegingen onder het lopen. Hij had zich ook nu weer uitgedost als een pooier, zelfs zijn schoenen met hoge hakken had hij niet thuisgelaten, terwijl ik makkelijk gekleed was – in die tijd kon ik alleen tweedehands goed kopen in de bazaar van de kerk – en ik had gympen aangedaan. Ik berekende mijn voordelen: ik was sneller en lichter, in een wedstrijd tussen ons tweeën zou hij niet van me kunnen winnen, maar dit was een uitdaging met de dood en uiteindelijk telde durf meer dan behendigheid. Op de lagere school was hij een goede atleet, ik daarentegen was in sport altijd middelmatig geweest, maar ik probeerde daar niet aan te denken.

'Om kwart over zeven precies komt de sneltrein langs. We lopen tegelijkertijd gescheiden door drie lange passen zodat je me niet kunt wegduwen, schoft, ik het dichtst bij de trein, dat cadeautje schenk ik je als je wilt,' schreeuwde ik zodat iedereen het kon horen.

'Ik heb geen voordeel nodig, vuile gringo-nicht.'

'Kies dan maar tussen dichter bij de trein of meer naar achteren beginnen.'

'Meer naar achteren.'

Met een stok trok ik twee strepen op de grond, terwijl drie bendeleden en een paar van mijn vrienden, aangevoerd door Juan José Morales, het spoor overstaken om het duel vanaf de overkant te observeren.

'Zo dichtbij? Ben je soms bang, vuile flikker?' smaalde Martínez minachtend.

Ik had die reactie verwacht, veegde de strepen met mijn voet uit en trok twee nieuwe verder weg van de baan. Juan José en een bendelid maten de afstand ertussen en op dat moment klonk het gefluit van de trein. Alle toeschouwers gingen dichterbij staan, de bende links, op een compacte kluit bijeen, mijn medestanders rechts, Carmen wierp me een laatste bemoedigende blik toe, maar ik zag dat ze overstuur was. We stelden ons op voor de strepen, ik raakte heimelijk het scapulier aan, sloot me daarna voor alles om me heen af en concentreerde me nog slechts op mijzelf en op dat ijzeren gevaarte dat aangesneld kwam, ik telde de seconden, het lichaam gespannen, aandachtig luisterend naar het aanzwellende geraas, ik alleen voor de trein, zoals zo vaak het geval was geweest. Drie, twee, een, nu! en zonder me bewust te zijn van wat ik deed hoorde ik een woest gebrul uit mijn binnenste opwellen, mijn benen schoten vanzelf weg, een geweldige stroom voer door al mijn leden, mijn spieren sprongen los als het koord van een gespannen boog en de angst verblindde me met een waas van bloed. De gil van de trein en mijn eigen kreet sloegen naar binnen, vulden me van top tot teen, ik veranderde in één enkele vreselijke brul. Ik zag de reusachtige koplampen op me afkomen, mijn huid brandde zich aan de hitte van de motoren en aan de door die gigantische pijl in tweeën gespleten lucht, de vonken van de metalen wielen sprongen in mijn gezicht. Er was een seconde die een eeuwigheid duurde, een in de tijd gestold moment, en ik bleef hangen boven een onmetelijke afgrond, zwevend voor de locomotief, een in volle vlucht versteende vogel, elk deeltje van mijn lichaam uitgestrekt in de laatste sprong vooruit, de geest verstard in de zekerheid van de dood.

Wat er daarna is gebeurd weet ik niet. Ik weet alleen dat ik, toen ik weer bij mijn positieven kwam, lag te rollen aan de andere kant van de rails, misselijk, uitgeput, met volle teugen de geur van heet metaal inademend, verdwaasd door het furieuze geraas van het enorme beest dat maar voortdenderde, eindeloos lang, en toen de trein ten slotte in de verte verdween, werd ik een ongewone stilte gewaar, een absolute leegte, en ik werd geheel door duisternis omhuld. Een eeuwigheid later pakten Carmen en Juan José me bij de armen en hielpen mij overeind.

'Sta op, Gregory, we moeten wegwezen hier voordat de politie komt...'

En pas toen brak er een sprankje helderheid tot me door en zag ik in het schemerduister van de vallende avond hoe iedereen zich naar de weg spoedde, hoe de paarse auto's van de bendeleden wegstoven, en er geen ziel meer overbleef op het terrein behalve

Carmen, Juan José en ik, bespat met bloed, omringd door de brokstukken van Martínez die overal verspreid lagen.

TWEEDE DEEL

Het duel van de trein ging zo vaak van mond tot mond, elke keer zwaarder opgesmukt tot het fantastische proporties aannam, dat Gregory Reeves de held van de school werd. Toen veranderde iets fundamenteels aan zijn karakter, hij begon plotseling te groeien en verloor die bijna engelachtige argeloosheid, oorzaak van zoveel slaag en narigheid, hij werd zelfverzekerd en voor het eerst sinds jaren voelde hij zich weer lekker in zijn vel, hij wilde niet meer donker zijn zoals de rest in de buurt, begon de voordelen in te zien van dat niet te zijn. Op de middelbare school zaten ongeveer vierduizend leerlingen, afkomstig uit verschillende sectoren van de stad, bijna allemaal blank en uit de middenklasse. De meisjes droegen het haar bijeengebonden in een paardestaart, vloekten niet en lakten evenmin hun nagels, gingen naar de kerk en sommigen zagen er al uit als vastgeroeste huisvrouwen, zoals hun moeders. Zij lieten geen gelegenheid onbenut om met hun vriendje van dat moment te vrijen op de laatste rij van de bioscoop of op de achterbank van een auto, maar ze repten er met geen woord over. Zij droomden van een diamant in hun trouwring, terwijl de jongens intussen zolang ze nog konden van hun vrijheid genoten, voordat de bliksemschicht van de liefde hen zou temmen. Het waren de laatste kansen op ontspanning, spel en ruwe sporten, bedwelming door alcohol en snelheid, een periode van mannelijke ondeugendheid, soms onschuldig, zoals het stelen van het borstbeeld van Lincoln uit de rectorkamer, soms minder onschuldig, zoals het klemzetten van een neger, een Mexicaan of een homoseksueel om hen te besmeuren met uitwerpselen. Ze deden spottend over romantiek maar maakten er wel gebruik van om een vrouw aan de haak te slaan. Zij spraken voortdurend over seks, maar zeer weinigen hadden de gelegenheid om er wat mee te doen. Uit schaamte had Gregory Reeves het tegen zijn vrienden nooit over Olga. Op school voelde hij zich op zijn gemak, hij werd niet meer gediscrimineerd om zijn huidskleur, niemand kende zijn huis en zijn familie, men had er geen idee van dat zijn moeder sociale bijstand ontving. Hij was een van de armsten, maar had altijd wat geld op zak omdat hij werkte, hij kon een meisje meevragen naar de bioscoop, had genoeg om een rondje pils te geven of voor een weddenschap en in het laatste jaar ging het hem zo voor de wind dat hij een auto kon kopen die weliswaar nogal gedeukt was maar waar nog een goede motor in zat. Zijn armoede viel alleen af te lezen aan zijn glimmende broeken, zijn versleten overhemden en het gebrek aan vrije tijd. Hij leek ouder, was mager, lenig en net zo sterk als zijn vader was geweest, hij vond zichzelf knap en gedroeg zich alsof hij dat ook werkelijk was. In de volgende jaren deed hij zijn voordeel met de legende van Martínez en zijn kennis van de beide culturen waarin hij was opgegroeid. De intellectuele buitenissigheden van zijn familie en zijn vriendschap met de liftbediende stimuleerden zijn nieuwsgierigheid, daar waar de mannen slechts de sportpagina van de krant lazen en de vrouwen de voorkeur gaven aan roddelverhalen over de artiesten uit Hollywood, had hij in alfabetische volgorde de bekendste denkers gelezen, van Aristoteles tot Zarathoestra. Hij had een vertekend beeld van de wereld, maar in ieder geval een ruimere blik dan de overige leerlingen en verschillende van zijn leraren. Elk nieuw idee verblindde hem, hij meende iets unieks te hebben ontdekt en voelde de plicht daar de rest van de mensheid van op de hoogte te stellen, maar al snel merkte hij dat zijn schoolkameraden niet gediend waren van dat vertoon van kennis. In hun gezelschap hield hij zich in, maar tegenover de meisjes kon hij de verleiding niet weerstaan te schitteren als een koorddanser van het woord. Tijdens de eindeloze discussies met Cyrus leerde hij zijn ideeën met verve te verdedigen, zijn leermeester liet zich echter niet overdonderen door zijn welbespraaktheid, meer inhoud en minder mooie woorden, mijn jongen, zei hij, maar Gregory constateerde dat zijn redenaarsfoefjes wel degelijk werkten bij andere personen. Hij wist zich altijd als leider van de groep op te werpen, de anderen wenden eraan hem alle ruimte te geven en aangezien bescheidenheid niet een van zijn beste eigenschappen was, meende hij natuurlijk dat hij was voorbestemd voor een politieke carrière.

'Dat is geen slecht idee. Over een paar jaar zal het socialisme over de wereld zegevieren en dan kun jij de eerste communistische senator van dit land worden,' moedigde Cyrus hem met samenzweerderig gefluister aan in de bar van de bibliotheek, waar hij gedurende jaren zonder veel succes had geprobeerd zijn vurige hartstocht voor Marx en Lenin te doen overslaan op de geest van zijn discipel. Reeves vond die theorieën onbetwistbaar vanuit het oogpunt van rechtvaardigheid en logica, maar vreesde dat ze niet de minste kans van slagen hadden, tenminste niet op het halfrond waar hij woonde. Daarbij vond hij het een aantrekkelijker idee fortuin te maken dan gelijkelijk in 's werelds armoede te delen, maar hij zou het nooit hebben gewaagd om dergelijke verwerpelijke gedachten te bekennen.

'Ik weet niet zeker of ik wel communist wil worden,' verdedigde hij zich voorzichtig.

'Wat wil je dan worden, jongen?'

'Democraat, bijvoorbeeld...'

'Democraten en republikeinen, dat is één pot nat, hoe vaak moet ik je dat nu nog zeggen? Maar goed, als je het tot senator wil brengen, dan moet je nu meteen beginnen. (En vroege vogel vangt veel wormen). Je moet voorzitter van de leerlingenraad zien te worden.'

'Je bent gek, Cyrus, ik ben de armste van de klas en spreek Engels als een chicano. Wie zou er op mij stemmen? Ik ben noch een gringo noch een latino, ik vertegenwoordig niemand.'

'Daardoor kun je juist iedereen vertegenwoordigen,' en de oude leende hem *De prins* en andere werken van Machiavelli om hem inzicht te geven in de menselijke natuur. Na drie weken van oppervlakkige lezing kwam Gregory Reeves tamelijk verward terug.

'Hier heb ik niks aan, Cyrus. Welk verband bestaat er nu tussen Italianen uit de vijftiende eeuw en die zwervers van mijn school?'

'Is dat alles wat je kunt zeggen over Machiavelli? Dan heb je er geen snars van begrepen en ben je een grote ezel. Je verdient het nog niet secretaris van een kleuterschool te worden, laat staan woordvoerder van de leerlingen van een middelbare school.'

De jongen stak opnieuw zijn neus in de boekwerken, deze keer met grotere aandacht, en langzaam maar zeker drong de verhelderende lichtstraal van de Florentijnse staatsman dwars door vijf eeuwen geschiedenis, de afstand van de halve wereld, de culturele barrières en de mist van de jeugdige geest heen om hem de kunst van de macht te openbaren. Hij maakte aantekeningen in een schrift dat hij bescheiden 'Ik voorzitter' noemde en dat profetisch bleek te zijn, want dankzij de listen van Machiavelli, de adviezen van zijn leermeester en de manipulaties uit eigen koker lukte het hem door een overweldigende meerderheid gekozen te worden. Dat was het eerste jaar zonder rassenproblemen op school, omdat leerlingen en docenten de handen ineen hadden geslagen, nadat Reeves hen ervan overtuigd had dat ze in hetzelfde schuitje zaten en dat niemand er wat aan had als ze in tegengestelde richtingen roeiden. Ook organiseerde hij de eerste dansavond op kousen, dit tot grote ontsteltenis van het schoolbestuur dat daarin de definitieve stap naar een Romeinse orgie zag, maar er gebeurde niets zondigs, het was een onschuldig feest waar de deelnemers alleen maar hun schoenen uittrokken. De nieuwe voorzitter was vastbesloten een onuitwisbare herinnering achter te laten in de annalen van de onderwijsinstelling en de weg naar het Witte Huis in te slaan, maar dat bleek een moeilijker opgave dan hij had gedacht. Buiten de verantwoordelijkheden die zijn functie met zich meebracht, hielp hij tot diep in de nacht in de keuken van een snackbar, de weekeinden repareerde hij banden in de garage van Pedro Morales en in de zomer vertrok hij naar het platteland om als dagloner te helpen bij het plukken van fruit. Hij had zo'n druk bestaan dat hij gespaard bleef voor alcohol, drugs, gokken en racewedstrijden, waarmee verschillende van zijn vrienden hun onschuld verloren, en soms zelfs hun gezondheid of leven.

De meisjes werden voor hem een obsessie, die zich soms uitte als een gelukzalige verdwazing waardoor hij zelfs zijn eigen naam kon vergeten, maar die over het algemeen slechts bestond in kokend bloed in zijn aderen en de gebruikelijke obsceniteiten in zijn geest. Voorzichtig, want zij was erg op hem gesteld, maar met onherroepelijke beslistheid, verbande Olga hem uit haar bed met de smoes dat het tijd werd elders vertroosting te zoeken. Zij voelde zich te oud voor dat gedoe, zei ze, maar in werkelijkheid was ze verliefd geworden op een trucker, tien jaar jonger dan zij, die haar tussen de ritten door plachte te bezoeken. Het eindigde ermee dat dit ontembare wijf de sokken stopte en enige jaren lang de rotstreken verdroeg van haar minnaar met die boeventronie, totdat de man op een keer van zijn route afweek om een andere liefde te volgen en nooit meer weeromkwam. Daarbij hadden de ontmoetingen tussen Olga en Gregory de bekoring van het nieuwe en de betovering van het schandelijke verloren, waren ze ontaard in een dagelijkse gymnastiekoefening tussen een oma en haar kleinzoon. Olga werd opgevolgd door Ernestina Pereda, een klasgenote van Gregory op de lagere school die nu in een restaurant werkte. Hij verbeeldde zich dat hij van haar hield, een illusie die binnen een paar minuten al vervloog en hem schuldgevoelens bezorgde. Waarschijnlijk was hij de enige minnaar van Ernestina met dergelijke gewetensangsten, maar om die te overwinnen, zou hij verraad hebben moeten plegen aan zijn romantische aard en aan de principes van hoffelijkheid die hij van zijn moeder en uit de boeken had geleerd; hij wilde haar niet gebruiken, zoals al die anderen, maar hij was ook niet in staat liefde voor haar te veinzen. Aan de horizon tekenden zich nog niet de veranderende zeden af die van seks een gezonde oefening zonder gevaar voor zwangerschap of belemmering van schuldgevoelens zouden maken. Ernestina Pereda was een van die wezens die voorbestemd zijn om het mysterie van de zinnen te onderzoeken, maar die vijftien jaar te vroeg werd geboren, toen de vrouwen moesten kiezen tussen fatsoen en genot, en zij had niet de moed om van het een of van het ander af te zien. Sinds zij zich kon heugen was zij altijd verblind geweest door de mogelijkheden van haar lichaam, op haar zevende had zij van het schooltoilet haar eerste laboratorium gemaakt en van haar klasgenootjes proefkonijnen waarmee zij onderzoek deed, experimenten uitvoerde en tot verrassende conclusies kwam. Ook Gregory ontsnapte niet aan haar wetenschappelijke geestdrift, met zijn tweeën glipten ze weg naar de treurige intimiteit van de wc om elkaar vol goede wil te betasten, een spel waarmee ze eindeloos lang zouden zijn doorgegaan als niet de wreedheid van Martínez en zijn bende er bruusk een einde aan had gemaakt. Op een keer klommen ze tijdens het speelkwartier op een kist om hen te bespioneren, verrasten hen bij het doktertje spelen en zetten hem zodanig voor schut, dat Gregory een week lang ziek was van schaamte en dat soort vermaak verder staakte, totdat Olga hem uit zijn verwarring redde. In die tijd had Ernestina Pereda al ontelbare ervaringen achter de rug, er was geen jongen in de buurt die er zich niet op liet voorstaan haar te kennen, sommigen met recht, maar velen puur uit pocherij. Gregory probeerde niet te denken aan die promiscuïteit, hun ontmoetingen waren ontbloot van elk sentimenteel mechanisme, maar zij rekenden altijd op een elementaire beleefdheid, hoewel er tussen hen niet over gevoelens werd gesproken. De liefde deed zich om de haverklap voor in de vorm van vluchtige passies voor enkele meisjes uit de buurt, met wie hij niet de liederlijke pirouetten van het repertoire van Olga of de uitzinnige contorsies van Ernestina Pereda kon praktizeren. Vrouwen kon hij genoeg krijgen, maar hij voelde zich nooit voldoende bemind, de genegenheid die hij ontving was slechts een fletse afspiegeling van de totale hartstocht waarin hij opbrandde. Hij hield van lange, slanke vrouwen, maar bezweek zonder enige moeite voor elke verleiding van de andere kunne, ook al was die eerder kort en mollig, zoals het geval was met de Mexicaansen uit zijn buurt. Carmen was de enige die hij verwierp als inspiratie voor zijn erotische fantasieën, hij beschouwde haar als zijn maatje en haar vrouwelijke attributen veranderden niets aan hun zuivere kameraadschap. Zij hadden echter verschillende karakters en geleidelijk aan was er een intellectuele kloof tussen hen ontstaan. Met haar deelde hij vertrouwelijkheden, dansavonden en bioscoopbezoeken, maar het bleek zinloos met haar een gesprek te beginnen over de boeken die hij las of over de sociale en metafysische levensvragen die Cyrus in zijn hart zaaide. Wanneer hij zich op dat terrein begaf, deed zijn vriendin geen moeite hem te vleien met geveinsde belangstelling, zij deed hem bevriezen met haar ijzige blik en beval hem op te houden met die flauwekul. Met andere meisjes had hij niet veel meer geluk, hij trok hen aan met zijn prestige van woesteling en weergaloos danser, maar ze werden zijn opdringerigheid al snel beu en lieten hem in de kou staan met de beschuldiging dat hij een pedante kwast was die zijn handjes niet thuis kon houden, ga nooit in op een uitnodiging om met z'n tweeën een ritje te maken in die brik van hem, eerst zeurt hij je kop gek met dat geklets over politiek en zo en daarna probeert hij je bh uit te trekken; desondanks ontbrak het Reeves niet aan amoureuze avontuurtjes. Juan José Morales was van mening dat het verloren moeite was vrouwen proberen te begrijpen, het waren wellustige en verdorven wezens volgens de Mexicaanse liederen en pater Larraguibel, als deze in katholieke bezieling ontvlamde. Voor de macho's uit de wijk waren er slechts twee soorten vrouwen, een zoals Ernestina Pereda en een ander dat onaanraakbaar en bestemd voor het moederschap en het gezinsleven was, maar op geen van beide mocht men verliefd worden, dat maakt van de man een slaaf, of anders een bedrogen echtgenoot. Gregory weigerde zich neer te leggen bij die axioma's en in de volgende dertig jaren achtervolgde hij onvermoeibaar de hersenschim van de volmaakte liefde, talloze keren struikelend, vallend en weer opstaand, in een eindeloze hindernisren, totdat hij het zoeken opgaf en alleen leerde leven. En toen, door een van die ironische verrassingen van het bestaan, vond hij die liefde, toen hij de hoop daarop al had opgegeven. Maar dat is een ander verhaal.

Aan de senatorambities van Gregory Reeves kwam de dag na de diploma-uitreiking abrupt een einde, toen Judy vroeg wat hij van plan was met zijn leven, want het werd tijd dat hij het ouderlijk huis verliet.

'Je had allang ergens anders moeten gaan wonen, hier is het te klein voor ons drieën, we lopen elkaar voortdurend in de weg.'

'Oké, ik zoek wel wat,' antwoordde Gregory met een mengeling van verontwaardiging om de bruuske manier waarop hem de deur werd gewezen en verlichting om het huis te verlaten waar hij nooit enige genegenheid had ondervonden.

'Het gebit van moeder moet opgeknapt worden, daar kan niet langer mee gewacht worden.'

'Is er spaargeld?'

'Niet genoeg. Er moet nog driehonderd dollar bij. En bovendien hebben we haar een televisie beloofd voor Kerstmis.'

Judy had een ongelukkige puberteit gehad en was veranderd in een vrouw die door opgekropte woede werd verteerd. Haar gezicht was nog van een opvallende schoonheid en haar haar, ook al was dat met de Franse slag geknipt, had dezelfde blankgouden kleur als toen ze nog een klein kind was. Op haar botten hadden zich verderfelijke vetlagen vastgezet, hoewel die haar omdat ze nog jong was niet geheel mismaakten, ondanks haar zwaarlijvigheid raadde men de oorspronkelijke vormen van haar lichaam en die enkele keren dat zij ophield zichzelf te verafschuwen en lachte, kwam heel haar vroegere bekoorlijkheid weer terug. Zij had een paar affaires met blanke mannen achter de rug, die zij op haar werk of in andere wijken had ontmoet; haar Latijnse buurtgenoten hadden al lang geleden de jacht op haar opgegeven in de overtuiging dat zij een onbereikbare prooi was. De dappere huwelijkskandidaten had zij afgeschrikt met haar buien van hooghartigheid of met haar lange stiltes.

'Dat arme kind zal nooit trouwen, je ziet duidelijk dat zij mannen haat,' diagnostiseerde Olga.

'Zolang ze niet wat afvalt, kan ze het wel schudden, ja,' stemde Gregory in.

'Haar gewicht heeft er niets mee te maken, Gregory. Zij zal niet ongetrouwd blijven omdat ze dik is, maar omdat ze er geen zin in heeft, puur uit kwaadheid.'

Voor één keer kwam Olga's voorspelling niet uit. Ondanks haar corpulentie huwde Judy drie keer en waren ontelbare mannen verliefd op haar, van wie enkelen totaal van slag raakten omdat zij een liefde najoegen die zij niet kon of niet wilde geven.

Zij kreeg een aantal kinderen bij verschillende echtgenoten en adopteerde anderen, die zij liefdevol grootbracht. De natuurlijke tederheid die de eerste jaren van Gregory's leven had gekenmerkt en die hij in de loop van de woelige verhouding met zijn zus menigmaal weer probeerde op te roepen, bleef bevroren in de ziel van Judy totdat ze die kon kanaliseren naar haar moederlijke bezigheden. Haar eigen en aangenomen kinderen hielpen haar de emotionele verlamming van haar jeugd te overwinnen en het tragische geheim uit haar verleden moedig te verwerken. In die tijd had zij de school verlaten en werkte in een confectiebedrijf; de economische situatie van het gezin was belabberd en haar bijdrage en die van Gregory waren niet toereikend. Nadat zij een jaar in haar vrije uren huizen had schoongemaakt, met ontvelde handen en de zekerheid dat die weg nergens toe zou leiden, besloot ze als arbeidster hele dagen te gaan werken. Samen met andere slecht betaalde en slecht behandelde vrouwen naaide zij in een donker hol zonder ventilatie, waar het wemelde van de vette kakkerlakken. In die bedrijfstak werd de wet straffeloos overtreden en werden de arbeidsters uitgebuit door gewetenloze bazen. Zij keerde naar huis terug met hele balen stof en bracht een goed deel van de avond voor de naaimachine van haar moeder door. Voor de overuren kreeg zij hetzelfde betaald als voor de normale, maar ze had het geld nodig en bij het minste of geringste protest stond zij weer op de keien; er waren vele wanhopigen die op hun beurt wachtten.

Van zijn kant was Gregory ook gewend aan werken, vanaf zijn zevende jaar had hij een bijdrage geleverd aan de huishoudpot. Met zijn spaarcenten bracht hij een paar veranderingen aan, hij verving de oude koelkast door een nieuwe, het petroleumstel door een gasfornuis en de grammofoon door een elektrische pick-up, zodat zijn moeder naar haar lievelingsmuziek kon luisteren. Het idee alleen te wonen maakte hem niet bang. Zijn vriend Cyrus en Olga probeerden hem ervan te overtuigen dat hij in plaats van te gaan werken om te overleven, beter een manier kon zoeken om de universiteit te betalen, maar dat alternatief werd door jongens uit zijn milieu niet in overweging genomen, boven hun hoofd was een onzichtbaar plafond waardoor ze naar de grond bleven kijken.

Toen hij van school afkwam, kreeg Gregory het plotseling opnieuw benauwd door de beperkte horizon van zijn buurt. Elf jaar had hij al het mogelijke gedaan om door de wijkbewoners geaccepteerd te worden als een van hen en ondanks zijn huidskleur was hem dat bijna gelukt. Hoewel hij het niet kon verwoorden, was de werkelijke reden om arbeider te worden misschien wel zijn verlangen tot het milieu te behoren waarin hij was opgegroeid, de gedachte door studie uit te stijgen boven de anderen kwam hem voor als verraad. Gedurende de gelukkige middelbare-schooljaren koesterde hij kortstondig de illusie aan zijn lot te kunnen ontsnappen, maar diep in zijn hart had hij zijn marginale bestaan al aanvaard en toen hij de toekomst het hoofd moest bieden, werd hij verpletterd door het gewicht van de realiteit. Hij huurde een kamer en daar installeerde hij zich met zijn weinige bezittingen in dozen, de van Cyrus geleende boeken en Oliver als enig gezelschap. De hond was erg oud en half blind, hij had meerdere tanden verloren en een goed deel van zijn vacht, zijn zware bastaardenskelet kon hij nauwelijks nog dragen, maar hij bleef een discrete en trouwe vriend. Een paar weken werken als *wetback* waren voldoende om Reeves te doen begrijpen dat de *American dream* niet voor iedereen was weggelegd. Wanneer hij 's avonds op zijn kamer terugkwam en zich afgepeigerd op zijn bed wierp om naar het plafond te staren, maakte hij de balans op van zijn wanhoop, voelde hij zich vastzitten aan een voetboei. De zomer werkte hij bij een transportbedrijf, waar hij zwaar moest sjouwen, hij kreeg spieren op plaatsen waarvan hij niet wist dat daar überhaupt spieren zaten en begon het smoelwerk van een gladiator te krijgen, toen een ongeluk hem dwong van koers te veranderen. Ze brachten met z'n tweeën een koelkast naar boven met behulp van draagbanden die elk om zijn schouder had, er heerste een drukkende hitte, het trapgat was nauw en op elke trede rustte het gewicht volledig tegen één kant van het lichaam. Plotseling voelde hij in zijn rechterbeen een gloeiende elektrische ontlading, hij moest een beroep doen op al zijn wilskracht om de vracht niet los te laten, die anders zijn maat zou hebben verpletterd. Hij barstte uit in een gebrul dat gevolgd werd door een hele stroom vloeken en toen hij de koelkast kon laten rusten en een blik op zijn been werpen, zag hij een paarsblauwe boom met een dikke stam en vertakkingen, zijn aderen waren gesprongen en in een paar minuten tijd zwol zijn been op. Hij ging naar het ziekenhuis, waar ze hem onderzochten en absolute rust adviseerden, ze waarschuwden ook nog dat de beschadigde aders er als spataders uit zouden gaan zien en alleen operatief verwijderd konden worden. Zijn werkgever betaalde een week loon door en Reeves lag te herstellen in zijn kamer, zwetend onder de ventilator, met als troost de trouw van Oliver, enige therapeutische massages van Olga en de door Inmaculada Morales bereide creoolse gerechten. De boeken van Cyrus, klassieke muziek en het bezoek van enkele vrienden zorgden voor afleiding. Carmen wipte dikwijls even langs en vertelde dan tot in de details de films na die draaiden, zij was een geboren vertelster en als hij naar haar luisterde leek hij voor het witte doek te zitten. Juan José, die ook achttien jaar was geworden, kwam afscheid nemen voordat hij in militaire dienst ging en gaf hem als aandenken zijn album met foto's van naakte vrouwen, waar hij maar liever geen blik in wierp om nog grotere kwellingen te vermijden, hij had al genoeg aan de hitte, de onbeweeglijkheid en de verveling. Cyrus bracht hem dagelijks een bezoek en stelde hem met een grafstem op de hoogte van de nieuwsberichten, de mensheid stond aan de rand van een ramp, de koude oorlog bracht de hele aardbol in gevaar, er stonden te veel atoomwapens klaar om afgeschoten te worden en te veel eigengereide generaals die bereid waren dat te doen, op elk moment kon iemand op de noodlottige knop drukken, zodat de wereld uiteen zou spatten in een fatale vuurzee en alles definitief naar de verdommenis zou gaan.

'Er is geen ethiek meer, we leven in een normloze wereld van vreugdeloos genot en zinloze daden.'

'Cyrus toch! Heb je mij zelf niet vaak gewaarschuwd tegen het burgerlijk pessimisme?' antwoordde zijn discipel spottend.

Zijn moeder materialiseerde zich plotseling, discreet en zacht. Zij bracht hem koekjes en een bot voor Oliver, ging bij de deur op de rand van de stoel zitten en converseerde met de grootste ernst over dezelfde dingen als altijd: geschiedenis, herinneringen aan zijn vader, muziek. Elke dag leek zij etherischer en waziger. 's

Zaterdags luisterden ze samen naar het operaprogramma op de radio en Nora, tot tranen toe bewogen, vertelde dat dat stemmen van bovennatuurlijke wezens waren, mensen konden niet zo'n perfectie bereiken. Met haar gebruikelijke goede manieren keek zij van een afstand naar de boeken bij zijn bed en informeerde beleefd wat hij aan het lezen was.

'Filosofie, moeder.'

'Ik houd niet van filosofen, Greg, zij zijn tegen God. Zij proberen de schepping te rationaliseren, die een daad van liefde en magie is. Om het leven te begrijpen heb je meer aan geloof dan aan filosofie.'

'U zou die boeken interessant vinden, moeder.'

'Ja, dat vermoed ik ook. Je moet maar veel lezen, Greg. Met kennis en wijsheid moet het mogelijk zijn het kwaad op de aarde te verslaan.'

'Deze boeken zeggen met andere woorden hetzelfde wat u mij heeft geleerd, dat er één enkele mensheid is, dat niemand de aarde mag bezitten omdat die iedereen toebehoort, dat er op een dag rechtvaardigheid en gelijkheid tussen de mensen zullen heersen.'

'En zijn dat geen religieuze boeken?'

'Integendeel juist, het zijn geen boeken over goden, maar over mensen. Ze gaan over economie, politiek, geschiedenis.'

'Ik hoop maar dat het geen communistische boeken zijn, jongen.'

Bij het afscheid gaf zij hem een foldertje over haar bahaïsme of over een van de vele nieuwe geestelijke leiders die daar opdoemden, en vertrok met een zacht handgebaar, zonder haar zoon aan te raken. Haar stappen door de kamer waren zo licht dat Gregory twijfelde of zij daar werkelijk geweest was of dat die vrouw met haar mistkleurige haar en ouderwetse kleding een schim van zijn verbeelding was geweest. Hij voelde voor haar een smartelijke genegenheid, zij kwam hem voor als een serafijns schepsel, onaangetast door het kwaad, fijn en teer als de verschijningen in sprookjes. Op sommige momenten werd hij beklemd door haat tegen haar, wilde hij haar ruw wakker schudden uit haar voortdurende sluimertoestand, tegen haar schreeuwen dat zij haar ogen eens moest opendoen en hem recht aankijken, kijk me aan, moeder, hier ben ik, ziet u mij niet?, maar in het algemeen wenste hij alleen maar dicht bij haar te zijn, haar aan te raken, met haar te lachen en haar zijn geheimen te vertellen.

Op een middag sloot Pedro Morales zijn garage vroeger dan anders en bracht hem een bezoek. Sinds de dood van Charles Reeves had hij stilzwijgend de taak op zich genomen om over het gezin van zijn meester te waken.

'Dit is een arbeidsongeval. Ze moeten je smartegeld betalen,' legde hij uit.

'Ze hebben me gezegd dat ik nergens recht op heb, Don Pedro.'

'Je baas is toch verzekerd?'

'De baas zegt dat hij de baas niet is en wij niet in vaste dienst zijn bij hem, wij zijn onafhankelijke aannemers. Ze betalen ons contant, kunnen ons elk moment ontslaan en we zijn niet verzekerd. U weet hoe die dingen gaan.'

'Maar dat is illegaal. Een advocaat kan je helpen, jongen.'

Maar Reeves had geen geld voor advocaten en het idee jarenlang vast te zitten aan slepende procedures ontmoedigde hem bij voorbaat. Zodra hij op kon staan, vond hij minder zwaar, hoewel niet minder onaangenaam werk in een meubelfabriek, waar door het fijne zaagsel dat in de lucht hing en de dampen van lijm, vernis en oplosmiddel de arbeiders permanent in een staat van bedwelming verkeerden. Gedurende een paar maanden maakte hij stoelpoten, allemaal exact hetzelfde. Het ongeluk met zijn been had hem gealarmeerd en hij kwam zo vaak bij de ploegbaas aan om zijn rechten op te eisen die in het contract vermeld stonden maar waar in de praktijk de hand mee werd gelicht, dat hij ten slotte te boek stond als een onverbeterlijke raddraaier en ontslagen werd. Daarna volgden verschillende andere baantjes die nooit langer dan een paar weken duurden en allemaal met ruzie eindigden.

'Waarom trap je toch overal zo'n heibel, Greg? Je zit niet meer op de middelbare school, je bent nergens meer voorzitter van. Als ze betalen wat je toekomt, houd dan je mond,' raadde Olga hem aan zonder hoop dat er naar haar geluisterd werd.

'Goed zo, jongen, solidariteit binnen de arbeidersklasse, daar gaat het om. In de eenheid ligt onze kracht,' riep Cyrus uit, met een bibberige wijsvinger wijzend naar een onzichtbare rode vlag. 'Arbeid verheft de mens en alle arbeid is even waardig en zou hetzelfde betaald moeten worden, maar niet alle mensen zijn overal even geschikt voor. Dit is niet aan jou besteed, Greg, het is verloren moeite, het leidt je nergens heen, het is water naar de zee dragen.'

'Waarom ga je de kunst niet in? Je vader was toch ook een kunstenaar?' adviseerde Carmen.

'En stierf zonder een cent zodat wij bij de bijstand moesten aankloppen. Nee dank je, ik ben de armoe beu. Armoe is klote.'

'Niemand wordt rijk door als arbeider in een fabriek te werken. Bovendien kan je er niet tegen gecommandeerd te worden en verveel je je snel. Het enige waar je geschikt voor bent is je eigen baas zijn,' drong zijn vriendin aan, die dezelfde principes op zichzelf toepaste.

Zij was te oud om nog langer gekleed in bonte draperieën op straat te jongleren, maar ook wilde zij haar brood niet verdienen met een baantje, het idee de hele dag opgesloten te zitten in een kantoor of voor een naaimachine in een fabriekshal schrikte haar af, ze verdiende wat geld met handgemaakte snuisterijen die ze verkocht aan cadeauwinkels en op markten. Net als Judy en vele andere meisjes uit de buurt had ook zij de middelbare school niet afgemaakt, zij had geen basis maar wel genoeg vindingrijkheid en heimelijk rekende ze op de medewerking van haar vader om te ontsnappen aan de marteling van een geestdodend baantje. Pedro Morales had een zwak voor het meisje en stond haar bepaalde vrijheden toe die hij van zijn andere kinderen niet tolereerde.

In de conservenfabriek was het werk eenvoudig, maar elke onoplettendheid kon je een paar vingers kosten. De machine die Gregory Reeves bediende sloot de blikjes af die op een lopende band werden aangevoerd. Het lawaai was oorverdovend, kabaal van hendels en metaalplaten, gebrul van sluitmachines en tandwielen, geknars van slecht geoliede ijzeren onderdelen, geklop van hamers, geschraap van messen, gestamp van cilinders. Gregory, met wassen oordopjes in, verdroeg nauwelijks het geraas in zijn hoofd, hij had het gevoel in een beierende klokketoren opgesloten te zitten, het geluid putte hem uit. Als hij van zijn werk kwam, was hij zo versuft dat hij niet eens het verkeerslawaai op straat waarnam en een poosje leek het of hij was ondergedompeld in de stilte van de zeebodem. Het enige waar het om ging was produceren en elke arbeider werd gedwongen tot de uiterste grens van zijn krachten te gaan en dikwijls om die op goed geluk te overschrijden, wilde hij zijn baan houden. 's Maandags hadden de mannen een geweldige kater van het wilde weekeinde en waren zo suf dat ze nauwelijks hun ogen open konden houden. Als tegen de avond de sirene klonk, viel het lawaai plotseling stil en was Gregory een paar minuten lang elk houvast kwijt, meende hij in de ruimte te zweven. De arbeiders wasten zich bij de kranen op de binnenplaats, verkleedden zich en verdwenen *en masse* richting café. Aanvankelijk ging hij met hen mee, ondergedompeld in een walm die verzadigd was van goedkope tequila en donker bier lachte hij om de gore grappen en brulde hij valse liederen mee, eerder verveeld dan vrolijk, even kon hij dan de illusie koesteren vrienden te hebben, maar zodra hij weer in de buitenlucht stond en de alcoholnevels enigszins optrokken, besefte hij dat hij zich troostte met een bittere droom. Hij had niets gemeen met de rest, de Mexicanen wantrouwden hem, zoals ze alle andere gringo's wantrouwden. Al snel zag hij van die zogenaamde kameraadschap af en ging van de fabriek direct naar zijn kamer, waar hij zich opsloot en naar muziek luisterde. Om het vertrouwen van de andere arbeiders te winnen nam hij het voortouw bij protesten, was hij de eerste om in het geweer te komen wanneer iemand een bedrijfsongeval kreeg of er nietsontziend werd opgetreden, maar het bleek niet mee te vallen om de ideeën van Cyrus over sociale gerechtigheid te verbreiden, want hij kon niet rekenen op de steun van degenen die er in principe baat bij hadden.

'Ze willen zekerheid, Cyrus. Ze zijn bang. Iedereen denkt alleen maar aan zichzelf, wat de anderen doen kan ze geen moer schelen.'

'Angst kan overwonnen worden, Gregory. Je moet ze leren hun persoonlijke belangen op te offeren voor de algemene zaak.'

'In het werkelijke leven vecht iedereen voor zijn eigen hachje. We leven in een heel egoïstische maatschappij.'

'Je moet met ze praten, Greg. De mens is het enige dier dat zich door een ethiek laat leiden en dat boven het instinct uit kan stijgen. Als dat niet zo was, zouden we nu nog in het stenen tijdperk zitten. Dit is een cruciaal moment in de geschiedenis, als een atoomramp vermeden kan worden, zijn alle voorwaarden aanwezig voor de geboorte van de nieuwe mens,' verklaarde de liftbediende onvermoeibaar in zijn verzorgde jargon.

'Misschien heb je gelijk, maar ik ben bang dat de nieuwe mens ergens anders geboren zal worden, Cyrus, niet hier. In deze buurt denkt niemand aan biologische sprongen, maar aan overleven.'

Zo was het, niemand wilde opvallen. De, merendeels illegale, latino's hadden ontelbare obstakels moeten overwinnen om Amerika binnen te komen en waren op geen enkele manier van plan zich nieuwe moeilijkheden op de hals te halen met politieke spelletjes die het optreden van de gevreesde Migra konden uitlokken. De fabriekopzichter, een roodbebaarde reus, had Reeves maanden geobserveerd. Hij had hem niet op straat gezet omdat hij een van de geduldige bewonderaars van Judy was, hij droomde ervan haar uit te kleden en haar weelderige lichaam te verkennen, en gedurende een tijd dacht hij via haar broer haar hart te kunnen vermurwen. Hij liet geen gelegenheid voorbijgaan om met Gregory een slok te drinken in de voortdurende hoop op een dag bij de Reeves thuis uitgenodigd te worden. Ik wil hem hier niet over de vloer zien, gromde Judy toen haar broer dat eens opperde, zonder dat zij kon bevroeden dat de roodharige het met zijn koppigheid van haar zou winnen en mettertijd haar eerste man zou worden. Op een keer verraste de man Gregory, toen deze in gebrekkig Spaans opgestelde pamfletten aan het ronddelen was en wilde hij weten wat dat verdomme te betekenen had.

'Het zijn artikelen van de arbeidswet,' antwoordde hij uitdagend.

'Wat is dat voor gekkigheid?'

'De werkomstandigheden in deze fabriek zijn ongezond en men is ons vele overuren schuldig.'

'Kom mee naar het kantoor, Reeves.'

Toen zij eenmaal alleen waren, werd hem een stoel en een slok uit een fles gin aangeboden die hij in het EHBO-kistje bewaarde. Gedurende een erg lang ogenblik keek hij hem zwijgend aan, onderwijl naar de manier zoekend waarop hij zich zou uitdrukken. Hij was een man van weinig woorden en zou deze moeite nooit genomen hebben als Judy niet in het spel was.

'Je kan het ver brengen hier, Reeves. Zoals ik het zie, kun je je in minder dan vijf jaar tot ploegbaas opwerken. Je hebt een opleiding achter de rug en gezag.'

'En ik ben nog blank ook, nietwaar?' voegde Gregory eraan toe.

'Inderdaad. Ook daarmee heb je geluk.'

'Voor zover ik het kan zien zal niet een van mijn maten ooit wegkomen bij de lopende band...'

'Dat zijn luizige buitenlanders, Reeves, slecht volk. Ze knokken, jatten, zijn voor geen cent te vertrouwen. Bovendien zijn het een stelletje imbecielen, ze snappen geen zak, leren geen Engels, zijn lui.'

'Je weet niet wat je zegt, man. Ze zijn slimmer en hebben meer eergevoel dan jij en ik bij mekaar. Je woont nu al je hele leven in deze buurt en spreekt nog geen woord Spaans, terwijl elke latino in een paar weken tijd Engels leert. En lui zijn ze ook niet, ze werken harder dan blanken voor de helft van het loon.'

'Wat kan jou dat tuig schelen? Je hebt niks met ze te maken, je bent anders. Geloof me, je zal het tot ploegbaas brengen en wie weet of je niet ooit je eigen fabriek zal hebben, je bent er slim genoeg voor, je moet aan je toekomst denken. Ik zal je helpen, maar ik wil geen stront hier in de tent, daar schiet je niks mee op. Trouwens die Indianen klagen nergens over, ze zijn dik tevreden zo.'

'Vraag het ze maar eens, kan je zien hoe tevreden ze zijn...'

'Als het ze hier niet bevalt, moeten ze maar oprotten naar waar ze vandaan komen, niemand heeft ze gevraagd hier te komen.'

Die woorden had Reeves meer dan eens gehoord en verontwaardigd liep hij het kantoor uit. Op de binnenplaats waar de arbeiders zich wasten, zag hij de vuilnisbak tot aan de rand toe gevuld met zijn pamfletten, hij trapte hem omver en ging vloekend weg. Om af te koelen ging hij naar twee griezelfilms, at daarna in een kroeg staande een hamburger en liep om middernacht naar zijn kamer. Ondertussen was zijn woede overgegaan in een beklemmend gevoel van onmacht. Toen hij thuiskwam, vond hij een briefje voor zijn deur: Cyrus lag in het ziekenhuis.

De oude liftbediende lag twee dagen zwaar ziek zonder ander gezelschap dan Gregory Reeves. Hij had geen familie meer en wilde geen van zijn vrienden laten waarschuwen, daar hij de dood als een privé-aangelegenheid beschouwde. Hij had een hekel aan sentimenteel gedoe en zei Gregory dat hij bij de eerste traan maar beter kon gaan, want hij was niet van plan om de laatste ogenblikken op deze aarde door te brengen met het troosten van een huilebalk. Hij had hem geroepen, verklaarde hij, omdat hij hem nog een paar dingen moest leren en hij niet wilde sterven met de wroeging over een onvolbrachte taak. Tijdens die dagen werd zijn hart snel zwakker, het uitputtende proces van afscheid nemen van het leven en het afstoten van het lichaam kostte hem vele uren concentratie. Bij momenten had hij de kracht om te praten en beschikte hij over voldoende helderheid om zijn leerling eens te meer te waarschuwen voor de gevaren van het individualisme en hem een lijst onmisbare auteurs te dicteren met de instructie die in de aangegeven volgorde te lezen. Vervolgens overhandigde hij hem de sleutel van een bagagekluis op het treinstation en onderbroken door veel pauzes om niet buiten adem te raken, gaf hij hem zijn laatste wilsbeschikkingen.

'Daar zul je achthonderdtien dollar in papiergeld aantreffen. Niemand weet dat ik ze heb, het ziekenhuis kan ze niet opeisen om de kosten te dekken. De gemeente of de bibliotheek zullen voor mijn begrafenis zorgen, ze zullen mij heus niet op de vuilnishoop gooien, daar ben ik zeker van. Dat geld is voor jou, om van te studeren. Men kan onderaan beginnen, maar het is beter bovenaan te beginnen, en zonder diploma zal het je veel moeite kosten om uit dit gat weg te komen. Hoe hoger je je bevindt, des te meer zal je kunnen doen om de dingen van dit vervloekte kapitalistische systeem te veranderen, begrijp je?'

'Cyrus...'

'Onderbreek me niet, mijn krachten nemen snel af. Waartoe heb ik gedurende zoveel jaar je hoofd met boeken volgestouwd?

Opdat je ze gebruikt! Wanneer je je brood verdient met iets waar je geen plezier in hebt, voel je je als een slaaf, maar wanneer je dat doet met iets waarvan je houdt, dan voel je je rijk. Pak het geld en ga ver weg van deze stad, hoor je? Je had goede cijfers op school, ze zullen je zonder problemen op elke universiteit accepteren. Zweer me dat je dat zult doen.'

'Maar...'

'Zweer het!'

'Ik zweer dat ik het zal proberen...'

'Dat is niet genoeg. Zweer me dat je het zult doen.'

'Oké, ik zal het doen,' en Gregory Reeves moest de gang op gaan om zijn vriend niet te tonen dat hij huilde. In één klap was een oude angst teruggekomen. Nadat hij Martínez aan stukken gereten had gezien op de spoorbaan, meende hij zijn obsessie voor de dood overwonnen te hebben en een feit is dat hij er gedurende jaren niet aan had gedacht, maar toen hij in de kamer van Cyrus dat zwakke luchtje van bittere amandelen gewaarwerd, keerde de ontzetting terug met dezelfde intensiteit als in zijn kindertijd. Hij vroeg zich af waarom die geur hem misselijk maakte, maar hij kon het zich niet herinneren. Die nacht stierf Cyrus in bescheiden waardigheid, net zoals hij geleefd had, in gezelschap van de jonge man die hij als zijn zoon beschouwde. Kort voor zijn einde verreden ze de stervende van de algemene zaal naar een privé-kamer. Gewaarschuwd door Carmen Morales diende pater Larraguibel zich aan om de troost van zijn geloof aan te bieden, maar de patiënt was al buiten bewustzijn en Gregory vond het van weinig respect getuigen om Cyrus, een agnosticus in hart en nieren, te storen met wijwatersprenkelingen en Latijns gebrabbel.

'Het kan nooit kwaad en wie weet doet het hem goed,' redeneerde de pastoor.

'Het spijt me, pater, maar Cyrus zou het niet prettig vinden, neemt u het hem niet kwalijk.'

'Daar heb jij niet over te beslissen, jongen,' antwoordde de ander categorisch, en duwde hem zonder verder uitstel opzij, haalde uit zijn koffertje de stool die bij zijn ambt hoorde en het heilig oliesel en ging over tot het uitvoeren van zijn taak, gebruik makend van de omstandigheid dat de zieke niet in staat was zich te verdedigen.

De dood trad kalm in en er gingen enkele minuten voorbij voordat Gregory besefte dat het gebeurd was. Hij bleef nog een hele tijd bij het lichaam van zijn vriend zitten en sprak voor de laatste keer tegen hem, bedankte hem voor wat hij aan hem te danken had, vroeg hem niet in de steek te laten en over hem te waken vanuit de hemel der ongelovigen, moet je nou toch eens horen wat een idioot ik ben, Cyrus, dat ik dit juist aan jou vraag, want als je niet in God gelooft moet je nog minder in beschermengelen geloven. De volgende ochtend haalde hij de bescheiden schat uit de bagagekluis en deed er nog wat van zijn eigen spaargeld bij om een plechtige uitvaart te kunnen bestellen met orgelmuziek en een overvloed aan gardenia's, waarvoor hij het bibliotheekpersoneel en andere personen uitnodigde die niet van het bestaan van Cyrus afwisten en alleen maar aanwezig waren omdat Gregory hun dat gevraagd had, zoals zijn moeder, Judy en de Morales-clan, de geschifte grootmoeder inbegrepen, die de honderd naderde en zich nog kon verheugen over andermans begrafenis, blij dat niet zij in de kist lag. De dag van de teraardebestelling begon met een stralende zon, het was warm en Gregory zweette in zijn gehuurde donkere pak. Terwijl hij achter de doodskist aan over de laan van het kerkhof liep, nam hij stilzwijgend afscheid van zijn oude leermeester, van zijn eerste levensfase, van de stad en van zijn vrienden. Een week later nam hij de trein naar Berkeley. Hij had negentig dollar op zak, en zeer weinig goede herinneringen.

Ik sprong uit de trein met het gevoel van iemand die een nog ongebruikt schrift opent, mijn leven begon opnieuw. Ik had zoveel gehoord over die profane, subversieve en visionaire stad, waar maanzieken naast Nobelprijswinnaars leefden, dat ik meende te voelen hoe de lucht geladen was met energie, hoe vlagen van een aanstekelijke wind twintig jaar van sleur, kwelling en verstikking wegblies. Ik kon niet meer, Cyrus had gelijk, ik teerde weg. Ik zag een rij gele lichten in de lunaire nevel, een enigszins gehavend perron, schaduwen van stille reizigers die met koffers en dozen zeulden, ik hoorde het geblaf van een hond. Er hing een ontastbare kille vochtigheid en een vreemde lucht, een mengeling van het ijzer van de locomotieven en het aroma van koffie. Het was een droefgeestig station als zovele, maar dat vermocht niet mijn enthousiasme te drukken, ik wierp de canvas zak over mijn schouder en liep huppelend als een schooljongen het station uit, uit volle borst schreeuwend dat dat de eerste geweldige avond van alle andere was die nog zouden volgen in mijn fantastische leven. Niemand draaide zich om om een blik op me te werpen, alsof die aanval van waanzin de gewoonste zaak van de wereld was, en dat was ook werkelijk zo, zoals ik de volgende ochtend kon vaststellen, toen ik de jeugdherberg verliet en het avontuur tegemoet ging, ik moest me inschrijven aan de universiteit, werk zoeken en woonruimte vinden. Het was een andere wereld. Ik, die was opgegroeid in een soort getto, raakte bedwelmd door de kosmopolitische en vrijzinnige atmosfeer van Berkeley. Met groene verf stond op een muur nonchalant geschreven: alles verdraagt men behalve onverdraagzaamheid. De jaren die ik daar doorbracht waren intens en fantastisch, als ik er op bezoek ben, iets wat dikwijls gebeurt, voel ik nog steeds dat ik daar thuishoor. Toen ik er in het begin van de jaren zestig heentrok, was het nog geen schaduw van het onbeschrijflijke circus dat het in de tijd dat ik naar de andere kant van de baai verhuisde worden zou, maar het was al een bizarre stad, wieg van radicale bewegingen en gedurfde vormen van opstand. Ik was getuige van de ontpopping van de larf in de cocon tot het insekt met grote, veelkleurige vleugels die een hele generatie in opwinding bracht. Van wijd en zijd stroomden jongeren toe, aangetrokken door nieuwe ideeën die nog geen naam hadden, maar die men in de lucht gewaarwerd als de slagen van een gedempte trommel. Het was het Mekka van de pelgrims zonder God, het andere uiterste van het continent, waar men heenging om te ontsnappen aan oude desillusies of op zoek naar een utopie, de essentie van Californië, de ziel van dat weidse geïllumineerde en geheugenloze gebied, een toren van Babel van blanken, Aziaten, negers, enkele latino's, kinderen, ouden van dagen, jongeren, vooral jongeren: vertrouw niemand boven de dertig. Het was mode arm te zijn, of in ieder geval te doen alsof, en dat bleef zo in de volgende decennia, toen het hele land zich overgaf aan de verslaving van hebzucht en succes. De bewoners maakten op mij allemaal een wat haveloze indruk, dikwijls zag de bedelaar op de hoek er minder deerniswekkend uit dan de vrijgevige voorbijganger die hem een aalmoes gaf. Ik observeerde dit alles met de nieuwsgierigheid van een provinciaal. In mijn buurt in Los Angeles was niet één enkele hippie te vinden, de Mexicaanse macho's zouden hem in elkaar geslagen hebben, en ofschoon ik er enkele op het strand, in het centrum of op de televisie gezien had, viel dat op geen enkele manier te vergelijken met wat je daar zag. Rondom de universiteit wemelde het op straat van de erfgenamen van de beatniks met hun lange haren, baarden en bakkebaarden, bloemen, kettingen, Indiase gewaden, volgekraste blue jeans en monnikssandalen. De geur van marihuana vermengde zich met de lucht van uitlaatgassen, wierook, koffie en kruiden van de oosterse eethuizen. Op de universiteit liepen de studenten nog met kortgeknipt haar en conventionele kleding rond, maar ik geloof dat zich toen al vaag de veranderingen begonnen af te tekenen die een paar jaar later een einde zouden maken aan die verstandige saaiheid. In de parken ontdeed men zich van zijn schoenen en overhemden om te zonnen als voorproefje van de jaren die er aan stonden te komen, waarin mannen en vrouwen zich geheel zouden uitkleden om de revolutie van de vrije liefde te vieren. *Young forever*, luidde de leuze op de muren, en elk uur herinnerde het meedogenloze carillon van de klokketoren, de Campanile, ons aan het onverbiddelijke verstrijken der tijd.

Ik had van nabij de verschillende gezichten van het racisme gezien, ik ben een van de weinige blanken die het aan den lijve heeft ondervonden. Toen de oudste dochter van de Morales zich beklaagde over haar inheemse jukbeenderen en haar kaneelkleurige huid, pakte haar vader haar bij de arm, sleepte haar voor een spiegel en beval haar zichzelf goed te bekijken en de allerheiligste maagd van Guadalupe te danken geen 'stinkende negerin' te zijn. Bij die gelegenheid dacht ik dat het diploma van Het Oneindige Plan, dat aan de muur hing en getuigde van de superioriteit van zijn ziel, Don Pedro wel tot heel weinig gediend had, uit de aard der zaak had hij dezelfde vooroordelen als andere Mexicanen die een hekel aan negers en Aziaten hebben. Op de universiteit zaten in die tijd geen latino's, op een paar afstammelingen van Chinese immigranten na was iedereen blank. Evenmin vond je negers in de collegezalen, slechts een stuk of wat maakten deel uit van de sportploegen. In kantoren, winkels en restaurants zag je er slechts zeer weinig, de gevangenissen en ziekenhuizen daarentegen liepen ervan over. Er was weliswaar segregatie, maar de negers hadden niet de status van buitenlanders, die voor mijn Mexicaanse vrienden zo vernederend was, zij liepen tenminste op eigen bodem en velen begonnen dat met luidruchtige grote stappen te doen.

Ik ging de verschillende kantoren langs in een poging wegwijs te worden in het labyrint van de campus, ik wilde erachter komen hoeveel geld ik nodig had om te overleven en hoe ik werk kon vinden. Ik moest me door een hele berg formaliteiten heen werken, ging van loket naar loket en bij het laatste werd ik weer naar het eerste gestuurd, de bureaucratie verpletterde me, niemand wist ergens iets van, wij nieuwelingen werden beschouwd als een onvermijdelijke last waarvan men zich zo snel mogelijk probeerde te bevrijden. Ik wist niet of ze ons allemaal als vuilnis behandelden om ons te harden of dat alleen ik zo verloren ronddoolde, ik begon te vermoeden dat ze mij discrimineerden vanwege mijn chicano-accent. Zo nu en dan fluisterde een aardige student, die zelf tal van obstakels had overwonnen, mij wat inlichtingen toe om me in de goede richting te sturen, zonder welke hulp ik als een idioot wekenlang in kringetjes zou hebben rondgehold. Op de slaapzalen waren alle plaatsen bezet en de studentencorpsen interesseerden me niet, het zijn conservatieve en snobistische nesten waar een figuur als ik niet in thuishoort. Een jongen die ik bij al die vervelende bezigheden verschillende keren was tegengekomen, vertelde me dat hij een kamer had gevonden en bereid was die met mij te delen. Hij heette Timothy Duane en werd, naar ik later vernam, door de meisjes als een van de knapste knapen van de universiteit beschouwd. Toen Carmen hem vele jaren later leerde kennen, zei ze dat hij wel een Grieks beeld leek. Hij heeft evenwel niets Grieks, hij is een Ier met lichte ogen en donker haar, net als zoveel anderen. Hij vertelde me dat zijn grootvader aan het begin van de eeuw uit Dublin was ontsnapt, achtervolgd door de Engelse justitie, hij kwam berooid in New York aan en maakte in een paar jaar fortuin met duistere handeltjes. Toen hij oud was, wierp hij zich op als beschermer van de kunsten en niemand herinnerde zich meer de enigszins troebele beginjaren, en bij zijn dood liet hij zijn nakomelingen een hele berg geld en een goede naam na. Timothy was opgegroeid op katholieke kostscholen voor rijke kinderen, waar hij zich in sport oefende en ze hem een beklemmend schuldcomplex aanpraatten, dat hij, daar ben ik zeker van, hoe dan ook al van zijn geboorte af met zich meedroeg. Diep in zijn hart wilde hij eigenlijk acteur worden, maar zijn vader vond dat er slechts twee respectabele beroepen bestonden, arts en advocaat, de rest was gebeuzel van zwendelaars, en helemaal de theaterwereld die in zijn ogen iets van homoseksuelen en andere gedegenereerden was. De helft van zijn belastinggeld sluisde hij weg naar de kunststichting die grootvader Duane in het leven had geroepen, maar dat maakte geen sympathie voor kunstenaars bij hem los. Hij behield zijn gezag en goede gezondheid bijna een halve eeuw lang en onthield daarmee de mensheid de volmaakte figuur van zijn zoon op het doek of op het toneel. Tim werd een arts die zijn beroep verafschuwt en beweert dat hij voor de pathologie koos omdat je de doden tenminste niet hoeft te troosten en ze je niet vermoeien met hun klachten. Toen hij zijn acteursdromen op de helling zette en de planken verruilde voor kille ontleedzalen, veranderde hij in een eenzame persoon die gekweld werd door hardnekkige demonen. Menige vrouw heeft achter hem aan gezeten, maar alle liefdes strandden onderweg en vervulden hem van een rancuneus verdriet en wantrouwen, totdat op latere leeftijd, toen hij zijn lach, zijn hoop en een goed deel van zijn schoonheid verloren had, iemand in zijn leven kwam die hem voor zichzelf redde. Maar ik loop vooruit, dat gebeurde pas veel later. In de tijd dat ik hem leerde kennen, bedroog hij zijn vader met de belofte rechten of medicijnen te gaan studeren, terwijl hij zich stiekem aan het toneelspelen wijdde, zijn werkelijke hartstocht. Hij was die week in Berkeley aangekomen en bevond zich nog in de explorerende fase, maar anders dan ik kon hij bogen op ervaring in de wereld van het onderwijs voor blanken, had hij een rijke vader achter zich en een houding die alle deuren voor hem opende. Door zijn zelfverzekerdheid leek hij de baas van de universiteit. Hier studeert men weinig maar leert men veel, doe je ogen open en houd je mond dicht, raadde hij me aan. Ik liep nog als verdwaasd rond. Zijn kamer bleek de zolder van een oud huis te zijn, een enkel vertrek met gewelven en twee dakvensters die uitzicht op de Campanile boden. Tim toonde mij dat er ook nog andere dingen te zien vielen, als we boven op een stoel klommen, konden we een blik werpen in de wasruimte van een slaapzaal, waar elke ochtend hele rijen meisjes in ondergoed stonden te wachten voor de douches. Toen ze ontdekten dat ze door ons begluurd werden, verschenen er enkelen naakt. De kamer was zeer schaars gemeubileerd, er stonden slechts twee bedden, een grote tafel, een boekenplank. We bevestigden een stuk buis tussen twee balken om onze kleren aan op te hangen en de rest borgen we op in een paar kartonnen dozen op de grond. Het overige gedeelte van het huis werd bewoond door twee charmante vrouwen, Joan en Susan, die mettertijd zeer goede vriendinnen van me zouden worden. Ze beschikten over een ruime keuken, waar ze de recepten uitprobeerden uit een toekomstig kookboek dat ze van plan waren te schrijven, en de geur van hun gerechten deed me het water in de mond lopen, dankzij hen heb ik leren koken. Korte tijd later zouden ze beroemd worden, niet zozeer vanwege hun culinaire talenten of het kookboek dat gepubliceerd zou worden, maar omdat zij de eersten waren die bij een openbare protestactie hun bh's in brand staken. Dit gebaar, produkt van een ingeving toen men hun de toegang tot een bar uitsluitend voor mannen weigerde en dat de fotocamera van een Japanse toerist toevallig vastlegde, verscheen op het tv-journaal, vond navolging bij andere vrouwen en werd binnen de kortste keren het symbool van de feministen van de hele wereld. Het huis was ideaal, het bevond zich op twee passen afstand van de universiteit en was van alle gemakken voorzien. Daarbij hield ik van de voornaamheid die het uitstraalde, vergeleken bij de andere twee plekken waar ik gewoond had, leek het een paleis. Jaren later zou het een van de meest bekende hippiecommunes herbergen, ruim twintig personen in vriendelijke promiscuïteit onder hetzelfde dak, en de tuin zou veranderen in een met onkruid overwoekerde weedplantage, maar toen woonde ik al ergens anders.

Tim dwong me mijn overhemden door iets anders te vervangen, hij zei dat ik eruitzag als een tropische vogel met die mode uit het zuiden van Californië, in Berkeley kleedde niemand zich zo, ik kon in die uitmonstering onmogelijk meelopen in protestmanifestaties. Hij legde uit dat als we niet meededen aan protestacties, we niets voorstelden en geen vrouwen konden versieren. Ik had de spandoeken en affiches al opgemerkt die om verschillende redenen de aandacht vroegen: hongersnood, dictaturen, revoluties op plaatsen in de wereld die op geen kaart te vinden waren, rechten voor minderheden, voor vrouwen, voor bossen en bedreigde diersoorten, voor vrede en verbroedering. Je kon geen huizenblok voorbijlopen zonder een of ander manifest te moeten ondertekenen, of een kopje koffie drinken zonder vijfentwintig dollarcent te geven aan een collecte voor een even altruïstisch als vaag doel. De tijd dat men studeerde was minimaal in vergelijking met de uren die besteed werden aan het protesteren tegen de ellende in de wereld, het aanklagen van de regering, de militairen, de buitenlandse politiek, de raciale misstanden, de ecologische misdaden en het eeuwige onrecht. Die obsessieve betrokkenheid bij wereldkwesties, zelfs de meest onzinnige, was een openbaring voor mij. Cyrus had gedurende jaren vele vragen in mij wakker gemaakt, maar tot dan toe schenen die me toe als abstract gefilosofeer en intellectuele oefeningen die geen praktische toepassing hadden in het dagelijkse bestaan, dingen waarover ik alleen met hem kon discussiëren omdat de rest van de stervelingen volstrekt ongevoelig bleek voor dergelijke onderwerpen. Nu deelde ik die levensvragen met mijn vrienden, wij voelden ons onderdeel van een gecompliceerd netwerk waar elke actie onvoorzienbare gevolgen had voor het toekomstige lot van de mensheid. Volgens mijn kameraden in de cafés was er een revolutie gaande die niemand zou kunnen tegenhouden, onze theorieën en gewoonten zouden spoedig door iedereen overgenomen worden, wij hadden de historische verantwoordelijkheid aan de kant van de goeden te staan, en de goeden waren, uiteraard, de radicalen. Niets mocht overeind blijven staan, het was noodzakelijk het terrein te effenen voor de nieuwe maatschappij. Ik hoorde voor de eerste keer het woord 'politiek' op fluistertoon in de lift van de bibliotheek, en ik wist dat 'progressief' of 'radicaal' genoemd worden een belediging betekende die nauwelijks minder kwetsend was dan 'communist'. Nu was ik in de enige stad van de Verenigde Staten waar dat juist omgekeerd was, het enige wat daar nog erger was dan 'conservatief' was neutraal of onverschillig. Een week later had ik met mijn vriend Duane mijn intrek genomen op de zolder, volgde ik regelmatig college en had ik twee baantjes gevonden om het hoofd boven water te houden. De studie viel me niet zwaar, de universiteit was toen nog niet veranderd in de vreselijke leerfabriek die het later zou worden, ik vond het lijken op de middelbare school, maar dan chaotischer. Het was verplicht gedurende twee jaar militaire cursussen te volgen. Ik had zoveel plezier in die oefeningen en in de zomerse trainingskampen, en ik hield zo van het uniform, dat ik nog eens twee jaar deed en de graad van officier behaalde. Bij het inschrijven moest ik onder ede een verklaring ondertekenen dat ik geen communist was. Terwijl ik mijn handtekening onderaan het document zette, voelde ik zo sterk de ironische blik van Cyrus in mijn nek, dat ik mij omdraaide om hem te groeten.

De opzichter van de conservenfabriek droomde elke nacht van Judy Reeves en in wakkere toestand werd hij onophoudelijk achtervolgd door het beeld van die vrouw. Hij was niet een van die mannen met een obsessie voor dikke vrouwen, hij had niet eens gemerkt dat ze dik was. In zijn ogen was zij de volmaakte vrouw, zij had niets te veel en niets te weinig, en als iemand hem had verteld dat ze bijna het dubbele woog van haar normale gewicht, zou hij werkelijk verrast geweest zijn. Hij richtte zijn aandacht niet op de omvang van haar gebreken, maar op de kwaliteit van haar charmes, hij hield van haar volle borsten en haar weelderige achterwerk en vond het heerlijk dat die groot waren, zo was er meer om met zijn twee handen te omvatten. Hij werd betoverd door haar babyhuid, door haar handen die kapot waren van het naaien en de huishoudelijke bezigheden, maar een aristocratische vorm hadden, door haar stralende glimlach waar hij een paar keer een glimp van had opgevangen en haar fijne haar, dat zo blond was als zilveren draden. Het besluit van de jonge vrouw om hem af te wijzen verhoogde zijn begeerte alleen nog maar. Hij zocht manieren om haar te ontmoeten ondanks de arrogantie waarmee zij hem keer op keer negeerde. Fris gewassen, met een schoon overhemd aan en besprenkeld met eau de cologne om de nare fabrieksgeur te verdrijven, posteerde hij zich elke middag bij de bushalte en wachtte tot zijn geliefde van haar werk terugkwam, strekte zijn hand uit om haar de treeplank van het voertuig af te helpen en stoorde zich er niet aan als zij liever struikelend uitstapte dan op hem te steunen. Hij liep met haar mee terwijl hij keuvelend tegen haar aan praatte alsof ze de dikste vrienden waren, zonder ontmoedigd te raken door het koppige stilzwijgen van Judy; hij vertelde hoe zijn dag was geweest, nieuwtjes over voor haar onbekende personen en de baseballuitslagen. Hij bracht haar naar de deur van haar huis, nodigde haar voor het eten uit – zeker van haar zwijgende weigering – en nam afscheid met de belofte haar de volgende dag op dezelfde plek weer te treffen. Deze geduldige achtervolging hield hij zonder variaties twee maanden vol.

'Wie is toch die man die je elke dag naar huis brengt?' vroeg Nora Reeves ten slotte.

'Niemand, moeder.'

'Hoe heet hij?'

'Dat heb ik hem niet gevraagd en kan me niet schelen ook.'

De volgende dag zat Nora loerend door het raam te wachten en voordat Judy de deur had kunnen dichtslaan voor de neus van de roodharige reus, kwam haar moeder al naar buiten om hem uit te nodigen een glas bier te drinken, ondanks de vernietigende blik van haar dochter. Gezeten in het piepkleine kamertje in een te fragiele stoel voor zijn enorme bast, omklemde de vrijer zwijgend zijn handen om zijn knokkels te doen kraken, terwijl Nora hem ongegeneerd opnam vanuit haar rieten stoel. Judy was in haar slaapkamer verdwenen en door de dunne wanden heen was haar furieuze gesnuif te horen.

‘Mag ik u bedanken voor de fijnzinnige attenties die u mijn dochter betuigt,’ zei Nora Reeves.

‘Juist, ja,’ reageerde de man, niet in staat tot een uitgebreider antwoord, aangezien hij niet gewend was aan die gekunstelde taal.

‘U lijkt mij een goed mens.’

‘Juist, ja...’

‘Bent u dat ook?’

‘Wat?’

‘Of u een goed mens bent.’

‘Dat weet ik niet, mevrouw.’

‘Hoe heet u?’

‘Jim Morgan.’

‘Ik heet Nora en mijn echtgenoot is Charles Reeves, Uitvoerend Meester en Doctor in Goddelijke Wetenschappen, u heeft vast over hem gehoord, hij is erg bekend...’

Judy, die naar het gesprek luisterde vanuit de andere kamer, hield het niet langer uit, stoof als een orkaan de huiskamer binnen en ging met de handen in de zij voor haar verlegen bewonderaar staan.

‘Wat wil je nou verdomme van me? Waarom laat je me niet met rust!’

‘Dat kan ik niet... ik geloof dat ik verliefd ben, het spijt me werkelijk...,’ stamelde de ongelukkige minnaar, het gezicht even rood als zijn haar.

‘Goed, als met je naar bed gaan de enige manier is om van deze nachtmerrie af te komen, laten we dat dan maar meteen doen!’

Nora Reeves slaakte een gil van ontzetting en stond zo verschrikt op dat haar stoel omviel, haar dochter had in haar bijzijn nog nooit een dergelijke taal gebezigd. Ook Morgan kwam overeind, nam met een gebaar afscheid van Nora, zette zijn pet op en ging ervandoor.

‘Ik zie dat ik me vergist heb in je. Wat ik wil is een huwelijk,’ zei hij bars op de drempel.

Toen Judy de volgende dag uit de bus stapte, vond zij niemand die zijn hand uitstak om haar te helpen. Zij sloeg een zucht van verlichting en begon langzaam deinend als een slagschip te lopen intussen blikken werpend op het leven in de straat, de mensen die bezig waren, de in vuilnisbakken wroetende katten, de donkere kinderen die rondrennend cowboytje en rovertje speelden. De weg viel haar lang en toen zij bij haar huis aankwam, was de vreugde verdwenen en voelde ze in plaats daarvan een bittere nijd. Die nacht kon ze de slaap niet vatten, wanhopig woelde zij tussen haar lakens als een bij eb gestrande walvis. Ze stond bij het eerste licht op, at twee bananen, nam een kop dikke chocolade, verzwolg drie gebakken eieren met spek en acht geroosterde broodjes met boter en jam. Haar moeder trof haar aan, gezeten op de stoep, met een snor van chocolade en eigeel en twee strepen van tranen die over haar wangen rolden.

'Vannacht is je vader weer geweest. Hij laat zeggen dat je kippelevertjes moet begraven aan de voet van de wilg.'

'Spreek me niet over hem, moeder.'

'Het is vanwege de mieren. Hij zegt dat ze zo uit huis zullen verdwijnen.'

Die dag ging Judy niet naar haar werk maar bracht in plaats daarvan een bezoek aan Olga. De waarzegster nam haar van top tot teen op, beoordeelde de vetrollen, de opgezwollen benen, de moeizame ademhaling, de afzichtelijke en haastig in elkaar geflanste jurk van een alledaags stofje, de diepe ellende in de helderblauwe ogen van het meisje en had haar glazen bol niet nodig om raad te geven.

'Wat zou je het liefst willen hebben, Judy?'

'Kinderen,' antwoordde ze zonder aarzeling.

'Daar heb je een man voor nodig. En als je er dan toch een nodig hebt, kan het maar beter een echtgenoot zijn.'

De jonge vrouw begaf zich naar de banketbakkerszaak op de hoek en verorberde drie schuimtaartjes en twee glazen appelcider, vandaar begaf ze zich naar de kapsalon, waar ze nog nooit een voet over de drempel had gezet, en in de drie volgende uren bracht een mollige en sympathieke Mexicaanse een permanent aan, lakte de nagels van haar vingers en tenen fel roze en onthaarde haar benen met was, terwijl zijzelf intussen met geduldige vastberadenheid een kilo bonbons naar binnen werkte. Vervolgens nam ze de bus naar het centrum van de stad met de bedoeling kleren te kopen in de enige winkel voor dikke vrouwen die er toen was in de staat Californië. Haar keus viel op een hemelsblauwe rok en een gebloemde wijde blouse die haar omvang enigszins verdoezelden en de kinderlijke frisheid van haar huid en ogen flatteerden. Aldus uitgedost posteerde ze zich om vijf uur met de armen over elkaar geslagen en een angstaanjagende uitdrukking op haar gezicht voor de deur van de fabriek waar haar vrijer werkte. De sirene klonk, ze zag de Latijnse arbeiders *en masse* naar buiten zwermen en twintig minuten later verscheen de opzichter, ongeschoren, zwetend en met een smerig shirt aan. Toen hij haar zag, bleef hij met open mond staan.

'Hoe zei je ook weer dat je heette?' vroeg Judy hem met een weinig vriendelijke bromstem om haar schaamte te verbergen.

'Jim. Jim Morgan... Je ziet er mooi uit.'

'Wil je nog steeds met me trouwen?'

'Natuurlijk!'

Pater Larraguibel celebreerde de plechtigheid in de parochiekerk van Lourdes, hoewel Judy bahai was net als haar moeder en Jim tot de apostolische kerk behoorde, maar haar vrienden waren katholiek en in die wijk was het enig geldige huwelijk dat welke volgens de riten van het Vaticaan werd gesloten. Gregory kwam speciaal over om zijn zuster aan zijn arm naar het altaar te voeren. Pedro Morales bekostigde de bruiloft, terwijl Inmaculada, haar dochters en vriendinnen dagenlang in de keuken bezig waren met het bereiden van Mexicaanse gerechten en huwelijksbeschuit. De bruidegom zorgde voor sterke drank en muziek, er werd midden op straat een groot feest op touw gezet met de beste groep mariachi-muzikanten en meer dan honderd genodigden die de hele nacht dansten op de latino-ritmes. Nora Reeves naaide voor haar dochter een beeldige trouwjapon met zoveel volants van organdie dat zij uit de verte een piratenschip leek en van dichtbij de wieg van een erfprins. Jim Morgan had wat spaargeld en kon zijn vrouw installeren in een klein maar gerieflijk huisje en een nieuw slaapkamerameublement voor haar kopen met een speciaal op maat gemaakt bed dat hen beiden kon bevatten en bestand was tegen de rinocerosstoten waarmee zij elkaar de eerste week oprecht beminden. De volgende vrijdag kwam haar man niet thuis om te slapen. Zijn vrouw wachtte tot zondag op hem, toen hij zo bezopen binnenwankelde dat hij zich niet meer kon herinneren waar hij had uitgehangen en met wie. Judy pakte een fles melk en sloeg die op zijn hoofd stuk. Een ander met een zwakkere constitutie zou misschien onder de slag bezweken zijn, maar Jim Morgan hield er slechts een scheur in zijn voorhoofd aan over, en in plaats dat die geweldpleging hem afschrikte, werd hij erdoor in een staat van dolle opwinding gebracht. Hij veegde het bloed met zijn mouw uit zijn ogen, wierp zich op Judy en ondanks haar furieuze getrappel verwekten zij die nacht haar eerste kind, een droom van een jongetje dat vijf kilo woog bij zijn geboorte. Judy Reeves, overspoeld door een geluk dat zij nooit voor mogelijk had gehouden, legde hem aan de borst, vastbesloten dat kind de liefde te geven die zijzelf nooit ontvangen had. Zij had haar roeping als moeder ontdekt.

Carmen Morales ervoer het vertrek van Gregory als een persoonlijke belediging. Diep in haar hart had ze altijd geweten dat hij niet in hun buurt hoorde en vroeg of laat een andere richting op zou gaan, maar zij had gedacht dat zij, als dat moment zou aanbreken, samen zouden vertrekken, misschien om op avontuur te gaan met een rondtrekkend circus, zoals ze zo vaak gefantaseerd hadden. Zij kon zich het leven zonder hem niet voorstellen. Sinds zij zich kon heugen had zij hem bijna dagelijks gezien, nooit was er iets groots of kleins gebeurd zonder dat zij dat met haar vriend had gedeeld. Hij had haar de mysteries van de kindertijd onthuld, dat de kerstman niet bestond en dat de baby's niet uit de groene kool kwamen of door de ooievaar werden gebracht; hij was de eerste die het nieuws vernam toen zij op haar elfde een rode vlek in haar onderbroek ontdekte. Hij stond dichter bij haar dan haar eigen moeder of haar broers, zij waren samen opgegroeid en vertelden elkaar zelfs die dingen waarover zij door de preutsheid van haar opvoeding eigenlijk niet mocht praten. Zoals Gregory was ook zij snel verliefd en waren haar onstuimige passies van korte duur, maar anders dan hij was zij gebonden door de patriarchale tradities van haar familie en haar milieu. Haar hartstochtelijke aard botste met de dubbele morele code die van de vrouwen gevangenen maakte, terwijl die de mannen een jachtvergunning verleende. Zij moest oppassen voor haar reputatie, want elke schaduw kon een tragedie teweegbrengen, haar vader en haar broers hielden haar angstvallig in de gaten, bereid de familie-eer te verdedigen, terwijl ze ondertussen met andere vrouwen probeerden te doen wat ze nooit zouden toestaan aan de vrouwen van hun eigen bloed. Carmen had een ontembare geest, maar was in die tijd nog verstrikt in de webben van de angst voor wat 'men' zou zeggen. In de eerste plaats vreesde zij haar vader, daarna de explosieve pastoor Larraguibel en God, in deze volgorde, en als laatste de boze tongen die haar toekomst te gronde konden richten. Net als zoveel andere meisjes van haar generatie was zij grootgebracht in de overtuiging dat het huwelijk en het moederschap de volmaakste levensvervulling vormden – ze trouwden, kregen veel kinderen en leefden nog lang en gelukkig – maar in haar omgeving was niet één enkel voorbeeld van huiselijk geluk te vinden, zelfs haar ouders niet, die bij elkaar bleven omdat ze zich niets anders konden voorstellen, maar in de verste verte niet konden tippen aan de romantische stelletjes uit de films. Zij had hen elkaar nog nooit zien aanhalen en het gerucht ging dat Pedro Morales een kind bij een andere vrouw had. Nee, dat was niet wat ze voor zichzelf wilde. Zoals in haar kinderjaren bleef ze dromen van een ander en avontuurlijk leven, maar had niet de moed met haar milieu te breken en uit de buurt weg te gaan. Zij wist dat er achter haar rug druk gefluisterd werd, wat denkt de jongste dochter van Morales wel? Ze heeft geen vast werk, gaat 's avonds alleen uit, maakt haar ogen te opzichtig op, is dat geen armband wat zij om haar enkel draagt? Ze trekt te veel met Gregory Reeves op, uiteindelijk zijn het geen verwanten, de Morales zouden meer op hun dochter moeten letten, zij heeft de leeftijd om te trouwen, maar het zal niet meevallen een man te vinden met die losse gringa-manieren van haar. Toch ontbrak het Carmen niet aan vurige huwelijkskandidaten. Het eerste voorstel werd gedaan toen zij nauwelijks vijftien was en op haar negentiende had zij al vijf wanhopige aanbidders versleten die haar tot vrouw hadden willen hebben, zij was op allen met een hersenschimmige hartstocht verliefd geweest, maar begon zich na een paar weken al te vervelen, zodra de onvermijdelijke sleur zich aankondigde. In de dagen dat Reeves naar Berkeley vertrok, had zij haar eerste Amerikaanse vriend, Tom Clayton, alle anderen waren latino's uit de buurt geweest. Het betrof een ironische en bezielde journalist die haar verblindde met zijn kennis van de wereld en zijn prachtige theorieën over vrije liefde en gelijkheid tussen man en vrouw, zaken die zij thuis met geen woord zou durven aanroeren maar waarover ze uitgebreid met Gregory discussieerde.

'Gezwam en anders niet, wat hij wil is met je naar bed om je daarna te laten zitten,' besloot haar vriend.

'Je bent een ouwe pruik, ouderwetser dan mijn vader!'

'Heeft hij over trouwen gesproken?'

'Het huwelijk maakt de liefde kapot.'

'In 's hemelsnaam, Carmen, wat niet?'

'Ik hoef niet zo nodig in het wit een kerk binnen te gaan, Greg. Ik ben anders.'

'Zeg het maar gerust, je bent al met hem naar bed geweest...'

'Nee, nog niet.' En na een pauze vol zuchten: 'Hoe voelt het? Vertel me wat je voelt...'

'Het is als een hevige elektrische stroomstoot, meer niet. De waarheid is dat er te veel waarde aan seks wordt gehecht, je hebt er hoge verwachtingen van maar het stelt je na afloop steeds weer teleur.'

'Leugenaar. Als het zo was zou je niet hijgend achter alle vrouwen aan lopen.'

'Dat is nou juist de pest, Carmen. Je denkt altijd weer dat het met een ander beter zal zijn.'

Gregory ging in september weg en in januari van het volgende jaar vertrok Tom Clayton naar Washington met de bedoeling zich bij de persdienst te voegen van de meest charismatische president van de eeuw, wiens hoogdravende politieke ideeën hem fascineerden. Hij wilde dicht bij de macht zijn en deel hebben aan de schokken van de geschiedenis, hij voelde dat er in het Westen geen toekomst was voor een ambitieuze journalist, hij bevond zich daar te ver verwijderd van het centrum van het imperium, zoals hij tegen Carmen zei. Hij liet haar in tranen achter, want zij was voor het eerst echt verliefd, vergeleken bij het gevoel dat haar nu doorhuiverde was al het voorgaande slechts kalverliefde geweest. Per telefoon en in korte briefjes stikvol grammaticale blunders hield zij Gregory gedetailleerd op de hoogte van haar romantische martelgang, waarbij ze hem niet alleen verweet haar op een dergelijk moment in de steek te hebben gelaten, maar ook dat hij gelogen had inzake de elektrische stroomstoot, want als ze geweten had hoe het in werkelijkheid voelde, zou ze niet zolang hebben gewacht om van het leven te genieten.

'Jammer dat je zo ver weg bent, Greg. Ik kan bij niemand mijn hart uitstorten.'

'Hier zijn de mensen moderner, iedereen gaat met elkaar naar bed en praat er daarna over.'

'Als mijn ouders erachter komen, vermoorden ze me.'

De Morales vernamen het drie maanden later, toen de politie vragen kwam stellen. Tom Clayton antwoordde niet op de brieven van Carmen en gaf ook anderszins geen teken van leven, totdat zij er na een paar weken in slaagde hem per telefoon te pakken te krijgen op een ontijdig uur in de vroege ochtend om hem in paniek en met een gebroken stem mee te delen dat ze zwanger was. De man was vriendelijk maar beslist: dat was niet zijn probleem, hij probeerde de politieke journalistiek binnen te komen en moest aan zijn carrière denken, hij kon nu onmogelijk terugkeren, daarbij had hij nooit het woord trouwen genoemd, hij was een voorstander van spontane relaties en ging ervan uit dat zij zijn ideeën deelde, hadden ze er niet dikwijls over gepraat? Hij wilde hoe dan ook niet dat zij er nadeel van ondervond, hij aanvaardde zijn verantwoordelijkheid en de volgende dag zou hij een cheque op de post doen om dit kleine ongelukje op de daarvoor geëigende manier op te lossen. Carmen verliet de telefooncentrale en liep als een slaapwandelaarster naar een koffieshop, waar ze zich totaal van streek in een stoel liet neerzakken. Daar bleef ze zitten met haar blik strak op haar kop koffie gericht, totdat haar werd gezegd dat het sluitingstijd was. Toen zij later op haar bed lag met een doffe pijn aan haar slapen, besloot ze dat het er nu om ging het geheim te houden, anders zou ze onherroepelijk haar leven te gronde richten. De volgende dagen stond ze verschillende keren op het punt het nummer van Gregory te draaien, maar ook hem wilde zij haar ellende niet toevertrouwen. Dit was haar uur van de waarheid en dat wilde zij alleen het hoofd bieden, één ding was de wereld uitdagen met vage en snoeverige feministenpraatjes en iets heel anders was een ongehuwde moeder zijn in haar wereld. Zij liet tot zich doordringen dat haar familie niet meer het woord tot haar zou richten, haar zou verdrijven uit haar huis, haar clan en zelfs uit de buurt, haar ouders en broers zouden sterven van schaamte, zij zou zonder hulp voor een kind moeten zorgen, het onderhouden en het grootbrengen, een baantje als wat dan ook aanvaarden om te overleven, de vrouwen zouden haar met de vinger nawijzen en de mannen zouden haar behandelen als een hoer. Daarbij besefte ze dat ze het kind ook nog zou opzadelen met een ondraaglijk stigma. Ze was niet opgewassen tegen een zo lang gevecht, maar evenmin kon ze tot een besluit komen. Gekweld door grote onzekerheid wachtte ze eindeloos lang, verborg de misselijkheid die haar 's morgens tergde, de slaapaanvallen die haar 's middags velden, ontweek zij haar familie en had zo min mogelijk contact met Gregory, totdat op een dag haar rok niet meer dicht kon en de noodzaak tot snel handelen tot haar doordrong. Ze belde opnieuw naar Tom Clayton, maar kreeg te horen dat hij op reis was en men niet wist wanneer hij terug zou komen. Daarop ging ze naar de kerk van Lourdes, smekend dat de Baskische pastoor niet zou verschijnen, knielde voor het altaar neer, zoals ze zo vaak had gedaan in haar leven, en richtte zich voor het eerst tot Maria om van vrouw tot vrouw met haar te spreken. Al jarenlang koesterde zij heimelijk twijfels over het geloof, de zondagsmis betekende niet meer dan een sociale rite voor haar, maar op dat moment van ontreddering had zij behoefte aan een verzoening met de troosteres van haar geloof. Het beeld van de Madonna met haar zijden aankleding en paarlen stralenkrans bood haar geen hulp, met haar gipsen gelaat met ogen van gekleurd glas staarde zij leeg de ruimte in. Carmen legde haar de redenen uit voor de zonde die zij van plan was te begaan, smeekte de Vrouwe genade en zegen af en ging uit de kerk vandaan rechtstreeks naar het huis van Olga.

'Je had niet zolang moeten wachten,' zei de tovenares nadat zij haar met haar ervaren handen had bevoeld. 'De eerste weken is het geen probleem, maar nu...'

'Nu ook niet. Je moet het doen.'

'Het is erg riskant.'

'Dat geeft niet. Alsjeblieft, help me...,' en ze barstte in wanhopig huilen uit in de armen van de waarzegster.

Olga had Carmen zien opgroeien, de Morales waren als familie, en zij had lang genoeg in die wijk gewoond om te weten wat een meisje wachtte zodra men aan haar buik zou beginnen te zien wat er aan de hand was. Zij vroeg haar de volgende avond terug te komen, prepareerde haar instrumenten en medicinale kruiden en poetste haar boeddha op, want beiden zouden veel geluk nodig hebben. Carmen zei thuis dat ze met een vriendin een paar dagen naar het strand ging en begaf zich naar Olga's tempel. Er was niets overgebleven van de vrolijke brutaliteit van het meisje, de vrees voor de nabije pijn overvleugelde alle andere angsten, zij kon niet denken aan de risico's of de mogelijke gevolgen, het enige dat ze wilde was diep slapen en bevrijd van die nachtmerrie ontwaken. Maar ondanks de brouwsels van Olga en de halve fles whisky die zij achterover sloeg zonder er iets bij te eten verloor zij niet het bewustzijn, en niet één genadige droom hielp haar in die hachelijke situatie, met de polsen en enkels vastgebonden aan de keukentafel moest zij de operatie verdragen, met een prop in haar mond om te vermijden dat men haar jammerklachten op straat zou horen, totdat zij niet meer kon en gebaarde dat zij alles liever had dan die marteling, maar de wonderdokter antwoordde dat het te laat was om spijt te krijgen, zij moesten nu die gruwelijke handeling tot het einde toe uitvoeren. Toen het gedaan was, kroop Carmen in elkaar als een klein kind, met een zak ijs op haar buik, ontroostbaar huilend, totdat ze door vermoeidheid werd overmand, de kalmerende middelen en de alcohol begonnen te werken en zij insliep. Dertig uur later, toen zij nog altijd niet ontwaakt was en zij verloren leek in ijlkoortsen uit de andere wereld, terwijl een dun maar constant stroompje bloed de lakens besmeurde, besefte Olga dat voor één keer haar gelukkige gesternte haar dan in de steek had gelaten. Zij probeerde de koorts te drukken en de bloeding te stelpen met alle middelen van haar vernuftige repertoire, maar het meisje ging zienderogen achteruit, het was duidelijk dat het leven uit haar wegvloeide. Olga zat in de val, ze kon onder haar dak sterven en in dat geval zou zij verloren zijn, maar zij kon haar ook niet op straat zetten of haar familie waarschuwen. Terwijl ze haar hoofd ondersteunde om haar te dwingen water te drinken, meende zij dat het meisje de naam Gregory mompelde en begreep ze ineens dat hij de enige was aan wie zij hulp zou kunnen vragen. Toen zij hem belde, lag hij te slapen. Kom nu meteen, zei zij, en door de toon van haar stem raadde Gregory dat het om iets ernstigs ging en stelde geen vragen, nam 's morgens het eerste vliegtuig en een paar uur later hield hij zijn vriendin in zijn armen en bracht haar per taxi naar het dichtstbijzijnde ziekenhuis, vloekend dat zij in die vreselijke weken niet op hem had vertrouwd, waarom heb je me buitengesloten, ik had bij je moeten zijn, ik heb het je toch gezegd, Carmen, die Tom Clayton is een gewetenloze hufter, maar ze zijn niet allemaal zo, niet allemaal maken ze een nummertje en smeren 'm dan, zoals je vader zegt, ik zweer je dat er ook betere zijn dan Clayton, waarom heb je niet eerder mijn hulp ingeroepen, misschien had het kind kunnen leven, je had dit niet alleen hoeven doen, waar zijn we anders vrienden voor, waar zijn we anders broer en zus voor, als het niet is om elkaar te helpen, wat een kloteleven, Carmen, ga niet dood, alsjeblieft, niet doodgaan.

Terwijl de chirurgen met de operatie bezig waren, probeerde de politie, die door het ziekenhuis op de hoogte was gesteld van de omstandigheden waarin de patiënt was binnengebracht, informatie los te krijgen van Gregory Reeves.

'Laten we een deal maken,' bood de agent aan, ten einde raad na een vergeefse ondervraging van drie uur. 'Jij zegt wie haar geaborteerd heeft en dan laat ik je onmiddellijk gaan, registreer je niet eens. Geen vragen meer, niets, ben je zo vrij als een vogeltje.'

'Ik weet niet wie het gedaan heeft, dat heb ik nu al honderd keer gezegd. Ik woon hier niet eens, ik ben vanmorgen met het vliegtuig gekomen, kijk mijn ticket maar. Mijn vriendin belde me en ik heb haar naar het ziekenhuis gebracht, dat is alles wat ik weet.'

'Ben jij de vader van het kind?'

'Nee. Ik heb Carmen Morales al meer dan acht maanden niet gezien.'

'Waar heb je haar opgehaald?'

'Zij wachtte op me op het vliegveld.'

'Dat is onmogelijk, ze kan niet eens lopen! Zeg me waar je haar heb opgehaald en ik laat je gaan. Zo niet dan sluit ik je op wegens medeplichtigheid en het achterhouden van informatie.'

'Dat moest u eens proberen.'

En opnieuw herhaalde zich dezelfde reeks vragen, antwoorden, bedreigingen en uitvluchten. Ten slotte liet de politie hem vrij en ging naar het huis van de Morales om de familie te ondervragen. Zo stelden Pedro en Inmaculada zich op de hoogte van het gebeurde, en hoewel ze Olga verdachten, zeiden ze dat niet, deels omdat ze vermoedden dat ze het met goede bedoelingen had gedaan om hun dochter te helpen, deels omdat in de Mexicaanse wijk verraad een ondenkbare misdaad was.

'God heeft haar gestraft, zodat ik het niet hoef te doen,' zei Pedro Morales met schorre stem toen hij de ernstige toestand vernam waarin zijn dochter zich bevond.

Gregory Reeves bleef bij zijn vriendin tot het gevaar geweken was. Gedurende drie nachten sliep hij zittend in een stoel aan haar zijde en werd om de haverklap wakker om de ademhaling van de zieke in de gaten te houden. De vierde ochtend ontwaakte Carmen koortsvrij.

'Ik heb honger,' zei ze.

'Godzijdank!' glimlachte hij en haalde uit zijn tas een blik gecondenseerde melk. Ze dronken het kleverige vocht met langzame teugjes, hand in hand, zoals ze zo vaak gedaan hadden toen ze kinderen waren.

Intussen pakte Olga haar koffers en vertrok naar Puerto Rico, zo ver mogelijk weg. In de buurt had ze rondverteld dat ze in de casino's van Las Vegas ging spelen, aangezien de geest van een Indiaan aan haar was verschenen en haar een trucje in het oor had gefluisterd om te winnen bij kaarten. Pedro Morales deed een rouwband om zijn arm, op straat zei hij dat een verwant was overleden, thuis liet hij weten dat zijn dochter nooit had bestaan en verbood ooit nog haar naam te noemen. Inmaculada beloofde de Heilige Maagd voor de rest van haar leven dagelijks een rozenkrans te bidden, opdat zij Carmen haar zonde vergaf, pakte het geld dat zij onder een plank van de vloer bewaarde en zocht haar achter de rug van haar man op. Zij trof haar gezeten op een stoel aan, starend door het venster naar de bakstenen muur aan de overkant en gekleed in het groene, grove ziekenhuisgoed. Zij zag er zo ongelukkig uit dat zij haar verwijten en tranen voor zich hield en haar simpelweg in haar armen sloot. Carmen verborg haar gezicht tegen de borst van haar moeder en liet zich lange tijd door haar wiegen, de geur van schone kleren vermengd met etensluchtjes opsnuivend die haar haar hele kindertijd had vergezeld.

'Hier heb je mijn spaargeld, kind. Het is beter dat je een tijdje weggaat, totdat je vader je zo erg mist dat hij met zijn hand over zijn hart strijkt. Schrijf me, maar niet thuis, stuur je brieven naar Nora Reeves. Dat is de betrouwbaarste persoon die ik ken. Pas goed op jezelf en dat God je helpe...'

'God heeft vergeten dat ik besta, moeder.'

'Zeg dat niet, zelfs niet voor de grap,' snoerde Inmaculada haar de mond. 'Wat er ook gebeurt, God houdt van je en ik ook, kind. Wij tweeën zullen altijd aan je zijde zijn, heb je dat begrepen?'

'Ja, moeder.'

Gregory Reeves zag Samantha Ernst voor de eerste keer op een tennisbaan waar zij speelde, terwijl hij in het park ernaast de struiken snoeide. Een van zijn baantjes was hoofd van het bedienend personeel in het restaurant van een sportcomplex voor vrouwen dat zich tegenover zijn huis bevond. Twee kokkinnen bereidden het eten en Gregory leidde een team van vijf studenten die de tafels bedienden en de borden wasten, een baantje waar hij zeer om benijd werd, omdat het hem vrije toegang tot het gebouw en de studentes gaf. In zijn vrije uren werkte hij als tuinman. Behalve gras maaien en onkruid wieden wist hij niets van planten toen hij begon, maar hij had een goede leermeester, een Roemeen, Balcescu genaamd, met een barbaars uiterlijk en een week hart, die zijn hoofd gladschoor en zijn schedel glimmend oppoetste met een vilten doek, een duizelingwekkende mengelmoes van talen brabbelde en net zoveel van planten hield als van zichzelf. In zijn land was hij grenswachter geweest, maar zodra zich de gelegenheid voordeed, vluchtte hij weg, waarbij zijn kennis van het terrein goed van pas kwam, en na vele omzwervingen kwam hij te voet via Canada de Verenigde Staten binnen, zonder geld, zonder papieren en met slechts twee woorden Engels: geld en vrijheid. Ervan overtuigd dat het in Amerika daarom ging, deed hij weinig moeite om zijn vocabulaire uit te breiden en maakte hij zich met handen en voeten begrijpelijk. Van hem leerde Gregory hoe wormen, witte vliegen, slakken, mieren en andere schadelijke beesten te bestrijden, evenals bemesten, enten en stekken. Meer dan een taak waren die uren in de buitenlucht een vermakelijk tijdverdrijf, vooral omdat hij de instructies van zijn baas moest ontraadselen door een niet aflatend beroep op zijn intuïtie te doen. Die dag snoeide hij dus de heg toen zijn oog op een van de tennisspeelsters viel, hij bleef een hele poos naar haar staan kijken, niet zozeer door hoe ze eruitzag, want in rusttoestand zou ze niet zijn aandacht hebben getrokken, als wel door de atletische indruk die ze maakte. Zij had gespannen spieren, snelle benen, een lang, edel gezicht, kort haar en die enigszins aardachtige bruine kleur van iemand die altijd in de zon is. Gregory voelde zich aangetrokken tot haar soepelheid als van een gezond dier, wachtte tot de partij was afgelopen en ging bij de uitgang op haar staan wachten. Hij wist echter niet wat hij tegen haar moest zeggen en toen zij met haar racket over de schouder en glimmend van het zweet langs hem liep, was er nog geen enkele gedenkwaardige zin in hem opgekomen en bleef hij dus zwijgen. Hij volgde haar op een afstandje en zag haar in een indrukwekkende sportwagen stappen. Die avond vertelde hij over haar tegen Timothy Duane op een bestudeerd onverschillige toon.

'Je zult toch niet zo stom zijn om verliefd op haar te worden, Greg.'

'Natuurlijk niet. Ze fascineert me, dat is alles.'

'Woont ze niet op de slaapzaal?'

'Daar heb ik haar nooit gezien.'

'Jammer. Dan zou je eindelijk eens wat aan die sleutel hebben gehad...'

'Zij lijkt me geen studente, ze heeft een rode cabriolet.'

'Het moet de vrouw van een of andere magnaat zijn...'

'Ik geloof niet dat ze getrouwd is.'

'Dan is het een hoer.'

'Sinds wanneer spelen hoeren tennis, Tim? Die werken 's nachts en slapen overdag. Ik weet niet wat ik moet zeggen tegen een meisje als zij... ze is totaal verschillend van de meisjes uit mijn milieu.'

'Je praat niet met haar. Tennis met haar.'

'Ik heb nog nooit een racket in mijn handen gehad.'

'Dat kan ik niet geloven! Wat heb je dan je hele leven gedaan?'

'Werken.'

'Wat kan je verdomme dan wel, Greg?'

'Dansen.'

'Vraag haar dan mee uit dansen.'

'Ik durf niet.'

'Wil je dat ik het haar vraag?'

'Waag je niet in haar buurt!' riep Gregory, die weinig zin had om voor de ogen van wie dan ook met zijn vriend te concurreren en zeker niet voor de ogen van die vrouw.

De volgende dag stond hij een hele tijd naar haar te loeren terwijl hij deed of hij met de struiken bezig was en toen zij langs kwam maakte hij een gebaar om haar tegen te houden, maar werd opnieuw geremd door zijn schuchterheid. Dit herhaalde zich zo vaak, totdat het Balcescu ten slotte opviel dat de planten tot aan de wortels gesnoeid waren en besloot tussenbeide te komen ten einde te voorkomen dat de rest van het park hetzelfde lot zou ondergaan. De Roemeen ging de tennisbaan op, onderbrak de partij met een stroom woorden in zijn Transsylvanische taal en daar het onthutste meisje geen gehoor gaf aan zijn dwingende gebaren in de richting van haar bewonderaar, die verbijsterd aan de andere kant van het hek stond toe te kijken, pakte hij haar bij haar arm vast en sleepte haar mee terwijl hij tot nog grotere verwarring van de speelster iets mompelde over geld en vrijheid. En op deze manier kwam Gregory Reeves oog in oog te staan met

Samantha Ernst, die zich aan hem vastgreep om aan Balcescu te ontsnappen, en het eind van het liedje was dat ze samen koffie gingen drinken met de goedkeuring van de schilderachtige opperhovenier. Ze gingen aan een van de gammele tafels van de drukstbezochte koffiebar van de stad zitten, een hol dat in een toestand van eeuwig verval verkeerde, afgeladen met mensen, waar verschillende generaties studenten duizenden gedichten geschreven en over alle mogelijke theorieën gediscussieerd hebben en waar andere stellen zoals zij elkaar voorzichtig hadden leren kennen. Gregory probeerde indruk op haar te maken met zijn repertoire literaire thema's, maar toen hij haar ongeïnteresseerdheid bemerkte, gaf hij die tactiek snel op en ging tastend op zoek naar een gemeenschappelijk terrein. Maar de burgerrechten of de Cubaanse revolutie vermochten al evenmin het enthousiasme van de jongedame op te wekken, zij leek eigenlijk nergens een mening over te hebben; Gregory echter zag haar onverschillige houding aan voor geestelijke diepzinnigheid en liet zijn prooi niet los.

Buiten het sportveld was Samantha Ernst niet bijster interessant, maar altijd nog interessanter dan de meisjes van zijn middelbare school of uit de Latijnse wijk. Zij had zich aan de archeologie willen gaan wijden, het idee om in shorts in de open lucht exotische plaatsen te verkennen op zoek naar eeuwenoude beschavingen stond haar wel aan, maar toen zij erachter kwam wat dat beroep allemaal vereiste, had ze maar van het voornemen afgezien. Zij was niet iemand om methodisch half vergane botjes en scherven van onbruikbare vazen te classificeren. Toen was een periode van besluiteloosheid begonnen die verschillende aspecten van haar bestaan zou omvatten. Zij was opgegroeid in het prachtige huis met twee zwembaden van een filmproducent in Hollywood, haar vader was vier keer getrouwd geweest en leefde omringd door pas uit het ei gekropen nimfen die hij een glansrijke filmcarrière beloofde in ruil voor kleine persoonlijke gunsten. Haar moeder, een aristocratische vrouw uit Virginia met de trots van een koningin en de goede manieren van een gouvernante, verdroeg het geflirt van haar echtgenoot stoïcijns dankzij de troost van een heel arsenaal drugs en meerdere creditcards, totdat ze zichzelf op een dag in de spiegel bekeek en niet meer haar eigen beeld onderscheidde, dat geheel vervaagd was door de slijtage van de eenzaamheid. Zij werd drijvend in het roze schuim in het marmeren bad gevonden, waar ze haar polsen had doorgesneden. Samantha was toen zestien jaar en slaagde erin onopgemerkt te blijven in de lappendeken van halve zusters en broers, ex-vrouwen, tijdelijke verloofdes, dienstmeisjes, vriendinnen en rashonden in de villa van haar vader. Zij bleef met dezelfde onverstoorbaarheid van altijd doorgaan met zwemmen en tennissen, zonder overbodige sentimentaliteiten en zonder een oordeel te vellen over haar moeder. Zij miste haar niet, had geen enkele band met haar gehad, en zou haar misschien wel helemaal vergeten zijn ware het niet dat ze herhaaldelijk door nachtmerries over roze badschuim werd geplaagd. Net als zoveel anderen was zij naar Berkeley gekomen, aangetrokken door de faam van vrijzinnigheid, zij had genoeg van het bourgeoisfatsoen dat haar moeder haar had bijgebracht en van de feesten met efeben en nimfen van haar vader. Haar auto viel sterk op tussen de mishandelde karren van de andere studenten en haar huis, dat haar vader voor haar huurde, was een bohémien-achtige boshut ingesloten door bomen en reusachtige varens met een magnifiek uitzicht over de baai. Gregory Reeves werd verblind door de verfijndheid van de jonge vrouw, hij kende niemand die met zes paar bestek kon eten en met één oogopslag een kasjmieren vest of een Perzisch tapijt beoordelen op hun echtheid, behalve Timothy Duane dan, maar die stak overal de draak mee, in het bijzonder met vesten van kasjmier en Perzische tapijten. De eerste keer dat hij haar uitnodigde om te gaan dansen zag zij er stralend uit in een gedecolleteerde gele jurk en een parelsnoer. Hij voelde zich belachelijk in het pak dat Duane hem geleend had en begreep dat hij haar moest meenemen naar een gelegenheid die zijn budget ver te boven ging. Samantha danste slecht, volgde aandachtig de muziek en telde de passen, twee, één, twee, één stijf als een plank in de armen van haar partner, zij dronk vruchtensap, sprak weinig, de afstandelijke en koele indruk die zij maakte, kwam op Gregory over als zeer mysterieus. Hij stelde zijn koppigheid in dienst van die liefde en overtuigde zichzelf ervan dat overeenkomst in smaak of hartstocht geen noodzakelijke voorwaarden waren om een gezin te stichten. Want dat was om precies te zijn zijn bedoeling, hoewel hij dat zichzelf nog niet durfde te bekennen en al helemaal niet te verwoorden. Heel zijn leven had hij naar echte huiselijkheid verlangd, zoals bij de Morales, en hij was zo verliefd op die droom dat hij besloot die te verwezenlijken met de eerste de beste vrouw die hij binnen zijn bereik had, zonder uit te zoeken of dat ook haar wens was.

Reeves haalde zijn diploma met een eervolle vermelding voor literatuur, zijn goede vriend Cyrus moet zich in de andere wereld verheugd hebben om hem, en hij schreef zich in aan de faculteit voor rechten in San Francisco. Het idee om advocaat te worden kwam in hem op om Timothy Duane dwars te zitten, die vond dat wat nog het meest op een advocaat leek een zeerover was, en dat trok hem aan. Zodra hij die beslissing had genomen, belde hij Olga op om te zeggen dat zij zich vergist had in haar voorspellingen, dat hij geen misdadiger of politieagent zou worden, als hij dat kon vermijden. De tovenares, die alweer een tijd geleden uit Puerto Rico was teruggekeerd met nieuwe medicinale en profetische kennis, antwoordde hem dat zij het, zoals altijd, half juist had gehad, want hij zou met de wet te maken krijgen en bovendien waren advocaten niet anders dan dieven, alleen hadden zij een vergunning. Een van de redenen van Reeves om zijn studie te vervolgen, was het zolang mogelijk vooruitschuiven van de militaire dienst. De oorlog in Vietnam, die eerst nog een onbetekenend en ver conflict leek, had een verontrustende wending genomen en hij vond het nu niet meer zo amusant om rond te lopen in het uniform van reserveofficier of zich te oefenen in krijgszuchtige spelletjes gedurende de weekeinden. Uitstel van drie of vier jaar, terwijl hij studeerde, zou hem kunnen redden van het front.

'Ik kan het felle verzet van die oosterse kabouters maar niet begrijpen. Hebben ze dan nog steeds niet door dat wij de meest overweldigende militaire macht uit de geschiedenis zijn? Dat wij aan de winnende hand zijn staat buiten kijf. Zij lijden zoveel verliezen dat er volgens de officiële cijfers geen vijanden meer in leven zijn, diegenen uit het andere kamp die nog schieten zijn spoken,' spotte Timothy Duane.

Dat wat Duanes cynisme opwekte, was voor vele anderen een realiteit, overtuigd als zij waren dat een laatste offensief volstond om die onwerkelijke wezens voorgoed te overwinnen of van de aardbodem weg te vagen. Dat verzekerden de generaals voor de tv, terwijl achter hen de camera's beelden toonden van de rijen zakken met lichamen van Amerikaanse soldaten die lagen te wachten op de landingsbanen. Hymnen, vlaggen en parades in de steden van het vaderland. Oorlogsgeraas, opschudding en verwarring in Zuidoost-Azië. Een stil register met de namen van gesneuvelden, geen enkele lijst van lichamelijk en geestelijk verminkten. Tijdens de protestmanifestaties op straat verbrandden de pacifistische jongeren vlaggen en oproepkaarten voor het leger. Verraders, rooie flikkers, als het jullie hier niet bevalt rot dan op uit Amerika, wij moeten jullie niet, schreeuwden hun tegenstanders. De politie drukte de demonstraties de kop in met stokslagen en soms met kogels. Vrede en liefde, broeder, zongen ondertussen de hippies, terwijl ze bloemen aanboden aan degenen die geweren op hen richtten en hand in hand in de rondte dansten, met de blik verloren in een paradijs van marihuana en onophoudelijk glimlachend met die aanstootgevende gelukzaligheid die niemand hun vergaf. Gregory aarzelde. Het avontuur van de oorlog lokte hem, maar hij koesterde een instinctief wantrouwen tegen het krijgszuchtige enthousiasme. Krankzinnig, allemaal volslagen krankzinnig, verzuchtte Timothy Duane, vrijgesteld van de militaire dienst door een heel pak twijfelachtige doktersattesten die getuigden van een ziekelijke jeugd.

Na een lange periode van vriendschap ging de aanvankelijke hartstocht van Gregory voor Samantha over in liefde, haar wantrouwen verdween en hun relatie voegde zich naar de routine en de riten van de eeuwig verloofden. Zij gingen samen naar de film, trokken de natuur in, bezochten concerten en theatervoorstellingen, gingen onder de bomen zitten studeren, andere keren spraken ze na de les af in San Francisco en wandelden hand in hand als toeristen door de rosse buurt. De toekomstplannen van Reeves waren zo burgerlijk dat hij er zelfs met Samantha niet over durfde spreken, ze zouden een huis met een rozentuin laten bouwen en terwijl hij als advocaat voor brood op de plank zorgde, zou zij taarten bakken en de kinderen grootbrengen, alles netjes en fatsoenlijk. De herinnering aan het gezinsleven toen ze met de vrachtwagen rondzwierven en zijn vader nog gezond was, stond in zijn geheugen gegrift als de enige gelukkige periode van zijn bestaan. Hij dacht dat, als hij dat kleine troepje kon reproduceren, hij zich weer zeker en rustig zou voelen, hij droomde ervan aan het hoofd van een lange tafel te zitten met zijn kinderen en vrienden, zoals hij dat zo dikwijls had gezien bij de Morales. Hij dacht vaak aan hen, want ondanks de armoede en beperkingen van de wereld waarin zij leefden, vormden zij het beste voorbeeld dat hij voorhanden had. In die tijd van hippiecommunes en *fast food* waren zijn geheime patriarch-aspiraties verdacht en kon hij er maar beter niet hardop over praten. De werkelijkheid veranderde in een schrikwekkend tempo, elke dag was er minder ruimte voor familietafels, de wereld was in een stroomversnelling geraakt, alles stond op zijn kop, het leven was een grote chaos geworden en zelfs de film, het enige veilige terrein vroeger, bood geen enkele troost meer. De cowboys, de Indianen, de kuise verliefden en de moedige soldaten in hun smetteloze uniformen verschenen nog slechts op tv in het programma voor oude films en om de tien minuten onderbroken door reclame voor deodorant en bier, maar in het heiligdom van de bioscoopzalen, waar hij voorheen zijn toevlucht nam op zoek naar kortstondige rust, liep je nu een goede kans een harde klap op je kop te krijgen. John Wayne, de stoere held, moedig en solitair, op wie hij zonder succes probeerde te lijken, was naar de achtergrond gedrongen door de opmars van de moderne films. Gekluisterd aan zijn bioscoopstoel verdroeg hij Japanse krijgers die op het witte doek harakiri pleegden, Zweedse lesbiennes in actie en sadistische buitenaardse wezens die zich van onze planeet meester maakten. Zelfs de melodrama's boden geen ontspanning meer, want het einde van kussen en violen was vervangen door depressie en zelfmoord.

Tijdens de vakantie zagen ze elkaar een paar weken niet, Samantha bracht een bezoek aan haar vader en hij verdeelde zijn tijd tussen de verplichte militaire trainingskampen en politieke bezigheden door samen met andere studenten het idee van de burgerrechten te verspreiden. Twee verder uit elkaar liggende realiteiten waren niet denkbaar: de ruwe militaire trainingen, waar blank en zwart schijnbaar gelijk waren onder het bevel van een sergeant, en de riskante bezoeken aan de zuidelijke staten, waar hij praktisch in het geheim met de zwarte gemeenschappen werkte om te ontkomen aan de blanke knokploegen die elk idee over raciale rechtvaardigheid wilden tegenhouden. In die tijd wekten de Zwarte Panters met hun petten, hun agressieve taal en hun martiale marsen angst en bewondering op. Zwarten met een arrogante zwartheid, in het zwart geklede zwarten met zwarte brillen en een uitdagende uitdrukking versperden het trottoir over de hele breedte zodat men er niet door kon, schouder aan schouder met hun vrouwen, moedige negerinnen die met de borsten fier vooruit wijzend niet meer uit de weg gingen voor de blanken, niet meer hun blik neersloegen of hun stem dempten. Zij die voorheen verlegen en nederig waren, namen nu een provocerende houding aan. Aan het eind van de zomer troffen de twee verloofden elkaar weer, zonder ondraaglijk verlangen maar met oprechte vreugde, als twee goede kameraden. Zelden hadden ze ruzie, ze spraken niet over conflictueuze onderwerpen, maar evenmin verveelden zij zich, de stilte vonden zij aangenaam. Gregory vroeg Samantha niet naar haar mening en vertelde haar ook niets over zijn bezigheden, want zij leek toch niet naar hem te luisteren en werd geïrriteerd als hij moeite deed op haar zijn ideeën over te dragen. Niets wekte haar geestdrift, behalve sport en enkele nieuwigheden uit het Oosten, zoals de roterende dansen van de derwisjen en transcendente meditatietechnieken. Wat dat punt betreft was er een ruime keus, want de stad bood talloze marathoncursussen voor wie zich in een ontspannen weekeinde de diepzinnige wijsheid van de grote mystici uit India wilde eigen maken. Reeves was opgegroeid tussen Logi en Uitvoerende Meesters, hij had gezien hoe zijn moeder voor de werkelijkheid was weggevlucht over spirituele paden, en hij kende de hekserijen van Olga, het was dus niet raar dat hij de spot dreef met dergelijke praktijken. Samantha betreurde zijn geringe ontvankelijkheid, maar verdedigde zich niet en probeerde hem ook niet mee te krijgen, dat zou een uitputtende bezigheid zijn geweest. Haar energie was zeer beperkt, misschien was ze gewoon lui zoals haar katten, maar in die stad en in die tijd viel het niet mee om haar lusteloze aard te scheiden van de zozeer in zwang zijnde boeddhistische gemoedsrust. Het ontbrak haar zelfs aan fut voor de liefde, maar Gregory bleef haar koelte koppig schuchterheid noemen, en zijn volhardende verbeelding in dienst van die zouteloze verloving stellend, meende hij kwaliteiten te zien waar die niet waren. Hij leerde het tennisracket te hanteren om zijn verloofde te vergezellen bij haar enige passie, ofschoon hij dat spel verfoeide omdat het hem nooit lukte van haar te winnen en daar het een krachtmeting betrof tussen slechts twee tegenstanders, kon hij de nederlaag niet delen met anderen, zoals bij een team. Zij van haar kant probeerde niets te leren van de dingen waar hij van hield. De enige keer dat ze een opera bezochten, sliep ze tijdens de tweede akte in en elke keer als ze gingen dansen, kwam ze slechtgehumeurd thuis omdat ze niet in staat was zich te ontspannen of op de muziek mee te deinen. Hetzelfde gebeurde wanneer ze de liefde bedreven, ze omhelsden elkaar met een verschillend ritme en hielden er alle twee een gevoel van leegte aan over, maar geen van beiden zag in die verschillen een vingerwijzing naar de toekomst, ze gaven de schuld aan de angst voor zwangerschap. Zij was tegen het gebruik van alle soorten voorbehoedsmiddelen, sommige omdat ze of weinig esthetisch of lastig waren en andere omdat ze niet het gevoelige evenwicht van haar hormonen wilde verstoren. De verzorging van haar lichaam was een obsessie voor haar, zij deed urenlang gymnastiek, dronk twee liter water per dag en lag naakt te zonnebaden. Terwijl Gregory leerde koken van zijn vriendinnen Joan en Susan en de *Kamasutra* en elke andere erotische handleiding las die hij maar in handen kreeg, knabbelde zij op rauwe groenten en verdedigde onthouding als een hygiënische maatregel voor het organisme en discipline voor de geest.

Reeves verloor in dezelfde mate zijn aanvankelijke enthousiasme voor de universiteit als waarin hij zijn chicano-accent verloor. Toen hij zijn bul kreeg, besloot hij, evenals zoveel anderen, dat hij meer kennis op straat had opgedaan dan in de collegezalen. Het universitaire onderwijs trachtte de studenten geschikt te maken voor een prestatiegericht en conformistisch bestaan, een oogmerk dat botste met de recente opstandigheid van de jongeren. In beslag genomen door de kleine rivaliteitjes en de bureaucratische rompslomp sloten de docenten hun ogen voor die aardbeving en onderkenden niet de ernst van wat er aan de hand was. Gedurende de heel zijn studietijd had Gregory niet één gedenkwaardige leermeester gehad, niemand zoals Cyrus die hem had gedwongen zijn ideeën bij te stellen en zich te wagen aan intellectuele exploraties, en dat terwijl velen wetenschappelijke of humanistische beroemdheden waren. Hij verdeed zijn tijd met nutteloos onderzoek, met uit het hoofd leren van feiten en met het schrijven van scripties die niemand nakeek. Zijn romantische ideeën over het studentenleven werden weggevaagd door een zinledige sleur. Hij wilde die excentrieke stad niet verlaten, hoewel het om praktische redenen verkieslijker zou zijn geweest in San Francisco te gaan wonen. De Volksrepubliek Berkeley had zijn hart gestolen, hij hield ervan rond te dwalen door die straten waar het wemelde van de swami's in katoenen tunieken, vrouwen die eruitzagen als renaissancistische geesten, wijsgeren zonder grond onder hun voeten, revolutionairen zonder revolutie, straatmuzikanten, predikers, dwazen, verkopers van prullaria, handwerkslieden, politieagenten en criminelen. De hang naar India overheerste onder de jongeren, die zoveel mogelijk afstand wilden nemen van hun burgerlijke ouders. Er werd van alles verkocht op straten en op pleinen: drugs, T-shirts, platen, tweedehands boeken, waardeloze sieraden. Het verkeer was een chaos van met graffiti volgekladde bussen, fietsen, oude limoengroene en watermeloenroze Cadillacs en gammele auto's van een taxibedrijf dat goedkoop reed voor normale mensen en gratis voor speciale mensen zoals vagebonden en demonstranten van een protestmanifestatie.

Om zijn brood te verdienen paste Gregory na college op kinderen, die hij van school haalde en 's middags een paar uur bezighield, totdat hun ouders van hun werk thuiskwamen. Aanvankelijk ging het om slechts vijf kinderen, maar al spoedig nam het aantal toe en kon hij zijn baantje als kelner in het restaurant van het damessportterrein en als tuinman van Balcescu laten schieten, kocht een busje en zocht een paar medewerkers. Hij verdiende meer geld dan wie van zijn studiegenoten ook en van buitenaf gezien leek het leuk werk, maar in de praktijk was het doodvermoeiend, de kinderen waren als zand, vanuit de verte allemaal hetzelfde, ongrijpbaar wanneer men probeerde hen binnen de perken te houden en plakkerig wanneer men zich van hen wilde bevrijden, maar hij raakte op hen gesteld en miste ze in de weekeinden. Een van de kinderen was een talent in het verdwijnen, hij deed zoveel moeite onopgemerkt te blijven dat hij juist daardoor de enige zou zijn die Gregory altijd bij zou blijven. Op een dag was hij weg. Voor vertrek telde Gregory de kinderen altijd, maar die keer was hij laat en sloeg het tellen over. De gebruikelijke route volgend kwam hij bij het huis van het jongetje maar toen hij stopte besefte hij geschrokken dat het kind niet in de bus zat. Hij keerde om en scheurde als een bezetene terug naar het park, waar hij aankwam toen het al donker werd. Hem luid roepend rende hij overal rond, terwijl de anderen in de wagen vermoeid dreinden. Ten slotte vloog hij naar een telefooncel om hulp in te roepen. Een kwartier later verscheen een detachement politieagenten met lantaarns en honden, enkele vrijwilligers, een ambulance die wachtte voor het geval dat, twee journalisten, een fotograaf en tientallen buurtbewoners en nieuwsgierigen die alles vanachter de afzettingen gadesloegen.

'U moet de ouders waarschuwen,' besliste de hoofdagent.

'Mijn God! Hoe moet ik het ze zeggen?'

'Kom, ik zal met u meegaan. Het zijn dingen die nu eenmaal gebeuren, ik heb al van alles gezien. Later worden de lijken ontdekt, die ik maar beter niet kan beschrijven, sommige verkracht..., gemarteld... Aan lustmoordenaars heeft het nooit ontbroken. Ik zou ze allemaal naar de elektrische stoel sturen.'

Reeves' knieën knikten, hij voelde zich misselijk worden. Toen ze aanbelden, werd de deur geopend en zagen ze op de drempel de verloren broekeman staan, zijn gezicht besmeurd met pindakaas. Hij verveelde zich en was toen maar naar huis gegaan om tv te kijken, zei hij. Zijn moeder was nog niet thuis van haar werk en had er geen flauw idee van dat haar kind als vermist was opgegeven. Vanaf die dag bond Gregory zijn zwerflustige cliënt met een touw aan zijn middel vast, precies zoals Inmaculada Morales met haar krankzinnige moeder had gedaan, dat voorkwam nieuwe problemen en drukte elke vorm van onafhankelijkheidstreven van de andere kinderen de kop in. Een uitstekend idee, wat maakt het uit als ze later een psychiater moeten betalen om hen van hun schoothondjescomplex af te helpen?, zei Carmen toen hij haar door de telefoon het verhaal vertelde.

Joan en Susan verhuisden naar een groot oud pand dat tamelijk vervallen was maar nog stevig op zijn grondvesten stond, waar zij een vegetarisch en macrobiotisch restaurant openden dat met de jaren het beste van de stad zou worden. Voor hen in de plaats kwam een kolonie hippies in huis, die in snel tempo begon te groeien en zich uit te breiden. Eerst waren het twee stellen met hun kinderen, maar al spoedig dijde de groep uit, de deuren stonden altijd open voor wie die oases van drugs, bescheiden handwerk, yoga, Oosterse muziek, vrije liefde en gezamenlijk eten wilde aandoen. Timothy Duane verdroeg de rommel, de chaos en de smerigheid niet en huurde een appartement in San Francisco, waar hij medicijnen studeerde. Hij bood Reeves aan om daar ook te komen wonen, maar deze kon er niet toe besluiten om de zolder op te geven, hoewel hij ook in de stad studeerde en de hippies zat was. Hij vond het vervelend vreemden in zijn kamer aan te treffen, verafschuwde de dreinerige muziek van trommels en fluiten en barstte in woede uit als zijn persoonlijke spullen verdwenen. *Peace and love, brother*, zeiden de zogenaamde bloemenkinderen zachtaardig lachend tegen hem wanneer hij woest naar beneden stormde om zijn overhemden op te eisen. Bijna altijd droop hij met de staart tussen zijn benen af naar de laatste privé-hoek van zijn ruimte, zonder de buit en met het gevoel een smerige kapitalist te zijn. Berkeley was veranderd in een centrum van drugs en rebellie, elke dag dienden er zich nieuwe nomaden aan op zoek naar het paradijs, zij kwamen aanzetten op lawaaierige motors, in gammele brikken en als tijdelijke woning geschikt gemaakte bussen, ze kampeerden in openbare parken, copuleerden vredig op straat, voedden zich met lucht, muziek en weed. De lucht van marihuana overheerste alle andere geuren. Twee revoluties woedden er, een van de hippies, die probeerden de wetten van het universum te veranderen met gebeden in Sanskriet, bloemen en kussen, de andere van de beeldenstormers, die van plan waren de wetten van het land te veranderen met protesten, geschreeuw en stenen. De tweede strookte meer met het karakter van Gregory, hoewel hij niet veel tijd had voor die activiteiten en zijn enthousiasme voor de happenings op straat bekoelde toen hij begreep dat ze een levensstijl waren geworden, een soort gekweld tijdverdrijf. Hij voelde zich niet langer schuldig als hij studeerde in plaats van de politie te provoceren, zijn stille huis-aan-huis-werk gedurende de zomer onder de negers van het Zuiden vond hij nuttiger. Als er geen manifestatie was voor de burgerrechten, was er wel een tegen de oorlog in Vietnam, een dag zonder een of andere rel kwam zelden voor. De politie gebruikte verschillende tactieken en gevechtseenheden om de schijn van orde op te houden. Er werd een tegenoffensief georganiseerd dat bedoeld was om de waarden van de vaders van het vaderland te beschermen, ontsteld over de promiscuïteit, de chaos en de minachting voor het privé-eigendom. Er klonk een koor van stemmen op ter verdediging van de geheiligde *American Way of Life*. Ze zijn bezig de fundamenten onder de christelijke westerse beschaving weg te slaan! Dit land zal eindigen als een communistisch en aan de drug verslaafd Sodom, dat is wat dat langharig tuig wil! De negers en de hippies zullen het hele kapitalistische systeem naar de verdommenis helpen!, zei Timothy Duane, zijn vader en andere heren van diens club parodiërend. Zij waren niet de enigen die alle andersdenkenden over één kam schoren, aan die versimpelde voorstelling van zaken maakte ook de pers zich dikwijls schuldig, ook al volstond een oppervlakkige blik om de enorme verschillen op te merken. De bewustwording van de burgerrechten was omgekeerd evenredig aan de afbrokkeling van de hippiebeweging. De revolutie tegen het racisme maakte onstuitbaar en onvermijdelijk opgang, maar de *flower power* was een droom. De hippies, verloren in een 'te gekke' trip van hallucinogene paddestoelen, weed, seks en rock, waren zich weinig bewust van hun eigen zwakheid en de kracht van hun vijanden, zij geloofden dat de mensheid een hogere fase had bereikt en dat niets meer zou zijn zoals voorheen. We moeten de menselijke stompzinnigheid ook weer niet overschatten, een stuk of wat idioten geven elkaar kussen en laten duiven op hun borst tatoeëren, maar ik zeg je dat er van hen geen spoor zal overblijven, ze zullen door de geschiedenis verzwolgen worden, verzekerde Duane. Tijdens de lange nachtelijke gesprekken tussen de twee vrienden, zorgde hij altijd voor de skeptische noot, overtuigd als hij was dat de middelmatigheid ten slotte zou zegevieren over de grote idealen en dat het dus overbodig was in geestdrift te ontsteken over het watermantijdperk of welk ander ook. Hij stelde dat het tijdverspilling was 's zomers de negers in te schrijven in de kiesregisters, want ze zouden toch niet de moeite nemen om te gaan stemmen en als ze dat wel deden dan zouden ze op de republikeinen stemmen, maar elke keer als er geld bij elkaar gebracht moest worden om de campagnes voor de burgerrechten te bekostigen, kreeg hij zijn moeder zover dat ze een cheque met drie nullen uitschreef. Hij verdedigde het feminisme als een geweldige uitvinding omdat het hem ontsloeg van de verplichting bij een afspraak voor een dame te betalen en haar gratis mee naar bed kon nemen, maar in werkelijkheid maakte hij geen gebruik van die voordelen. Hij had een cynische houding die Gregory shockeerde en tegelijk vermaakte.

Vrijheid en geld, geld en vrijheid, profeteerde Balcescu raadselachtig, die zijn Engelse vocabulaire inmiddels wat had uitgebreid. Hij had een mandarijnenstaartje laten groeien op zijn kaalgeschoren schedel, kleedde zich als een feodale Russische koelak en onderwees in het park zijn eigen filosofie aan een groep volgelingen. Duane schreef het succes van de tuinier toe aan het feit dat niemand begreep waarover hij het eigenlijk had en aan zijn buitengewone deskundigheid in het verbouwen van marihuana in badkuipen en van magische paddestoelen in bloempotten in kasten. De Roemeen had in zijn garage een kleine lysergzuurfabriek geïnstalleerd, een bloeiende handel die in korte tijd een rijk man van hem zou maken. Hoewel Gregory al jaren niet meer met hem werkte, hadden zij een goede vriendschap behouden, die stoelde op hun liefde voor rozen en de genoegens van de goede keuken. Balcescu bezat een natuurlijke gave voor het bedenken van gerechten op basis van knoflook, die hij een onuitspreekbare naam meegaf en voor typisch Roemeens liet doorgaan. Ook leerde hij hem rozen kweken in tonnen op wieltjes, zodat hij die met zich mee kon nemen voor het geval hij ging verhuizen of emigreren.

'Ik denk niet aan emigreren!' lachte Gregory.

'Je weet nooit. Gebrek aan vrijheid, gebrek aan geld, wat doe je? Emigreren,' zuchtte de ander met een pathetische uitdrukking van nostalgie.

Samantha Ernst studeerde in de uurtjes die ze vrij had literatuur, na het doen van gymnastiek en sport. Zij had nooit gewerkt en zou het ook nooit doen. Dat jaar was haar vader failliet gegaan met een miljoenenfilm over het Byzantijnse imperium die een grandioze flop was geworden en had daarmee in korte tijd zijn eigen imperium naar de ondergang geholpen. Zoals al haar halfbroers en halfzusters, die tot dan toe hadden geprofiteerd van de vrijgevigheid van de filmproducer, moest Samantha het nu zelf zien te redden, maar dankzij Gregory Reeves bleef zij gespaard voor gebrek. Zij waren van plan geweest pas te trouwen zodra hij klaar zou zijn met zijn studie en vast werk had gevonden, maar door het faillissement van de magnaat kwam alles in een stroomversnelling terecht en moesten zij hun huwelijk met een paar jaar vervroegen. De plechtigheid was zo privé dat die wel geheim leek, met Timothy Duane en de tennisleraar als enige getuigen, na afloop stelden ze telefonisch hun familie en vrienden van de gebeurtenis op de hoogte. Nora en Judy Reeves zagen Gregory eens per jaar op Thanksgiving Day, zij voelden zich erg van hem vervreemd en het verbaasde hen dan ook niet dat ze niet voor de plechtigheid uitgenodigd waren, maar de Morales waren diep beledigd en spraken een tijdlang niet meer tegen hun 'gringozoon', zoals ze hem noemden, totdat de geboorte van Margaret hen vermurwde en ze hem uiteindelijk vergaven. Gregory trok met zijn spullen, de kuipen rozen inbegrepen, bij Samantha in met het verlangen zijn droom over een gelukkig gezin te verwezenlijken. Het huwelijksleven bleek echter minder idyllisch te zijn dan hij zich had voorgesteld, in werkelijkheid loste het feit dat ze getrouwd waren geen enkel probleem uit hun verlovingstijd op, voegde er alleen nog maar andere aan toe. Toch liet hij zich niet ontmoedigen en ging ervan uit dat de dingen beter zouden lopen als hij eenmaal advocaat zou zijn en een geregelde baan zou hebben waardoor de druk zou afnemen. Zijn kinderoppasonderneming leverde voldoende op om zijn vrouw een gerieflijk bestaan te bieden, maar hijzelf genoot niet het minst van die welstand. Zijn dagprogramma was ontaard in een heuse hordenloop. Hij stond 's morgens vroeg op om zijn colleges voor te bereiden, was een uur onderweg naar school en een uur om weer thuis te komen, werkte 's middags. Hij ging met de kinderen naar musea, parken en voorstellingen, en terwijl hij hen met één oog in de gaten hield, keek hij met het andere oog in zijn studieboeken. Eens per week ging hij naar de wasserette en naar de markt, vaak verdiende hij 's avonds nog een paar dollar bij in het restaurant van Joan en Susan. Aan het eind van de dag kwam hij uitgeput thuis, maakte voor zichzelf een lapje vlees klaar in de grill, at alleen en ging door met studeren. Samantha walgde bij het zien van rauw vlees en bij het ruiken van de baklucht ervan, zij wilde liever niet thuis zijn rond etenstijd. Ook hadden ze een verschillende dagindeling, zij sliep tot een uur of twaalf en begon haar activiteiten 's middags, 's avonds had ze altijd wel een of andere cursus: Afrikaanse trommels, yoga, Cambodjaanse dansen. Terwijl haar echtgenoot heen en weer vloog tussen zijn talloze verplichtingen, leek zij altijd in de war, alsof het bestaan op zich al een titanenstrijd voor haar lusteloze natuur betekende. Haar belangstelling voor het liefdesspel nam door het samenleven niet toe en in bed bleef ze net zo onverschillig als eerst, met de verzwarende omstandigheid dat ze nu meer gelegenheid hadden om te vrijen en minder voorwendsels voor kilheid. Gregory probeerde de adviezen uit de handleidingen in praktijk te brengen, ook al voelde hij er zich tamelijk belachelijk bij erotische acrobatieën uit te voeren die Samantha in het geheel niet op prijs stelde. Uit de geringe resultaten van zijn inspanningen leidde hij af dat vrouwen niet erg warm lopen voor seks, op Ernestina Pereda na dan, die een gelukkige uitzondering vormde. Hij was niet op de hoogte van de ontelbare publikaties die het tegendeel bewijzen, en terwijl de westerse wereld het onstuimige libido van de vrouw ontdekte, verving hij zijn hartstocht door geduld, hoewel hij niet helemaal de hoop opgaf Samantha langzaam aan naar de zondige tuinen van de wellust te voeren, zoals Timothy Duane met zijn gekwelde katholieke geweten de pure en simpele seksuele daad noemde.

Toen Samantha ontdekte dat zij zwanger was, raakte zij helemaal in zak en as. Zij had het gevoel dat haar gebronsde lichaam, waar geen grammetje vet te veel aan zat, veranderd was in een walgelijk omhulsel waar een gulzig kikkervisje in groeide dat zij onmogelijk als iets van haar kon erkennen. Gedurende de eerste weken matte zij zich af in de zwaarste oefeningen van haar repertoire met de onbewuste hoop zich zo te bevrijden van die schadelijke slavernij, maar toen ze ten slotte door vermoeidheid overmand werd, bleef ze in bed naar het plafond liggen staren, wanhopig en woedend op Gregory, die verrukt leek bij het idee van een nakomeling en haar jammerklachten beantwoordde met sentimentele troostwoordjes, wat het minst gepast was in die omstandigheden, zoals zij hem dikwijls voorhield. Het is jouw schuld, alleen jouw schuld, verweet zij hem, ik wil geen kinderen, nog niet tenminste, jij bent het die aldoor praat over een gezin stichten, die dat soort krankzinnige ideeën heeft, en door er zoveel over te praten is het nu dan raak, vervloekte ellendeling. Zij kon die harde slag niet begrijpen, ze dacht dat ze steriel was, want in al die jaren dat ze niets gebruikt had was er nooit iets gebeurd. Als ik het niet wil, zal het ook niet gebeuren, hield ze zich koppig voor als een verwend kind dat niet in staat is een onaangenaam feit te aanvaarden. Zij kreeg aanvallen van misselijkheid, meer uit afkeer van zichzelf en omdat ze het kind verwierp dan vanwege haar toestand. Haar echtgenoot kocht een boek over natuurvoeding en riep de hulp van Joan en Susan in om gezond eten voor haar klaar te maken, vergeefse moeite, want zij stond zich nauwelijks een stukje selderij of appel toe. Drie maanden later, toen haar buik en haar borsten begonnen op te zwellen, gaf zij zich met een soort dwangmatige woede aan haar lot over. Haar gebrek aan eetlust sloeg om in vraatzucht en tegen al haar vegetarische principes in verzwolg zij methodisch vette varkenskoteletten en worsten die Gregory 's avonds klaarmaakte en die zij in de loop van de dag koud oppeuzelde. Op een avond zaten ze met vrienden in een Spaans restaurant te eten, waar zij de dagschotel ontdekte, *callos a la madrileña*, een mengsel van trijp met de consistentie van een in tomatensaus gedrenkte handdoek. Zij ging zo vaak op de meest vreemde tijden naar het restaurant om dat gerecht te bestellen, dat de kok zich gevleid voelde en haar plastic schaaltjes boordevol met zijn ongezonde specialiteit meegaf. Haar huid kwam onder de uitslag te zitten, ze werd dik en raakte ten slotte in een diepe depressie, zij voelde zich ziek en schuldig, vergiftigd door smerig voedsel en kadavers van dieren, maar zij kon het niet laten zich vol te stoppen, voor straf. Zij sliep veel en de rest van de dag keek ze televisie, liggend in bed met haar katten. Reeves was allergisch voor het haar van die beesten en verhuisde naar een andere kamer zonder daarbij zijn opgewektheid en geduld te verliezen, het gaat wel weer over, zwangerschapslusten, glimlachte hij. Hoewel Samantha een hekel had aan huishoudelijk werk, hield zij voorheen haar huis tenminste met een zekere regelmaat bij, maar gedurende die maanden maakte de betrekkelijke netheid plaats voor chaos. Gregory probeerde nog enige orde te scheppen, maar hoe hij ook schoonmaakte, de geur van de opgesloten katten en de Madrileense trijp drong overal in door.

Dat jaar raakte de mode in zwang om thuis in het water te bevallen, een originele combinatie van ademhalingsoefeningen, balsem, oosterse meditatie en gewone yoga. Er moest op tijd met de training begonnen worden als men in een badkuip wenste te bevallen, vastgehouden door de vader van het kind en vergezeld door vrienden en een ieder die maar aanwezig wilde zijn, opdat de baby de wereld zou binnentreden zonder trauma's van de vloeibare, warme en stille omgeving van de moederbuik te verlaten om met een schok terecht te komen in een afschuwelijke verloskamer, onder onverbiddelijke lampen en omringd door chirurgische instrumenten. Het idee was niet slecht maar in de praktijk pakte het iets gecompliceerder uit. Trouw aan haar theorie dat als ze iets niet wilde het ook nooit zou gebeuren, weigerde Samantha het onderwerp bevallen aan te roeren, maar zo tegen de zevende maand moest ze de realiteit wel onder ogen zien, want binnen afzienbare tijd zou het kind geboren worden en aan die gebeurtenis zou zij zich onmogelijk kunnen onttrekken. Bevallen in een bad met warm water, in schemerlicht, bijgestaan door een paar vriendelijke vroedvrouwen, vond zij een minder eng idee dan liggend op een ziekenhuistafel overgeleverd te zijn aan een man in een witte jas en met een bedekt gezicht, zodat je niet eens wist wie je voor je had, ze was het er echter niet mee eens om van de blijde gebeurtenis een gezelligheidsbijeenkomst te maken, ondanks de belofte van de vroedvrouwen van de natuurmethode dat ze nergens voor zou hoeven te zorgen, bij de kosten van de bevalling waren drank, hasj, muziek en foto's inbegrepen. Als we privé zijn getrouwd wil ik niet in het openbaar mijn kind ter wereld brengen, en ook wil ik niet op de foto met mijn benen wijd, besloot Samantha, waarmee ze een einde maakte aan het dilemma. Uiteindelijk stond ze van haar bed op en begon met haar man naar de lessen te gaan, waar ze andere vrouwen in dezelfde toestand als zij zag en ontdekte dat het moederschap niet noodzakelijkerwijs ellende betekent. Verrast merkte ze dat de anderen trots waren op hun buik en zelfs gelukkig leken. Dat had een therapeutisch effect op haar, zij hervond gedeeltelijk het respect voor haar lichaam en besloot zich in acht te nemen, de *callos a la madrileña* gaf ze niet op maar ze voegde wel groenten en fruit aan haar dieet toe, maakte lange wandelingen en masseerde haar huid met amandelolie en salie- en muntlotion, kocht babykleertjes en enige weken lang had ze weer haar vroegere persoonlijkheid terug. Bij de uitgebreide voorbereidingen voor de bevalling hoorde ook de installatie van een enorme houten kuip in de huiskamer, die in principe gehuurd kon worden, maar men overtuigde hen van de voordelen als ze er een kochten. Na de bevalling konden ze hem voor andere doeleinden gebruiken, zeiden ze, aangezien ook het gemeenschappelijk baden in de mode begon te komen, waarbij vrienden, allemaal naakt, elkaar wasten met warm water. Het geval bleek voor niets aangeschaft te zijn, want vijf weken voor tijd beviel Samantha van een meisje dat ze Margaret noemden, naar de in roze schuim omgekomen grootmoeder. Gregory kwam 's middags thuis en trof zijn vrouw zittend in haar vruchtwater aan, zo onthutst dat het niet bij haar was opgekomen om hulp te vragen en zij zich niet eens de zeehondenademhaling had herinnerd die ze op de cursus 'nat bevallen' had geleerd. Hij hielp haar in de bus die hij voor zijn werk gebruikte en scheurde naar het ziekenhuis, waar ze een keizersnede moesten aanbrengen om het kind te redden. Margaret trad niet de wereld binnen in een houten tobbe omgeven door kalmerend gezang en wolken wierook, zoals voorzien was, ze begon haar leven in een couveuse als een zielige eenzame vis in een aquarium. Twee dagen later, toen de moeder haar eerste aarzelende stapjes zette in de gang van het ziekenhuis, dacht de vader eraan de spirituele vroedvrouwen, familie en vrienden te bellen om hen van de geboorte op de hoogte stellen. Hij vond het jammer dat Carmen niet bij hem was, de enige persoon met wie hij die moeilijke momenten zou hebben willen delen.

Voor Samantha Ernst begon de rampzalige wind te waaien op de dag van haar geboorte, toen haar aristocratische moeder haar in de handen van een verpleegster duwde om zich nooit meer met haar te bemoeien, en zwol aan tot een orkaan die haar buiten de werkelijkheid slingerde op het moment dat ze haar kind ter wereld bracht. Veel later zou zij haar psychoanalyticus met de grootste eerlijkheid bekennen dat dat kleine schepseltje dat in een glazen kist moeizaam naar adem snakte alleen maar haar walging had opgewekt. Heimelijk was ze er dankbaar voor geen melk te hebben om haar te voeden en misschien wenste zij in het diepst van haar hart wel dat het zou sterven om zich niet verplicht te zien het in haar armen te moeten nemen. Datgene wat ze op de cursussen had geleerd diende haar nergens toe, zij kon er niet toe komen Margaret als een van de duizenden baby's te beschouwen die op dezelfde dag en op hetzelfde uur op de wereld geboren waren, zij kon haar niet accepteren. Ook legde zij zich niet neer bij het idee dat zij met dat wurm verbonden was door onontkoombare verantwoordelijkheden. Zij bekeek zich in de spiegel en zag dwars over haar buik, voorheen glad en gebronsd, nu slap en vol zwangerschapsstriemen, een lang lelijk litteken lopen, en huilde ontroostbaar om haar verloren schoonheid. Haar echtgenoot probeerde dicht bij haar te zijn om haar te helpen, maar elke keer duwde zij hem met een ziekelijke razernij van zich af. Zij moet er nog aan wennen, het is ook allemaal zo nieuw voor haar, zij is gewoon wat in de war, dacht Gregory, maar na drie weken, toen het kindje het ziekenhuis mocht verlaten maar de moeder zich nog steeds treurend in de spiegel bekeek, moest hij hulp vragen aan zijn zuster. Misschien was zijn moeder de meest aangewezen persoon geweest in die omstandigheden, maar Samantha verdroeg haar schoonmoeder niet, nooit kon zij waardering opbrengen voor haar goede kanten, zij beschouwde haar als een zonderling oud wijf dat in staat was zelfs een schildpad uit zijn vel te doen springen. Ook dacht hij even aan Olga, die zoveel plezier had in bevallingen en baby's, maar hij begreep dat als zijn vrouw Nora al niet duldde, zij Olga helemaal niet om zich heen zou kunnen hebben.

'Ik heb je nodig, Judy, Samantha heeft een depressie en is ziek en ik weet niets van baby's, kom alsjeblieft,' riep Gregory door de telefoon.

'Ik zal vrijdag een snipperdag vragen op mijn werk, dan kom ik het weekeinde bij jullie, meer kan ik niet doen,' antwoordde zij.

Moe van het geboemel van Jim Morgan, de roodharige reus van wie ze twee kinderen had, liet Judy zich van hem scheiden en ging weer bij haar moeder wonen, in hetzelfde schamele huisje van altijd. Nora zorgde voor haar twee kleinkinderen, waarvan een nog een zuigeling was, terwijl Judy de familie onderhield. Jim Morgan hield van zijn vrouw en zou tot het einde van zijn dagen van haar blijven houden, ondanks het feit dat zij een harpij was geworden die hem schreeuwend door het huis achtervolgde, zich bij de deur van de fabriek posteerde om hem voor het oog van zijn arbeiders uit te schelden en hem opzocht in de bars om herrie te schoppen. Toen zij hem voorgoed het huis uitzette en echtscheiding aanvroeg, ervoer de man dat als een doodsklap en gaf zich over aan een geheugenloze dronkenschap waaruit hij achter de tralies ontwaakte. Hij kon niet verklaren hoe het gebeurd was, zelfs de man die hij gedood had herinnerde hij zich niet. Sommige getuigen beweerden dat het een ongeluk was en dat Morgan nooit de bedoeling had gehad hem te vermoorden, hij gaf hem een onschuldige mep en de arme kerel ging naar de andere wereld, maar de omstandigheden pleitten niet voor de beklaagde. Het slachtoffer was zo nuchter als een kalf en een vederlichte slappeling die, toen de ruzie begon, op een straathoek stond met een belletje in zijn hand om geld te vragen voor het Leger des Heils. Vanuit zijn cel kon Jim Morgan niet bijdragen aan de kosten van de kinderen, en Judy vond dat eigenlijk wel prettig zo, aangezien zij ervan overtuigd was dat hoe minder contact de kinderen met hun criminele vader hadden, hoe beter het voor hen zou zijn, maar omdat zij alleen niet genoeg verdiende om het huis draaiende te houden, trok zij bij haar moeder in.

Gregory haalde zijn zuster op het vliegveld af en schrok toen hij zag hoeveel dikker zij nog geworden was. Hij kon zijn ontzetting niet verbergen en zij merkte het.

'Zeg maar niets, ik weet al wat je denkt.'

'Je moet op dieet, Judy!'

'Dat is makkelijk gezegd, ik heb het al zo vaak geprobeerd. In totaal ben ik tweeduizend pond afgevallen.'

Zij klom moeizaam de bus van Gregory in en met z'n tweeën vertrokken zij naar het ziekenhuis om Margaret op te halen. Daar werd hun een klein bundeltje overhandigd, dat zo licht was dat ze de doek die het afdekte opensloegen om te kijken of er wel wat in zat. Tussen de wol ontdekten ze een piepklein kindje dat vredig sliep. Getransformeerd door een tederheid die Gregory al tientallen jaren niet meer van haar kende, maar die hij niet vergeten was, bracht Judy haar gezicht vlak bij haar nichtje en begon het te kussen en te besnuffelen zoals een teef met haar jong doet. De hele weg praatte zij tegen de baby en knuffelde haar, terwijl haar broer haar van terzijde opnam, verbaasd over die metamorfose van Judy, de vetlagen die haar mismaakten verdwenen en eronder vandaan kwam de stralende schoonheid te voorschijn die in haar binnenste verborgen zat. Bij thuiskomst troffen ze de katten in de wieg aan en Samantha, die in haar emotionele crisis baat zocht bij fakir-acrobatieën, op haar hoofd staand in haar kamer. Terwijl Gregory het bedje ontdeed van katteharen om er de baby in te leggen, haalde Judy, moe van de reis en de vele uren dat ze op haar benen stond, met een duw haar schoonzus uit het nirwana en bracht haar terug tot haar normale positie en de banale bezigheden van de werkelijkheid.

'Kom, dan zal ik je laten zien hoe je een fles klaarmaakt en luiers verschoont,' beval ze.

'Dat moet je Greg maar uitleggen, ik ben niet geschikt voor dat soort dingen,' stamelde Samantha achteruitdeinzend.

'Het is beter dat hij niet te dicht in de buurt van het meisje komt, straks haalt hij nog dezelfde vuiligheid uit als mijn vader,' gromde Judy boosaardig.

'Waar heb je het over?' vroeg Gregory met de pasgeborene in zijn armen.

'Je weet donders goed waar ik het over heb. Ik ben toch zeker niet achterlijk, of denk je dat ik niet in de gaten heb dat je altijd met kinderen in de weer bent?'

'Dat is mijn werk!'

'Natuurlijk, het is je werk. Je had duizend-en-één andere dingen kunnen doen maar koos uitgerekend hiervoor. Dat kan geen toeval zijn. Ik wed dat je ook op kleine meisjes past. Mannen zijn stuk voor stuk viezeriken.'

Gregory legde Margaret op bed, pakte zijn zuster bij een vin, sleepte haar mee naar de keuken en deed de deur achter zich dicht.

'En nu wil ik weten waar je het verdomme over hebt!'

'Je hebt een verbazingwekkend vermogen om je van de domme te houden, Gregory. Ik kan niet geloven dat je het niet weet...'

'Nee!'

En toen spoog Judy het gif uit dat zij in stilte binnen had gehouden sinds die nacht dat zij hem niet toestond bij haar te slapen, meer dan twintig jaar geleden, het zware geheim dat zij angstvallig had bewaard in de veronderstelling dat het eigenlijk geen raadsel was en iedereen het wist, het diep verborgen voorwerp van haar nare dromen en rancune, de vreselijke schaamte die zij nu durfde bekennen alleen om haar nichtje te beschermen, dat onschuldige ding, zoals ze zei, om te voorkomen dat zich opnieuw een misdadig geval van incest in de familie voordeed, want die dingen zitten in het bloed, zijn genetisch bepaalde vervloekingen, en het enige dat wij geërfd hebben van Charles Reeves, die perverse smeerlap die ons ongelukkigerwijs op de wereld heeft gezet, is het kwaad van zijn vuile wellust, en als je nog meer details wilt, kun je die krijgen, want ik ben niets vergeten, alles staat diep in mijn geheugen gegrift, als je wilt zal ik je vertellen hoe hij me met verschillende smoesjes naar het berghok meelokte en daar moest ik hem uit zijn broek halen en vasthouden, het was mijn pop, zei hij, een lollie, en ik moest er dit mee doen en dat mee doen, steeds harder, totdat...'

'Genoeg!' schreeuwde Gregory met zijn handen tegen zijn oren.

Elke maandagmorgen belde Gregory Reeves Carmen Morales op, een gewoonte die hij tot op de dag van vandaag heeft volgehouden. Na de abortus die haar bijna het leven kostte, nam zijn vriendin afscheid van haar moeder en verdween zonder een spoor achter te laten. In het huis van de Morales werd haar naam uitgewist, maar niemand vergat haar, vooral haar vader niet, die stilletjes van haar droomde, maar zijn trots stond het niet toe dat hij verdriet had om zijn afwezige dochter. Zij had geen contact meer gezocht met haar familie, maar twee maanden later ontving Gregory een kaartje uit Mexico met een telefoonnummer en een klein bloemetje erop getekend, de onmiskenbare handtekening van Carmen. Hij was de enige die van haar hoorde in die tijd, via hem vernam Inmaculada Morales hoe het haar dochter verging. Tijdens die korte maandagse telefoongesprekken vertelden zij elkaar over hun leven en hun plannen. Hun stemmen werden vervormd door de storingen op de lijn en door de opwinding dat ze elkaar over zo'n grote afstand belden, het kostte hun moeite om elkaar te herkennen in die telkens onderbroken zinnen en het gezicht van de een begon voor de ander steeds vager te worden, zij waren twee blinden met handen die zich uitstrekten in de duisternis. Carmen had haar intrek genomen in een kamer aan de buitenkant van Mexico-stad en werkte in het atelier van een edelsmid. Zij was zoveel uur kwijt met het op-en-neerreizen van de ene kant van die wanhopige monsterstad naar de andere, dat zij geen tijd overhield voor andere activiteiten. Zij had geen vrienden of liefdes. De teleurstelling die Tom Clayton haar had bezorgd, genas haar van de naïeve neiging om op het eerste gezicht verliefd te worden, daarbij was het in haar nieuwe omgeving zeer moeilijk om een vriend te vinden die haar onafhankelijke karakter begreep en aanvaardde. Het machisme van haar vader en haar broers was gematigd in vergelijking met wat ze nu te verduren kreeg en uit voorzichtigheid legde zij zich neer bij haar eenzaamheid als het minste van twee kwaden. De ongelukkige interventie van Olga en de operatie daarna hadden haar de mogelijkheid om kinderen te krijgen ontnomen, dat maakte haar vrijer maar ook droeviger. Zij leefde op de (ongeschreven) grens waar de officiële stad ophoudt en de ongeoorloofde wereld van de marginalen begint. Het gebouw bestond uit een smalle gang met aan weerszijden twee rijen kamers, een paar kranen, een wasgelegenheid in het midden en gemeenschappelijke toiletten aan het einde, die altijd zo smerig waren dat zij die probeerde te vermijden. Die plek was erger dan het getto waar ze was opgegroeid, de mensen moesten vechten voor hun kleine ruimte, er heerste een teveel aan haat en een tekort aan hoop, zij bevond zich in een land uit een nachtmerrie dat de toeristen niet kenden, een vreselijk labyrint rondom de prachtige, door de Azteken gestichte stad, een enorme opeenhoping van armzalige woningen en onverharde straten zonder verlichting, bedolven onder vuilnis, die zich uitstrekte over een eindeloze periferie. Zij was omringd door vernederde Indianen en verpauperde mestiezen, blote kinderen en hongerige honden, vrouwen die zwaar gebukt gingen onder het gewicht van hun kinderen en het werk, rondhangende en in hun noodlot berustende mannen, met de hand aan het heft van hun dolk, klaar om hun waardigheid en eeuwig bedreigde mannelijkheid te verdedigen. Zij kon niet meer rekenen op de bescherming van haar familie en begreep al gauw dat een jonge vrouw alleen daar was als een konijn omringd door jachthonden. Zij ging 's avonds niet uit, sliep met een grendel op de deur, een andere op het raam en een slagersmes onder het kussen. Als zij ging wassen, ontmoette ze andere vrouwen die haar wantrouwend bekeken, omdat zij anders was. Zij werd 'gringa' genoemd; dat zij al duizend keer had verteld dat haar familie uit Zacatecas kwam verhielp daar niets aan. Met mannen sprak zij niet. Soms kocht zij een zak snoep en ging in het straatje zitten wachten tot de kinderen bij haar kwamen, dat waren haar enige gelukkige momenten. In de edelsmidse werkten een stel ondoorgrondelijke Indianen met magische handen, die zelden het woord tot haar richtten, maar haar de geheimen van hun kunst leerden. De uren gingen ongemerkt aan haar voorbij, verdiept als ze was in het precieze werk, mallen van was maken, metaal gieten, graveren, polijsten, het zetten van de stenen en het monteren van elk minuscuul onderdeeltje. 's Avonds ontwierp zij op haar kamer oorbellen, ringen en armbanden, eerst maakte zij proeven van messing met stukjes glas en daarna, wanneer zij iets had kunnen sparen, vervaardigde zij ze van zilver met halfedelstenen. In haar vrije uurtjes verkocht zij ze huis-aan-huis, ervoor wakend dat haar bazen niet achter die bescheiden concurrentie kwamen.

Door de geboorte van haar dochter raakte Samantha Ernst in een discrete maar ernstige depressie, zij had geen last van ergerlijke driftbuien en ogenschijnlijk was haar gedrag niet erg veranderd, maar zij werd niet meer dezelfde. Zij stond nog steeds tegen de middag op, keek televisie en nam als een hagedis zonnebaden, verzette zich niet tegen de werkelijkheid maar nam er ook geen deel aan. Zij at zeer weinig, was altijd suf en kwam alleen op de sportvelden tot leven, terwijl Margaret in een kinderwagen in de schaduw vegeteerde, zo aan haar lot overgelaten dat zij met acht maanden nog niet kon zitten en nauwelijks lachte. Haar moeder raakte haar alleen aan om een schone luier om te doen en haar de fles te geven. 's Avonds waste Gregory haar en als hij haar soms een tijdje wiegde, probeerde hij dat altijd in aanwezigheid van Samantha te doen. Hij hield veel van het meisje en wanneer hij haar in zijn armen hield, voelde hij een smartelijke tederheid, een overstelpend verlangen haar te beschermen, maar hij was niet in staat haar te vertroetelen zoals hij eigenlijk wilde. De bekentenis van zijn zuster had een huizenhoge muur doen oprijzen tussen zijn dochter en hem. Ook voelde hij zich niet meer op zijn gemak met de kinderen waar hij voor zijn werk op paste en hij betrapte zich erop dat hij zichzelf observeerde op zoek naar een indicatie voor de latent aanwezige neiging die hij zogenaamd van zijn vader geërfd zou hebben. Als hij Margaret vergeleek met andere kinderen van haar leeftijd vond hij haar achter in haar ontwikkeling, er was stellig iets mis, maar hij wilde zijn vrouw geen deelgenoot maken van zijn twijfels om haar niet bang te maken en haar nog meer van de baby te vervreemden. Hij deed proeven om te zien of ze goed hoorde, misschien was ze doof en leek ze daarom zo stil, maar als hij bij haar wieg in zijn handen klapte schrok ze. Hij dacht dat Samantha het niet in de gaten had, maar op een dag vroeg zij hoe men weet of een baby achterlijk is en toen konden ze voor de eerste keer over hun ongerustheid praten. Nadat Margaret in het ziekenhuis van binnen en buiten onderzocht was, luidde de eindconclusie dat ze niets mankeerde maar dat ze alleen wat gestimuleerd moest worden, ze was als een dier in een kooi, afgesneden van haar zintuigen. De ouders deden een cursus vroegtijdige stimulatie, waar zij leerden hun kind aan te halen, tegen haar te spreken met kirretjes, haar geleidelijk aan opmerkzaam te maken op de wereld om haar heen en andere elementaire vaardigheden waarover de eerste de beste orang-oetan bij zijn geboorte al beschikt maar die zij moesten leren met een handleiding erbij. Het resultaat was na enkele weken al merkbaar, toen het kindje over de vloer begon te kruipen en een jaar later sprak zij haar eerste woorden, niet 'papa' en 'mama' maar 'kat' en 'tennis'.

Gregory studeerde voor zijn eindexamen, zat uren, dagen, maandenlang met zijn neus in de boeken en dankte de hemel voor zijn uitstekende geheugen, het enige dat goed werkte, terwijl al het andere om hem heen onherroepelijk bergafwaarts leek te gaan in een snel ontbindingsproces. De oorlog in Vietnam begon, in plaats van te eindigen zoals hij had gedacht, rampzalige vormen aan te nemen. De opluchting eindelijk als advocaat toegelaten te worden ging vergezeld van de onvermijdelijke nachtmerrie naar het front te moeten, want hij had een contract met het leger en hij kon de dienst niet langer uitstellen. Zijn voornaamste zorg was zijn gezin, zijn relatie met Samantha kende vele ups en downs en een scheiding van langere duur zou ongetwijfeld uitlopen op een breuk, daarbij vreesde hij voor Margaret, die vol nukken zat. Zijn dochter leidde een zo onopvallend en verborgen bestaan dat Samantha haar soms vergat en wanneer Gregory dan thuiskwam, ontdekte hij dat zij vanaf het ontbijt niet meer gegeten had. Zij speelde niet met andere kinderen, vermaakte zich alleen door uren achter elkaar naar televisieseries te kijken, had nooit eetlust, waste zich op een obsessieve manier, vies, vies, zei ze telkens, terwijl ze een krukje naar de wastafel sleepte om minutenlang haar handjes in te zepen. Ze plaste in bed en huilde wanhopig wanneer ze wakker werd en haar lakentjes nat waren. Zij was erg mooi en zou dat blijven, ondanks de verminkingen die zij zichzelf zou toebrengen, zij bezat de edele schoonheid van haar grootmoeder uit Virginia en het exotische Slavische gezicht van Nora Reeves, precies zoals ze op een foto staat die genomen is op de vluchtelingenboot die haar uit Odessa wegvoerde. Terwijl Margaret in de schaduw van de meubels en verborgen in de hoeken leefde, waren haar ouders, misleid door het schijnbaar zoete karakter van hun kind, te zeer met hun eigen zaken bezig om de duivels op te merken die in haar ziel waren gevaren.

Het was een tijd van radicale veranderingen en voortdurende verrassingen. De nieuwigheid van de vrije liefde, nadat men die zoveel eeuwen in gevangenschap had gehouden, verbreidde zich snel, en wat begonnen was als een van de fantasieën van de hippies, veranderde in het lievelingsspel van de burgers. Verbijsterd zag Gregory hoe dezelfde personen die kort geleden nog de meest puriteinse ideeën hadden verdedigd, zich nu overgaven aan de bandeloosheid van kleine orgieën in huiselijke kring. Toen hij nog alleen woonde, was het bijna onmogelijk een meisje te vinden dat bereid was de liefde te bedrijven zonder huwelijkse vooruitzichten, het genot zonder schuld- en angstgevoelens was ondenkbaar vóór de pil. Hij had de indruk dat hij de eerste tien jaar van zijn jeugd uitsluitend bezig was geweest vrouwen te versieren, al zijn energie en heel zijn verbeeldingskracht waren in die vernederende en over het algemeen tevergeefse jacht gaan zitten. Maar opeens vond er een ommekeer plaats en was het een kwestie van een paar jaar dat kuisheid ophield een deugd te zijn, om een gebrek te worden waarvan men zich moest genezen voordat de buren erachter kwamen. Het was een zo plotse omwenteling dat Gregory, verdiept in zijn problemen, geen tijd had om zich aan de dramatische veranderingen aan te passen, de seksuele revolutie kwam net te laat voor hem. Ondanks de mislukking met Samantha, kwam het niet in zijn hoofd op in te gaan op de insinuaties van enkele drieste studiegenotes of van moeders op wier kinderen hij paste.

Op een zaterdag in de lente werden de Reeves uitgenodigd voor een etentje in het huis van een paar vrienden. De gewoonte om aan tafel te zitten had men overboord gezet, het eten stond te wachten in de keuken en iedere gast bediende zichzelf op kartonnen bordjes en zocht zo goed en zo kwaad als dat ging ergens een plekje, balancerend met een vol glas, een bord waar de saus vanaf droop, een stuk brood, een servetje en soms zelfs een sigaret. Men dronk te veel en rookte marihuana. Gregory had een zware dag gehad, voelde zich vermoeid en vroeg zich af of hij thuis niet veel lekkerder zou zitten dan daar met een kip op zijn knieën die hij zonder te knoeien in stukjes probeerde te snijden. Na het nagerecht was het tijd voor een collectief gebeuren, de mensen deden hun kleren uit en sprongen in een groot bubbelbad met warm water die in de tuin in de maneschijn stond. De mode van het nat bevallen was zonder veel gevolgen voorbijgegaan, maar wat er in veel huizen nog aan herinnerde was een kuip van monumentale afmetingen. De kuip van de Reeves stond nog steeds in de huiskamer waar hij dienst deed als box voor Margaret en als vergaarbak voor wat ze van de grond opraapten en voor de vergetelheid bestemd was. Andere, meer gedurfde, lieden maakten van het geval een grote attractie, geënt op het idee van de gemeenschappelijke baden in Japan, totdat de nationale industrie grote, speciaal voor dat doel vervaardigde kuipen op de markt bracht. Gregory voelde er niets voor om zo vlak na het eten te gaan zitten kleumen in de tuin, maar hij vond het onbeleefd gekleed te blijven rondlopen, terwijl alle anderen in hun blootje waren, straks dachten ze nog dat hij iets had waar hij zich voor schaamde. Hij kleedde zich uit, onderwijl vanuit zijn ooghoeken Samantha observerend en verbaasd over de natuurlijkheid waarmee zijn vrouw haar naaktheid toonde. Hij voelde geen schaamte, was trots op zijn lichaam en liep dikwijls naakt door het huis, maar deze openbare vertoning maakte hem enigszins zenuwachtig, de andere deelnemers aan het gebeuren daarentegen leken net zo op hun gemak als de eerste de beste Indiaan uit het Amazonegebied. De vrouwen zorgden er wel voor in het water te blijven, maar de mannen grepen elk voorwendsel aan om zich te tonen, de meest ongegeneerden showden hun naaktheid terwijl ze drankjes serveerden, sigaretten aanstaken en platen verwisselden, sommigen gingen zelfs op de rand van de kuip zitten, op een paar centimeter afstand van het gezicht van andersmans echtgenote. Gregory begreep dat dit niet de eerste keer was dat zijn vrienden dit deden en voelde zich verraden, alsof allen een geheim deelden waarvan hij opzettelijk buitengesloten was. Hij vermoedde dat Samantha eerder op dergelijke feestjes was geweest en het niet nodig had gevonden hem dat te vertellen. Hij probeerde niet naar de vrouwen te kijken, maar zijn ogen werden naar de volmaakte borsten van de moeder van de gastvrouw getrokken, een matrone van bijna zestig jaar, op wie hij niet eerder had gelet totdat die, voor iemand van haar leeftijd, onverwachte attributen boven water kwamen drijven. Gedurende zijn rusteloze bestaan zou Reeves nog door zoveel vrouwelijke bergketens moeten trekken dat het onmogelijk zou zijn ze zich allemaal te herinneren, maar de borsten van die grootmoeder zou hij nooit vergeten. Ondertussen lag Samantha, met gesloten ogen en het hoofd naar achteren hangend, meer ontspannen en gelukkiger dan haar man haar ooit had gezien, op haar gemak te neuriën, met een glas witte wijn in één hand en de andere verloren onder het water, te dicht bij de benen van Timothy Duane naar zijn smaak. Onderweg naar huis probeerde hij over het onderwerp te praten, maar zij viel in de auto in slaap. De volgende dag, gezeten voor een kop dampende koffie in de zonverlichte keuken, leek de nudistenparty een verre droom en geen van beiden had het erover. Vanaf die avond greep Samantha elke gelegenheid aan om te experimenteren met nieuwe sensaties in groepsverband, terwijl ze in de privé-sfeer van het echtelijke bed net zo kil bleef als voorheen. Waarom je afsluiten? Je moet je in het leven niet inperken maar openstellen, elke nieuwe ervaring verrijkt je en maakt dat je meer te bieden hebt aan je partner, liefde is er voor iedereen, genot is een bodemloze put waar je uit kunt blijven drinken tot je erbij neervalt, verzekerden de profeten van het open huwelijk. Gregory vermoedde dat er een addertje onder het gras van die redeneringen zat, maar durfde zijn twijfels niet uit te spreken omdat hij bang was als een boerenpummel over te komen. Hij voelde zich een vreemde in dat milieu, de promiscuïteit trok hem niet erg aan, maar toen hij zag hoe enthousiast al zijn vrienden erop reageerden, dacht hij dat zijn latino-verleden hem parten speelde en dat hij zich daarom niet kon aanpassen. Hij wilde niet bekennen hoezeer het hem hinderde dat andere mannen aan Samantha zaten, zogenaamd om haar een zuiverende massage te geven, haar holistische punten te activeren of haar geestelijke ontwikkeling te stimuleren door middel van lichamelijke communicatie. Zij verwarde hem, hij dacht dat zij aspecten van haar persoonlijkheid voor hem verborgen hield en een geheim leven leidde, dat zij hem nooit haar werkelijke gezicht toonde maar een opeenvolging van maskers. Hij vond het pervers om voor de ogen van zijn eigen vrouw een andere te strelen, maar wilde evenmin achterblijven. Elke week ontdekten de moderne seksuologen nieuwe erogene zones die, zo scheen het, allemaal onderzocht moesten worden wilde je niet voor een sukkel doorgaan; op zijn nachtkastje stapelden zich de handboeken op, wachtend om bestudeerd te worden. Op een keer durfde hij bezwaar te maken tegen een methode om je 'ik' te ontdekken en het bewustzijn te wekken door middel van groepsmasturbatie, waarop Samantha hem beschuldigde een barbaar te zijn, een primitieve en onbeschaafde geest te hebben.

'Ik zie niet wat de kwaliteit van mijn geest te maken heeft met het volkomen natuurlijke feit dat ik niet graag de vingers van andere mannen tussen jouw benen zie!'

'Typisch voor een onderontwikkelde en vreemde cultuur,' merkte zij op, onverstoorbaar drinkend van haar selderijsap.

'Wat?'

'Je bent precies hetzelfde als die Mexicanen waartussen je bent opgegroeid. Je had nooit uit je buurt weg moeten gaan.'

Gregory dacht aan Pedro en Inmaculada Morales en probeerde zich voor te stellen hoe ze samen met hun buren naakt in een badkuip zaten, wroetend in elkaars 'ik' en bewustzijn. Alleen het idee al deed zijn boosheid verdwijnen en hij barstte in schaterlachen uit. De volgende maandag vertelde hij het over een afstand van duizenden kilometers per telefoon aan Carmen en hoorde de onbedwingbare lach van zijn vriendin; geen enkele van die modernismen was doorgedrongen tot het getto van Los Angeles en al helemaal niet tot Mexico, waar zij woonde.

'Gek, stapelgek allemaal,' was de mening van Carmen. 'Voor al het geld van de wereld zou ik me nog niet in mijn blootje laten zien aan andermans echtgenoten. Ik zou niet weten waar ik kijken moest, Greg. Daarbij, als sommige mannen al handtastelijk worden terwijl ik gekleed ben, hoe moet het dan wel niet zijn als ik me uitkleed.'

'Wat ben je toch een trut! Hier zou niemand naar je kijken.'

'Waarom doen ze het dan?'

Ik voelde me nergens op mijn gemak, de buurt waar ik was opgegroeid behoorde tot het verleden en ik was er niet in geslaagd ergens anders wortel te schieten. Het gezinsleven stelde weinig voor, mijn vrouw en mijn dochter stonden net zo ver van me af als vroeger mijn moeder en Judy. Ook miste ik mijn vrienden, Carmen bevond zich aan het andere eind van de wereld, op Timothy kon ik niet erg rekenen want die verveelde zich bij Samantha en ik geloof dat hij ons vermeed; zelfs in het leven van Balcescu, die zozeer op een karikatuur leek dat de veranderingen geen vat op hem hadden, was een kentering gekomen en de Roemeen leverde nu het beeld van een kluizenaar. Hij leefde omringd door volgelingen die de lucht die hij uitademde vereerden, en door zich zo vaak weerspiegeld te zien in de ogen van zijn bewonderaars nam de excentrieke hovenier zich ten slotte zelf serieus. Behalve dat hij zijn gevoel voor humor had verloren, had hij ook zijn belangstelling voor het verzinnen van exotische gerechten of voor het kweken van rozen verloren, zodat wij niets gemeenschappelijks meer hadden. Joan en Susan behielden hun charme en hun heerlijke geur van kruiden en specerijen die hun huid doordrongen, maar ze waren ontoegankelijk geworden, wijdden zich geheel aan de vrouwenstrijd en de culinaire chemie van hun vegetarische recepten, zij waren onovertroffen in het verbloemen van tofoe om er de smaak van leverpastei aan te geven. Op de faculteit voor rechten maakte ik geen nieuwe vrienden, er heerste een moordende concurrentie tussen de studenten, een ieder was gefixeerd op zijn plannen en ambities, wij studeerden aan één stuk door. Ik had geen animo meer voor manifestaties en zelfs mijn politieke en intellectuele interesse was naar de achtergrond geschoven. Het zou moeilijk zijn geweest Cyrus uit te leggen dat daar het enige probleem van links was dat niemand rechts wilde zijn. Als ik 's avonds naar huis reed, voelde ik me doodmoe, onderweg overwoog ik de mogelijkheid ergens af te slaan en rond te dwalen aan de horizon, zoals mijn vader deed toen we kriskras en zonder eindbestemming het land door trokken. De chaos in huis maakte me hysterisch en dat terwijl ik niet overdreven netjes ben, integendeel zelfs. Ik vermoed dat ik uitgeput was door de studie en het werk, het lijdt geen twijfel dat ik me niet als een goede echtgenoot gedroeg en dat dat de reden was waarom Samantha van haar kant zo weinig bijdroeg. Soms leken we eerder tegenstanders dan bondgenoten. In die omstandigheden word je blind en zie je geen uitweg meer uit de situatie waarin je je gemanoeuvreerd hebt, lijkt het alsof je altijd zult blijven ronddobberen in dezelfde ellende, dat ontsnappen onmogelijk is. Zodra je je diploma hebt zal alles anders worden, troostte Carmen me op afstand, maar ik wist dat dat niet de enige reden van mijn onvrede was. Ik was een trouwe kijker van een televisieserie over een slimme advocaat die zijn reputatie en soms zijn leven op het spel zette om een onschuldige voor de gevangenis te behoeden of een schuldige te straffen. Ik sloeg geen aflevering over in de hoop dat de hoofdpersoon mij weer enthousiast kon maken voor het recht en mij genas van de grote ergernis die dat vak bij me opriep. Ik was nog niet eens begonnen te werken als advocaat of ik was al gedesillusioneerd. De toekomst zag er heel anders uit dan de voorstelling die ik er mij in mijn jeugd van gemaakt had, de laatste loodjes van mijn studie wogen zo zwaar dat ik erover dacht mijn studie erbij te laten zitten en iets anders te gaan doen. Verveling is woede zonder geestdrift, verzekerde Timothy Duane mij. Volgens hem was ik boos op de wereld en op mijzelf en dat was niet niks, mijn leven was nooit over rozen gegaan. Hij raadde me aan mij van mijn problemen te ontdoen, te beginnen bij mijn huwelijk met Samantha, dat hem een onloochenbare vergissing leek. Ik weigerde dat te erkennen, er kwam echter een moment dat ik hem tenminste op dat punt gelijk moest geven. Het was op een feest als zoveel andere waar we in die tijd naartoe gingen, in een huis zoals ze er allemaal uitzagen, krakkemikkige meubels, oosterse kleden die de vlekken op de bank bedekten, affiches van Ho Tsji-minh en van Ché Guevara naast de geborduurde mantra's, dezelfde bevriende stellen, de mannen zonder slip en de vrouwen zonder bh, koud buffet en stukken kaas die steeds zweteriger werden naarmate de uren verstreken, te veel drank, sigaretten en marihuana van zo slechte kwaliteit dat de rook de vliegen verschrikte. Ook dezelfde oeverloze gesprekken over de laatste seminaria over de oerkreet, waar een ieder zich schor schreeuwde om zich te bevrijden van zijn agressie, of over *rebirthing* waarbij de deelnemers zonder kleren in foetushouding gingen liggen en op hun duim zogen. Ik heb die therapieën nooit begrepen en leende me er ook niet voor om er mee te experimenteren, ik werd mal van het geleuter erover, ik was het zat nog langer te luisteren naar de talloze transcendentale veranderingen die elk van mijn vrienden in zijn leven ondergaan had. Ik ging op het terras alleen zitten drinken. Ik geef toe dat ik iedere dag meer nam. Ik had sterke drank afgezworen, omdat ik er allergisch van werd en door de opgezwollen slijmvliezen een vreselijk benauwd gevoel in mijn borst kreeg. Al snel ontdekte ik dat wijn dezelfde effecten teweegbracht, alleen kon ik daar meer van op voordat ik me werkelijk ziek voelde. Een paar uur eerder had ik grote ruzie met Samantha gehad en ik begon te vermoeden dat ons huwelijk op de klippen aan het lopen was. Ik reed met mijn busje de garage binnen, toen ik een buurman met Margaret aan zijn hand zag aankomen, mijn dochtertje was iets ouder dan twee jaar. Ik geloof dat dit uw kind is, ze zwierf een paar kilometer hiervandaan rond, om zo ver van huis te raken moet ze vanaf vanmorgen op pad zijn geweest, zei de man op verwijtende toon zonder zijn verachting te verbergen. Geschrokken sloeg ik mijn armen om het kind. Mijn slapen klopten en ik kon bijna geen woord uitbrengen toen ik mijn vrouw vroeg waar zij was toen Margaret het huis verliet, hoe het kon dat ze in al die uren niet gemerkt had dat ze weg was. Met haar handen in haar zij, net zo woedend als ik, antwoordde zij dat de buurman een etter was en haar haatte omdat de katten zijn kanarie hadden opgegeten, dat ze mij geen uitleg verschuldigd was, zij vroeg me ten slotte ook niet waar ik de hele dag uitgehangen had, Margaret was erg onafhankelijk voor haar leeftijd en ze was niet van plan haar als een gevangenisbewaarder in de gaten te houden of haar aan een touw vast te binden zoals ik deed met de kinderen waarop ik paste, en zo bleef zij tegen me uitvaren tot het mij te veel werd en ik met de deur slaand de kamer uitbeende. Daarna nam ik een lange koude douche om de schrikbeelden te verdrijven van de verschillende rampen die Margaret op die paar vervloekte kilometers hadden kunnen overkomen, maar dat was niet voldoende want op het feest bleef ik boos op Samantha. Ik ging naar het terras met een glas wijn en liet me neerploffen in een stoel, slecht gehumeurd, enigszins misselijk en verveeld door de jengelende Katmandu-muziek die uit de kamer klonk. Ik dacht aan de tijd die ik verdeed op dat vervelende feestje, binnen een week moest ik de laatste tentamens doen en elke minuut dat ik kon studeren was kostbaar. Daarop kwam Timothy Duane het terras op en toen hij me zag schoof hij een stoel bij en ging naast me zitten. Het gebeurde nog maar zelden dat we alleen waren. Het viel me op dat hij magerder was geworden de laatste jaren en dat zijn gelaatstrekken zich verscherpt hadden, dat onbevangene van hem dat ondanks zijn branie een van zijn charmes was geweest toen wc elkaar leerden kennen was verdwenen. Hij haalde uit zijn zak een glazen buisje, strooide wat cocaïne op de rug van zijn hand en snoof het luidruchtig op, vervolgens bood hij mij ook een snuif aan, maar ik kan er niet tegen, het nekt me, de enige keer dat ik het gebruikt heb voelde het of ze een ijskoude dolk tussen mijn ogen gestoken hadden, ik had drie dagen lang hoofdpijn en van het beloofde paradijs herinner ik me niets. Tim zei dat we naar binnen moesten gaan omdat er een spel werd georganiseerd, maar ik had er niet de minste behoefte aan om voor de zoveelste keer iedereen in zijn niksje te zien.

'Dit keer wordt het iets anders: partnerruil,' drong hij aan.

'Jij hebt geen partner, voor zover ik weet.'

'Ik heb een vriendin meegenomen.'

'Het lijkt wel een hoer, je vriendin.'

'Dat is ze ook,' lachte hij en sleepte me mee naar de living.

De mannen zaten rondom de tafel in de eetkamer, ik vroeg

naar de vrouwen en kreeg te horen dat die in de auto's wachtten. Ze deden zenuwachtig, gaven elkaar klopjes op de schouder, maakten dubbelzinnige grappen waar ze bulderend om moesten lachen. Ze legden de spelregels uit: verboden af te haken, spijt krijgen of willen wisselen was er niet bij. Zij deden het licht uit, legden hun sleutels op een dienblad, iemand husselde ze door elkaar en elke deelnemer pakte er een op goed geluk. Ondanks mijn benevelde toestand door de alcohol en mijn onthutsing, die me beletten snel een sleutel weg te grissen zoals de anderen deden, zag ik, toen het licht weer aanging, duidelijk mijn sleutelbos in handen van een wat buikige en pedante tandarts, die als een kleine beroemdheid werd beschouwd omdat hij kiezen trok met als enige verdoving Chinese naalden in de voet van de patiënt. Ik pakte de laatste sleutelbos hoewel ik eigenlijk de tandarts bij zijn kladden wilde grijpen en zijn hersenen inslaan met een van die trefzekere vuistslagen die pater Larraguibel mij geleerd had op het binnenplaatsje van de kerk van Lourdes, maar ik hield me in uit vrees me belachelijk te maken. Terwijl de anderen alvast schaterend en grappen makend de wagens opzochten, ging ik naar de keuken om mijn hoofd onder de koude kraan te houden in de hoop zo mijn sufheid te verdrijven. Ik sloeg het laatste restje koffie uit een thermoskan naar binnen en ging op een kruk zitten, mijmerend over de tijd dat het leven nog een stuk eenvoudiger was en iedereen de regels van het spel begreep. Een paar minuten later werd ik verrast door de vrouw die het toeval mij had toegewezen, een sproetige en sympathieke blondine, moeder van drie kinderen en wiskundelerares op een lagere school, de laatste persoon met wie ik overspel zou hebben willen plegen. Ik wacht al een hele tijd op je, zei ze verlegen glimlachend. Ik probeerde haar uit te leggen dat ik me niet goed voelde, maar zij dacht dat ik haar afwees omdat ik haar niet aantrekkelijk vond, ze leek op de drempel ineen te krimpen als een meisje dat betrapt wordt op een fout. Ik deed mijn best om te glimlachen en zij liep naar me toe, pakte mijn hand, hielp me overeind en bracht me naar haar auto met een ontwapenende mengeling van gevoelige schroom en vastberadenheid. Ze reed naar haar huis. We troffen haar kinderen slapend voor de televisie aan en brachten hen in onze armen naar bed. Mijn vriendin hielp hen in hun pyjama's, gaf hun een kus op het voorhoofd, stopte hen in en bleef bij ze totdat ze weer sliepen. Daarna gingen we naar haar slaapkamer waar op de commode een foto van haar man in toga stond, genomen op de buluitreiking. Zij zei dat ze iets makkelijkers ging aantrekken en verdween in de badkamer, terwijl ik het bed opensloeg. Ik voelde me een idioot omdat ik Samantha en de tandarts niet uit mijn hoofd kon zetten en vroeg me af waarom ik verdomme toch niet kon genieten van die spelletjes met die onbezorgdheid van de anderen, waarom ze me zo woedend maakten. De blondine kwam zonder make-up en haar haar borstelend terug, gekleed in een gewatteerde, aardbeienijskleurige duster, uitstekend geschikt voor een moeder die 's morgens het ontbijt voor haar gezin klaarmaakt, maar weinig op zijn plaats in de gegeven omstandigheden. Er viel niets uitdagends te ontdekken in haar gebaren, alsof we een oud echtpaar waren dat met de laatste dingen voor het slapengaan bezig was na een drukke werkdag. Zij kwam op mijn schoot zitten en begon mijn overhemd los te knopen. Ze had een hartelijke glimlach, een wipneus en rook fris naar zeep en tandpasta, maar ik voelde geen enkele opwinding. Ik zei haar dat ze het mij maar niet kwalijk moest nemen, dat ik te veel gedronken had en last had van mijn allergie.

'De waarheid is dat ik eigenlijk niet goed weet waarom ik met je ben meegegaan. Ik hou niet van dit soort spelletjes, ik hou er absoluut niet van en Samantha ook niet, geloof ik,' bekende ik ten slotte.

'Wat zeg je me nou?' en ze begon betoverend te lachen. 'Je vrouw gaat met verschillende van je vrienden naar bed en met sommige van je vriendinnen, schijnt het, waarom vermaak jij je ook niet een beetje?'

Dat was een slechte tijd voor mij. Mijn leven is een aaneenschakeling van vergissingen geweest, maar wanneer ik nu, op mijn vijftigste, achteromkijk en de balans opmaak van mijn inspanningen en tegenslagen, geloof ik dat die periode het slechtste was, omdat er iets fundamenteels met mij misging en ik nooit meer dezelfde werd. Ik neem aan dat iedereen vroeg of laat zijn onbevangenheid kwijtraakt. Misschien is dat maar goed ook, want je kunt niet je hele leven een kwetsbare en weerloze naïeveling blijven. Ik groeide op midden tussen de straatgevechten. Ik had veel eerder eelt op mijn ziel moeten krijgen, maar dat was niet het geval. Nu ik allerhande ellende heb meegemaakt en mijn lot kan lezen als een kaart vol fouten, nu elk zelfmedelijden mij vreemd is geworden en ik mijn bestaan kan beoordelen zonder sentimentaliteiten, omdat ik een zekere innerlijke rust heb gevonden, betreur ik alleen het verlies van mijn onschuld. Ik mis het idealisme uit mijn jeugd, de tijd waarin voor mij nog een scherpe scheidslijn bestond tussen goed en kwaad en ik dacht dat het altijd mogelijk was om in overeenstemming met onwrikbare principes te handelen. Het is geen praktische of realistische houding, ik weet het, maar er school een zuivere bezieling in die starheid, die me nog steeds ontroert als ik die bij anderen aantref. Ik kan niet zeggen op welk moment ik begon te veranderen in de harde man die ik nu ben. Het zou eenvoudig zijn om het op het conto van de oorlog te schuiven, maar in werkelijkheid begon het proces eerder. Of ik zou kunnen zeggen dat het beroep van advocaat een flinke dosis cynisme vereist, ik ken niemand die daaraan ontkomt, maar ook dat zou een onvolledig antwoord zijn. Carmen zegt dat ik me geen zorgen moet maken, dat, hoe cynisch ik ook mag zijn geworden, het nooit genoeg zal zijn om in deze wereld te leven, en dat die twijfels idioterieën van mij zijn, dat ik ondanks de schijn dezelfde ruwe bolster met blanke pit ben gebleven die zij lang geleden als broer heeft aanvaard, maar ik ken mezelf en weet wel beter.

Collega's, vrouwen, vrienden en cliënten hebben mij verraden, maar niet één verraad heeft mij zoveel pijn gedaan als dat van Samantha, omdat ik het niet verwachtte. Sindsdien ben ik altijd wantrouwig, verbaast het me niet meer als iemand mij afvalt. Die nacht ging ik niet naar huis terug. Ik ontdeed de wiskundelerares van haar aardbeienijskleurige ochtendjas en we rolden in het echtelijke bed. Ik moet geen goede herinnering bij haar hebben achtergelaten, zij verwachtte vast een fantasierijke en ervaren minnaar en vond iemand die er zich zo snel mogelijk van af wilde maken. Toen we klaar waren, kleedde ik me aan en liep naar het appartement van Joan en Susan, waar ik om drie uur 's nachts uitgeput aankwam en met onmiskenbare tekenen van dronkenschap. Ik hing wel een paar minuten lang aan de bel, totdat ze in nachtjapon en op blote voeten opendeden. Zij lieten me zonder vragen te stellen binnen, alsof ze gewend waren op dat tijdstip bezoek te ontvangen. Terwijl de één een kop kamillethee voor me klaarmaakte, improviseerde de ander een bed op de bank in de kamer. Ze moeten iets in de kamillethee hebben gedaan, want ik werd twaalf uur later wakker met de zon in mijn gezicht en de hond van mijn vriendinnen aan mijn voeten. Ik geloof dat tijdens de uren die ik daar op die bank sliep mijn jeugd ophield.

Toen ik opstond had ik in mijn hoofd en hart de oplossingen die mijn leven in de toekomstige jaren zouden leiden, hoewel ik dat op dat ogenblik nog niet wist. Nu ik het verleden vanaf een zekere afstand kan overzien, besef ik dat ik op dat moment de persoon begon te zijn die ik gedurende lange tijd was, een arrogante, oppervlakkige en hebzuchtige man die ik altijd heb verafschuwd en waar ik me slechts met veel moeite van heb kunnen bevrijden.

Ik bleef vijf dagen bij mijn vriendinnen zonder contact op te nemen met Samantha. Om de beurt hielden ze mij gezelschap, geduldig luisterend naar het verhaal van mijn nostalgie, mijn wanhoop en jammerklachten, dat ik ontelbare keren opnieuw vertelde. Vrijdags verscheen ik op het eindexamen, zonder angst, want ik had geen illusies meer, de titel van advocaat interesseerde me niet, ik voelde in feite een grote onverschilligheid voor de toekomst. Een paar maanden later kreeg ik aan het andere eind van de wereld bericht dat ik meteen de eerste keer was geslaagd, iets wat zelden voorkomt in dat grillige vak. Van het examen ging ik rechtstreeks naar het rekruteringscentrum van het leger. Ik moest eigenlijk vier maanden oefenen, maar de oorlog was op zijn hoogtepunt waardoor de training tot drie maanden was gereduceerd. In sommige opzichten waren die drie maanden erger dan de oorlog zelf, maar toen ik klaar was, had ik negentig kilo aan spieren, het uithoudingsvermogen van een kameel en was ik volledig verruwd, bereid om mijn eigen schaduw te vernietigen, als mij dat zou worden bevolen. Twee dagen voor mijn vertrek selecteerde de computer mij voor het taleninstituut in Monterrey. Ik vermoed dat het feit dat ik was opgegroeid in een Mexicaanse wijk en gewend was aan het Russisch van mijn moeder en het Italiaans van de opera's, maakte dat ik een getraind gehoor had. Ik verbleef bijna twee maanden in een paradijs van steile kusten met zeehonden die zich op de rotsen in de zon koesterden, Victoriaanse huizen en zonsondergangen van een ansichtkaart, om hele dagen Vietnamees te studeren met leraren die om het uur wisselden en met de bedreiging dat als ik niet snel leerde, ik voor landsverraad veroordeeld zou worden. Aan het einde van de cursus brabbelde ik die taal beter dan de meeste van mijn maten. Ik vertrok naar Vietnam met de geheime fantasie daar te sterven om niet de last en het verdriet van het bestaan te hoeven dragen. Maar sterven is veel moeilijker dan blijven leven.

DERDE DEEL

Mensen. Oorlog is mensen. Het eerste woord dat in mijn hoofd opkomt als ik aan oorlog denk is 'mensen': wij, mijn vrienden, mijn wapenbroeders, allen vereend in dezelfde wanhopige kameraadschap. Mijn makkers. En de anderen, die kleine mannen en vrouwen met hun ondoorgrondelijke gezichten, die ik moet haten, maar niet kan haten, omdat ik ze de laatste weken heb leren kennen. Hier is alles zwartwit, kleuren daartussen of dubbelzinnigheden zijn er niet, het is afgelopen met manipulatie, hypocrisie, bedrog. Leven of dood, doden of sterven. Wij zijn de goeden en zij zijn de slechten, zonder die zekerheid zouden we kapot gaan en in zekere zin is die waanzin verfrissend en juist de kracht van de oorlog. In dit gat komt van alles, negers die hun armoede ontvluchten, arme boeren die nog geloven in de *American dream*, een handjevol latino's, koortsig van een honderdjarige haat, aspirant-helden, psychopaten, en anderen zoals ik, op de vlucht voor mislukking of schuld, maar in de strijd zijn we allen gelijk, het verleden doet er niet toe, een kogel is de grootste democratische ervaring. Dag na dag moeten we bewijzen dat we mannen zijn, dat we strijders zijn, volhouden, de pijn en het ongemak verdragen, nooit klagen, doden, de tanden op elkaar en niet denken, stel geen vragen, gehoorzaam, daarvoor hebben ze ons getemd als paarden, hebben ze ons getraind door middel van trappen, beledigingen en vernederingen. Wij zijn geen individuen, in dit tragische theater van het geweld zijn wij machines in dienst van het vervloekte vaderland. Je doet van alles om te overleven, ik voel me goed als ik iemand gedood heb want dat wil zeggen dat ik het er tenminste levend vanaf gebracht heb. Ik aanvaard de krankzinnigheid en probeer die niet te verklaren, ik klamp me eenvoudigweg vast aan mijn wapen en schiet. Niet denken, om niet in verwarring te raken en te gaan twijfelen, als je dat doet sterf je, dat is de harde wet van de oorlog. De vijand heeft geen gezicht, is geen mens, is een beest, een monster, een duivel, als ik het diep in mijn hart kon geloven, zou alles makkelijker zijn, maar Cyrus heeft me geleerd overal vraagtekens bij te zetten, dwong mij de dingen bij hun naam te noemen: doden, vermoorden. Ik ben hier naartoe gekomen om de onverschilligheid van me af te schudden en me in iets fascinerends te storten, ik ben gekomen met een cynische houding, met een verlangen roekeloze ervaringen op te doen om zin aan mijn leven te geven. Ik ben hier door de schuld van Hemingway, op zoek naar stoerheid, naar de macho-mythe, naar een definitie van mannelijkheid, trots op mijn spieren en de in de trainingskampen verworven weerstand, bereid om mijn kracht te bewijzen omdat ik het beu was door mijn gevoelens verraden te worden. Een laat initiatieritueel. Niemand komt op zijn achtentwintigste nog naar deze hel. De eerste vier maanden waren als een levensgevaarlijk spel, een voortdurende weddenschap met mezelf, ik observeerde mijzelf vanaf een afstand en beoordeelde mezelf met ironie, ik werd geplaagd door het verleden en zocht de uitersten van risico, pijn, uitputting, afstomping, en toen ik de grens had bereikt, kon ik het niet meer verdragen. Drugs helpen. Maar op een dag werd ik onverwachts wakker met het gevoel levend te zijn, intens levend, meer levend dan ik ooit tevoren geweest was, verslaafd aan het laaiende vuur dat het bestaan is. Ik besefte dat ik erg kwetsbaar ben, een eierschaal, een nieteling die in een ogenblik tijd tot stof kan vergaan zonder zelfs maar één herinnering na te laten. Als er nieuwe contingenten aankomen ga ik altijd kijken, ik observeer de mannen nauwlettend, ik heb een zesde zintuig ontwikkeld om de tekens te lezen, ik weet wie er zullen sneuvelen en wie misschien niet. De grootste durfallen en snoevers zullen het eerst vallen omdat zij denken dat ze onoverwinnelijk zijn, dezen sterven aan hun hoogmoed. Ook de bangsten zullen sterven, omdat ze door angst verlamd worden of buiten zinnen raken, ze schieten in het wilde weg en kunnen een strijdmakker doden, je kan ze maar beter niet in je buurt hebben, ze brengen ongeluk, ik wil ze niet in mijn peloton. De besten zijn degenen die rustig blijven, geen onnodige risico's nemen, niet proberen te winnen of de aandacht te trekken, deze jongens bezitten een ongelooflijke levenslust. Ik heb een voorkeur voor latino's, zij zijn zwijgzaam en stug van buiten, dynamiet van binnen, explosief, dodelijk, de dood jaagt hun geen angst aan. Zij zijn niet alleen moedig, het zijn ook goede kameraden.

Ik slik amfetaminepillen bij de vleet, handenvol tegelijk, een trap in je maag, een bittere smaak in je mond, ik ratel zo snel dat ik niet eens weet wat ik zeg, even later kan ik niet meer praten, ik kauw kauwgom om niet op mijn tong te bijten, daarna bedwelm ik me met alcohol en slaaptabletten om een beetje te kunnen slapen. Ik droom van stromen bloed, zeeën van brandende benzine, open wonden, vrouwenlippen, vulva's, stapels lijken, afgehakte hoofden, met napalm bestookte kinderen, die weerzinwekkende foto's die de soldaten verzamelen, alles rood, alleen maar rood. Ik heb geleerd onderbroken te slapen, telkens wanneer ik de kans krijg, slaap ik vijf, tien minuten, het geeft niet waar, gehuld in mijn plastic cape, voortdurend waakzaam. Mijn gehoor heeft zich gescherpt, ik kan de pootjes van een insekt over de grond horen slepen, ook is mijn reukzin verfijnder geworden, ik kan de guerrillastrijders van een paar meter afstand ruiken, zij eten vissaus en wanneer zij bang zijn en transpireren, verspreidt de zweetgeur zich. Waar ruiken wij naar? Naar aftershave, neem ik aan, want dat drinken we alsof het whisky is, bevat veertig procent alcohol. Wanneer het me lukt een paar uur zonder nachtmerries te slapen, word ik als herboren wakker, maar dat is niet altijd mogelijk. Als ik geen wachtdienst heb of een of andere opdracht uitvoer, breng ik de nacht in het kamp door, klappertandend onder het kletsnat geregende doek van een tent die stinkt naar urine, laarzen, vochtigheid, rottende rantsoenresten, zweet, luisterend naar het snelle getrippel van de ratten en de routinebezigheden van de mannen, met vliegen tot in mijn mond. Soms word ik huilend als een idioot wakker, wat zou Juan José mij uitlachen, hoe vaak nam hij me niet mee naar een hoek van de speelplaats van de school opdat de anderen mij niet zagen huilen, hou daarmee op, gringo-nicht, een vent huilt niet, hij schudde me woedend door elkaar, en omdat zijn dreigementen, in plaats van dat ze het probleem oplosten, het alleen nog maar erger maakten, koos hij ervoor mij te smeken in godsnaam stil te houden, ik geef er alles om, makker, maar hou stil voordat ze ons grijpen en verrot schoppen omdat we ons als een stel wijven gedragen. Om te functioneren neem ik om te beginnen koffie met aspirines, koud natuurlijk, daarna rook ik mijn eerste joint van de dag en voordat ik vertrek gooi ik de amfetaminen naar binnen. Ik verlang naar een warme hap, een douche, een ijskoud pilsje, wat ze ons in blauwe en gele pakketten vanuit de lucht toewerpen komt m'n neus uit, bonen met varkensvlees en fruitsalade. Hier word ik weer als een kind, vreemde gewaarwording is dat, je bent niet verantwoordelijk voor jezelf, geen vragen, alleen gehoorzamen, hoewel dat me om eerlijk te zijn nogal wat moeite kost, ik kan goed orders geven maar ben niet geschikt om blindelings te gehoorzamen, ik zal nooit een goede militair worden. Het is gemakkelijk onopgemerkt te blijven, jezelf uit te wissen als een schaduw. Tenzij je een kolossale stommiteit begaat, verglijden de dagen de een na de ander met als enig doel te overleven, deze ontzaglijke, onoverwinnelijke oorlogsmachine zorgt overal voor, de hoge heren nemen de beslissingen en men neemt aan dat ze weten wat ze doen, ik hoef nergens over in te zitten, kan verdwijnen in de gelederen, ik ben gelijk aan de anderen, een nummer zonder gezicht, zonder verleden en zonder toekomst. Het is om gek van te worden, je drijft rond in een zee van tijd, niemand kan me ergens rekenschap van vragen, ik hoef alleen mijn werk te doen en voor de rest kan ik uitvreten waar ik zin in heb. Niets gevaarlijkers dan je superieur voelen, dan ben je doodeenzaam, daar waarschuwde Juan José mij die dag op het strand voor, omhuld door de rook van een in opium gedrenkt stikkie. Het is waar, het enige dat je redt is de hardnekkige kameraadschap onder de soldaten. Ik voel een furieus medelijden, heb zin om te huilen om zoveel opeengehoopt verdriet, mijn eigen en dat van anderen, om een mitrailleur te pakken en iedereen neer te maaien, ik hou het niet meer uit, zo'n zin heb ik om net zolang te brullen totdat het hele universum uit elkaar spat, ik heb een eindeloze kreet in mijn keel zitten. Je bent gek, makker, de oorlog kent geen medelijden. Wij kwamen Juan José tegen op het strand tijdens een paar dagen verlof, een wonder dat wij onder een half miljoen soldaten tegelijkertijd op dezelfde plaats waren. Niet gelovend in een dergelijk toeval omhelsden we elkaar, wat een ongelooflijk geluk dat wij elkaar hier tegenkomen, makker, we klopten elkaar op de schouder en lachten, blij, een ogenblik vergetend waar we waren en waarvoor. We probeerden elkaar op de hoogte te brengen van wat er van ons geworden was, een onmogelijke opgave, want wij hadden elkaar al tien jaar niet meer gezien, sinds hij het leger inging en met zijn uniform liep te paraderen, terwijl ik als arbeider voor anderhalve *buck* per uur werkte. Een ieder ging zijn weg, hij werd soldaat en ik werkte een jaar lang als *wetback*, totdat Cyrus mij dwong te gaan studeren. Ik ben niet van plan te blijven buffelen in die klotegarage van mijn vader, *hermano*, zei Juan José mij bij die gelegenheid, die ouwe van me is een beul, het leger is het slimste wat ik kan doen, je loopt mee tot je achtendertigste, veertigste, dan zwaai je af met een goed pensioen en is de wereld van jou, makker, wat kan ik anders doen met mijn huidskleur en mijn Indianengezicht? En bovendien zijn vrouwen dol op uniformen. We lagen krom van het lachen op het strand. Weet je nog dat we sigaretten pikten van Lelielul en dat we de miswijn van pastoor Larraguibel opdronken, en de gevechten met paardevijgen, en die keer dat we Oliver schoren en hem insmeerden met kalomel en naar school meenamen met het verhaal dat hij de builenpest had? Wat verdomme is builenpest, makker? Die stoere en verborgen genegenheid, die ruwheid doorspekt met grove woorden en goede bedoelingen waarmee we sinds onze kindertijd tegen elkaar spraken. Hij vertelde dat hij verliefd was geworden op een Vietnamees meisje en toen hij een foto van haar toonde die hij in een plastic hoesje in zijn portefeuille bewaarde, werd hij ernstig en veranderde zijn stem. Het was een van die slechte, overbelichte kiekjes, waarop het gezicht van de vrouw een bleke maan leek omlijst door het zwart van haar haar. Wat mijn aandacht trok waren haar ogen, voor het overige leek zij op zoveel andere Aziatische gezichten die ik die maanden gezien heb.

'Zij heet Thui,' zei hij.

'Lijkt wel een kabouternaam.'

'Het betekent water.'

Ik had geruchten over mijn vriend gehoord, de soldaten kletsen, er gaan op fluistertoon verhalen. Hij bevestigde wat in het geheim de ronde deed: een moeilijke opdracht, de officier die het bevel over het peloton voerde was nieuw, zij waren omsingeld, het vuur werd geopend, vijf werden er getroffen en de officier gaf het bevel tot terugtrekken zonder de gewonden mee te nemen. De hufter, hoe konden we die daar nou zomaar laten liggen, *hermano*, moet je eens voorstellen dat jij daar lag, ik zou je niet achterlaten in handen van de vijand, dat was wat ik hem aan z'n verstand probeerde te brengen, maar die gore klootzak was hysterisch, *hermano*, hij trok z'n pistool en bedreigde ons, schreeuwde en zwaaide buiten zichzelf met zijn armen. Ik wachtte niet totdat hij kalmeerde, daar was geen tijd voor, ik schoot hem recht voor zijn raap. Hij stierf voor hij er erg in had. We trokken ons terug terwijl we onze makkers meedroegen, zoals het hoort. We hebben ze allemaal gered op één na, daar was niets meer aan te doen, ze hadden zijn buik opengereten. Arme kerel, hij hield met zijn handen zijn ingewanden vast en keek me wanhopig aan, laat me hier niet levend achter, *Lucky Star*, alsjeblieft, laat me hier niet achter, smeekte hij... En ik moest hem wel een schot door zijn slaap geven, dat God het me vergeve, wat een klotetroep toch allemaal, *hermano*.

De lichamen horen in zakken verpakt te worden voorzien van een etiket met hun naam erop, maar niet altijd wordt aan de voorschriften voldaan, door gebrek aan tijd of zakken, ze worden bij de polsen en enkels in de helicopters gemikt, of ze worden samengebonden als een pakket, verpakt in hun capes, overdekt met vliegen; na een uur of wat zijn de dode lichamen opgezwollen, vormeloos, aangevreten door larven, kokend in het lijkenvocht. Helicopters zijn windmachines, ze landen in een tornado en doen binnen een straal van dertig meter het stof, het afval en de smerige modder opstuiven. Wanneer de doden lang in de hitte of de regen hebben liggen wachten, worden ook stukjes vlees meegezogen in de windhoos en als je dichtbij bent kun je die in je gezicht krijgen. In de bergen weigerde ik de lijken in te laden. Ik hielp de gewonden naar binnen, maar daarna versteende ik en niemand durfde me bevelen te geven, alsof ik buiten het leven en de dood stond, totaal overstuur. Zenuwcrisis, psychose-aanval, ik weet niet meer hoe ze het noemden. Ze spuiten de helicopters schoon, maar de geur verdwijnt nooit. De echo's van de kreten evenmin, de doden gaan nooit helemaal heen. Ik huil niet, het is die vervloekte allergie of de rook, weet dat maar eens, ik heb altijd irritatie op mijn ogen, je ademt ook zoveel rotzooi in. Elke keer dank ik de hemel dat ik niet een van degenen ben die in een plastic zak reizen, of nog erger, een van die anderen, met een borst die er uitziet als een opengebarsten vrucht, rode stompen waar eens armen en benen zaten, maar die nog leven en dat misschien nog vele jaren lang zullen doen, eeuwig achtervolgd door verschrikkelijke herinneringen. Dank dat ik nog leef, dank mijn God, schreeuwde ik in het Engels, daar in de bergen, beschermengel, lieve vriend, ontferm je dag en nacht over mij, voegde ik er in het Spaans aan toe, maar niemand luisterde naar me, ik kon mezelf niet eens horen tussen het vuur van het gevecht en het geschreeuw van de gewonden, vervloekte moeder Gods haal me hier vandaan, riep ik met het scapulier van de Maagd van Guadalupe om mijn nek, een zwart en hard vodje door het geronnen bloed van Juan José. Ik kreeg het van een aalmoezenier een paar weken nadat ze mijn *hermano* gedood hadden. Hij had de ogen van mijn vriend gesloten en vertelde dat deze al de grijze kleur van spoken had toen hij het scapulier afdeed en de geestelijke vroeg het aan mij te geven opdat het mij geluk bracht, misschien dat ík hier levend uitkwam. Wat waren zijn laatste woorden? Dat was het enige dat in me opkwam om aan de aalmoezenier te vragen. Hou me vast, pater, want ik val, hou me vast, want het is daar beneden erg donker, was het laatste wat je zei, *hermano*, en ik was niet bij je om naar je te luisteren of je stevig vast te houden en je uit de klauwen van de dood te rukken, godverdomme, godgloeiendegodverdomme! Wat heb je nou aan dat scapulier gehad, *hermano*? Je raakt je geloof kwijt hier, en tegelijkertijd word je bijgelovig en begin je overal onheilspellende tekens te zien: dinsdag is een ongeluksdag, precies zeven dagen is er niets gebeurd, het is de stilte voor de storm, de vliegtuigen vallen altijd per drie neer en vandaag zijn er al twee neergevallen... Je zult oud worden, Greg, je zult tijd hebben om veel vergissingen te begaan, van sommige spijt te krijgen en te lijden als een veroordeelde, het zal geen makkelijk leven zijn, maar ik garandeer dat het lang zal zijn, dat staat geschreven in de lijnen van je hand en in de tarotkaarten, verzekerde Olga, maar ze kan het verzonnen hebben, zij weet niks, is een nog ergere charlatan dan mijn vader, erger dan alle waarzeggers en verkopers van amuletten van dat rotland bij elkaar. Tegen Juan José Morales had zij hetzelfde gezegd en hij geloofde het ook nog, wat was je toch een schlemiel, *hermano*. Hij was er zeker van dat hij het geluk aan zijn kant had, vandaar dat hij geen gevaar kende, zijn zelfverzekerdheid was zo aanstekelijk dat twee jongens van zijn peloton al het mogelijke deden om niet van zijn zijde te wijken, ervan overtuigd dat ze bij hem veilig waren. Nu kan niemand van hun drieën meer naar Olga gaan om zich te beklagen.

De jungle is vol geluiden, kreten van dieren, geloop, geritsel, het woud daarentegen is stil, een doffe stilte. Ik vermoed dat vanuit de lucht alles gezuiverd lijkt door het vuur, schoon, maar beneden is het de hel. Mettertijd wen je eraan: de grootste perversie, het obsceenste van de oorlog, is dat je het normaal gaat vinden. In het begin was ik verblind, daarna euforisch, maar steeds met een in slaap gesust bewustzijn. Nu, in het dorp, kan ik weer denken. Tijdens het vechten moet je niet denken, je verandert in een vernietigende en dodende machine. Hier heeft niemand het begrepen op beschaafde, kritische, gewetensvolle figuren, wie mee tellen zijn de van testeron uit elkaar barstende macho's, de analfabetische negers, de latino-misdadigers, criminelen die ze uit de gevangenis halen om te vechten, types zoals ik zijn een last. Na elke opdracht trillen mijn spieren, heb ik geen controle meer over mijn handen, staan mijn tanden op elkaar geklemd en heb ik een tic aan mijn gezicht, het is als een dwaze glimlach, vele anderen hebben daar ook last van, gaat wel over, zeggen ze. Deze maanden ben ik gewend geraakt aan doorweekte botten, aan ontvelde voeten in laarzen, aan vingers die verstijfd het wapen omknellen, die voortdurende sensatie door schaduwen omringd te zijn, te wachten op het genadeschot dat elk ogenblik overal vandaan kan komen, onderwijl de passen tellend die ik nog moet doen om die struik daar te bereiken, de minuten voordat ik bij de rivier ben, de uren voordat mijn dienst om is, de dagen voordat mijn tijd erop zit en ik naar huis terug kan. De seconden van het leven tellend en beseffend dat met veel geluk het volgende mitrailleursalvo een makker zal doden, niet mij. En mij afvragend wat ik godverdomme doe hier, zonder te willen bekennen, zelfs niet in het diepste van het diepste van mijn hart, dat ik op een vreemde manier gefascineerd ben door het geweld, door deze razende oorlog. Toen het die ochtend in de bergen begon te lichten, zagen we dat er slechts negen het overleefd hadden, de doden en gewonden waren niet te tellen. We hadden de hele nacht gevochten. Met het eerste ochtendlicht kwamen de bommenwerpers, en hun ladingen op de hellingen afwerpend, dwongen zij de guerrillastrijders zich terug te trekken, daarna landden de helicopters. Het kabaal van de motoren klonk als muziek in mijn oren, het kloppen van het hart van mijn moeder toen ik nog niet geboren was, tik, tik, tik, leven. Laten we bidden, zegt de methodistische geestelijke en de anderen zingen Halleluja, terwijl ik O Susana zing; biecht, mijn zoon, zegt de katholieke priester, waarop ik antwoord dat hij zijn vervloekte moeder maar de biecht moet gaan afnemen, maar dan krijg ik berouw, straks valt er nog een bliksemschicht uit de hemel, zoals pater Larraguibel zei, en word ik in staat van doodzonde getroffen. Wees niet bang, God is met je. Tijdens de preek van afgelopen zondag werd het verhaal van Job voorgelezen. Gebukt onder de rampen waarmee de Heer hem op de proef stelt, zegt Job: 'Wat ik vrees, dat overkomt mij, waar ik bang voor ben, dat treft mij; ik heb geen rust; grote verwarring heeft zich meester van mij gemaakt'. Denk geen nare dingen, *hermano*, want die gebeuren vanzelf wel, je moet de dood niet roepen door eraan te denken, raadde Juan José Morales mij aan, altijd lachend. *Lucky Star*, zo noemden ze Juan José, *Lucky Star* Morales.

En de rook natuurlijk. Mijn geest is in nevelen gehuld. Rook van tabak, van weed, van hasjiesj en van alle andere troep die ik rook, nevel van de koude ochtenden in de bergen en van de zengende damp van de dalen 's middags, uitlaatgassen van de motoren en stof, stinkende walmen van napalm, zwavel, de ontelbare explosieven en van de brand zonder begin en zonder eind die bezig is van dit land een met zwarte littekens doorgroefde woestijn te maken. Allerlei soorten rook in allerhande kleuren. Van bovenaf gezien moeten het wolken lijken en soms zijn het dat ook, hier beneden is het een deel van de angst. We kunnen geen ogenblik stilhouden, niemand kan dat, als we bewegen hebben we de illusie de dood te ontlopen, we hollen rond als vergiftigde ratten. De vijand daarentegen is kalm, verspilt geen angst, wacht zwijgend, is al enkele generaties lang getraind in verdriet, onmogelijk de onbewogen uitdrukking van hun gezicht te doorgronden. Die hufters voelen niets, zijn als padden in een laboratorium, zei een *marine* die gespecialiseerd is in het loskrijgen van bekentenissen. Wij verplaatsen ons als bezetenen om te leven en onderweg komen we oog in oog met de dood te staan. Zij kruipen stilletjes door hun tunnels, camoufleren zich met gebladerte, zijn in een oogwenk verdwenen, hebben nachtogen. Nooit zijn we ergens veilig. Ga maar na, zei Juan José Morales, hoeveel mannen zijn naar deze klote-oorlog gekomen en hoeveel zijn er omgekomen? Een onbeduidend percentage, *hermano*, we zullen het er heelhuids van afbrengen, maak je daar maar geen zorgen over. Ik neem aan dat hij gelijk had en dat de meesten van ons zullen blijven leven om het na te vertellen, maar hier denken we alleen maar aan de doden en aan de gruwelverhalen van de overlevenden. Ja, ogenschijnlijk komen velen ongedeerd de oorlog uit, maar niemand wordt meer zoals vroeger, we zijn voor het leven getekend, maar wie kan dat schelen, we zijn toch gajes, dit is een oorlog van negers en arme blanken, jongens van het platteland, uit kleine dorpen, uit de armste wijken, de rijkeluiszoontjes bevinden zich niet in de voorste gelederen, hun papa's zorgen er wel voor dat ze thuis kunnen blijven of anders stuurt hun oom de kolonel hen naar ongevaarlijk terrein. Mijn moeder stelt dat de grootste perversiteit het racisme is, Cyrus zei dat dat het onrecht van de klassenmaatschappij was, ze hebben beiden gelijk, vermoed ik, zelfs wanneer we naar de oorlog moeten, zijn we niet gelijk. Mexicanen en honden buiten blijven, stond er nog niet zolang geleden bij sommige restaurants; alleen voor blanken, vermeldden de openbare toiletten; hier echter zijn de 'kleurlingen' welkom, zeer welkom, maar achter de zogenaamde kameraadschap gloeit de rassenhaat, blanken met blanken, negers met negers, latino's met latino's, Aziaten met Aziaten, een ieder met zijn taal, zijn muziek, zijn riten, zijn bijgeloof. In de kampen hebben de wijken onschendbare grenzen, ik zou het niet durven me in de wijk van de zwarten te wagen zonder er uitgenodigd te zijn, net zoals in het getto waarin ik ben opgegroeid, er is niets veranderd. Iedereen heeft zijn verhaal, maar ik wil het niet horen, ook wil ik geen vrienden hebben, ik kan me niet de luxe permitteren op iemand gesteld te raken en hem daarna te zien sterven, zoals Juan José of die arme jongen uit Kansas daar in de bergen, het enige dat ik wil is mijn werk doen, mijn tijd uitdienen en levend terugkeren. Ik bid om een zware verwonding zodat ze me naar huis sturen, maar niet zo zwaar dat ik er invalide door word. Als ze me maar niet in mijn ballen raken, zei op elke vlucht een vrolijke mulat uit Alabama die overladen met medailles en in een rolstoel naar zijn dorp terugkeerde. Dat zal mij nooit overkomen, dat van die medailles, zei ik, maar ze gaven me er een omdat ik niet gek ben geworden, ik ben een oorlogsheld, ik heb ook zo'n klerester van zilver, het was niet mijn bedoeling meer te doen dan mijn plicht was, ik heb altijd gezegd dat het verkieslijker is als een lafaard te leven dan als een dwaas te sterven, maar om een van die belachelijke ironieën van het lot ben ik vervloekt nog aan toe een held nu. Eerste les van de wijk: er schuilt geen enkele verdienste in de held uithangen, alleen in overleven. Ach, Juan José, hoe kon je dat nu niet weten als je het me zelf geleerd hebt toen we nog een stel snotjongens waren? En hoe moet ik het nu aan je ouders uitleggen en aan je broers, hoe kan ik verdomme je moeder nog in de ogen zien en Carmen, hoe zeg ik hun de waarheid, ik zal tegen ze moeten liegen, *hermano*, en ik zal altijd tegen ze blijven liegen, want ik heb niet het lef om hun te vertellen dat ze je halve lichaam aan puin hebben geschoten en dat die onderscheidingen voor bewezen moed, die ze je moeder vast zullen hebben overhandigd om aan de wand van de kamer op te hangen, slechts sterren van geschilderd messing zijn en niets betekenen als je schreeuwend sterft.

Ik ken het geweld, een uitzinnig wild beest, nutteloos om ermee te redetwisten, je moet proberen het te bedriegen. Ik benijd de piloten, in de lucht verdwijn je eleganter, je valt als een steen naar beneden of spat in duizenden brokstukken uiteen, zonder zelfs maar tijd voor een gebedje te hebben, zoals Martínez toen hij door de trein werd overreden, die kankerpooier, ik haat hem niet eens meer, hier beneden bij de infanterie daarentegen kun je op talloze manieren aan je einde komen, geregen aan puntige palen in een hinderlaag, onthoofd door de houw van een kapmes, opgeblazen door een granaat of een mijn, stukgeschoten door een mitrailleursalvo, brandend als een fakkel, en dan heb ik het nog niet eens over alle geraffineerde manieren van doodgaan in het geval je gevangen genomen wordt. Een kuil graven in de grond en me daarin verstoppen totdat dit allemaal over is, me verschuilen in een vossehol, zoals ik met Oliver deed toen ik klein was. Waarom had ik geen administratief baantje gekregen? Er zijn veel snuiters die de oorlog onder een ventilator doorbrengen; als ik het slimmer had aangepakt, zou ik nu niet hier zitten, zou ik bijvoorbeeld mijn dienst gedaan hebben toen ik van de middelbare school kwam, in plaats van te buffelen als de laagstbetaalde arbeider, in die tijd sprak niemand nog over de oorlog. En nu zit ik hier als een idioot, op een leeftijd waarop niemand naar deze hel komt, ik voel me als de opa van die ellendige jochies in hun camouflage-uniform. Ik heb geen trek om met halfvergane botten onder een kruis op een militair vliegveld te eindigen, een van de duizenden, allemaal hetzelfde, ik sterf liever oud in de armen van Carmen. Goh, ik heb lang niet aan Carmen gedacht. Waarom zei ik Carmen en niet Samantha? Waarom flitste dat door mijn hoofd? In haar laatste brief had zij het over een andere vrijer, een Chinees of Japanner geloof ik dat het was, ze noemt geen naam, wie zal het deze keer zijn? Zij heeft er werkelijk een handje van om de minst geschikten te kiezen, het zal wel een of andere flodderige en langharige nozem zijn, die heb je ook in Europa bij bosjes. Op de laatste foto die ze me stuurde staat ze voor de kathedraal van Barcelona, gekleed als een flamencodanseres of zoiets, ik ben echt geen puritein, maar ik moest denken aan Pedro Morales en ik schreef haar dat ze onderhand te oud is voor dat onnozele gedoe, dat ze die vodden uit moest trekken en een bh aandoen, maar goed, wat kan mij het ook schelen, het zijn haar zaken, als ze gek wil doen moet ze dat vooral niet laten. Carmen... ik zou je stem willen horen, Carmen.

Ik ben bang dat ik volslagen gek geworden ben, dat ik het besef van goed en kwaad, van fatsoen kwijtgeraakt ben. Ik ben zo gewend geraakt aan de gruwelen hier dat ik me geen andere werkelijkheid voor kan stellen. Ik probeer me voor de geest te halen hoe vrienden zich vermaken, hoe men ontbijt met het hele gezin, hoe men praat tegen een vrouw tijdens een eerste afspraakje, maar dat alles is voorbij en ik geloof niet dat dat nog zal terugkomen. Het verleden is een maalstroom van wazige flarden, de danscoursen met Carmen, mijn moeder die in een rieten stoel naar operamuziek zit te luisteren, het duel met Martínez waardoor ik de held van de school werd, verdomme, wat een dwaasheden haal je niet uit op die leeftijd, geen enkel meisje kon me weerstaan en toen ik die Buick kocht, ze smeekten om mee te mogen, ik was armer dan een kerkrat maar kreeg het voor elkaar om die ouwe rammelkast te kopen, achter het stuur voelde ik me als een koning en op de achterbank beging ik ik weet niet hoeveel zondige dwaasheden. Het bleef natuurlijk niet bij alleen wat handwerk, je viel aan en het meisje stribbelde zwak tegen, zij wilde zogenaamd niet verleid worden ook al was ze zo geil als boter, vrijpartijen die meer op kattengevechten leken en waar je na afloop uitgeput van was, voor het zingen de kerk uit, straks werd ze nog zwanger, als je met haar naar bed gaat, moet je met haar trouwen, je bent tenslotte een heer, niet? Alleen Ernestina Pereda deed het met allemaal, gezegende Ernestina Pereda, God behoede je, heilige Ernestina, jij deed niets liever, maar na afloop huilde je en moest ik zweren dat ik het geheimhield, een publiek geheim, we wisten het allemaal en maakten gebruik van de vurige gulheid, als jij er niet was geweest, zou mijn bloed vergiftigd zijn geraakt door zoveel obsessies. Hier zijn de vrouwen als onvolwassen, kleine meisjes, dwergen, ze hebben geen borsten en schaamhaar, zijn altijd droevig, wekken meer medelijden op dan lust om met ze naar bed te gaan, alleen het haar is weelderig, lang, stijl en donker haar met een blauwe glans. Ik heb het gedaan met een meisje in een kamer vol mensen, de familie at in een hoek en een kind lag te dreinen in een voorraadkist van het leger, wij in bed, van de rest gescheiden door een versleten gordijn, zij reciteerde een hele reeks uit het hoofd geleerde obsceniteiten in het Engels, er bestaat vast een boek voor die vuiligheid, het opperbevel denkt aan alles, als er een handboek is voor het gebruik van de latrines, waarom zouden ze er dan ook niet een maken voor hoeren, het gaat tenslotte om onze jongens, niet, de ziel van het vaderland? Zwijg, stuk verdriet, smeekte ik haar, maar ze verstond me niet en wilde haar mond niet houden en haar familie praatte aan de andere kant van het gordijn en de baby bleef maar janken. Opeens moest ik denken aan iets wat ik in een stoffig dorp in het Zuiden had gezien toen ik vijf was, twee mannen die een negermeisje verkrachtten, twee reuzen die een zielig kind fijnpersten dat net zo mager en klein was als de vrouw die bij me lag, en ik voelde me als een van hen, kolossaal en satanisch, en toen hoefde ik niet meer, alles verslapte, ik weet niet waarom ik op dat moment moest denken aan iets wat meer dan twintig jaar geleden aan de andere kant van de planeet gebeurd was. Leo Galupi, die sympathieke schurk, nam me op een keer mee naar Oma, een van de curiositeiten hier, een stokoude vrouw doorgroefd met rimpels die kruipend onder de tafels van de mess haar diensten aanbiedt, zij is een meester in haar vak, wordt gezegd, na een behandeling van haar chimpanseekaken neem je niet meer zo snel ergens genoegen mee; je geeft haar tien dollar en hebt nergens geen omkijken naar, zij doet alles voor je, na afloop maakt ze je zelfs schoon en doet ze je gulp dicht, zwoegend onder de tafel geeft ze de klanten één voor één een weldadige mondmassage, terwijl er boven tafel gewoon wordt doorgegaan met drinken, kaartspelen en schuine moppen tappen. Ik kon het niet, werd overmand door walging of medelijden. Oma heeft bijna wit haar, een allesbehalve eerbiedwaardige oude vrouw met de biceps van een Charles Atlas en een stel vlijmscherpe tanden, op een gegeven moment zal ze doen wat we allemaal vrezen, met een krachtige knauw iemands pik eraf bijten, dat risico maakt deel uit van het spel, elke klant geniet van de angst dat net wanneer het zijn beurt is het ouwe wijf zal toeslaan, en, hap, eraf is hij.

Hier in het dorp ben ik me weer mens gaan voelen. Ze nodigen me om de beurt uit, elke dag in een ander huis, ze koken voor me en de familie gaat om mij heen zitten om me te zien eten, allen glimlachend, trots mij te voeden hoewel er niet genoeg is voor henzelf. En ik heb geleerd te accepteren wat ze mij aanbieden en hen ervoor te bedanken zonder overdreven vertoon, om hen niet te kwetsen. Niets moeilijkers dan in alle eenvoud iets aan te nemen, ik kende het al niet meer, sinds de tijd dat we bij de Morales woonden, was het niet meer voorgekomen dat ze mij iets gaven zonder de verwachting er iets voor in ruil terug te krijgen, voor mij is het een les in genegenheid en bescheidenheid geweest, het is onmogelijk door het leven te gaan zonder iemand iets schuldig te zijn. Soms neemt een van de mannen mij bij de hand, alsof ik zijn meisje ben, en ik heb ook geleerd niet mijn hand terug te trekken. In het begin schaamde ik me, mannen raken elkaar niet aan, mannen huilen niet, mannen tonen geen emotie, mannen, mannen... Hoe lang is het geleden dat iemand mij puur uit aardigheid, uit vriendschap omarmde? Ik moet niet verslappen, openhartig worden, vertrouwen, een loslippigheid kan je dood betekenen. Niet denken, het belangrijkste is niet te piekeren, als je de dood voor je geest oproept, komt die ook, het is als een voorteken, maar ik kan het niet laten, mijn hoofd zit vol beelden van de dood, woorden van de dood. Ik wil aan het leven denken...

Eind februari bevond de compagnie zich boven op de top van een berg met het bevel die plek tegen elke prijs te verdedigen. Bij het onderzoek dat men nadien instelde, is de reden niet duidelijk geworden waarom de mannen stand moesten houden zoals ze deden, maar de bureaucratie en de tijd zorgden ervoor dat de zaak met de mantel der vergetelheid bedekt werd. We gaan er allemaal aan hier, zei een jongen uit Kansas bevend tegen Gregory Reeves. Het was niet zijn vuurdoop, hij bevond zich al maanden aan het front, maar had het zekere gevoel dat zijn uur geslagen had en bedacht dat hij nauwelijks tijd had gehad om van het leven te genieten, hij was een krappe week tevoren twintig geworden. Je gaat niet dood, houd daar over op, zei Reeves terwijl hij hem door elkaar schudde. De soldaten wachtten af, ondertussen legden zij loopgraven aan en wierpen een barricade op van zakken aarde en stenen, veeleer als afleiding voor de angst en om wat te doen te hebben dan dat ze hoopten zich daarmee te kunnen verdedigen, maar zelfs zo duurde het wachten een eeuwigheid, gespannen, bang, de wapens omklemmend, werden ze na zonsondergang getergd door de kou en overdag door de hitte. De aanval werd 's nachts ingezet en vanaf het eerste moment wisten ze dat ze voor een vijand stonden die tien keer zo talrijk was en dat er geen mogelijkheid tot ontsnappen was. Een paar uur later was het kamp veranderd in een wanhopige enclave, waar een handvol mannen nog schietend standhield, omgeven door de lichamen van meer dan honderd strijdmakkers die verspreid over de hellingen lagen. In de oranje gloed van een explosie onderscheidde Gregory Reeves de soldaat uit Kansas die aan de andere kant van de barricade door de lucht vloog en zonder te weten wat hij deed en waarom, sprong hij over de zakken heen en kroop naar hem toe door een hel van vuur, opflitsende ontploffingen en verstikkende rookgordijnen. Hij hield de jongen vast in zijn armen en riep hem bij zijn naam, wees maar niet bang, ik ben hier, er is niets aan de hand, en voelde hoe zijn handen zich vastklemden aan zijn kleren, hoorde zijn door de pijn gebroken stem, rook de geur van angst, bloed en opengereten vlees, en in een flikkering van opnieuw een dreun zag hij de dood in zijn ogen en in de kleur van zijn huid en zag ook dat hij zijn benen kwijt was, van onder was hij een zwartige plas. Er is niets aan de hand, ik zal je naar de andere kant brengen, de helicopters komen er zo aan en voor je het weet zitten we aan een pilsje en vieren we feest, moed houden. Laat me niet alleen, alsjeblieft laat me niet alleen, en Reeves voelde dat ze beiden omhuld werden door de diepste duisternis en hij wilde hem redden van de wanhoop, maar hij gleed door zijn handen als zand, hij verbrokkelde, hij werd rook en toen hij het gewicht van het hoofd van de jongen op zijn borst had en zijn handen hem loslieten en de laatste stuip van warm bloed zijn hals baadde, wist hij dat er binnen in hem iets in een miljoen fragmenten gebroken was, een versplinterde spiegel. Voorzichtig legde hij zijn makker op de grond en wierp vervolgens zijn wapen ver weg. Toen klonk in hem het vreselijke geluid van een reusachtige klok dat de nacht doortrilde, een ogenblik lang overstemde het gebeier het gedreun van de explosies, stolde de tijd en hield de wereld op te draaien. En hij bleef schreeuwen en schreeuwen totdat hij geen lucht meer had en zijn schreeuw was uitgeput. Ten slotte stierf de galm van de klok weg, maar de tijd bleef stilstaan en vanaf dat ogenblik tot de ochtend gebeurde alles in een enkel onbeweeglijk en onveranderlijk beeld, een zwart-wit-rood foto waarop de gebeurtenissen voor altijd gefixeerd bleven. Hij staat niet op die bloederige muurschildering. Hij zoekt zichzelf tussen de lijken en de gewonden, tussen de zakken aarde en in de geulen van de loopgraven, maar vindt zichzelf niet. Hij is verdwenen uit zijn eigen geheugen. Een van de geredde mannen vertelde later hoe hij had gezien dat hij zijn wapen weggooide en staande in brullen uitbarstte, met beide armen opgeheven, alsof hij schreeuwde om het volgende salvo van kogels, en toen hij met die lange brul zijn longen had leeggeschreeuwd, draaide hij zich naar hem toe, die op twee meter afstand van hem pijnloos lag leeg te bloeden, laadde hem op zijn schouder en liep zonder zich wat aan te trekken van het vuur dat om hem heen loeide rechtstreeks naar de top, waar vier handen zich uitstrekten om de gewonde aan te pakken. Daarna keerde Gregory Reeves terug om een andere gevallen makker op te halen en daarna nog een en gedurende de rest van die rampzalige nacht bracht hij hen in veiligheid onder een dichte haag van kogels, met de zekerheid dat zolang hij bezig was met het redden van de anderen hem niets kon gebeuren, dat hij onkwetsbaar was. Nog nooit eerder in zijn leven had hij dat gevoel van absolute macht gehad en hij zou dat later ook nooit meer hebben.

Toen de dag zich aandiende, kwam er hulp. Eerst brachten de helicopters de gewonden weg, daarna de negen overlevenden en ten slotte gooiden ze de plastic zakken naar beneden om er de doden in te doen. Van de geredde mannen waren er acht uitgeput van spanning en angst, ze trilden zo erg in hun kleddernatte kleren dat ze niet eens de heupfles konden vasthouden om een slok whisky te nemen, maar toen ze uren later op het strand werden afgezet om in drie dagen van vermaak en ontspanning bij te komen van de verschrikkingen, konden ze al praten over de aanval en gaven ze een uitgebreid relaas. Ontoonbaar en opgewonden tot op het waanzinnige af, wierpen zij zich allemaal tegelijk, elkaar verdringend als een bende wanhopige en beestachtige bandieten, op de ijskoude pils en de warme hamburgers die zij in maanden niet gezien hadden, en toen iemand hen wees op de manieren begonnen ze zo'n herrie te schoppen dat het bijna uitliep op nog een slachting. Toen de militaire politie kwam en hun gezichten zag en vernam wat ze hadden doorstaan, namen ze hun wapens af en lieten hen vrij, eens kijken of het zoute water en het zand hen tot de wereld van de levenden terugbracht. De negende overlevende, Gregory Reeves, was de laatste die de helicopter inklom, nadat hij de anderen had geholpen. Hij zat zwijgend en stijf op zijn stoel, strak voor zich uit starend, het gezicht getekend door groeven van grote uitputting, zonder een schrammetje en van top tot teen bedekt met het bloed van zijn makkers. Van zijn zenuwen was niet veel meer over. Ze konden hem niet naar het strand sturen, gaven hem een injectie en twee dagen later ontwaakte hij in een veldhospitaal, vastgebonden aan zijn bed om te vermijden dat hij zichzelf verwondingen toebracht tijdens zijn woelige nachtmerries. Ze vertelden hem dat hij van elf kameraden het leven had gered en dat men hem voor zijn uiterst moedige optreden een van de hoogste onderscheidingen had toegekend. In overeenstemming met de bijgelovige oorlogscode hadden de negen die de slachting ongedeerd overleefd hadden hun lichaam wel aan de dood ontfutseld maar waren zij er wel reeds door getekend. Bij elkaar hadden zij niet de minste mogelijkheid om een tweede keer te ontsnappen, maar gescheiden konden zij misschien het lot blijven bedriegen. Ze werden naar verschillende compagnies gezonden met de stilzwijgende overeenkomst dat ze een tijdlang geen contact met elkaar zouden hebben. Daar voelde geen van allen trouwens ook behoefte toe, op de euforie het er levend vanaf gebracht te hebben, volgde de gruwel niet te kunnen verklaren waarom zij de enige gelukkigen van meer dan honderd man waren. Twee van de gewonden herstelden zich in een paar weken tijd en Gregory Reeves ontmoette hen een paar keer. Zij vermeden met hem te praten, deden of ze hem niet herkenden, want de schuld was te groot, die konden ze niet betalen en dat bezorgde hun een gevoel van schaamte.

Er waren al enkele maanden verstreken sinds Reeves voet op Vietnamese bodem zette, toen zijn superieuren zich ten slotte herinnerden dat hij de landstaal sprak en de inlichtingendienst hem naar een bergdorp stuurde als contactpersoon voor de geallieerde guerrillastrijders. Officieel heette het dat hij daar was om Engels te onderwijzen op de school, maar niemand van de plaatselijke bevolking had ook maar de geringste twijfel over de werkelijke aard van zijn werk, zodat zelfs hij geen moeite deed om te veinzen. De eerste lesdag kwam hij met zijn mitrailleur in de ene hand en een koffertje boeken in de andere binnen, liep zonder om zich heen te kijken het klaslokaal door, zette zijn koffertje op tafel neer en keerde zich naar zijn leerlingen. Twintig mannen van verschillende leeftijden, dubbelgevouwen in diepe eerbied, groetten hem. Zij bogen niet voor hem, maar voor de meester, aangezien dat volk een oeroud respect had voor kennis. Hij voelde hoe het bloed naar zijn gezicht joeg, op geen enkel moment van de oorlog had hij zoveel verantwoordelijkheid gevoeld als toen. Langzaam nam hij het wapen van zijn schouder en liep naar de muur om het aan een haak op te hangen, keerde naar het schoolbord terug en boog op zijn beurt ter begroeting van de leerlingen, terwijl hij zich in zijn binnenste gelukkig prees om zijn twaalf jaar school en zeven jaar universiteit. De cursus Engels, die in principe alleen een dekmantel was om inlichtingen te vergaren, voelde hij vanaf de eerste dag als een verplichting, het was de enige manier om iets voor de dorpsbewoners terug te doen voor het vele dat hij van hen ontving.

Hij werd ondergebracht in een bescheiden maar fris en gerieflijk huis, dat had toebehoord aan een Franse regeringsfunctionaris, een van de weinige in een paar kilometer in de omtrek die over een latrine beschikte achter op het plaatsje. Het geren van katten en muizen op het dak werd zoiets vertrouwds, dat als zij 's nachts hun activiteiten soms even onderbraken, hij wakker schrok. Hij beschikte over veel tijd om zijn lessen voor te bereiden, in feite viel er zeer weinig te doen, zijn militaire opdracht was een lachertje, de geallieerde guerrilla bleek een onvoorspelbare schaduw te zijn. De sporadische contacten waren surrealistisch en hun inlichtingen hadden op het laatst meer weg van raadspelletjes. Hij onderhield dagelijks radiocontact met zijn bataljon, maar had zelden nieuws te melden. Hij bevond zich midden in de gevechtszone, maar zo nu en dan kreeg hij de indruk dat de oorlog zich ergens anders afspeelde. Wadend door modder en varkensstront liep hij tussen de met riet gedekte huizen, groette iedereen bij zijn naam, hielp de boeren de zware ploegen verslepen, die getrokken werden door buffels om de rijstgronden gereed te maken voor de zaaitijd, de vrouwen die met hun scharen kroost water gingen halen met grote kruiken, de kinderen met het oplaten van vliegers en het maken van ballen van stof. 's Avonds trilden door de lucht het gezang van de moeders die hun kinderen wiegden en de stemmen van de mannen in hun taal vol gekwetter en geklater. Die geluiden markeerden het ritme van de uren, was de muziek van het dorp. Ook hoorde hij weer sinds een eeuwigheid zijn eigen muziek, hij ging zitten met zijn bandjes met concerten en een paar uur lang beeldde hij zich in dat de oorlog slechts een boze droom was. Hij kreeg het gevoel dat hij geboren was tussen die verdraagzame en zachte mensen, die desondanks bereid waren een wapen te omklemmen en hun huid op het spel te zetten voor de verdediging van hun land. In weinig tijd leerde hij de taal vloeiend spreken, hoewel met een sterk accent dat vrolijke lachsalvo's losmaakte, maar nooit in de klas. Zij die vertrouwelijk met hem omgingen als hij bij hen kwam eten, begroetten hem op school met diepe buigingen. 's Avonds speelde hij kaart met een groepje mannen en meestal ontaardden die robbertjes in ware verbale duellen van galgehumor, waarbij hij altijd het onderspit moest delven, want tegen de tijd dat hij de mop voor zichzelf vertaald had waren de anderen al weer met de volgende bezig. Hij moest voorzichtig zijn in de omgang, er liep een vage grens tussen de normale grapjes en een onschendbaar protocol dat werd opgelegd door de eerbied voor welvoeglijkheid. Ogenschijnlijk gedroegen zij zich als gelijken, maar er bestond een gecompliceerd en subtiel hiërarchisch systeem, een ieder waakte met trotse beslistheid voor zijn eer. Zij waren gastvrij en hartelijk, en zoals de deuren van de huizen altijd voor Reeves openstonden, zo liepen de bezoekers zonder vooraf te waarschuwen bij hem binnen en bleven aangenaam converserend urenlang bij hem zitten. Hij werd het meest bekoord door hun vertelkunst, er was een oude verteller die in staat was om zijn toehoorders mee te slepen naar de hemel of naar de hel, om zelfs de ruwste mannen te ontroeren met zijn sentimentele verhalen, zijn ingewikkelde geschiedenissen over in gevaar verkerende maagden en in ongenade gevallen kinderen. Wanneer hij zweeg bleven allen lange tijd stil, totdat de oude zelf als eerste in een schaterlach uitbarstte, spottend met zijn publiek dat zich als kinderen door de magie van zijn woorden had laten betoveren. Reeves voelde zich omringd door vrienden, lid van een omvangrijke familie. Spoedig hield hij op zichzelf te zien als een blanke reus, vergat hij de verschillen in grootte, cultuur, ras, taal en levensfilosofie, en gaf hij zich over aan het genot één met de anderen te zijn. Op een avond werd hij door zichzelf verrast terwijl hij het zwarte hemelgewelf aanschouwde en glimlachte bij het besef dat dat verre Aziatische gehucht in zijn bijna dertig levensjaren de enige plek was waar hij zich geaccepteerd voelde als onderdeel van een gemeenschap.

Hij schreef Timothy Duane met het verzoek hem een lijst materiaal voor zijn lessen toe te sturen, omdat de teksten die hij gebruikte kinderachtig en verouderd waren, en nam contact op met een middelbare school in San Francisco om een correspondentieprogramma op touw te zetten met Amerikaanse jongeren. Zijn leerlingen vertelden op een paar velletjes en in hun moeizame Engels hun leven en een paar weken later ontvingen zij een zak met de antwoorden uit de Verenigde Staten. Die middag was er een feest georganiseerd om die gebeurtenis te vieren. Timothy Duane had, onder andere, een masker opgestuurd om de jaarlijkse traditie van *Halloween* te illustreren, een rubber geval met de trekken van een gorilla, groene haren, haaietanden en spitse oren die lilden als gelatine. Reeves zette het op, sloeg een laken om en ging er springend mee de straat op, met in elke hand een fakkel, zonder een idee te hebben van de paniek die hij zaaide met die grap. Er ontstond een opschudding alsof het een luchtaanval betrof, vrouwen en kinderen vluchtten onder oorverdovend gekrijs het woud in en de mannen die erin slaagden de schrik te boven te komen zetten gezamenlijk de achtervolging in om het monster neer te knuppelen. Struikelend over het laken moest de gorilla rennen voor zijn leven, terwijl hij ondertussen probeerde de vermomming van zijn lijf te rukken. Hij kon zich nog juist op tijd kenbaar maken, maar had al wel een paar stenen naar zijn hoofd gekregen. Het masker werd de meest bewonderde trofee in het dorp, de nieuwsgierigen stonden in een rij om het ding van dichtbij te bekijken en het met een aarzelende vinger aan te raken. Reeves besloot de kop als prijs ter beschikking te stellen voor de beste leerling van de cursus, maar dat idee bleek zo'n stimulans te zijn dat velen het hoogste cijfer haalden, zodat hij er ten slotte voor koos de schat aan de gehele gemeenschap te schenken. Het gezicht van King Kong eindigde in het gemeentehuis, naast een bebloede vlag, een EHBO-kistje, een zendradio en andere relikwieën. Als tegenprestatie gaven ze de leraar Engels een kleine draak van hout, symbool van voorspoed en geluk, die vergeleken bij het rubbermonster een cherubijn leek.

Aan de bedrieglijke rust van die maanden in het gehucht kwam voor Reeves eerder dan voorzien een einde. De eerste symptomen leken op die van dysenterie, hij gaf de schuld aan het besmette water en het buitenissige voedsel, en beperkte zich ertoe over de radio medicijnen te vragen. Ze stuurden hem een kistje met verschillende flesjes voorzien van instructies. Voortaan kookte hij het water, probeerde de uitnodigingen af te slaan zonder beledigend te zijn en nam regelmatig de medicamenten in. Gedurende enkele dagen voelde hij zich beter, maar daarna kwamen de ziekteverschijnselen in sterkere mate terug. Hij dacht dat het de naweeën van de dysenterie waren en sloeg er geen acht op, bereid het virus met zijn onverschilligheid te doden, het was niet iets om als een oud wijf over te mekkeren, mannen klagen niet, *hermano*, maar hij ging zienderogen achteruit, viel af, zijn lijf deed aan alle kanten pijn, het kostte hem ontzaglijke moeite om uit bed te komen en zijn blik te concentreren op de letters als hij zijn lessen voorbereidde of het werk van zijn leerlingen nakeek. Met het krijtje in zijn hand, te slap om zijn arm te bewegen, stond hij verdwaasd naar het zwarte oppervlak van het schoolbord te staren, niet wetend wat de hanepoten betekenden die hij zelf opgeschreven had of wat die schroeiende hitte was die hem van binnen verteerde. *Is this pencil red? No, this pencil is blue*, en hij kon zich niet herinneren om welk potlood het ging of wie het een lor kon schelen dat het rood of blauw was. In minder dan twee maanden viel hij achttien kilo af en toen iemand de opmerking maakte dat hij kleiner werd en een pompoenkleur kreeg, antwoordde hij met een zwakke glimlach dat een goede spion zich als een kameleon aan zijn omgeving aanpaste. In die tijd deed niemand in het dorp nog mysterieus over zijn gecodeerde berichten en hijzelf permitteerde zich er grapjes over te maken. De mensen beschouwden zijn aanwezigheid als een onvermijdelijk gevolg van de oorlog, het ging niet om iets persoonlijks, als het Reeves niet was, zou het iemand anders zijn geweest, er viel niet aan te ontsnappen. Van de ontelbare buitenlanders die daar waren geweest, vrienden of vijanden, was hij de enige bij wie ze zich op hun gemak voelden, ze hadden genegenheid voor hem opgevat. Soms verscheen er een jongetje om hem in het oor te fluisteren dat er een stormachtige nacht op komst was en dat het raadzaam was de lichten te doven, de deuren goed af te sluiten en onder geen beding naar buiten te gaan. Over het algemeen leek het weer bestendig. Reeves loerde door een kier van het venster naar het bleke hoefijzer van de maan, luisterde naar het schreeuwen van de nachtvogels en hield zich doof voor andere geluiden in de straatjes van het dorp. Hij repte met geen woord over die voorvallen, zijn superieuren zouden niet begrijpen dat de mensen om te overleven niet anders konden dan het hoofd buigen voor de sterksten, zowel van de ene als van de andere kant. Eén woord van hem over die vreemde nachten van stille bedrijvigheid en een strafexpeditie zou van het dorp niet veel meer overlaten dan een hoop verkoolde hutten, een tragedie die op geen enkele manier de plannen van de guerrillastrijders zou veranderen. Het gebrek aan inlichtingen kwam verdacht over op zijn bataljon en ze kwamen hem ophalen om hem persoonlijk vragen te stellen. Onderweg viel hij in de jeep flauw en toen ze bij de basis aankwamen, moesten twee mannen hem uit de wagen halen en naar een stoel in de schaduw slepen. Ze gaven hem een grote fles water die hij in één keer helemaal leegdronk, waarna hij moest braken. Het bloedonderzoek sloot de gebruikelijke ziekten uit en de behandelende arts, bang voor een besmettelijke infectie, stuurde hem per vliegtuig direct door naar een ziekenhuis in Hawaii.

De ervaring van het ziekenhuis was beslissend voor Gregory Reeves, omdat hij daar de gelegenheid had om over de toekomst na te denken, een tot dan toe onbekende luxe. Zelden had hij over zoveel tijd beschikt zonder iets omhanden te hebben, hij bevond zich in een bel die in de ruimte zweefde, de uren leken maar niet om te willen. Tijdens de maanden aan het front waren zijn zintuigen scherper geworden, en nu, in de betrekkelijke stilte van het ziekenhuisbed, schrok hij als er een thermometer op een metalen blaadje viel of als iemand een deur dichttrok. Hij kon niet tegen de etensgeur, de lucht van de medicijnen maakte hem misselijk, en hij kreeg onbedwingbare braakneigingen zodra hij een wond rook. Het contact met de lakens was een marteling voor zijn huid, als hij at was het of hij een hap zand in zijn mond had. Gedurende een aantal dagen werd hij met serum gevoed en daarna met het geduld van een verpleegster, die lepeltjes babyvoedsel bij hem naar binnen werkte en hem zijn eetlust hergaf. De eerste dagen concentreerde hij zich op zichzelf, stelde hij zijn aandacht in dienst van het genezingsproces, volgde nauwlettend het verloop van zijn ziekte en de reacties van zijn organisme, maar toen hij zich beter voelde, kon hij om zich heen kijken. Na het ontwenningsproces van alle drugs waarmee hij zich sinds het begin van de dienst op de been had gehouden, trok het waas voor zijn geest op en stelde een onbarmhartige helderheid hem in staat zichzelf te zien. Liggend op zijn rug, met de ogen strak gericht op de ventilator aan het plafond, bedacht hij dat hij geboren was aan de onderkant van de maatschappij en dat tot dat moment zijn leven had bestaan uit werk en gebrek. Hij was erin geslaagd uit de sloppenwijk waarin hij was opgegroeid weg te komen en zich op te werken tot advocaat, wat meer was dan wie van zijn jeugdvrienden ook ooit had bereikt, maar daarmee had hij zich niet van het stigma van de armoede bevrijd. Zijn huwelijk had geen verandering gebracht in dat gevoel, de aanstellerij en de lusteloosheid van zijn vrouw, die aanvankelijk zijn nieuwsgierigheid hadden gewekt, ergerden hem nu. Timothy Duane zei dat de wereld verdeeld was in bijenkoninginnen die geboren waren voor het genot en werkbijen wier taak het was de eerste te onderhouden. Mensen als Samantha en Timothy hadden al voor hun geboorte alles in hun schoot geworpen gekregen, waren mensen zonder geldzorgen, er was altijd wel iemand bereid om hun rekeningen te betalen, als de erfenis niet toereikend was. Vervloekte bofferds, gromde hij toen hij zich met hen vergeleek. Ik zweer dat ik het lot zijn nek zal breken, herhaalde hij bij zichzelf en probeerde er niet aan te denken dat zijn lot hem naar het kerkhof zou kunnen leiden. Nee, dat kan niet gebeuren, ik heb niet eens twee maanden meer voor de boeg, ze zullen me nooit opnieuw naar het front sturen, troostte hij zichzelf. Hij voelde sympathie voor de andere patiënten, verliezers zoals hij, maar hij werd gehinderd door hun gekreun, de trage slepende passen van hun pantoffels over het zeil, hun kleinzieligheid en hun ellende. Hij hoorde de onbenullige gesprekken en jammerklachten aan en vond hen verwerpelijk, slechts een nummer op een lijst op de administratie, niets belangrijks, als ze morgen verdwenen, zou er niet het minste spoor van hun bestaan op aarde achterblijven.

En ik? Zou iemand zich mij herinneren? Niemand, ik heb vrouw noch dochter die om me huilt, evenmin mijn moeder. En Carmen? Die moet nog treuren om haar broer, zij verafgoodde Juan José, de enige die contact met haar had gehouden toen de anderen haar verstootten. Pas op, ik ben weer bezig sentimenteel te worden. De waarheid is dat het me geen reet kan schelen of iemand aan me denkt of niet, wat ik wil is rijk worden, macht hebben. Mijn vader had macht binnen de wereld van marginalen waarin hij zich bewoog, hij was in staat een afgeladen zaal te hypnotiseren en de mensen ervan te overtuigen dat hij de vertegenwoordiger van de Hoogste Intelligentie was, hij deed ons allen geloven dat hij de plannen en reglementen van het universum kende, maar evenzogoed stierf hij vastgebonden aan een bed met bloed schuimend op zijn lippen en twintig joekels van etterende zweren op zijn huid, knettergek. Ik weet wat je mompelt, Cyrus, dat alleen de morele macht telt. Daar ben jij een goed voorbeeld van, maar je hebt jarenlang stiekem lezend in een lift zonder licht en lucht opgesloten gezeten, en ik neem aan dat je ziel nog steeds in dikke boekwerken wroet. Waar heeft het je toe gediend zo'n goed mens te zijn? Je hebt me veel gegeven, dat zal ik niet ontkennen, maar je had niets, je leidde een miserabel en eenzaam bestaan. Pedro Morales is ook zo'n rechtvaardig mens. Toen ik een jochie was, geloofde ik dat hij machtig was, ik was bang voor zijn bulderstem van een patriarch en zijn starre Indianengezicht met gouden tanden, arme Pedro Morales, niet in staat een vlieg kwaad te doen, nog zo'n slachtoffer van deze kleremaatschappij, ze zeggen dat het sinds het vertrek van Carmen bergafwaarts met hem gaat, dat hij oud geworden is, en nu komt daar nog de dood van Juan José bij. Ik wil de werkelijke macht van het geld en het prestige, de macht die ik nooit in mijn buurt heb gezien, niemand zal op me neerkijken of zijn stem tegen me verheffen. Jouw rondwarende ziel moet wel sidderen van afschuw over mijn cynisme, Cyrus, maar probeer het te begrijpen, de wereld is van de sterksten en ik ben het zat mee te lopen in de gelederen van de zwaksten. Genoeg. Eerst moet ik beter worden, ik kan niet eens mijn armen optillen om een kam door mijn haar te halen, ademen gaat moeilijk en mijn hoofd lijkt wel te koken, en dat heeft niets met die vervloekte ziekte te maken, dat had ik al eerder, het zijn die allergieën die me nekken. Drugs zal ik nooit meer aanraken, ik ga eraan onderdoor, hoogstens een beetje marihuana om de dag door te komen, maar niks geen pillen meer of rotzooi spuiten, ik moet terugkeren naar de wereld der gezonden. Ik wil niet ook een veteraan in rolstoel, alcoholist, verslaafd en gebroken worden, daar zijn er al genoeg van. Ik wil rijk zijn, verdomme.

De gedachten struikelden over elkaar heen in zijn geest, hij sloot de ogen en zag een werveling van beelden die draaide en draaide, hij deed zijn ogen weer open en op het grijze plafond werden zijn herinneringen geprojecteerd. Het kostte hem grote moeite in te slapen, 's nachts lag hij wakker in het donker, vechtend om lucht in zijn longen te krijgen.

Ze identificeerden de infectie, dienden hem antibiotica toe en in drie weken was hij op de been. Hij was weer wat op gewicht gekomen maar zou nooit meer zijn vroegere kracht terugkrijgen en begreep ten slotte dat spieren niets met mannelijkheid te maken hadden. De verschijnselen van de allergie namen af, de pijn in zijn hoofd werd minder, hij ademde niet meer met horten en stoten en ook waren zijn ogen niet meer met bloed doorlopen, maar hij voelde zich nog zwak en bij de minste krachtsinspanning kreeg hij een waas voor zijn ogen. Vol ongeloof hoorde hij zich op een dag door de arts genezen verklaren en kreeg hij orders om naar het front terug te keren. Hij had zich niet kunnen voorstellen dat hij nogmaals een wapen in zijn handen zou houden, had verwacht de weken van zijn dienst die nog te gaan waren met administratief werk te worden belast of weer naar het dorp te worden gezonden. Ze brachten hem naar Saigon voor een tweedaags verlof met het uitdrukkelijke bevel die achtenveertig uur te gebruiken om weer met beide voeten op de grond te komen te staan. Hij gebruikte die uren om Thui te zoeken, de verloofde van Juan José Morales. Nadat zijn vriend Leo Galupi, voor wie de wereld geen geheimen had, hier en daar wat navraag had gedaan, lukte het hem haar telefonisch te lokaliseren, ze spraken af in een bescheiden restaurant. Gregory zat met een beklemd gevoel op haar te wachten, hij had geen idee hoe hij de slag kon verzachten als hij haar het bericht zou geven. Thui had gezegd dat ze in het blauw gekleed zou gaan met een ketting van witte kralen om als herkenningsteken. Reeves zag haar het etablissement binnenkomen en voordat hij naar haar toeging, nam hij haar vanaf een afstand een paar seconden op en probeerde de gejaagde klop van zijn hart in toom te houden. De vrouw was niet mooi, ze had een doffe huid alsof ze ziek was, een platte neus en korte benen, het enige opmerkelijke waren haar ver uiteenstaande en schuine ogen, twee volmaakte zwarte amandelen. Zij gaf hem een kleine hand, die in die van hem verdween, en groette hem op een fluistertoon zonder hem in het gezicht te zien. Ze gingen zitten aan een tafel met plastic bestek, zij wachtte onbewogen met haar handen in haar schoot en neergeslagen blik, terwijl hij met absurde aandacht de menukaart bekeek en zich ondertussen afvroeg waarom hij haar in godsnaam gebeld had, nu zat hij in een lastig parket en het enige dat hij wilde was zo snel mogelijk weg daar. De kelner bracht hun bier en een bord met een gehaktgerecht dat moeilijk te identificeren maar ongetwijfeld dodelijk moest zijn voor iemand die herstellend was van een darminfectie. De stilte begon ongemakkelijk te worden, Gregory betastte het scapulier van de Maagd van Guadalupe onder zijn hemd. Ten slotte sloeg Thui haar ogen op en keek hem uitdrukkingsloos aan.

'Ik weet het al,' zei ze in haar gebroken Engels.

'Wat?' en onmiddellijk betreurde hij die vraag.

'Dat van Juan José. Ik weet het al.'

'Het spijt me. Ik weet niet wat ik moet zeggen, ik ben nogal onhandig in dit soort dingen... ik weet dat jullie veel van elkaar hielden. Ook ik was erg op hem gesteld,' stamelde Gregory en zijn verdriet maakte verder spreken onmogelijk, hij voelde zijn ziel vol tranen die hij niet kwijt kon, terwijl hij met een vuist op tafel sloeg.

'Wat kan ik voor u doen?' wilde zij weten.

'Ik ben het die dat aan u moet vragen. Daarom juist heb ik u gebeld. Neemt u mij niet kwalijk, ik moet nogal opdringerig overkomen... Heeft Juan José over mij gesproken?'

'Hij heeft mij over zijn familie en zijn land verteld. U bent zijn broer, niet?'

'Zo ongeveer ja. Hij heeft ook over u gesproken, Thui, hij zei me dat hij voor het eerst van zijn leven verliefd was, dat u een erg lief meisje was en wanneer de oorlog over zou zijn, zouden jullie trouwen en zou hij u naar Amerika meenemen.'

'Ja.'

'Hebt u iets nodig? Juan José zou graag hebben gewild dat ik...'

'Niets, dank u.'

'Geld?'

Zij bleven een hele poos zitten zonder te weten wat ze verder nog moesten zeggen en ten slotte kondigde zij aan dat ze naar haar werk terug moest en stond op. Haar hoofd stak nauwelijks een paar centimeter boven dat van Gregory uit, die nog zat. Zij legde haar kinderhand op zijn schouder en glimlachte, een flauwe en enigszins ondeugende glimlach, waardoor zij er nog meer als een kabouter uitzag.

'Maakt u zich maar geen zorgen, Juan José heeft me alles gegeven wat ik nodig heb,' zei ze.

Angst. Afschuw. Ik sterf van angst, iets wat ik de afgelopen maanden niet heb gevoeld, dit is nieuw. Een paar maanden geleden was ik nog geprogrammeerd voor deze rotoorlog, wist ik wat ik moest doen, liet mijn lichaam me niet in de steek, was ik voortdurend alert, gespannen, een echte soldaat. Nu ben ik een arme zieke donder, krampachtig van onmacht, een zak vodden. Velen sterven in de laatste dagen van hun diensttijd omdat ze verslappen of bang worden. Ik ben bang om van het ene moment op het andere te sterven, zonder tijd te hebben om afscheid te nemen van het licht, en nog een vreselijker angst, de angst om langzaam te sterven. Angst voor bloed, mijn eigen bloed dat als een fontein wegspuit; voor pijn, als een verminkte te overleven, gek te worden, syfilis en andere ziekten die ons besmetten, krijgsgevangen te worden genomen en te sterven aan de martelingen in een apekooi, dat de jungle me verzwelgt, te slapen en te dromen, te wennen aan het doden van mensen, aan geweld, aan de drugs, aan de smerigheid, aan de hoeren, aan de stompzinnige tucht, aan het geschreeuw, en dat ik later – als er een later is – niet over straat kan lopen als een normaal mens en oude vrouwen verkracht in parken of een geweer richt op de kinderen op de speelplaats van een school. Angst voor alles wat me te wachten staat. Moedig is hij die voor het gevaar kalm blijft, heb je voor mij in een boek onderstreept, Cyrus, je zei me dat ik niet lafhartig moest zijn, dat een nobel mens niet het hoofd laat hangen en de angst overwint, maar dit is anders, dit zijn geen denkbeeldige gevaren, zijn geen schaduwen of hersenschimmen, dit is het vuur van het einde van de wereld, Cyrus.

En woede. Ik zou haat moeten voelen, maar ondanks de trainingen, de propaganda en wat ik zie en wat er verteld wordt, kan ik niet de noodzakelijke haat voelen; de schuld van mijn moeder misschien, die mijn hoofd volstopte met bahai-ideeën, of de schuld van mijn vrienden in het dorp, die mij leerden de overeenkomsten te zien en de verschillen te vergeten. Nee, geen haat, maar wel veel woede, een hardnekkige razernij tegen iedereen, tegen de vijand, die hufters die zich onder de grond voortbewegen als mollen en zich met dezelfde snelheid vermenigvuldigen als waarmee wij hen uitroeien, uiterlijk hetzelfde als de mannen en vrouwen die me uitnodigen om bij hen thuis te komen eten in het dorp. Woede tegen elk van de corrupte schoften die rijk worden van deze oorlog, tegen de politici en de generaals, hun stafkaarten en hun computers, hun warme koffie, hun dodelijke vergissingen en hun grenzeloze hoogmoed; tegen de bureaucraten en hun lijsten met verliezen, nummers in lange kolommen, plastic zakken in eindeloze rijen; tegen hen die thuis zijn gebleven en hun rekruteringskaarten verbranden, en ook tegen hen die met vlaggen zwaaien en klappen wanneer wij op het televisiescherm verschijnen en evenmin weten waarom wij elkaar afslachten. Kanonnevlees of heldhaftige verdedigers van de vrijheid, noemen die klootzakken ons, niemand kan de namen uitspreken van de plaatsen waar we vallen, maar allemaal hebben ze hun mening klaar, allemaal hebben ze er ideeën over. Ideeën! Daar is wel de minste behoefte aan hier, vervloekte ideeën. En woede tegen die hoosbuien, tegen die regen die alles doorweekt en doet wegrotten, dit klimaat van een andere planeet waar je nu eens doodvriest en dan weer sterft van de hitte, tegen dit verwoeste land en zijn uitdagende jungle. We zijn aan de winnende hand, natuurlijk, dat zegt Leo Galupi me altijd, de koning van de zwarte markt, die zijn twee jaar erop had zitten en daarna terugkeerde om te blijven en er niet over denkt ooit nog weg te gaan, want deze klerezooi hier bevalt hem uitstekend en bovendien is hij bezig miljonair te worden door ons clandestien ivoor te verkopen en aan de anderen onze kousen en flesjes deodorant. Bij elke schermutseling komen we volgens Galupi als overwinnaars uit de bus, maar hoe komt het dan dat we het gevoel hebben een nederlaag te hebben geleden? Het goede wint het altijd, zoals in de film, en wij zijn de goeden, niet? Wij beheersen de hemel en de zee, we kunnen dit land zodanig in de as leggen dat er op de kaart slechts een grote krater overblijft, een immens crematorium waar gedurende een miljoen jaren niets meer zal groeien, het is een kwestie van een druk op die beruchte knop, makkelijker dan in Hirosjima, weet u nog, mama, of bent u het al vergeten? Ze heeft het er al jaren niet meer over gehad, waarover spreekt u tegenwoordig met het spook van mijn vader, oudje? Die bommen zijn verouderd, we hebben nu andere die meer en beter doden, nou, wat zegt u daarvan? Maar oorlogen worden niet in de lucht of op het water gewonnen, die worden op de aardbodem gewonnen, meter voor meter, man tegen man. Met de grootste wreedheid. Waarom doen we geen nucleaire aanval, dan kunnen we definitief naar huis, zeggen de *marines* bij hun tweede pilsje. Ik wil niet hier zijn als we dat doen. Ik moet niet denken aan mijn verdwenen vrienden, de kapotgeschoten jongens, de gehuchten in vlammen, de wegvluchtende mensenmassa's, de met benzine overgoten monniken; ook niet aan Juan José Morales of aan die arme knul uit Kansas, of aan mijn dochtertje telkens wanneer ik een van die blinde, verbrande kinderen vol littekens zie. Het enige waaraan ik moet denken is levend wegkomen hier, er is geen plaats voor sentimentaliteiten, levend wegkomen, anders niet. Ik kan niemand in de ogen zien, we zijn getekend door de dood, ik schrik van de lege ogen van die achttienjarige knapen, allen met een zwarte afgrond in hun blik.

Ze omsingelen ons, kennen al onze plannen, luisteren naar ons gefluister, ruiken ons, volgens ons, bespieden ons, wachten. Zij hebben geen keus: winnen of sterven, ze vragen zich niet af wat ze hier in 's hemelsnaam doen, ze wonen al sinds duizenden jaren op deze grond en vechten er op z'n minst al honderd jaar om. Het jochie dat ons fruit verkoopt, de vrouw zonder oren die ons naar de bordelen brengt, de oude man die de vuilnis verbrandt, stuk voor stuk zijn het vijanden. Of misschien is geen van hen dat. Gedurende de drie maanden in het dorp ben ik weer mens geworden, geen strijder, een mens, maar nu ben ik weer een belaagd dier. En als het maar een nachtmerrie is? Een nachtmerrie... spoedig zal ik wakker worden in een ongerepte woestijn, aan de hand van mijn vader, kijkend naar de zonsondergang. De luchten zijn fantastisch hier, dat is het enige dat de oorlog nog niet heeft verwoest. De ochtendschemering duurt lang en de zon stijgt langzaam boven de horizon uit, oranje, purper, geel, de zon is een enorme schijf van zuiver goud.

Ik had nooit gedacht dat ze me zouden terugsturen naar deze hel, ik moet nog een maand, minder dan een maand, vijfentwintig dagen om precies te zijn. Ik wil niet sterven, het zou een stompzinnig einde zijn, het is niet mogelijk het trappen van de bendeleden uit de buurt te hebben overleefd, de wedrennen met de trein in volle vaart, de slachting op de berg en dertien maanden oorlog om roemloos te eindigen in een zak, vernietigd op het laatste moment als een halvegare. Dat is onmogelijk. Misschien heeft Olga gelijk, misschien ben ik anders dan de rest en heb ik het er daarom ongedeerd afgebracht op de berg, ik ben onoverwinnelijk en onsterfelijk. Dat gelooft iedereen, als dat niet zo was, zouden we niet kunnen doorgaan met vechten, ook Juan José voelde zich onsterfelijk. Geluk, karma, lot... Pas op met die woorden, ik neem ze te vaak in de mond, er bestaat niets van dat alles, het is gezwets van mijn vader en Olga om onnozele halzen in de luren te leggen. Het lot smeed je zelf door middel van slaag en zweet, ik zal met mijn leven doen wat mij goeddunkt... als ik het er levend van afbreng tenminste en naar huis kan terugkeren. En is dat soms geen geluk? Of ik terugkeer, hangt niet van mij af, niets van wat ik doe of niet doe kan mij verzekeren dat ik in de komende vijfentwintig dagen niet mijn benen zal verliezen of mijn armen of mijn leven.

Inmaculada Morales begreep dat haar echtgenoot ziek was nog voordat hij de eerste aanval kreeg, zij kende hem goed en merkte veranderingen die hemzelf niet opvielen. Pedro genoot een ijzeren gezondheid, het enige geneesmiddel waarin hij vertrouwen stelde was eucalyptusolie om er zijn overbelaste rug mee in te smeren en de enige keer dat hij een verdoving had gekregen, was toen hij zijn gezonde tanden liet vervangen door andere van goud. Zijn precieze leeftijd wist men niet, toen het zover was dat hij zijn papieren kon legaliseren, had hij zijn geboortebewijs laten maken door een vervalser in Tijuana en had zomaar een geboortedatum gekozen. Zijn vrouw schatte dat hij zo om en nabij de vijfenvijftig was in de tijd dat Carmen vertrok. Na die gebeurtenis werd Pedro Morales nooit weer helemaal de oude, hij veranderde in een zwijgzame man met een starre uitdrukking, met wie het moeilijk samenleven was. Zijn kinderen bleven zijn gezag eerbiedigen, het zou niet bij hen zijn opgekomen hem uit te dagen of hem ter verantwoording te roepen. Toen een tijd later de oudsten trouwden en hem kleinkinderen schonken, verzachtte hij enigszins, en toen hij zag hoe de kleintjes brabbelend in hun koeterwaals als kakkerlakken rond zijn voeten kropen, glimlachte hij als in de tijden van weleer. Inmaculada kon met hem niet over Carmen spreken. Zij probeerde het een keer met als gevolg dat hij op het punt stond haar te slaan, kijk nou eens waar je me toe dwingt, vrouw!, brulde hij toen hij zichzelf betrapte met zijn arm in de lucht. Anders dan zoveel andere mannen uit de wijk vond hij het laf om zijn vrouw te slaan, met dochters ligt dat heel anders, zei hij, want die moeten opgevoed worden. Ondanks zijn ouderwetse strengheid, raadde Inmaculada hoezeer hij Carmen miste en bedacht ze een manier om hem op de hoogte te houden. Zij begon met Gregory Reeves een correspondentie met als enige onderwerp het afwezige meisje. Zij stuurde hem zo nu en dan kaarten met bloemen en duiven om hem te berichten over haar gezin en haar 'gringo-zoon' antwoordde daarop met het verslag van het laatste telefoongesprek met Carmen, op deze manier volgde zij tot in de details het leven van haar dochter, haar verblijf in Mexico, haar reis naar Europa, haar vriendjes, haar werk. Zij liet de ansichtkaarten rondslingeren, zodat de vader ze zou vinden en kon lezen zonder dat zijn gekwetste trots op de proef werd gesteld. In die jaren veranderden de gewoonten op drastische wijze en de misstap van Carmen was nu iets wat je elke dag hoorde, het was moeilijk haar te blijven beschuldigen alsof zij een satanskind was. Buitenechtelijke zwangerschappen was het geliefde onderwerp van films, tv-series en romans, in het echt hadden beroemde actrices kinderen zonder dat men wist wie de vader was, de feministen vochten voor het recht op abortus en de hippies lagen te vrijen in openbare parken voor het oog van een ieder, zodat zelfs de strenge pater Larraguibel die onverzettelijke houding van Pedro Morales niet begreep.

Die rampzalige woensdag dienden zich twee jonge officieren aan bij het huis van de familie Morales, een paar bevreesde knapen die hun onbehagen probeerden te verbergen achter die absurde gevoelloosheid van soldaten en de formaliteit van een dikwijls herhaald verhaal. Zij brachten het bericht van de dood van

Juan José. Er zou een religieuze dienst worden gehouden als de familie dat op prijs stelde, het stoffelijk overschot zou binnen een week begraven worden op het militaire kerkhof, zeiden zij, en overhandigden de ouders de onderscheidingen die hun zoon gekregen had voor zijn bijzondere heldenmoed. Die nacht werd Pedro Morales getroffen door een derde attaque. Hij voelde zich plotseling slap worden, alsof zijn lichaam uit weke was bestond die plotseling smolt, en viel krachteloos neer aan de voeten van zijn vrouw, die hem niet kon optillen om hem in bed te leggen en hem evenmin alleen durfde laten om hulp te gaan halen. Toen Inmaculada zag dat hij niet meer ademde, gooide zij hem koud water in het gezicht, maar dat middel had geen enkel effect; toen herinnerde zij zich een televisieprogramma en ging over tot het toepassen van mond-op-mondbeademing en sloeg met haar vuisten op zijn borst. Een minuut later kwam haar man drijfnat weer bij en zodra de duizeligheid over was, dronk hij twee glazen tequila en verzwolg een halve appeltaart. Hij weigerde om naar het ziekenhuis te gaan, zeker als hij ervan was dat het zijn zenuwen waren en anders niets, het zou 's nachts tijdens het slapen wel overgaan, zei hij, en dat was ook zo. De volgende dag stond hij zoals gewoonlijk vroeg op, deed de garage open en gaf instructies aan zijn monteurs, hijzelf ging een zwart pak kopen voor de begrafenis van zijn zoon. Van de flauwte hield hij alleen een hevige pijn aan zijn ribben over, die zijn vrouw met haar vuistslagen gekneusd had. Aangezien het onmogelijk was hem naar het ziekenhuis te krijgen, besloot Inmaculada Olga te raadplegen, met wie zij zich verzoend had na het tragische geval van Carmen, want zij begreep dat de wonderdokter haar alleen maar had willen helpen. Zij kende haar lange ervaring, wist dat ze niet het risico zou hebben genomen een late abortus te plegen als het niet om dat meisje was gegaan, van wie zij hield als van een nichtje. Het was slecht uitgepakt, maar zij vond dat het niet haar schuld was maar de wil van God. Olga had de dood van Juan José al vernomen en bereidde zich, net als de hele buurt, voor om de mis van pater Larraguibel bij te wonen. De twee vrouwen omhelsden elkaar langdurig en gingen vervolgens zitten om koffie te drinken en de flauwtes van Pedro Morales te bespreken.

'Hij is niet meer dezelfde. Hij wordt steeds magerder en drinkt liters citroenlimonade, hij moet onderhand gaten in zijn maag hebben van zoveel citroen. Hij heeft zelfs geen fut meer om op me te mopperen, en soms gaat hij niet eens naar zijn werk.'

'Wat nog meer?'

'Hij huilt in zijn slaap.'

'Don Pedro is een echte macho, vandaar dat hij niet kan huilen als hij wakker is. Zijn hart zit vol tranen om de dood van zijn zoon, het is normaal dat die in zijn slaap een uitweg zoeken.'

'Het is al voor de dood van Juan José begonnen, God hebbe zijn ziel.'

'Eén van de twee: of zijn bloed is niet goed of hij heeft ademnood.'

'Ik geloof dat hij erg ziek is. Met mijn moeder is het ook zo gegaan, weet je nog?'

En of Olga het zich nog herinnerde, het was een hele gebeurtenis toen ze op televisie kwam op haar honderdste verjaardag. De getikte oma, die gewoonlijk vrolijk van aard was, werd op een morgen nat van de tranen wakker en viel niet te troosten, ze ging sterven en vond het treurig om alleen te moeten gaan, ze hield van het gezelschap van haar familie. Zij dacht dat ze nog in haar dorp in Zacatecas was, nooit had ze geweten dat ze dertig jaar in de Verenigde Staten had gewoond, haar kleinkinderen waren chicano's en alleen buiten de grenzen van haar buurt sprak men Engels. Zij streek haar mooiste jurk, want ze wilde fatsoenlijk begraven worden en liet zich naar het kerkhof rijden om te kijken waar het graf van haar voorouders zich bevond. De kinderen Morales hadden in allerijl een steen besteld met de naam van de ouders van de oude vrouw erop en plaatsten die zodanig dat zij hem met haar eigen ogen zien kon. Wat vermenigvuldigen de doden zich snel!, was haar enige commentaar bij het zien van de grote begraafplaats. De volgende weken bleef zij alvast huilen om haar eigen heengaan en zo kwijnde ze langzaam weg tot ze uitdoofde als een kaars.

'Ik zal u een fles magdalenasiroop geven, dat helpt in dat soort gevallen. Maar als Don Pedro niet beter wordt, zal u met hem naar een arts moeten gaan,' adviseerde Olga. 'Neemt u mij mijn onbescheidenheid niet kwalijk, *doñita*, maar het bedrijven van de liefde is weldadig voor lichaam en geest. Ik raad u aan lief voor hem te zijn.'

Inmaculada bloosde. Dat was een onderwerp waar zij nooit over sprak.

'In uw plaats zou ik ook Carmen vragen terug te komen. Er is veel tijd verstreken en haar vader heeft haar nodig. Het is tijd om vrede te sluiten.'

'Mijn echtgenoot zou het me nooit vergeven, Doña Olga.'

'Don Pedro heeft zojuist een zoon verloren, denkt u niet dat het een troost voor hem zal zijn als zijn dochter opstaat die hij als dood beschouwt? Carmen was altijd zijn oogappel.'

Inmaculada nam de fles magdalenasiroop mee om niet ondankbaar te lijken. Zij had niet al te veel vertrouwen in de brouwsels van de waarzegster, maar geloofde blindelings in de wijsheid van haar raad. Na thuiskomst gooide ze het drankje in de vuilnisbak en zocht in de blikken trommel waarin ze de kaarten van Gregory Reeves bewaarde, net zolang totdat ze het laatste adres van haar dochter vond.

Carmen Morales woonde vier jaar in Mexico-stad. De eerste twee waren zo eenzaam en armoedig dat ze van ellende begon te lezen, iets wat ze nooit voor mogelijk had gehouden. Aanvankelijk stuurde Gregory haar Engelse boeken op, maar al snel schreef zij zich bij een openbare bibliotheek in en begon in het Spaans te lezen. Daar leerde zij een twintig jaar oudere antropoloog kennen, die haar belangstelling wekte voor vreemde culturen en haar respect bijbracht voor haar Indiaanse achtergrond. Hij was al net zo gefascineerd door het decolleté van het meisje als zij door de kennis van haar nieuwe vriend. In het begin gruwelde Carmen van het gewelddadige en bloederige verleden van dat continent, kon ze niets bewonderenswaardigs ontdekken aan de met geronnen bloed besmeurde priesters die het hart van de geofferden uitrukten, maar de antropoloog deed haar de betekenis van die rituelen begrijpen, vertelde haar oude legenden, leerde haar hiërogliefen ontcijferen, nam haar mee naar musea en toonde haar zoveel kunstboeken, vedermantels, tapijten, bas-reliëfs en beelden, dat zij uiteindelijk waardering kreeg voor die woeste esthetica. Haar grootste interesse ging uit naar de patronen en kleuren van stoffen, schilderingen, ceramiek en ornamentiek, ze was uren bezig met het overnemen van de vormen in een tekenschrift om ze later te gebruiken voor haar sieraden. Die lange tochten langs mummies en ijzingwekkende Azteekse beelden eindigden ermee dat de antropoloog en zijn pupil minnaars werden. Hij vroeg haar bij hem te komen wonen om liefde en kosten te delen, zij verliet het stinkende hok waar ze tot dan toe had overleefd en verhuisde naar het appartement van haar vriend dat midden in het centrum van de stad lag. De luchtvervuiling was verontrustend, soms vielen er vogels dood uit de hemel, maar ze beschikte daar tenminste over een badkamer met warm water en een zonnige kamer waar zij haar edelsmidse installeerde. Zij dacht het geluk gevonden te hebben en meende dat ze wijsheid zou kunnen verkrijgen door lichamelijk contact, ze was leergierig, had een grenzeloze bewondering voor haar minnaar en werd steeds weer door hem verrast, elke kruimel kennis die hij uitstrooide, viel bij haar in vruchtbare aarde. In ruil voor de fantastische lessen van de antropoloog was zij bereid voor hem te zorgen, zijn kleren te wassen, het huis schoon te houden, eten te koken en zelfs zijn nagels en zijn haar te knippen, daarbij stond ze alles af wat ze verdiende met haar zilveren sieraden die ze aan toeristen verkocht. De man wist niet alleen veel over spookachtige Indianen en kerkhoven met aangevreten kruiken, hij was ook een expert op het gebied van films, boeken en restaurants; hij bepaalde hoe zij zich moest kleden, hoe ze moest spreken, vrijen en zelfs denken. De gedweeheid van de jonge vrouw duurde veel langer dan te verwachten viel van een persoon met haar karakter, bijna twee volle jaren gehoorzaamde zij hem eerbiedig, verdroeg niet alleen dat hij er andere vrouwen op nahield en haar daarover vertelde met een overvloed aan scabreuze details 'want tussen ons mogen er geen geheimen bestaan', maar ook dat hij haar sloeg wanneer hij zo nu en dan een glaasje te veel op had. Na elke gewelddadige scène kwam haar erudiete amant met een bos bloemen thuis en barstte in haar schoot in huilen uit, smeekte om begrip – hij was bezeten van de duivel – en zwoer dat het nooit meer zou gebeuren. Carmen vergaf maar vergat niet en zoog intussen zijn kennis op als een spons. Zij schaamde zich ervoor om die klappen toe te geven, zij voelde zich vernederd maar meende soms ook het er naar gemaakt te hebben, misschien was het wel normaal, had haar vader haar ook niet vaak geslagen? Toen ze het op een dag dan eindelijk tegen Gregory Reeves durfde te zeggen tijdens een van hun geheime maandagse telefoongesprekken, sloeg haar vriend alarm, maakte haar voor stomme trut uit, deed haar schrikken met een paar verzonnen statistieken en overtuigde haar ervan dat die man niet zou veranderen, dat integendeel de mishandelingen steeds erger zouden worden en wie weet tot wat voor excessen zouden leiden. Tien dagen later ontving Carmen van Gregory een cheque voor een ticket en een brief waarin hij haar hulp aanbood en vroeg naar de Verenigde Staten terug te keren. Het geschenk kwam de dag na een huistwist waarbij de antropoloog haar zo ongelukkig een mep had verkocht dat zij de pan kokend hete soep over zich heen had gekregen. Het was een ongeluk, erkenden beiden, maar evenzogoed moest zij twee dagen lang haar borst behandelen met melk en olijfolie. Zodra ze haar blouse weer aan kon doen, ging ze naar een reisbureau met het voornemen een vlucht naar huis te boeken, maar terwijl ze bladerend in reisprogramma's op haar beurt wachtte, moest ze aan de woede van haar vader denken en besloot dat ze niet de moed had om hem onder ogen te komen. In een opwelling gooide zij het roer om en kocht een ticket voor Amsterdam. Zij vertrok onbesuisd, zonder zelfs maar afscheid te nemen van haar minnaar, ze had een brief voor hem willen achterlaten, maar was zo druk bezig met het pakken van haar bagage dat ze dit vergat. Haar gereedschap deed ze in een tas met haar materialen en nog twee potten gecondenseerde melk om de ongemakken van de reis te verlichten.

Europa verblindde haar. Met een rugzak om doorkruiste zij alle landen en verdiende zonder al te veel problemen haar brood, ze gaf Engelse les, verkocht haar sieraden wanneer ze in de gelegenheid verkeerde om die te maken en als er honger dreigde kon ze altijd een beroep op Gregory doen voor hulp. Geen kathedraal, kasteel of museum liet zij onbezocht, totdat zij er zo schoon genoeg van had dat ze zichzelf beloofde nooit meer een voet in die tempels van het toerisme te zetten en liever genietend van het leven door de straten te banjeren. Op een zomerdag kwam ze in Barcelona aan en toen ze uit de trein stapte, werd ze omringd door een groep schreeuwerige zigeunerinnen die per se haar toekomst wilden voorspellen en haar amuletten verkopen. Zij nam hen verbaasd op en besloot dat dat de stijl was die het beste bij haar paste, niet alleen vanwege haar beroep als edelsmid maar ook vanwege de manier van kleden. Later ontdekte zij de Moorse invloed in het Zuiden van Spanje en de kleuren van Noord-Afrika, die ze in een gelukkige mengeling verwerkte in haar produkten. Ze nam haar intrek in een pension in de gotische wijk zonder een sprankje natuurlijk licht en met een buizennet dat onophoudelijk kreunde, maar haar kamer was ruim, met een plafond van vakwerk, en bevatte een enorme werktafel. Na een paar dagen had ze al een paar rokken met volants klaar die deden denken aan de draperieën van Olga in haar jonge jaren en aan de carnavalskleding uit de dagen van de jongleursvoorstellingen op Pershing Square. Ze zou zich nooit anders meer kleden dan in dat soort gewaden, in de volgende jaren verfijnde zij ze tot in de perfectie, puur om het plezier erin rond te lopen, en had er geen flauw vermoeden van dat ze haar in de toekomst befaamd en rijk zouden maken.

Na met haar bagage op haar rug en praktisch zonder geld van Oslo tot Athene te zijn getrokken, was ze dat zwerven moe en vond dat het tijd geworden was om orde op zaken te stellen. Zij was ervan overtuigd dat het enige geschikte beroep voor haar de edelsmeedkunst was, maar op dat gebied heerste er een moordende concurrentie, originele ontwerpen hebben was niet genoeg om te overleven, vóór alles moest zij de kneepjes van het vak leren. Barcelona was daar de ideale plek voor. Zij schreef zich in voor verschillende cursussen waar zij eeuwenoude technieken leerde en ontwikkelde langzaam maar zeker een geheel eigen stijl, een combinatie van degelijke klassieke ambachtelijkheid en een gedurfde zigeunerstijl waarin ze invloeden verwerkte uit Afrika, Latijns-Amerika en ook enigszins uit India, dat zo in zwang was in die jaren. Zij was steeds de origineelste leerling van de klas, haar sieraden vonden zo gretig aftrek dat ze de vraag niet aankon. Alles liep beter dan verwacht, totdat een jonge Japanner haar pad kruiste, iets jonger dan zij, die ook edelsmid was. Het was Carmen gelukt haar produkten aan befaamde juwelierswinkels te slijten, hij daarentegen bood de zijne met weinig succes op de Ramblas aan, een verschil dat hem vernederde. Om hem te troosten ging zij weer op straat verkopen, zogenaamd omdat die plek de ziel van de stad was. De jongen kwam bij Carmen in het schemerige pension wonen. Al snel wogen de culturele verschillen zwaarder dan de wederzijdse aantrekking, maar zij had zo'n behoefte aan gezelschap dat ze de symptomen ervan negeerde. De Japanner deed geen afstand van zijn oeroude gewoonten, hij kwam altijd op de eerste plaats en verwachtte dat hij bediend werd. Hij poedelde urenlang in het warme bad en daarna mocht zij, wanneer het water al koud was. Hetzelfde gebeurde met het eten, het bed, de gereedschappen en werkmaterialen, op straat liep hij voor haar en moest zij hem op een pas afstand volgen. Als de zon scheen ging de jongeman de straat op om te verkopen, terwijl Carmen in de donkere kamer bleef werken, maar als het regende moest zij de blote hemel trotseren, want haar minnaar leed aan opportune reumatische aandoeningen die te maken hadden met de weersomstandigheden buiten. Aanvankelijk vond ze die hebbelijkheden nog amusant, 's lands wijs 's lands eer, zei ze opgeruimd bij zichzelf, maar na een tijdje zijn kuren te hebben verdragen kreeg ze er genoeg van en begon het gekibbel. De man verloor nooit zijn zelfbeheersing en antwoordde met een lange ijzige stilte op haar verwijten, zij voelde die leegte om haar heen als een beklemming, maar beklaagde zich niet, want deze sloeg haar tenminste niet en ook gooide hij geen kokend hete soep over haar heen. Ten slotte streek ze over haar hart, om niet alleen te blijven en omdat haar vriend haar fascineerde, zij werd aangetrokken door zijn lange, zwarte haar, zijn kleine lichaam, dat één bonk spieren was, zijn vreemde accent en de precisie van zijn bewegingen. Zij ging schuchter naar hem toe, koerde een tijdje tegen hem aan en over het algemeen slaagde zij erin hem te vermurwen, ze verzoenden zich in bed, waar hij een expert was. Uit gemakzucht zouden ze bij elkaar zijn gebleven, als zij niet een telegram van Inmaculada had ontvangen met het bericht over de ziekte van Pedro Morales en het verzoek om godswil terug te komen, aangezien zij de enige was die haar vader kon redden, die door verdriet werd verteerd. Toen besefte zij hoeveel ze van die oude stijfkop hield, hoezeer zij ernaar verlangde om haar gezicht in de warme schoot van haar moeder te duwen en weer, al was het maar voor even, het troetelkind van vroeger te zijn. In de veronderstelling dat ze maar een paar weken weg zou blijven, nam ze alleen het allernoodzakelijkste aan kleren mee dat zij inderhaast in een tas propte. De Japanner bracht haar weg naar het vliegveld, wenste haar geluk en nam afscheid met een lichte buiging, in het openbaar raakte hij haar nooit aan.

Doordat ik voortdurend het gezicht van de dood voor me had, leerde ik de waarde van het bestaan. Het enige dat wij hebben is het leven en de een is niet meer waard dan de ander. Het leven van Juan José Morales is niet meer waard dan dat van de mannen die ik doodde, toch drukken de doden niet op me, ik heb ze altijd om mij heen, ze zijn mijn kameraden. Of je doodt of je wordt gedood, zo simpel ligt het, het is geen morele kwestie voor mij, de twijfel en verwarring zijn van andere aard. Ik ben een van de gelukkigen die ongedeerd uit de oorlog zijn gekomen.

Bij mijn terugkeer ging ik van het vliegveld naar een hotel, ik belde niemand. De lucht boven San Francisco was bewolkt en er stond een winterse wind, zoals in de zomer altijd het geval is, en ik besloot te wachten met Samantha te bellen tot de zon zich zou laten zien, ik weet niet waarom ik op het idee kwam dat ons weerzien onder prettige weersomstandigheden aangenamer zou zijn, want de waarheid is dat we uit elkaar waren gegaan met het voornemen om te scheiden, we hadden elkaar nooit geschreven en de dag dat ik haar vanaf Hawaii belde, was het duidelijk dat we elkaar niets te zeggen hadden. Ik voelde me vermoeid, was niet in de stemming voor discussies en verwijten, en nog veel minder om haar of wie ook mijn oorlogservaringen te vertellen. Ik wilde Margaret natuurlijk zien, maar misschien zou mijn dochter mij niet meer herkennen, op die leeftijd vergeten kinderen snel en zij had me al in geen maanden gezien. Ik liet mijn spullen achter in mijn kamer en ging op zoek naar een koffiebar, ik had behoefte aan de goede koffie van San Francisco, de lekkerste ter wereld. Ik zwierf rond door die waanzinnige stad waar je zelden de zee ziet, rechte lijnen die stijgen en dalen, getrokken in overeenstemming met een geometrisch plan dat zich niets aantrok van de elf heuvels, ik zocht mijn bekende plekjes, maar alles werd vertekend door de nevel. De stad kwam mij voor als een vreemde plaats, ik herkende de gebouwen niet meer en begon gedesoriënteerd rondjes te lopen in die stad van tegenstellingen en geuren, verloederd als alle havenplaatsen en ondeugend als een meisje van lichte zeden. Ik heb geen verklaring voor het elegante karakter van San Francisco, de stad is immers gesticht door een troep door het makkelijke goud bezeten avonturiers, hoeren en struikrovers. Een passerende Chinees raakte mijn arm aan en ik maakte een sprong alsof ik door een schorpioen gebeten was, met gebalde vuisten, tastend naar het wapen dat ik niet bij me droeg. De man glimlachte naar me, goedendag, zei hij, toen hij verder liep, en ik stond als verlamd, voelde de blikken van de mensen op mij gericht, hoewel in werkelijkheid niemand op me lette. Klingelende trams reden voorbij, schoolkinderen liepen langs, en secretaressen, de onvermijdelijke toeristen, Latijnsamerikaanse arbeiders, Aziatische hippies met hun handelswaar, zwarte prostituées met blonde pruiken, gearmde homoseksuelen, allemaal als acteurs in een bij kunstlicht opgenomen film, terwijl ik buiten het scherm bleef, zonder er iets van te begrijpen, totaal genegeerd, op duizenden jaren afstand. Ik doolde door de Italiaanse wijk, door Chinatown, door de straten van de zeelieden, waar sterke drank, drugs en pornografie worden verkocht – het nieuwste van het nieuwste waren opblaasschapen – alsook medailles van Sint-Christoffel om zich te beschermen tegen de gevaren op zee. Ik keerde naar het hotel terug, nam een paar slaaptabletten en kwam pas twintig uur later weer bij bewustzijn, toen ik gewekt werd door een stralende zon door het raam. Ik pakte de telefoon om Samantha te bellen, maar wist het nummer van mijn eigen huis niet meer en besloot nog een poosje te wachten, me nog een paar dagen eenzaamheid te gunnen om mijn lichaam en geest een beetje op orde te brengen, ik moest me van binnen en buiten reinigen van zoveel zonden en gruwelijke herinneringen. Ik voelde me besmet, smerig, dodelijk vermoeid. Ook belde ik de Morales niet, ik zou dan onmiddellijk naar Los Angeles hebben moeten gaan en daarvoor ontbrak het me aan moed, ik kon nog niet over Juan José praten, Inmaculada en Pedro in de ogen kijken en hun verzekeren dat hun zoon gestorven was voor het vaderland als een held, na gebiecht te hebben en zonder pijn, bijna zonder het te merken, terwijl hij in werkelijkheid onder luid gebrul stierf en ze slechts de helft van zijn lichaam hadden begraven. Ik kon niet zeggen dat zijn laatste woorden geen bericht voor hen bevatten, hij klemde zich vast aan de hand van de aalmoezenier en zei houd me vast, pater, want ik val in een grote diepte. Niets is zoals in de films, zelfs de dood niet, we sterven niet schoon maar vol afschuw in een plas bloed en blubber. In de bioscoop sterft niemand echt, in de oorlog leeft niemand echt. In Vietnam dacht ik dat de lichten in de zaal over een paar minuten zouden aangaan en ik naar buiten zou kunnen om zonder haast ergens een kop koffie te drinken en ik alles weer snel zou zijn vergeten. Nu ik geleerd heb te leven met de verschrikkingen van een goed geheugen, speel ik niet meer dat het leven als een verhaal is, maar aanvaard ik het met alle smart die het met zich meebrengt.

Met mijn zuster had ik nog maar weinig contact; sinds de geboorte van Margaret hadden we elkaar niet meer gezien, ik wilde haar niet bellen en mijn moeder evenmin, waar zouden we over moeten praten? Zij was tegen oorlog, vond het fatsoenlijker te deserteren dan te doden, elke vorm van geweld is beschamend en pervers, denk aan Gandhi, hield zij me voor, wij kunnen geen steun geven aan een gewelddadige beschaving, wij zijn op deze wereld tot glorie van het leven en om de naastenliefde en gerechtigheid te bevorderen. Het arme mens had elke voeling met de realiteit verloren en doolde in de sferen van het Oneindige Plan achter mijn vader aan, half verdwaasd maar met een onbetwistbare helderheid in haar dwalingen. Ik was naar Vietnam vertrokken zonder afscheid van haar te nemen om haar niet te kwetsen, voor haar was het een principekwestie, had het niets met mijn persoonlijke veiligheid te maken. Ik vermoed dat ze op haar manier van mij hield, maar er gaapte altijd een afgrond tussen ons. Wat zou mijn vader me hebben aangeraden? Hij zou me nooit hebben gezegd dat ik naar de gevangenis moest gaan of uitwijken naar het buitenland, hij zou me hebben uitgenodigd om te jagen en in de ijskoude stilte van de vroege ochtend, loerend op de eenden, zou hij me een klopje op mijn schouder hebben gegeven en zouden wij elkaar zonder een woord begrepen hebben, zoals mannen elkaar soms begrijpen.

De eerste drie dagen bracht ik opgesloten in het hotel en voor de televisie hangend door, met een paar kratjes pils en flessen whisky, daarna ging ik met mijn slaapzak naar het strand en bleef daar twee weken, starend naar de zee, weed rokend en pratend met de schim van Juan José. Het water was koud, maar desondanks zwom ik net zolang tot ik het bloed in mijn aderen voelde bevriezen en mijn hoofd versuffen, zonder herinneringen, leeg. Daarginds is de zee warm, op het zand krioelen de soldaten, drie dagen van vertier, bier en rock als compensatie voor de strijd. Die twee weken sprak ik niet één hele zin, gromde slechts wat om een pizza of een hamburger te bestellen, ik geloof dat ik eigenlijk naar Vietnam terug wilde omdat ik aan het front tenminste kameraden en bezigheden had, hier miste ik vrienden, was ik alleen, hoorde ik nergens thuis. In het burgerleven sprak niemand de taal van de oorlog, bestond er geen vocabulaire om de ervaringen van het slagveld te vertellen, maar gesteld dat dat wel zo was, dan zou ik niemand hebben gevonden die naar mijn verhaal wilde luisteren, er is geen belangstelling voor slecht nieuws. Alleen onder oud-strijders kon ik me op mijn gemak voelen en over die dingen spreken die ik nooit tegen een burger zou zeggen, zij zouden begrijpen waarom je je afsluit voor genegenheid en bang bent voor toenadering, weten dat fysieke moed veel makkelijker is dan emotionele moed, omdat ook zij vrienden verloren hebben die ze liefhadden als een broer en besloten hadden zich in de toekomst die ondraaglijke pijn te besparen, het is beter niet heel intens van iemand te houden. Zonder het te beseffen begon ik ook weg te zakken in die diepte waarin zovelen zich verliezen, begon ik de prachtige kant van het geweld te zien, begon ik te denken dat ik nooit meer zoiets opwindends zou meemaken, dat de rest van mijn leven misschien wel een grote grijze woestijn zou zijn.

Ik geloof dat ik het geheim heb ontdekt waarom oorlog blijft voortbestaan. Joan en Susan houden vol dat het een uitvinding van de oude garde is om de jongeren te elimineren omdat ze die haten, vrezen, ze willen niets met hen delen, geen vrouwen, geen macht of geld, ze weten dat zij hen vroeg of laat zullen aflossen, daarom sturen ze hen de dood in, ook al zijn het hun eigen kinderen. Voor de ouden is dat een logische reden, maar waarom lenen de jongeren zich ervoor? Waarom zijn ze in zovele millennia niet in opstand gekomen tegen die rituele afslachtingen? Ik heb daar een antwoord op. Er is nog iets meer dan elementaire vechtlust en de dorst naar bloed: genot. Ik ontdekte dat op de berg. Ik durf dat woord niet hardop uit te spreken, het zal me ongeluk brengen, maar ik herhaal het in stilte, genot, genot. Het meest intense genot dat je kunt ervaren, veel intenser dan seks, geleste dorst, de eerste beantwoorde liefde of een goddelijke openbaring, zeggen degenen die dat kunnen weten.

Die nacht op de berg bevond ik me op een fractie van een seconde van de dood. De kogel vloog rakelings langs mijn wang en trof de soldaat die achter mij stond midden in het voorhoofd. De paniek verlamde me een moment, ik was verbijsterd over de fascinatie voor mijn eigen ontzetting, daarna viel het bewustzijn weg en begon ik schreeuwend en vloekend als een waanzinnige te schieten, onmachtig op te houden of te redeneren; terwijl er kogels rondfloten, vuurhaarden oplaaiden en om mij heen alles uit elkaar spatte in een geraas alsof de wereld verging, werd ik omhuld door hitte, rook, de vreselijke leegte die ontstond telkens als een steekvlam de zuurstof wegzoog, ik herinner me niet hoe lang dat alles duurde, noch wat ik deed of waarom ik dat deed, ik herinner me alleen het wonder levend te zijn, de ontlading van adrenaline en de pijn in mijn hele lichaam, een sensuele pijn, een gruwelijk genot, anders dan andere soorten genot, heerlijker dan het langste orgasme, een genot dat me van top tot teen doorvoer, dat mijn bloed in karamel veranderde en mijn botten in zand, dat me ten slotte deed wegzinken in een zwarte leegte.

Ik logeerde al bijna twee weken in het hotel aan het strand toen ik op een nacht schreeuwend wakker werd. In de nachtmerrie was ik bij het aanbreken van de dag alleen op de berg, ik zag de lichamen aan mijn voeten en de schaduwen van de guerrillastrijders door de mist heen in mijn richting klimmen. Zij kwamen steeds dichterbij. Alles ging heel langzaam en stil, een stomme film. Ik schoot mijn wapen af, voelde het terugstoten, mijn handen deden pijn, ik zag de vonken, maar er klonk geen enkel geluid, de kogels doorzeefden de vijanden zonder dat ze daardoor werden tegengehouden, de guerrillastrijders waren doorzichtig, alsof ze op glas getekend waren, ze kwamen onverbiddelijk naderbij, omringden mij. Ik deed mijn mond open om te schreeuwen, maar ik was zo door ontzetting bevangen dat mijn stem bleef steken en alleen stukjes ijs naar buiten kwamen. Ik kon de slaap niet meer vatten, gehinderd door het gebons van mijn eigen hart. Ik stond op, pakte mijn jasje en ging over het strand lopen. Het is goed zo, genoeg gelamenteer, zei ik bij het licht worden tegen de meeuwen.

Carmen Morales durfde niet direct naar huis te gaan omdat ze niet wist hoe haar vader haar zou ontvangen, die zij in zeven jaar niet gezien had. Op het vliegveld nam zij een taxi naar het huis van de Reeves. Terwijl ze door de straten van haar buurt reed, verbaasde ze zich over de veranderingen: het zag er minder armoedig uit, schoner, ordelijker en veel kleiner dan ze zich herinnerde. Behalve de werkelijke veranderingen, maakte ze onwillekeurig een vergelijking met de enorme sloppenwijken van Mexico. Zij glimlachte bij de gedachte dat die straten vele jaren haar universum hadden uitgemaakt en dat ze als een bannelinge was weggevlucht, huilend om haar familie en haar buurt. Nu voelde zij zich een vreemde. De chauffeur nam haar nieuwsgierig op via de achteruitkijkspiegel en kon de verleiding niet weerstaan te vragen waar ze vandaan kwam. Nog nooit had hij iemand gezien als die vrouw, gekleed in bonte rokken en met rammelende armbanden om, ze leek ook niet op die dromerige hippies die gehuld waren in soortgelijke draperieën, deze vrouw had de resolute houding van iemand in zaken.

'Ik ben zigeunerin,' lichtte Carmen hem vol trots in.

'Waar ligt dat?'

‘Wij zigeuners hebben geen eigen land, wij voelen ons overal thuis.’

‘U spreekt zeer goed Engels,’ merkte de man op.

Het kostte haar moeite het huisje van de Reeves te vinden, in al die jaren had het onkruid de tuin geheel overwoekerd en de wilg benam het zicht op het huis. Zij sloeg het pad over het erf in en herkende de plaats waar ze Oliver had begraven, gehoor gevend aan het verzoek van Gregory, die wilde dat het lichaam van de makker uit zijn kindertijd bij het ouderlijk huis zijn laatste rustplaats vond in plaats van op de vuilnisbelt, zoals elke andere straathond. Gezeten op het balkon, in dezelfde gammele rieten stoel waarin zij haar altijd had gezien, trof zij Nora Reeves aan. Zij was al een opgebrande oude vrouw met een wit knotje en een schort dat net zo verbleekt was als de rest van haar persoon. Ze was kleiner geworden en had een zachte, wat dwaze uitdrukking op haar gezicht, alsof haar geest al elders verwijlde. Zij stond wankelend op en groette Carmen vriendelijk, zonder haar te herkennen.

‘Ik ben het, Doña Nora, Carmen, de dochter van Pedro en Inmaculada Morales...’

De vrouw had bijna een hele minuut nodig om de zojuist aangekomene te plaatsen op de verwarde kaart van haar geheugen, ze bleef haar met open mond aanstaren, niet in staat het beeld van het meisje met donkere vlechten dat met haar zoon speelde te verbinden met die uit de harem van een sjeik ontsnapte verschijning. Ten slotte strekte zij haar armen naar haar uit en omhelsde haar bevend. Zij gingen zitten en onder het drinken van hete thee uit glazen praatten zij bij over wat er de laatste jaren zoal gebeurd was. Even later kwamen de kinderen van Judy uit school aangestormd, vier wildebrassen van verschillende leeftijden, twee roodharige ragebollen en twee met Zuidamerikaanse trekken. Nora legde uit dat de eerste twee van Judy waren en dat de andere twee bij haar woonden, hoewel het de kinderen van haar tweede echtgenoot uit een vorig huwelijk waren. Hun grootmoeder schonk melk voor hen in en maakte toost met jam klaar.

‘Wonen ze allemaal hier?’ vroeg Carmen verrast.

'Nee. Ik vang ze op als ze uit school komen totdat hun moeder hen 's avonds komt ophalen.'

Rond de klok van zeven verscheen Judy, die haar vriendin evenmin herkende. Carmen herinnerde zich haar als een kolossale vrouw, maar hield het niet voor mogelijk dat ze door was blijven groeien tot het bereiken van een dergelijke omvang, ze paste op geen van de beschikbare stoelen en spreidde zich met moeite uit over de treden van de veranda, de indruk wekkend dat er een kraanwagen voor nodig was om haar te verplaatsen. Desondanks zag ze er stralend uit.

'Het is niet allemaal vet, ik ben opnieuw in verwachting,' zei ze trots.

Zowel haar eigen als de vreemde kinderen holden op haar toe om de liefdevolle omvangrijkheid van de moeder te beklimmen, die hen lachend opnam en tussen haar vetrollen installeerde met een handigheid die de vrucht van ervaring en genegenheid was, terwijl ze met suiker bepoederde beignets uitdeelde en er zelf meteen ook een paar in haar mond stak. Toen Carmen haar zo met de kinderen zag spelen, begreep zij dat het moederschap het element van haar vriendin was en kon ze een steek van afgunst niet vermijden.

'Na het eten zal ik met je meegaan naar huis, maar eerst zullen we Doña Inmaculada bellen, zodat ze je vader kan voorbereiden. Heb je geen gewonere kleren? Denk eraan dat de oude niet tolereert dat vrouwen opzichtig gekleed gaan. Is dat de mode in Europa?' vroeg Judy zonder een zweem van spot.

Pedro Morales wachtte zijn dochter op in zijn begrafenispak, dat echter opgevrolijkt werd door een rode stropdas en in het knoopsgat een anjer uit zijn tuin. Omdat zij een zeer heftige reactie verwachtte, had Inmaculada hem het bericht met de grootst mogelijke voorzichtigheid aangekondigd, en zij was dan ook zeer verrast toen het gezicht van haar man begon te stralen alsof er ineens twintig jaar van hem afvielen.

'Schuier mijn pak af, vrouw,' was het enige dat hij wist te zeggen terwijl hij zijn neus snoot in een zakdoek om zijn ontroering te verbergen.

‘Ze zal wel erg veranderd zijn, met Gods wil...,’ waarschuwde Inmaculada.

‘Maak je maar geen zorgen, ouwetje. Ook al heeft ze het haar blauw geverfd, ik zal haar herkennen.’

Hij was echter niet voorbereid op de vrouw die een halfuur later zijn huis binnenkwam, en zoals het geval was geweest bij Nora en Judy duurde het even voordat hij zijn mond weer sloot. Hij dacht dat Carmen gegroeid was, maar toen zag hij de gehakte schoenen en een hele dot wild kroeshaar op haar hoofd die haar een stuk langer maakten. Zij had zich als een afgodsbeeld met vele sieraden omhangen, had haar ogen aangezet met zwarte eyeliner en was verkleed als iets wat hem deed denken aan een toeristisch affiche over Marokko, dat aan de muur van de bar De Drie Vrienden hing. Hij vond hoe dan ook dat zijn dochter er beeldschoon uitzag. Zij omhelsden elkaar langdurig en huilden samen om Juan José en om de zeven jaar dat ze elkaar niet hadden gezien. Daarna hurkte ze naast hem neer om hem haar avonturen te vertellen, maar liet datgene weg waaraan hij aanstoot zou kunnen nemen. Ondertussen was Inmaculada druk bezig in de keuken terwijl ze steeds maar herhaalde dank U gezegende God, dank U gezegende God, en hing Judy aan de telefoon om de broers Morales en de vrienden te bellen om te zeggen dat Carmen terug was gekomen, veranderd in een zonderlinge zigeunerin met wilde haren, maar dat ze in haar hart nog steeds dezelfde was; dat ze bier en gitaren mee moesten nemen, want Inmaculada was taco’s aan het maken voor het feest.

De aanwezigheid van zijn dochter bezorgde Pedro Morales zijn goede humeur terug. Op aandringen van Carmen en de rest van de familie besloot hij ten slotte naar een arts te gaan, die diabetes in een vergevorderd stadium vaststelde. Niemand van mijn voorouders heeft iets dergelijks gehad, het is een Amerikaanse nieuwigheid, ik denk er niet over om me om de haverklap te prikken alsof ik doodziek ben, die dokter weet niet wat hij zegt, in laboratoria gebeurt het vaak dat buisjes bloed verwisseld worden en maakt men kapitale fouten, bromde de patiënt beledigd, maar opnieuw wist Inmaculada hem haar gezag op te leggen, dwong hem een dieet te volgen en diende hem punctueel de medicijnen toe. Ik maak liever elke dag ruzie met je dan weduwe te worden, een andere man temmen kost veel moeite, zei ze. Het was nooit bij hem opgekomen dat hij vervangen zou kunnen worden in het schijnbaar onvoorwaardelijke hart van zijn vrouw en de onthutsing daarover benam hem de lust zich nog langer te verzetten. Nooit erkende hij dat hij ziek was, maar legde zich bij de behandeling neer 'om die dwaze vrouw van mij een plezier te doen', zoals hij zei.

Al snel werd de buurt Carmen Morales te klein, nadat ze een paar weken bij haar ouders doorgebracht had, vloog de beklemming haar naar de keel. Gedurende haar afwezigheid had zij het verleden geïdealiseerd, op momenten van grote eenzaamheid miste zij de warmte van haar moeder, de bescherming van haar vader en het gezelschap van de rest van de familie, maar was de benauwdheid van de plek waar ze geboren was vergeten. In die jaren was ze veranderd, op haar schoenen was het stof van een groot deel van de wereld neergedaald. Ze liep door het huis als een gekooid dier, vulde de ruimte met haar aanwezigheid en verstoorde de rust met de werveling van haar rokken, het gerammel van haar armbanden en haar ongedurigheid. Op straat keerden de mensen zich om om haar na te kijken en de kinderen kwamen naar haar toe om haar aan te raken. Het was onmogelijk de afkeuring en het gefluister achter haar rug te negeren, moet je nou eens zien hoe de jongste van de Morales gekleed gaat, ze heeft al in eeuwen geen kam meer door haar haar gehaald, ze is vast een hippie of een hoer geworden, zeiden ze. Ook was er geen werk voor haar, ze voelde er niets voor een baantje te nemen in een fabriek zoals Judy Reeves en in de wijk bestond geen markt voor haar juwelen, de vrouwen droegen namaakgoud en valse diamanten, niemand zou die uitheemse oorbellen van haar indoen. Zij dacht dat een aantal winkels in het centrum van de stad waar actrices, vrouwen met een verfijnde smaak en toeristen kochten ze best zouden willen uitstallen, maar het opgesloten zijn in het huis van haar ouders stimuleerde niet bepaald haar creativiteit, ze kreeg geen ideeën meer en het ontbrak haar aan lust om te werken. Ze liep rondjes door de kamers, gekweld door de porseleinen poppen, de zijden bloemen, de familieportretten, de roodpluchen en met plastic hoezen beschermde stoelen, symbolen van de nieuwe elegantie van de Morales. Die verfraaiingen, de trots van haar moeder, bezorgden haar nachtmerries, zij had duizend keer liever het huis van haar kindertijd, waar zij met haar broers en zus in de grootste bescheidenheid was opgegroeid. Zij werd gek van de programma's op de radio en televisie die de godganse dag door het huis galmden, de soap opera's en drama's, de hitsige reclameboodschappen voor verschillende merken zeep, de heilige koe en het rad van fortuin. Het ergste was de algemene roddelzucht, iedereen hield iedereen in de gaten, elke stap die je deed werd door de buurt van commentaar voorzien. Zij voelde zich als een marsmannetje dat op bezoek was op aarde en troostte zich met de keuken van haar moeder, die haar kookkunsten had aangepast aan het strenge dieet van haar echtgenoot zonder dat haar gerechten ook maar iets van hun smaak verloren hadden, uren en uren bracht zij door tussen haar pannen en potten, omhuld door de heerlijke geur van sauzen en specerijen. Carmen verveelde zich; op de damspelletjes met haar vader na, de huishoudelijke karweitjes en het meehelpen aan het familiegebeuren 's zondags wanneer iedereen thuis kwam eten, had ze verder niets omhanden. Zij dacht erover terug te gaan naar Spanje, maar ook daar hoorde ze niet, daarbij voelde zij zich, nu ze zo ver weg was, niet meer zo aangetrokken tot haar minnaar. Zij had hem geschreven en gebeld, maar zijn antwoorden waren kil. Ver van zijn hazelnootkleurige spieren en zijn zwarte haardos herinnerde zij zich met een huivering het koude bad en de andere vernederingen en voelde diepe afkeer bij het idee bij hem terug te komen. Het was Olga die haar aanraadde Berkeley te gaan verkennen, want met een beetje geluk zou Gregory Reeves binnen niet al te lange tijd terugkeren en zou hij haar kunnen helpen, het was de ideale plek voor iemand die zo origineel was als zij, te oordelen naar de kranten, waar elke week een nieuw schandaal in het park van de universiteit werd besproken. Carmen moest toegeven dat het de moeite van het proberen waard was. Zij belde haar minnaar om te vragen haar spaargeld en edelsmid-instrumenten op te sturen, hij beloofde dat te doen zodra hij tijd had, maar nadat er een aantal weken en nog eens vijf telefoongesprekken verstreken waren, zonder bericht van de zending, begreep zij hoe druk hij het had en drong niet langer aan. Zij besloot zich in het avontuur te storten met een minimum aan middelen, zoals ze zo vaak gedaan had, maar toen Pedro Morales van haar plannen hoorde, overhandigde hij haar een cheque en betaalde de reis, in plaats van zich ertegen te verzetten. Hij was gelukkig zijn dochter terug te hebben, maar hij was niet blind voor haar behoeften en het deed hem verdriet haar tegen de muren te zien opvliegen als een vogel met gebroken vleugels.

In Berkeley bloeide Carmen Morales op alsof die stad speciaal voor haar bestemd was. In de drukte op straat trokken haar gewaden niet de aandacht en wekte de inhoud van haar bloes niet zoals in de Mexicaanse wijk brutaal gefluit op. Daar vond ze uitdagingen gelijk aan die welke haar in Europa fascineerden en een tot dusverre ongekende vrijheid. Ook leek de natuur van water en heuvels haar op het lijf geschreven te zijn. Zij rekende uit dat ze, als ze zuinig aan deed, enige maanden kon leven van het cadeau van haar vader, maar besloot werk te zoeken omdat ze van plan was sieraden te gaan maken en daarvoor instrumenten en materiaal nodig had. Gregory Reeves zou haar ongetwijfeld een bank in zijn huis hebben aangeboden om daar een tijdje op te slapen, maar van de kant van Samantha viel aan een dergelijke generositeit niet te denken. Hoewel zij de vrouw van haar vriend niet kende, raadde zij dat die haar niet erg hartelijk zou ontvangen, en nog minder nu ze midden in hun scheiding zaten. Zij maakte een telefonische afspraak om de kleine Margaret te ontmoeten, van wie ze verschillende foto's opgestuurd had gekregen van Gregory, maar toen ze aanbelde, was Samantha er niet, haar werd opengedaan door een zo teer en breekbaar meisje dat ze maar met moeite kon geloven dat dit de dochter van Gregory Reeves en haar atletische moeder was. Zij vergeleek haar met haar neefjes van dezelfde leeftijd en vond het een vreemd wezentje, de volmaakte miniatuur van een mooie en treurige vrouw. Margaret liet haar binnen en kondigde haar op een geaffecteerd toontje aan dat haar moeder aan het tennissen was maar niet lang op zich zou laten wachten. Aanvankelijk toonde ze een vage belangstelling voor de armbanden van Carmen, maar spoedig ging ze, zonder verder nog een stom woord te zeggen, met gekruiste benen en haar handen in haar schoot zitten. Het bleek vergeefse moeite haar aan het praten te krijgen, zodat de twee ten slotte recht tegenover zaten zonder elkaar aan te kijken, als twee vreemden in een wachtkamer. Eindelijk kwam Samantha dan, met in één hand haar racket en in de andere een stokbrood, en zoals Carmen had voorzien, werd zij koel ontvangen. Ze namen elkaar ongegeneerd op, elk had zich een beeld van de ander gevormd door de beschrijvingen van Gregory en beiden voelden zich opgelucht dat die verschilden van de werkelijkheid. Carmen had een knappere vrouw verwacht, niet die soort gespierde jongen met een door de zon getaande huid, hoe zal ze er over een paar jaar uitzien, gringa's worden snel oud, zei ze bij zichzelf. Van haar kant was Samantha verheugd dat de ander zich in die flodderige draperieën kleedde die zij afschuwelijk vond, zij had vast een paar kilo's teveel te verbergen, bovendien was het duidelijk dat ze in haar hele leven nooit getraind had, binnen de kortste keren zou ze eruit zien als een dikke taart, Mexicaanse vrouwen worden snel oud, dacht ze zelfvoldaan. De twee wisten meteen dat ze nooit vriendinnen zouden worden en het bezoek duurde dan ook zeer kort. Bij het weggaan was Carmen blij dat haar beste vriend besloten had te scheiden van die tenniskampioene en Samantha vroeg zich af of Gregory, wanneer hij terugkeerde, zo hij al terugkeerde, de minnaar zou worden van dat dikkerdje, een idee dat beiden vast al vele jaren in hun hart koesterden. Nou, veel plezier ermee, gromde ze, niet wetend waarom dat vooruitzicht haar stak.

Carmen kon de kamer van het hotel waar zij haar intrek genomen had niet lang betalen en besloot werk en woonruimte te zoeken. Zij ging met een krant in een koffiebar dicht bij de universiteit zitten en ontdekte tussen de talloze annonces voor holistische massages, geurtherapieën, geneeskrachtige glazen amuletten, koperen driehoeken om de kleur van de aura te verbeteren en andere nieuwerwetsheden die Olga zouden hebben verrukt, verschillende advertenties waarin personeel werd gevraagd. Zij belde er een aantal, waaronder een restaurant, en maakte daar een afspraak mee voor de volgende dag, zij moest haar sociale-verzekeringskaart en een aanbevelingsbrief meenemen, twee dingen die zij niet bezat. Het eerste was geen probleem, gewoon een kwestie van even uitzoeken waar zij zich kon inschrijven, een formulier invullen en een nummer in ontvangst nemen, maar wat het tweede betrof, ze had geen idee hoe ze daar aan moest komen. Zij bedacht dat Gregory Reeves hem zonder aarzelen voor haar geschreven zou hebben, het was jammer dat hij zo ver weg was, maar zijn afwezigheid was geen onoverkomelijk struikelblok. Zij vond een winkeltje waar ze schrijfmachines verhuurden en stelde een brief op die getuigde van haar bekwaamheid in zaken, in het passen op kinderen, alsmede van haar goed fatsoen en wellevende omgangsvormen. Het geheel pakte nogal bloemrijk uit, maar wat niet weet, dat niet deert, zou haar moeder zeggen. Gregory hoefde er niets van te weten. Zij kende de handtekening van haar vriend uit het hoofd, niet voor niets hadden zij elkaar zoveel jaren geschreven. De volgende dag ging ze naar het restaurant, dat gevestigd bleek te zijn in een oud pand gedecoreerd met planten en strengen knoflook. Ze werd ontvangen door een vrouw met grijzend haar en een hartelijk gezicht, gekleed in een wijde broek en met monnikssandalen aan.

'Interessant,' zei ze toen ze de aanbevelingsbrief las. 'Hoogst interessant... Dus u kent Gregory Reeves?'

'Ik heb voor hem gewerkt.' Carmen bloosde.

'Bij mijn weten bevindt hij zich al ruim een jaar in Vietnam, dus hoe valt het te verklaren dat deze brief de datum van gisteren draagt?'

Het was Joan, een van de vriendinnen van Gregory en zij zaten in het macrobiotische restaurant waar hij zo dikwijls vegetarische hamburgers had gegeten en troost was komen zoeken. Met trillende knieën en een dun stemmetje bekende Carmen haar bedrog en deed in enkele zinnen haar relatie met Reeves uit de doeken.

'Het is al goed, ik zie dat je niet voor één gat te vangen bent,' lachte Joan. 'Gregory is als een kind van mij, hoewel ik niet zo oud ben dat ik zijn moeder zou kunnen zijn, laat je niet bedriegen door mijn grijze haren. De laatste nacht voordat hij naar de oorlog ging, heeft hij op mijn bank geslapen. Wat heeft hij daar ongelooflijk stom aan gedaan! Susan en ik hebben hebben het hem uit zijn hoofd proberen te praten, maar tevergeefs. Ik hoop dat hij even snel terugkomt als dat hij vertrokken is, het zou zonde zijn als hem iets overkwam, ik heb hem altijd een schat van een man gevonden. Als je zijn vriendin bent, ben je dat ook van ons. Je kunt vandaag meteen beginnen. Doe een schort voor en een zakdoek over je hoofd zodat er geen haren in het eten terechtkomen. In de keuken zal Susan je uitleggen wat je moet doen.'

Korte tijd later bediende Carmen Morales niet alleen de tafels maar hielp zij ook in de keuken omdat ze een goede hand had voor het aanmaken van salades en op nieuwe ideeën kwam om het menu te variëren. Zij raakte zo bevriend met Joan en Susan dat die de zolder van hun huis aan haar verhuurden, een ruim vertrek vol rommel, dat toen het eenmaal was leeggeruimd en schoongemaakt een ideaal onderkomen bleek te zijn. Het had twee vensters die vanaf de heuvels uitkeken over de baai en een fantastisch panorama boden, en door een bovenlicht in het dak kon ze het voorbijtrekken van de sterren volgen. Overdag genoot Carmen van natuurlijk licht en 's avonds maakte ze sfeer met twee grote Victoriaanse lampen die ze op de vlooienmarkt opgedoken had. Ze werkte 's middags en een deel van de avond in het restaurant, maar 's morgens beschikte ze over vrije tijd. Ze schafte gereedschap en materialen aan en nam tijdens de ochtenduren haar oude vak weer op, waarbij ze tot haar opluchting vaststelde dat ze niets van haar inspiratie en werklust verloren had. De eerste oorringen waren voor haar hospita's, die gaatjes in hun oren moesten laten maken om ze te kunnen dragen, beiden hadden er een paar dagen last van, maar desondanks deden ze ze alleen bij het slapen gaan uit, overtuigd als ze waren dat ze hun persoonlijkheid beter deden uitkomen, feministes en toch feminien, lachten ze. Zij vonden Carmen de beste medewerkster die ze ooit hadden gehad, maar raadden haar aan haar talent niet te verspillen met het kelneren en het roeren in pannen, zij moest zich geheel aan de edelsmeedkunst wijden.

'Het is het enige dat echt bij je past. Ieder mens wordt maar met één gave geboren en het geluk bestaat erin die op tijd te ontdekken,' zeiden ze haar als ze gingen zitten om mangothee te drinken en ervaringen uit te wisselen.

'Wees maar niet bezorgd, ik ben gelukkig zo,' antwoordde Carmen in de volste overtuiging. Zij had het gevoel dat armoede en gebrek tot het verleden behoorden en ze nu het beste deel van haar leven tegemoet ging.

Terug in de wereld der levenden verzamelde Gregory Reeves zijn oorlogsherinneringen – foto's, brieven, muziekbandjes, kleren en zijn heldenmedaille – besprenkelde ze met benzine en stak er de brand in. Het enige dat hij bewaarde was de kleine houten draak, aandenken van zijn vrienden in het dorp, en het scapulier van Juan José. Hij was van plan het aan Inmaculada Morales terug te geven, zodra hij het opgedroogde bloed had weten te verwijderen. Hij had zichzelf gezworen zich niet te gaan gedragen als zoveel andere veteranen, die zich voorgoed verloren in de nostalgie om de enige grandioze tijd van hun leven, geestelijk invaliden, niet in staat zich te voegen naar het leven van alledag of zich te bevrijden van de talloze verslavingen van de oorlog. Hij vermeed de nieuwsberichten, de protesten op straat, de makkers van toen die waren teruggekeerd en bij elkaar kwamen om opnieuw de avonturen en de kameraadschap van Vietnam te beleven. Evenmin wenste hij iets van de anderen te weten, zij die in rolstoelen zaten of half gek waren, of van de zelfmoordgevallen. De eerste dagen was hij dankbaar voor elke trivialiteit, een hamburger met patat, het warme water van de douche, het bed met lakens, de makkelijk zittende burgerkleding, de gesprekken van de mensen op straat, de stilte en de intimiteit van zijn kamer, maar spoedig begreep hij dat daar ook gevaren aan kleefden. Nee, hij wilde niets vieren, zelfs niet het feit dat hij het er heelhuids afgebracht had. Het verleden lag achter hem, als hij de herinnering eraan maar kon uitvlakken. Overdag slaagde hij erin de oorlog bijna geheel te vergeten, maar 's nachts leed hij aan nachtmerries en werd badend in het zweet wakker, met binnen in zich het explosieve kabaal van wapens en onophoudelijk belaagd door rode beelden. Hij droomde van een kind dat in een park verdwaald was en dat kind was hij, maar hij droomde vooral van de berg, waar hij tegen doorschijnende schaduwen schoot. Hij strekte zijn arm uit op zoek naar pillen of weed, tastte het nachtkastje af, deed half versuft het licht aan, zonder te weten waar hij zich bevond. Hij bewaarde de whisky in de keuken, op die manier had hij nog tijd om zich te bedenken voordat hij een slok nam. Hij bedacht kleine drempels om zichzelf te helpen: geen druppel alcohol voordat ik me gekleed of iets gegeten heb, ik drink niet op oneven dagen of als de zon nog niet op is, eerst moet ik me twintig keer opdrukken en naar een heel concert luisteren. Op die manier stelde hij de beslissing uit om de kast waar de fles in stond te openen en over het algemeen lukte het hem zich te beheersen, maar hij kon er niet helemaal buiten, had altijd wat bij de hand voor noodgevallen. Toen hij ten slotte Samantha belde, verzweeg hij dat hij zich al ruim twee weken op twintig mijl afstand van haar huis bevond, deed hij haar geloven dat hij zojuist was aangekomen en vroeg of ze hem wilde komen ophalen van het vliegveld, waar hij frisgewassen, geschoren en sober, gekleed in burger op haar wachtte. Hij was verrast te zien hoe groot en hoe mooi Margaret geworden was, ze leek een van die met pen getekende prinsessen uit sprookjes van vroeger, met zeeblauwe ogen, blond krulhaar en een vreemd driehoekig gezicht met fijne gelaatstrekken. Ook viel hem op hoe weinig zijn vrouw veranderd was, ze droeg zelfs dezelfde witte broek als de laatste keer dat hij haar had gezien. Zonder te lachen gaf Margaret hem een slap handje en weigerde hem te kussen. Ze had de kokette gebaren overgenomen van de actrices van de tv-series en liep te heupwiegen met haar minuscule kontje. Gregory voelde zich ongemakkelijk in haar gezelschap, hij kon haar niet als het kind zien dat zij in werkelijkheid was, maar als een onfatsoenlijke parodie op een fatale vrouw en hij schaamde zich voor zichzelf, misschien had Judy goed beschouwd toch wel gelijk, en was de perverse aard van zijn vader in zijn bloed latent aanwezig als een erfelijke vervloeking. Samantha gaf hem een lauw welkom, zij was verheugd hem in zo'n goede conditie te zien, hij was magerder maar gespierder, de bruine kleur van zijn huid stond hem goed, zei ze, de oorlog was voor hem blijkbaar niet zo traumatisch geweest, zij echter voelde zich niet helemaal goed, ze betreurde het te moeten zeggen maar de financiële situatie was allerbelabberdst, ze was door het spaargeld heen en ze kon onmogelijk rondkomen van de soldij, zij klaagde natuurlijk niet, maar ze was niet gewend om armoede te lijden en Margaret ook niet. Nee, ze had niet door kunnen gaan met de crèche, het was erg zwaar en vervelend werk, bovendien moest zij voor hun dochter zorgen, ja toch? Toen zij de auto instapten, zei ze vriendelijk dat ze een hotelkamer voor hem gereserveerd had, maar ze had er niets op tegen als hij zijn spullen zolang in de garage wilde opslaan totdat hij iets beters gevonden had. Zo Gregory zich al zekere illusies had gemaakt over een mogelijke verzoening, waren deze weinige zinnen voldoende om eens te meer de afgrond aan te geven die hen scheidde. Samantha had haar gewoonlijke beleefdheid niet verloren, ze had een bewonderenswaardige beheersing over haar emoties en was in staat voor onbepaalde tijd een conversatie te voeren zonder iets te zeggen. Zij stelde geen vragen, wenste niets te weten van onaangename situaties, ze had een buitengewoon vermogen om in een fantasiewereld te blijven leven waar geen ruimte was voor pijn of lelijkheid. Geheel in overeenstemming met haar aard negeerde zij de oorlog, de scheiding, de breuk met haar familie en al het andere wat haar tennisrooster in de war zou kunnen sturen. Met zekere opluchting bedacht Gregory dat zijn vrouw een onbeschreven blad was en dat hij geen wroeging zou hebben om zonder haar een nieuw leven te beginnen. De rest van de tocht probeerde hij met Margaret te praten, maar zijn dochter maakte hem dat onmogelijk. Gezeten op de achterbank beet zij op haar roodgelakte nagels, speelde met een haarlok, bekeek zich in de achteruitkijkspiegel, terwijl ze met ja en nee antwoordde als haar moeder tegen haar sprak, en koppig haar lippen op elkaar geklemd hield als hij het woord tot haar richtte.

Hij huurde een huis aan de andere kant van de baai, waarvan de grootste bekoring een praktisch geheel vervallen kade was. Hij was van plan in de toekomst een boot te kopen, meer om erover op te scheppen dan om het vaarplezier, elke keer als hij met Timothy Duane een tocht op diens jacht maakte, raakte hij ervan overtuigd dat zo hard werken alleen maar de moeite loonde omdat je nu eenmaal niet bij een schipbreuk om het leven wilde komen, maar dat het als tijdverdrijf niet te rechtvaardigen viel. Met hetzelfde doel kocht hij een Porsche, hij hoopte daarmee de bewondering van de mannen op te wekken en de aandacht van de vrouwen te trekken. Auto's zijn fallische symbolen, ik weet niet waarom de jouwe klein, smal, stomp en bibberig is, spotte Carmen toen ze het hoorde. Hij was in ieder geval zo verstandig te wachten met de aanschaf van meubels totdat hij een vaste baan zou hebben en stelde zich voorlopig tevreden met een bed zo groot als een boksring, een multifunctionele tafel en een paar stoelen. Toen hij geïnstalleerd was, vertrok hij naar Los Angeles, waar hij voor het laatst geweest was toen hij Margaret aan de familie Morales had laten zien, een paar jaar geleden.

Nora Reeves ontving hem met de grootste natuurlijkheid, alsof zij hem de vorige dag nog gezien had, bood hem een kopje thee aan en vertelde hem de nieuwtjes van de buurt en van zijn vader, die wekelijks contact bleef houden om haar op de hoogte te houden van de voortgang van het Oneindige Plan. Zij sprak met geen woord over de oorlog en voor het eerst vielen Gregory de overeenkomsten op tussen Samantha en zijn moeder, dezelfde afstandelijkheid, apathie en beleefdheid, eenzelfde vastbeslotenheid om de werkelijkheid te negeren, hoewel dat laatste voor zijn moeder moeilijker was geweest omdat zij een veel harder bestaan had gehad. In het geval van Nora Reeves volstond onverschilligheid niet, zij moest over een zeer sterke wil beschikken opdat de problemen haar niet raakten. Judy trof hij in bed aan met een pasgeborene in haar armen en om haar heen de andere spelende kinderen. Haar corpulentie werd verhuld door het laken dat haar bedekte, zij leek op een weelderige renaissancistische madonna. Geheel in beslag genomen door haar moederlijke bezigheden kwam het niet in haar op te vragen hoe het met hem ging, ervan uitgaand dat als hij ogenschijnlijk gezond en wel voor haar stond, er wel niets aan de hand zou zijn. De tweede man van zijn zuster bleek de eigenaar van een taxi te zijn, weduwnaar, vader van de twee oudste kinderen en van de baby. Hij was een in Amerika geboren latino, een van die chicano's die gebrekkig Spaans spreken maar nog de onmiskenbare trekken van hun Mexicaanse voorouders hebben, klein, mager, met een lange, neerhangende snor als van een Mongoolse krijger. Vergeleken met zijn voorganger, de kolossale Jim Morgan, leek hij een ondervoed opdondertje. Gregory wist niet of deze man Judy meer liefhad dan dat hij haar vreesde, hij stelde zich een ruzie tussen hen voor en kon een glimlach niet onderdrukken, zijn zus zou haar man met één enkele hand zijn schedel stuk kunnen slaan, zoals ze 's morgens de eieren brak voor het ontbijt. Hoe zouden ze de liefde bedrijven, vroeg Gregory zich gefascineerd af.

De Morales ontvingen hem zoals niemand dat tot dan toe gedaan had, zij omhelsden hem lange tijd en huilden. Gregory was geneigd te denken dat zij zich beklaagden omdat hij het was en niet hun zoon Juan José die ongedeerd terugkeerde, maar de uitdrukking van absoluut geluk van zijn oude vrienden vaagde die verachtelijke twijfels uit zijn hart weg. Zij haalden de plastic hoes van een van de leunstoelen en installeerden hem daar om hem uitgebreid te ondervragen over de oorlog. Hij had zich voorgenomen niet over het onderwerp te praten maar was verrast zichzelf alles te horen vertellen wat zij wilden weten. Hij begreep dat dit een onderdeel van het rouwproces was, met z'n drieën waren ze bezig Juan José definitief te begraven. Inmaculada vergat het licht aan te doen en hem iets te eten aan te bieden, niemand bewoog zich tot het ver over twaalven was, toen Pedro naar de keuken vertrok om een paar flesjes bier te halen. Toen hij alleen was met Inmaculada, deed Gregory het scapulier af en overhandigde het haar. Hij had het idee om het te wassen laten varen omdat hij bang was dat het ding daardoor kapot zou gaan, maar hij hoefde de oorzaak van de donkere vlekken niet te verklaren. Zij nam het scapulier zonder er een blik op te werpen in ontvangst, deed het om en stopte het weg onder haar blouse.

'Het zou zonde zijn het in de vuilnisbak te gooien, want hij is gezegend door een bisschop, maar als hij mijn zoon niet heeft kunnen behoeden is het een waardeloos ding,' verzuchtte zij.

En toen konden ze praten over de laatste ogenblikken van Juan José. De ouders, naast elkaar gezeten op de afzichtelijke robijnkleurige sofa, en voor het eerst in bijzijn van een derde elkaar bij de hand vattend, luisterden bevend naar datgene wat Gregory Reeves gezworen had hun niet te zeggen, maar hij kon het niet voor zich houden. Hij vertelde de faam die Juan José genoot als moedig soldaat die met het geluk aan zijn zijde vocht, hoe hij hem bij toeval had aangetroffen op het strand en hoeveel hij ervoor gegeven zou hebben dat hij, en alleen hij, bij hem was geweest om hem in zijn armen te houden toen hij viel, pater, houd me vast, want ik val en het is erg diep onder mij.

'Had hij tijd om aan God te denken?' wilde zijn moeder weten.

'De aalmoezenier was bij hem.'

'Heeft hij veel geleden?' vroeg Pedro Morales.

'Dat weet ik niet, het ging allemaal heel snel...'

'Was hij bang, wanhopig? Schreeuwde hij?'

'Nee, ze hebben me gezegd dat hij rustig was.'

'Jij bent in ieder geval teruggekomen, God zij geloofd,' zei Inmaculada, en even voelde Gregory zich vergeven voor alle schuld, gered van de kwellingen, gevrijwaard voor zijn pijnlijkste herinneringen, en een golf van dankbaarheid doorhuiverde hem van top tot teen. De Morales stonden hem niet toe dat hij die nacht in een hotel logeerde, ze dwongen hem bij hen te blijven slapen en maakten het eenpersoonsbed van Juan José in orde. In het laatje van het nachtkastje vond hij een schoolschrift waarin zijn vriend met potlood gedichten had geschreven. Het waren liefdesgedichten.

Voordat hij terugvloog, bracht hij Olga nog een bezoek. Ze was erg oud geworden, van haar vroegere papegaaievoorkomen restte niets meer, ze was veranderd in een heks met slordige haren, maar was nog even bedreven als wonderdokter en zieneres. In die fase van haar bestaan was ze geheel overtuigd geraakt van de menselijke stompzinnigheid, ze vertrouwde meer op haar hekserijen dan op haar medicinale kruiden, omdat die eerste meer tot de verbeelding van de onvoorstelbaar goedgelovige mensen spraken. Alles is een kwestie van de geest, de fantasie doet wonderen, hield zij vol. Ook haar woning gaf blijk van slijtage, het leek wel de bazaar van een verkoper van heiligenbeelden, volgestouwd met bestofte tovenaarsvoorwerpen, wanordelijker en minder kleurrijk dan voorheen. Aan het plafond hingen nog droge takjes, stukken schors en wortels, de planken met flesjes en dozen waren in aantal toegenomen, de vroegere geur van wierook uit de Pakistaanse winkels was verdwenen, verdrongen door sterkere aroma's. Vele potjes hadden hun suggestieve namen behouden: Vergeet-me-niet, Zekere-zaak, Onweerstaanbare-veroveraar, Heimelijke-wraak, Wild-genot, Neem-alles-weg. Met haar getrainde oog om het onzichtbare te ontdekken, merkte Olga meteen de veranderingen aan Gregory op, de onmogelijk te overschrijden muur rondom hem, zijn harde blik, de schelle en vreugdeloze lach, zijn barsere stem en dat nieuwe trekje om zijn mond dat bij iemand met fijnere lippen verachtelijk zou zijn geweest, maar bij hem eerder spottend overkwam. Hij straalde de kracht van een woedend dier uit, maar onder dat pantser werd zij de stukken van een gebroken ziel gewaar. Zij voelde dat het niet het goede moment was om hem haar ruime ervaring als raadgeefster aan te bieden, want hij was ontoegankelijk en ze gaf er de voorkeur aan over zichzelf te praten.

'Ik heb vele vijanden, Gregory,' bekende zij. 'Je probeert goed te doen en dat zetten ze je betaald met afgunst en haat. Nu wordt er verteld dat ik betrekkingen met de duivel onderhoud.'

'Fataal voor de zaken, stel ik me zo voor...'

'Denk dat maar niet, zolang er bange of gekwelde mensen bestaan, zit er muziek in mijn beroep,' antwoordde Olga met een ondeugend knipoogje. 'Is er trouwens iets wat ik voor je kan doen?'

'Dat geloof ik niet, Olga. Wat ik heb, valt niet te genezen met tovenarijen.'

De Morales gaven Reeves het adres van Carmen. Hij meende dat ze nog in Europa was en kon maar moeilijk geloven dat slechts een brug hen scheidde. Aan hun maandagse telefoontjes was een eind gekomen en hun brieven hadden enorme vertragingen geleden in Vietnam, het laatste contact was een ansichtkaart uit Barcelona geweest om hem in te lichten over een Japanse minnaar. Het kwam hem voor als een vreemd toeval dat zijn vriendin haar intrek genomen had in het huis van Joan en Susan, de werkelijkheid was soms net zo onwaarschijnlijk als de absurde soap opera's op tv die Inmaculada trouw volgde.

In de loop van zijn avontuurlijke bestaan, vooral wanneer hij gekweld werd door eenzaamheid na een affaire met een nieuwe vrouw en de ontdekking dat ook zij niet degene was die hij zocht, vroeg Gregory Reeves zich dikwijls af waarom hij en Carmen geen geliefden konden zijn. Toen hij daar met haar over durfde praten, antwoordde zij dat hij zich in die tijd afgesloten had voor de enige soort liefde die zij konden delen, hij beschermde zich met een mantel van cynisme die hem goed beschouwd tot weinig diende, aangezien het kleinste briesje maakte dat hij opnieuw hulpeloos tegenover de elementen kwam te staan, maar het was voldoende om zijn ziel te isoleren.

'In die tijd joeg je alleen maar achter geld en seks aan, het was een soort obsessie. Laten we de oorlog de schuld geven, als je dat goed vindt, hoewel ik denk dat er andere oorzaken waren, je sleepte nog veel dingen uit je kindertijd met je mee,' zei Carmen vele jaren later, toen beiden hun eigen labyrint doorlopen hadden en elkaar bij de uitgang troffen. 'Het vreemde is dat je maar heel licht over je buitenkant hoefde te schrapen om te zien dat je achter je weermiddelen schreeuwde om hulp. Maar ik was evenmin klaar voor een goede verhouding, ik was nog niet rijp en kon je niet de diepe liefde geven die je nodig had.'

Na zijn bezoek aan de Morales stelde Gregory met telkens weer andere voorwendsels een ontmoeting met zijn vriendin uit. Het idee haar weer te zien schrikte hem af, hij was bang dat zij alle twee veranderd waren en elkaar niet zouden herkennen, of erger nog, elkaar niet meer aardig zouden vinden. Ten slotte was het onmogelijk nog langer nieuwe smoezen te verzinnen en een paar weken later zocht hij haar op. Hij gaf er de voorkeur aan haar te verrassen en ging zonder vooraf te waarschuwen naar het restaurant, maar daar vernam hij dat zij het werk sinds een paar dagen had opgegeven. Joan en Susan ontvingen hem juichend, zij namen hem van top tot teen op om te kijken of hij nog helemaal heel was, stopten hem vol met vegetarische lasagna en pistache-honingtaart en noemden hem ten slotte de straat waar hij Carmen kon vinden. Hij werd getroffen door de verandering in het voorkomen van de twee vrouwen, zij droegen zeer opzichtige oorbellen, hadden hun haar geknipt en Joan had rouge op, te oordelen naar de onnatuurlijke blos op haar wangen. Ze legden hem lachend uit dat ze niet eeuwig met Indianenvlechten of omaknotjes konden blijven rondlopen, de oorbellen van Tamar vereisten iets koketters, daar stak helemaal niets kwaads in, zoals ze, enigszins laat weliswaar, hadden ontdekt, maar ze waren van plan de verloren tijd in te halen. Je kunt ook feministe zijn met die gevallen in je oor en een beetje make-up op, wees maar niet bang, wij staan nog steeds achter onze principes, verzekerden ze. Gregory wilde weten wie Tamar was, waarop ze zich haastten hem uit te legden dat Carmen haar naam veranderd had omdat ze zich nu volledig wijdde aan het maken van sieraden, ze wilde een naam aan haar stijl verbinden en haar eigen naam vond ze weinig exotisch. Elke ochtend ging ze naar de straat van de hippies om haar handelswaar aan te bieden op een blad met pootjes. Dagelijks werd er geloot om de standplaatsen, een systeem waarmee de knokpartijen van voorgaande jaren vermeden werden, toen de ambulante verkopers met geweld het kleine territorium van hun voorkeur verdedigden. Om een goede plek te bemachtigen moest je er vroeg bij zijn, maar zij was erg gedisciplineerd, zeiden Joan en Susan, zodat hij haar vast en zeker op de eerste hoek zou vinden, de meest begeerde plaats omdat die dicht bij de universiteit was waar men van het toilet gebruik kon maken.

Aan weerszijden van de straat zaten verkopers en bescheiden handwerkslieden, die hun brood verdienden met wat ze overdag kwijtraakten en leefden op metafysische illusies, politieke naïveteiten en drugs. Onder hen wemelde het van de gestoorden, aangetrokken door god mag weten wat voor magneet. De regering had gesnoeid in de begroting voor de gezondheidszorg, waardoor de toch al armlastige psychiatrische inrichtingen zwaar in de problemen kwamen te zitten en zich genoodzaakt zagen hun patiënten te ontslaan. De zieken kwamen de zomer door dankzij de goedgeefsheid van de mensen en werden in de winter ergens ondergebracht om het beschamende gezicht van doodgevroren lijken op de openbare weg te vermijden. De politie trok zich niets aan van die arme dwazen, tenzij ze agressief waren, de buurtbewoners kenden ze, waren hun angst voor hen kwijtgeraakt en vonden het geen probleem hen te voeden wanneer ze begonnen te verslappen van de honger. Vaak waren ze niet te onderscheiden van de trippende hippies, maar enkelen waren uniek en befaamd, zoals een balletdanser gekleed in een doorschijnende maillot en met de flamboyante mantel van een gevallen aartsengel om, die tot schrik van de onoplettende voorbijgangers stilletjes op de punten van zijn tenen over straat zweefde. Onder de beroemdsten figureerde een ongelukkige visionair die zelfbedachte kaarten las en altijd treurde over de gruwelen van de wereld. Wanhopig over zoveel slechtheid en hebzucht werd het hem op een dag te veel en stak hij midden op de openbare weg zijn ogen uit met een mes. Hij werd weggevoerd door een ambulance maar was korte tijd later weer terug, zwijgend en glimlachend omdat hij de wrede werkelijkheid niet langer zag. Iemand had gaatjes gemaakt in zijn kaarten zodat hij ze van elkaar kon onderscheiden en hij ging door met het voorspellen van de toekomst van de passanten, met meer succes nu omdat hij een legende was geworden. Tussen hen zocht Gregory zijn vriendin. Hij baande zich een weg door het rumoer en de drukte op straat maar zag haar niet, het was vlak voor Kerstmis en een grote mensenmenigte krioelde over de trottoirs om hun laatste inkopen te doen. Toen hij haar ten slotte vond, had hij enige seconden nodig om het beeld van haar in overeenstemming te brengen met dat welk hij van haar in zijn herinnering bewaarde. Zij zat op een krukje achter een opklapbare tafel, waarop in fonkelende rijen haar werk lag uitgestald, het haar viel wanordelijk over haar schouders, haar armen gingen schuil onder armbanden, zij droeg een met arabesken geborduurd odaliskenjakje en een vreemd gewaad van donkere katoen dat als een tuniek om haar middel zat vastgesnoerd met een ketting van zilveren en koperen munten. Zij hielp een stel toeristen die vast hun boerderij in het Mid-oosten in de steek hadden gelaten om van dichtbij de verschrikkingen van Berkeley te aanschouwen die zij op de buis hadden gezien. Zij had de aanwezigheid van Gregory niet in de gaten en vanaf een afstand observeerde hij haar, onopgemerkt vanwege de drukte op straat. Tijdens die minuten herinnerde hij zich hoeveel dingen zij gedeeld hadden, de zoete dromen van hun adolescentiejaren, de illusies die zij bij hem had gewekt, en hij geloofde van haar te houden sinds de verre dagen dat zij in hetzelfde bed sliepen, de sterfdag van zijn vader. Hij vond haar erg veranderd, zij was eleganter en gedroeg zich zelfverzekerder, haar Latijnse trekken kwamen duidelijker naar voren: haar ogen waren zwarter, haar gebaren omslachtiger, haar lach brutaler. Het reizen had de intuïtie van zijn vriendin verscherpt en haar gewiekster gemaakt, vandaar die verandering van naam en stijl. In die tijd kwam het woord 'etnisch' in zwang om datgene aan te duiden wat afkomstig was van plekken die niemand op de wereldkaart kon aanwijzen en zij maakte zich die term eigen, omdat ze vermoedde dat in Berkeley niemand zou willen pronken met de sieraden van een eenvoudige chicana. Op haar tafel stond een bordje dat vermeldde 'Tamar, etnische sieraden'. Vanaf de plek waar hij zich bevond, luisterde Gregory naar haar verkooppraatjes, ze zei tegen haar klanten dat ze een zigeunerin was en zij aarzelden, bang dat ze bedot werden als ze wat van haar kochten. Zij sprak met een licht accent dat ze vroeger niet had. Gregory achtte haar niet tot die veinzerij in staat uit gemaaktheid, maar ze zou het zich heel goed aangemeten kunnen hebben uit ondeugendheid, net zoals ze een mysterieus verleden verzon, meer omdat ze van grappenmakerij hield dan dat ze een hang naar leugenachtigheid vertoonde. Als iemand haar eraan had herinnerd dat ze de verstoten dochter van een paar illegale immigranten uit Zacatecas was, zou ze daar zelf verbaasd over hebben gestaan. In haar brieven vertelde zij haar extravagante autobiografie waar zij hoofdstuk na hoofdstuk aan verder breide, als een televisiefeuilleton, en hij waarschuwde haar meer dan eens dat ze daar mee moest oppassen, want als ze die leugens maar vaak genoeg herhaalde zou ze die uiteindelijk zelf gaan geloven. Nu hij haar op een paar meter afstand zag, begreep hij dat Carmen de hoofdpersoon van haar eigen roman was geworden en dat Tamar beter bij de schilderachtige verkoopster van kralenkettingen paste. Op dat moment sloeg zij haar blik op en slaakte een gil toen zij hem zag.

Zij omhelsden elkaar langdurig als een stel verloren kinderen en zochten ten slotte elkaars mond en kusten elkaar bevend met de hartstocht die ze door de jaren heen met geheime fantasieën gevoed hadden. Carmen borg alles haastig op, klapte haar tafel in en getweeën vertrokken zij. Terwijl zij het steekkarretje voortduwde waarop de dozen met sieraden opgestapeld stonden, keken zij elkaar begerig aan en gingen op zoek naar een plaats om met elkaar te vrijen. Zij waren zo ongeduldig dat ze zich niet de tijd gunden om ergens over te praten, ze moesten elkaar aanraken, elkaar verkennen en vaststellen dat de ander precies zo was als zij zich hadden voorgesteld. Zij wilde Gregory niet delen met Joan en Susan, ze vreesde dat als ze naar haar huis gingen een ontmoeting onvermijdelijk zou zijn en hoe discreet de twee vrouwen ook waren, het zou moeilijk zijn aan hun gezelschap te ontkomen, hij dacht hetzelfde en zonder haar te raadplegen nam hij haar mee naar een schamel hotel dat als enige voordeel had dat het dichtbij was. Daar ontdeden zij zich zo vlug ze konden van hun kleren en rolden versuft van hongerig verlangen over het bed. De eerste omhelzing was vurig en wild, ze gingen elkaar zonder omhaal te lijf in een tumult van gehijg en lakens, vielen elkaar zonder uitstel aan en verzonken daarna uitgeteld een paar minuten lang in een diepe slaap. Carmen ontwaakte als eerste en richtte zich op om de man op te nemen met wie zij samen opgegroeid was maar die haar nu als een vreemde voorkwam. Talloze keren had zij van hem gedroomd en nu had ze hem dan naakt binnen het bereik van haar mond. De oorlog had met beitelslagen op hem ingewerkt, hij was magerder en gespierder, de pezen waren onder zijn huid duidelijk zichtbaar als snaren en op één been vormden de aderen een opvallende blauwe vlek, het gevolg van een ongeluk uit zijn tijd als arbeider. Zelfs slapend was hij nog gespannen. Zij kuste hem droevig, ze had zich een heel ander weerzien voorgesteld, niet die soort wederzijdse verkrachting, dat genadeloze gevecht, ze hadden niet de liefde bedreven, maar iets wat haar een nasmaak van zonde gaf. Zij had het idee dat hij daar niet voor de volle honderd procent was, dat zijn geest afwezig was, hij had niet haar omhelsd maar wie weet wat voor spook uit zijn verleden of uit zijn nachtmerries, zij miste tederheid, intimiteit, vrolijkheid, ze had hem niet haar naam horen fluisteren of haar in de ogen zien kijken. Ook zij had niet haar beste dag gehad, maar ze wist niet waarin ze tekort geschoten was. Gregory had het ritme bepaald en alles was zo duizelingwekkend snel in zijn werk gegaan dat zij zich verloor in een donkere jungle waar ze nu warm, vochtig, enigszins gekweld en verdrietig uit kwam. Haar mislukkingen in de liefde hadden niet haar vermogen tot tederheid vernietigd. Open om hem te ontvangen stuitte zij op de onvermoede weerstand van deze vriend op wie zij sinds haar kinderjaren gewacht had, maar zij schreef het toe aan de gedwongen onthouding van de oorlog en verloor niet de hoop een spleet te vinden waardoor zij zijn ziel kon binnenkruipen. Zij boog zich om hem te kussen en met een verdedigend gebaar schrok hij wakker, maar toen hij haar herkende glimlachte hij en leek zich voor de eerste keer te ontspannen. Hij pakte haar bij de schouders en trok haar naar zich toe.

'Je bent een eenzame vechter, als een cowboy uit de film, Greg.'

'Ik heb nog nooit van mijn leven op een paard gezeten, Carmen.'

Hij wist niet hoe juist en hoe profetisch de diagnose van zijn vriendin was. Eenzaamheid en strijd bepaalden zijn bestaan. De herinneringen die hij op een afstand probeerde te houden, kwamen allemaal tegelijk weer bovendrijven en hij voelde een diepe bitterheid, die hij onmogelijk met iemand kon delen, zelfs niet met haar op dat moment van intimiteit. Hij was opgegroeid als het onkruid op het erf van zijn huis, zonder water of tuinman, tussen de metafysische waanzin van zijn vader, de onbewogen stilte van zijn moeder, de koppige wrok van zijn zuster en de gewelddadigheid van de buurt, hij had de agressie vanwege zijn huidskleur en de eigenaardigheden van zijn familie moeten verdragen, steeds heen en weer geslingerd tussen de zwakheden van een sentimenteel hart en die vechtlustige koorts die zijn bloed deed koken en hem zijn hoofd deed verliezen. Een deel dwong hem tot medelijden en een ander zette hem aan tot bandeloosheid. Hij was een speelbal in de eeuwige onbesliste strijd tussen die twee tegengestelde krachten die hem verdeelden in twee onverzoenlijke helften, een klauw die hem van binnen stukscheurde, die hem weghield van de rest. Hij voelde zich veroordeeld tot de eenzaamheid. Accepteer dat toch en houd op daar nog langer over na te denken, Gregory, we worden geboren, we leven en we sterven in eenzaamheid, had Cyrus hem verzekerd, het leven is verwarring en lijden, maar het is vooral eenzaamheid. Er zijn filosofische verklaringen, maar als je de voorkeur geeft aan het verhaal van de hof van Eden, bedenk dan maar dat dit de straf is voor het menselijke ras vanwege het bijten in de vrucht der wijsheid. Die gedachte deed heel de opstandigheid van Reeves oplaaien, hij had niet de illusie uit zijn kindertijd opgegeven, toen hij hoopte dat zijn levensangsten als bij toverslag zouden verdwijnen. Als hij zich in die jaren thuis in het rommelhok verborg, bevangen door een irrationele angst, stelde hij zich voor dat hij op een dag voorgoed bevrijd van die doffe pijn midden in zijn lichaam wakker zou worden, alles was een kwestie van je aanpassen aan de principes en regels van het fatsoen. Maar zo was het niet gegaan. Hij onderging de initiatieriten en de opeenvolgende fases van het pad naar de mannelijkheid, hij voedde zichzelf op, met de tanden op elkaar weerstand biedend aan slaag en klappen, trouw aan de nationale mythe van het onafhankelijke, trotse en vrije individu. Hij beschouwde zichzelf als een goede Amerikaan, bereid belasting te betalen en het vaderland te verdedigen, maar ergens bevond zich een gemene val en in plaats van de veronderstelde beloning bleef hij maar vastzitten. Het was niet voldoende voortdurend aan je plicht te voldoen, het leven was een onverzadigbare vrouw, zij vereiste steeds meer moeite en moed. In Vietnam leerde hij dat het om te overleven nodig was vele regels te schenden, de wereld was niet van de schroomvalligen maar van de brutalen, in het werkelijke leven ging het de boef beter af dan de held. Er was geen moreel uitsluitsel over de oorlog, evenmin waren er overwinnaars, allen maakten deel uit van dezelfde ontzaglijke nederlaag, en nu kwam het hem voor dat het in het burgerleven ook zo was, maar hij was vastbesloten aan die vervloeking te ontsnappen. Ik zal naar de hoogste stokken klimmen in dit kippenhok, ook al moet ik daarvoor over het hoofd van mijn eigen moeder heenstappen, zei hij dikwijls als hij zich voor de spiegel in de badkamer stond te scheren, eens zien of hij door dat zo vaak tegen zichzelf te herhalen dat gevoel van moedeloosheid van zich af kon schudden waarmee hij elke ochtend wakker werd. Hij was niet bereid met iemand over die dingen te praten, niet eens met Carmen. Hij voelde haar haar langs zijn mond strijken, snoof de geur op van die ongetemde sirene en gaf zich opnieuw over aan de roep van zijn begeerte. Hij zag haar sierlijke lichaam in het schemerduister van de gordijnen, hoorde haar gelach en haar gesteun, voelde de trilling van haar tepels in zijn handpalmen en een te kort ogenblik meende hij gered te zijn van de vervloeking van zijn eenzaamheid, maar de gejaagde klop van zijn buik en de chaotische trommel van zijn hart maakten snel een einde aan die hersenschim en hij zonk dieper en dieper weg in de afgrond van het genot, het laatste en meest complete isolement.

Ze kleedden zich lang daarna aan, toen de behoefte om frisse lucht in te ademen en iets anders te nuttigen dan koude pizza en lauw bier, het enige dat te krijgen was in het hotel, hun het besef van werkelijkheid teruggaf. Nu hadden zij tijd om elkaar kalmer te strelen en zich op de hoogte te stellen van het verleden, de gesprekken te beëindigen die ze gedurende jaren door de telefoon begonnen waren, over Juan José te praten, elkaar hun vervlogen illusies te vertellen, hun gestrande liefdes, hun onvolbrachte plannen, hun avonturen en opeengehoopte smarten. Tijdens die uren stelde Carmen vast dat niet alleen Gregory's lichaam veranderd was, maar ook zijn ziel, ze ging er echter van uit dat mettertijd zijn slechte herinneringen zouden vervagen en hij weer dezelfde van vroeger zou worden, de goede, gevoelige en vermakelijke vriend met wie zij rock n'roll-wedstrijden won, haar vertrouweling, haar broer. Nee, broer nooit meer, zei ze verdrietig bij zichzelf. Toen hun nieuwsgierigheid om elkaar te verkennen gestild was, kleedden zij zich aan en gingen de straat op. Het wagentje met de sieraden hadden ze in hun kamer achtergelaten. Gezeten voor hun dampende mokken koffie en knapperige tosties bekeken zij elkaar in het rozige avondlicht en voelden zich ongemakkelijk. Ze wisten niet wat die schaduw was die zich tussen hen in had gedrongen, maar geen van tweeën kon zijn verderfelijke werking ontkennen. Ze hadden de drang van hun begeerte bevredigd, maar er was geen sprake van werkelijk contact, ze versmolten niet in één enkele ziel en evenmin openbaarde zich een liefde die in staat was hun leven radicaal te veranderen, zoals ze zich hadden voorgesteld. Eenmaal gekleed en tot rust gekomen begrepen zij hoezeer hun wegen uiteen liepen, ze waren het over weinig eens, hun belangstelling verschilde, ze deelden plannen noch waarden. Toen Gregory van zijn ambitie sprak om een succesvol advocaat te worden en geld te maken, dacht zij dat hij een grapje maakte, die geldzucht paste helemaal niet bij hem, waar waren zijn idealen gebleven, de geïnspireerde boeken en de betogen van Cyrus waarmee hij haar zo dikwijls verveeld had in hun pubertijd en waarmee zij de draak stak om hem te pesten, maar die zij zich op den duur had eigen gemaakt. Jarenlang had zij zichzelf lichtzinnig gevonden en hem beschouwd als haar leidsman, nu voelde zij zich verraden. Van zijn kant kon Gregory niet het geduld opbrengen om te luisteren naar de mening van Carmen over belangrijke onderwerpen, van de oorlog tot de hippies, hij vond het kletspraat van een verwend en maar raak levend meisje dat nooit echt gebrek had geleden. Het feit dat zij zich geheel verwezenlijkt voelde door op straat prullaria te verkopen en van plan was de rest van haar dagen als een zwerfster te slijten, haar karretje voortduwend en van de wind levend, schouder aan schouder tussen krankzinnigen en mislukkelingen, was voldoende bewijs voor haar onvolwassenheid.

'Je bent een kapitalist geworden,' beschuldigde Carmen hem vol afschuw.

'En waarom niet? Jij hebt geen flauw idee wat een kapitalist is!' antwoordde Gregory en zij kon niet uitleggen wat haar dwarszat, raakte verstrikt in vaagheden die klonken als puberaal gebazel.

Zij hadden de hotelkamer voor nog een nacht betaald, maar nadat ze in stilte de derde kop koffie hadden gedronken, ieder gevangen in zijn eigen gedachten, en nadat ze een tijdje in de avondschemering naar het leven op straat kijkend hadden rondgeslenterd, kondigde zij aan dat ze haar spullen in het hotel moest ophalen en naar huis gaan, omdat er nog veel werk op haar te wachten lag. Dat bespaarde Reeves de beklemming zelf een excuus te verzinnen. Zij gingen uiteen met een vluchtige zoen op de lippen en de vage belofte elkaar snel op te zoeken. Ze hadden geen contact meer tot bijna twee jaar later, toen Carmen Morales hem belde om hulp te vragen, zij moest aan het andere einde van de wereld een kind redden.

Timothy Duane nodigde Gregory Reeves uit voor een diner bij zijn ouders thuis en gaf hem daarmee ongewild de duw die hij nodig had om omhoog te komen. Duane had zijn vriend ontvangen met zijn gebruikelijke handdruk, alsof hij van een korte vakantie terugkwam, en alleen de glans in zijn ogen verraadde zijn ontroering hem weer te zien, maar net als alle anderen wilde hij niets weten over de oorlog. Gregory had de indruk iets beschamends te hebben gedaan, terugkeren uit Vietnam stond gelijk aan vrijkomen uit de gevangenis na het uitzitten van een lange straf, de mensen deden of er niets gebeurd was, deden overdreven beleefd tegen hem of negeerden hem volkomen, er was geen plaats voor strijders buiten het slagveld. Het etentje bij de Duanes was saai en formeel. Hem werd opengedaan door een oude en mooie negerin in een gloednieuw uniform die hem naar de salon bracht. Verbijsterd stelde hij vast dat geen vierkante centimeter van de wanden of de vloer onversierd was, de overvloed aan schilderijen, tapijten, beelden, meubels, kleden en planten liet niet één rustig plekje vrij waar je je blik kon laten rusten. Er stonden tafeltjes met inlegwerk van paarlemoer en goud filigrainwerk, ivoren stoelen met zijden kussens, zilveren kooien voor opgezette vogels en een verzameling porselein en glas die in een museum niet zou misstaan. Timothy liep op hem toe.

'Wat een luxe!' ontsnapte Reeves bij wijze van groet.

'Zij is de enige luxe van dit huis. Mag ik je voorstellen aan Bel Benedict?' antwoordde zijn vriend, wijzend op de dienstbode, die inderdaad een Afrikaans beeldhouwwerk leek.

Ten slotte maakte Gregory dan kennis met de vader van zijn kameraad over wie hij uit de mond van diens zoon zulke vreselijke verhalen had gehoord, een opgeblazen en barse patriarch, die niet in staat was om twee zinnen te wisselen zonder gezag te laten gelden. Die avond zou voor Gregory gruwelijk zijn geweest, als niet de orchideeën de bijeenkomst gered en de deur naar zijn carrière als advocaat hadden geopend. Zijn vriend Balcescu had hem ingewijd in de verslavende ondeugd van de botanica, die begonnen was met een passie voor rozen en zich met de jaren uitbreidde tot andere soorten. Wat in dat voorname huis propvol kostbaarheden het meest zijn aandacht trok waren de orchideeën van Timothy's moeder. Zij hadden de meest uiteenlopende vormen en kleuren, geplant in bloempotten, hangend aan het plafond in stukken boomschors en groeiend als in een oerwoud in een geklimatiseerde tropische binnentuin. Terwijl de anderen koffie dronken, glipte Gregory de tuin binnen om ze te bewonderen en trof daar een oude man aan met duivelse wenkbrauwen en een vastberaden voorkomen, die even gek op bloemen was. Ze begonnen een gesprek over de orchideeën, beiden verbaasd over elkaars kennis. De man bleek een van de bekendste advocaten van het land te zijn, een inktvis wiens tentakels het gehele Westen omvatten, en toen hij vernam dat de jongeman werk zocht, overhandigde hij hem zijn visitekaartje met de uitnodiging op kantoor te komen praten. Een week later nam hij hem in dienst.

Gregory Reeves was een van de zestig advocaten, allen even ambitieus hoewel niet allen even vastberaden, onder leiding van de drie oprichters, die miljonair waren geworden met andermans leed. Het kantoor besloeg drie verdiepingen van een flatgebouw midden in het stadscentrum, van waaruit de baai te zien was, omlijst door staal en glas. De ramen konden niet open, men ademde de lucht in van de kunstmatige ventilatie en een systeem van in het plafond weggewerkte lichten schiep de illusie van een eeuwigdurende pooldag. Het aantal ramen van elk kantoor bepaalde de importantie van de inzittende, in het begin had hij er niet een en toen hij zeven jaar later wegging kon hij zich laten voorstaan op twee hoekvenstertjes, van waaruit hij met moeite het gebouw aan de overkant en een onbeduidend stukje van de hemel kon zien, maar die zijn klim binnen het bedrijf en op de sociale ladder aangaven. Ook had hij een aantal bloempotten met planten en een voorname bank van Engels leder, die veel onrecht kon torsen zonder zijn stoïcijnse waardigheid te verliezen. Op dat meubelstuk vlijden zich verschillende vrouwelijke collega's neer alsook een onbepaald aantal secretaressen, vriendinnen en cliëntes die de saaie gevallen van erfenissen, verzekeringen en belastingen die hij op zijn bureau kreeg draaglijker maakten. Na korte tijd kreeg hij bezoek van zijn chef, zogenaamd om informatie uit te wisselen over een zeldzame variëteit varens en later nodigde hij hem een paar keer uit om samen te gaan lunchen. Door hem vanaf een afstandje te observeren had hij de agressiviteit en de werklust van zijn nieuwe werknemer opgemerkt en al snel schoof hij hem interessantere gevallen toe om zijn klauwen te testen. Uitstekend, Reeves, ga zo door, als je op deze weg voortgaat ben je voor je het weet misschien wel mijn compagnon, feliciteerde hij hem soms. Gregory meende dat hij dat ook tegen andere werknemers zei, maar in vijfentwintig jaar tijd hadden maar heel weinigen een dergelijke positie bereikt binnen het bedrijf. Zijn hoop op een belangrijke promotie was niet tevergeefs, hij wist dat ze hem uitbuitten, hij werkte tien tot vijftien uur per dag, maar hij beschouwde dat als een deel van de training om op een dag alleen te kunnen uitvliegen en beklaagde zich niet. De wet was een bureaucratisch web en de slimmigheid bestond erin spin te zijn en geen vlieg, het rechtssysteem was ontaard in een opeenhoping van zulke ingewikkelde regels dat ze niet meer dienden waar ze voor opgesteld waren en in plaats van de rechtspraak te bevorderen, compliceerden zij die tot op het krankzinnige af. Zijn opdracht was niet de waarheid te achterhalen, de schuldigen te straffen of de slachtoffers schadeloos te stellen, zoals ze hem op de universiteit hadden geleerd, maar met gebruik van elk middel binnen zijn bereik de zaak te winnen, om succes te hebben moest hij zelfs de meest absurde mazen van de wet kennen en in zijn voordeel aanwenden. Bewijsstukken verdonkeremanen, getuigen verwarren en gegevens vervalsen waren gangbare praktijken en de kunst was dat efficiënt en onopvallend te doen. De wurggreep van de wet mocht zich nooit om de cliënten klemmen die in staat waren om de gewiekste advocaten van zijn kantoor te betalen. Zijn leven ging een richting op die zijn moeder en Cyrus zouden hebben doen griezelen, hij verloor een goed deel van zijn illusies over het werk, hij beschouwde het nog slechts als een ladder om omhoog te komen. Ook had hij geen illusies meer op andere levensterreinen, en al helemaal niet over liefde of over het gezin. De scheiding van Samantha eindigde zonder nodeloze drama's met een regeling die ze overeenkwamen in een Italiaans restaurant tussen twee glazen chianti door. Ze hadden niets waardevols om te verdelen, Gregory ging ermee akkoord alimentatie te betalen en de kosten van Margaret op zich te nemen. Bij het afscheid vroeg hij of hij de twee tonnen met rozenstruiken mee mocht nemen, waar zo lang niet naar omgekeken was dat ze helemaal verdord waren, maar hij voelde de plicht ze weer tot leven te wekken. Daar had zij niets op tegen en bood hem ook de houten kuip van de nooit plaatsgegrepen waterbevalling aan, misschien zou hij er in zijn huis een oerwoud in kunnen kweken. Aanvankelijk kwam Gregory wekelijks langs om zijn dochtertje te zien, maar al snel werden de bezoeken minder frequent, het meisje wachtte op hem met een lijst dingen die hij voor haar moest kopen en als hij eenmaal aan haar grillen voldaan had, liet zij hem links liggen en leek ze gehinderd te worden door zijn aanwezigheid. Een hele tijd nam hij geen contact op met Judy of met zijn moeder; ook belde hij Carmen niet met als excuus dat hij het erg druk had met zijn werk.

Sociale relaties vormden een essentieel onderdeel van het succes bij het carrière maken, vriendschappen dienden ervoor om deuren te openen, zeiden zijn collega's hem op het kantoor. Je moest op het juiste moment met de juiste mensen op de juiste plek zijn. De rechters deelden de club met de advocaten die zij daarna in de rechtszalen tegenkwamen, ons kent ons. Hoewel sport niet zijn sterkste punt was, dwong hij zich golf te spelen omdat het hem de gelegenheid bood contacten te leggen. Zoals hij van plan was geweest, kocht hij een boot met het idee gekleed in het wit en in het gezelschap van jaloerse collega's en jaloers makende vrouwen tochten te maken, maar hij begreep nooit iets van de grillige wind of de geheimen van de zeilkunst, elke rondvaart door de baai liep op een ramp uit en het schip kwijnde ten slotte verlaten weg aan de kade, met meeuwenesten in de masten en bedekt met een weelderige kraag van rottende algen. Gregory had een kindertijd van armoede en een jeugd van gebrek gehad, maar hij had zich gevoed met films die hem een hang naar een luxueus bestaan hadden bezorgd. In de buurtbioscoop had hij mannen in smoking gezien, in lamé geklede vrouwen en tafels met vier kandelaren, bediend door knechten in livrei. Hoewel dat alles tot een denkbeeldig verleden van Hollywood behoorde en in werkelijkheid niet voorkwam, werd hij er toch door gefascineerd. Misschien dat hij daarom op Samantha verliefd was geraakt, zij viel gemakkelijk voor te stellen in de rol van een ijskoude en gedistingeerde blondine uit de film. Hij bestelde zijn pakken bij een Chinese kleermaker, de duurste van de stad, dezelfde die de oude man van de orchideeën en andere magnaten kleedde, hij kocht zijden overhemden en droeg gouden manchetknopen met zijn initialen erin gegraveerd. De kleermaker bleek een goede adviseur en raadde hem af tweekleurige schoenen te dragen, evenals stropdassen met stippen, geruite pantalons en andere verleidingen, en zo verfijnde Reeves langzaam maar zeker zijn smaak op het gebied van kleding. Voor wat de aankleding van zijn huis aanging, trof hij eveneens iemand die hem goede raad schafte. In een poging op kleine schaal het huis van Timothy Duanes ouders te imiteren, kocht hij aanvankelijk op krediet al het fraais dat zijn aandacht trok, hoe groter en pompeuzer hoe beter, omdat hij dacht dat zo de rijken woonden, maar hoe hij zich ook in de schulden stak, dergelijke kostbaarheden kon hij zich niet permitteren. Hij begon oude tweedehands meubelen te verzamelen, kroonluchters, vazen en zelfs een paar bronzen Abessijnen op ware grootte, met tulband en muiltjes. Zijn huis was op weg een Turkse bazaar te worden, toen zijn pad gekruist werd door een jonge binnenhuisarchitecte die hem behoedde voor de gevolgen van slechte smaak. Hij had haar ontmoet op een feestje en diezelfde nacht nog begonnen zij een hartstochtelijke en vluchtige affaire, die zeer belangrijk voor Gregory was, omdat hij de lessen van die vrouw nooit zou vergeten. Zij leerde hem dat pronkzucht de vijand van elegantie is, een idee dat diametraal stond op de concepten dienaangaande van de Mexicaanse wijk en dat nooit bij hem zou zijn opgekomen, en zo ging hij ertoe over rigoureus bijna de gehele inboedel uit zijn huis te verwijderen, de Abessijnen inbegrepen, die hij voor een exorbitant hoog bedrag aan het Saint-Francishotel verkocht, waar ze tot op de dag van vandaag te bewonderen zijn bij de ingang van de bar. Het enige dat hij liet staan was het keizerlijke bed, de tonnen met rozen en de kuip voor bevallingen die nu dienst deed als kweekbak voor planten.

In de vijf weken die de passie duurde, zorgde zij voor een eenvoudig en functioneel interieur, ze liet de muren wit schilderen en op de vloer zandkleurig tapijt leggen en vergezelde Gregory bij de aanschaf van modern meubilair. Zij gaf hem nadrukkelijke instructies: weinig maar goede spullen, neutrale kleuren, zo min mogelijk versieringen en bij twijfel, niet kopen. Dankzij haar adviezen kreeg het huis de strengheid van een klooster en dat bleef zo totdat de eigenaar enkele jaren later huwde.

Reeves sprak nooit over zijn ervaringen in Vietnam, deels omdat niemand ernaar wilde luisteren, maar vooral omdat hij dacht dat de stilte hem ten slotte van zijn herinneringen zou genezen. Hij was vertrokken met de bereidheid om de belangen van zijn land te verdedigen, met het beeld van de helden in zijn hoofd, en hij was gebroken teruggekeerd, niet begrijpend waarom zijn makkers bij duizenden stierven en zonder wroeging mensen doodden in een vreemd land. In die tijd was de oorlog, die aanvankelijk nog kon rekenen op de euforische steun van de publieke opinie, veranderd in een nationale nachtmerrie, de protesten van de pacifisten kregen steeds meer steun en vormden een bedreiging van de regering. Niemand begreep hoe het kon dat er reizigers de ruimte in werden gestuurd maar dat er geen middel was om een eind aan dat uitzichtloze conflict te maken. In plaats van het respect en de bewondering die hun beloofd was toen ze gerekruteerd werden, stuitten de soldaten bij hun terugkeer op een fellere vijandigheid dan die van hun tegenstanders in Vietnam. Men wees hen na als moordenaars, niemand bekommerde zich om hun lot. Velen die manmoedig de ontberingen van het slagveld hadden ondergaan, klapten na hun terugkeer in elkaar, toen ze moesten vaststellen dat er geen plaats voor hen was.

'Dit is een land van overwinnaars, Greg, het enige dat niemand je vergeeft is dat je mislukt,' zei Timothy Duane tegen hem. 'Het is niet de moraal of de rechtvaardigheid van deze oorlog die ter discussie staat, niemand wil iets weten van de doden aan onze kant en al helemaal niet van de doden aan Vietnamese kant, wat ons dwarszit, is dat we niet gewonnen hebben en met de staart tussen de benen moeten afdruipen.'

'Hier weten heel weinig mensen wat oorlog eigenlijk is, Tim.

De Verenigde Staten zijn nooit binnengevallen door een vijand of gebombardeerd, we voeren nu al een eeuw strijd, maar sinds de burgeroorlog heeft men op Amerikaans grondgebied geen kanonschot meer gehoord. Men heeft geen idee wat het betekent als een stad onder vuur genomen wordt. Ze zouden wel anders praten als hun kinderen bij een bomexplosie omkwamen, als hun huizen in de as werden gelegd en ze niets te eten hadden,' antwoordde Reeves de enige keer dat hij met zijn vriend over dit onderwerp sprak.

Hij verspilde geen energie met zinloze jammerklachten, en met dezelfde vastberadenheid waarmee hij levend uit Vietnam was weggekomen, nam hij zich voor alle hindernissen te overwinnen die hij op zijn weg zou tegenkomen. Hij week geen haarbreed af van het besluit vooruit te komen dat hij in het ziekenhuisbed in Hawaii genomen had, en hij slaagde daar zo goed in dat toen een paar jaar later de oorlog eindigde, hij het toonbeeld was geworden van de man die het gemaakt heeft en hij zijn bestaan beheerste met de brutale jongleursbehendigheid waarmee Carmen vijf slagersmessen in de lucht wist te houden. In die tijd had hij bijna alles bereikt wat hij ambieerde, hij beschikte over meer geld, vrouwen en prestige dan hij ooit had kunnen dromen, maar rust schonk hem dat niet. Niemand wist van de levensangst die als een zak stenen op zijn schouders drukte, omdat hij de snoeverige en zelfverzekerde indruk van een schurk wekte, behalve Carmen voor wie hij die beklemming nooit verborgen kon houden, maar ook zij kon hem niet helpen.

'De ellende met jou is, dat je midden in een arena voor stierenvechten staat maar geen instinct hebt van een matador,' zei ze.

Wat zocht ik bij vrouwen? Dat weet ik nog steeds niet. Het ging er mij niet om de andere helft van mijn ziel te vinden om me compleet te voelen of zoiets. In die dagen was ik niet rijp voor die mogelijkheid, ik joeg iets na wat honderd procent aards was. Ik verlangde van mijn vriendinnen iets wat ik zelf niet kon benoemen en omdat ik dat niet kreeg, werd ik somber. Elke meer goocheme jongen zou door de scheiding, de oorlog en de leeftijd genezen zijn van romantische neigingen, maar dat was bij mij niet het geval. Aan de ene kant probeerde ik bijna alle vrouwen het bed in te krijgen puur uit seksuele lustbevrediging, aan de andere kant raakte ik uit mijn humeur als ze niet tegemoet kwamen aan mijn geheime sentimentele wensen. Verwarring, pure verwarring. Gedurende tientallen jaren voelde ik me gefrustreerd, na elke vrijpartij werd ik overvallen door een vreselijke treurigheid, een verlangen zo snel mogelijk te verdwijnen. Zelfs met Carmen was dat zo, ze had gelijk dat ze me een jaar of wat niet wilde zien, ze moet me verafschuwd hebben. Vrouwen zijn vraatzuchtige spinnen, als je je niet van ze bevrijdt, zul je nooit meer jezelf kunnen zijn en zul je alleen nog leven om hen te behagen, waarschuwde Timothy Duane mij, die elke week met een groep vrienden bijeenkwam om te praten over de mannelijkheid die bedreigd werd door al dat feministische gedoe. Ik heb daar nooit naar geluisterd, mijn vriend is geen goed voorbeeld op dat gebied. Toen ik jong was, had ik niet de zelfverzekerdheid en kennis om volgens een bepaalde methode achter de meisjes aan te zitten, ik deed dat met de onbesuisdheid van een jonge hond en de resultaten waren betreurenswaardig. Samantha was ik trouw tot die nacht dat ik de aardbeienijskleurige peignoir moest uitdoen bij een wiskundelerares die ik niet begeerde, maar ik ben niet trots op die trouw die zij niet beloonde, integendeel, ik gedroeg me stom en werd bovendien zelf bedrogen. Toen ik daarna weer vrijgezel was, nam ik me voor de voordelen van de seksuele revolutie te benutten, de oude veroveringspraktijken waren verdwenen, niemand was meer bang voor de duivel, geroddel of een onwelkome zwangerschap, zodat ik mijn bed thuis, ontelbare hotelmatrassen en zelfs de Britse vering van de bank in mijn kantoor op de proef stelde. Mijn chef waarschuwde me bars dat ik er onmiddellijk uit zou vliegen als hij klachten kreeg van zijn vrouwelijk personeel. Ik luisterde niet naar hem, maar had geluk, want niemand maakte er werk van of de praatjes bereikten hem niet. Met Timothy Duane sprak ik een aantal vaste avonden in de week af om flink de bloemetjes buiten te zetten, we wisselden gegevens uit en legden lijsten met kandidaten aan. Voor hem was het een sport, voor mij een obsessie. Mijn vriend was een knappe man, galant en rijk, maar ik danste beter, kon op het gehoor verschillende instrumenten bespelen en koken, die onbenulligheden trekken de aandacht van sommige vrouwen. Samen geloofden wij dat we onweerstaanbaar waren, maar ik vermoed dat we dat waren omdat het ons alleen om de kwantiteit en niet om de kwaliteit ging, we gingen met iedereen uit die op een uitnodiging inging, ik kan niet zeggen dat we selectief te werk gingen. Wij werden beiden dezelfde dag verliefd op een brutale en inhalige Filippijnse die we bedolven onder attenties in een wedloop om haar hart te winnen, maar zij was ons ver vooruit en kondigde aan dat ze van plan was het met ons alletwee te doen. Dat Salomonsoordeel mislukte bij de eerste poging, we konden de rivaliteit niet verdragen. Vanaf dat moment verdeelden we de meisjes op zo'n prozaïsche manier, dat ze nooit met ons zouden zijn uitgegaan als ze het geweten hadden. In mijn agenda stond een aantal meisjes genoteerd die ik regelmatig belde, niet één was er vast en niet één deed ik beloften, ik vond dat een prettige regeling waar ik echter niet genoeg aan had, zodra mijn pad gekruist werd door een ander die meer of minder interessant was, stortte ik me op haar met dezelfde bezetenheid waarmee ik haar daarna weer liet schieten. Ik neem aan dat ik werd voortgedreven door de illusie op een dag de ideale partner te vinden die mijn jacht zou rechtvaardigen, net zoals ik wijn dronk in de hoop op de volmaakte fles te stuiten, ook al kreeg ik daardoor last van mijn allergie, of zoals ik in de zomervakantie de hele wereld afreisde, van de ene stad naar de andere rennend in een uitputtende zoektocht naar de schitterende plaats waar ik het helemaal naar mijn zin zou hebben. Zoeken, altijd maar zoeken, maar zoeken buiten mijzelf.

In die fase van mijn leven stond seksualiteit gelijk aan oorlogsgeweld, het was een ziekelijke manier om contacten te leggen die me uiteindelijk een vreselijke leegte bezorgden. Toen wist ik nog niet dat ik van elke ontmoeting iets leerde, dat ik niet als een blinde in cirkels rondliep, maar in een langzame spiraal die omhoog voerde. Ik rijpte door middel van een gigantische krachtsinspanning, precies zoals Olga had voorspeld. Je bent een ijzersterk en koppig beest, je zult geen makkelijk leven hebben en heel wat klappen te verduren krijgen, voorspelde ze. Zij was mijn eerste meester in datgene wat een groot deel van mijn karakter zou bepalen. Op mijn zestiende wijdde ze me niet alleen in de erotiek in, haar belangrijkste les betrof de basis van een werkelijke liefdesband. Ze leerde me dat in een liefdesverhouding de twee geliefden zich voor elkaar openstellen, elkaar aanvaarden, zich aan elkaar overgeven. Ik had geluk, weinig mannen krijgen de gelegenheid dat in hun jeugd te leren, maar ik begreep het niet en spoedig vergat ik het. Liefde is de muziek en seks is slechts het instrument, zei Olga, maar ik heb er een half leven over gedaan om mijn centrum te vinden en dat is de reden waarom het me zoveel moeite heeft gekost om muziek te maken. Ik joeg hardnekkig achter de liefde aan waar ik die niet kon vinden, en in de schaarse gevallen dat ik de liefde voor mij had was ik niet in staat om haar te zien. Mijn avontuurtjes waren verbeten en vluchtig, ik kon me niet overgeven aan een vrouw of haar accepteren. Dat raadde Carmen die enige keer dat we het bed met elkaar deelden, maar zijzelf had toen nog geen volwaardige relatie gehad, ze was net zo onwetend als ik, geen van ons kon de ander over de paden van de liefde leiden. Zijzelf had evenmin de absolute intimiteit ervaren, al haar geliefden hadden haar gekwetst of verlaten, ze vertrouwde op niemand en toen ze het met mij deed, heb ook ik haar teleurgesteld. Ik ben ervan overtuigd dat zij heeft geprobeerd mij zowel in haar ziel als in haar lichaam binnen te laten, Carmen is een en al genegenheid, spontaneïteit en gevoel, tederheid kost haar niets, maar ik was er niet klaar voor en daarna, toen ik toenadering zocht, was het te laat. Gedane zaken nemen geen keer, zoals Doña Inmaculada zegt, het leven bezorgt ons vele verrassingen en gezien in het licht van de dingen die me nu zijn overkomen, is het misschien maar beter zo. In die periode waren de vrouwen, zoals mijn kleding of mijn auto, symbolen van macht, ze vervingen elkaar zonder sporen achter te laten, als glimwormen van een lang en zinloos delirium. Als een van mijn vriendinnen al stilletjes heeft gehuild over haar onvermogen mij mee te trekken naar een diepe relatie, ik herinner me haar niet, net zo min als ik de vrouwen heb onthouden met wie ik een vluchtig avontuurtje had. Ik koester niet de wens mij de gezichten van de minnaressen uit die bandeloze tijd voor de geest te halen, maar als ik dat zou willen doen, geloof ik dat ik alleen maar blanke pagina's zou zien.

De Morales ontvingen de brief die het levenspad van Carmen ingrijpend van richting zou veranderen en lazen hem haar door de telefoon voor: *Juffrouw Carmen, hierbij draag ik mijn kind aan uw zorg over omdat uw broer Juan José wilde dat het in de Verenigde Staten opgroeide. Het kind heet Dai Morales, is een jaar en negen maanden oud en is kerngezond. Het zal een goede zoon voor u zijn en een goede kleinzoon voor zijn eerbiedwaardige grootouders. Komt u alstublieft snel om hem op te halen. Ik ben ziek en zal niet lang meer leven. Hoogachtend, Thui Nguyen.*
'Wist jij dat Juan José daar een vrouw had?' vroeg Pedro Morales met een stem die schor klonk van de inspanning om kalm te blijven, terwijl Inmaculada in de keuken een zakdoekje verfrommelde, aarzelend tussen het geluk te weten dat ze nog een kleinkind had en de door haar man gezaaide twijfels dat de zaak naar bedrog riekte.

'Ja, en ik wist ook van dat kind,' loog Carmen, die minder dan vijftien seconden nodig had om het kleintje in haar hart te sluiten.

'We hebben geen bewijs dat Juan José de vader is.'

'Mijn broer heeft het me door de telefoon gezegd.'

'Die vrouw kan hem bedrogen hebben. Het zal niet de eerste keer zijn dat ze er een soldaat inluizen met zo'n verhaal. Men weet altijd wie de moeder is, maar over de vader kan nooit zekerheid bestaan.'

'Dan kunt u ook niet zeker weten of ik uw dochter wel ben, papa.'

'Wees niet zo brutaal tegen je vader! En als je het wist, waarom heb je het ons dan niet gezegd?'

'Ik wilde jullie niet bezorgd maken. Ik dacht dat we nooit iets zouden vernemen van het kind. Ik zal de kleine Dai op gaan halen.'

'Dat zal niet makkelijk zijn, Carmen. In dit geval kunnen we hem niet verstopt onder een stapel kroppen sla de grens over smokkelen, zoals sommige Mexicaanse vrienden met hun kinderen hebben gedaan.'

'Ik zal hem hier krijgen, daar kunt u zeker van zijn.'

Zij hing op en belde vervolgens Gregory Reeves, met wie ze al lange tijd geen contact meer had gehad, en vertelde hem zonder omwegen het nieuws. Ze was zo ontroerd en opgetogen over het idee het kind te adopteren, dat ze geheel vergat blijk te geven van medelijden met de stervende vrouw of haar vriend te vragen hoe het hem al die tijd dat ze elkaar niet gesproken hadden vergaan was. Zes uur later kondigde hij zijn bezoek aan om haar in te lichten over de details, hij had ondertussen hier en daar navraag gedaan en Pedro Morales had gelijk, het zou niet meevallen om de kleine het land binnen te krijgen. Ze hadden afgesproken in het restaurant van Joan en Susan, dat nu zoveel faam genoot dat het zelfs in reisgidsen werd vermeld. Het eten was nog hetzelfde, maar in plaats van slierten knoflook aan de wanden hingen daar nu feministische affiches, getekende portretten van ideologen van de vrouwenbeweging, spotprenten en op een ereplaatsje in de hoek de beroemde bustehouder aan een bezemsteel waarmee de eigenaressen van het etablissement een aantal jaren eerder tot symbool werden. Met de goede zaken waren de twee vrouwen losser geworden zonder hun hartverwarmende manieren te verliezen. Joan had een verhouding met de meest succesvolle goeroe van de stad, de Roemeen Balcescu, die niet meer in het park predikte maar op zijn eigen school, en Susan had van haar vader een lapje grond geërfd waar ze biologische groenten verbouwden en gelukkige kippen hielden, die in plaats van met z'n vieren opeengepakt in een hokje en gevoed met chemische produkten in de open lucht rondscharrelden en natuurlijke graantjes oppikten totdat ze geplukt werden voor de kookpotten van het restaurant. Op hetzelfde veldje plantte Balcescu hydroponische marihuana die als zoete broodjes verkocht werd, vooral met Kerstmis. Gezeten aan de beste tafel van het eethuis, bij een open raam dat uitzag op een wilde tuin, herhaalde Carmen tegen haar vriend dat ze haar neefje zou adopteren al moest ze de rest van haar leven rijst planten in Zuidoost-Azië. Nooit zal ik een eigen kind kunnen krijgen, maar dit jongetje is dat bijna, omdat het hetzelfde bloed heeft als ik, bovendien heb ik de morele plicht de zorg op me te nemen voor het kind van Juan José en niet één immigratiedienst op de wereld zal me dat kunnen beletten, zei ze. Gregory legde haar geduldig uit dat het visum niet het enige probleem was, de adoptie zou geregeld moeten worden via een bemiddelingsbureau dat zou nagaan of zij een geschikte moeder was en het kind een zeker thuis kon bieden.

'Ze zullen je lastige vragen stellen. Ze zullen het niet goedvinden dat je de hele dag op straat doorbrengt tussen hippies, drugsverslaafden, gestoorden en bedelaars, dat je geen vast inkomen hebt, niet in het ziekenfonds zit, niet sociaal verzekerd bent en geen normale werktijden hebt. Waar woon je nu?'

'Momenteel slaap ik in mijn auto op het erf van een vriend. Ik heb een gele Cadillac gekocht uit '49, een heuse relikwie, je moet hem zien.'

'Fantastisch, dat zal het adoptiebemiddelingsbureau toejuichen!'

'Het is maar tijdelijk, Greg. Ik ben op zoek naar een appartement.'

'Heb je geld nodig?'

'Nee. De zaken lopen heel goed, ik verdien het meeste in de hele straat en geef weinig uit. Ik heb wat spaargeld op de bank.'

'En waarom leef je dan als een zwerver? Ik betwijfel werkelijk of ze je het kind zullen geven, Carmen.'

'Zou je me Tamar willen noemen? Dat is mijn naam nu.'

'Ik zal het proberen, hoewel het me moeite zal kosten, voor mij blijf je altijd Carmen. Ze zullen je ook vragen of je getrouwd bent, ze hebben liever echtparen.'

'Weet je dat ze daar de kinderen van Vietnamese vrouwen en Amerikanen als honden behandelen? Ze houden niet van ons bloed. Dai zal het veel beter hebben bij mij dan in een weeshuis.'

'Ja, maar je hoeft mij niet te overtuigen. Je zult formulieren moeten invullen, vragen beantwoorden en bewijzen dat het daadwerkelijk om een neefje van je gaat. Ik waarschuw je dat dat maanden, misschien jaren zal vergen.'

'Zo lang kunnen we niet wachten, ik heb je niet voor niets gebeld, Gregory. Jij kent de wet.'

'Maar ik kan geen wonderen verrichten.'

'Ik vraag geen wonderen maar een paar onschuldige leugentjes voor een goede zaak.'

Ze maakten een plan. Carmen zou een deel van haar spaargeld gebruiken om in een nette buurt een appartement te betrekken, ze zou de straatverkoop staken en haar vrienden en bekenden instrueren wat ze moesten antwoorden op de listige vragen van de autoriteiten. Ze vroeg Gregory of hij met haar zou trouwen in het geval een echtgenoot een absoluut vereiste was, maar hij verzekerde haar geamuseerd dat de wetten niet zo wreed waren en dat het met een beetje geluk niet nodig zou zijn de zaken zo ver te drijven. In plaats daarvan bood hij haar financiële steun aan want het zou een kostbare geschiedenis worden.

'Ik heb je al gezegd dat ik spaargeld heb, maar evengoed bedankt.'

'Houd dat nu maar om het kind te onderhouden, als je het tenminste hier kunt krijgen. Ik zal de reis betalen en je nog wat voor het verblijf daar geven.'

'Ben je dan zo rijk?'

'Het enige dat ik heb zijn schulden, maar ik kan er altijd nog een lening bij vragen, maak je maar niet bezorgd.'

Drie maanden later, na alle vervelende formaliteiten in overheidskantoren en consulaten, vergezelde Gregory zijn vriendin naar het vliegveld. Om bureaucratische verdenkingen om de tuin te leiden had Carmen haar vermommingen afgelegd en droeg ze een saai mantelpakje en het haar in een knotje, het enige teken van een niet geheel uitgedoofd vuur waren de zwaar met *kohl* opgemaakte ogen, wat ze niet had kunnen laten. Ze zag er klein, aanzienlijk ouder en bijna lelijk uit. De vrijmoedige borsten, die in haar zigeunerbloezen aantrekkelijk waren, leken onder het donkere jasje op een balkon. Gregory moest toegeven dat het exotische personage dat zij geschapen had de originele versie verreweg overtrof en beloofde zichzelf niet nog meer veranderingen in haar stijl te suggereren. Wees maar niet bang, zodra ik mijn kind heb, word ik weer mijzelf, zei Carmen blozend. Zij bekeek zich in de spiegel en herkende zichzelf niet. In haar koffertje had ze de kleine draak van hout gepakt die Gregory haar op het laatste moment geschonken had, opdat hij je geluk brengt, want dat zul je nodig hebben, zei hij. Ook had ze een stapel documenten bij zich, vrucht van haar vindingrijkheid en brutaliteit, foto's en brieven van haar broer Juan José, die zij met verachting van alle fatsoensnormen van plan was te gebruiken. Reeves had zich in verbinding gesteld met Leo Galupi in de overtuiging dat zijn goede vriend iedereen kende en er geen obstakels bestonden die hij niet kon overwinnen. Hij verzekerde Carmen dat ze kon vertrouwen op die aardige Italiaan uit Chicago, ondanks de geruchten die hem als een schoft afschilderden. Men beschuldigde hem ervan een groot fortuin vergaard te hebben met het drijven van zwarte handel, en dat hij daarom niet naar de Verenigde Staten terugkeerde. De waarheid was anders, de man had zijn dienst er al een tijdje opzitten en bleef niet in Vietnam om het makkelijke geld, maar omdat hij hield van de chaos en onzekerheid die er heersten, hij was geboren voor een avontuurlijk leven en daar was hij in zijn element. Hij had geen geld, het was een bandiet die telkens door zijn genereuze hart verraden werd. In de jaren van handeltjes in de marge van de wet had hij veel geld verdiend, maar hij had het uitgegeven om verre verwanten te onderhouden en vrienden in nood te helpen; zodra hij iemand in behoeftige omstandigheden zag, ging zijn beurs open. De oorlog had hem gelegenheid gegeven geld te maken met duistere praktijken maar aan de andere kant verplichtte de oorlog hem ook het weer uit te geven aan ontelbare goede daden. Hij woonde in een magazijn tussen stapels kisten die vol zaten met zijn handelswaar, Amerikaanse produkten die hij aan de Vietnamezen verkocht en oosterse snuisterijen die hij zijn landgenoten aanbood, van haaievinnen om impotentie te verhelpen tot lange haarvlechten van jonge meisjes om pruiken te maken, Chinese poeders voor gelukkige dromen en gouden en ivoren beeldjes van oude goden. In een hoek had hij een gaskooktoestel geïnstalleerd waar hij smakelijke Siciliaanse gerechten klaarmaakte als troost voor zijn weemoed en om een stel bedelkinderen te voeden die dankzij hem overleefden. Zoals hij Gregory Reeves beloofd had, stond hij Carmen op te wachten met een bos verlepte bloemen. Hij had even nodig om haar te identificeren, omdat hij een werveling van rokken, kettingen en armbanden had verwacht, maar in plaats daarvan trof hij een alledaags uitziende vrouw aan, dodelijk vermoeid door de lange reis en smeltend van de hitte. Zij herkende hem evenmin, want Gregory had hem beschreven als een onmiskenbare gangster, terwijl hij op haar overkwam als een van een schilderij afgestapte troubadour, maar hij hield een stuk karton omhoog met 'Tamar' erop geschreven omhoog en zo vonden ze elkaar in de massa. Maak je maar nergens druk om, schat, van nu af aan ontferm ik me over jou en al je problemen, zei hij terwijl hij haar op beide wangen kuste. Hij hield zijn woord. Hij zou meineed moeten plegen en tegenover een notaris zweren dat Thui Nguyen geen familie had, hij zou het handschrift van Juan José Morales moeten imiteren in gefingeerde brieven waarin deze sprak over de zwangerschap van zijn verloofde, trucfoto's maken waarop beiden gearmd op verschillende plekken te zien waren, documenten en stempels vervalsen, smeken bij onomkoopbare ambtenaren en de omkoopbaren omkopen, en al deze handelingen deed hij met de natuurlijkheid van iemand die niets anders gewend is. Hij was een opgewekte en elegante man die er goed uitzag, met duidelijk mediterrane trekken en een schitterende zwarte haardos die achter bijeen werd gehouden in een kort staartje. Carmen verzocht hem haar te vergezellen bij haar eerste bezoek aan Thui Nguyen, want zij had zozeer uitgekeken naar dat ogenblik en zich zo voorbereid op die ontmoeting dat ze haar gewoonlijke onbeschaamdheid verloren had en dat alleen al bij de gedachte het kind te zien haar knieën knikten. De vrouw woonde in een kamer in een groot huis dat voor de oorlog aan een welgestelde handelsfamilie moest hebben toebehoord, maar dat nu opgedeeld was in zo'n twintig huurvertrekken. Het was er zo vol met mensen die druk bezig waren, rondrennende kinderen, gillende radio's en televisies, dat het hun enige moeite kostte om de kamer te vinden die zij zochten. Er werd opengedaan door een piepklein vrouwtje, een grauwe schaduw met een doek om het hoofd en een jurk van een onbestemde kleur aan. Eén blik was voldoende om te weten dat Thui Nguyen niet gelogen had, zij was ernstig ziek. Ze was vast altijd al klein geweest, maar ze leek plotseling ineengeschrompeld te zijn, alsof het skelet gekrompen was zonder de huid de tijd te gunnen zich aan de nieuwe afmetingen aan te passen, het was onmogelijk haar leeftijd te schatten, want over haar adolescentenlichaam lag een eeuwenoude uitdrukking. Zij begroette hen uiterst gereserveerd, verontschuldigde zich voor de ongerieflijkheid van de kamer en nodigde hen uit op haar bed plaats te nemen; onmiddellijk daarna bood zij thee aan en zonder op antwoord te wachten zette ze water op, op een fornuisje dat op de enige stoel stond. In een hoek prijkte een huisaltaar met een foto van Juan José Morales en offergaven van bloemen, fruit en wierook. Ik zal Dai halen, zei ze en liep met langzame passen weg. Carmen Morales voelde haar hart wild tekeergaan in haar borst en huiverde ondanks de warme vochtigheid die uit de wanden kwam en in de hoeken groenige schimmelplekken voedde. Leo Galupi voelde dat het aangrijpendste moment uit het leven van die vrouw aangebroken was en voelde een aandrang haar in zijn armen te ondersteunen maar durfde haar niet aan te raken.

Dai Morales kwam aan de hand van zijn moeder binnen. Het was een mager en donker jongetje, tamelijk groot voor zijn twee jaar, met rechtopstaande haren als een borstel en een zeer ernstig gezichtje waarin de zwarte amandelvormige ogen zonder zichtbare oogharen de enige oosterse trek vormden. Hij leek precies op de foto die Inmaculada en Pedro Morales van hun zoon Juan José hadden toen die dezelfde leeftijd had, alleen lachte hij niet. Carmen probeerde op te staan, maar was zo aangedaan dat ze terugviel op het bed. Zij besloot met idiote zekerheid dat dat jongetje het kind was dat tien jaar eerder door de afvoer van Olga's keuken was weggespoeld, het kind dat sinds het begin der tijden voor haar bestemd was. Even verloor ze het besef van de werkelijkheid en vroeg ze zich beklemd af wat haar zoontje toch deed in die armoedige kamer. Thui zei iets dat klonk als gekwetter en de kleine liep schuchter naar Leo Galupi en gaf hem een hand. Thui wees hem met een ander vogelgeluid op zijn vergissing waarop hij zich naar Carmen toekeerde en hetzelfde begroetingsgebaar wilde maken, maar toen troffen hun ogen elkaar en bleven de twee elkaar een paar eeuwigdurende seconden aanstaren, alsof ze elkaar herkenden na een lange scheiding. Ten slotte strekte zij haar armen uit, tilde hem op en zette hem schrijlings op haar knieën. Hij was zo licht als een kat. Dai bleef kalm zitten, zonder geluid te maken, haar met een ernstige uitdrukking aankijkend.

'Voortaan is dat je moeder,' zei Thui Nguyen in het Engels en herhaalde het daarna in zijn eigen taal opdat haar zoontje het begreep.

Carmen Morales had elf weken nodig om alle formaliteiten voor de adoptie van haar neefje af te wikkelen en in het bezit te komen van het visum om hem naar haar land mee te kunnen nemen. Zij had het in minder tijd kunnen doen, maar daar kwam ze nooit achter. Leo Galupi, die zich aanvankelijk het vuur uit zijn sloffen liep om haar te helpen de ogenschijnlijk onoverkomelijke obstakels uit de weg te ruimen, speelde het op het laatst klaar om de hele papierwinkel te bemoeilijken en de laatste stappen te vertragen. Hij spon haar in in een kluwen van excuses en complicaties waar hijzelf na verloop van tijd ook geen verklaring meer voor had. De stad bleek veel duurder dan was voorzien en binnen een maand was Carmen door haar geld heen. Gregory Reeves stuurde haar een cheque die opging aan omkoperijen en hotelkosten, en toen zij al op het punt stond haar spaarrekening aan te spreken, bood Galupi haar opeens de helpende hand. Hij had een nieuwe handel in olifantstanden opgezet, zei hij, en het geld stroomde binnen, zij had niet het minste recht zijn hulp af te slaan, aangezien hij het voor Juan José Morales deed, zijn boezemvriend, van wie hij zozeer had gehouden en van wie hij geen afscheid had kunnen nemen. Zij vermoedde dat, voordat Gregory hem vroeg haar te helpen, Galupi zelfs nog nooit van haar broer gehoord had, maar dat zocht ze liever niet uit. Ze wilde niet dat hij de hotelrekening voor haar betaalde, maar stemde ermee in bij hem te gaan wonen om de kosten te drukken. Zij pakte haar koffer en een tas met kralen en stenen die ze in haar vrije tijd gekocht had, waaronder een paar kleine neolithische insektenfossielen die ze voor sierspelden wilde gebruiken, en liet zich naar Galupi's woning rijden. Ze had niet gedacht dat die man, die ze een grote slee had zien besturen en handenvol geld had zien uitgeven, in een soort kadeloods huisde, een labyrint van kisten en metalen rekken die met van alles volgestouwd waren. Met een vluchtige blik zag ze een veldbed, stapels boeken, dozen met platen en bandjes, een kanjer van een muziekinstallatie en een draagbaar televisietoestel met een kleerhanger bij wijze van antenne. Galupi liet haar de keuken zien en de overige gerieven van zijn onderkomen en stelde haar voor aan de kinderen die op dat tijdstip kwamen eten, ervoor waarschuwend dat ze hun geen geld moest geven en niet haar portemonnee moest laten liggen binnen het bereik van die begerige handjes. Midden in die wanorde was het bad een grote verrassing, een kraakzindelijk vertrekje van hout met een kuip, grote spiegels en rode badstof handdoeken. Dit is het kostbaarste dat door mijn handen is gegaan, je hebt geen idee hoe moeilijk het is om aan goede handdoeken te komen, glimlachte de gastheer terwijl hij ze trots streelde. Ten slotte bracht hij Carmen helemaal achterin zijn pakhuis, waar een ruime hoek was afgeschermd met op elkaar gestapelde kisten. De deur werd gevormd door een indrukwekkend coromandelhouten kamerscherm en binnen zag Carmen een breed bed met een wit muskietennet erboven, elegante meubels van zwart lakwerk, waarop met de hand motieven van reigers en kersenbloesem waren geschilderd, zijden tapijten, geborduurde wandkleden en kleine lampen van rijstpapier die een schemerig licht verspreidden. Leo Galupi had voor haar een kamer van een Chinese keizerin geschapen. Dit zou gedurende een aantal weken haar toevluchtsoord zijn, daar hoorde je het straatrumoer of het oorlogslawaai niet. Soms vroeg zij zich af wat die mysterieuze kisten om haar heen bevatten, zij stelde zich betoverende voorwerpen voor, elk met zijn eigen geschiedenis, en zij voelde hoe de atmosfeer bezwangerd was met de geest van die dingen. Op die plek woonde zij comfortabel en in goed gezelschap, maar werd ze verteerd door de beklemming van het wachten.

'Geduld, geduld,' raadde Leo Galupi haar aan als hij zag dat ze het niet meer had. 'Je moet maar zo denken, als Dai van jou zou zijn geweest had je negen maanden moeten wachten. Negen weken is niets.'

Tijdens de lange uren dat ze niet bij Thui en het kind op bezoek was zwierf Carmen over de markten om materiaal voor haar sieraden te kopen en maakte ze nieuwe ontwerpen geïnspireerd op die vreemde reis. Zij vond het een onwerkelijk idee dat ze midden in een gewapend conflict van een dergelijke omvang bazaars afliep als een toerist. Ondanks het feit dat in die tijd een groot deel van de Amerikaanse troepen zich al had teruggetrokken, was de oorlog nog in volle gang. Zij had gedacht dat de stad een onmetelijk militair kamp was waar zij kruipend tussen soldaten en loopgraven haar neefje moest zoeken, maar in plaats daarvan liep ze door nauwe straatjes en dong zij af te midden van een bonte mensenmenigte die zich zo op het oog niets van de oorlog aantrok. Als je met de mensen sprak, zou je een ander beeld krijgen, zei Galupi, maar omdat zij zich alleen in het Engels verstaanbaar kon maken, was ze afgesloten van het volk. Zonder het te willen, leefde ze tenslotte volledig langs de werkelijkheid heen, opgeslokt door de twee enige zaken die al haar aandacht opeisten, de kleine Dai en haar werk. Haar geest leek zich te hebben uitgebreid naar andere dimensies, Azië fascineerde haar, had haar in zijn ban, betoverde haar. Zij dacht dat er nog veel van de wereld te ontdekken viel en dat ze, als ze werkelijk succes wilde hebben in haar vak en enige zekerheid voor de toekomst, zoals ze zich had voorgenomen sinds ze besloten had voor Dai te zorgen, elk jaar naar verre en exotische oorden zou moeten reizen om op zoek te gaan naar zeldzame materialen en nieuwe ideeën.

'Ik zal je kralen sturen, ik heb overal contacten en kan alles voor je versieren,' bood Galupi aan, die niet goed begreep wat het beroep van Carmen precies behelsde, maar wel een vermoeden van de commerciële mogelijkheden had.

'Ik moet alles zelf uitkiezen. Elke steen, elke schelp, elk stukje hout of metaal brengt me op een nieuw idee.'

'Hier zou niemand dragen wat jij ontwerpt. Ik heb nog nooit een elegante vrouw gezien met stukjes bot en veren in haar oren.'

'In Amerika vechten ze erom. De vrouwen lijden honger om een paar van dit soort oorhangers te kunnen kopen. Hoe duurder ik ze verkoop, hoe mooier ze worden gevonden.'

'Het is in ieder geval legaal wat je doet,' zei Galupi lachend.

Ze vond de dagen eindeloos lang duren, de hitte en de vochtigheid waren afmattend. Ze droeg haar respectabele kleren van nette huisvrouw alleen als dat strikt noodzakelijk was, de rest van de tijd hulde zij zich in eenvoudige katoenen gewaden en boerensandalen die ze op de markt had gekocht. Vele uren bracht zij alleen lezend of tekenend door, vergezeld van het geruis van de grote ventilatoren van het magazijn. 's Avonds kwam Galupi met tassen etenswaar, nam een douche, kleedde zich in een korte broek, zette een plaat op en sloeg aan het koken. Even later verschenen de eerste eters, bijna allemaal kinderen, die de ruimte vulden met hun luchtig geklets en hun gelach, en wanneer ze met eten klaar waren, vertrokken ze zonder afscheid te nemen. Soms nodigde Galupi Amerikaanse vrienden uit, soldaten of persmensen, die tot zeer laat bleven drinken en marihuana roken. Allen accepteerden de aanwezigheid van Carmen zonder vragen te stellen, alsof zij altijd deel had uitgemaakt van het leven van Galupi. Zo nu en dan nam hij haar mee uit eten en wanneer hij vrij was, leidde hij haar door Saigon, hij wilde haar verschillende aspecten van de stad laten zien, van de bonte volksbuurten waar het werkelijke leven zich afspeelde, tot de villawijken waar de Europeanen en Amerikanen leefden met airconditioning en water in flessen. We gaan je aankleden als een koningin, er is vanavond een diner op de ambassade, kondigde hij op een dag aan, hij bracht haar weg naar het duurste winkelcentrum en liet haar daar achter met een pak biljetten in haar hand. Zij voelde zich verloren, ze naaide al jaren al haar kleren zelf en had geen idee dat een jurk zo duur kon zijn. Toen haar nieuwe vriend haar drie uur later kwam ophalen, trof hij haar zittend op het trappetje van een winkel aan, vloekend van frustratie en met de schoenen in haar hand.

'Wat is er?'

'Alles is vreselijk en peperduur. Tegenwoordig zijn de vrouwen plat. Deze meloenen passen in geen enkele jurk,' gromde ze, op haar borsten wijzend.

'Blij toe,' lachte Galupi en vergezelde haar naar de hindoestaanse wijk, waar ze een toverachtig mooie sari kochten van donkerroze en met goud geborduurde zijde, die Carmen met flair om zich heen wikkelde en waarin zij zich veel natuurlijker voelde dan in die strakke Franse toiletten voor slanke dennen.

Toen zij die avond de salon van de ambassade binnenging, herkende ze tussen de mensen de man aan wie ze dikwijls dacht en die ze nooit meer verwacht had terug te zien. Pratend met een glas whisky in zijn hand, gekleed in smoking en met grijs haar, maar met hetzelfde gezicht van vroeger, stond Tom Clayton daar. De journalist had tijdelijk het schrijven van politieke artikelen onderbroken voor een bezoek aan Vietnam om een boek te schrijven. Hij bracht meer tijd door op feesten en op clubs dan aan het front, trouw aan zijn theorie dat de oorlog in feite in salons wordt uitgevochten. Hij had toegang tot plaatsen waar geen enkele andere correspondent welkom was en kende de juiste mensen bij de militaire top, het corps diplomatique, de regering en de beau-monde van de stad, vandaar dat hij werd aangetrokken door die betoverende vrouw die hij niet eerder had gezien. Vanwege de olijfkleurige teint van haar huid, de zwaar opgemaakte ogen en de schitterende sari, nam hij aan dat ze uit India kwam. Hij merkte dat zij ook naar hem keek en zocht een gelegenheid om kennis met haar te maken. Carmen gaf hem een hand en stelde zich aan hem voor met de naam die ze altijd gebruikte, Tamar. Zij had zich dikwijls afgevraagd wat haar reactie zou zijn bij het weerzien van haar eerste geliefde, die zo beslissend was geweest voor haar leven, en haar enige conclusie luidde dat zij niets zou weten te zeggen. De jaren hadden haar haat uitgewist, ze ontdekte verrast dat zij slechts onverschilligheid voelde voor die arrogante man die zij zich niet eens naakt kon herinneren. Zij hoorde hem spreken met Galupi, terwijl hij haar vanuit zijn ooghoeken opnam, zichtbaar onder de indruk, en zij was verbaasd dat ze zoveel van hem had gehouden. Zij vroeg zich niet af, zoals ze zo vaak heimelijk had gedaan, hoe het kind van hen beiden geweest zou zijn, want ze kon zich geen ander eigen kind voorstellen dan Dai. Zij zuchtte met een mengeling van verlichting bij de vaststelling dat hij haar niet had herkend en van diepe ergernis over de tijd die zij verspild had met liefdesverdriet.

'Ik heb u niet eerder ontmoet, waar komt u vandaan?' vroeg Tom Clayton die zich naar haar had toegekeerd.

'Ik kom uit het verleden,' antwoordde Carmen en draaide hem de rug toe om vanaf het balkon de stad in ogenschouw te nemen die aan haar voeten schitterde alsof de oorlog ergens anders woedde.

Weer terug in het magazijn gingen Carmen en Leo Galupi onder de ventilator zitten om nog wat na te praten over de avond, zonder het licht aan te doen, in de schemering van de straatlantaarns. Hij bood haar wat te drinken aan waarop zij vroeg of hij misschien toevallig een blik gecondenseerde melk in huis had.

Met de punt van een mes maakte ze er twee gaatjes in en ging op de grond op een paar kussens zitten om de zoetigheid op te zuigen, troost op zoveel kritieke momenten van haar bestaan. Ten slotte durfde hij haar te vragen over Clayton, hij had iets vreemds aan haar gemerkt tijdens de ontmoeting, zei hij. Toen vertelde Carmen alles van a tot z, het was de eerste keer dat zij sprak over haar ervaring in de keuken van Olga, over de pijn en de angst, over de kwelling in het ziekenhuis en de lange lijdensweg daarna, een schuld uitboetend die niet alleen van haar was, maar waarin hij weigerde te delen. Van het een kwam ze op het ander en het eindigde ermee dat ze hem haar hele leven uit de doeken deed. De dag brak aan en zij was nog steeds aan het vertellen, het was een soort katharsis, de dijk die de geheimen en de eenzame tranen binnenhield was doorgebroken en zij ontdekte hoe weldadig het was je hart uit te storten bij een discrete confident. Na de laatste slok gecondenseerde melk rekte zij zich dodelijk vermoeid met een geeuw uit, daarna boog ze zich over haar nieuwe vriend en drukte een lichte kus op zijn voorhoofd. Galupi pakte haar bij haar pols en trok haar naar zich toe, maar Carmen wendde haar hoofd af en het gebaar ging verloren in de ruimte.

'Ik kan het niet,' zei ze.

'Waarom niet?'

'Omdat ik niet meer alleen ben, ik heb nu een kind.'

Die nacht ontwaakte Carmen Morales bij het dag worden en zij meende Leo Galupi te zien, die bij het coromandelen kamerscherm naar haar stond te kijken, maar het was nog niet helemaal licht en misschien hoorde het visioen bij haar droom. Zij was verzonken in dezelfde nachtmerrie die haar gedurende jaren achtervolgd had, alleen was Tom Clayton er nu niet en had het kind dat zijn armen naar haar uitstrekte geen papieren zak meer over zijn hoofd heen, deze keer herkende zij hem duidelijk, hij had het gezicht van Dai.

Hun samenzijn verliep in een sfeer van kalme genoegzaamheid, als van een bejaard echtpaar. Carmen wende zoetjesaan aan het moederschap, zij nam het kind mee uit voor wandelingen die elke dag langer werden, leerde een paar woorden Vietnamees en leerde hem andere in het Engels, ontdekte waar hij van hield, waar hij bang voor was en uit wat voor familie hij kwam. Thui nam haar mee voor een tweedaags bezoek aan haar familie op het platteland om hun gelegenheid te geven afscheid van Dai te nemen. Zij hadden erop aangedrongen het kind aan hun zorgen toe te vertrouwen, ontzet bij het idee iemand uit hun midden naar de andere kant van de oceaan te sturen, maar Thui was zich bewust dat haar zoontje daar altijd een bastaard van gemengd bloed, een tweederangsburger zou zijn, arm en zonder hoop zich op te werken. Amerika was een uitdaging, het zou niet meevallen zich daar aan te passen, maar Dai zou er tenminste betere kansen hebben dan het bewerken van het lapje grond van de familie. Leo Galupi wilde per se mee want de tijden waren er niet naar om twee vrouwen en een kind zonder bescherming op pad te laten gaan. Carmen stelde opnieuw iets vast dat ze sinds haar kindertijd al wist en dat Joan en Susan talloze keren hadden onderstreept, namelijk dat mannen en vrouwen op dezelfde plaats en in dezelfde tijd maar op verschillende niveaus leven. Zij leefde met haar blik over haar schouder naar achteren gewend, zich hoedend voor werkelijke en denkbeeldige gevaren, altijd in een verdedigende houding, dubbel zo hard werkend als een man voor de helft van de opbrengst. Wat voor hen een alledaagse zaak was waar ze niet eens bij stilstonden, betekende voor haar een gevaar en vereiste berekening en strategie. Zoiets simpels als een uitstapje naar het platteland kon beschouwd worden als een provocatie, een roep om onheil. Zij besprak dit met Galupi, die verrast was omdat hij nooit over die verschillen had nagedacht. De verwanten van Dai waren arme en wantrouwige boeren die de buitenlanders met haat in hun ogen ontvingen, dit in weerwil van de lange verklaringen van Thui Nguyen. De zieke ging zeer snel achteruit, alsof zij de kanker in toom had weten te houden tot aan de kennismaking met Carmen, maar nu zij zag dat het kind in goede handen was zich gewonnen had gegeven. Zij nam zonder misbaar afscheid. Vóór haar dood nam ze zachtjesaan steeds meer afstand, opdat Dai haar begon te vergeten, alsof zijn moeder nooit bestaan had, op die manier zou de scheiding draaglijker voor hem zijn. Ze legde dat Carmen voorzichtig uit en deze durfde haar niet tegen te spreken. Dikwijls vroeg Thui haar of Dai bij haar kon slapen, ik ben niet helemaal goed en voel me ontspannener als ik alleen ben, zei ze, maar wanneer ze vertrokken wendde ze haar gezicht af om haar tranen te verbergen en als haar zoon de volgende dag terugkwam begonnen haar ogen te stralen. Zij kon nauwelijks lopen, had voortdurend pijn maar klaagde niet. Ze hield op de medicijnen van het ziekenhuis in te nemen, die haar uitputten en misselijk maakten zonder verlichting te brengen, en raadpleegde een oude acupuncturist. Carmen ging verschillende keren met haar mee naar die vreemde praktijken in een duister, naar kaneel geurend hokje waar de man zijn patiënten behandelde. Thui, liggend op een smal matje, met naalden op verschillende plekken van haar versleten lichaam, sloot de ogen en doezelde weg. Weer thuis hielp Carmen haar met naar bed gaan, maakte een opiumpijp klaar, en wanneer ze zag dat het verdovende middel zijn vernietigende werking begonnen was, nam ze het kind mee om een ijsje te gaan eten. Tegen het einde kon de zieke niet meer opstaan en bleef Dai definitief bij Carmen in de loods, waar hij het grote Chinese bed met zijn nieuwe moeder deelde. De Italiaan trok een vrouw aan om voor de stervende te zorgen en bracht de acupuncturist met zijn auto naar haar toe voor de dagelijkse behandeling. Met groeiend ongeduld informeerde Thui Nguyen hoe het met de papieren stond, zij wilde zeker zijn dat Dai gezond en wel in het land van zijn vader zou aankomen en elk uitstel betekende een nieuwe kwelling voor haar.

Op een zondag namen ze de kleine naar zijn moeder mee om afscheid van haar te nemen. Uiteindelijk waren dan de laatste struikelblokken uit de weg geruimd, hij stond geregistreerd als wettige zoon van Carmen Morales, had een paspoort met het juiste visum en de volgende dag zou hij afreizen naar Amerika, om daar opnieuw wortel te schieten. Ze lieten Thui een paar minuten alleen met de jongen. Dai ging op bed zitten met het voorgevoel dat dat een beslissend moment was en dat moest zo zijn, want vele jaren later, toen hij al een wiskundewonder was en er interviews met hem verschenen in wetenschappelijke tijdschriften, vertelde hij me dat de enige echte herinnering aan zijn jaren in Vietnam een bleke vrouw met brandende ogen was die hem op zijn gezicht kust en hem een geel pakje overhandigt. Hij toonde me dat voorwerp, een oud foto-album gewikkeld in een zijden sjaal. Carmen en Galupi wachtten aan de andere kant van de deur totdat de zieke hen riep. Zij troffen haar leunend tegen het kussen aan, vredig glimlachend. Zij kuste de jongen voor de laatste maal en gebaarde Galupi dat hij hem mee moest nemen. Carmen ging naast haar zitten en nam haar hand, terwijl hete tranen over haar wangen liepen.

'Dank je, Thui. Je hebt me gegeven waar ik in heel mijn leven het meest naar verlangd heb. Wees niet bezorgd, ik zal net zo'n goede moeder voor Dai zijn als jij, ik zweer het je.'

'Je doet wat je kunt,' zei zij zacht.

Korte tijd later, terwijl de familie Morales met een feestje de aankomst van Dai in Amerika vierde, begeleidde Leo Galupi het stoffelijk overschot van Thui Nguyen tijdens een eenvoudig begrafenisritueel. Die elf weken hadden de levens van verschillende personen elkaar gekruist, onder andere het leven van die mooie jongen uit Chicago, die al een aantal dagen een doffe pijn midden in zijn borst voelde, daar waar voorheen een inconsequente en snoeverige geest huisde.

Dai betekende een radicale omwenteling in het leven van Carmen Morales, die haar vernederende liefdes uit het verleden, de economische malaise, de eenzaamheid en de onzekerheden vergat. Zij had de toekomst helder en duidelijk voor ogen, alsof ze naar een film zat te kijken, ze zou zich aan haar kind wijden, ze zou hem helpen groot worden, hem bij de hand nemend om te voorkomen dat hij struikelde, beschermd tegen elk mogelijk leed, zelfs tegen heimwee en verdriet.

'Ik neem aan dat je dit Chineesje eerst wilt laten dopen opdat het een christen wordt en geen heiden blijft,' sprak de oude pater Larraguibel op het welkomstfeest, terwijl hij het jochie omhelsde met de tederheid die altijd verborgen was gebleven onder zijn ruwe bast van de Baskische boer en die hij in zijn jonge jaren niet had durven tonen. Maar Carmen wist die zaak op de lange baan te schuiven, ze wilde Dai niet kwellen met zoveel veranderingen, daarbij vond ze het boeddhisme een respectabele leer en misschien wel draaglijker dan het christelijke geloof.

De nieuwe moeder werkte braaf het onvermijdelijke familieceremonieel af, toonde haar zoontje één voor één aan verwanten en vrienden uit de buurt en probeerde hem geduldig de onuitsprekelijke namen van zijn nieuwe grootouders en de massa neven te leren, maar Dai leek te beduusd om zijn mondje open te doen en beperkte zich ertoe alles met zijn zwarte ogen in zich op te nemen zonder de hand van Carmen los te laten. Ook nam ze hem mee naar de gevangenis om hem Olga te laten zien, die ervan beschuldigd werd zwarte magie te bedrijven, misschien dat zij een manier wist om hem te doen eten, want sinds hij zijn land verlaten had, nam hij alleen nog maar vruchtesap tot zich, hij was afgevallen en leek elk moment flauw te kunnen vallen van slapte. Carmen en Inmaculada waren ten einde raad, ze hadden een arts geraadpleegd die na een zorgvuldig onderzoek verklaarde dat hij gezond was en hem een vitaminekuur voorschreef. De pleeggrootmoeder deed haar uiterste best Mexicaanse gerechten te bereiden met een Aziatisch smaakje eraan en drong erop aan hem dezelfde levertraandrank te geven waarmee zij haar zes kinderen in hun jeugd had gekweld, maar niets van dat alles had resultaat.

'Hij mist zijn moeder,' zei Olga met één oogopslag door het rooster in de bezoekzaal.

'Gisteren hebben ze me gezegd dat ze gestorven is.'

'Vertel het kind dat zij aan zijn zijde is, ook al kan hij haar niet zien.'

'Hij is nog te klein om dat te begrijpen, op zijn leeftijd vatten ze geen abstracte ideeën. Daarbij wil ik hem niet opzadelen met bijgelovig gedoe.'

'Ach, kind, jij weet ook nergens wat van,' verzuchtte de wonderdokter. 'De doden gaan hand in hand met de levenden.'

Olga paste zich met dezelfde flexibiliteit aan de gevangenis aan als waarmee zij zich vroeger thuis voelde op elke plek waar de rondtrekkende vrachtwagen stopte, alsof ze er voor altijd bleef. De opsluiting veranderde niets aan haar goedgehumeurdheid, het was slechts een klein ongemak, het enige dat haar kwaad maakte was dat de beschuldigingen vals waren, zwarte magie had haar nooit geïnteresseerd omdat dat niet lucratief was, ze verdiende veel meer met het helpen van haar cliënten dan met het vervloeken van hun vijanden. Ze was niet bang voor haar reputatie, integendeel, door deze onrechtvaardigheid zou haar faam vast nog toenemen, maar ze maakte zich zorgen om haar katten, die ze aan een buurvrouw had toevertrouwd. Gregory Reeves verzekerde haar dat niet één jury zou geloven in de kwaadaardige effecten van veronderstelde heksenriten, maar zij moest tot elke prijs vermijden dat de ware aard van haar handel aan het licht kwam, als dat gebeurde, zou de wet meedogenloos zijn. Ze legde zich erbij neer bedeesd haar straf uit te zitten zonder veel drukte te maken, maar matigheid was nu niet precies haar voornaamste deugd en in minder dan een week had ze haar cel in een filiaal van haar zonderlinge spreekkamer thuis veranderd. Aan klanten ontbrak het haar niet. De andere gedetineerden betaalden haar voor hoopvolle raadgevingen, therapeutische massages, rustgevende hypnose, krachtige talismannen en voor haar voorspellende gaven, en in korte tijd kwamen ook de gevangenisbewakers bij haar aan met hun problemen. Ze liet beetje bij beetje de medicinale kruiden, de flesjes gemagnetiseerd water, de tarotkaarten en de boeddha van verguld gips binnensmokkelen. Vanuit haar in een bazaar veranderde cel beoefende zij haar doeltreffende tovenarijen en strekte de subtiele tentakels van haar macht uit. Niet alleen werd zij de meest gerespecteerde persoon van de gevangenis, maar was zij ook degene die het meeste bezoek kreeg, de hele Mexicaanse wijk kwam langs om haar op te zoeken.

Bang dat Dai aan ondervoeding zou bezwijken, besloot Carmen het advies van Olga op te volgen en probeerde in een mengeling van Engels, Vietnamees en gebarentaal het kind duidelijk te maken dat zijn moeder naar een ander niveau was opgestegen waar zij niets meer aan haar lichaam had, nu had ze de vorm van een kleine doorschijnende fee die altijd boven zijn hoofd zweefde om hem te beschermen. Zij ontleende dat beeld aan pater Larraguibel, die zo de engelen beschreef. Volgens hem had ieder mens aan zijn linkerkant een demoon en aan zijn rechterkant een engel, de tweede mat exact drieëndertig centimeter, het aantal jaren van het aardse leven van Christus, was naakt en het was absoluut onwaar dat hij vleugels had, hij vloog door middel van straalaandrijving, een goddelijk systeem van voortbewegen dat minder elegant maar veel logischer was dan de vogelvleugels die in de heilige teksten beschreven worden. De goede man was met het klimmen der jaren enigszins excentriek geworden, maar tegelijkertijd was het gezichtsvermogen van zijn beruchte derde oog toegenomen, er bestonden onweerlegbare bewijzen dat hij in het donker kon kijken, net zoals hij wist wat er achter zich gebeurde, vandaar dat iedereen stil was in zijn mis. Met onbetwistbaar moreel gezag beschreef hij demonen en engelen zeer precies en niemand, zelfs Inmaculada Morales niet, die zeer behoudend was waar het om de zaken des geloofs ging, durfde zijn woorden in twijfel te trekken. Om de beperkingen van de taal te compenseren maakte Carmen een tekening, op de voorgrond stond Dai en boven hem cirkelde een klein figuurtje rond met een propeller op het hoofd en een rookwolk achter zich aan, dat de onmiskenbare zwarte amandelvormige ogen van Thui Nguyen had. Het jongetje keek er een lange poos naar, vouwde het vel zorgvuldig dubbel en stopte het in het album met door Leo Galupi gemonteerde foto's, bij de portretten van zijn ouders die gearmd liepen op plaatsen waar ze nooit geweest waren. Onmiddellijk daarna at hij zijn eerste Amerikaanse hamburger.

Na een drukke week bij haar familie te hebben doorgebracht, keerde Carmen met haar zoon naar Berkeley terug, waar zij een nieuw bestaan begon. Voordat zij was vertrokken om Dai te halen, had ze een appartement gehuurd en een kamer met witte meubels en een hele berg speeltjes in gereedheid gebracht. De woning bestond uit slechts twee vertrekken, een voor haar zoon en een ander dat dienst deed als werkplaats en slaapkamer. Zij ging niet meer op elke hoek zitten om haar juwelen te verkopen, nu stalde zij ze in boetieks uit, maar de verleiding van het verkopen op straat was onvermijdelijk. De weekeinden reed zij in haar auto naar plaatsen waar kunstmarkten werden gehouden en zette daar haar tafel op. Zij had het jarenlang gedaan zonder stil te staan bij het ongemak van die reizen, achttien uur onafgebroken werken, haar honger wegeten met pinda's en chocolade, slapen in de auto en niet over een wc beschikken, maar nu zij een kind had, werd ze gedwongen enige veranderingen door te voeren. Zo verkocht ze de gele Cadillac-cabriolet en verving die door een degelijk en ruim bestelbusje, waar ze 's nachts een paar slaapzakken konden uitrollen als er geen kamer te vinden was. Ze deden alles met z'n tweeën, als compagnons, Dai hielp haar een deel van de spullen te dragen en de tafel op te zetten, daarna ging hij zitten om de klanten te helpen of om in zijn eentje te spelen, wanneer hij zich verveelde, nam hij een kijkje op de markt en als hij moe was, ging hij op de grond liggen slapen aan de voeten van zijn moeder. Aangezien dezelfde handwerkslieden elkaar overal steeds weer tegenkwamen, kende op het laatst iedereen het zoontje van Tamar, nergens was hij zo veilig als op die kermissen waar het wemelde van zakkenrollers, dronkaards en drugsverslaafden. De rest van de week werkte Carmen thuis, altijd in het gezelschap van de kleine. Ze nam de tijd om hem Engels te leren, toonde hem de wereld door middel van boeken die zij van de bibliotheek leende, wandelde met hem door de stad, nam hem mee naar zwembaden en parken. Wanneer hij zich meer op zijn gemak zou voelen in zijn nieuwe vaderland was zij van plan hem naar een crèche te sturen waar hij met leeftijdgenootjes kon leren spelen, maar voorlopig kwelde haar het idee van hem gescheiden te zijn, al was het maar voor een paar uur, ze overstelpte Dai met de tederheid die zij al die jaren dat ze heimelijk had getreurd om haar onvruchtbaarheid binnen had gehouden. Ze had geen idee hoe je een kind moest opvoeden en had niet het geduld om dat in boeken te bestuderen, maar dat baarde haar geen zorgen. Tussen beiden ontstond een onverbreekbare band die gebaseerd was op volledige wederzijdse aanvaarding en op goedgehumeurdheid. Het jongetje wende eraan zo goed zijn speelruimte te delen, dat hij een kasteel van plastic blokken kon bouwen op dezelfde tafel waaraan zijn moeder werkte aan een paar fijne gouden oorringen met precolumbiaanse ceramische kraaltjes. Om middernacht kroop Dai bij Carmen in bed en 's morgens werden ze gearmd wakker. Na een jaar begon hij schuchter te glimlachen, maar de weinige keren dat ze van elkaar scheidden, kreeg hij zijn vroegere afwezige uitdrukking terug. Zij sprak voortdurend tegen hem zonder zich erom te bekommeren dat hij geen woord terugzei, hoe wil je dat het arme schaap praat, hij kent nog geen Engels en zijn eigen taal is hij vergeten, hij bevindt zich in dezelfde situatie als doofstommen, maar wanneer hij iets te zeggen heeft, zal hij dat doen, zei ze tegen Gregory tijdens het maandagse telefoontje. Ze kreeg gelijk. Op vierjarige leeftijd, toen er nog maar weinig hoop restte dat hij zich ooit verbaal zou uitdrukken, zwichtte Carmen voor de druk van buitenaf en ging morrend met hem naar een specialist, die na hem lang en diepgaand te hebben onderzocht zonder dat dat tot een gearticuleerd geluid leidde, vaststelde wat zij al wist, dat haar zoontje niet doof was. Carmen nam Dai bij de hand en ging met hem naar het park. Gezeten op een bank bij een eendenvijver legde zij hem uit dat als ze een therapeut moest betalen om hem aan het praten te krijgen ze de vakantie voor dat jaar wel vergeten konden, want daar zouden ze dan geen geld meer voor hebben.

'Tussen ons tweeën zijn geen woorden nodig, Dai, maar om in de wereld te functioneren moet je kunnen praten. Tekeningetjes zijn niet genoeg. Probeer een beetje te praten, zodat we op vakantie kunnen, anders zijn we straks alle twee de pineut...'

'Ik vond die dokter helemaal niet aardig, mama, hij rook naar sojasaus,' antwoordde het kind in perfect Engels. Een kletskous zou hij nooit worden, maar zijn stomheid was voorbij.

Haar vrije tijd werd haar grootste luxe, Carmen hield op vrienden te bezoeken en sloeg uitnodigingen af van de vrijers die haar kort tevoren nog betoverden. Tot dan toe had de liefde haar meer kwellingen bezorgd dan goede herinneringen, volgens Gregory koos ze de slechtste kandidaten uit, alsof ze alleen verliefd kon worden op mannen die haar mishandelden, maar zij was ervan overtuigd dat de slechte tijden voorbij waren. Desondanks besloot zij zich in acht te nemen. Jaren en jaren deed Inmaculada Morales Sint-Antonius van Padua nu al beloften om ervoor te zorgen dat deze beschermheilige van oude vrijsters een man zocht voor die extravagante dochter van haar, die al over de dertig was en haar wilde haren nog steeds niet had verloren. Het vinden van een geschikte levensgezel was voor Carmen een stille obsessie geweest in het verleden, wanneer ze geen man had, vulden haar dromen zich met wellustige fantasieën, zij had behoefte aan stevige armen om haar heen, warme intimiteit, mannelijke handen om haar middel, een schorre stem die haar in het oor fluisterde; alleen ging het er nu niet alleen maar om een partner te vinden, maar ook een goede vader voor Dai. Zij dacht aan de mannen die ze gehad had en voor het eerst werd ze zich bewust van de woede die ze ten opzichte van hen voelde. Zij vroeg zich af of ze zich zou hebben laten slaan voor de ogen van het kind, of ze erin zou hebben berust zich te moeten wassen in koud en gebruikt badwater en ze schrok van haar eigen onderwerping. Zij riep haar meest recente minnaar voor de geest en geen van hen slaagde voor haar strenge examen, zonder twijfel waren zij in hun eentje beter af, concludeerde ze. Het moederschap kalmeerde haar gemoed en voor de behoeften van het lichaam besloot ze het voorbeeld van Gregory te volgen en zich tevreden te stellen met vluchtige avontuurtjes. Ook vroeg zij zich af waarom het haar tien jaar eerder aan moed ontbroken had om het kind te houden, waarom zij bezweken was voor de angst en het gewicht van zinloze tradities, zo moeilijk was het ten slotte niet een ongehuwde moeder te zijn, besloot ze. De nieuwe verantwoordelijkheden deden haar bruisen van energie, verhoogden haar werklust en uit haar handen kwamen steeds originelere ontwerpen, de ideeën en uit verre streken afkomstige exotische materialen kwamen onder haar vijlen, soldeerbout en draadtangen tot leven. 's Morgens vroeg werd ze opeens wakker met het duidelijke beeld van een ontwerp voor zich en enige minuten lang bleef ze nog liggen in de geur en warmte van haar kind, dan stond ze op, schoot haar geborduurde zijden ochtendjas aan, geschenk van Leo Galupi, zette water op voor een pot mangothee, ontstak de Victoriaanse lampen op haar werktafel en pakte met opgewekte vastberadenheid haar instrumenten. Zo nu en dan wierp zij een blik op haar slapende zoontje en glimlachte tevreden. Mijn leven is compleet, ik ben nog nooit zo gelukkig geweest, dacht zij.

VIERDE DEEL

Kijk uit met wat je vraagt, want de hemel kan het je geven, was een van de gezegden van Inmaculada Morales, en in het geval van Gregory Reeves kwam dat uit als een noodlottige grap. In de volgende jaren bracht hij de plannen ten uitvoer die hij zich zo vastbesloten tot doel had gesteld, maar binnen in hem bruiste nog een grenzeloze rusteloosheid. Hij kon geen moment niets doen, zolang hij bezig was, slaagde hij erin de kwellingen van zijn ziel te negeren, maar als hij een paar minuten overhad en kalm was en er stilte heerste, voelde hij een laaiend vuur in zich dat hem verteerde, zo krachtig dat het voor hem vaststond dat het niet in hem was ontstaan, maar dat het ook zijn uitzinnige vader en voor hem zijn grootvader, de paardendief, had gevoed, en daarvoor wie weet hoeveel voorvaderen die door hetzelfde stigma van ongedurigheid gekenmerkt waren. Hij kookte in de gloeiende as van duizend generaties. Zijn impulsen stuwden hem vooruit, hij werd het voorbeeld van een geslaagd man precies in de tijd dat de bucolische onbaatzuchtigheid en de eeuwige onschuld van de hippies verpletterd werden door het raderwerk van de genadeloze machinerie van het systeem. Niemand kon hem zijn ambitie verwijten, want in het land stond het ik-tijdperk van de ongebreidelde hebzucht eraan te komen. De nederlaag van de oorlog had een schaamtegevoel opgewekt, een collectief verlangen langs andere wegen de geleden smaad te herstellen. Men zweeg het onderwerp dood, er zouden nog meer dan tien jaar moeten verstrijken voordat de geschiedenis en de kunst het zouden durven de loslopende duivels van de ramp uit te drijven. De straat waar voorheen haar beste vrienden hun brood verdienden, zag Carmen langzaam tot verval geraken, ze nam afscheid van vele handwerkslieden die het veld hadden moeten ruimen onder druk van winkels met massaprodukten uit Taiwan, en zag de onschuldige maanzieken één voor één verdwijnen, zij stierven aan ondervoeding of trokken weg toen de mensen ophielden hen nog langer eten te geven. Voor hen in de plaats kwamen veel wanhopiger dwazen, de oorlogsveteranen die bezweken waren aan de verschrikking van hun herinneringen. Op het opstandige straatgewoel van voorheen volgde de pest van het conformisme, dat zelfs de universiteitsstudenten besmette. Het aantal armen en delinquenten nam toe, overal verschenen bedelaars, dronkaards, prostituées, drughandelaars, dieven. De wereld gaat hollend achteruit, klaagde Carmen. Gregory Reeves, die nooit gedeeld had in de naïeve illusies van degenen die het ophanden zijn van het watermantijdperk predikten, een periode van vermeende verbroedering en vrede, antwoordde met het voorbeeld van de slinger, die zich van de ene richting naar de andere beweegt. Het keren van het tij raakte hem niet, want hij was verblind door het carrière maken, daarmee vooruitlopend op de uitbarsting van het materialisme dat het decennium van de jaren tachtig zou kenmerken. Hij schepte enorm op over zijn successen, terwijl zijn collega's zich afvroegen hoe hij het toch klaarspeelde om de beste gevallen naar zich toe te trekken en waar hij de middelen vandaan haalde om alle feesten af te lopen, er een week tussenuit te gaan naar het Middellandse-Zeegebied en zich te kleden in zijden overhemden. Ze wisten niets van de exorbitante leningen die hij bij de banken afsloot en de gedurfde trucjes met zijn creditcards. Reeves dacht er liever niet aan dat hij vroeg of laat de schulden moest terugbetalen, wanneer zijn geld op was, vroeg hij een nieuw krediet aan zijn bankier met het argument dat mocht hij failliet gaan of in de gevangenis belanden hij toch niet aan zijn verplichtingen zou kunnen voldoen, en dat geld geld aantrekt als een magneet. Hij was niet bevreesd voor de toekomst, hij was te zeer bezig met het proberen zich van het heden te bevrijden. Hij zei dat hij geen scrupules kende en dat hij zich nog nooit zo sterk en vrij had gevoeld, vandaar dat hij die vluchtdrang die hem niet met rust liet niet begreep. Hij was opnieuw vrijgezel en had geen andere last te dragen dan zijn eigen hart. Van zijn dochter was hij een halfuur lopen gescheiden, desondanks zag hij haar slechts een paar maal per jaar, dan haalde hij haar in zijn chique slee op en gaf haar in vier uur wat hij haar in zes maanden onthouden had. Na elke ontmoeting leverde hij haar thuis af met een hele lading cadeautjes, meer passend bij een behaagzieke vrouw dan bij een onmondig schoolmeisje, en misselijk van een overdosis ijsjes en taartjes. Het zou nutteloos zijn geweest om Margaret ertoe te bewegen hem papa te noemen, ze besloot dat Gregory beter paste bij die haast onbekende man die zij twee keer per jaar zag en zich gedroeg als een dolgedraaide kerstman. Evenmin gebruikte ze het woord ‘mama’. Haar juffrouw op school liet Samantha bij zich komen om haar te vragen of het waar was dat zij Margaret geadopteerd had nadat haar eigen ouders op gruwelijke wijze vermoord waren door een bende criminelen. Zij raadde haar aan een kinderpsycholoog in de arm te nemen, maar de moeder kon haar slechts naar het eerste consult brengen, omdat de therapie samenviel met haar yogales. Ik heb niemand nodig die me zegt wie jullie zijn, dat weet ik uitstekend, maar ik vind het leuk om de juf maar wat wijs te maken, want het is een maf mens, verklaarde Margaret met de beheerste kalmte die haar kenmerkte. De ouders concludeerden hieruit dat het meisje een wonderbaarlijke verbeelding en een uitzonderlijk gevoel voor humor bezat. Ook vonden ze het niet zorgwekkend dat ze ’s nachts in bed plaste als een baby, terwijl ze zich per se als een volwassen vrouw wilde kleden, haar nagels lakte en haar lippen stiftte, niet met andere kinderen speelde en flirtte als een courtisane. Buiten het ongemak haar ’s nachts luiers aan te moeten doen op de leeftijd dat ze haar eerste lessen seksuele voorlichting kreeg, gaf ze verder geen last, zij groeide op als een mysterieus en onstoffelijk wezen, wier voornaamste deugd het was onopgemerkt te blijven. Het bleek zo makkelijk haar bestaan te vergeten, dat hij meer dan eens de grap maakte dat het meisje veel baat zou hebben bij de kettingen tegen onzichtbaarheid van Olga.

Gedurende de zeven jaar dat Gregory Reeves zijn eerste baan had, maakte hij zich de instrumenten en de deformaties van zijn beroep eigen. Zijn chef vond hem opvallen onder de advocaten van zijn kantoor en besloot hem persoonlijk de belangrijkste trucs bij te brengen. Hij was een van die precieze en obsessieve personen die alles tot in de kleinste details wilden beheersen, een onuitstaanbare man, maar een uitmuntend advocaat, niets ontsnapte aan zijn aandacht, hij wist elk juridisch probleem feilloos tot een oplossing te brengen en met zijn onweerstaanbare betoogtrant overtuigde hij elke jury. Hij leerde Gregory de gevallen uiterst nauwgezet te bestuderen, de kleinste gaatjes te zoeken en een strategie uit te denken als een generaal.

'Het is een schaakspel, hij die de meeste zetten vooruit kan denken wint. Je hebt de agressiviteit van een wild dier nodig, maar je moet je hoofd koel houden. Als je je kalmte verliest, ben je de klos, leer je te beheersen of je zult nooit bij de besten horen, Reeves,' herhaalde hij. 'Je hebt lef, maar in de strijd sla je meestal blindelings om je heen.'

'Dat zei pater Larraguibel ook al op de binnenplaats van de kerk van Lourdes.'

'Wie?'

'Mijn boksleraar.'

Reeves was volhardend, onvermoeibaar, moeilijk klein te krijgen, onmogelijk te knakken en meedogenloos in confrontaties, maar hij werd onderuitgehaald door zijn eigen hartstochten. De oude hield van zijn energie, hijzelf had die in zijn jonge jaren ook ruimschoots bezeten en beschikte nog over voldoende reserve, vandaar dat hij die wist te waarderen bij anderen. Ook juichte hij zijn ambitie toe, want dat was zijn drijfveer, men hoefde maar een wortel voor zijn neus te houden om hem te doen hollen als een konijn. Als hij op een bepaald moment de trucs van de ander doorkreeg om hem daarmee zijn kennis te ontfutselen en hem te gebruiken als springplank om hogerop te komen in het bedrijf, moet dat deze niet hebben bevreemd. Dat had hij precies zo gedaan aan het begin van zijn carrière, met het verschil dat hij geen slimme chef boven zich had die hem tegen kon houden. Hij beschouwde zichzelf als iemand met een goede mensenkennis, hij was er zeker van Reeves in de hand te kunnen houden en hem voor onbepaalde tijd tot eigen voordeel te kunnen uitbuiten, het was als het temmen van paarden: hij moest de teugels laten vieren, hem laten draven, hem afmatten en zodra het hem naar het hoofd steeg, met een ruk de toom weer strak trekken en hem dwingen in het bit te bijten, opdat hij het gezag van zijn baas leerde erkennen. Het was niet de eerste keer dat hij dat deed en het had tot dusverre altijd goede resultaten opgeleverd. Op de schaarse momenten van zwakte voelde hij de verleiding te steunen op de arm van die jonge advocaat die zozeer op hemzelf leek, Reeves was de zoon die hij graag had willen hebben. Hij had een klein imperium opgebouwd en nu, bijna tachtig jaar, vroeg hij zich af wie dat zou erven. Hij had nog maar weinige genoegens binnen zijn bereik, het lichaam reageerde niet meer op de impulsen van zijn verbeelding, een verfijnde maaltijd kon hij niet langer savoureren zonder daarvoor te boeten met maagkrampen, om maar te zwijgen van vrouwen, dat was een te pijnlijk onderwerp. Hij observeerde Reeves met een mengsel van afgunst en vaderlijk begrip, maar hij was noch een sentimentele oude man noch bereid ook maar een kriezel van zijn macht uit handen te geven. Hij rekende het zich tot eer met een verstokt hart geboren te zijn, zoals hij zei tegen wie een beroep deed op zijn welwillendheid om hem een gunst te vragen. Zijn lange gewoonte van egoïsme en het ondoordringbare pantser van zijn gierigheid waren sterker dan elk spoortje sympathie. Hij was de aangewezen meester voor het moeizame leerproces van de hebzucht.

Timothy Duane vergaf het zijn vader niet dat hij hem op de wereld had gezet en niet op jonge leeftijd was gestorven maar zijn verlangens bleef dwarsbomen door in goede gezondheid en in een slecht humeur zijn leven voort te zetten. Om hem te treiteren beging hij talloze stupiditeiten, waarbij hij er altijd voor zorgde dat die zijn oude heer ter ore kwamen, aldus gingen vijftig jaren heen in een verbeten haat die hem zijn gemoedsrust en innerlijke vrede kostte. Soms redde zijn tegendraadsheid hem, zoals toen hij besloot onder de militaire dienst uit te komen alleen omdat zijn vader de oorlog steunde, niet zozeer uit vaderlandsliefde als wel omdat hij economische belangen had in de wapenindustrie, maar over het algemeen keerde zijn opstandigheid zich tegen hemzelf en ondervond hij er de klappen van. Hij besloot niet te trouwen en kinderen te krijgen, zelfs niet die weinige keren dat hij werkelijk verliefd was, puur om de ander teleur te stellen in zijn wens een dynastie te stichten. Met hem zou de familienaam uitsterven die hij zozeer haatte, op een tak van de Duanes in Ierland na, waarover niemand wilde praten omdat die aan hun armoedige oorsprong herinnerde. Beschaafd en verfijnd, met de natuurlijke elegantie die hem talloze vrienden bezorgde, wist hij toch op de een of andere manier die eigenschappen voor zijn vader verborgen te houden en gedroeg hij zich als een kinkel alleen om hem uit te dagen. Als de patriarch Duane een diner gaf voor de hautevolée verscheen hij daar zonder uitgenodigd te zijn aan de arm van een hoer en met de bedoeling een aantal regels van wellevendheid te overtreden. Terwijl de vader binnensmonds brulde dat hij hem van zijn leven niet meer wenste te zien, kon hij rekenen op de onverholen steun van zijn moeder, ook al liep dat uit op een confrontatie met haar echtgenoot. Ga naar een psychiater, misschien kan hij je genezen van je karakterfouten, jongen, adviseerde zij hem dikwijls, maar Timothy antwoordde dat er zonder die fouten geen karakter overbleef. Ondertussen leidde hij een ellendig bestaan, niet door gebrek aan middelen maar omdat hij een aanleg voor zelfkwelling had. Hij beschikte over een appartement in de duurste wijk van de stad, een oude verdieping, ingericht met moderne meubels en strategische spiegels, en over een levenslange toelage, het laatste geschenk van zijn grootvader. Omdat het hem nooit ergens aan ontbroken had, hechtte hij niet het minste belang aan geld en dreef hij de spot met de talrijke verzonnen stichtingen van zijn familie, niet alleen om belasting te ontduiken maar ook om hem te beroven van elke mogelijke erfenis. Zijn duivels belaagden hem niet aflatend, zetten hem aan tot liederlijkheden die hem deden gruwen maar waar hij aan toegaf om zijn vader te kwetsen, hoewel hij er zelf aan onderdoor ging. Hij bracht de hele dag door in zijn pathologisch laboratorium, walgend van de menselijke broosheid en de oneindige middelen van pijn en verval, maar ook gefascineerd door de mogelijkheden van de wetenschap. Hoewel hij het nooit toegaf, was dat de enige plek waar hij een zekere rust vond. Hij verloor zich in het nauwgezette onderzoek van een zieke cel en wanneer hij tussen de fotografische platen, de reageerbuizen en de laserstralen vandaan kwam, meestal zeer laat in de avond, deden zijn nek- en schouderspieren pijn, maar was hij voldaan. Dat gevoel duurde totdat hij op straat stond, hij startte zijn auto en begreep dat hij geen thuis had om naar toe te gaan, dat niemand ergens op hem wachtte, waarna hij weer wegzonk in zijn zelfhaat. Hij bezocht de meest ongure bars waar hij zelfs zijn naam kwijt raakte, hij mengde zich in gevechten tussen matrozen en eindigde in de eerstehulpzaal van een ziekenhuis, schopte herrie in homosauna's en ontsnapte op het nippertje aan het geweld dat hij uitlokte, pikte prostituées op om een verachtelijk genot te kopen met het gevaar een dodelijke infectie op te lopen. Hij rolde over een steile helling met een mengeling van vrees en lust, God vervloekend en roepend om de dood. Na een paar weken van ontaarding werd hij overvallen door hevige schuldgevoelens en kwam hij klappertandend tot stilstand voor de afgrond die aan zijn voeten gaapte. Hij zwoer nooit meer een druppel alcohol te drinken, sloot zich als een kluizenaar op in zijn huis, waar hij zijn lievelingsschrijvers las en naar jazz luisterde tot de vroege morgen, hij liet zijn bloed onderzoeken op de aanwezigheid van een vreselijke ziekte die hij in zijn hart misschien wenste als straf voor zijn zonden. Dan begon een periode van rust, hij ging naar concerten en theatervoorstellingen, bezocht zijn moeder als een voorbeeldige zoon en ging weer uit met zijn geduldige vriendinnen die op hem wachtten zonder de hoop te verliezen hem eens te veranderen. Hij maakte lange tochten in de bergen om de stem van God te horen die hem riep in de wind. De enige die hij in goede en in slechte tijden zag was zijn vriend Gregory Reeves, die hem verschillende keren uit de problemen redde en hem hielp weer overeind te krabbelen. Duane maakte geen geheim van zijn verscheurde bestaan, integendeel, hij genoot ervan zijn laagheden te overdrijven en zijn faam als verloren ziel te cultiveren, hij had echter een kant die hij angstvallig verborgen hield en waarvan zeer weinigen een vermoeden hadden. Terwijl hij met uitdagend cynisme de draak stak met elk nobel plan, droeg hij bij aan verschillende idealistische doelen, waarbij hij er steeds voor waakte dat zijn naam strikt geheim bleef. Hij bestemde een deel van zijn inkomen aan hulp aan behoeftigen die in zijn omgeving ronddobberden en aan steunprojecten in verre landen, van hongerige kinderen tot politieke gevangenen. Tegen de verwachting in, toen hij voor de medische wereld koos, maakte zijn werk tussen lijken een deernis met de levenden wakker, heel de lijdende mensheid had zijn belangstelling, maar hij had geen emotionele reserves meer over om zich druk te maken om uitstervende diersoorten, vernietigde bossen of vervuilde wateren. Dát wekte allemaal zijn meedogenloze spotlust op, net zoals hij hard van leer trok tegen rassen, religies en vrouwen, deels omdat het mode was zich als voorvechter van die zaken op te werpen en zijn grootste genot erin bestond zijn omgeving te shockeren. Hij sprong uit zijn vel bij het valse medelijden van degenen die ontzetting veinsden over een dolfijn die in een tonijnnet gevangen was terwijl ze onverschillig langs de bedelaars in de straat liepen en deden of ze hen niet zagen. De wereld is een grote klerezooi, was zijn lijfspreuk.

'Wat jij nodig hebt is een vrouw die zacht is van buiten maar van binnen van staal, die je bij je nekvel pakt en je voor jezelf behoedt. Ik zal je eens voorstellen aan Carmen Morales,' zei Gregory Reeves toen hij ten slotte begreep dat zijn vriendin buiten zijn bereik lag en hij zich erbij neerlegde haar lief te hebben als een broer.

'Het is te laat, Greg. Ik ben slechts goed voor de hoeren,' antwoordde Timothy Duane, voor het eerst zonder sarcasme.

Shanon kwam in het leven van Reeves als een zucht frisse wind. Hij deed nu al jaren moeite om overeind te klauteren en ondanks de behaalde successen had hij het gevoel nog steeds op hetzelfde punt te zijn, zoals men holt in nachtmerries. Met tovenaarskunsten plukte hij schulden, onbesuisde reizen, dolle feesten, krankzinnige werkdagen en de ene vrouw na de andere uit de lucht, met de dagelijks hernieuwde indruk dat bij de minste onoplettendheid de hele boel in zou storten met het geraas van een aardbeving. Hij had meer juridische zaken onder handen dan hij aankon, meer schulden dan hij kon betalen en meer minnaressen dan hij kon bevredigen. Zijn goede geheugen hielp hem om zich elk los draadje van die kluwen te herinneren, zijn goede gesternte om niet onderuit te gaan bij een onachtzaamheid, zijn goede gezondheid om niet te bezwijken aan uitputting als een trekdier dat tot de grens van zijn uithoudingsvermogen wordt opgedreven. Shanon kwam op een maandagmorgen binnen, gekleed in het wit als een bruidje en geurend naar bloemen, met de meest karaktervolle glimlach die men ooit in dit advocatenkantoor van glas en staal gezien had. Zij was tweeëntwintig jaar, maar door haar meisjesachtige manieren en haar betoverende charme leek ze jonger. Dit was haar eerste baantje als receptioniste, daarvoor had zij in verschillende winkels gewerkt als verkoopster, als serveerster en amateurzangeres, maar, zoals ze zei met haar bekoorlijke stem van een verwende adolescente, zat er geen toekomst in die bezigheden. Verblind door haar stralende vrolijkheid en nieuwsgierig gemaakt door de verscheidenheid aan beroepen die een zo jong meisje uitgeoefend had, vroeg hij wat voor voordelen zij zag in het beantwoorden van de telefoon achter een marmeren tafel, waarop zij raadselachtig antwoordde dat ze daar tenminste de juiste mensen zou leren kennen. Reeves noteerde haar meteen in zijn adressenboekje en voordat er een week verstreken was had hij haar uitgenodigd om te gaan dansen. Zij accepteerde met het kalme zelfvertrouwen van een bedaarde leeuwin, ik val op oudere mannen, voegde ze er glimlachend aan toe, en hij wist niet goed wat hij daarop moest zeggen, omdat hij gewend was aan jonge meisjes en het leeftijdsverschil veronachtzaamde. Spoedig zou hij geconfronteerd worden met de generatiekloof die hen scheidde, maar tegen die tijd zou het te laat zijn om terug te krabbelen. Shanon was een modern meisje. Ze was te voet uit haar geboortedorp vertrokken, ergens verloren in Georgia, om te ontsnappen aan een gewelddadige vader en een moeder die haar gezicht pleisterde met een laag make-up om de blauwe plekken te verbergen van de klappen die zij van haar echtgenoot kreeg. Na een paar kilometer lopen werd ze opgepikt door de eerste de beste vrachtwagenchauffeur, die haar als een droomverschijning op het eindeloze lint van de weg zag, en na talloze avonturen kwam ze in San Francisco terecht. Zij bezat een mengeling van onschuld en vrijmoedigheid die de mensen betoverde en haar boven de treurige werkelijkheid van de wereld deed zweven, voor haar gingen de deuren als vanzelf open en vervluchtigden de obstakels, de uitnodigende blik van haar vegetale ogen ontwapende de vrouwen en verleidde de mannen. Zij wekte de indruk zich op geen enkele manier bewust te zijn van haar macht, ze ging door het leven met de lichtheid van een hemelse geest, in voortdurende verbazing dat alles haar lukte. Haar onbewuste aard maakte dat ze blij van gemoed van het ene naar het andere fladderde, zonder ook maar een ogenblik stil te staan bij het smartelijke geploeter van de rest van de stervelingen, ze maakte zich geen zorgen om het heden, en al helemaal niet om de toekomst. Door zich onafgebroken te oefenen in vergetelheid, hadden de bedroevende scènes uit haar kindertijd geen vat op haar, net zomin als het gebrek en de armoede uit haar pubertijd, het verraad van haar minnaars die haar, zodra ze er genoeg van hadden, lieten stikken en het onbetwistbare feit dat ze niets bezat. Zij was niet in staat iets over te houden voor de volgende dag en overleefde dankzij kortstondige baantjes die ternauwernood genoeg opbrachten voor de dagelijkse behoeften, maar ze vond niet dat ze arm was, want als ze iets wilde hebben, hoefde ze het maar te vragen, ze had altijd wel een stuk of wat verblinde vrijers in haar buurt die bereid waren om haar grillen te bevredigen. Ze gebruikte mannen niet uit boosaardigheid of uit perversie, maar eenvoudigweg omdat het niet bij haar opkwam dat ze ook nog ergens voor konden dienen. Ze was onbekend met de beklemmingen van de liefde of elk ander diep gevoel, bij elke verliefdheid stond ze vluchtig in vlam, net zolang als de eerste bevlieging duurde, maar zodra ze zich begon te vervelen vertrok ze zonder een schaduw van medelijden voor degene die achterbleef. Zonder het te beseffen veroordeelde zij verschillende amants tot de hel van jaloersheid en verbittering, omdat zij zelf onvatbaar was voor dat soort leed, als ze in de steek gelaten werd sloeg ze zonder zich te beklagen een andere richting in, de wereld bevatte een onuitputtelijke voorraad beschikbare mannen. Sorry hoor, maar je weet dat ik net een artisjok ben, een blaadje voor die, een ander blaadje voor die, maar mijn hart is van jou, zei ze tegen Gregory Reeves zonder spottende bijbedoelingen, twee jaar na hun eerste kennismaking, terwijl ze zijn knokkels verbond die hij had opengehaald toen hij een van haar veroveringen een dreun in zijn gezicht had verkocht. Vanaf hun eerste afspraakje was het duidelijk wie de sterkste was. Reeves werd op eigen terrein verslagen, niets had hij aan zijn jarenlange ervaring of snoeverige donjuanerie. Hij bezweek meteen, maar niet alleen voor de lichamelijke bekoorlijkheden van de nieuwe receptioniste, in het verleden had hij verschillende even mooie vrouwen gehad, maar voor haar gulle lach en ogenschijnlijke onbevangenheid. Die avond vroeg hij zich werkelijk ongerust af hoe hij dat schitterende schepsel voor zichzelf zou kunnen behoeden, hij had het idee dat zij was blootgesteld aan allerlei gevaren en narigheid en nam de verantwoordelijkheid op zich haar te beschermen.

'Om de een of andere reden laat het lot haar mijn pad kruisen,' zei hij tegen Carmen. 'Volgens het Oneindige Plan van mijn vader gebeurt niets toevallig. Dit meisje heeft mij nodig.'

Carmen kon hem niet waarschuwen want de antennes van haar intuïtie waren de kant van Dai op gericht, die dagen was ze bezig een kostuum te naaien voor de kerstviering op school, waar haar zoontje één van de drie koningen zou zijn. Terwijl ze de hoorn van de telefoon tussen schouder en oor geklemd hield, stak ze onder de aandachtige blik van de jonge vorst veren in een smaragdgroene tulband.

'Hopelijk is ze niet vegetarisch,' reageerde ze afwezig.

Dat was ze niet. De jonge vrouw deed de voedzame vleesgerechten van haar nieuwe minnaar met aanstekelijk enthousiasme en onverzadigbare trek eer aan, het was werkelijk een wonder hoe zij zulke hoeveelheden eten kon verorberen en toch slank bleef. Daarbij dronk zij als een tempelier. Bij het tweede glas begonnen haar ogen koortsachtig te schitteren en transformeerde dat engelachtige meisje in een ordinaire slet. In die fase wist Reeves nog niet welke van de twee persoonlijkheden hij aantrekkelijker vond: de onschuldige receptioniste die 's maandags in een gesteven blouse achter haar marmeren tafel plaatsnam, of de naakte en onstuimige bacchante van zondag. Zij was een fascinerende vrouw en hij kreeg er niet genoeg van haar te exploreren als een geograaf of haar te doorgronden in bijbelse zin. Zij zagen elkaar elke dag op het werk, waar zij een verdachte onverschilligheid veinsden, gegeven de reputatie van rokkenjager van de een en de organische koketterie van de ander. Een aantal nachten per week rollebolden zij in onvermoeibare ontmoetingen, die zij met liefde verwarden, en soms ontsnapten zij op kantoor naar een of ander gesloten vertrek met het risico verrast te worden, waar ze staand in een hoek om elkaar heen kronkelden met het ongeduld van adolescenten. Reeves was verliefd zoals hij nooit eerder was geweest en zij misschien ook, hoewel dat in haar geval niet veel wilde zeggen. Voor hem brak een periode aan vergelijkbaar met zijn jeugdjaren, toen de vulkanische uitbarsting van zijn hormonen hem ertoe dwong elk meisje te volgen dat zijn blikveld kruiste, alleen was nu de heftigheid van zijn hartstocht gericht op één enkel voorwerp. Hij kon Shanon niet uit zijn gedachten bannen, hij stond om de haverklap van zijn bureau op om vanuit de verte een blik op haar te werpen, gekweld door jaloersheid op alle mannen in het algemeen en zijn collega's in het bijzonder, de oude man van de orchideeën incluis, die ook veelvuldig stilhield voor de jonge receptioniste, wellicht aangelokt door het idee haar te veroveren als zijn zoveelste trofee, maar tegelijkertijd geremd door de vrees zich belachelijk te maken en door het volle bewustzijn van de beperkingen van zijn leeftijd. Niemand kwam binnen zonder een zweepslag te krijgen van de stralende glimlach van Shanon. Als zij een avond niet kon, zag Gregory Reeves haar onvermijdelijk voor zich in de armen van een ander en alleen dat vermoeden al dreef hem tot waanzin. Hij overstelpte haar met absurde cadeaus in de hoop indruk op haar te maken, zonder te merken dat ze niets gaf om handbeschilderde Russische kistjes, bonsais of oorbellen met parels en stellig de voorkeur gaf aan leren broeken om op motoren rond te toeren met vrienden van haar leeftijd. Meegesleurd door die drang van verliefden om alles met elkaar te delen probeerde hij haar voor zijn liefhebberijen te interesseren. De eerste keer dat hij haar meenam naar de opera werd zij verblind door de elegante kleding van de bezoekers en toen het doek opging dacht zij dat het om een lachshow ging. Zij hield het tot aan de derde akte, maar bij het zien van een als een geisha geklede matrone die een mes in haar buik steekt terwijl haar zoon met de vlag van Japan in één hand en die van de Verenigde Staten in de andere zwaait, overstemde haar geschater het orkest en moesten zij de zaal verlaten.

In augustus nam hij haar mee naar Italië. Zij werkte nog geen jaar op het advocatenkantoor en had dus nog geen recht op vakantie, maar dat was geen beletsel, want zij had haar ontslag ingediend. Ze had werk aangeboden gekregen als model voor reclamefoto's. Heel de reis leed Gregory al bij voorbaat, hij verafschuwde het idee dat zij blootgesteld zou zijn aan vreemde blikken op de pagina's van een tijdschrift, maar hij durfde het onderwerp niet ter sprake te brengen uit vrees als een reactionair over te komen. Hij sprak er evenmin met Carmen over omdat zijn vriendin hem met spot overladen zou hebben. Wandelend over een pad met bloemen langs de oever van het Comomeer, zonder de doorschijnende spiegel van het water of de oranjekleurige plaatsjes tegen de berghellingen te zien, daar hij alleen oog had voor de bekoorlijkheden van zijn vriendin, kwam hij opeens op de oplossing om haar aan zijn zijde te hebben en stelde haar voor te gaan samenwonen, op die manier zou ze niet hoeven te werken en zou ze aan de universiteit kunnen gaan studeren, zij was een intelligente en creatieve vrouw, was er niet iets wat ze graag zou willen studeren? Op het moment niet, antwoordde Shanon met de losse lach van een paar glazen wijn, maar ze zou erover denken. Die avond pakte Reeves de telefoon om het nieuws aan Carmen te vertellen, maar trof haar niet thuis. Zijn vriendin was met Dai op reis gegaan naar het Verre Oosten.

Bel Benedict kende haar leeftijd niet precies en wilde dat niet uitzoeken ook. De jaren hadden haar leden niet onaangetast gelaten en haar huid donkerder gekleurd, zodat de gebrande suiker was overgegaan in een tint die meer tegen chocolade aanlag, maar de topazen glans van haar ogen was onveranderd gebleven en ook waren de driften van haar onderlichaam nog niet helemaal tot bedaren gekomen. Die nachten droomde zij van de warmte van de enige man die zij in haar leven had liefgehad en werd nat van de lustgevoelens wakker. Ik moet de enige oude vrouw zijn die nog geil wordt, dat Jezus me vergeve, dacht zij zonder een zweem van schaamte, veeleer met heimelijke trots. Schaamte voelde ze wanneer ze in de spiegel keek en zag dat haar lichaam als van een donker merrieveulen was veranderd in een hoop droevigstemmende lellen, als haar man haar kon zien, zou hij verschrikt zijn hoofd afwenden, dacht ze. Het kwam nooit in haar op dat in het geval hij nog leefde ook voor hem de jaren zouden zijn verstreken en dat hij niet meer die soepele en vrolijke kerel zou zijn die haar verleidde toen ze vijftien was. Maar Bel kon zich niet de luxe veroorloven in bed te blijven liggen mijmeren over voorbije dagen of voor de spiegel te treuren over haar verval, elke ochtend stond ze bij het krieken van de dag op om naar haar werk te gaan, behalve 's zondags, wanneer ze de kerk en de markt een bezoek bracht. Het laatste jaar had ze geen momentje meer vrij, want zodra ze met haar werk klaar was, spoedde ze zich naar huis om voor haar zoon te zorgen. Zij was hem weer Baby gaan noemen, zoals in de tijd dat ze hem aan haar borst droeg en slaapliedjes voor hem zong. Hou daarmee op, moeder, mijn vrienden zullen me uitlachen, riep hij, maar in werkelijkheid had hij geen vrienden meer, hij had ze allemaal verloren, net zoals zijn baan, zijn vrouw, zijn kinderen en zijn geheugen. Arme Baby, zuchtte Bel Benedict, maar zij had geen medelijden met hem, benijdde hem veeleer enigszins; zij was voorlopig nog niet van plan dood te gaan en zolang zij leefde zou hij veilig zijn. Stap voor stap, elke dag is er een, was haar filosofie, het had geen zin je zorgen te maken voor de ongewisse dag van morgen. Haar grootvader, een slaaf uit Mississippi, had haar gezegd dat we het verleden voor ons hebben, het is het enige reële, uit het verleden kunnen we lering en ervaring trekken voor het leven; het heden is een illusie, want in minder dan geen tijd maakt het al deel uit van het verleden; en de toekomst is een zwart gat dat niet te zien is en misschien niet eens bestaat, want elk moment kan de dood ons komen halen. Zij werkte al zoveel jaren als dienstbode voor de ouders van Timothy, dat het huis zonder haar moeilijk voor te stellen was. Toen ze begon te dienen was ze nog een legendarische vrouw, een van die lenige negerinnen die zich bewegen alsof ze onder water zwemmen.

'Trouw met mij,' zei Timothy in de keuken tegen haar, wanneer zij hem verraste met pannekoeken, haar enige culinaire trots. 'Je bent zo mooi dat je eigenlijk een filmster zou moeten zijn in plaats van mijn moeders dienstmeid.'

'De enige negers in films zijn zwartgeschminkte blanken,' lachte ze.

Zij was nog heel jong toen over de weg met een bulderende lach een zwerver aangelopen kwam die een schaduwrijk plekje zocht om uit te rusten. Ze werden op slag verliefd met een zengende hartstocht die in staat was om het klimaat in de war te sturen en de seizoenswisselingen te logenstraffen en zo verwekten ze King Benedict, die twee levens zou leven, zoals Olga de enige keer dat zij elkaar ontmoetten voorspelde, toen de vrachtwagen van het Oneindige Plan hem oppikte op een stoffige weg ten tijde van de tweede wereldoorlog. Een paar dagen nadat ze haar kind gebaard had, was Bel de negen maanden dat ze het kind onder haar hart had gedragen en de angst tijdens de bevalling al vergeten en rende ze op de boerderij achter haar man aan. Ze bedreven de liefde, besmeurd met menstruatiebloed, tussen de koeien in de stal, de vogels op de maïsvelden en de schorpioenen op de graanzolder. Toen de kleine King zijn eerste onzekere stapjes zette, ging de vader ervandoor, uitgeput door de liefde en bang zijn ziel en zijn mannelijkheid te verliezen tussen de benen van die onverzadigbare odalisk; als herinnering nam hij een haarlok van Bel mee die hij afknipte terwijl zij lag te slapen. In de woeligheid van zoveel uitzinnig gevrij had zij zich doof gehouden voor de aandrang van de dominee van de Doopsgezinde Kerk om voor de ogen van de Heer de heilige band aan te gaan, zoals hij dat zei. Voor Bel maakte een handtekening in het parochieboek geen verschil uit, zij beschouwde zichzelf als getrouwd. De rest van haar leven gebruikte zij de naam van haar minnaar en tegen de vele mannen die de volgende vijftig jaar op haar schoot rustten, zei ze dat haar man tijdelijk op reis was. Zij herhaalde dat zo vaak dat ze het ten slotte zelf geloofde, vandaar dat het haar ergerde haar naakte lichaam te zien, als je niet snel terugkomt, zul je nog slechts een slappe zak vinden, riep ze tegen de herinnering van de afwezige. Die januarimorgen ontwaakte de stad schoongezwiept door de gure zeewind. Bel Benedict kleedde zich in haar turkooizen jurk met bijpassende hoed, schoenen en handschoenen, haar uitmonstering voor zon- en feestdagen. Het was haar opgevallen dat Koningin Elisabeth zich altijd in dat soort eenkleurige toiletten hulde en zij rustte niet voordat zij ook iets dergelijks had. Timothy Duane wachtte haar op in zijn auto voor het bescheiden pand waar zij woonde.

'Je bent niet onsterfelijk, Bel. Wat zal er met je zoon gebeuren als je er niet meer bent?' had Timothy tegen haar gezegd.

'King zal niet het eerste kind van veertien jaar zijn dat zijn eigen boontjes dopt.'

'Hij is geen veertien maar drieënvijftig.'

'Mentaal is hij veertien.'

'Dat bedoel ik juist. Hij zal altijd een puber blijven.'

'Misschien niet, wie weet wordt hij nog eens volwassen...'

'Met een beetje geld zal alles makkelijker voor jullie zijn, wees toch niet zo koppig, mens.'

'Ik zei het je al, Tim. Er valt niets meer aan te doen. De advocaat van de verzekeringsmaatschappij was daar heel duidelijk over tegen ons, we hebben nergens recht op. Omdat ze niet de beroerdsten zijn, zullen ze ons tienduizend dollar geven, alleen nu nog niet, eerst moeten er nog allerlei formaliteiten worden afgewikkeld.'

'Ik heb daar geen verstand van, maar een vriend van mij kan ons advies geven.'

Gregory ontving hen in de jungle van bloempotten in zijn kantoor. Bel trad triomfantelijk in haar koninklijke uitdossing binnen, nam op de gekwelde bank plaats en begon het vreemde geval van haar zoon, King Benedict, uiteen te zetten. Reeves luisterde aandachtig naar haar, onderwijl in zijn onfeilbare geheugen wroetend naar de herkomst van die naam, die in zijn hoofd bleef naklinken met een verre echo uit het verleden. Het was onmogelijk een zo welluidende naam te vergeten, hij vroeg zich af waar hij die eerder had gehoord. King was een goed christen, zei de vrouw, maar God had hem geen gemakkelijk leven gegeven. Ze waren altijd arm geweest en hadden de eerste jaren een zwerversbestaan geleid, op zoek naar werk, afscheid nemend van hun nieuwe vrienden en voortdurend veranderend van school. King groeide op in de angst dat zijn moeder er met een vrijer vandoor ging en hem alleen achter zou laten in een huurkamertje in een anoniem gat. Het was een zwaarmoedige en schuchtere jongen, wiens onzekerheid niet werd afgeschud door twee jaar oorlog in de Stille Zuidzee. Na zijn terugkeer trouwde hij, kreeg twee kinderen en verdiende zijn brood als bouwvakker. In de laatste jaren liep zijn huwelijk op de klippen, zijn vrouw dreigde bij hem weg te gaan, zijn kinderen zagen hem als een arme drommel. Bel vond hem erg gespannen en gedeprimeerd en was bang dat hij weer zou beginnen te drinken, zoals bij eerdere crisissen gebeurd was, de zaken gingen slecht en kregen een noodlottig einde met het ongeluk. King Benedict bevond zich op de hoogte van een tweede verdieping toen de steiger bezweek en tegen de grond te pletter sloeg. De klap versufte hem een paar seconden lang, maar hij slaagde erin overeind te krabbelen, zo op het eerste gezicht had hij slecht enkele lichte kneuzingen. Voor de zekerheid brachten ze hem toch maar naar het ziekenhuis, waar ze hem na een routine-onderzoek lieten gaan. Toen zijn hoofdpijn over was en hij begon te praten, bleek hij zich niet te herinneren waar hij was en herkende hij ook zijn familie niet meer, hij dacht dat hij weer een puber was. Zijn moeder ontdekte spoedig dat zijn geheugen niet verder ging dan zijn veertiende, daarna gaapte een diepe afgrond. Zij onderzochten hem van binnen en van buiten, stopten peilstiften in alle lichaamsopeningen, zetten zijn hersenen onder stroom, ondervroegen hem gedurende twee weken, hypnotiseerden hem en maakten foto's van zijn ziel, zonder een logische verklaring voor een zo dramatische geheugenstoornis te ontdekken. De artsen konden geen lichamelijk letsel vaststellen. Hij begon zich te gedragen als een leugenachtige jongen, verzon de grootste onzin om zijn kinderen te paaien, met wie hij omging als speelkameraden, en om aan het wakende oog van zijn vrouw te ontkomen, die hij met zijn moeder verwarde. Bel Benedict herkende hij niet meer, hij herinnerde zich haar als een jonge en mooie vrouw, toch hechtte hij zich de volgende maanden aan die oude onbekende vrouw en klampte zich aan haar vast als aan een reddingsboei, zij was de enige zekerheid in een wereld vol verwarring. Verwanten en vrienden ontkenden zijn amnesie, misschien was het wel een ver doorgedreven grap, zeiden ze, en al snel werden ze het moe zijn geest af te tasten naar een teken van herkenning. De verzekeringsmaatschappij geloofde hem al evenmin, hij werd ervan beschuldigd dat spelletje te spelen om een pensioen te innen en de rest van zijn leven arbeidsongeschikt verklaard te worden, terwijl het in werkelijkheid om een ongelukje van niets ging, hij fleste de boel. Elke keer dat zijn vrouw wegging, voelde King zich in de steek gelaten en toen zij haar minnaar mee naar huis begon te nemen om te slapen vond Bel Benedict het moment aangebroken om tussenbeide te komen en nam zij haar zoon bij haar in huis. In de afgelopen maanden had ze hem scherp geobserveerd en geen enkele herinnering van na zijn veertiende kunnen ontdekken. King was langzamerhand wat rustiger geworden, hij was een goeie jongen, zijn moeder was blij hem bij zich te hebben, het enige vreemde aan zijn gedrag waren de stemmen en visioenen die hij zei te horen en zien, maar beiden wenden ze aan de aanwezigheid van die ontastbare spoken van de verbeelding, waaraan de artsen niet het minste belang hechtten. Timothy Duane had het medische rapport en de brieven van de advocaten van de verzekeringsmaatschappij bij zich, Reeves wierp er een oppervlakkige blik op en voelde in heel zijn lichaam het vuur van de strijd oplaaien dat hij zo goed kende, dat dolzinnige verlangen naar het gevecht, het heerlijkste van zijn beroep, hij hield van gecompliceerde zaken, de moeilijke uitdagingen, de schermutselingen.

‘Als u besluit er een rechtzaak van te maken moet u dat snel doen, want u heeft slechts één jaar de tijd vanaf de dag van het ongeluk.’

‘Maar dan zullen ze me die tienduizend dollar niet geven!’

‘Dit geval kan u veel meer opleveren, mevrouw Benedict. Waarschijnlijk hebben ze dat aanbod gedaan om zoveel tijd te winnen dat u uw rechten niet meer kunt doen gelden.’

De vrouw stemde ontzet in, tienduizend dollar was meer dan ze in haar hele leven bij elkaar had kunnen sparen door hutje bij mutje te leggen, maar die man boezemde haar vertrouwen in en Timothy Duane had gelijk, zij moest haar zoon beschermen tegen een zeer onzekere toekomst. Die middag bracht hij de zaak onder de aandacht van zijn chef, struikelend over zijn woorden vertelde hij vol vuur over die prachtige negerin en haar zoon op leeftijd die met één klap naar zijn adolescentie was teruggevoerd, stelt u zich eens voor als we winnen, dan zullen we het leven van die arme mensen veranderen, maar hij stuitte op een ironische blik en op de diabolische wenkbrauwen die omhoog gingen tot waar het haar begon. Verdoe je tijd niet met onzin, Gregory, zei hij hem, het is verloren moeite je in dat wespennest te steken. Hij legde hem uit dat de kansen om te winnen minimaal waren, er zouden jaren onderzoek nodig zijn, tientallen deskundigen, zeer veel uren werk en dan nog zou het resultaat nul kunnen zijn, zonder een hersenletsel dat het geheugenverlies kon verklaren, zou geen enkele jury in die amnesie geloven. Reeves voelde een golf van frustratie in zich woelen, hij was het beu de beslissingen van anderen te moeten gehoorzamen, elke dag voelde hij zich ontevredener en meer teleurgesteld over zijn werk, hij verlangde ernaar zich als onafhankelijk advocaat te vestigen. Hij klampte zich aan die weigering vast om die ouwe van de orchideeën te trakteren op de ontslagrede die hij zo vaak alleen had ingestudeerd. Toen hij die avond thuiskwam, trof hij Shanon in de kamer op de grond liggend voor de tv aan, hij kuste haar met een mengeling van trots en beklemming.

'Ik heb ontslag genomen. Voortaan ga ik voor mezelf werken.'

'Dat moet gevierd worden,' riep ze uit. 'En als we toch bezig zijn, Greg, laten we dan meteen op de baby toosten.'

'Welke baby?'

'Die van ons,' glimlachte Shanon terwijl ze hem een glas inschonk uit de fles die naast haar stond.

Toen Judy Reeves van haar tweede echtgenoot scheidde, hield zij de kinderen, zelfs de kinderen uit de man zijn eerste huwelijk. Mettertijd was het huwelijk een hel van haat en nijd geworden, waarbij haar man altijd het onderspit moest delven. Toen het moment was aangebroken waarop ze definitief uit elkaar gingen, werd niet eens de mogelijkheid geopperd dat de vader zijn kinderen meenam, er was zo'n hechte en innige band ontstaan tussen Judy en die twee donkere schepseltjes dat niemand zich nog herinnerde dat ze van hem waren. Judy bleef slechts een paar maanden zonder man. Op een warme zaterdag ging ze met haar gezin naar het strand en daar leerde ze een robuuste dierenarts uit het noorden van Californië kennen die op vakantie was met een camper, vergezeld van zijn drie kinderen en een hond. Het dier was aangereden en het achterlichaam was daarbij verlamd geraakt, maar in plaats van haar af te maken, zoals de beroepservaring leerde te doen, improviseerde haar baasje een tuigje waarmee zij zich met behulp van de kinderen kon voortbewegen, die haar om beurten van achteren vasthielden terwijl zij op haar voorpoten liep. De vertoning van die invalide hond die blaffend van genot in de golven spartelde, trok de kinderen van Judy aan. En zo leerden ze elkaar kennen. Zij puilde uit de naden van een streepjesbadpak en slurpte achter elkaar door het ene ijsje na het andere op. De dierenarts zag al dat naakte vet aan met een mengeling van ontzetting en fascinatie, maar na een poosje met elkaar gepraat te hebben werden ze vrienden, hij vergat haar zwaarlijvigheid en toen de zon onderging vroeg hij haar mee uit eten. De twee families eindigden de dag met het verzwelgen van pizza's en hamburgers.

De man keerde met zijn kinderen naar het Napadal, waar hij woonde, terug maar Judy bleef hem in gedachten roepen. Sinds de tijd van Jim Morgan, haar eerste man, had ze geen man meer gevonden die het, zowel in bed als tijdens een fikse ruzie, tegen haar op kon nemen. Jim Morgan werd vrijgelaten wegens goed gedrag en ondanks dat ze toen getrouwd was met de gedrongen en besnorde taxichauffeur, belde hij haar om te zeggen dat hij niet één enkele dag van zijn straf had uitgezeten zonder met liefde aan haar te denken. Maar zij was al een andere weg ingeslagen. Bovendien had Morgan zich aangesloten bij een christelijke sekte op fundamentalistische grondslag, waarvan het fanatisme haar onbegrijpelijk voorkwam, zij die de verdraagzaamheid van het bahaigeloof van haar moeder had geërfd, zodat ze hem niet wilde zien toen ze weer alleen kwam te staan. De mentale boodschappen van Judy kruisten bergen en uitgestrekte wijnvelden en korte tijd later keerde de veterinair terug om haar op te zoeken. De wittebroodsweken brachten ze gezamenlijk door, met alle kinderen en Nora, die toen volledig van Judy afhankelijk was geworden. Het huisje dat Charles Reeves dertig jaar eerder had gekocht, bevond zich weer in dezelfde staat van verval als in het begin. De termieten, het stof en de tand des tijds tastten langzaam de houten wanden aan, zonder dat Nora iets deed om haar woning voor instorting te behoeden. Op een middag kwamen Judy en haar tweede echtgenoot op bezoek en troffen de oude vrouw gezeten in haar rieten stoel onder de wilg aan, omdat het dak van de veranda naar beneden gekomen was, de pilaren waren verrot.

'Nou, mevrouw, het wordt tijd dat u bij ons komt wonen,' zei de schoonzoon.

'Dank je jongen, maar dat is niet mogelijk. Stel je je eens de verwarring van de Doctor in Goddelijke Wetenschappen voor als hij me donderdag niet aantreft hier.'

'Wat zegt je moeder?'

'Ze gelooft dat de geest van mijn vader haar elke donderdag bezoekt, vandaar dat ze nooit heeft willen verhuizen,' maakte Judy hem duidelijk.

'Dat is geen probleem mevrouw. We laten een briefje achter voor uw man met uw nieuwe adres,' stelde de man voor.

Nooit was iemand op zo'n eenvoudige oplossing gekomen. Nora stond op, schreef een briefje in haar volmaakte onderwijzeressenhandschrift, pakte haar parelsnoer, dat zoveel armoede overleefd had, een doos met oude foto's en een paar schilderijen van haar man, en nam rustig plaats in de auto van haar dochter. Judy gooide de rieten leunstoel in de kofferbak, want die zou haar moeder nodig kunnen hebben, sloot het huis af met een hangslot en zij vertrokken zonder een blik achterom te werpen. Charles Reeves moet het bericht gevonden hebben, zoals hij de andere vond telkens als zijn weduwe van domicilie veranderde, want hij liet niet één enkele donderdag verstek gaan bij de postume ontmoetingen en ook Nora verloor de draad van de sinaasappel niet uit het oog die haar met de andere wereld verbond. Het jaar dat Gregory met Shanon trouwde, woonde zijn zuster samen met de dierenarts, haar moeder en een hele sleep kinderen van verschillende leeftijden, huidskleuren en achternamen, was in verwachting van haar achtste kind en bekende dat ze verliefd was. Haar bestaan was niet eenvoudig, de helft van het huis was bestemd als dierenkliniek, ze moest een onafgebroken stoet zieke beesten verdragen, de lucht stonk naar creoline, de kinderen vochten als wilde dieren en Nora Reeves had zich teruggetrokken in de genadige wereld der verbeelding en op een leeftijd waarop andere oude vrouwen sokjes breien voor hun achterkleinkinderen, was zij teruggekeerd naar haar jeugd. Ondanks alles voelde Judy zich voor het eerst echt gelukkig, uiteindelijk had ze dan een goede levensgezel gevonden en hoefde ze niet meer buitenshuis te werken. Haar man grilleerde gigantische hoeveelheden vlees om zijn gezin te voeden en kocht chocoladekoekjes in het groot in. Ondanks de zwangerschap, de goede dis en haar enorme eetlust, begon Judy langzaam af te vallen en een paar maanden na de bevalling was zij op hetzelfde gewicht terug als toen zij een meisje was. Zij ging naar de bruiloft van haar broer in een toilet van lichte sluiers en een charmante strooien hoed, aan de arm van haar derde man, met zeven op hun zondags uitgedoste kinderen en een achtste in haar armen, met haar moeder, die gekleed was als een schoolmeisje, en een verlamde hond in een tuigje, maar met de lachende uitdrukking over zich van een tevreden dier.

'Geef je tante Judy en je grootmoeder Nora een kus,' zei Gregory tegen Margaret, die toen elf was en nog steeds een heel min lijfje had maar zich gedroeg als een volwassen vrouw. Het meisje had nooit van die kolossale vrouw gehoord en van dat afwezige oude mensje met een strik in het haar en dacht dat dat circus een soort grap was. Zij kon het gevoel van humor van haar vader niet appreciëren.

De bruidegom wilde aan het huwelijksfeest een latino-tintje geven en engageerde een mariachi-groep uit de Misionwijk, het eten werd verzorgd door Rosemary, een van zijn vroegere minnaressen, een mooie vrouw die geen gevoelens van wrok jegens hem koesterde omdat zij Gregory nooit als echtgenoot had zien zitten. Zij had verschillende kookboeken op haar naam staan en verdiende haar brood met het organiseren van banketten, met haar team van serveersters verzorgde zij met hetzelfde gemak een Mexicaans feest, een lunch voor Japanse zakenlieden of een Frans diner. De ziel van de receptie was Shanon, die, gestoken in een onschuldige jurk van wit organdie, zich oefende in paso dobles, bolero's en corrido's, totdat de drank haar naar het hoofd steeg en zij zich moest terugtrekken. De rest van de nacht dansten Gregory Reeves en Timothy Duane met Carmen, zoals in de oude tijden van de jitterbug en rock 'n roll, terwijl Dai met een verbijsterde uitdrukking die onbekende kant van zijn moeder in ogenschouw nam.

'Dat kind is precies Juan José,' merkte Gregory op.

'Nee, hij lijkt precies op mij,' antwoordde Carmen.

Zij was teruggekeerd van haar reis naar Thailand, Bali en India met een hele lading nieuw materiaal en het hoofd vol frisse ideeën. Ze kon de bestellingen niet meer aan, had een ruimte gehuurd om als werkplaats te gebruiken en een paar Vietnemese vluchtelingen in dienst genomen die zij opleidde om haar te helpen. In de tijd dat Dai naar school ging, beschikte zij over de rust en stilte om sieraden te ontwerpen die haar assistenten dan uitvoerden. Ze vertelde Gregory dat ze van plan was haar eigen boetiek te openen zodra ze genoeg geld gespaard had om dat idee te kunnen bekostigen.

'Zo werkt dat niet. Je hebt de mentaliteit van een boerin. Je moet een lening aanvragen, zaken doe je op krediet, Carmen.'

'Hoe vaak heb ik je al niet gevraagd me Tamar te noemen?'

'Ik zal je aan mijn bankier voorstellen.'

'Ik wil niet eindigen zoals jij, Gregory. Je kunt je schulden nog in geen honderd jaar terugbetalen.'

Dat was waar. De bevriende bankier moest hem een nieuwe lening verstrekken om een eigen kantoor te kunnen beginnen, maar hij beklaagde zich niet, want dat jaar waren de rentes omhoog geschoten naar ongekende hoogten, hij moest cliënten zoals Gregory Reeves koesteren, want er bleven er niet veel meer over die dergelijke interesten konden betalen. Een dergelijke toestand kon niet lang standhouden, de deskundigen voorspelden dat de economische instabiliteit de president zijn herverkiezing zou kosten, een goede man die beschuldigd werd van zwakheid en een te progressief beleid, twee onvergeeflijke zonden in dat land en in die tijd.

Hij huurde een kantoor boven een Chinees restaurant en liet op de ruiten zijn naam en zijn titel ingraveren met grote vergulde letters zoals hij in detectivefilms had gezien: Gregory Reeves, advocaat. Dat opschrift symboliseerde zijn triomf. Je kunt wel merken dat je uit de volksklasse komt, ik heb nog nooit zoiets ordinairs gezien, merkte Timothy Duane op, maar Carmen vond het een goed idee en besloot haar winkel ook van iets dergelijks te voorzien, maar dan in een kalligrafie van arabesken. Het was een ruime verdieping midden in het centrum van San Francisco met een eigen lift en een nooduitgang, die meer dan eens nuttig zou blijken te zijn. Nog dezelfde dag dat Reeves zijn kantoor betrok, kwam de restauranteigenaar, afkomstig uit Hong Kong, kennismaken, vergezeld van zijn zoon, een jonge bijziende man, klein met aangename manieren, geoloog van beroep maar zonder de minste affiniteit met mineralen of stenen, eigenlijk hield hij alleen maar van getallen. Hij heette Mike Tong en was erg jong geëmigreerd, toen zijn vader de hele familie overbracht naar het nieuwe vaderland. Hij vroeg of meneer de advocaat iemand nodig had om zijn boekhouding bij te houden, waarop Gregory verklaarde dat hij op het moment nog maar één cliënt had, zodat hij hem geen heel loon kon betalen, maar hij zou hem een paar uur per week kunnen gebruiken. Hij kon niet vermoeden dat Mike Tong zijn trouwe beschermer zou worden en hem zou behoeden voor wanhoop en bankroet. In die tijd was het aantal uit Zuid-Amerika afkomstige arbeiders belangrijk toegenomen. Binnen dertig jaar zullen wij blanken een minderheid zijn in dit land, voorspelde Timothy Duane. Reeves wilde gebruik maken van de ervaringen die hij had opgedaan in de wijk waar hij was opgegroeid en van zijn Spaans om cliënten onder hen te werven, want op andere gebieden heerste er een grote concurrentie, driekwart van alle advocaten ter wereld werkten in de Verenigde Staten, er was er één op elke driehonderdzeventig inwoners. De belangrijkste reden was echter dat hij verleid werd door het idee de armste mensen te helpen, beter dan wie ook kon hij de angsten van de immigranten uit Latijns-Amerika begrijpen, hij was tenslotte zelf ook een *wetback* geweest. Hij had een secretaresse nodig met beheersing van beide talen en Carmen bracht hem in contact met een zekere Tina Faibich, die aan alle eisen voldeed. De sollicitante verscheen op het kantoor toen de meubels nog niet waren aangekomen, alleen de bank van Engels leder stond er, medeplichtige van zoveel veroveringen, en tientallen potten met planten, archiefdozen en dossiermappen lagen her en der over de grond verspreid. De vrouw moest zich een weg banen door de chaos en nam plaats op een doos boeken. Gregory zag een kalme en zachte vrouw voor zich, die zich in uitstekend Spaans uitdrukte en hem aankeek met een ondoorgrondelijke blik in haar vriendelijke koeieogen. Hij voelde zich op zijn gemak bij haar, ze straalde de rust uit waar het hem aan ontbrak. Hij keurde haar nauwelijks een blik waardig, keek niet naar haar referenties en stelde evenmin al te veel vragen, hij vertrouwde op zijn instinct. Toen ze afscheid nam, deed ze haar bril af en glimlachte tegen hem: ken je me niet meer?, vroeg ze verlegen. Gregory sloeg zijn blik op en nam haar aandachtiger op, het was Ernestina Pereda, het ondeugende eekhoorntje van de erotische spelletjes in het schooltoilet, de hete wolvin uit zijn adolescentie die hem redde van de marteling van de begeerte toen hij dreigde te stikken in de kookpotten van zijn hormonen, het meisje van de vlugge nummertjes en het berouwvolle gekerm, Sint-Ernestina, nu een bedaarde huisvrouw. Na talrijke kortstondige affaires was ze, reeds op rijpe leeftijd gekomen, uiteindelijk getrouwd met een telefoonbeambte, ze had geen kinderen, die had ze niet nodig, ze had genoeg aan haar man, zei ze, en toonde hem een foto van de heer Faibich, een zo doodgewone man dat men zich zijn gezicht een minuut na het gezien te hebben onmogelijk nog zou kunnen herinneren. Gregory Reeves bleef met de foto in zijn hand staan, zijn blik in de grond geboord, zonder te weten wat hij moest zeggen.

'Ik ben een goede secretaresse,' mompelde zij blozend.

'Deze situatie kan voor ons beiden ongemakkelijk blijken uit te pakken, Ernestina.'

'U zult niets over mij te klagen hebben, meneer Reeves.'

'Je mag me wel Gregory noemen, hoor.'

'Nee, het is beter dat we opnieuw beginnen. Het verleden telt niet meer,' en zij begon te vertellen hoe haar leven veranderd was sinds ze haar echtgenoot had ontmoet, een man die ogenschijnlijk als niets bijzonders overkwam maar privé puur dynamiet was, een onverzadigbare en trouwe minnaar die erin slaagde haar hartstochtelijke buik te kalmeren. Van het stormachtige verleden had ze slechts een wazig beeld overgehouden, ten dele omdat de gebeurtenissen van vroeger niet meer telden voor haar, ze had genoeg aan haar geluk van nu.

'Maar u ben ik nooit vergeten, omdat u de enige was die me nooit iets beloofde wat u niet waar kon maken,' zei ze.

'Morgen verwacht ik u om acht uur, Tina,' glimlachte Gregory terwijl hij haar de hand drukte.

Leuke grap hoor, zei hij later door de telefoon tegen Carmen, maar zij, die op de hoogte was van de geheime en zondige ontmoetingen van haar vriend met Ernestina Pereda, verzekerde hem dat het niet als grap bedoeld was, ze dacht in alle eerlijkheid dat zij de ideale secretaresse voor hem was. Ze vergiste zich niet, Tina Faibich en Mike Tong zouden de enige stevige pilaren onder het wankele advocatenkantoor van Gregory Reeves zijn. Ook was het Carmens idee om Mexicaanse cliënten aan te trekken door op de Spaanse zender reclame te maken wanneer de televisiefeuilletons werden uitgezonden, zij zag het beeld voor zich van haar moeder, gehypnotiseerd voor het scherm, meer begaan met het lot van die fictieve wezens dan met dat van haar eigen gezin. Geen van beiden kon bevroeden dat de commercial zo'n succes zou zijn. Tijdens elke onderbreking van de soap opera verscheen Gregory Reeves met zijn keurig gesneden pak en zijn blauwe ogen, het beeld van een respectabele Angelsaksische advocaat, maar wanneer hij zijn mond opendeed om zijn diensten aan te bieden deed hij dat in het welluidende Spaans van het volk met de uitdrukkingen en het onmiskenbare lijzige accent van de Zuidamerikanen die aan de andere kant van het scherm naar hem keken. Op hem kun je vertrouwen, besloten de potentiële cliënten, hij is een van ons, alleen heeft hij een andere huidkleur. Binnen de kortste keren was hij bekend bij de obers in de restaurants, de taxichauffeurs, de bouwvakkers en elke arbeider met een gebruinde huid die zijn pad kruiste. Toen hij begon was King Benedict zijn enige zaak, na een maand had hij er zoveel dat hij erover dacht een compagnon te zoeken.

'Personeel, ja, compagnons, nooit,' raadde Mike Tong hem aan, die de hele dag in het kantoor doorbracht, hoewel hij maar voor een paar uur in de week aangenomen was.

Twee jaar later werkten op het kantoor zes advocaten, een receptioniste en drie secretaressen, Reeves behandelde zaken in heel Californië, hij reisde meer per vliegtuig dan over land, verdiende bergen geld en gaf veel meer uit dan er binnenkwam. In die dagen bracht Mike Tong het grootste gedeelte van zijn bestaan door in de wanorde van zijn hok, tussen archiefdozen, paperassen, boekhoudschriften, bankdocumenten en het kopieerapparaat, en niet te vergeten de koffieautomaat, bezems, toiletpapier en wegwerpbekertjes, waarover hij waakte als een vrek over zijn pot goud. De anderen dreven de spot met de benepenheid van de Chinees, ze beweerden dat hij 's nachts heimelijk terugkwam om de kartonnen bekertjes uit de vuilnisbak te redden, ze te wassen en weer terug in de doos te doen zodat ze de volgende dag opnieuw gebruikt konden worden, maar Mike Tong trok zich niets aan van die grappen, hij was te zeer bezig met minnen en plussen op zijn telraam.

De sleur en de plichten van het monogame bestaan drukten van meet af aan op Shanon, ze had de verstikkende gewaarwording zich voort te slepen door een woestijn van eindeloze zandheuvels waar zij bij elke pas een flard van haar jeugd achterliet. Haar klinkende lach, die haar voornaamste charme vormde, werd doffer van toon waardoor haar indolente karakter nu duidelijker naar voren kwam. Ze verveelde zich dood, vastgeketend aan een echtgenoot door een illusie van zekerheid, een idee dat haar moeder had gesuggereerd, die ook opperde dat de beste manier om Gregory Reeves te strikken een welkome zwangerschap was. Uiteraard wilde zij trouwen, niet om egoïstische redenen maar omdat zij genegenheid voor die man voelde. Aan zijn zijde voelde zij zich voor de eerste keer beschermd. Ik ben blij voor je, kind, want hij zal snel rijk zijn, als hij dat niet al is, zoals ik heb horen zeggen, antwoordde de vrouw. Shanon maakte geen berekeningen, nergens bleek uit dat zij slechts achter zijn geld aan zat, ondanks de raad van haar familie die grote piet te strikken die haar een vorstelijk bestaan kon geven dat haar schoonheid waardig was. Daarbij vond ze het idee zelf haar brood te verdienen, zich te houden aan vaste werktijden en binnen een budget te blijven ondraaglijk, ze had het geprobeerd, maar het was wel gebleken dat ze er niet tegen kon. Een goed verdienende echtgenoot loste haar problemen op, alleen stond ze niet stil bij de prijs die ze daarvoor moest betalen. Nu was ze een gevangene in haar huis en gebonden aan het kind dat in haar buik groeide. De eerste weken vermaakte ze zich met zonnebaden op de kade naast het spookschip, maar al snel haalde ze Gregory over te gaan verhuizen en met het zoeken van haar droompaleis gingen maanden heen. Zij vond niet wat ze zocht, had geen puf om het huis van Gregory met enige aandacht in te richten, kocht inderhaast meubels en decoraties bij een postorderbedrijf en toen die kwamen, zette zij ze her en der neer. Ze zwierf door de volgestouwde kamers en belde uit verveling vrienden op, telefoneerde voor de grap op ontijden met vroegere minnaars en fluisterde hun obsceniteiten in het oor, waarmee zij zowel hen als zichzelf waanzinnig opwond. Zij had het nodig lucht te geven aan haar natuurlijke behaagzucht, als ze dat niet deed, verzuurde ze, net zoals wanneer het haar aan alcohol ontbrak. Uit pure verveling ging ze steeds meer drinken en zo eindigde ze als haar vader. De eerste maanden voordat haar buik begon op te zwellen, ging ze naar het kantoor van haar man en rookte, haar benen op het bureau van enkele jonge advocaten, alleen om het genot hun verwarring te zien. Zij zou de aanwezigheid van Mike Tong waarschijnlijk niet hebben opgemerkt als hij niet ongevoelig voor haar betovering was geweest, maar hij bejegende haar met de beleefde afstandelijkheid waarmee men iemands anders' grootmoeder tegemoet treedt, iets wat heimelijk wrok bij haar opwekte, nog verergerd omdat de Chinese boekhouder haar beperkingen oplegde in het gebruik van de creditcards en zijn chef korthield wanneer deze zichzelf op buitensporige kosten joeg om haar te behagen. Evenmin was ze gecharmeerd van Timothy Duane, een keer nodigde zij hem uit om te komen lunchen, zogenaamd om te praten over een verjaardagsfeest voor haar man, maar hij verscheen in gezelschap van een Oostenrijkse toeriste met wie hij die week iets had en leek niet in de gaten te hebben dat Shanon veel knapper en toeschietelijker was. Pas op je vrouw, waarschuwde Duane Gregory de volgende dag, deze ging naar huis om uitleg te vragen, maar zij was niet aanspreekbaar, want hij trof haar versuft op de keukenvloer aan en toen zij wilde opstaan, braakte ze over hem heen. Dat komt door de zwangerschap, zei ze, maar zij rook naar de drank. Hij legde haar in bed en later, toen hij haar tussen de roze lakens zag slapen, bedacht hij dat ze nog erg jong en een tikkeltje naïef was en dat Duane, geleid door zijn cynisme, misschien verkeerd had opgevat wat niet meer dan een onschuldige uitnodiging was. Hij kon zichzelf echter niet lang voor de gek blijven houden: de volgende maanden zag hij de tekenen van verloedering, zoals eerder met Samantha was gebeurd, maar hij dacht dat hij met Shanon veel meer gemeen had dan met zijn eerste vrouw en klampte zich aan dat idee vast om niet gedeprimeerd te raken. In ieder geval deelden ze het plezier in lekker eten en de uitzinnige vrijpartijen in bed. Net zoals hij was Shanon ongedurig en avontuurlijk, genoot ze van reizen, van winkelen en feesten. Het zal niets worden tussen jullie, je vrouw versterkt de zwakke punten van je karakter, waarschuwde Carmen, maar hij zag het anders. Misschien dat ze met die overeenkomsten de basis hadden kunnen leggen voor een werkelijke huwelijksrelatie, maar de passie van de eerste ontmoetingen koelde spoedig af en toen zij pookten in de smeulende as van het aanvankelijke vuur, vonden ze geen liefde meer. Gregory was nog steeds verblind door de jeugdigheid, de vrolijkheid en schoonheid van Shanon, maar hij was erg druk bezig met zijn werk en had geen tijd voor zijn gezin. Ondertussen gedroeg zij zich als een verwende puber en werd ze verteerd door ongeduld. Geen van tweeën deed erg veel moeite om het schip waarop ze voeren drijvende te houden, vandaar dat het vreemd was dat ze, toen het ten slotte zonk, zoveel wrok koesterden.

De hartstocht van Gregory voor Shanon vervluchtigde snel, maar daar viel niets van te merken omdat hij tijdens de zwangerschap een beschermende tederheid voor haar voelde, een mengeling van medelijden en verrukking. Hij was aan haar zijde tijdens de bevalling, hield haar vast, wiste het zweet van haar gezicht, sprak bemoedigende woordjes tegen haar, terwijl de artsen bezig waren onder de genadeloze lampen van de verloskamer. De geur van bloed maakte herinneringen aan de oorlog bij hem los en hij zag de jongen uit Kansas weer voor zich, zoals hij hem zo vaak in zijn dromen had gezien, smekend hem niet alleen te laten. Shanon greep zich aan hem vast terwijl ze het kind uit haar lichaam perste en op dat moment meende Gregory dat zij van hem hield. Hij hield van kinderen en was verheugd bij het idee weer vader te worden, deze keer zou het anders worden, beloofde hij zichzelf, het kind zou geen vreemde voor hem zijn zoals Margaret. Hij wilde het als eerste de wereld in dragen en strekte zijn handen uit om het aan te pakken zodra het hoofdje verscheen. Hij hield het omhoog om het de moeder te laten zien en kon niets zeggen omdat zijn stem van ontroering stokte. Later zou hij zich dat moment herinneren als het enige volledige geluksgevoel dat hij bij die vrouw had gehad, maar die vonk van zaligheid verdween in luttele dagen, zij was niet geschikt voor het moederschap, evenmin als voor de rol van echtgenote of huisvrouw, en zodra ze de strakke spijkerbroek van voor haar huwelijk weer aan kon, probeerde ze te ontsnappen uit de val van het huwelijk. Haar eerste minnaar was de arts die de bevalling had uitgevoerd en binnen de kortste keren kwamen daar nog een paar anderen bij, terwijl haar man, verdiept in zijn werk, blind was voor die evidenties. Shanon nam bij elke nieuwe liefde een andere gedaante aan, al naar gelang de eisen van de betreffende man; op een dag verscheen ze met een permanent en nieuw ondergoed van zwarte kant, maar twee weken later lagen de Franse jarretelletjes vergeten onderin een la, omdat zij haar oog op een schrijvende buurman had laten vallen. Gregory trof haar toen aan, gehuld in een van zijn vesten, zonder make-up en met een nieuwe bril van schildpad op, en Jung lezend. Onderwijl groeide David, de baby, in een box op, zo onrustig, huilerig en onhandelbaar dat zelfs zijn moeder hem geen gezelschap wilde houden.

Op een dag vertelde Tina rood van schaamte aan haar chef dat ze een van de advocaten van zijn kantoor met Shanon had zien zoenen in de parking, neem me niet kwalijk dat ik me hiermee bemoei, meneer Reeves, maar het is mijn plicht u ervan op de hoogte te brengen, besloot zij met bevende stem. Het werd Gregory rood voor de ogen, hij greep de beschuldigde bij zijn revers en sloeg hem in het gezicht, de man slaagde erin met de lift te ontsnappen, maar hij stormde naar beneden via de diensttrap en haalde hem op straat in, waar hij zo'n stampei maakte dat de politie ingreep en allen op het bureau een verklaring moesten afleggen, zelfs Mike Tong, die net van het postkantoor terugkwam en getuige was van de afloop van het handgemeen, toen zijn collega languit op het trottoir lag met een bloedneus. Die avond schoof Shanon de schuld van het gebeurde op het drinken van een paar glaasjes te veel en probeerde haar man ervan te overtuigen dat die ondeugendheden absoluut onbelangrijk waren, zij hield alleen van hem. Gregory wilde weten wat zij verdomme in de parking deed en zij zwoer dat het om een toevallige ontmoeting en een vriendschappelijke kus ging.

'Je kunt wel merken dat je een dagje ouder wordt, je bent superouderwets,' besloot zij.

'Het lijkt wel of ik geboren ben om bedrogen te worden!' brulde Reeves en vertrok met een daverende klap van de deur.

Hij sliep in een hotel totdat Shanon hem vond en hem smeekte terug te komen, liefde zwerend en hem verzekerend dat zij zich aan zijn zijde veilig en beschermd voelde, alleen was zij verloren, zei ze snikkend. Heimelijk had Gregory op haar gewacht. Hij had de hele nacht wakker gelegen, gemarteld door jaloezie, zinnend op nutteloze wraak en onmogelijke oplossingen. Hij veinsde een woede die hij in werkelijkheid al niet meer voelde, alleen om de voldoening haar te vernederen, maar keerde aan haar zijde terug zoals hij dat in de volgende maanden telkens zou doen wanneer hij wegliep.

Toen Margaret dertien was, verdween zij uit het huis van haar moeder. Samantha wachtte twee dagen voordat ze mij belde, omdat zij dacht dat ze toch nergens naar toe kon en snel weer terug zou zijn, het ging vast om iets onschuldigs, alle kinderen van haar leeftijd doen dat soort malligheden, het is niets om je zorgen over te maken, je weet dat Margaret geen problemen geeft, ze is heel zoet, zei ze. Haar vermogen de werkelijkheid te negeren is even groot als bij mijn moeder, ik sta er steeds weer versteld van. Ik waarschuwde onmiddellijk de politie, die een grootscheepse zoekactie op touw zette, we hingen in elke stad van de baai aanplakbiljetten op, we riepen haar op via radio en tv. Toen ik naar haar school ging, hoorde ik dat ze haar daar al maanden niet meer gezien hadden, men was het beu geworden nog langer berichten te sturen naar haar moeder en boodschappen achter te laten op het antwoordapparaat. Mijn dochter was een zeer slechte leerlinge, had geen vriendjes of vriendinnetjes, deed niet aan sport en spijbelde veel, totdat ze op het laatst helemaal niet meer op les verscheen. Ik ondervroeg haar klasgenoten, maar die wisten weinig over haar of wilden het me niet zeggen, ik kreeg het idee dat ze haar niet mochten, een meisje beschreef haar als agressief en lomp, twee onmogelijk met Margaret in overeenstemming te brengen kwalificaties, die zich altijd gedroeg als een oude dame in een theesalon. Daarna sprak ik met de buren en zo vernam ik dat ze haar regelmatig diep in de nacht hadden zien weggaan, soms werd ze opgehaald door een knul met een brommer, maar bijna altijd kwam ze in verschillende auto's terug. Samantha verzekerde dat het vast om kwaadsprekerij ging, want er was haar niets vreemds opgevallen. Hoe zou ze de afwezigheid van haar dochter kunnen hebben gemerkt als ze niet eens haar aanwezigheid merkte, vraag ik me af. Op de foto die op tv werd getoond zag Margaret er heel mooi en onschuldig uit, maar ik herinnerde mij haar provocerende gebaren en ik zag de vreselijkste dingen voor mij. De wereld zit vol met perverse types, had een agent me eens gezegd, toen ik een van de kinderen waarop ik paste was kwijtgeraakt in het park. Die dagen dat ik politiebureaus, ziekenhuizen, kranten afliep waren een marteling.

'Dit is een geval voor Sint-Judas Tadeus, beschermheilige van verloren zaken,' adviseerde Timothy Duane in alle ernst, toen ik zijn laboratorium binnenviel op zoek naar een helpende hand. 'Je moet naar de kerk van de dominicanen gaan, twintig dollar in het kistje van de heilige doen en een kaars aansteken.'

'Je bent niet goed bij je hoofd, Tim.'

'Klopt, maar dat is het punt niet. Het enige dat ik aan twaalf jaar broedersschool heb overgehouden is een schuldcomplex en een onvoorwaardelijk vertrouwen in Sint-Judas. Je kunt het altijd proberen.'

'Dokter Duane heeft gelijk, je kunt het altijd proberen. Ik ga met u mee,' bood mijn secretaresse vriendelijk aan, toen ze het hoorde, en zo kwam het dat ik op mijn knieën lag in een kerk en kaarsen aanstak, zoals ik dat sinds mijn misdienaarstijd bij pater Larraguibel niet meer gedaan had, vergezeld van de onvolprezen Ernestina Pereda.

Die avond belde iemand met de mededeling dat ze in een bar een persoon hadden gezien die wel op haar leek maar alleen veel ouder was. Met twee politieagenten gingen we erheen en troffen Margaret aan, verkleed als vrouw, met aangeplakte nagels, hoge hakken, strakke broek en een masker van make-up dat haar babygezicht bedekte. Zodra ze me zag, zette ze het op een lopen en toen we achter haar aan gingen, viel ze huilend in mijn armen en noemde me voor de eerste keer dat ik me kan herinneren papa. Bij het medisch onderzoek bleek dat haar armen volzaten met wondjes van naalden en dat ze een geslachtsziekte had. Toen ik met haar probeerde te praten op de kamer van een privé-kliniek waar we haar lieten opnemen, wilde ze niets van me weten en kreeg ik de volle laag, verschillende van de vloekwoorden die ze uitspuwde had ik zelfs in de buurt waar ik ben opgegroeid of in mijn soldatentijd nog nooit gehoord. Ze had de catheter uit haar arm getrokken, met haar lippenstift had ze de wanden van haar kamer met afschuwelijke obsceniteiten volgeklad, ze had haar kussen stukgescheurd en alles wat ze onder handbereik had op de vloer gegooid. Er waren drie personen voor nodig om haar in bedwang te houden terwijl men haar een kalmerend middel toediende. De volgende ochtend kwam ik samen met Samantha op bezoek en troffen we haar kalm en glimlachend aan in haar bed, met een schoongewassen gezicht en een lint in het haar, omringd door bossen bloemen, dozen bonbons en pluchen beesten, die het personeel van mijn kantoor gestuurd had. Van het duivelskind van de dag ervoor was geen spoor meer te bekennen. Toen we haar vroegen waarom ze al die vreselijke dingen gedaan had, barstte ze in snikken uit, alsof ze spijt had, zei dat ze niet wist wat er met haar aan de hand was, ze had het nooit eerder gedaan, het kwam door verkeerde vrienden, maar we moesten ons geen zorgen maken, ze besefte het gevaar en zou niet meer met dat tuig omgaan, het spuiten was slechts een experiment geweest en zou niet meer gebeuren, zwoer ze.

'Ik ben oké. Het enige dat ik nodig heb is een cassetterecorder om naar muziek te luisteren,' zei ze.

'Wat voor soort muziek wil je?' vroeg haar moeder terwijl ze het kussen opschudde.

'Een vriend heeft me mijn lievelingsmuziek gebracht,' antwoordde ze futloos. 'En nu wil ik slapen, ik ben een beetje moe.'

Toen we weggingen, vroeg ze ons of we sigaretten voor haar wilden meenemen, zonder filter alsjeblieft. Ik vond het vreemd dat ze rookte, maar toen herinnerde ik me dat ikzelf op haar leeftijd een pijp had gefabriceerd, en daarbij leek me, in vergelijking met haar andere problemen, een beetje nicotine het ergste niet. Ik vond het niet van pas komen haar op de schadelijke effecten van rook voor de longen te wijzen als ze aan een overdosis heroïne had kunnen sterven. Toen ik 's middags terugkwam, was ze er niet meer. Ze had de dienstdoende verpleegster om de tuin weten te leiden, en was in dezelfde hoerenkleren waarin ze was gekomen, weggeglipt. De schoonmakers vonden in de kamer een wegwerpspuitje onder het matras, evenals het bandje met rockmuziek en het restant van een lippenstift. Ik was Margaret kwijt – sindsdien heb ik Margaret of in de gevangenis of in een ziekenhuisbed gezien – maar dat wist ik toen nog niet, ik deed er negen jaar over om afscheid te nemen, negen jaar van hoop en teleurstellingen, van zinloze zoektochten, van valse spijt, van ontelbare kruimeldiefstallen, van verraad, grofheden, verdenkingen en vernederingen, tot ik er ten slotte diep in mijn hart van overtuigd raakte dat het onmogelijk was haar te helpen.

De eerste boetiek 'Tamar' werd geopend in een straat in het centrum van Berkeley, tussen een boekhandel en een schoonheidssalon in, vijfentwintig vierkante meter met een kleine etalage en een smalle deur, het winkeltje zou niet zijn opgevallen tussen de andere zaken in de buurt als Carmen niet had besloten dezelfde decoratieve principes van Olga's huis toe te passen, maar dan omgekeerd. De woning van de wonderdokteres vertoonde even veel versieringen en even felle kleuren als een pagode uit een operette en viel daarom op tussen de grijze en armoedige architectuur van de Mexicaanse wijk. De boetiek van Carmen was omgeven door opzichtige winkels, Chinese restaurants met hun vertoornde draken en *cantinas* met hun cactussen van gips, Indiase bazaars, souvenirwinkels en een bloeiende pornozaak met neonlichtreclames die naakte paren in onwaarschijnlijke standjes toonden. Met een dergelijke concurrentie om zich heen was het moeilijk om klanten te trekken, maar zij schilderde alles wit, liet boven de deur een zonnescherm van dezelfde kleur aanbrengen en felle lichten om de laboratorium-achtige indruk van haar zaakje te versterken. Ze stalde haar sieraden uit op eenvoudige bladen met zandkorrels en doorschijnende stukjes kwarts, waardoor de kunstige ontwerpen en het kostbare materiaal zeer goed tot hun recht kwamen. In een hoek hing ze een stuk of wat zigeunerjurken, gelijkend op die waarin ze zich sinds jaar en dag zelf kleedde, de enige warme kleuren in dat witte sneeuwlandschap. In de lucht dreven een zacht aroma van specerijen en de monotone akkoorden van een oosterse citer.

'Binnenkort ga ik ook riemen, handtasjes en sjaals verkopen,' zei Carmen tegen Gregory toen ze hem vol trots haar nieuwe zaak toonde op de opening. 'Er zal nog niet erg veel keus zijn, maar alles is met elkaar te combineren, zodat met een bezoek aan mijn winkel de klant zich van top tot teen in het nieuw kan steken.'

'Veel belangstelling zal er niet zijn voor die vermommingen,' zei Gregory lachend, ervan overtuigd dat men niet goed snik moest zijn om zich in de creaties van zijn vriendin te hullen, maar een paar minuten later moest hij zijn woorden terugnemen, aangezien Shanon hem vroeg een paar 'etnische' oorbellen te kopen, die hem belachelijk duur voorkwamen, en hij zijn vriendin Joan aan de arm van Balcescu zag pronken met een van die rare zigeunerrokken gemaakt van veelkleurige lappen stof. Vrouwen zijn werkelijk een mysterie, bromde hij.

Carmen Morales beheerde haar nering met de accuratesse van

een tuinder. Elke week maakte ze de kas op, legde een deel opzij om de werkplaats draaiende te houden, een ander deel voor de belastingen, en nam iets om zonder luxe te kunnen overleven en haar spaarrekening te spekken. Zij beschikte over haar trouwe Vietnamezen om haar ontwerpen uit te voeren en op enkele Mexicaanse vrouwen uit haar geboortewijk die op haar precieze aanwijzingen thuis de kleding naaiden en die per post verzonden. Zij koos persoonlijk al het materiaal uit en eens per jaar, in de zomer, ging ze inkopen doen in Azië of Noord-Afrika op riskante tochten, die elke andere minder argeloze vrouw zouden hebben doen griezelen, maar zij was tegen alle gevaar beschermd omdat ze niet in staat was slecht te denken van de mensen. Zij kon alleen weg gedurende de schoolvakanties van Dai, die gewend raakte aan die safari's per trein, met een jeep, op een ezel of te voet naar afgelegen dorpen in de jungle van Thailand, kampementen van rondtrekkende herders in het Atlasgebergte of wijken vol misère in de miljoenensteden van India. Zijn magere en donkere lichaam verdroeg zonder klachten alle soorten voedsel, vervuild water, muskietensteken, vermoeienissen en helse temperaturen, hij bezat het ijzeren gestel van een fakir voor deze ongemakken. Het was een rustig kind dat al spelende met de kralen voor kettingen rekenen leerde en voor zijn tiende verschillende wiskundige wetten had ontdekt die hij tevergeefs aan zijn moeder en zijn schooljuf probeerde uit te leggen. Later, toen men zijn buitengewone rekenkundige talent ontdekte en professoren van de universiteit hem onderzochten, bleken het trigonometrische principes te zijn. Hij had een klein metalen schaakbord met magnetische stukken en in schuddende treinen, half verdrukt door de menigte reizigers, door korven met dieren, haveloze koffers van karton en manden met etenswaar, schaakte Dai onverstoorbaar tegen zichzelf, zonder vals te spelen. Ze sliepen niet altijd in hotels of in hutjes van gastvrije mensen, soms reisden ze in kleine karavanen of hadden een gids bij zich en dan moesten ze midden in de verlatenheid hun tenten opslaan.

Op een slaapmat op de grond of in een hangmat onder een geïmproviseerde klamboe, omgeven door dreigend gekras van nachtvogels en geritsel van heimelijke sluipbewegingen, verzonken in de verwarrende geur van bladerafval en magnolia's, voelde Dai zich volkomen veilig bij het warme lichaam van zijn moeder, hij geloofde dat ze onkwetsbaar was. Met haar maakte hij vele avonturen door en de weinige keren dat hij zag dat ze bang was, voelde ook hij de angel van de angst; maar dan herinnerde hij zich zijn moeder, de vrouw met de zwarte amandelvormige ogen die met straalaandrijving boven zijn hoofd zweefde om hem te beschermen tegen alle gevaren. In een bazaar in Marokko, afgeladen met een bonte mensenmassa, liet het jongetje de hand van Carmen los om een paar gekromde messen met heften van bewerkt leer te bewonderen. De eigenaar van de soek, een onguur uitziende grote vent gehuld in lappen, pakte hem bij zijn nekvel, tilde hem de lucht in en gaf hem een mep in zijn gezicht, maar voordat hij het gebaar had kunnen herhalen, werd hij besprongen door een wild beest, één en al klauw, dat gromde en beet als een dolle hond. Dai zag zijn moeder met de Arabier over de grond rollen te midden van een werveling van stukgescheurde rokken, omvergegooide manden, verspreid liggende koopwaar en de hoon van de andere marktverkopers. Carmen kreeg een vuistslag in haar gezicht te incasseren en een paar seconden lang bleef ze versuft liggen, maar haar agressieve wanhoop deed haar weer opleven en voordat iemand er erg in had greep ze een van de ontblote kromme messen. Op dat moment kwam de politie aanstormen, die haar ontwapende en de verkoper redde van een zekere dolkstoot, terwijl de mannen die er in een kring omheen stonden te kijken de voltreffer vierden en de buitenlandse met geschreeuw en gevloek beschuldigden. Carmen en Dai werden op het politiebureau achter tralies gezet, omringd door misdadigers die hen niet durfden lastig vallen omdat ze in de ogen van die vrouw de dood zagen. Door tussenkomst van de Amerikaanse consul werden ze vrijgelaten, die haar, toen ze afscheid namen, aanraadde niet meer naar het land terug te keren. Tot volgend jaar, antwoordde Carmen en zij kon niet glimlachen, want haar gezicht was opgezwollen en in haar lip zat een diepe scheur. Van die verkenningstochten kwamen ze terug met dozen tot aan de rand toe gevuld met allerlei kralen, stukjes koraal, glas of antiek metaal, halfedelstenen, minuscule benen snijwerkjes, prachtige schelpen, klauwen en tanden van onbekende dieren, en sedert de ijstijd versteende bladeren en kevertjes. Ook hadden ze geborduurde doeken en bewerkt leer bij zich, die zij gebruikte om een ceintuur of een tasje te verfraaien, door de tijd verschoten linten voor de jurken, knopen en gespen die ze ontdekt hadden in verlaten winkeltjes. In die tijd werkte Carmen niet meer thuis. In de werkplaats bewaarde zij haar schatten in dozen van doorzichtig plastic, geordend naar materiaal en kleur, daar sloot ze zich uren op om kralen rijgend, metaal bewerkend, snijdend en polijstend elk model uit te werken in een geduldige oefening van haar verbeelding. Zij voerde de mode in van astrologische motieven, manen en sterren, het gebruik van glazen amuletten, op Afrika geïnspireerde sieraden, in elk oor een verschillende oorbel of slechts één oorbel met daaraan een hele tros stenen en stukken zilver, die later tot vervelens toe nageaapt zou worden. De jaren gaven haar zelfvertrouwen en een iets beschaafder voorkomen, zonder dat dit afbreuk deed aan haar vrolijke aard of haar avontuurlijke geest. Ze beheerde haar zaak als een deskundige, maar had er zoveel plezier in dat ze het niet als werk ervoer. Zij kon zichzelf niet serieus nemen, zag geen verschil tussen haar florerende onderneming en de tijden dat ze thuis handwerk vervaardigde om in de Mexicaanse wijk te verkopen of zich in gekleurde doeken kleedde om te jongleren op Pershing Square. Alles maakte deel uit van dezelfde ononderbroken passe-temps van het bestaan en het feit dat er steeds meer nullen op haar bankrekening bijkwamen veranderde niets aan de speelsheid waarmee ze haar werk verrichtte. De begeerte naar het leven en de misleidingen van het succes veranderden haar vriendelijke natuur evenmin, ze bleef open, onbevangen en gul. De reizen toonden haar de oneindige misère en kwelling die de mensheid verdraagt en als ze zich vergeleek met anderen voelde ze zich zeer bevoorrecht. Voor haar bestond er geen tegenstelling tussen zakeninstinct en medelijden, vanaf het begin bood ze de beste arbeidsomstandigheden aan de meest vertrapten van de sociale ladder, en daarna, toen de werkplaats zich uitbreidde, nam ze arme Mexicanen, Aziatische en Middenamerikaanse vluchtelingen, invaliden en voor de verzorging van planten en tuinen zelfs een paar geestelijk gehandicapten in dienst; het waren er zoveel dat Gregory de negotie van zijn vriendin 'het asiel van Tamar' noemde. Zij spendeerde tijd en geld aan moeizame opleidingen en Engelse lessen voor haar werknemers, die over het algemeen nog maar pas in de Verenigde Staten waren, ontsnapt aan onbeschrijfelijke ellende. Haar spontane menslievendheid bleek een vooruitziende bedrijfsmaatregel, net zoals de gratis maaltijden, de verplichte pauzes, de achtergrondmuziek en de gezonde stoelen dat waren, en niet te vergeten de gymnastiek- en ontspanningslessen, aangezien het zetten van de juwelen een precisiewerkje was waar de spieren steeds verkrampt van raakten, en talrijke andere nieuwigheden, want het personeel reageerde hierop met een verbazingwekkende loyaliteit en inzet.

Op haar reizen leerde Carmen dat de wereld niet blank is en het nooit zou zijn, vandaar dat ze trots was op haar donkere huid en haar Mexicaanse trekken. Haar fiere elegantie was bedrieglijk, ze wekte daarmee de indruk groter en jonger te zijn dan ze in werkelijkheid was, ze presenteerde zich zo zelfbewust, omhuld door haar zigeunerrokken en vergezeld van het gerinkel van haar armbanden, dat niemand lette op haar kleine gestalte, haar zware borsten en haar gedrongen lichaam, of op haar eerste grijze haren en rimpels. Tijdens het speelkwartier won Dai een wedstrijd onder zijn klasgenootjes wie de mooiste moeder had.

'Ga je nooit trouwen, mama?' vroeg het jongetje.

'Jawel, als jij groot bent ga ik met jou trouwen.'

'Als ik groot ben, ben jij al heel oud,' zei Dai voor wie getallen onweerlegbare realiteiten waren.

'Dan zal ik een man moeten zoeken die al net zo aftands is als ik,' lachte Carmen en in een flits zag ze het gezicht van Leo Galupi weer voor zich, zoals zij het zich dikwijls had herinnerd die jaren en zoals zij het de eerste keer had gezien, half schuilgaand achter een bos verlepte bloemen, toen hij haar opwachtte op het vliegveld van Saigon. Zij vroeg zich af of hij ook nog wel eens aan haar dacht en besloot dat ze dat op een dag moest uitzoeken, want Dai groeide snel en zou haar misschien binnen afzienbare tijd niet meer nodig hebben. Daarbij was ze de vluchtige avontuurtjes moe, ze koos jongere mannen omdat ze harmonie en schoonheid om zich heen nodig had, maar de emotionele leegte begon op haar te drukken.

Terwijl haar vriend Gregory een leven leidde als een vorst, waarbij zich schulden en hoofdpijnen opstapelden, leefde zij als een arbeider, maar oogstte geld en lof. Spoedig zou de naam Tamar het symbool voor originele stijl en onbetwistbare kwaliteit worden. Zonder het te willen, leidde ze modeshows en gaf lezingen als een deskundige, maar verloor nooit uit het oog dat het allemaal een grap was. Op een dag zullen ze ontdekken dat ik absoluut niets weet, de mensen laten zich inpakken door pure bluf, zei ze tegen Gregory als ze in vrouwenbladen en kunsttijdschriften verscheen, of als ze in economische artikelen genoemd werd als voorbeeld van een bedrijf dat een snelle groei doormaakte. Enkele jaren later, toen er in verschillende hoofdsteden filialen van 'Tamar' waren, werkten meer dan tweehonderd mensen onder haar leiding, waarbij nog de verkopers opgeteld moeten worden die meerdere continenten bereisden om haar produkten aan te bieden aan de meest luxe zaken, en toen de boekhoudafdeling een hele verdieping van de werkplaats besloeg, trok zij nog per ezel door de jungle of per kameel door de woestijn om haar materiaal in te kopen en leidde zij samen met haar zoon een bescheiden bestaan, niet uit gierigheid maar omdat ze niet wist dat het leven ook gerieflijker kan zijn.

King Benedict wenste vuriger dan wat ook ter wereld een elektrische trein om mee te spelen in de huiskamer van zijn moeder. Het station had hij al in elkaar gezet, evenals een dorp met houten huisjes, kartonnen bomen en een landschap van heuvels en tunnels in miniatuur dat zich van de ene muur tot de andere uitstrekte en de doorgang belemmerde. Hij wachtte alleen nog op de trein, want Bel had hem beloofd dat dat het eerste was dat ze van het geld van de rechtszaak zouden kopen. Hij voelde zich een invalide en klampte zich vast aan die vrouw met die lange nek en gele ogen die beweerde zijn moeder te zijn en zijn enige houvast was in een storm van onzekerheid. Sinds het ongeluk was zijn geheugen nog slechts mist, veertig jaar weggevaagd door een klap van zijn hoofd tegen de grond. Hij herinnerde zich zijn moeder als een jonge en mooie vrouw, hoe kon die nu veranderd zijn in dat oude mens, versleten door het werk en de jaren? Wie is Bel eigenlijk? Misschien koopt ze een trein voor me... Hij begreep dat hij te oud was voor kinderspelletjes, maar de waarheid was dat hij geen enkele belangstelling kon opbrengen voor de zaken die mannen bezighielden. Gefascineerd zat hij uren voor de tv, die wonderlijke uitvinding die hij vroeger niet kende, en wanneer hij hartstochtelijke kussen op het scherm zag, voelde hij een blinde begeerte, iets kriebeligs in zijn binnenste, dat gelukkig niet lang duurde. De catalogus met elektrische treinen boeide hem meer dan de pornoblaadjes die de krantenverkoper van de kiosk op de hoek hem aanbood. Soms zag hij zichzelf vanaf een afstand, alsof hij in de bioscoop naar zijn eigen gezicht zat te kijken. Hij herkende zijn eigen lichaam niet. Zijn moeder had hem verteld over het ongeluk en zijn geheugenverlies, hij was niet gek, hij wist wel dat hij geen veertien meer was. Hij bekeek zichzelf langdurig in de spiegel zonder die opa te herkennen die hem van de andere kant begroette, hij maakte een inventaris van de veranderingen en vroeg zich af wanneer die hadden plaatsgehad, hoe hij ineens zo oud geworden kon zijn. Hij wist niet hoe hij zijn haar had verloren, hij was dikker geworden en had rimpels gekregen, waar waren sommige van zijn tanden gebleven, waarom deed zijn lijf zeer als hij een bal gooide, hij raakte buiten adem als hij de trappen probeerde op te rennen en hij kon niet lezen zonder bril. Hij kon zich niet herinneren die bril gekocht te hebben. Nu bevond hij zich voor een grote tafel in een kantoor vol planten en boeken tussen twee mannen die hem bestookten met vragen, waarvan sommige onmogelijk te beantwoorden waren, terwijl een secretaresse op een typemachine elk woord noteerde. Wie was de president in uw trouwjaar? Zijn moeder dwong hem elke dag naar de bibliotheek te gaan om in oude kranten te lezen wat er in de veertig jaren die hij zich niet herinnerde was gebeurd. Abstracte gegevens vond hij begrijpelijker dan de dagelijkse gebruiksvoorwerpen, zoals magnetronovens en andere boeiende en mysterieuze dingen. King wist de namen van de presidenten, de opmerkelijkste baseballresultaten, de reizen naar de maan, de oorlogen, de moordaanslagen op John Kennedy en Martin Luther King, maar hij had niet het minste idee waar hij zich bevond ten tijde van die gebeurtenissen en hij zou zweren dat hij nooit getrouwd was. Zijn moeder vertelde hem elke middag dingen uit zijn eigen leven om te kijken of door steeds maar hetzelfde te herhalen de mist van de vergetelheid zou optrekken, maar die verplichte geheugenoefeningen betekenden een eindeloze en vervelende lijdensweg. Het kostte hem moeite te geloven dat zijn bestaan zo onbeduidend was geweest, dat hij niets belangrijks had gepresteerd, geen van zijn jeugdplannen had verwezenlijkt. Hij werd beklemd door het idee van de tijd die hij verspild had in die lange aaneenschakeling van nietige alledaagsheden, vandaar dat hij blij was met die tweede kans op deze wereld. Zijn toekomst was niet een zwarte kuil achter zijn rug, zoals zijn moeder zei, maar een nog leeg schrift voor zijn ogen. Hij kon het vullen met wat hij altijd graag had gewild, opnieuw de reeds geleefde jaren leven. Hij zou avonturen beleven, schatten vinden, heldendaden verrichten, hij zou naar Afrika gaan op zoek naar zijn wortels, hij zou nooit trouwen of oud worden. Kon hij zich tenminste maar herinneren wat hij goed gedaan had en wat fout... Hij had altijd een elektrische trein gewild, het was niet zomaar een gril maar zijn oudste wens, de droom van zijn kindertijd. Toen hij dat tegen Reeves zei, glimlachte de man met zijn lichte ogen en bekende hem dat het ook zíjn grootste verlangen was geweest, maar dat hij er nooit een had gekregen. Een leugen, als hij dit kantoor kan betalen met gouden letters op het raam, kan hij ook een trein kopen, of twee als hij dat wil, concludeerde King Benedict, maar dat durfde hij niet te zeggen, hij wilde niet onbeschoft overkomen. Waarom had zijn moeder voor een blanke advocaat gekozen? Had zijzelf niet vaak gezegd dat hij uit principe blanken moest wantrouwen? Nu legde de andere man hele rijen foto's voor hem op tafel en moest hij zeggen wie dat waren, maar geen van die personen kwam hem bekend voor, op die mooie vrouw na die op de vensterbank van een raam zat, met één helft van het gezicht in het licht en de andere helft in de schaduw, vast zijn moeder hoewel ze er heel anders uitzag dan die oude vrouw van nu. Daarna lieten ze hem foto's uit tijdschriften zien met voor hem praktisch allemaal onbekende steden en landschappen. En dat? Wat was die katoenplantage en die bestelauto? Hij kon het zich niet herinneren maar was er zeker van op een vergelijkbare plek geweest te zijn. Waar is dat, mama? Maar voordat hij die woorden kon articuleren begon hij steken in zijn slapen te krijgen en een paar seconden later wist hij niet waar hij het zoeken moest van de pijn. Hij hief zijn handen op om zijn hoofd te beschermen en probeerde weg te rennen maar viel op zijn knieën op de grond.

'Voelt u zich niet goed worden, meneer Benedict? Meneer Benedict!...' De stem hoorde hij in de verte. Daarna voelde hij de hand van zijn moeder op zijn voorhoofd en keerde zich om, sloeg zijn armen om haar middel en drukte zich tegen haar borst, geplaagd door de doffe mokerslagen die in zijn hoofd dreunden en de golf van misselijkheid die zijn mond vulde met speeksel en hem deed beven.

Gregory Reeves had een jaar nodig om te accepteren dat er geen reden was om te blijven vechten voor een huwelijk dat hij nooit had moeten sluiten, en nog eens een jaar om de beslissing te nemen te scheiden want hij wilde David niet alleen laten en het deed hem pijn een tweede mislukking te moeten toegeven.

'Het probleem is niet Shanon, dat ben je zelf,' diagnostiseerde Carmen. 'Geen enkele vrouw kan jouw problemen oplossen, Greg. Je weet nog steeds niet wat je zoekt. Je kunt niet eens van jezelf houden, hoe wil je dan van iemand anders houden?'

'Spreekt hier de stem der ervaring?' spotte hij.

'Ik heb tenminste niet twee huwelijken achter de rug!'

'Dit gaat een fortuin kosten,' klaagde Mike Tong toen hij vernam dat zijn baas van plan was opnieuw te scheiden.

Reeves trok tijdelijk bij Timothy Duane in.

Na een luidruchtige ruzie waarbij ze elkaar schreeuwend uitscholden en Shanon een fles naar zijn hoofd gooide, stopte hij zijn kleren in twee koffers en vertrok, zwerend dat hij deze keer niet terug zou komen. Hij belde bij het appartement van zijn vriend aan, toen deze midden in een formeel etentje zat met twee collega-artsen en hun echtgenoten. Hij kwam de eetkamer binnen en liet met een dramatisch gebaar zijn bagage op de grond ploffen.

'Dit is alles was er van Gregory Reeves over is,' zei hij zwaarmoedig.

'Vooraf hebben we champignonsoep,' antwoordde Timothy zonder met zijn ogen te knipperen. Toen ze later alleen waren, bood hij hem de gastenkamer aan en bekende dat hij blij was dat zijn vriend weggegaan was bij dat loeder. 'Ik heb behoefte aan een makker om mee te pierewaaien,' voegde hij eraan toe.

'Dan heb je aan mij een slechte, ik heb alleen maar pech bij de vrouwen.'

'Praat geen onzin, Greg. Wij leven in het paradijs. Niet alleen zijn hier mooie vrouwen, maar bovendien hebben we geen enkele rivaliteit te duchten. Jij en ik moeten de enige heteroseksuele vrijgezellen in heel San Francisco zijn.'

'Tot nu toe heeft die statistiek me nergens toe gediend...'

Shanon hield het kind en korte tijd later betrok ze een huis op een heuvel met uitzicht over de baai. Gregory keerde naar het zijne terug, zonder meubels nu, maar waar nog wel de tonnen met rozen stonden. Hij deed geen moeite te vervangen wat hij verloren had, want de laatste tijd dat het bergafwaarts ging met zijn huwelijk, verlustigde hij zich in zijn verontwaardiging van bedrogen echtgenoot en de lege vertrekken vond hij het juiste decor voor zijn gemoedstoestand. Toen de haat tegen zijn vrouw omsloeg in wraaklust, ging hij op zoek naar troostrijke minnaressen, maar hij merkte dat in plaats van verlichting te brengen, die oplossing zijn werkdag compliceerde en zijn woede alleen nog maar deed toenemen. Hij begroef zich in het werk en had geen tijd of was niet in de stemming voor huishoudelijke bezigheden, hij beperkte zich ertoe zijn planten in leven te houden.

Op haar beurt was Shanon er niet veel beter aan toe, de verhuiswagen laadde de spullen uit in de huiskamer van haar nieuwe woning, en daar bleven ze her en der verspreid staan, ze kon ternauwernood de moeite opbrengen om de bedden in elkaar te zetten en wat keukengerei uit te pakken, terwijl om haar heen chaos en vernieling hand over hand toenamen. Zij was niet tegen David opgewassen. Het jongetje bleek een bovenmenselijke inspanning te vergen, hij had eerder een leeuwentemmer dan een kinderverzorgster nodig, hij was geboren met een dolgedraaid organisme en leefde als een wilde. Hij werd van de kindercrèches gestuurd waar zij hem een paar uur per dag probeerde onder te brengen, zijn gedrag was zo barbaars dat zijn moeder in een voortdurende staat van waakzaamheid verkeerde, omdat elke onoplettendheid in een ramp kon eindigen. Hij leerde vroeg de aandacht te trekken door zijn adem in te houden en perfectioneerde dat middel zodanig dat het hem lukte om elke keer als hij zijn zin niet kreeg het schuim op zijn lippen te krijgen, met zijn ogen te draaien en stuiptrekkend neer te vallen. Hij weigerde een tandenborstel, kam of lepel te gebruiken, hij likte zijn eten op van de vloer, ze konden hem niet alleen laten met andere kinderen omdat hij beet, evenmin met volwassenen omdat hij het op een gillen zette waar zelfs de zenuwen van een olifant niet tegen bestand waren. Shanon gaf de moed op zodra de kleine begon te kruipen, hetgeen samenviel met de hevigste echtelijke ruzies, en zocht troost bij de gin. Terwijl zijn vader afleiding zocht in werk en reizen, waardoor hij altijd van huis was, en zijn moeder dat deed in de alcohol en in frivoliteiten, beiden zich vastbijtend in een strijd tussen onverzoenlijke vijanden, kropte de kleine David de stille haat op van aan hun lot overgelaten kinderen. De scheiding voorkwam in ieder geval de hel van de dagelijkse veldslagen die het hele gezin uitputte, de Mexicaanse dienstmeid incluis, die elke dag kwam om schoon te maken en op het kind te passen, maar die ten slotte de voorkeur aan de onzekerheid van de straat gaf boven dat gekkenhuis. Haar vertrek was tragischer voor Shanon dan dat van haar man. Vanaf dat moment voelde zij zich pas echt in de steek gelaten en deed geen enkele poging meer een schijn van zelfcontrole op te houden, zij liet toe dat haar huis en haar leven ten prooi vielen aan stof en chaos, om haar heen hoopten zich vuile kleren en smerige borden op, onbetaalde rekeningen, kapotte apparaten en plichten die ze probeerde te negeren. In diezelfde toestand van ontreddering begon haar bestaan als gescheiden vrouw, ze deed geen moeite nog langer de rol van moeder en huisvrouw te spelen, zich bij voorbaat al gewonnen gevend, zag zij af van elke intentie haar woning schoon te houden, maar ze had nog genoeg wilskracht over om zich voor de totale ondergang te behoeden en, aanvankelijk, zo nu en dan een paar minuten te ontsnappen, daarna uren om er ten slotte helemaal vandoor te gaan.

Reeves bivakkeerde in zijn lege huis, met de wegrottende boot aan de kade en de wegkwijnende rozenstruiken in de tonnen. Het was geen praktische oplossing voor een man alleen, zo hield iedereen hem voor, maar in een appartement voelde hij zich opgesloten, hij had grote vertrekken nodig waar hij zijn lichaam kon uitstrekken en zijn geest de ruimte geven. Hij werkte zestien uur per dag, sliep minder dan vijf uur per nacht en dronk een hele fles wijn bij iedere maaltijd. Je rookt in ieder geval niet, zodat je niet verteerd zult worden door longkanker, troostte Timothy Duane hem. Zijn kantoor leek een geldmachine, maar stond in werkelijkheid op wankele poten en de Chinese boekhouder moest ware wonderen verrichten om de dringendste rekeningen te kunnen betalen. Mike Tong probeerde tevergeefs zijn chef de basisprincipes van de boekhouding uit te leggen en terwijl hij hem de bloedige kolommen in de boeken liet zien, maakte hij duidelijk dat ze met de ogen dicht pirouetten aan het draaien waren op het slappe koord. Maak je toch niet zo druk man, we redden het heus wel, dit land is niet als China, hier kun je alleen maar vooruit, in de Verenigde Staten moet je durven, niet voorzichtig zijn, stelde Reeves hem gerust. Hij keek om zich heen en zag dat hij niet de enige was die zo'n houding aannam, het hele land ging ten onder aan spilzucht, stortte zich in een bacchanaal van verkwistingen en luidruchtig chauvinisme dat bedoeld was om de door het verlies van de oorlog gekwetste trots te herstellen. Hij handelde in overeenstemming met de tijdgeest, maar om dat te doen moest hij de stem van Cyrus met die lange haarslierten van een wijsgeer en zijn clandestiene encyclopedieën tot zwijgen brengen, en ook de stem van zijn vader met zijn makke boa, en de stemmen van de in bloed en ontzetting gedrenkte soldaten en die van talloze andere lastige geesten. Sinds het Romeinse Rijk heeft men nog nooit zoveel egoïsme, corruptie en aanmatiging gezien, zei Timothy Duane. Toen Carmen Gregory waarschuwde tegen de valstrikken van de hebzucht, herinnerde hij haar eraan dat zij hem de eerste les in gewiekstheid had gegeven, toen zij hem het getto uitleidde en hem dwong geld te verdienen in de deftige buurt. Dankzij jou ben ik de straat overgestoken en ontdekte ik de voordelen van aan de andere kant te staan; het is veel prettiger om rijk te zijn, maar als ik dat niet kan zijn, wil ik in ieder geval een leven leiden alsof ik het ben, zei hij. Zij slaagde er niet in de grootspraak van haar vriend in overeenstemming te brengen met andere aspecten van hem, die hij haar terloops tijdens hun lange maandagse telefoongesprekken onthulde, zoals zijn steeds sterker wordende neiging om alleen de armste mensen te verdedigen, nooit bedrijven of verzekeringsmaatschappijen, waarmee hij met veel minder risico aanzienlijke bedragen zou kunnen verdienen.

'Je bent niet erg coherent, Greg. Je hebt het over geld maken, maar behandelt alleen maar de zaken van armoedzaaiers.'

'Mexicaanse immigranten zijn dat per definitie, dat weet je net zo goed als ik.'

'Dat bedoel ik juist. Met dat soort cliënten wordt niemand rijk. Maar ik ben blij dat je nog steeds dezelfde sentimentele dwaas van altijd bent, daarom houd ik van je. Je neemt het altijd voor anderen op, ik begrijp niet waar je de energie vandaan haalt.'

Die karaktertrek viel niet erg op toen hij slechts een onderdeeltje was in het gecompliceerde raderwerk van het grote advocatenkantoor, maar trad duidelijk naar voren nadat hij voor zichzelf was begonnen. Hij was niet in staat de deur dicht te gooien voor iemand die hulp vroeg, zowel op zijn kantoor als in zijn privé-leven. Hij omringde zich met mensen in ellendige omstandigheden en kwam handen te kort om hen allemaal te helpen, Ernestina Pereda deed wonderen om de uren in zijn agenda op te rekken. Dikwijls eindigden de cliënten op den duur als vrienden, en meer dan eens nam hij iemand in huis die geen dak boven zijn hoofd had. Met een dankbare blik als beloning was hij al tevreden, maar vaak stootte hij lelijk zijn kop. Hij had niet het vermogen om op tijd uit te maken of het om een schoft ging en wanneer hij zich van dat soort lieden wilde bevrijden was het al te laat, want het waren horzels en ze beschuldigden hem van malafide praktijken. Kijk maar uit dat ze ons straks niet voor het juridisch tuchtcollege slepen, waarschuwde Mike Tong toen hij merkte dat zijn chef te veel op zijn cliënten vertrouwde, waartussen fraudeurs zaten die overleefden door misbruik te maken van het rechtssysteem en het ene proces na het andere aanspanden, ze werkten een paar maanden, speelden het klaar ontslagen te worden en gingen vervolgens in beroep omdat ze hun baan hadden verloren, anderen verwondden zich expres om verzekeringsgeld los te krijgen. Reeves vergiste zich ook bij het aannemen van personeel, het merendeel had drankproblemen, een ander was een gokverslaafde en verspeelde niet alleen zijn eigen geld maar ook alles wat hij achterover wist te drukken op het kantoor. Dan werkte er nog een die manisch depressief was en een paar keer met doorgesneden polsen in het bad werd aangetroffen. Hij had vele jaren nodig om erachter te komen dat zijn houding neurotici aantrok. De secretaressen konden al die hectische toestanden niet aan, weinigen bleven langer dan een paar maanden. Mike Tong en Tina Faibich waren de enige normale personen in dat circus van verdwaasden. In de ogen van Carmen was het feit dat haar vriend het nog steeds redde een onweerlegbaar bewijs van zijn kracht, maar Timothy Duane noemde dat wonder stom geluk.

Hij ging zijn kantoor binnen via de dienstingang, zoals hij dikwijls deed om de cliënten in de wachtkamer te ontlopen. Zijn bureau was een grote papierberg en op de vloer verrezen ook stapels documenten en naslagwerken, op de bank lag een vest en verschillende dozen met klokjes en herten van glas. Om hem heen nam de wanorde almaar toe en dreigde hem op te slokken. Terwijl hij zijn regenjas uittrok, bekeek hij zijn planten, bezorgd over de varens die er treurig bij stonden. Nog voor hij had kunnen bellen, wachtte Tina al met de agenda in haar hand.

'We moeten iets doen aan de verwarming, al mijn planten gaan eraan.'

'Vandaag heeft u om elf uur een verhoor en vergeet niet dat u vanmiddag naar de rechtbank moet. Mag ik een beetje opruimen? Neemt u mij niet kwalijk dat ik het zeg, meneer Reeves, maar het lijkt hier wel een zwijnenstal.'

'Mij best, maar kom niet aan het dossier van Benedict, daar ben ik nog mee bezig. Kun je nog meer kerstballen bestellen? En breng me een aspirientje, alsjeblieft.'

'Ik denk dat u er twee nodig zult hebben. Uw zuster Judy heeft al een paar keer gebeld, het is dringend,' zei Tina en liep weg.

Reeves greep de telefoon en belde zijn zuster, die hem met weinig woorden meedeelde dat Shanon die morgen was langsgeweest om David bij haar achter te laten alvorens met onbekende bestemming op reis te gaan.

'Kom zo snel mogelijk je zoon ophalen want ik ben niet van plan de zorg voor dat monster op me te nemen, ik heb al genoeg te stellen met mijn eigen kinderen en moeder. Weet je dat die tegenwoordig luiers draagt?'

'David?'

'Moeder. Ik merk dat je ook al niks van je eigen zoon weet.'

'Ze moet naar een bejaardentehuis, Judy.'

'Natuurlijk, dat is de gemakkelijkste oplossing, haar wegdoen als een versleten schoen, dat is ongetwijfeld wat jij zou doen, maar ik niet. Zij heeft voor mij gezorgd toen ik klein was, heeft mij geholpen mijn kinderen groot te brengen en stond altijd voor me klaar. Waar haal je het vandaan te denken dat ik haar in een tehuis ga stoppen! Voor jou is ze niet meer dan een nutteloos oud mens, maar ik houd van haar en hoop dat ze in mijn armen sterft en niet op straat gezet als een hond. Je hebt een uur om je zoon op te halen.'

'Ik kan nu niet, Judy, er zitten drie cliënten op me te wachten.'

'Dan breng ik hem naar de politie. In de korte tijd dat hij hier is, heeft hij de kat in de droger gestopt en het haar van zijn oma geknipt,' zei Judy, die probeerde de hysterische toon van haar stem in bedwang te houden.

'Heeft Shanon niet gezegd wanneer ze terugkwam?'

'Nee. Ze zei dat ze recht had op een eigen leven of zoiets. Ze stonk naar drank en was hypernerveus, wanhopig bijna, ik geef haar de schuld niet, die arme meid heeft geen enkele controle over zichzelf, hoe zou ze het dan over haar kind moeten hebben?'

'En wat doen we nu?'

'Dat moet je zelf maar uitzoeken. Je had er eerder aan kunnen denken, ik snap niet waarom je kinderen de wereld inschopt als je niet van plan bent ze op te voeden. Heb je niet genoeg aan een verslaafde dochter? Of wil je dat David het voorbeeld van zijn zuster volgt? Als je hier niet over precies een uur kunt zijn, dan ga je maar naar de politie, daar zul je je zoontje vinden,' en ze hing op.

Reeves riep Tina en droeg haar op alle afspraken voor die dag af te zeggen. Zij stond in de deur haar jas al aan te trekken met haar paraplu in de hand, in de overtuiging dat haar chef haar in een dergelijke situatie nodig zou hebben.

'Wat vind je van een vrouw die haar vierjarig zoontje in de steek laat, Tina?' vroeg Reeves aan zijn secretaresse toen hij naar de deur liep.

'Hetzelfde wat ik vind van een vader die hem op driejarige leeftijd in de steek laat,' antwoordde zij op een nooit eerder aangeslagen toon en daarmee eindigde het gesprek, de rest van de rit luisterden ze zwijgend naar een concert op de radio en probeerden hun wilde gedachten in toom te houden. Van David viel alles te verwachten.

Judy wachtte met de spullen van haar neefje in de deur, terwijl het kind, verkleed als soldaat, door de tuin rende en de kreupele teef met stenen bekogelde. Tina opende haar reusachtige paraplu en liet hem ronddraaien als een carrousel. Dat betoverde David en deed hem op slag stilstaan. Zijn vader liep naar hem toe met de bedoeling hem bij de hand te nemen, maar de jongen gooide een steen naar hem en ging er hollend vandoor in de richting van de straat. Zover kwam hij niet. Alsof het een goocheltruc was, sloot Tina haar paraplu, haakte hem pootje met het handvat, wierp hem voorover op de grond, tilde hem de lucht in en duwde hem met alle geweld de auto in, en dit alles zonder haar gewoonlijke glimlach te verliezen. Ze speelde het klaar om hem de hele weg terug in bedwang te houden. Die middag diende Gregory Reeves zich bij de rechtbank aan met een grotere strijdlust dan normaal, terwijl zijn onoverwinnelijke secretaresse buiten op hem wachtte en David onder de duim hield met verhaaltjes, chips en zo nu en dan een mep.

Aldus begon het samenwonen van Gregory met zijn zoon. Hij was niet voorbereid op die noodsituatie en in zijn dagelijkse programma was geen ruimte voor een kind, en al helemaal niet voor zo'n lastpost als het zijne. David was zo onzeker dat hij niet één ogenblik alleen kon zijn, 's nachts kroop hij bij zijn vader in bed om vastgeklampt aan diens hand te slapen. De eerste dagen moest Gregory hem overal mee naartoe nemen, want hij was nog te jong om alleen gelaten te worden en hij vond niemand bereid om voor hem te zorgen, zelfs Judy niet, ondanks haar natuurlijke liefde voor kinderen en het lieve sommetje dat hij ervoor overhad. Als hij binnen een paar minuten het haar van moeder afknipt, snijdt hij binnen een uur haar hoofd eraf, was het antwoord van Judy op zijn verzoek. Het huis en de wagen van Reeves kwamen vol te liggen met speelgoed, bedorven eten, kauwgom, stapels vuile kleren. Bij gebrek aan beter nam hij hem mee naar kantoor, waar zijn personeel aanvankelijk nog probeerde de gunst van het kereltje te winnen, maar spoedig de moed liet zakken en er eerlijk voor uitkwam hem te haten. David rende over de bureaus, stopte de paperclips in zijn mond en spuugde ze daarna uit over de documenten, trok de stekkers van de computers uit het stopcontact, zette de toiletten onder water, rukte de draden uit de telefoons en ging zo vaak met de lift op en neer dat het apparaat geblokkeerd raakte. Op aanraden van zijn secretaresse nam hij een illegale Salvadoriaanse in dienst om op hem te passen, maar de vrouw hield het niet langer dan vier dagen uit. Zij was de eerste van een lange lijst kindermeisjes die de een na de ander wegvluchtten zonder een herinnering achter te laten. Naar de duivel met de trauma's, ik zou hem een goeie aframmeling geven, adviseerde Carmen door de telefoon, hoewel zij niet de gelegenheid had gehad dat met Dai te doen. De vader gaf er de voorkeur aan een kinderpsychiater in de arm te nemen, die een speciale school voor kinderen met gedragsstoornissen aanraadde, pillen voorschreef om hem te kalmeren alsmede onmiddellijke behandeling omdat, zo zei hij, de emotionele wonden in de eerste levensjaren onuitwisbare littekens nalaten.

'En ik zeg erbij dat het raadzaam is dat u ook in therapie gaat, want dat heeft u harder nodig dan David. Als u niet eerst uw eigen problemen oplost, zult u uw kind niet kunnen helpen,' voegde hij eraan toe, maar Reeves verwierp dat idee onmiddellijk. Hij was opgegroeid in een milieu waar van die mogelijkheid geen sprake kon zijn en in die tijd geloofde hij nog dat mannen zelf hun zaakjes moeten oplossen.

Dat was een moeilijk jaar voor Gregory Reeves. Het is het slechtste van je hele leven, nu hoef je je geen zorgen meer te maken, de toekomst zal alleen maar makkelijker zijn, verzekerde Olga hem later, toen zij hem probeerde te overtuigen van de kracht van haar glazen amuletten om ongeluk te bezweren. De ene ramp trok de andere aan en het wankele evenwicht van zijn werkelijkheid werd verbroken. Op een morgen diende zich hevig ontzet Mike Tong aan met de mededeling dat hij aan de bank een bedrag schuldig was dat hij onmogelijk kon betalen en dat het bedrijf dreigde te stikken onder de rentevorderingen, en daarbij had hij de kosten van zijn scheiding nog niet afbetaald. De vrouwen met wie hij uitging lieten hem stuk voor stuk zitten naarmate ze de gelegenheid kregen met David kennis te maken, geen van hen was sterk genoeg van karakter om hun minnaar te delen met dat ontembare schepsel. Het was niet de eerste keer dat hij in benarde omstandigheden verkeerde, maar nu kwam daar de verzorging van zijn zoon bij. Hij stond 's morgens vroeg op om het huis op orde te brengen, het ontbijt klaar te maken, naar de nieuwsberichten te luisteren, over het avondeten na te denken en het kind aan te kleden, zette hem af bij school zodra de kalmeringsmiddelen begonnen te werken en reed door naar de stad. Die veertig minuten die de reis duurde vormden het enige rustpunt van zijn dag, als hij tussen de torens van de Golden Gate-brug door reed, majestueus als hoge Chinese klokketorens van rode lak, met aan één kant de baai, een donkere spiegel met daarop plezierjachten en vissersboten, en voor zich de elegante skyline van San Francisco zag, moest hij aan zijn vader denken. De mooiste plek van de wereld placht die het te noemen. Hij luisterde naar muziek, terwijl hij probeerde nergens aan te denken, maar dat was bijna nooit mogelijk, want de lijst van hangende kwesties was oneindig. Tina maakte vroege afspraken voor hem, op die manier kon hij David om vier uur van school halen. Hij nam dossiers mee naar huis met de bedoeling die 's middags te bestuderen, maar daar kwam niets van, nooit had hij kunnen denken dat een kind zoveel tijd vergde, zoveel geluid maakte en zoveel aandacht vroeg. Voor het eerst had hij medelijden met Shanon en kon hij er zelfs begrip voor opbrengen dat ze ervandoor was gegaan. Daarbij verzamelde de jongen beesten, zodat hij de viskom kon wassen, de woestijnratten eten geven, de papegaaiekooi verschonen en de hond uitlaten, een vlaskleurige herder die ze Oliver noemden naar Gregory's eerste vriend.

'Dat heb je nou van je dwaasheid. Om te beginnen had je heel die beestenboel niet moeten aanschaffen,' zei Carmen.

'Je had me wel eerder kunnen waarschuwen, nu valt er niets meer aan te doen.'

'Natuurlijk wel, geef de hond weg, laat de vogels en de ratten los en gooi de vissen in de baai. Ze zullen het alleen maar beter krijgen.'

Op de kratten die als nachtkastje dienstdeden stapelden de papieren zich op. Hij moest van het reizen afzien en de zaken die in andere steden dienden aan zijn personeel overlaten, dat niet altijd even nuchter en gezond was en kostbare vergissingen beging. Het was afgelopen met de zakenlunches, golfpartijen, de opera's, de afspraakjes met vrouwen van zijn lijstje om te gaan dansen, het boemelen met Timothy Duane, zelfs een bioscoopje pikken zat er niet meer in omdat hij het kind niet alleen kon laten. De video's boden al evenmin uitkomst, want David accepteerde alleen films met monsters en het grofste geweld, hoe bloederiger ze waren hoe meer hij genoot. Walgend van zoveel doden, martelingen, zombies, weerwolven en perverse buitenaardse wezens, probeerde Gregory zijn belangstelling te wekken voor musicals en tekenfilms, met als resultaat dat beiden zich even erg zaten te vervelen. Het bleek onmogelijk om vrienden uit te nodigen, David kon niemand velen, iedereen die in de buurt van zijn vader kwam beschouwde hij als een bedreiging en bezorgde hem angstwekkende driftbuien van jaloezie die het bezoek onveranderlijk op de vlucht deden slaan. Soms, als hij een feestje had of een afspraakje met een interessante verovering, lukte het hem iemand te vinden die voor een paar uur zijn zoontje bewaakte, maar altijd trof hij bij terugkomst het huis als door een orkaan getroffen aan, met de ontroostbare oppas op de rand van een zenuwinzinking. De enige met voldoende geduld en incasseringsvermogen was King Benedict, die heel geschikt bleek te zijn voor de rol van kinderverzorger en ook genoot van videospelletjes en horrorfilms, maar te ver weg woonde en daarbij net zo weinig verantwoordelijkheidsbesef had als zijn kind. Als hij hen alleen liet, vertrok Gregory met een ongerust hart en keerde hij zo snel hij kon terug, terwijl hij reeds de talloze rampen voor zich zag die in zijn afwezigheid gebeurd konden zijn. De weekeinden besteedde hij helemaal aan zijn zoontje, hij maakte het huis schoon, ging naar de markt, repareerde de aangerichte vernielingen, verving het zaagsel van de ratjes en maakte de kom van de vissen schoon die 's morgens meestal half dood ronddreven, omdat David van alles in het water gooide. Zelfs in zijn slaap werd hij nog achtervolgd door de onbetaalde schulden, de achterstallige belasting en de mogelijkheid in uitzichtloze problemen te komen, daar hij geen enkel vertrouwen had in zijn advocaten en hijzelf met enkele cliënten onzorgvuldig was omgesprongen. Tot overmaat van ramp moest hij de bedrijfsverzekering opzeggen bij gebrek aan geldmiddelen, dit tot ontzetting van Mike Tong, die allerlei financiële catastrofes voorspelde en beweerde dat werken binnen de advocatuur zonder dekking van een verzekering gelijkstond aan zelfmoord. Reeves kwam niet uit met zijn geld, zijn energie en zijn tijd, hij was erg moe, verlangde naar wat eenzaamheid en stilte, had behoefte aan minstens een week vakantie ergens aan het strand, maar het bleek ondoenlijk om met David te reizen. Schenk hem aan een laboratorium, die zitten altijd verlegen om kinderen om experimenten mee te doen, opperde Timothy Duane, die ook niet meer bij zijn vriend over de vloer kwam uit vrees voor het kleine monster. Gregory had zijn hoofd vol lawaai, als in de barste tijden van de oorlog, zijn mislukking groeide onstuitbaar om hem heen, hij begon onmatig te drinken en zijn allergie liet hem niet met rust, hij stikte alsof zijn longen vol zaten met watten. Alcohol bracht hem in een kortstondige euforische stemming waarna hij in een langdurige somberheid verzonk, de volgende dag werd hij wakker met rode plekken, oorsuizingen en opgezwollen ogen. Voor de eerste keer in zijn leven voelde hij dat zijn lichaam hem in de steek liet, tot dan toe had hij altijd gespot met de obsessie van de Californiërs om in vorm te blijven, hij dacht dat gezondheid net zoiets als huidkleur was, iets onveranderlijks dat je bij je geboorte meegekregen hebt en waar je zelfs niet over hoeft te praten. Hij had zich nooit druk gemaakt over cholesterol, geraffineerde suiker of verzadigde vetzuren, hij bleef onverschillig voor organisch en vezelrijk voedsel, evenals voor de manie van zonnebrandolie of het joggen, tenzij dit diende om ergens op tijd te komen. Hij was ervan overtuigd dat hij geen tijd zou hebben om aan ziekten te lijden, hij zou niet sterven aan ouderdom maar aan een onverwachts ongeluk.

Voor het eerst verminderde zijn belangstelling voor vrouwen, wat hem een zekere beklemming bezorgde, maar tegelijkertijd voelde hij zich opgelucht, aan de ene kant was hij bang zijn mannelijkheid te verliezen en aan de andere kant dacht hij dat zonder die obsessie zijn leven draaglijker zou zijn geweest. De afspraakjes werden minder frequent, beperkten zich tot snelle rendezvous tussen de middag, want na vieren was David weer thuis. Zoals honger of slaap was seks voor hem een noodzaak die onmiddellijk bevredigd diende te worden, hij was geen man van een lang voorspel, zijn begeerte had iets wanhopigs.

'Het lijkt wel of ik steeds kieskeuriger word. Het moet de leeftijd zijn,' zei hij tegen Carmen.

'Wees blij. Ik begrijp niet hoe een man met zo'n goede smaak voor kleren, muziek en boeken, die alleen geniet in kwaliteitsrestaurants, die de beste wijnen koopt, eersteklas reist en in luxehotels overnacht, met zulke straatmeiden kan omgaan.'

'Nu moet je ook weer niet overdrijven, sommigen zijn helemaal niet zo gek,' antwoordde hij, maar in zijn hart gaf hij zijn vriendin gelijk, hij moest nog veel leren op dat gebied. Het enige waar hij in alle rust van genoot, dat hij zo lang mogelijk wilde rekken, was muziek. 's Nachts, wanneer hij niet in slaap kon komen en te onrustig was om te lezen, ging hij in bed liggen luisteren naar een concert terwijl hij in de duisternis staarde.

Eind maart stierf Nora Reeves aan een longontsteking. Of misschien was ze geleidelijk aan al meer dan veertig jaar aan het sterven geweest en had niemand dat in de gaten gehad. De laatste jaren doolde haar geest over kronkelige spirituele paden en om niet het spoor bijster te raken liep ze altijd met de onzichtbare sinaasappel van het Oneindige Plan in haar hand rond. Judy smeekte haar dat te laten als ze ergens naartoe gingen, straks dachten de mensen nog dat haar moeder haar hand uitgestrekt hield om te bedelen. Nora waande zich zeventien en woonachtig in een wit paleis waar haar verloofde, Charles Reeves, haar rond theetijd opzocht, met een cowboyhoed op, met een makke slang en een tas gereedschap om de gebreken van de wereld te repareren, zoals hij haar sinds die verre dag waarop de ambulance hem naar de andere wereld bracht, trouw elke donderdag had bezocht. De doodsstrijd begon met intermitterende koorts en toen de oude vrouw in een schemertoestand terechtkwam, brachten Judy en haar man haar naar het ziekenhuis. Daar bleef ze een paar weken, zo zwak dat ze langzaam in het niets leek op te gaan, hoewel Gregory er zeker van was dat zijn moeder niet zieltogende was. Hij deed haar een muziekinstallatie cadeau, zodat ze naar haar operaplaten kon luisteren, zag dat ze onder de lakens lichtjes haar voeten bewoog op het ritme van de melodie en dat er zoiets als een kinderlijke glimlach om haar mond speelde, afdoende bewijs dat ze niet van plan was heen te gaan.

'Als ze nog van muziek geniet, wil dat zeggen dat ze niet aan het doodgaan is.'

'Maak je geen illusies, Greg. Ze eet niet meer, praat niet meer, ademt bijna niet meer,' antwoordde Judy.

'Dat doet ze alleen om te pesten. Je zult zien dat ze morgen weer beter is,' antwoordde hij, zich vastklampend aan de herinnering van zijn jonge moeder.

Maar op een vroege ochtend belde het ziekenhuis hem en toen hij er samen met zijn zuster heenging, troffen zij een bed aan waarop een broos lichaam lag van een leeftijdloze vrouw. Zijn moeder liep tegen de tachtig maar had al lang geleden afscheid genomen van het bestaan en zich overgegeven aan een zachtaardige dwaasheid, die haar hielp zich te onttrekken aan de smarten van het leven, zonder dat dat afbreuk deed aan haar wellevende manieren en fijnbesnaarde geest. Naarmate het verval van haar lichaam voortschreed, keerde Nora Reeves naar een andere tijd en een andere plaats terug, totdat ze het besef van de vergetelheid volkomen verloor. Aan het einde van haar dagen meende ze een prinses uit de Oeral te zijn en zwierf zij aria's zingend rond door de witte vertrekken van een betoverde plaats. Al sinds lang herkende ze alleen Judy nog maar, die ze trouwens met haar grootmoeder verwarde en tegen wie ze in het Russisch sprak. Zij was terug in een denkbeeldige jeugd waar geen plichten of kwellingen bestonden, alleen het kalme vermaak van muziek en boeken. Ze las om het plezier de oneindige combinaties van zesentwintig tekens op papier gedrukt te zien, maar herkende geen zinnen meer en had geen idee waarover de tekst ging, ze bladerde met evenveel belangstelling in de gebruiksaanwijzing van een elektrisch apparaat als in een klassieke roman. Met de jaren was ze ineengekrompen tot de grootte van een doorschijnende pop, maar dankzij de wonderbaarlijke cosmetica van haar fantasieën, of misschien gewoon door de onschuld van de dood, herkreeg zij de frisheid die ze in een zo lang leven verloren had, en op haar sterfbed zag ze eruit zoals Gregory zich haar herinnerde van toen hij een kind was en zij hem de constellaties aan het firmament wees. De weken van koorts, het lange vasten en het door haar kleinzoon kortgeknipte haar dat niet meer aangroeide, waren niet in staat die illusie van schoonheid te vernietigen. Ze gaf de geest met de zoete schuchterheid die haar eigen was, aan de hand van haar dochter. Ze werd zonder veel rompslomp of tranen op een regenachtige dag begraven. Judy deed het weinige dat ze nog bezat in een tas: twee tot op de draad versleten jurken, een blikken trommel met wat documenten die getuigden van haar verblijf op deze wereld, twee door Charles Reeves geschilderde doeken en haar door ouderdom vergeelde parelsnoer. Gregory nam slechts een paar foto's mee.

Die avond, nadat hij David had gewassen en met hem gevochten had om hem in bed te krijgen, gaf Gregory de dieren te eten, deed de vuile kleren in de wasmachine, raapte het overal rondslingerende speelgoed bij elkaar en borg het in een kast op, bracht de vuilnis naar de garage, zette de boeken op de planken terug die de jongen gebruikt had om een kasteel te bouwen en bevond zich ten slotte alleen in zijn slaapkamer, met een koffertje tjokvol papieren die hij voor de volgende dag moest doorwerken. Hij zette een symfonie van Mahler op, schonk een glas witte wijn in en ging op zijn bed zitten, het enige meubel in het vertrek. Het was al middernacht en hij had nog minstens een paar uur nodig om de zaak die hij onder handen had te bestuderen, maar had geen puf meer. Hij goot de wijn in twee teugen naar binnen, schonk nog een glas in en daarna nog een totdat de fles leeg was. Hij zette de kraan van het bad open, deed zijn kleren uit en bekeek zichzelf in de spiegel, forse nek, brede rug, sterke benen. Hij was er zo aan gewend dat zijn lichaam functioneerde als een onverwoestbare machine, dat hij zich niet ziek kon voorstellen. De enige keren in zijn leven dat hij het bed had moeten houden waren toen de aderen in zijn been het begeven hadden en in het ziekenhuis op Hawaii, maar dat waren bijna vergeten voorvallen. In zijn koppigheid negeerde hij de alarmklokken die hem tot de orde riepen, de allergieën, de hoofdpijnen, de vermoeidheidsverschijnselen, de slapeloosheid. Hij haalde zijn handen door het haar en stelde vast dat hij niet alleen grijs aan het worden was maar dat het ook uitviel. Hij moest aan King Benedict denken, die zijn hoofd met zwarte schoensmeer insmeerde om de kaalheid te verhullen die hem verwarde omdat hij dacht dat hij nog midden in zijn jeugd zat. Hij bekeek zijn spiegelbeeld, zoekend naar de stempel van zijn moeder en vond die in de handen met lange vingers en de fijngebouwde voeten, de rest was de robuuste erfenis van zijn vader. Margaret had de trekken van haar grootmoeder, een poezengezicht met hoge jukbeenderen, een engelachtige blik, elegante gebaren. Hoe zou het met haar zijn? De laatste keer dat hij haar had gezien was in de gevangenis. Van de straat in de gevangenis, van de gevangenis op straat, van de ene ellende in de andere in de andere, zo verliep haar leven sinds ze voor de eerste keer van huis wegliep. Zij was nog erg jong maar had reeds alle cirkels van de hel doorlopen en gedroeg zich als een cobra die elk moment kon aanvallen. Tegen alle bewijzen van het tegendeel in wilde hij blijven geloven dat onder het pantser van verderf nog iets van puurheid school. Hij bedacht dat net zoals Nora Reeves getransfigureerd was toen zij stierf, Margaret de verloedering te boven zou kunnen komen en door een wonder zou herrijzen uit haar as. Zijn moeder had tientallen jaren gevegeteerd, onaangetast door de grofheid van de wereld en hij was er zeker van dat zij in haar kist zou overgaan in mist, gevrijwaard tegen de nijvere larven van het rottingsproces. Op dezelfde manier zou zijn dochter zich beschermen, misschien had de lange lijdensweg die haar zo ver had gevoerd haar essentiële schoonheid nog niet vernietigd en was een van die krachtige zuiveringsmiddelen van Olga en een grondig bad met zeep en een borstel voldoende om haar te reinigen, om elk spoor uit te wissen, de prikgaatjes van de naalden, de schrammen, de beurse plekken en zweren, zodat haar huid weer glanzend zou worden, haar tanden stralend wit, haar haar levendig en haar hart voor eeuwig schoongewassen van alle schuld.

Hij voelde zich enigszins misselijk en zag niet goed. Hij gleed de badkuip in en liet zich meevoeren op het weldadige gevoel van het warme water, probeerde nergens aan te denken en zijn van stress verstijfde leden te ontspannen, maar de gebeurtenissen van die dag overspoelden zijn geest, de afwikkeling van het sterfgeval in het ziekenhuis, de korte religieuze plechtigheid, de schamele begrafenis waarbij de enige kleur de grote boeketten rode anjers vormden die hij gekocht had om zijn geweten te sussen, dat aan hem knaagde omdat hij zich zoveel jaren niet om zijn moeder had bekommerd. Hij herinnerde zich de regen, het koppige zwijgen zonder tranen van Judy, zijn eigen ongemakkelijkheid, alsof de dood een indiscretie was, de enige keer dat de wellevendheid en goede manieren van Nora Reeves het lieten afweten. Gedurende de tocht naar het kerkhof dacht hij aan het werk dat zich op zijn kantoor opstapelde, aan de zaak King Benedict waarvoor hij een schikking moest zien te regelen, of hij moest het tot een proces laten komen met het risico alles te verliezen, als een koppige hond had hij elk spoor gevolgd, hoe onbetekenend het ook leek, maar hij had niets concreets om zich aan vast te klampen. Hij voelde een speciale sympathie voor zijn cliënt, hij was als een zoete jongen in het anachronistische omhulsel van een vijftiger, maar hij had bovenal bewondering voor Bel Benedict, een formidabel mens dat het verdiende de armoede van zich af te schudden. Om haar moest hij de foefjes van de advocaten van de tegenpartij voor zijn en hen verslaan op hun eigen terrein, niet hij die gelijk heeft wint, maar hij die beter vecht, was de eerste les van de oude met de orchideeën geweest. Hij haatte zichzelf omdat zijn gedachten op dat moment afdreven naar zijn werk, terwijl het lijk van zijn moeder nog niet goed en wel onder de grond lag. Hij haalde zich de laatste jaren van Nora Reeves voor de geest, veranderd in een achterlijk meisje dat Judy verzorgde met een ruwe en ongeduldige toewijding, als het zoveelste kind van haar kroostrijke gezin. Zijn zuster was in ieder geval bij haar geweest, hij daarentegen had altijd een smoesje klaar om haar niet te hoeven zien, hij beperkte zich ertoe de rekeningen te betalen als dat nodig was en haar een paar keer per jaar een kort bezoek te brengen. Het beklemde hem dat zij hem niet meer herkende, dat haar geest niet meer het bestaan van een zoon met de naam Gregory registreerde, hij onderging het geheugenverlies van zijn seniele moeder als een straf, alsof het vergeten alleen maar nog een voorwendsel was om hem definitief uit haar hart te verbannen. Hij had altijd het vermoeden gehad dat zij niet van hem hield en toen zij zich van hem probeerde te bevrijden door hem in een weeshuis te stoppen of naar het boerenechtpaar te brengen, was het geen armoede die haar daartoe dreef, maar onverschilligheid. Het water was te warm, zijn huid gloeide en zijn slapen klopten, hij dacht dat nog een slok geen kwaad kon, stapte in een handdoek gewikkeld het bad uit, ging naar de keuken op zoek naar drank en deed meteen de verwarming uit want het was om te stikken. Hij wierp een blik in de kamer van David en stelde vast dat de jongen rustig lag te slapen voor de ingang van zijn Indianentent. Hij schonk een glas witte wijn in en ging weer op bed zitten, de plaat was afgelopen en hij luisterde naar de stilte, een zeldzame luxe sinds zijn zoontje bij hem woonde. Opnieuw kwam zijn moeder hem voor de geest als een hardnekkige herinnering, haar stem fluisterde iets, probeerde hem iets te zeggen en hij besefte dat hij haar niet kende, dat zij een vreemde was. Als kind had hij haar aanbeden, maar later waren ze uit elkaar gedreven en dikwijls meende hij haar te haten, vooral in de moeilijkste jaren, toen ze zich installeerde in haar rieten stoel, berustend in haar armoede en ontreddering, terwijl hij zijn heil op straat zocht. Hij bekeek de foto's van vroeger, vergeelde fragmenten van een vreemd verleden dat in zekere zin ook zijn verleden was, en probeerde de losse brokstukken van die vriendelijke en gedweeë oude vrouw bij elkaar te brengen. Maar zo kon hij haar niet voor zijn geest oproepen, hij zag haar voor zich toen ze nog jong was, gekleed in een jurk met kanten kraagje, het haar in een knotje, op de toegangsweg van een stoffig dorp, en hij zag ook zichzelf, een mager jongetje, met scherpe gelaatstrekken, blauwe ogen en een grote mond, achter zich twee mannen die worstelen met een negermeisje, hij schreeuwde en zij lachten spottend, maar het meisje wist te ontkomen aan die vreselijke omhelzing en vluchtte naar Nora Reeves toe, die haar een brochure van het Oneindige Plan gaf. Daarna zag hij haar met grote stappen over een verlaten weg lopen, zij een eind voor hem terwijl hij probeerde haar in te halen, maar hoe harder hij holde hoe groter de afstand tussen hen werd en hoe kleiner en waziger de gestalte aan de horizon die hij achtervolgde. Het asfalt was kokend heet en zacht, zijn voeten kleefden eraan vast, hij zou nooit genoeg kracht hebben om de vermoeidheid te overwinnen, hij kwam niet meer vooruit, hij viel, hij sleepte zich op zijn knieën voort, de hitte maakte het ademen onmogelijk. Hij voelde een ontzaglijk medelijden met dat kind, met zichzelf. Moeder, riep hij eerst met zijn gedachte en daarna met een verscheurde kreet, en toen schoven de onduidelijke beelden over elkaar heen tot ze samenvielen, de wazige lijnen werden scherp als strakke halen van een pen en Nora Reeves doemde op, van top tot teen, een reële aanwezigheid, en strekte glimlachend haar armen naar hem uit. Hij wilde opstaan om haar te omhelzen zoals hij dat nooit gedaan had, maar hij kon zich niet bewegen en bleef waar hij stond, steeds maar 'mama' herhalend terwijl de kamer zich vulde met een witgloeiend licht en één voor één andere bezoekers binnenkwamen: Cyrus, Juan José Morales aan de hand van Thui Nguyen, de jongen uit Kansas die in zijn armen was gestorven en andere doodsbleke soldaten, Martínez zonder een zweem van zijn vroegere arrogantie, maar nog wel gehuld in zijn pooierspak, en nog vele anderen die stilletjes binnentraden en het vertrek vulden. Gregory Reeves voelde zich gekoesterd door de glimlach van Nora, waar hij als kind zo'n behoefte aan had gehad en als volwassene vergeefs naar gezocht had. Hij bleef onbeweeglijk zitten, omgeven door de serene rust van een stilgezette tijd, totdat langzaam de stoet doden weer verdween. De laatste die wegging was zijn moeder, die achteruit zwevend met de muur versmolt en hem het zekere gevoel gaf van een genegenheid waaraan zij tijdens haar leven geen uitdrukking wist te geven maar die er wel altijd geweest was.

Toen allen vertrokken waren en hij alleen achterbleef, knapte er iets in zijn ziel, een vreselijke pijn in zijn borst die zich van daar in golven over de rest van zijn lichaam uitbreidde, die hem verbrandde, hem verscheurde, zijn botten brak en zijn huid afstroopte, hij verloor het vermogen zich in te houden, hij was zichzelf niet meer maar nog slechts die ondraaglijke kwelling, een getourmenteerde zeekwal die zich over de hele slaapkamer verspreidde en de ruimte vulde, een grote bloedende wond. Hij probeerde nogmaals overeind te komen, maar kon zijn armen niet bewegen, sloeg dubbel en viel op zijn knieën terwijl zijn adem stokte, getroffen door een lans die dwars door hem heen stak. Een paar minuten lang bleef hij ineengezegen op de vloer hijgend naar adem liggen snakken, met paukenslagen aan zijn slapen. Een helder deel van zijn geest registreerde wat er gebeurde en wist dat hij hulp moest vragen of anders daar ter plekke zou sterven, maar hij slaagde er niet in de telefoon te bereiken of te schreeuwen, trillend kroop hij in elkaar als een pasgeborene en probeerde zich te herinneren wat hij wist over hartaanvallen. Hij vroeg zich af hoe lang hij erover zou doen om te bezwijken en die gedachte ontzette hem een tel, maar toen stelde hij zich de rust voor niet meer te bestaan, niet meer door het stof te rollen en te stoten tegen de schaduwen, zich niet meer voort te slepen achter die vrouw aan die zich verwijderde, en zoals hij deed toen hij klein was als hij zich met zijn hond in het vossehol verschool, gaf hij zich over aan de verleiding van het niet-zijn. Heel langzaam trok de pijn door hem heen en nam een deel van zijn geweldige vermoeidheid mee. Hij had de indruk dat moment eerder meegemaakt te hebben. Hij kreeg weer lucht, betastte zijn borst om vast te stellen dat daar binnenin nog steeds iets klopte, nee, zijn hart was nog niet uit elkaar gesprongen. Hij begon te huilen zoals hij dat sinds de oorlog niet meer had gedaan, een jammerklacht die uit het diepste van zijn wezen kwam, uit het verste verleden, misschien wel van voor zijn geboorte, een stroom die gevoed werd door de tranen die hij de laatste jaren ingeslikt had, een onstuitbare vloed. Hij huilde om het verlies van zijn kindertijd, om de gevechten en nederlagen die hij tevergeefs in overwinningen probeerde om te zetten, de onbetaalde rekeningen en het bedrog dat hij in de loop van zijn leven had verdragen, om het heengaan van zijn moeder en het late besef dat zij toch van hem hield. Hij zag Margaret door een afgrond wentelen en poogde haar tegen te houden, maar ze ontglipte hem. Hij mompelde de naam van David, zo kwetsbaar en verwond, en vroeg zich af waarom zijn kinderen getekend waren door dat stigma van smart, waarom het bestaan zo moeilijk was voor hen, misschien waren hun genen besmet met een vervloeking, misschien moesten zij voor zijn zonden betalen. Hij huilde om al zijn vergissingen en om die volmaakte liefde waarvan hij droomde en die hij onbereikbaar achtte, om zijn eeuwen geleden gestorven vader en zijn zuster Judy, gevangen in gruwelijke herinneringen, om Olga, de beroepsbedriegster die de toekomst verzon met haar gemerkte kaarten, en om zijn cliënten, niet de schoften en profiteurs, maar de slachtoffers zoals King Benedict en zoveel andere ongelukkigen, negers, Mexicanen, illegalen, armen, randfiguren en vernederden die om hulp aanklopten bij dat Hof der Wonderen waarin zijn kantoor veranderd was, en hij bleef snikken, nu om de oorlogsherinneringen, de strijdmakkers in plastic zakken, Juan José Morales, de twaalfjarige meisjes die zich verkochten aan de soldaten, de honderd doden op de berg. En toen hij begreep dat hij in feite alleen om zichzelf huilde, opende hij zijn ogen en bevond zich ten slotte tegenover het beest en moest hij het aankijken en zo kwam hij erachter dat dat monster dat achter hem op de loer lag, die ademtocht die hij altijd in zijn nek gevoeld had, zijn eigen hardnekkige angst voor de eenzaamheid was, die hem sinds zijn kinderjaren kwelde, toen hij zich bevend opsloot in het opberghok. De smart hield hem in haar onheilspellende omarming gekneld, drong zich bij hem naar binnen door zijn mond, door zijn oren, door zijn ogen, door alle andere delen en vulde zijn hele wezen, terwijl hij mompelde, ik wil leven, ik wil leven...

Op dat moment klonk een belletje dat hem uit zijn trance haalde. Het duurde een eeuwigheid voordat hij het geluid herkende en besefte waar hij was, op de vloer, naakt, besmeurd met urine, braaksel en tranen, dronken en doodsbang. De telefoon klonk als een noodroep uit een andere dimensie, totdat het hem ten slotte lukte zich naar het apparaat te slepen en de hoorn op te nemen.

'Greg? Met Tamar. Je hebt niet gebeld, het is maandag...'

'Kom, Carmen, alsjeblieft, kom,' stamelde hij.

Een halfuur later stond ze aan zijn zijde, na met overtreding van de maximumsnelheid uit Berkeley naar hem toe te zijn gesneld. In een handdoek gewikkeld en over zijn toeren deed hij de deur voor haar open, omarmde zijn vriendin terwijl hij met horten en stoten probeerde duidelijk te maken waar het pijn deed, hier, in mijn borst, in mijn hoofd, in mijn rug, overal. Carmen sloeg een kamerjas om hem heen, pakte David slaapdronken op, duwde ze beiden in haar auto en vloog naar het dichtstbijzijnde ziekenhuis, waar Gregory Reeves een paar minuten later in een bed lag, verbonden aan een catheter en met een zuurstofmasker op.

'Gaat mijn papa dood?' vroeg David.

'Ja, als je niet gaat slapen wel,' antwoordde Carmen woest.

Zij bleef in de wachtkamer bij het slapende kind waken tot de volgende morgen, toen de cardioloog haar inlichtte dat er geen gevaar was, het ging niet om een hartaandoening, maar om een angstaanval, de patiënt kon naar huis gaan, maar hij moest wel zijn huisarts vragen hem grondig te onderzoeken en misschien een psychiater raadplegen, want hij had ernstig te lijden van krankzinnige waanvoorstellingen. Toen ze thuiskwamen, hielp Carmen Gregory bij het douchen en naar bed gaan, zette koffie, kleedde David aan, maakte het ontbijt voor hem klaar en bracht hem naar school. Daarna belde ze Tina Faibich om te zeggen dat haar chef niet in staat was te werken die dag, keerde bij haar vriend terug en ging naast hem op het bed zitten. Gregory was uitgeput en versuft van de tranquillizers, maar hij ademde rustig en had zelfs een beetje trek.

'Wat is er gebeurd?' wilde Carmen weten.

'Mijn moeder is gestorven.'

'Waarom heb je me niet gewaarschuwd?'

'Het is allemaal heel snel gegaan, ik wilde niemand lastig vallen, bovendien had je toch niets kunnen doen,' en hij begon van de hak op de tak springend het gebeurde te vertellen, een stroom van half afgemaakte zinnen, terwijl hij de hand van de vrouw vasthield die meer was dan een zuster, zij was zijn oudste en trouwste liefde, zijn vriendin, zijn kameraad, een deel van zichzelf, ze stond zo dicht bij hem en was tegelijkertijd zo verschillend van hem, donkere en pure Carmen, moedige en wijze Carmen, met de vijfhonderd jaar inheemse en Spaanse traditie in haar bloed en het solide Angelsaksische gezonde verstand die haar in staat hadden gesteld om met vastberaden tred door de wereld te gaan.

'Weet je nog toen we klein waren en ik vlak voor de trein de rails overstak? Ik genas van die obsessie voor de dood en er gingen vele jaren voorbij dat ik er niet meer aan dacht, maar nu is die dwanggedachte weer terug en ben ik bang. Ik zit in de val, ik zal nooit mijn schulden aan de bank kunnen afbetalen, mijn dochter is aan de drugs en reddeloos verloren, de volgende vijftien jaar zal ik een dagelijks gevecht moeten leveren met David. Mijn leven is een puinhoop, ik ben een mislukkeling.'

'Mislukking en succes bestaan niet, Greg, dat zijn uitvindingen van de gringo's. Je leeft gewoon, zo goed als je kunt, elke dag een beetje, het is als een reis zonder einddoel, waar het om gaat is de weg. Het is tijd om te stoppen, waarom zoveel drukte? Mijn oma zei dat we geen slaven van de klok moesten zijn.'

'Je oma was gek, Carmen.'

'Niet altijd, soms was zij de helderste van geest thuis.'

'Ik zink weg in de ellende en ben moederziel alleen.'

'Je moet grond onder je voeten zien te krijgen, dan kun je je afzetten en kom je weer boven. Crisissen zijn goed, zij zijn de enige manier om te groeien en te veranderen.'

'Ik ben wat je ziet, niets meer. Ik heb alles fout gedaan, te beginnen met mijn kinderen. Ik ben als de toren van Pisa, Carmen, mijn as is scheef, daarom is alles krom wat ik doe.'

'Wie heeft je verteld dat het leven makkelijk is? Je zult altijd op verdriet en hindernissen stuiten. Je moet je as in het lood zetten, als dat is waar het om gaat. Kijk, Greg, je lijkt wel een oud wijf... Hou op met dat zelfbeklag en sta op. Je hele leven ben je al voor jezelf op de vlucht, maar je kunt niet eeuwig blijven rennen, op een gegeven ogenblik moet je stoppen en jezelf recht in de ogen durven zien. Hoe hard je ook rent, je zult altijd in dezelfde huid blijven zitten.'

Gregory moest aan zijn rondzwervende vader denken, die van hot naar haar trok, grenzen overstak, de horizon probeerde te bereiken om ten slotte bij de regenboog uit te komen en daarachter iets te vinden wat hem hier onthouden werd. Het land biedt grote open ruimten om te ontsnappen, het verleden te begraven, alles achter te laten en zo vaak als nodig is opnieuw te vertrekken, zonder de last van schuld en heimwee, men kan altijd de wortels doorsnijden en opnieuw beginnen, morgen is een nog onbeschreven blad. Zo zag zijn eigen geschiedenis eruit, nooit kalm, eeuwig op drift, maar het gevolg van die onrust was eenzaamheid.

'Ik heb het je al eerder gezegd, Carmen, ik word oud.'

'Dat overkomt iedereen. Ik vind mijn rimpels mooi.'

Hij bekeek haar voor het eerst aandachtig van dichtbij, zag dat zij geen meisje meer was en hij was blij dat ze niets deed om de groeven in haar gelaat te verbergen, sporen van haar tocht door het leven, of haar grijze haren te verdoezelen die haar zwarte haardos doorstraalden. Haar schouders bogen door onder het gewicht van haar borsten, en, trouw aan haar stijl, was ze gekleed in een ruim zittende rok, sandalen, oorringen en armbanden, dat alles was Carmen, Tamar. Hij verbeeldde zich dat ze er naakt moest uitzien als een verzopen kat maar hij vond haar desondanks mooi, veel mooier dan in haar kindertijd, toen ze een mollig en ondeugend kind was met speekseldraadjes tussen haar tanden, of in de pubertijd, toen ze het aantrekkelijkste meisje van de school was, of als jonge vrouw, toen ze haar definitieve vorm kreeg en met een Japanner rondzwierf door de gotische wijk van Barcelona. Hij glimlachte tegen haar en zij glimlachte terug, ze keken elkaar met een diepe genegenheid aan, met wederzijdse innigheid die ze al vanaf hun kinderjaren voor elkaar voelden. Gregory nam haar bij de schouders en kuste licht haar lippen.

'Ik houd van je,' mompelde hij, zich bewust dat het banaal klonk, maar het was nu eenmaal een absolute waarheid. 'Denk je dat we nog eens een paar zullen vormen?'

'Nee.'

'Wil je met me vrijen?'

'Ik geloof het niet. Ik moet wel een identiteitscrisis hebben,' lachte ze. 'Rust en probeer te slapen. Mike Tong zal David van school halen en een paar dagen bij je blijven. Ik kom vanavond terug met een verrassing.'

De verrassing was Daisy, een knappe en vrolijke negerin van negentig kilo, glanzende pure chocolade, zij was afkomstig uit de Dominicaanse Republiek en had te voet half Mexico doorkruist alvorens met nog achttien vluchtelingen in een vrachtwagen met meloenen en een dubbele bodem de grens te passeren, vastbesloten om in het Noorden haar brood te verdienen. Daisy zou het leven van Gregory en David ingrijpend veranderen. Met dezelfde stoïcijnse houding waarmee ze in het verleden zoveel ellende had overleefd nam ze zonder geklaag of gezeur de zorg over het kind op zich. Ze sprak geen woord Engels en haar baas moest voor haar tolken. De opvoedingsmethode van Daisy gaf goede resultaten bij David, hoewel het waar is dat die verdienste misschien niet alleen haar toekwam, het jongetje was in handen van een geldverslindend team van speciale onderwijzers, artsen en psychologen. Zij geloofde in geen van die modernismen, had zelfs het woord hyperactief nooit geleerd in het Spaans. Zij was ervan overtuigd dat de reden van zijn onhandelbaarheid simpeler was: de broekeman was bezeten van de duivel, een vrij normaal verschijnsel, verzekerde ze, zij kende persoonlijk veel mensen die hetzelfde was overkomen, het was eenvoudiger te genezen dan een alledaagse verkoudheid, elke goede christen kon het doen. Vanaf de eerste dag wijdde zij zich aan de taak de nachtduivels uit het lichaam van David te drijven door middel van een combinatie van voodoo, gebeden tot de heiligen van haar devotie, smakelijke Caribische gerechten, veel liefde en zo nu en dan een rake klap die zij hem achter de rug van zijn vader toediende, zonder dat het slachtoffer haar durfde aanklagen, want het vooruitzicht zonder Daisy te leven was ondraaglijk voor hem. Met prijzenswaardig geduld nam de vrouw het op zich hem te temmen, als zij zag dat hij zijn stekels opzette als een egel en op het punt stond in woede uit te barsten, sloeg zij haar grote donkere armen om hem heen, drukte hem tussen haar moederborsten en krauwde over zijn bol terwijl ze zong in haar warme taal tot hij kalmeerde. De rustgevende aanwezigheid van Daisy, met haar geur van ananas en suiker, haar gulle lach, haar Spaans zonder medeklinkers en haar eindeloze verhalen over heiligen en tovenaars die David niet begreep, maar waarvan het ritme hem in slaap suste, gaven het kind ten slotte zekerheid. Dankzij die hulp bij de fundamentele zaken van het dagelijks bestaan, kon Gregory Reeves de langzame en smartelijke reis naar het binnenste van zichzelf beginnen.

Een jaar lang dacht Gregory Reeves elke nacht dat hij doodging. Wanneer zijn zoon sliep, viel er een stilte over het huis en was hij alleen, voelde hij de nabijheid van het einde. Hij deed de deur van zijn kamer op slot, om te vermijden dat hij David zou verrassen als deze wakker werd, hij wilde hem niet bang maken, en gaf zich zonder verzet aan zijn kwellingen over. Het was geheel anders dan de vage beklemming van vroeger, waaraan hij min of meer gewend was. Overdag functioneerde hij normaal, hij voelde zich krachtig en fit, nam beslissingen, bestierde zijn kantoor en zijn huis, zorgde voor zijn kind en bij vlagen verbeeldde hij zich dat alles goed ging, maar zodra hij 's avonds alleen was, werd hij overvallen door een onwerkelijke angst. Hij zag zich gevangen in een aan alle kanten gecapitonneerd vertrek, een cel voor gekken waar het zinloos was om te schreeuwen of tegen de muren te slaan, want er kwam geen galm, weerklank of antwoord, er was slechts een beklemmende leegte. Hij wist de naam niet voor die nachtmerrie die bestond uit onzekerheid, rusteloosheid, schuldbesef, een gevoel van verlatenheid en diepe eenzaamheid, zodat hij haar ten slotte gewoon maar het beest noemde. Gedurende meer dan veertig jaar had hij die geprobeerd om de tuin te leiden, maar uiteindelijk begreep hij dat hij er nooit door met rust gelaten zou worden, tenzij hij ze zou verslaan in een lijf-om-lijf-gevecht. De tanden op elkaar klemmen en volhouden zoals die nacht op de berg, leek hem de enig mogelijke strategie tegen die genadeloze vijand die hem martelde met een om zijn borst klemmende tang, tegen zijn slapen kloppende hamers, brandend hout in zijn maag, een drang om naar de horizon te hollen en voorgoed te verdwalen, waar niemand hem kon bereiken, en al helemaal zijn eigen herinneringen niet. Soms verraste de morgen hem ineengedoken als een belaagd dier, andere keren sliep hij uitgeput in na een urenlange stille strijd en werd hij tussen woelige dromen die hij zich niet kon herinneren in, zwetend wakker. Een paar maal gebeurde het opnieuw dat er een granaat in zijn borst ontplofte, die hem alle lucht benam, maar hij kende de verschijnselen nu en beperkte zich ertoe te wachten tot ze verdwenen, terwijl hij probeerde de wanhoop op een afstand te houden om niet echt te sterven. Hij had zich zijn hele leven bedrogen met goocheltrucs, maar nu was dan het moment aangebroken om zonder verzachtende omstandigheden te lijden in de hoop de drempel te overschrijden en op een dag gezond op te staan. Dat gaf hem de kracht om door te vechten: de tunnel had een uitgang, alles was een kwestie van het geforceerde marstempo van de tocht volhouden totdat hij aan de andere kant was.

Hij zocht geen verlichting in de drank want hij had het vermoeden dat elk troostmiddel het onverbiddelijke genezingsproces waartoe hij zich gedwongen had, zou vertragen. Wanneer hij aan het einde van zijn krachten was, riep hij het beeld van zijn moeder op, zoals dat na haar dood aan hem verschenen was, met uitgestrekte armen en een vriendelijke glimlach, dat hem kalmeerde hoewel hij diep in zijn hart wist dat hij zich aan een illusie vastklampte: die hartelijke moeder was een schepping van zijn geest. Evenmin zocht hij vrouwen, hoewel hij niet geheel celibatair leefde, nu en dan ontmoette hij een vrouw die het initiatief nam en zo kon hij zich tenminste een paar uur ontspannen, maar hij liet zich niet meer strikken door romantische fantasieën, het was tot hem doorgedrongen dat niemand hem zou kunnen redden, dat hij dat zelf moest doen. Rosemary, zijn vroegere minnares die kookboeken schreef, nodigde hem dikwijls uit om haar nieuwe vindingen te proeven en een paar keer haalde ze hem meer uit vriendschap dan uit begeerte aan, en dan beminden ze elkaar zonder hartstocht maar met oprechte genegenheid. Mike Tong, die ondanks de gloednieuwe batterij computers op het kantoor koppig aan zijn telraam bleef vasthouden, was er weliswaar niet in geslaagd zijn chef alle mysteries van zijn grote met rode inkt volgekrabbelde boeken duidelijk te maken, maar had wel de eerste beginselen van gezond financieel beheer in hem gezaaid. U moet orde op zaken stellen, of anders gaat dit hele kantoor naar de kloten, smeekte zijn Chinese boekhouder met zijn onveranderlijke glimlach en een hoffelijke buiging, terwijl hij zich de handen wrong van de zenuwen. Uit genegenheid voor zijn chef en gebrek aan kennis van het Engels had hij zich het vocabulaire van Reeves eigen gemaakt. Tong had gelijk, hij moest niet alleen orde op zaken stellen wat zijn financiën betrof, maar ook ten aanzien van de rest van zijn leven, dat ieder moment leek te kunnen kelderen. Zijn schip maakte aan alle kanten water, en er waren niet genoeg vingers om de lekken van deze schipbreuk te dichten. Hij stelde de waarde van de vriendschap van Timothy Duane en Carmen Morales vast, die zijn koppig stilzwijgen urenlang verdroegen en geen week voorbij lieten gaan zonder hem te bellen of op te zoeken, hoewel zijn gezelschap weinig amusant was. Je bent niet te genieten, kan ik je nergens mee naartoe nemen, wat is er met je aan de hand? Je bent een saaie piet aan het worden, beklaagde Timothy Duane zich, maar ook hij begon genoeg te krijgen van de wanorde. Hij had een grote aanslag gepleegd op zijn robuuste Ierse constitutie, zijn lichaam was niet meer bestand tegen de bacchanalen die voorheen zijn weekeinden vulden met zonden en wroeging. Aangezien Reeves niet sprak over zijn problemen, deels omdat hij zelf niet eens wist wat er met hem aan de hand was, kwam Duane op het heilzame idee hem bijna met geweld naar de praktijk van de psychologe Ming O'Brien te slepen, nadat hij hem eerst had doen zweren geen poging te ondernemen haar te verleiden. Hij had haar leren kennen tijdens een lezing over mummies, waarbij hij aanwezig was om te kijken of er een relatie bestond tussen de balsempraktijken in het oude Egypte en de moderne pathologie, en zij om te zien wat voor soort gestoorden belangstelling voor een dergelijk onderwerp hadden. Ze ontmoetten elkaar in de pauze toen ze in de rij stonden voor koffie. Zij wierp een steelse blik op dat geschonden beeld uit het Parthenon dat op drie passen van het bordje verboden te roken een pijp opstak, en Duane vestigde zijn aandacht op haar met de gedachte dat dat kleine schepsel met haar zwarte haren en schrandere ogen Chinees bloed in haar aderen moest hebben. Haar ouders kwamen inderdaad uit Taiwan. Toen ze veertien was, hadden ze haar met een toeristenvisum en het adres van een paar landgenoten die ze oppervlakkig kenden op de boot naar Amerika gezet, na haar te hebben ingeprent dat ze moest studeren, vooruit komen en nooit klagen, omdat alles wat haar daar overkwam te verkiezen zou zijn boven het lot van een vrouw in haar geboorteland. Een jaar na aankomst had ze zich al zo goed aangepast aan de Amerikaanse stijl dat ze op het idee kwam een brief te sturen naar een parlementslid, waarin zij de voordelen van de Verenigde Staten opsomde en hem meteen een verblijfsvisum vroeg. Door een van die absurde toevalligheden verzamelde de politicus Ming-porselein, hij werd direct bekoord door de naam van het meisje en liet in een opwelling van sympathie haar papieren in orde maken. De achternaam O'Brien was afkomstig van een echtgenoot met wie Ming als jong meisje tien maanden had samengeleefd, waarna ze hem verliet, zwerend dat ze nooit van haar levensdagen meer zou trouwen. Een tweede blik onthulde Duane de discrete schoonheid van de arts en toen ze ophielden te praten over mummies en andere terreinen begonnen te verkennen, ontdekte hij voor de eerste keer sinds vele jaren dat hij geboeid werd door een vrouw. Voor het einde van de lezing verlieten ze de zaal en gingen samen naar een restaurant aan de haven en na de eerste fles wijn begon Timothy Duane een monoloog van Brecht te reciteren. De psychologe sprak weinig en observeerde veel. Toen hij haar naar zijn appartement wilde meenemen, weigerde Ming vriendelijk en bleef dat de daaropvolgende maanden doen, een situatie die lange tijd de nieuwsgierigheid van de gekwelde pretendent prikkelde. Tegen de tijd dat ze ten slotte gingen samenwonen had ze Timothy Duane geheel ingepalmd.

'Ik heb nog nooit zo'n bevallige vrouw gezien, ze lijkt een ivoren beeldje, en daarbij is ze onderhoudend, ik krijg er niet genoeg van naar haar te luisteren... Ik geloof dat ze mij ook aardig vindt en begrijp dus niet waarom zij me afwijst.'

'Ik dacht dat jij het alleen met hoeren kon.'

'Met haar zal het anders zijn, dat weet ik zeker.'

'Hoe ik het volhoud? Met het geduld van een Chinees, Greg...' Bovendien houd ik van neurotische types en Tim is het ergste geval dat ik onder handen heb gehad,' zei Ming O'Brien jaren later met een ondeugend knipoogje tegen Reeves, terwijl ze blokjes kaas sneed in de keuken van het appartement dat ze met Duane deelde. Maar dat was veel later.

Na lang aarzelen wist ik me over het idee heen te zetten dat mannen niet over hun zwakten of problemen praten, een mening die diep in mij geworteld zat sinds mijn jaren in de Mexicaanse wijk, waar dat een van de fundamentele macho-kenmerken is. Ik bevond me in een vertrek waar alles in harmonie was met elkaar, schilderijen, kleuren en een enkele, volmaakte roos in een kristallen vaas. Ik neem aan dat dat allemaal uitnodigde tot rust en vertrouwelijkheden, maar ik voelde me ongemakkelijk en na een poosje was mijn overhemd doorweekt van het zweet, terwijl ik me afvroeg waarom ik in godsnaam het advies van Timothy had opgevolgd. Het heeft me altijd al stompzinnig toegeschenen een zelfstandige te betalen die op uurbasis werkt, vooral als je de resultaten niet kunt meten. De omstandigheden hebben me gedwongen dat te doen met David, die niet kan functioneren zonder dat soort hulp, maar ik had niet gedacht dat ook ik eraan zou moeten geloven. Daarbij was mijn eerste indruk van Ming O'Brien dat ze tot een andere wereld behoorde, dat we niets met elkaar gemeen hadden, ik liet me misleiden door haar poppegezichtje en trok voorbarige conclusies die me nu beschamen. Ik achtte haar niet in staat zich zelfs maar een voorstelling van de stormen van mijn bestaan te maken, wat kon zij nu weten van overlevingsstrijd in een arme wijk, van mijn onfortuinlijke dochter Margaret, van de enorme problemen van David, permanent verbonden aan een hoogspanningskabel, van mijn schulden, mijn ex-vrouwen en de stoet tijdelijke minnaressen, van de ruzies met mijn cliënten en de advocaten van mijn kantoor, een stelletje profiteurs, van de pijn in mijn borst, van de slapeloosheid en de angst elke nacht dood te gaan. Om nog maar te zwijgen over de oorlog. Gedurende jaren had ik de groepstherapieën van oudstrijders vermeden, ik gruwde van het idee de vervloeking van de herinneringen en de vrees voor de toekomst te moeten delen, het leek me niet nodig te praten over dat aspect van mijn verleden, ik had dat nooit gedaan tegenover mannen, en ik zou dat nu nog minder doen bij die onverstoorbare vrouw.

'Vertel me een regelmatig terugkerende droom,' vroeg Ming O'Brien mij.

Shit, wat er nog aan ontbrak was een Freud met een rok aan, dacht ik, maar na een te lange pauze berekende ik hoeveel me elke minuut stilte kostte en bij gebrek aan iets interessanters vertelde ik haar die van de berg. Ik erken dat ik op een ironische toon begon, met mijn benen over elkaar geslagen, haar opnemend met de blik van een vrouwenkenner, ik heb er veel gezien en in die tijd gaf ik ze nog een cijfer op een schaal die van één tot tien liep, de arts kon ermee door, ik besloot dat ze zo rond de zeven zat. Maar naarmate ik de nachtmerrie vertelde, kwam ik in de greep van dezelfde vreselijke beklemming die ik voelde als ik droomde, ik zag de vijanden gekleed in het zwart op mij afkomen, honderden, zwijgzaam, dreigend, doorschijnend, mijn makkers neergevallen als rode penseelstreken in het beklemmende grijs van het landschap, de rondvliegende glimwormen van kogels die de aanvallers doorzeefden zonder hen tegen te houden, en ik geloof dat het zweet in straaltjes over mijn gezicht begon te lopen, zozeer hield ik mijn wapen omklemd, tranen welden op vanwege de inspanning te richten in de dikke mist en hijgend hapte ik naar adem terwijl de lucht om mij heen in zand veranderde. De handen van Ming O'Brien schudden me bij de schouders door elkaar en brachten me tot de werkelijkheid terug, ik bevond me in een vriendelijk ogend vertrek tegenover een vrouw met oosterse trekken die mijn ziel doorboorde met een intelligente en vastberaden blik.

'Kijk naar de vijand, Gregory. Kijk hem in het gezicht en zeg mij hoe hij eruit ziet.'

Ik probeerde te doen wat ze zei maar onderscheidde niets in de mist, alleen schaduwen. Zij drong aan en toen werden de figuren duidelijker en kon ik degene zien die het dichtst bij was en begreep onthutst dat ik naar mezelf keek in een spiegel.

'God allemachtig... een van hen lijkt op mij!'

'En de anderen? Kijk naar de anderen! Hoe zien die eruit?'

'Die lijken ook op mij... ze zijn allemaal hetzelfde... Ze hebben allemaal mijn gezicht!'

Er verstreek een hele poos, ik had tijd om het zweet af te wissen en weer enigszins tot mezelf te komen. De arts boorde haar zwarte ogen in mij, twee ondoorgrondelijke diepten waar de mijne ontzet in wegzonken.

'U hebt het gezicht van uw vijand gezien, u hebt hem geïdentificeerd, weet wie het is en waar hij is. U zult nooit meer geplaagd worden door die nachtmerrie, want nu bent u zich uw strijd bewust.' Ze zei het zo resoluut dat ik er niet aan kon twijfelen dat het zo zou zijn.

Toen ik even later de praktijk verliet, voelde ik me lichtelijk belachelijk want ik had het knikken van mijn knieën niet onder controle en had geen afscheid van haar kunnen nemen, mijn stem stokte in mijn keel. Een maand later kwam ik voor de tweede keer, aangezien ik had vastgesteld dat de nachtmerrie niet teruggekeerd was en ten slotte accepteerde dat ik haar hulp nodig had. Zij zat al op mij te wachten.

'Ik heb geen magische remedies in huis. Ik zal u terzijde staan om u te helpen de zwaarste obstakels uit de weg te ruimen, maar het werk zult u zelf moeten doen. Het is een erg lang proces dat jaren kan duren, velen beginnen eraan, maar weinigen houden tot het einde toe vol, want het is pijnlijk. Er zijn geen snelle of afdoende oplossingen, u zult alleen veranderingen kunnen bewerkstelligen door middel van inspanning en geduld.'

Gedurende de vijf daaropvolgende jaren kwam Ming O'Brien haar belofte na, elke dinsdag luisterde ze naar me, kalm en wijs tussen haar zachte etsen en verse bloemen. Elke keer als ik probeerde weg te glippen via een zijpad, dwong zij me te stoppen en op mijn schreden terug te keren. Wanneer ik op een onneembare barrière stuitte, toonde zij me de manier om die in gedeelten af te breken tot ik er overheen kon. Met dezelfde methode leerde ze mij één voor één tegen mijn oude demonen vechten. Zij vergezelde me op de hele reis naar het verleden, die zo ver terugvoerde dat ik me de ontzetting van het geboren worden kon herinneren en de eenzaamheid aanvaarden waartoe ik vanaf het ogenblik dat Olga's schaar me van mijn moeder losknipte, veroordeeld was. Zij hielp me de vele vormen van verlating te overwinnen waaronder ik geleden had, van de voortijdige dood van mijn vader, enige houvast in mijn eerste jaren, en het onverbeterlijke escapisme van mijn arme moeder, die al heel vroeg de werkelijkheid niet aankon en ronddwaalde over onwaarschijnlijke paden waar ik haar niet kon volgen, tot het recente verraad van Samantha, Shanon en vele andere personen. Zij wees me op mijn fouten, een in de loop van mijn leven dikwijls herhaald draaiboek, en waarschuwde me dat ik altijd waakzaam moest blijven, omdat crises met grote hardnekkigheid terugkeren. Dankzij haar kon ik ten slotte de pijn benoemen, begrijpen en ermee omgaan, wetend dat die altijd op een of andere manier aanwezig zou blijven, omdat zij een onderdeel van het bestaan is, en toen dat idee wortel schoot, verminderde mijn benauwenis op wonderbaarlijke wijze. Verdween de doodsschrik van elke nacht, kon ik alleen zijn zonder van angst te beven. Mettertijd ontdekte ik hoe heerlijk het is thuis te komen, met mijn kind te spelen, voor ons tweeën te koken en 's avonds, wanneer alles tot rust is gekomen, te lezen en naar muziek te luisteren. Voor de eerste keer kon ik genieten van de stilte en het voorrecht van de eenzaamheid. Ik lag geknield en Ming O'Brien hield mij vast zodat ik overeind kon komen om de inventaris van mijn zwakten en beperkingen op te maken, mijn kracht te kennen en te leren mij van de stenen te bevrijden die ik in een zak op mijn rug droeg. Het is niet allemaal uw schuld, zei ze op een dag, en ik begon te lachen omdat Carmen mij al eens precies hetzelfde had gezegd, het lijkt erop dat ik een neiging heb tot schuldgevoelens... Niet ik was het die Margaret drugs gaf, zij was het zelf die ze uit eigen wil gebruikte, en het zou zinloos zijn haar te smeken, uit te schelden, de borgtochten van de gevangenis te betalen, haar te laten opsluiten in een psychiatrische inrichting of de politie op haar af te sturen, zoals ik zo vaak gedaan had, mijn dochter had die hel gekozen en die keuze ging mijn krachten en liefde te boven. Ik moest David helpen grootbrengen, zei Ming O'Brien, maar zonder mijn hele bestaan voor hem op te offeren of zijn nukken te dulden als compensatie voor de liefde die ik Margaret onthouden had, want dat maakte hem alleen nog maar onmogelijker. Samen gingen we letter voor letter mijn telefoonboekje na en ik stelde beschaamd vast dat bijna al de minnaressen van mijn lange staat van dienst van hetzelfde laken een pak waren, afhankelijk en niet in staat om affectie terug te geven. Ook werd me duidelijk dat ik met vrouwen die heel anders zijn dan ik, zoals Carmen of Rosemary, nooit een gezonde relatie zou kunnen opbouwen, omdat ik me niet kon overgeven noch de volledige overgave van een echte partner kon accepteren, ik had geen flauw idee van het verbindende element van de liefde. Olga hield me voor dat seks het instrument is en liefde de muziek, ik leerde die les echter niet op tijd, ik kom er nu pas achter, nu ik op weg ben naar de vijftig, afijn, beter laat dan nooit, zal ik maar denken. Ik ontdekte dat ik geen wrok tegen mijn moeder koesterde, zoals ik dacht, en ik kan me haar nu herinneren met de genegenheid die we geen van tweeën wisten te uiten toen ze nog leefde. Het gaat er mij nu niet meer om een Nora Reeves te verzinnen in overeenstemming met mijn behoeften, ook al is het verleden eenvoudig te manipuleren en bestaat het geheugen uit talrijke fantasieën. Ik kreeg het gevoel dat haar krachtige geest mij beschermde, zoals de engel op straalaandrijving van Thui Nguyen doet met haar zoon Dai, en dat gaf me enige zekerheid. De schuld van mijn mislukte huwelijken schoof ik niet langer op Samantha en Shanon, ten slotte had ík hen gekozen als partners, het probleem zat voornamelijk in mij en kwam voort uit de diepste lagen van mijn persoonlijkheid, waar de kiem van de vroegste verlating lag. Ik ging één voor één al mijn relaties na, kinderen, vrienden en werknemers inbegrepen, en een van die dinsdagen drong het plotseling tot mij door dat ik me mijn hele leven omringd had door zwakke personen met de stille hoop dat ik in ruil voor de zorg voor hen iets van genegenheid of tenminste dankbaarheid terug zou krijgen, maar het resultaat was rampzalig gebleken, hoe meer ik gaf hoe meer haat ik ontving. Alleen sterke mensen, zoals Carmen, Timothy, Mike, Tina, waardeerden mij.

'Niemand vindt het leuk voor een invalide gehouden te worden,' legde Ming O'Brien mij uit. 'U kunt niet altijd voor anderen zorgen, er komt een ogenblik dat men dat beu is, en wanneer u hen laat vallen, voelen zij zich verraden en verafschuwen zij u natuurlijk. Dat is gebeurd met uw echtgenotes, sommige vrienden, een aantal cliënten, bijna al uw werknemers en dreigt nu ook te gebeuren met David.'

De eerste veranderingen waren de moeilijkste, want toen de fundamenten van het scheve gebouw dat mijn leven was begonnen te wankelen, werd het evenwicht verbroken en kwam alles naar beneden.

Tina Faibich kreeg het telefoontje die dinsdagmiddag, haar chef was in bespreking met een paar advocaten van de verzekeringsmaatschappij van King Benedict en zij mocht hem niet storen, maar de stem van de onbekende klonk zo dringend, dat ze hem toch riep. Het was een gelukkige beslissing, want daarmee werd het leven van Margaret gered, tenminste voor een tijdje. Kom onmiddellijk, zei de man, gaf het adres van een hotel in Richmond en hing op zonder zich kenbaar te maken. King Benedict bladerde in een stripboek in de wachtkamer, toen hij Gregory Reeves naar buiten zag komen en terwijl hij op de lift wachtte, vroeg hij waar hij zo gehaast heen ging.

'In die buurt kun je je beter niet alleen vertonen en al helemaal niet in zo'n auto als u hebt,' verzekerde hij hem en zonder op antwoord te wachten ging hij achter hem aan om hem te vergezellen. Drie kwartier later parkeerden zij voor een rij haveloze kamers in een steegje vol vuilnis. Naarmate ze dieper in de armste buurten van de stad doordrongen, werd het duidelijk dat Benedict gelijk had, er viel niet één enkele blanke te bekennen. In de deuren, voor cafés en op de hoeken hingen groepen jongeren rond die met obscene gebaren dreigden en beledigingen naar zijn hoofd slingerden als hij langskwam. Sommige straten hadden geen naam en Reeves begon verdwaald rondjes te rijden, maar durfde niet het raampje omlaag te doen om de weg te vragen uit vrees dat ze hem bespuugden of een steen naar zijn hoofd gooiden, maar voor King Benedict lag het anders. Hij liet hem stoppen, stapte kalm uit, informeerde bij deze en gene en keerde terug terwijl hij de groep grote knullen groette die om de auto heen was gaan staan en grijnzend tegen de spatborden schopte. Op die manier vonden ze Margaret. Ze klopten op de deur van kamer negen van een ongezond hotel en hun werd opengedaan door een potige neger, met een kaalgeschoren hoofd en vijf veiligheidsspelden in een oor, de laatste die Reeves bij zijn dochter had willen aantreffen, maar hij had geen tijd om hem aandachtig op te nemen, want de man pakte hem met een ijzeren greep bij zijn arm en leidde hem naar het bed waar het meisje lag.

'Ik geloof dat ze er bijna geweest is,' zei hij.

Het was een toevallige klant, de eerste die dag, die voor een paar dollar een poosje vertier zocht bij dat meisje met piekerig haar dat iedereen in de buurt kende en met rust liet, omdat ze toch niet meer gevoelig was voor de gebruikelijke agressie, ze was de grens van het verdriet gepasseerd. Maar toen hij met een ongeduldige klauw haar kleren van haar lijf rukte en haar overeind zette om haar tegen het matras te verpletteren, merkte hij dat hij een ontwrichte ledenpop in zijn handen hield, een arm skelet dat gloeide van de koorts. Hij schudde haar een beetje door elkaar met de bedoeling haar uit de versuffing van de drugs te halen, en haar hoofd viel slap naar achteren want ze had niet de kracht het recht overeind te houden, haar halfdichte ogen waren wit weggedraaid en een gele speekseldraad droop uit haar mond. Shit, gromde de vent en zijn eerste opwelling was haar daar te laten liggen en te maken dat hij wegkwam voordat iemand hem zag en ze hem er straks van zouden beschuldigen haar te hebben gedood, maar toen hij haar losliet op het bed vond hij haar zo aandoenlijk dat hij een gevoel van medelijden niet kon onderdrukken. Binnen de gewelddadigheid van zijn leven opende zich een kiertje edelmoedigheid en hij boog zich over haar heen, riep haar, probeerde haar water te laten drinken, betastte haar overal op zoek naar een wond en stelde vast dat haar lichaam in brand stond. Het meisje woonde tijdelijk in die vervuilde kamer, over de vloer slingerden lege flessen, sigarettepeuken, spuitjes, resten van beschimmelde pizza's en alle vuiligheid die maar denkbaar is. Op de tafel, tussen make-upspullen zonder deksel of dop, lag een plastic tas, hij leegde die, niet wetend wat hij zocht, en vond een sleutel, sigaretten, een pakje heroïne, een portemonnee met drie dollar erin en een kaartje met de naam van een advocaat erop. Het kwam niet in zijn hoofd op de politie te bellen, maar bedacht dat ze dat kaartje wel om de een of andere reden moest hebben en holde naar de telefooncel op de hoek van de straat om Reeves te bellen, zonder te vermoeden dat hij met de vader sprak van die beklagenswaardige prostituée die doodziek op een bed zonder lakens lag. Toen hij eenmaal die alarmroep geslaakt had, begaf hij zich naar de drankboer om een biertje te drinken, van plan om de zaak te vergeten en ervandoor te gaan als de politie verscheen, maar op een verborgen plekje in zijn ziel voelde hij dat het meisje hem riep en bedacht hij dat niemand graag alleen sterft, hij zou er niets mee verliezen als hij haar nog een paar minuten gezelschap hield, en dan kon hij meteen de heroïne en het geld bij zich steken, die zij toch niet meer nodig zou hebben. Hij keerde naar kamer negen terug met nog een biertje en een papieren bekertje met ijs, en terwijl hij haar te drinken gaf, het ijs over haar voorhoofd haalde en een shirt nat maakte met koud water om haar lichaam af te laten koelen, vergat hij de portemonnee te legen en verstreek de tijd die Reeves nodig had om bij het hotel aan te komen.

'Nou, dan ga ik maar,' zei hij, onthutst bij het zien van die blanke man in een grijs pak met een stropdas, een lachwekkend gezicht op die plaats, maar hij bleef uit nieuwsgierigheid op de drempel staan.

'Wat is er gebeurd? Waar kan ik een telefoon vinden? Wie bent u?' vroeg Reeves terwijl hij zijn jasje uitdeed om er zijn naakte dochter mee te bedekken.

'Ik heb hier niets mee te maken, ik ken haar niet eens. En u, wie bent u?'

'Haar vader. Bedankt voor het bellen,' zei hij en zijn stem brak.

'Shit... shit, shit... laat mij u helpen.'

De neger tilde Margaret op alsof het een pasgeboren kind was en bracht haar naar de auto, waar King Benedict wachtte om te voorkomen dat hij werd leeggehaald. Zich een weg banend door het verkeer met een waas van tranen voor zijn ogen racete Reeves op topsnelheid naar het ziekenhuis, terwijl zijn dochter ternauwernood nog ademde, opgerold op de knieën van King, die een van die slavenliederen voor haar neuriede waarmee zijn moeder hem in slaap suste toen hij nog een kind was. Twee uur later mocht hij haar eventjes zien op de intensive-care-afdeling, waar zij gekruisigd op een bed lag, verbonden met een aantal catheters en een beademingsapparaat. De dienstdoende arts gaf hem het eerste verslag: een zich over het hele lichaam verspreide infectie die het hart had aangetast. De prognose was uiterst pessimistisch, zei hij, misschien was ze nog te redden met grote hoeveelheden antibiotica en een totaal andere manier van leven. De onderzoeken naderhand wezen uit dat het organisme van Margaret te vergelijken viel met dat van een bejaarde vrouw, haar inwendige organen waren beschadigd door de drugs, de aderen verwoest door het vele prikken, haar tanden zaten los, haar huid schilferde af en haar haar viel met hele plukken tegelijk uit. Er druppelde bloed uit haar als gevolg van de ontelbare abortussen en venerische ziekten. Ondanks zoveel ellende leek het meisje dat in het schemerlicht van de kamer met gesloten ogen neerlag een slapende engel, schijnbaar zonder een spoor van een schandelijk leven, nog in het bezit van een onbedorven onschuld. Die illusie duurde niet lang, spoedig stelde haar vader vast hoe abject de afgrond was waarin ze rondspartelde. Ze probeerden haar van haar verslavingen af te houden, maar ze leed aan hevige krampen en ademnood. Ze dienden haar methadon toe en gaven haar nicotine in de vorm van kauwgom, maar desondanks moet ze vastgebonden worden om te voorkomen dat ze de alcohol om wonden te desinfecteren opdronk of de barbituraten stal. Ondertussen slaagde Gregory Reeves er maar niet in met Samantha in contact te komen, die in India achter de passen van een of andere kluizenaar aanhobbelde. In zijn wanhoop klopte hij bij Ming O'Brien aan om hulp, hoewel hij eigenlijk alle hoop verloren had Margaret uit de klauwen van haar vervloekte lot te redden. Zodra de zieke de crisis van de eerste dagen te boven was en er geen acuut levensgevaar meer dreigde, ging doctor O'Brien regelmatig naar het ziekenhuis en sloot zich daar uren lang met haar op om te praten. 's Middags kwam Gregory Reeves op bezoek en trof zijn dochter verscheurd door zelfmedelijden aan, met een verdwaasde uitdrukking over zich en onbeheersbaar trillende handen. Hij ging naast haar zitten, wilde zijn dochter strelen maar durfde haar niet aan te raken, en bleef zwijgend luisteren naar een aaneenschakeling van verwijten en walgelijke bekentenissen. Aldus vernam hij de zwarte lijdensweg die Margaret had verdragen. Hij probeerde erachter te komen hoe ze op die Golgotha terecht was gekomen, wat voor onbegrijpelijke woede en wat voor duistere eenzaamheid haar leven op die manier in de war had gestuurd, maar dat wist zij zelf niet eens. Soms zei ze snikkend, ik houd van je, papa, maar even later keerde zij zich tegen hem, brullend van een diepgewortelde haat en hem beschuldigend van haar ellende.

'Kijk naar me, vervloekte klootzak,' en met een snel handgebaar trok ze de lakens weg en deed haar benen wijd om haar geslacht te tonen, huilend en lachend met de uitzinnigheid van een gestoorde. 'Wil je weten hoe ik me in leven houd terwijl jij door Europa reist en juwelen koopt voor je vriendinnen en mijn moeder in lotuspositie mediteert? Wil je weten wat dronkaards, bedelaars, flikkers, syfilislijders met me doen? Maar dat hoef ik je niet te zeggen, want jij bent een expert op het gebied van hoeren, jij betaalt ons voor de smeerlapperij die geen enkele andere vrouw gratis met je zou doen...'

Ming O'Brien probeerde Margaret te confronteren met haar eigen realiteit om haar te doen inzien dat zij er alleen niet uit zou komen, ze had een langdurige behandeling nodig, maar het was als een bedrieglijk spel van vervormende spiegels. Het meisje deed of ze naar haar luisterde en bekende dat ze walgde van haar buitensporige leven, maar zodra ze weer op haar benen kon staan, glipte ze naar de telefoon op de gang om haar contacten te vragen heroïne te brengen. Andere keren gruwde ze zo van zichzelf dat ze overvallen werd door een diepe neerslachtigheid, begon ze uitgebreid te vertellen over haar lange verloedering en zonk dan weg in een poel van wroeging. Haar vader bood aan een kuur te betalen om in een privé-kliniek te revalideren en met schijnbare gelatenheid stemde het meisje daar ten slotte mee in. Ming was de hele ochtend bezig te bewerkstellingen dat ze werd toegelaten en Gregory kocht de tickets om haar de volgende dag naar het zuiden van Californië weg te brengen. Die nacht nam Margaret de kleren van een andere patiënt weg en ontsnapte zonder een spoor achter te laten.

'De infectie is nog niet genezen, slechts de meest zorgwekkende symptomen zijn verdwenen. Als ze nu stopt met de antibiotica zal ze zeker sterven,' zei de arts op vlakke toon. Hij was gewend aan alle soorten crisisgevallen en van drugverslaafden moest hij niets hebben.

'Zoek haar niet, Gregory. Op een gegeven moment zul je moeten accepteren dat je niets meer voor je dochter kunt doen. Je moet haar haar gang laten gaan, zij is baas over haar eigen leven,' raadde Ming O'Brien de verslagen vader aan.

Intussen kwam de datum van het proces van King Benedict naderbij. De verzekeringsmaatschappij bleef bij het besluit geen schadeloosstelling te betalen voor het ongeluk, aanvoerend dat de veronderstelde amnesie bedrog was. Zij hadden hem onderworpen aan vernederende medische en psychiatrische onderzoeken om aan te tonen dat er geen enkel lichamelijk letsel aan te wijzen was dat aan de val toegeschreven kon worden, wekenlang ondervroeg men hem over allerlei onbelangrijke gebeurtenissen die tussen zijn adolescentie en het ongeluk voorgevallen waren, hij moest zeggen of hij baseballploegen van vroeger herkende, ze wilden weten wat men in 1941 danste en op welke dag de oorlog in Europa uitbrak. Ook lieten ze hem gedurende maanden bespioneren door detectives in de hoop hem op simulatie te kunnen betrappen. Benedict probeerde in alle eerlijkheid op de eindeloze vragenlijsten te antwoorden, want hij wilde niet als een domoor beschouwd worden, maar op sommige feiten na die hij onthouden had uit de kranten die hij dagelijks in de bibliotheek las, ging de rest schuil in de kalme mist van levensfeiten. Wij weten niets over de toekomst, misschien bestaat die niet eens, voor onze ogen hebben we alleen het verleden, had zijn moeder hem dikwijls gezegd, maar in zijn geval ging dat niet op, voor hem was het verleden een ongrijpbare schaduw waarin zich veertig jaren van zijn bestaan op deze wereld schuilhielden. Gregory Reeves, die zijn hele leven gekweld was geweest door een ijzersterk geheugen, werd hevig geboeid door de tragedie van zijn cliënt. Hij stelde hem ook vragen, niet om hem te betrappen op leugens, maar om te weten hoe iemand zich voelt die de gelegenheid krijgt zijn leven uit te vlakken en opnieuw te beginnen. Hij kende King nu vier jaar en in die periode had hij naar diens jongensdromen en grote toekomstplannen geluisterd, terwijl hij hem stap voor stap dezelfde weg zag gaan die hij al eens doorlopen had, als een slaapwandelaar in een zich herhalende droom. De verschillen waren miniem, alsof King in zijn eigen voetsporen trad, hij ging naar de middelbare avondschool, haalde dezelfde slechte cijfers als toen hij een jongen was en liet het er halverwege bij zitten; een paar jaar later, toen hij mentaal zeventien moest zijn, liep hij verschillende rekruteringscentra af om zich aan te melden voor het leger, maar hoe hij ook smeekte, hij werd overal geweigerd. Hij had veel oorlogsfilms gezien en verblind door het militaire vertoon kocht hij ten slotte een soldatenuniform dat hij aantrok om zich te troosten.

'Over een paar jaar trouwt hij natuurlijk met een hoer die sprekend op zijn eerste vrouw lijkt en krijgt hij twee kinderen als die vervloekte kleinzonen van mij,' zei Bel Benedict.

'Ik kan moeilijk geloven dat iemand zich twee keer aan dezelfde steen stoot,' antwoordde Gregory Reeves, die een stille reis naar zijn verleden was begonnen en zich dikwijls afvroeg wat er gebeurd zou zijn als hij dit in plaats van dat had gedaan.

'Men kan niet twee keer of twee verschillende levens leven. Het leven kent geen kladversie,' zei ze.

'Welzeker, mevrouw Benedict, ik ben het op het ogenblik aan het proberen. Men kan van koers veranderen en verbeteringen aanbrengen in de kladversie.'

'Aan het verleden valt niets meer te doen. Men kan het roer omgooien voor de tijd die je nog voor de boeg hebt, maar wat geweest is, is geweest.'

'Bedoelt u daarmee dat het onmogelijk is de fouten die je gemaakt hebt ongedaan te maken? Is er dan geen hoop voor mijn dochter Margaret, bijvoorbeeld, die nog geen twintig is?'

'Hoop wel, ja, maar die twintig verloren jaren zal zij nooit meer over kunnen doen.'

'Dat is een verschrikkelijk idee... Het betekent dat elke stap onderdeel uitmaakt van onze levensgeschiedenis, dat we voor altijd de last met ons meedragen van al onze verlangens, gedachten en handelingen. Met andere woorden, wij zijn ons verleden. Mijn vader predikte over de gevolgen van elke handeling en de verantwoordelijkheid die een ieder heeft in de geestelijke orde van het universum, hij zei dat alles wat we doen weer bij ons terugkomt, vroeg of laat betalen we voor het kwade en worden we beloond voor het goede.'

'Uw vader moet een wijs man geweest zijn.'

'Hij was gestoord en stierf dement. Zijn theorieën waren een grote warboel, ik heb er nooit iets van begrepen.'

'Maar hij hield er duidelijke normen op na, krijg ik de indruk.'

'Maar preken en doen zijn twee. Mijn zuster zegt dat hij alcoholist en pervers was, dat hij op een ziekelijke manier alles onder controle wilde hebben en ons leven heeft vergald, in ieder geval dat van haar. Maar het was een krachtige persoonlijkheid, ik voelde me zeker aan zijn zijde en heb goede herinneringen aan hem.'

'Het lijkt erop dat hij u de rechte weg heeft opgeleid.'

'Dat probeerde hij te doen, maar hij stierf te vroeg. Mijn weg is vol kronkels geweest.'

Toen hij het met Ming O'Brien over dit gesprek had, vertelde hij haar het verhaal van zijn cliënt, en zij, die meestal alleen aandachtig luisterde en zelden haar mond opendeed om een mening te geven, onderbrak hem deze keer om uitgebreider informatie te vragen. Had King Benedict onder grote spanningen geleefd? Hoe was zijn jeugd geweest? Was hij een kalme en evenwichtige man, of eerder labiel? Op het einde zei ze dat dat soort amnesie zeer zelden voorkwam, maar dat er enkele gevallen van bekend en geregistreerd waren. Zij haalde een boek uit de kast en overhandigde het hem.

'Kijk hier maar eens in. Het is heel goed mogelijk dat uw cliënt in zijn puberteit een grote emotionele schok heeft ondergaan of een soortgelijke klap als hij bij het ongeluk heeft gekregen. Toen die ervaring zich herhaalde, werd die schok uit het verleden ondraaglijk en blokkeerde zijn geheugen.'

'Zo op het oog is zoiets niet gebeurd.'

'Het moet iets zeer pijnlijks of bedreigends zijn geweest dat hij verdrongen heeft. Vraag het aan zijn moeder.'

Gregory Reeves bleef de hele nacht lezen en toen het tijd was voor het ontbijt, stond hem duidelijk voor ogen wat Ming O'Brien had geopperd. Hij herinnerde zich die keer dat King Benedict flauwviel in zijn kantoor toen hem gevraagd werd foto's uit tijdschriften te herkennen en de vreemde reactie van Bel. Zij wachtte gedurende de verklaring buiten, maar toen ze de paniek hoorde, rende ze naar de bibliotheek, zag hem op de vloer en boog zich over hem heen om hem te helpen, maar op dat moment ontdekte ze het openliggende tijdschrift op de tafel en legde met een impulsief gebaar haar hand op Kings mond. Daarna vond ze het genoeg voor die dag, nam haar zoon in een taxi mee naar huis en stond er vanaf die keer op bij alle ondervragingen aanwezig te zijn. Reeves schreef dat toe aan haar bezorgdheid om de gezondheid van King, maar nu twijfelde hij daaraan. Hij was zo opgewonden over dat kiertje waardoorheen hij een sprankje licht zag dat hij direct naar het huis van Timothy Duanes ouders ging om hun dienstbode te spreken. Bel was in de keuken bezig het zilveren bestek te poetsen, toen de butler het bezoek aankondigde, maar zij kreeg niet de kans om hem te ontvangen, want de advocaat stormde de keuken al binnen. Wij moeten praten, zei hij, en pakte haar bij de arm beet zonder haar de tijd te gunnen haar schort af te doen of haar handen te wassen. Toen hij in zijn kantoor met haar alleen was, vertelde hij dat ze binnenkort de toekomst van haar zoon op één enkele kaart zouden zetten, of zij zouden winnen hing af van zijn argumenten om de jury ervan te overtuigen dat King niet simuleerde. Tot gisteren leek dat praktisch onmogelijk, maar met haar hulp zou hij vandaag de zaak een andere richting in kunnen sturen. Hij herhaalde de theorie van Ming O'Brien en vroeg haar te vertellen wat King Benedict in zijn jeugd overkomen was.

'Hoe wilt u dat ik me iets herinner dat zolang geleden is gebeurd?'

'Ik ben er zeker van dat u geen moeite hoeft te doen om het u te herinneren, want u bent het geen minuut vergeten, mevrouw Benedict,' antwoordde hij terwijl hij uit het dossier het tijdschrift haalde dat haar zoon zo had doen schrikken en het voor haar neerlegde. 'Wat betekent deze plantage?'

'Niets.'

'Hebben King en u op een dergelijke plaats gewoond?'

'We zijn op vele plekken geweest, we waren altijd onderweg op zoek naar werk. Verschillende keren hebben we katoen geplukt op dit soort plantages.'

'Toen King veertien was?'

'Misschien, dat herinner ik me niet meer.'

'Alstublieft, maak de dingen niet moeilijker voor mij dan ze al zijn, want we hebben niet veel tijd meer. Ik wil u helpen, we spelen in hetzelfde team, mevrouw, ik ben geen vijand.'

Bel Benedict bleef zwijgend naar de foto staren met een uitdrukking van halsstarrige waardigheid, terwijl Gregory Reeves haar bewonderend aankeek, peinzend dat zij vroeger een schoonheid moest zijn geweest en dat als ze in een ander tijdperk of in andere omstandigheden geboren was, ze misschien met een machtige magnaat getrouwd zou zijn die die donkere panter aan zijn arm had meegevoerd zonder dat iemand bezwaar had durven maken tegen haar huidskleur.

'Wel, meneer Reeves, we zitten in een doodlopende steeg,' zei ze ten slotte met een zucht. 'Als ik mijn mond houd, zoals ik al veertig jaar doe, zal mijn Baby een hulpeloze en arme oude man zijn. Als ik u vertel wat er gebeurd is, zal ik de gevangenis in draaien en zal mijn zoon alleen achterblijven.'

'Mogelijk zijn er nog andere alternatieven. Als u mij raadpleegt als advocaat, zal alles wat u zegt vertrouwelijk zijn en tussen deze vier muren blijven, dat verzeker ik u.'

'U kunt mij dus niet aanklagen?'

'Nee.'

'In dat geval benoem ik u tot mijn advocaat, want ik heb er toch een nodig,' besloot ze na nog een lange pauze. 'Het was uit zelfverdediging, zoals dat heet, maar wie zou dat geloven? Ik was een arme negerin op doortocht in het meest racistische deel van Texas, ik trok met mijn zoon van hot naar her en verdiende mijn brood met alles wat ik maar tegenkwam, ik had slechts een koffer met kleren en twee handen om te werken. In die tijd kwam ik om in de zorgen. Zonder het te willen zat ik altijd in de problemen, ik trok het ongeluk aan zoals stroop vliegen aanlokt. Ik bleef nooit lang op een plaats, altijd gebeurde er wel iets waardoor we weer weg moesten. Het verbaasde me dat de eigenaar van de plantage me in dienst nam, de rest van de dagloners waren mannen en bijna allemaal Mexicanen, mensen die op doorreis waren, maar het was de tijd van de katoenoogst en ik nam aan dat hij arbeiders nodig had. Ik kon natuurlijk niet de nacht doorbrengen in de gemeenschappelijke slaapverblijven, en Baby en mij bracht hij onder in een bouwvallig schuurtje aan de rand van zijn land, tamelijk ver weg, waar een vrachtwagen ons 's morgens oppikte en ons na het werk weer afzette. Het was goed werken daar, maar ik ging door tot ik erbij neerviel, dat verzeker ik u. Ik ben iemand die niet zo nauw kijkt, wel heb ik duidelijke prioriteiten, voorop stond altijd mijn zoon te eten geven, wat kon het mij schelen met een man naar bed te gaan? Tien, twintig minuten en klaar is Kees, je bent het zo weer vergeten. Maar hij was zo iemand die het niet deed zoals iedereen, bij hem moest er geslagen worden, als hij me niet zag bloeden kon hij het niet doen. Wie had dat nou gedacht, hij leek zo'n goede man, de arbeiders respecteerden hem, hij betaalde wat afgesproken was, ging 's zondags naar de kerk, een voorbeeldige baas. Ik liet een paar keer toe dat hij me aftuigde en stinkende nikker en nog veel meer noemde, hij was niet de enige, ik was er min of meer aan gewend, welke vrouw wordt niet geslagen? Die zondag was Baby baseball gaan spelen en de man stopte met zijn busje voor het schuurtje, ik was alleen en zag aan zijn gezicht wat hij zocht, daarbij stonk hij naar drank. Ik weet niet precies hoe alles in zijn werk ging, meneer Reeves, hij had zijn riem afgedaan en begon me af te rossen en ik geloof dat ik schreeuwde, toen kwam Baby eraan, ging tussen ons in staan maar die vent sloeg hem weg met een geweldige hengst. Hij vloog met zijn nek tegen de hoek van de tafel aan. Toen ik mijn jongen versuft op de grond zag liggen, pakte ik zonder erbij na te denken de baseballknuppel en sloeg ermee op het hoofd van die kerel. Het was maar één slag, uit alle macht, en dood was hij. Toen Baby zijn ogen opende, waste ik de wond, hij had een diepe snee, maar ik kon hem niet naar een ziekenhuis brengen, want daar zouden ze vragen stellen, ik stelpte het bloeden met koud water en doeken. Ik legde het lichaam van de baas in het busje, bedekte hem met zakken en bracht de wagen naar een plek ver van het huis waar niemand hem kon zien. Ik wachtte tot het nacht werd en reed er zo'n twintig mijl mee, en buiten het landgoed duwde ik hem een ravijn in. Niemand heeft er iets van gemerkt. Ik deed er langer dan vijf uur over om terug te lopen naar het schuurtje. Ik herinner me dat ik de rest van de nacht met een gerust geweten sliep en de volgende dag stond ik voor de deur te wachten op de auto om naar het werk te gaan, alsof er niets gebeurd was. Mijn zoon en ik spraken er nooit over. De politie vond het lichaam en dacht dat de baas een borreltje te veel op had en van de weg af was geraakt. Ze ondervroegen de dagloners, maar als iemand al iets gezien had, gaf die me niet aan, en daar bleef het bij. Korte tijd later vertrokken Baby en ik en we hebben nooit meer een voet in Texas gezet. Hoe de dingen toch kunnen lopen in het leven, meneer Reeves, veertig jaar later komt dat spook me weer treiteren.'

'Heeft u last van gewetenswroeging?' vroeg Reeves, die dacht aan de doden die hij zelf meetorste.

'Nooit, om Gods wil. Die man heeft erom gevraagd.'

'Mijn vriendin Carmen, die een onuitputtelijke bron van gezond verstand is, zei me eens dat je niet hoeft op te biechten waar niemand naar vraagt...'

'Maar het zal ter sprake komen tijdens het proces, meneer Reeves.'

'Heeft King nog een litteken in zijn nek?'

'Ja, het is heel lelijk geheeld omdat de wond niet gehecht is.'

'We zullen aantonen dat hij op veertienjarige leeftijd een verwonding aan zijn hoofd heeft opgelopen toen hij tegen een tafel viel, maar met een beetje geluk hoeven we de rest van het verhaal er niet bij te vertellen. Als ik een deskundige vind die een verband weet te leggen tussen de smak tegen de tafel en de val toen hij aan het werk was, kunnen we misschien tot een schikking komen en hoeft er geen proces aangespannen te worden, mevrouw Benedict.'

Ming O'Brien toonde de geschillencommissie aan dat het ziektebeeld van King Benedict overeenstemde met een psychogene amnesie en dat hij, gegeven het gebrek aan vooruitgang, waarschijnlijk nooit meer zou herstellen. Zij verklaarde dat de antecedenten klopten met de gebruikelijke oorzaken van die stoornis, King had een zeer moeilijke kindertijd en jeugd gehad, had een ernstige klap tegen zijn hoofd gehad tijdens zijn adolescentiejaren, voor het ongeluk leefde hij onder zware spanningen en hij was depressief van aard. Toen hij van de steiger afviel leed hij een trauma dat met het eerste te vergelijken was, zijn geest maakte een sprong achteruit en vluchtte in de vergetelheid, als verdediging tegen de zorgen die hem kwelden. De advocaten van de tegenpartij deden al het mogelijke om de diagnose te ontkrachten, maar moesten het afleggen tegen de onverzettelijkheid van de arts, die een halve meter literatuur over vergelijkbare gevallen had meegenomen. Daarbij hadden de detectives die waren ingehuurd om hem te observeren alleen maar foto's kunnen nemen van de verdachte spelend met een elektrische trein, lezend in avonturenboeken en verkleed als soldaat oorlogje spelend. De rechter, een vrouw met een even sterk karakter als Ming O'Brien, nam de gedaagden apart en deed hen inzien dat ze maar beter konden betalen en het daarbij laten zitten, want als het tot een rechtszaak kwam, zouden ze veel meer verliezen. Ik weet uit mijn lange ervaring, zei ze, dat de leden van elke jury welwillend zullen staan tegenover deze arme man en zijn opofferingsgezinde moeder, net zoals ik dat zou zijn, als ik een van hen was. Na twee dagen touwtrekken gingen de advocaten van de verzekeringsmaatschappij door de knieën. Om de overwinning te vieren nam Gregory Reeves Bel, King en zijn zoon David mee naar Disneyland, waar zij zich verloren in een fantastische wereld van sprekende dieren, lichten die de nacht verslaan en machines die spotten met de fysische wetten en de mysteries van de tijd. Op de terugreis hielp hij Bel bij het kopen van een bescheiden huis buiten en zette de rest van het verzekeringsgeld op een rekening voor King, om ervoor te zorgen dat King en zij voor de rest van hun leven een pensioen genoten.

Toen Dai de belangstelling voor zijn computer verloor, begon hij after-shave te gebruiken en in de spiegel zijn bedroefde gelaat te bekijken, Carmen Morales nodigde hem voor een etentje in een restaurant uit om met hem te praten, het was haar gewoonte om wanneer er belangrijke zaken te bespreken waren een afspraakje te maken alsof ze twee verliefden waren. Het leven was met het verstrijken van de jaren moeilijker voor hen geworden, de liefdevolle intimiteit die hen in het begin verbond was verloren gegaan, hoewel ze de beste vrienden bleven. Dai was een puber met Mexicaanse trekken, gelijkend op zijn vader, maar intenser en somber. Hij had niets geërfd van de avonturiersgeest van Juan José of van de exuberante persoonlijkheid van Carmen, het was een in zichzelf gekeerde en enigszins stijve jongen, te ernstig voor zijn leeftijd. Toen hij vier, vijf was, gaf hij blijk van een ongewoon talent voor wiskunde en sindsdien werd hij, behalve door zijn pleegmoeder, verder door iedereen als een wonderkind behandeld. De onderwijzeressen op school lieten hem meedoen aan verschillende tv-programma's en quizzen waar hij uit het hoofd ingewikkelde vergelijkingen oploste. Op die manier won hij een aantal prijzen, zelfs een brommer toen hij nog te jong was om erop te rijden. Zijn trotse karakter was bezig in arrogantie om te slaan, maar Carmen ging die neiging tegen door hem gedurende de vakanties in haar atelier te laten werken om hem al vroeg het besef bij te brengen hoe moeilijk het is om je brood te verdienen, en hem in contact met arbeiders te brengen. Ook wakkerde zij zijn nieuwsgierigheid aan en opende zijn ogen voor andere beschavingen. Op zijn vijftiende was Dai in het Midden-Oosten, in Afrika en in verschillende landen van Zuid-Amerika geweest, sprak hij een klein beetje Spaans en Vietnamees, beheerde de boekhouding van zijn moeders zaak als een volleerd accountant, beschikte over een spaarrekening en hadden verschillende universiteiten hem al beurzen aangeboden om in de toekomst te studeren. Terwijl in het hele land werd gediscussieerd over normvervaging onder jongeren en de rampzalige gevolgen van het onderwijssysteem, dat een generatie onwetenden en slappelingen had afgeleverd, studeerde Dai ijverig, werkte en maakte in zijn vrije tijd fietstochten en speelde met zijn computer. In zijn kamer had hij een klein altaar gemaakt met de door Leo Galupi gemonteerde trucfoto van zijn moeder en zijn vader, een houten kruis, een kleine boeddha van aardewerk en een uit een tijdschrift geknipt plaatje van de aarde gezien vanuit een ruimteschip. Hij zocht niet het gezelschap van anderen, was liever alleen en tot dan toe was Carmen zijn enige en grote vriendin. Die vriendelijke jongen, die tevreden was met zijn leven en lekker in zijn vel zat als een solitaire wolf, veranderde op slag aan het eind van het voorjaar. Urenlang was hij bezig zich op te dirken, hij begon zich te kleden, te praten en zich te bewegen als rockzangers, ging tot diep in de nacht uit en deed zijn uiterste best om geaccepteerd te worden door zijn klasgenoten wier gezelschap hij voorheen verachtte. Hij zwoer zijn hartstocht voor de wiskunde af omdat hij erbij wilde horen en dat scheidde hem juist van de rest van de kinderen. Toen zijn moeder hem gekweld zijn haar zag volspuiten met lak om zijn zwarte lokken te temmen, hem tandpasta zag smeren op zijn meeëters en hem voor de telefoon zag ijsberen, wist zij dat de periode van idyllische intimiteit met haar zoon voorbij was en raakte in een crisis van jaloezie die ze niemand durfde bekennen, zelfs Gregory Reeves niet tijdens hun maandagse gesprekken. In die tijd waren er over de hele wereld Tamar-boetieks te vinden en beschikte zij over een efficiënt team werknemers om haar zaak te runnen, terwijl zij zich ertoe beperkte nieuwe ontwerpen te maken en haar produkten te promoten. Zij kocht een houten huis tussen grote bomen in de heuvels van Berkeley, waar ze samen met haar zoon en haar moeder woonde. Pedro Morales was een paar jaar eerder gestorven. Toen hij zijn einde voelde naderen, weigerde hij naar het ziekenhuis te gaan en wilde niet dat zijn leven gerekt werd met kunstmatige middelen, hij dacht dat de medische kosten zijn familie zouden ruïneren waardoor zijn vrouw op straat zou komen te staan. Hij had zijn leven lang gewerkt om zijn gezin vooruit te helpen en hij wilde hen niet in zijn laatste uur benadelen. Hij was apetrots op zijn kinderen, vooral op Carmen en zijn kleinzoon Dai, in wie hij de reïncarnatie van zijn zoon Juan José zag. Hij ging naar de andere wereld toen hij al zijn zaakjes goed geregeld had, met het idee zijn levenstaak vervuld te hebben zonder het bestaan tot op de bodem geproefd te hebben. Inmaculada stond haar man terzijde in diens laatste ogenblikken en daarna troostte zij de verdrietige kinderen, schoondochters en kleinkinderen. Met het heengaan van de patriarch viel de familie niet uiteen, omdat zij de banden van genegenheid en onderlinge hulp goed aan elkaar geknoopt hield. Na de begrafenis besloot ze een tijdje bij Carmen te blijven en in een paar weken verdeelde zij haar spullen en verkocht het huis. Gedurende jaren had ze met heel haar hart al die meubels en versiersels bij elkaar verzameld, getuigen van hun welstand, maar toen zij haar man verloor had niets materieels nog betekenis voor haar. Je bent het eerste deel van je leven bezig om spullen te vergaren en het tweede om er weer vanaf te komen, zei ze. Zij hield alleen het bed dat zij gedurende een halve eeuw met Pedro Morales gedeeld had, want daar wilde ze op een dag in sterven. De vrouw was weinig veranderd, ze leek een gestolde onbepaalde leeftijd te hebben, de kracht van haar inheemse bloed leek haar te beschermen tegen slijtage van het lichaam en zwakte van het geheugen, zij was nog nooit zo helder van geest geweest, het was een flinke en actieve oude vrouw, onvatbaar voor vermoeidheid, zwakte of ziekte. Vol militante overgave nam zij de zorg voor Carmens huishouden op zich, zij had zes kinderen opgevoed binnnen de schamelheid van een arme wijk en dat huis vol gemakken betekende geen enkele uitdaging voor haar. Men moest haar dwingen haar rug te ontzien door niet langer kleren te wassen en eieren te kloppen, ze vond dat je altijd iets om handen moest hebben, van stilzitten krijg je maar kwaaltjes, zei ze als verontschuldiging wanneer ze ramen zemend bovenop een trap werd aangetroffen of op handen en voeten rondkroop om vallen te zetten voor de wasberen die een kolonie hadden gevormd onder de fundering van het huis. Ze kookte nog steeds de heerlijkste Mexicaanse gerechten, waar alleen zij en Dai van smulden, want Carmen was op dieet, ze stond bij het krieken van de dag op om de tuin met groenten en aromatische kruiden te bevloeien, schoon te maken, te koken en te wassen, en was de laatste die naar bed ging, nadat ze eerst naar al haar kinderen had gebeld die verspreid over het hele land in verschillende steden woonden, zij was er de vrouw niet naar om op te houden met het doen en laten van haar afstammelingen op de voet te volgen. De gewoonte om anderen te dienen zat te diep in haar geworteld dan dat ze die op latere leeftijd kon veranderen, maar zij was de eerste om de draak te steken met haar huishoudelijke bezigheden. Jaren eerder was ze heimelijk trots op Carmen, toen deze van haar reizen terugkeerde als een 'geëmancipeerde gringa', zoals Pedro Morales bromde. Dat haar dochter beter haar brood verdiende dan haar broers, schonk haar innerlijk voldoening, compenseerde haar eigen leven waarin ze het hoofd had moeten buigen voor de mannen. Carmen dwong haar moeder moderne apparaten te gebruiken, kocht in plastic verpakte tortilla's en opende een bankrekening voor haar, waar zij hetzelfde respect voor had als voor haar misboek. Inmaculada was de eerste die vermoedde dat voor Dai de fase van de onbeantwoorde liefde was aangebroken en zei dat tegen haar dochter.

'Vertel me alles,' beval Carmen de jongen in het restaurant.

Dai probeerde zich ervan af te maken, maar werd verraden door zijn hulpeloze uitdrukking en zijn blos, hij had een donkere huid en het schaamrood veroorzaakte een aubergine-achtige kleur bij hem. Zijn moeder nam echter geen genoegen met uitvluchten en bij het toetje moest hij wel over de brug komen, zich verslikkend in zijn chocoladetaart en wiebelend op zijn stoel zei hij dat hij niet kon slapen, studeren, denken of leven, uren en uren zat hij in de kamer wachtend op een telefoontje dat maar nooit kwam, wat moet ik doen, mama, ze veracht me vast omdat ik niet blank ben en niet voetbal, waarvoor ben ik geboren, waarvoor heb je me uit Vietnam vandaan gehaald en heb je me zo anders dan de rest opgevoed, ik ken geen namen van rockgroepen en ben de enige idioot die Aziaten in plaats van oosterlingen zegt en Afro-Amerikanen in plaats van negers, die zich druk maakt om de gaten in de ozonlaag, de bedelaars op straat en de oorlog tegen Nicaragua, de enige op die hele rotschool van me die politiek bewust is, de rest kan het allemaal geen ene moer schelen, mama, het leven is klote, en als Karen me vandaag niet belt zweer ik je dat ik mijn brommer pak en me het ravijn in stort want ik kan niet leven zonder haar. Carmen Morales onderbrak zijn betoog met een harde pets in zijn gezicht die klonk als een dichtslaande deur door de esoterische vredigheid van het vegetarische restaurant. Nog nooit had zij hem geslagen. Dai bracht zijn hand naar zijn wang en was zo verrast dat de jammerklacht hem op de lippen bestierf.

'Zeg nooit meer dat je je van kant gaat maken, heb je dat goed begrepen?'

'Het was bij wijze van spreken, mama!'

'Ik wil het niet horen, zelfs niet voor de grap. Je gaat je hele leven leven, ook al doet het je pijn. En zeg me nu wie dat kreng is dat zich de luxe permitteert mijn zoon te verachten.'

Het ging om een klasgenote die op haar beurt, zoals alle meisjes van de school, verliefd was op de aanvoerder van de voetbalploeg, met wie Dai van zijn leven niet zou kunnen wedijveren. De volgende dag ging Carmen met haar zoon mee om haar bij de uitgang te bewonderen, en zag een brutale blondine met een babygezicht dat half schuilging achter een kauwgomballon. Zij slaakte een zucht van verlichting, overtuigd dat Dai over zijn liefdesverdriet heen zou komen en spoedig een interessanter meisje zou vinden, maar ook al was dat niet zo, dan zou ze toch niets kunnen doen, het was onmogelijk hem te behoeden voor nare ervaringen en kwellingen, zoals ze geprobeerd had te doen toen hij nog klein was. Daarna begreep zij dat het gevoel van opluchting een diepere oorzaak had dan de onbeduidende persoonlijkheid van Karen en de zekerheid dat Dai niet eeuwig om haar zou lijden. Zij begon er de voordelen van in te zien dat haar zoon uitvloog. Voor de eerste keer in de dertien jaar dat ze samen waren geweest kon ze aan zichzelf denken als een afzonderlijk en individueel wezen, tot dan toe was Dai een verlengstuk van haar geweest en zij van hem, een Siamese tweeling die met het hart aan elkaar vastzitten, zoals Inmaculada zei. Die middag trof haar moeder haar in de keuken gezeten voor een kop mangothee aan, kijkend naar de donkere schaduwen van de bomen in het laatste licht van de dag.

'Vind je dat ik er oud uitzie, moeder?'

'Ouder dan verleden jaar, jonger dan het volgende jaar, met Gods hulp,' antwoordde Inmaculada.

'Weet je dat ik grootmoeder zou kunnen zijn? Het leven vliegt om.'

'Op jouw leeftijd gaat de tijd snel, kind, je denkt dat je het eeuwige leven hebt. Op mijn leeftijd zijn alle dagen hetzelfde, ik weet niet eens hoe ik de uren zoetbreng.'

'Geloof je dat er nog iemand verliefd op me kan worden?'

'Vraag liever of jij nog verliefd kunt worden. Het levensgeluk komt voort uit de liefde die men geeft.'

'Natuurlijk kan ik nog verliefd worden.'

'Daar ben ik blij om, ik zal over niet al te lange tijd sterven en Dai zal zijn eigen weg gaan, zo gaan die dingen. Je moet niet alleen blijven. Hoe vaak heb ik je nou al niet gezegd dat je moet trouwen.'

'Met wie, moeder?'

'Met Gregory, die jongen is beter dan al die vriendjes van je die ik heb gekend bij elkaar, wat natuurlijk niet veel wil zeggen. Je moest eens weten wat een slechte smaak je hebt waar het om mannen gaat!'

'Gregory is mijn broer, trouwen zou incest zijn.'

'Jammer. Zoek er dan een van jouw leeftijd, ik snap niet waarom je altijd met van die jonge knullen thuiskomt.'

'Dat is geen slecht idee, oudje...,' antwoordde Carmen met een ondeugende glimlach die haar moeder lichtelijk verontrustte.

Drie weken later kondigde zij thuis aan dat ze naar Rome ging om er een man te zoeken. Via een privé-detective had ze Leo Galupi gelokaliseerd in de uitgestrektheid van het universum, een opdracht die tamelijk eenvoudig bleek, omdat zijn naam vetgedrukt in het telefoonboek van Chicago stond. Aan het einde van de oorlog was hij net zo arm als hij altijd was geweest naar zijn vertrekpunt teruggekeerd, hij had al het geld dat hij met zijn vreemde negotie verdiend had verloren, maar was rijk aan ervaringen geworden. De jaren dat hij in Azië handel had gedreven, hadden zijn smaak verfijnd, hij wist veel van kunst en had goede contacten, zodat hij eindelijk zijn droom kon verwezenlijken. Hij opende een galerie met Oosterse voorwerpen en dat bleek zo'n succes te zijn dat hij na tien jaar een filiaal in New York en een ander in Rome had, waar hij een groot deel van het jaar woonde. De privé-detective lichtte Carmen in dat Galupi nog steeds vrijgezel was en toonde haar een serie foto's die hij met een telelens genomen had, waarop hij in het wit gekleed over straat liep, in een auto stapte en op de treden van Piazza di Spagna een ijsje at, dezelfde plek waar zij dikwijls ging zitten als ze die stad aandeed om een bezoek te brengen aan de Tamar-boetieks. Toen zij hem zag begon haar hart wild te kloppen. Met het verglijden van de jaren was ze vergeten hoe hij eruitzag, in feite had ze niet veel aan hem gedacht, maar die enigszins onscherpe beelden maakten een golf nostalgie in haar los en zij ontdekte dat haar herinnering in een geheim compartiment van haar geheugen intact gebleven was. Ik kan maar beter de handen uit de mouwen steken, ik heb nog veel te doen, besloot zij. De dagen voorafgaand aan de reis, zo anders dan de andere, waren vol zenuwachtige drukte, in zekere zin ging het om een missie waar haar leven van afhing, zoals ze tegen haar moeder zei, toen deze haar betrapte terwijl ze midden tussen de inhoud van haar kasten die over de grond verspreid lag, kleren paste in een werveling van ongeduldige koketterie. Toen ze eenmaal de zaken van de werkplaats en het huis geregeld had, liet ze een medisch onderzoek doen, verfde haar grijze haren en kocht zijden lingerie. Zij nam zichzelf met een genadeloos aandachtige blik op in de grote spiegel van de badkamer, telde haar rimpels en kreeg spijt nooit iets aan haar conditie te hebben gedaan en niet van de gecondenseerde melk kon afblijven waarmee ze door de jaren heen haar dieet bedroog. Zij kneep in haar armen en benen en stelde vast dat ze hun stevigheid verloren hadden, ze probeerde haar buik in te trekken, maar daar zat een hardnekkige plooi, ze bekeek haar handen, vol kloven door het werken met metaal, en haar borsten die zij altijd had meegedragen als een vreemde last. Zij had niet meer hetzelfde lichaam als toen Leo Galupi haar leerde kennen, maar besloot dat de inventaris van haar charmes er best mee door kon, ze had tenminste geen sporen van spataderen of zwangerschapsstriemen, zei ze, zonder erbij stil te staan dat ze niet Dais moeder was en nooit een kind gebaard had. Toen ze alle details onder controle had, ging ze lunchen met Gregory Reeves, die ze niet eerder over haar plannen had willen inlichten uit vrees dat hij haar krankzinnig zou verklaren. Schuchter aan het begin maar gaandeweg steeds enthousiaster vertelde ze wat ze over Leo Galupi te weten was gekomen en toonde hem de foto's. Tot haar grote verrassing keek haar vriend er helemaal niet vreemd van op dat zij in een plotselinge opwelling naar Europa ging om een huwelijksaanzoek te doen aan een man die ze al langer dan tien jaar niet meer had gezien en met wie ze nooit over de liefde had gesproken. Hij vond het zo stroken met Carmens karakter dat hij vroeg waarom ze dat niet eerder had gedaan.

'Ik was veel te druk bezig met het opvoeden van Dai, maar mijn kind is groot nu en heeft me steeds minder nodig.'

'Het kan een afknapper worden.'

'Ik zal hem nauwkeurig bestuderen voor ik iets teken. Daar zit ik niet over in... maar misschien vindt hij mij niet aantrekkelijk meer, Greg, ik ben een heel stuk ouder geworden.'

'Maar kind, bekijk die foto's eens. De jaren zijn ook aan hem niet ongemerkt voorbij gegaan,' zei Reeves terwijl hij ze haar voorhield, en toen zag ze pas dat Leo Galupi minder haar had en meer gewicht. Ze begon tevreden te lachen en besloot dat zij, in plaats van hem te schrijven of te bellen om haar bezoek aan te kondigen, zoals ze van plan was geweest, hem gewoon zou opzoeken om het bedrog van de illusie uit de weg te gaan en er onmiddellijk achter te komen of haar krankzinnige plan een kans van slagen had.

Drie dagen later stapte Carmen Morales de kunstgalerie binnen, waar zij zich rechtstreeks van het vliegveld naartoe had laten vervoeren, terwijl haar koffers in een taxi wachtten. Zij bad dat hij er was en voor één keer werden haar gebeden verhoord. Bij haar binnenkomst stond Leo Galupi, gehuld in een broek en overhemd van gekreukeld linnen en zonder sokken aan, de laatste details van de eerstvolgende catalogus te bespreken met een jongeman in even verfomfaaide kleren als de zijne. Tussen de Indiase kleden, Chinees ivoor, houtsnijwerk uit Nepal, porselein en brons uit Japan en een eindeloze hoeveelheid exotische voorwerpen, leek Carmen deel uit te maken van de kunstverzameling met haar wervelende gitaanse rokken en de matte flonkering van haar oudzilveren juwelen. Toen hij haar zag, viel de catalogus uit zijn handen en bleef hij haar aanstaren als was zij een verschijning die hij dikwijls in zijn dromen had gezien. Zij dacht dat die onwaarschijnlijke bruidegom, zoals zij had gevreesd, haar niet herkend had.

'Ik ben het, Tamar... herinner je je mij nog?' en ze liep aarzelend naar hem toe.

'Maar natuurlijk!' hij nam haar hand en schudde die een paar seconden lang, totdat het absurde van die begroeting tot hem doordrong en hij haar in zijn armen sloot.

'Ik ben gekomen om je ten huwelijk te vragen,' flapte Carmen er hakkelend en half verstikt uit, want zo had ze het niet willen aanpakken, en terwijl ze het zei, vervloekte zij zichzelf omdat ze alles meteen bij de eerste zin verknoeid had.

'Ik weet het niet,' was het enige dat Galupi wist te antwoorden, toen hij zijn stem weer terug had, en ze bleven elkaar vol verwondering aankijken, terwijl de jongeman van de catalogus geruisloos verdween.

'Ben je verliefd op iemand anders?' stamelde zij, en voelde zich steeds belachelijker worden, maar ze was niet in staat zich de strategie te herinneren die zij tot in de details had uitgedacht. 'Op het ogenblik niet, geloof ik.'

'Ben je homoseksueel?'

'Nee.'

'Zullen we ergens koffie gaan drinken? Ik ben een beetje moe, de reis was erg lang...'

Leo Galupi leidde haar naar de straat, waar de stralende zomerzon, het gekrioel van de mensenmenigte en het verkeer hen beiden tot de werkelijkheid terugbrachten. Binnen in de galerie keerden ze terug naar de tijd van Saigon, waren ze weer in de keizerinnenkamer die hij voor haar had ingericht en waar hij haar zo vaak 's nachts bespied had door de kieren van het kamerscherm om haar te zien slapen. Toen zij daar afscheid namen, had Galupi voor de eerste keer in zijn bestaan van globetrotter de knauw van de eenzaamheid gevoeld, maar hij wilde er niet aan toegeven en genas de wond met koppige onverschilligheid, zich overgevend aan de gejaagdheid van zijn zaken en reizen. Mettertijd verdween de verleiding om haar te schrijven en later wende hij aan het zoete en nostalgische gevoel dat zij opwekte. De herinnering aan haar diende hem als bescherming tegen de prikkel van andere liefdes, een soort verzekering tegen romantische affaires. Al zeer jong had hij besloten zich aan niets of niemand te binden, hij was geen man voor een gezin of lange verhoudingen, hij beschouwde zich als een eenling, niet bestand tegen sleur of tegen de eisen van een gedeeld leven. Meer dan eens ontsnapte hij aan een te intense relatie, hij zei tegen de verbitterde vriendin dat hij niet van haar kon houden omdat in zijn leven slechts plaats was voor de liefde voor één vrouw, Tamar geheten. Dat dikwijls herhaalde excuus werd ten slotte een soort tragische zekerheid voor hem. Hij onderwierp zijn gevoelens niet aan een diepgaand onderzoek, want hij hield van zijn vrijheid en Tamar was slechts een nuttig spook waar hij gebruik van maakte als hij een te benauwende band wilde verbreken. En net toen hij het gevoel begon te krijgen gevrijwaard te zijn tegen de beroeringen van het hart, verscheen zij om de leugens te bewaarheiden die hij gedurende jaren andere vrouwen had verteld. Hij kon maar moeilijk geloven dat zij een half uur geleden zijn galerie was binnengestapt om hem te overvallen met een huwelijksaanzoek. Nu zat ze naast hem en hij durfde haar niet aan te kijken zolang hij haar ogen op zich gericht voelde, die hem ongegeneerd onderzochten.

'Neem me niet kwalijk, Leo, ik wil je niet met de mond vol tanden laten staan, zo had ik het niet gepland.'

'Hoe dan wel?'

'Ik was van plan je te verleiden, ik heb een zwartzijden nachthemd gekocht.'

'Zoveel rompslomp is niet nodig,' lachte Galupi. 'Ik zal je naar mijn huis brengen, dan kun je een douche nemen en wat slapen, je zult wel bekaf zijn. Daarna praten we.'

'Uitstekend, dan heb je tijd om erover na te denken,' zuchtte Carmen zonder spottende bijbedoelingen.

Galupi bewoonde een oude villa die in verschillende appartementen verdeeld was. Het zijne had slechts een raam aan de straatkant, de rest keek uit op een kleine antieke tuin waar het water van een fontein klaterde en klimplanten zich om de geschonden en met het groene patina van de tijd bedekte beelden slingerden. Uren later, gezeten op het terras en genietend van een glas witte wijn, terwijl ze de tuin bewonderden die beschenen werd door een heldere maan en de bescheiden geur opsnoven van de wilde jasmijn, ontblootten ze hun ziel. Alle twee hadden ze ontelbare affaires en vergissingen achter de rug, ze waren vele keren opnieuw begonnen en hadden bijna alle bedrieglijke spelletjes gespeeld waarin verliefden zich verliezen. Het was verkwikkend om in volstrekte openheid, zonder bijbedoelingen of gehuichel, over zichzelf en hun gevoelens te spreken. Zij vertelden elkaar in grote lijnen hun levens, zeiden wat ze voor de toekomst wensten en stelden vast dat de oude alchimie waardoor ze zich vroeger tot elkaar aangetrokken voelden nog steeds werkzaam was, een beetje goede wil volstond om hem weer te doen gloeien.

'Een paar weken geleden zou het niet bij me zijn opgekomen om te trouwen, Leo.'

'En waarom dacht je aan mij?'

'Omdat ik je niet heb kunnen vergeten, ik vind je aardig en ik geloof dat jij vele jaren geleden mij ook aardig vond. Van alle mannen die ik heb gekend zijn er slechts twee die ik naast mij zou willen hebben als ik somber ben.'

'Wie is die ander?'

'Gregory Reeves, maar hij is nog niet klaar voor de liefde en ik heb geen tijd om op hem te wachten.'

'Over wat voor liefde heb je het?'

'Totale liefde, niet van dat halfslachtige gedoe. Ik zoek een levensgezel die veel van me houdt, die trouw is, niet liegt, mijn werk respecteert en met wie ik kan lachen. Ik weet dat ik veel vraag, maar ik bied min of meer hetzelfde en bovendien ben ik bereid te wonen waar jij wilt, mits je mijn zoon en mijn moeder accepteert en ik veel kan reizen. Ik ben gezond, zorg voor mezelf en ben nooit gedeprimeerd.'

'Dat lijkt wel een contract.'

'Dat is het ook. Heb je kinderen?'

'Bij mijn weten niet, maar ik heb een Italiaanse moeder. Dat kan een probleem worden, zij keurt nooit de vrouwen goed die ik aan haar voorstel.'

'Ik kan niet koken en ben tamelijk ongecompliceerd in bed, maar thuis zeggen ze dat het aangenaam is om met mij samen te wonen, voornamelijk omdat ze mij weinig zien, ik zit vele uren opgesloten in mijn atelier. Ik ben niet al te lastig...'

'Ik ben daarentegen geen makkelijke.'

'Zou je het in ieder geval willen proberen?'

Ze kusten elkaar voor het eerst, aanvankelijk aftastend, daarna nieuwsgierig en spoedig met de hartstocht die ze hadden opgehoopt in al die jaren dat ze met oppervlakkig flirten de behoefte aan liefde bedrogen. Leo Galupi voerde zijn overweldigende bruid naar het slaapvertek, een kamer met een groot bed en kussens van oud tapijtwerk en een hoog plafond waarvan het stuc beschilderd was met nimfen. Zij voelde zich enigszins duizelig en versuft, en wist niet of dat te wijten was aan de lange reis of aan de wijn, maar deed geen poging daar achter te komen, ze gaf zich over aan die loomheid, zonder de lust om met haar zwartzijden negligé of hoogstandjes die ze bij vroegere minnaars geleerd had indruk te maken op Leo Galupi. Zij werd aangetrokken door zijn gezonde mannengeur, een frisse geur zonder een spoor van kunstmatige parfums, enigszins droog zoals brood of hout ruikt, en duwde haar neus in de hoek die zijn hals en schouder vormden, snuffelde aan hem als een jachthond die een patrijs op het spoor is, zij had een zeer sterk geheugen voor reuk en op dat moment doemde voor haar geest weer het beeld op van een nacht in Saigon, toen ze zo dicht bij elkaar waren dat zij zijn geur inademde zonder te beseffen dat zij die al die jaren bij zich zou blijven dragen. Zij begon zijn overhemd los te knopen, maar ze kreeg de knoopjes niet door de te nauwe knoopsgaten en vroeg vol ongeduld of hij het zelf wilde uittrekken.

Heel uit de verte klonk snaarmuziek die de eeuwenoude sensualiteit uit India die Romeinse kamer binnenvoerde, gebaad door de maan en het subtiele aroma van de jasmijnen in de tuin. Gedurende jaren had ze gevreeën met gespierde jongens en nu betastte ze een enigszins doorgebogen rug en streelde ze met haar vingers over een breed voorhoofd en dun haar. Zij voelde een grote tederheid voor die al wat oudere man en even probeerde zij zich voor te stellen hoeveel wegen en vrouwenlevens hij doorkruist had, maar onmiddellijk bezweek zij voor het genot hem te omarmen zonder ergens aan te denken. Zij voelde hoe zijn handen haar van haar blouse, haar wijde rok, haar sandalen ontdeden, hoe ze aarzelend stilhielden bij haar armbanden. Zij hield ze altijd om, ze waren haar laatste pantser, maar ze vond dat het moment was aangebroken om zich helemaal te geven en ze ging op het bed zitten om ze één voor één af te doen. Ze vielen geruisloos op het kleed. Leo Galupi verkende haar met zoenende lippen en ervaren handen, likte over de tepels van haar nog stevige borsten, over haar oorschelp en de binnenkant van haar dijen waar de huid begon te kloppen bij zijn aanraking, terwijl zij zwaarder begon te ademen en hijgend naar lucht hapte, een warme drift maakte zich meester van haar buik, deed haar heupen golven en ontsnapte vervolgens in gekreun, totdat ze niet langer kon wachten, hem woelend in de kussens omdraaide en tussen haar benen klemde om zich op hem vast te pinnen en hem als een uitzinnige amazone te berijden. Haar ongeduld of vermoeidheid maakten haar onhandig, ze wrong zich in allerlei bochten om hem te zoeken maar hij glipte weg in het vocht van de lust en het zweet van de zomer, op het laatst kreeg ze een lachbui en liet zich boven op hem vallen, ze verpletterde hem met het genot van haar borsten en bedekte hem met de chaos van haar doorwoelde haren terwijl ze hem aanwijzingen in het Spaans gaf die hij niet begreep. Elkaar omarmend bleven ze een tijdje liggen, lachend, kussend, onzinwoordjes fluisterend in een lispelende mengelmoes van talen, totdat de begeerte het won en met de draai van een jonge hond Leo Galupi zich zonder haast maar vastberaden een weg bij haar naar binnen baande, bij elke halte hield hij stil om op haar te wachten en naar de laatste tuinen te leiden, waar hij haar alleen de weelde liet verkennen, totdat zij voelde dat ze in een duistere diepte wegzonk en een weldadige explosie door heel haar lichaam schokte. Daarna was het zijn beurt, terwijl zij hem dankbaar voor dat absolute en moeiteloze orgasme streelde. Ten slotte sliepen ze verstrengeld in een wirwar van armen en benen in. De daaropvolgende dagen ontdekten ze dat ze zich samen goed konden vermaken, beiden sliepen op dezelfde zijde, geen van beiden rookte, ze hielden van dezelfde boeken, films en gerechten, stemden op dezelfde partij, hadden een hekel aan sport en reisden regelmatig naar exotische landen.

'Ik weet niet of ik geschikt ben voor de rol van echtgenoot, Tamar,' verontschuldigde Leo Galupi zich op een middag in een *trattoria* aan de Via Veneto. 'Ik heb er behoefte aan me vrij te bewegen, ik ben een zwerver.'

'Dat vind ik juist zo leuk aan je, ik ben zelf ook een vagebond. Maar we hebben een leeftijd bereikt waarop een beetje huiselijkheid geen kwaad kan.'

'Het idee schrikt me af.'

'Liefde heeft zijn tijd nodig... Je hoeft niet onmiddellijk ja of nee te zeggen, we kunnen zelfs tot morgen wachten,' lachte zij.

'Het is niets persoonlijks, als ik ooit besluit te trouwen, zal dat alleen met jou zijn, dat beloof ik.'

'Dat is tenminste iets.'

'Waarom kunnen we niet gewoon minnaars zijn?'

'Dat is niet hetzelfde. Ik ben te oud voor experimenten. Ik wil een relatie voor lange tijd, 's nachts slapen in de armen van een vaste partner. Geloof je dat ik naar de andere kant van de wereld zou zijn gevlogen om je voor te stellen minnaars te worden? Het zal aangenaam zijn om hand in hand oud te worden, heus,' antwoordde Carmen stellig.

'Afgrijselijk!' riep Galupi uit, ronduit bleek.

De gelegenheid om eens per week plaats te nemen in de rustige spreekkamer van Ming O'Brien om over mijzelf te praten en over mijn daden na te denken, was een ervaring die ik niet kende. Aanvankelijk kostte het mij enige moeite om me te ontspannen, maar zij won mijn vertrouwen en geleidelijk aan openden we de verzegelde compartimenten van mijn verleden. Voor de eerste keer sprak ik over die dag in het bezemhok, toen Martínez mij verkrachtte, en sinds die bekentenis kon ik de meest geheime gebieden van mijn leven exploreren. Het tweede jaar was het ergste, elke sessie verliet ik met de tranen in mijn keel, Ming loog niet toen ze zei dat het een pijnlijk proces zou zijn, een paar keer stond ik op het punt op te geven. Gelukkig heb ik dat niet gedaan. Toen ik gedurende die vijf jaar mijn leven de revue liet passeren, begreep ik het draaiboek van mijn leven en zette ik de noodzakelijke stappen om het te veranderen, mettertijd leerde ik alert te zijn op mijn impulsen en een pas op de plaats de maken wanneer ik op het punt stond in mijn oude fouten te vervallen. Mijn gezinsleven bleef een nachtmerrie en zij kon niet veel doen om daar verbetering in te brengen. Margaret was buiten mijn bereik, maar ik deed alle moeite om David een zekere structuur te geven. Tot dan toe had hij het gokautomatensysteem gebruikt, zoals Ming het noemde, mijn zoon kreeg altijd zijn zin, het was slechts een kwestie van aan de hendel blijven trekken, in de zekerheid dat hij op een gegeven moment zou winnen. Hij vroeg me iets, ik weigerde en hij begon me aan één stuk door dol te maken tot mijn zenuwen er niet meer tegen konden en ik uit vermoeidheid toegaf. Hem binnen de perken houden was geen gemakkelijke taak, want als kind kende ikzelf ook geen grenzen, ik ben op straat opgegroeid en dacht dat de mensen zichzelf vormen, dat men al doende leert. Maar in mijn geval kreeg ik discipline en normen opgelegd toen mijn vader nog leefde, ze zeggen dat de eerste vijf of zes jaar van cruciaal belang zijn voor iemands persoonlijke ontwikkeling, bovendien moest ik voor mijn eigen hachje zorgen, heb ik altijd moeten werken. Mijn kinderen daarentegen groeiden op als wilden, zonder toewijding en zonder echte liefde, maar in materieel opzicht ontbrak het hun aan niets. Ik probeerde met geld de aandacht te compenseren die ik niet wist te geven. Geen goed idee.

Een van de belangrijkste beslissingen was het een paar van de lasten af te werpen die ik met mij meetorste en mijn kantoor te reorganiseren. Het was onmogelijk het gedrag van mijn werknemers te veranderen, maar ik kon ze vervangen, het was niet mijn taak om hen van hun verslavingen af te helpen, te betalen voor hun fouten of hun problemen op te lossen. Waarom omringde ik me onveranderlijk met alcoholisten? Waarom trok ik neurotici of zwakkelingen aan? Ik moest dat aspect van mijn persoonlijkheid herzien en me verdedigend opstellen. Het kantoor kostte meer dan het opleverde, en hoewel ik alleen voor het grootste deel van de inkomsten zorgde, was mijn portefeuille altijd leeg en hadden ze bijna al mijn creditcards ingetrokken. Mijn goede vriend Mike Tong deed nu al jaren al het mogelijke om de cijfers kloppend te krijgen en Tina waarschuwde me talloze malen dat de andere advocaten niet alleen onzorgvuldig met de cliënten omsprongen, maar dat zij ook voor zichzelf zaken in behandeling namen zonder dat die in mijn boekhouding terechtkwamen. Ook voerden ze persoonlijke kosten op, telefoon, etentjes, reizen en zelfs cadeaus voor hun minnaressen. Ik luisterde niet naar haar, spartelde te druk rond in mijn eigen chaos. Ik dacht dat me niets kon gebeuren, dat ik altijd een manier zou vinden om de problemen op te lossen, ik had meer moeilijkheden overwonnen en zou niet failliet gaan door onbetaalde rekeningen en kleinzielige kruimeldiefstallen, maar op het laatst was het een onhoudbare toestand. Een hele tijd werd ik heen en weer geslingerd tussen twijfel en schuld, totdat Mike Tong met de precisie van zijn telraam en Ming O'Brien met haar volharding mij hielpen één voor één de zakkenvullers te ontslaan en de filialen in andere steden te sluiten. Ik hield Tina, Mike en een jonge advocate, intelligent en trouw, verder verhuurde ik een deel van de kantoorruimte om de lasten te verlichten en zo beperkte ik de kosten tot een minimum. Toen stelde ik vast dat het werk op kleine schaal rendabeler en aangenamer is, ik had alle touwtjes zelf in handen en kon me geheel wijden aan de uitdagingen van mijn beroep in plaats van mijn energie te verspillen aan het afhandelen van een overweldigende reeks onbetekenende gevallen. Daarbij had ik meer contact met mijn cliënten, wat ik het leukste aan mijn werk vind. Net zoals ik met het kantoor deed, stelde ik in die tijd ook bij mijzelf orde op zaken, ik bevrijdde me van vele oppervlakkige dingen en kanten die mij ergerden, ik zag af van de pretentieuze Spaanse sigaretten, in feite hield ik helemaal op met roken, en raakte geen druppel alcohol meer aan, de enige manier om een einde aan mijn allergie te maken. Het adressenboekje met de lijst minnaressen is ergens in een lade beland en heb ik niet meer teruggevonden. Bij gebrek aan financiële armslag zat er niets anders op dan mij een bescheidener levensstijl aan te wennen, het stappen ging tot het verleden behoren omdat ik het erg druk had met David en mijn werk, bovendien zette Timothy Duane me niet meer tot die zonde aan. Dit betekent niet dat ik begon te leven als een kluizenaar, verre van dat, ik vermoed dat ik altijd trouw zal blijven aan mijn aard van levensgenieter.

'Het gaat goed zo, als u niet hertrouwt zullen we in drie jaar de schulden hebben afbetaald,' kondigde Mike Tong voldaan aan, de eerste keer dat de baten de lasten overschreden.

Dat jaar verkocht ik mijn huis aan het strand en vereffende ten slotte de rekeningen met Shanon, die zodra ze de laatste cheque ontvangen had zonder vast plan vertrok met het idee om zo ver mogelijk weg een nieuw leven te beginnen. Ik stelde me haar voor op een autoweg totdat ze uit het zicht verdween, precies zoals ze gekomen was, alleen ging ze nu niet te voet maar in een luxe slee. Maanden later kwam ik haar tegen in een tijdschrift, waar ze met een zoete glimlach kosmetische produkten aanprees, ik moest twee keer kijken voor ik haar herkende, ze zag er veel beter uit dan ik me haar herinnerde. Ik knipte de advertentie uit en gaf hem aan David, die hem op de muur van zijn kamer plakte. Hij had een enigszins wazig beeld van zijn moeder, een mooie en vrolijke vrouw die af en toe verscheen en hem dan met kussen overstelpte en hem meenam naar de bioscoop, een aangename stem door de telefoon en nu dan een verleidelijk gezicht in een reclameadvertentie. Hij had met mijn hulp een houten kistje in elkaar getimmerd voor haar verjaardag, hij maakte tekeningen voor haar op school en stuurde ze naar haar op. Shanon was de etherische fee uit de sprookjes, een prinses in blue jeans die nu en dan langskwam als een heerlijk briesje en meteen weer vertrok. Maar voor de praktische zaken telde zij niet, zijn moeder was Daisy, die hem kamde met wijwater om de demonen uit te drijven en bij hem was als hij 's ochtends zijn ogen opende en ze 's avonds weer sloot.

'Ik wil naar mama toe,' zei hij op een dag.

'Die is ver weggegaan en komt voorlopig niet terug. Ze mist je, maar voor haar werk woont ze in een andere stad. Ze is nu een heel beroemd model.'

'Waar is ze dan?'

'Dat weet ik niet, maar ze zal je vast snel schrijven.'

'Ze houdt niet van me, daarom is ze weggegaan.'

'Ze houdt heel veel van je, maar het leven is erg ingewikkeld, David. Je zult haar een tijdje niet zien, dat is alles.'

'Ik denk dat mama dood is en jij mij maar wat wijsmaakt.'

'Ik geef je mijn erewoord dat het waar is. Heb je haar foto dan niet in het tijdschrift gezien?'

'Zweer het.'

'Ik zweer het je.'

'Zweer ook dat je nooit meer opnieuw zult trouwen!'

'Dat kan ik niet doen, jongen. Ik heb je al gezegd dat het leven erg ingewikkeld is.'

De volgende dagen was hij afwezig en stil, urenlang zat hij bij het raam naar de zee te staren, iets ongewoons bij hem, aangezien hij altijd bruist van lawaaierige activiteit, maar al snel werd hij afgeleid door de opwinding van het voorbereiden van de vakantie. Ik had hem beloofd dat we zouden gaan kamperen in de bergen, dat we Oliver zouden meenemen en ik een buks zou kopen om op eenden te jagen. Shanon bleef voor haar zoon wat ze altijd was geweest, een zoete luchtspiegeling.

Aan het eind van dat jaar moest ik voor het juridisch tuchtcollege verschijnen, ik vond de beschuldiging zo absurd dat ik er niet in het minst door verontrust werd. Het ging om een van mijn vroegere cliënten, iemand die mijn kantoor een aantal jaren eerder verdedigd had. Het was een alcoholist. Alles was begonnen toen hij per bus naar Oregon reed, hij had te veel gedronken en halverwege begon hij te raaskallen tegen monsters die hem achtervolgden. In zijn bedwelming trok hij een mes en viel een aantal medepassagiers aan, hij verwondde er twee en de derde ontsnapte als door een wonder aan de dood, het had een haartje gescheeld of het lemmet was de halsslagader binnengedrongen. Met de hulp van een paar moedige mannen ontwapende de buschauffeur de dronkelap, dwong hem uit te stappen en reed in volle vaart naar het dichtstbijzijnde ziekenhuis, waar hij de hevig bloedende slachtoffers achterliet. De politie kon de beschuldigde, die zich verscholen had, niet te pakken krijgen maar vier dagen later pikte een vrachtwagen hem van de weg op. Het was winter, zijn voeten waren bevroren en moesten geamputeerd worden. Toen hij zijn straf had uitgezeten en uit de gevangenis kwam, zocht hij iemand om hem te verdedigen in een proces tegen de busmaatschappij, die hij ervan beschuldigde hem te hebben achtergelaten in een onbewoond gebied. Mijn kantoor nam hem aan, in die periode kon een ieder die aanklopte op hulp rekenen. Drie neergestoken reizigers zijn een goede reden om die schoft de bus uit te zetten, pech voor hem dat hij bevroor toen hij zich voor de politie verschool, hoewel hij het anders dubbel en dwars verdient, zei de chauffeur in zijn verklaring. Ondanks deze voorgeschiedenis, konden we het geval met een schikking regelen, omdat het voor de beklaagde gunstiger was een schadeloosstelling te betalen dan het tot een proces te laten komen. Toen de man het geld erdoorheen gejaagd had, wendde hij zich tot een andere advocaat, die zijn kans schoon zag om mij zwart te maken door me te beschuldigen van zwendel. Ik had geen verzekering, als ik verloor was ik goed de klos, maar ik kon me niet voorstellen dat dat zou gebeuren, geen enkele jury ter wereld zou die crimineel iets geven. Mike Tong was het daar niet mee eens, hij zei dat als het proces tegen de buschauffeur zou gaan, de jury onverbiddelijk zou zijn, een ieder die zich in de plaats van de passagiers en de slachtoffers stelt zou tegen de beklaagde stemmen, maar nu ging het om mij.

'Aan de ene kant zien ze een arme invalide man op krukken en aan de andere kant een advocaat met een zijden stropdas. We zullen de jury tegen ons krijgen, de mensen haten advocaten. Daarbij moeten we een verdediger zoeken, waar halen we die vandaan?' verzuchtte mijn boekhouder, en voor één keer liet hij de vormelijkheid varen waarmee hij mij altijd bejegende, pakte me bij mijn arm, duwde me zijn hok binnen en confronteerde me met de onbetwistbare werkelijkheid van zijn boeken.

Mike had gelijk. Drie maanden later besloot de jury dat de chauffeur de man niet uit zijn bus had mogen zetten en dat mijn kantoor de cliënt benadeeld had door met de busmaatschappij tot een vergelijk te komen in plaats van naar de rechter te stappen. Die zaak, die een zekere verbijstering wekte binnen de rechtskundige wereld, was de genadeklap. Jarenlang had ik me bovenop een steile helling in evenwicht weten te houden, maar nu rolde ik dan het ravijn in. Tenzij ik de schat van Francis Drake in mijn tuin opgraaf, heb ik niet de minste hoop het bedrag te kunnen betalen, maar snel liet de ernst van het geval geen ruimte meer voor grapjes, in een paar uur tijd moest ik drastische maatregelen nemen. Ik belde Tina en Mike, bedankte hen voor hun lange trouw en legde uit dat ik mijn faillissement moest aanvragen en het kantoor sluiten, maar ik beloofde dat mocht het me lukken in de toekomst opnieuw te beginnen, ze altijd terug kon den komen. Tina barstte in ontroostbaar huilen uit, maar Mike liet niet de minste emotie blijken op zijn onbewogen Aziatische gezicht. U kunt op ons rekenen, was alles wat hij zei en hij sloot zich op in zijn hol om de boeken te ordenen.

Gedurende de eeuwige weken die de rechtzaak duurde, vocht ik verbeten aan de zijde van mijn verdediger om elk detail, het was een tijd van grote spanning, maar toen de uitspraak kwam, aanvaardde ik het vonnis met een koelbloedigheid waartoe ik me niet in staat had geacht. Ik had de indruk eerder in dergelijke omstandigheden te hebben verkeerd, opnieuw zat ik in de val van een nauwe steeg, zoals ik een paar keer in de Mexicaanse wijk had meegemaakt. Ik herinnerde me het wanhopige rennen als ik door de bende van Martínez werd achternagezeten met de zekerheid dat als ze mij te pakken kregen ze me zouden doden, en toch leefde ik nog steeds. Eveneens kwam ik in Vietnam heelhuids uit talloze schermutselingen, waarbij anderen het leven lieten, en ik had die nacht op de berg overleefd, toen alles zich tegen mij keerde. De trappen die ik op school kreeg en de harde lessen van de oorlog leerden mij me te verdedigen en vol te houden, ik wist dat ik me niet moest blindstaren of het gevoel voor verhoudingen uit het oog verliezen, vergeleken met de gevechten uit het verleden was het gebeurde slechts een misstap, mijn leven ging door. Het kwam in mij op van richting te veranderen, het beroep van advocaat heeft te veel duistere kanten, ik vroeg mezelf af wat het waard was om altijd met het zwaard in de hand te staan, verteerd te worden door een zinloze agressie. Zo nu en dan stel ik me die vraag nog steeds, maar ik heb er geen antwoord op, ik neem aan dat het me moeilijk afgaat mij een bestaan zonder strijd voor te stellen.

's Zondags had ik mij er al bij neergelegd het kantoor te sluiten. Ik overwoog verschillende mogelijkheden, waaronder naar een of ander Zuidamerikaans land te vertrekken, ik heb sterke banden met dat deel van de wereld en houd ervan om Spaans te spreken, ik dacht eraan om naar een klein plaatsje te gaan waar het leven eenvoudiger is, waar ik iets kon doen voor de mensen en deel uitmaken van de gemeenschap, zoals dat in het dorp in Vietnam het geval was; maar later leek me dat een soort vlucht. Carmen en

Ming hebben gelijk, hoe hard je ook rent, je blijft altijd in dezelfde huid zitten. Ook dacht ik na over de mogelijkheid om buiten te gaan leven. De week vakantie die ik met David doorbracht met kamperen, jagen op eenden en vissen, zonder ander gezelschap dan de hond, was erg belangrijk voor mij en onthulde een onbekend aspect van mijn karakter. In de eenzaamheid van het landschap hervond ik de stilte van mijn kindertijd, die stilte van de vredige ziel van de natuur, die ik kwijt was geraakt toen mijn vader stierf en we ons definitief in de stad moesten vestigen. De rest van mijn leven werd gekenmerkt door het lawaai, te veel lawaai, en ik was zozeer gewend geraakt aan het onophoudelijke gedreun in mijn hoofd, dat ik mij niet meer de weldaad van absolute stilte herinnerde. De gewaarwording van het slapen op de grond, zonder ander licht dan de sterren, bracht me terug naar de enige werkelijk gelukkige periode, toen ik met mijn familie in de vrachtwagen reisde. Ik zag weer dat eerste beeld van geluk voor mijn geest opdoemen, ik op vierjarige leeftijd, plassend op een heuvel onder het oranjekleurige gewelf van een imposante hemel bij zonsondergang. Om de weidsheid van de herwonnen ruimte te meten schreeuwde ik mijn naam aan de oever van het meer en de echo van de bergen gaf mij die gezuiverd terug. Die dagen in de open lucht deden ook David enorm goed, zijn overactieve organisme leek op een normaler ritme over te schakelen, we hadden niet één keer ruzie, hij keerde opgewekt naar school terug en de eerste twee maanden had hij niet één driftbui. Het zou beter voor ons zijn als we deze stad verlieten, waar de druk meestal ondraaglijk is, maar de waarheid is dat ik mezelf nog niet zo één twee drie als een boer of boswachter zie, laat ik mijzelf niets wijs maken, later misschien... of nooit. Ik houd van mensen, ik heb er behoefte aan me nuttig te maken voor anderen, ik geloof niet dat ik het zou kunnen uithouden om opgesloten als een kluizenaar te zitten. Weet je dat ik op die woeste plek jouw bestaan vernam? Carmen had me je tweede roman cadeau gedaan en die las ik tijdens die vakantie, zonder het flauwste besef dat ik je zou leren kennen en dat ik je deze lange bekentenis zou doen. Hoe zou ik toen hebben kunnen vermoeden dat we samen naar de Mexicaanse wijk zouden gaan waar ik ben opgegroeid? In meer dan veertig jaar is het niet in mij opgekomen om terug te gaan, als jij niet had aangedrongen, zou ik nooit opnieuw het huisje hebben gezien, vervallen maar nog overeind; of de wilg, nog krachtig ondanks de verwaarlozing en de vuilnisbelt die eromheen is ontstaan. Als je me niet had meegenomen, had ik niet het gehavende bord met Het Oneindige Plan erop teruggevonden, dat op me lag te wachten met afgebladderde verf en het hout half verrot, maar met ongeschonden welsprekendheid. Moet je nou toch eens zien hoeveel wegen ik heb moeten bewandelen om hier te komen en vast te stellen dat er geen oneindig plan is, alleen de strijd van het leven, zei ik. Misschien draagt ieder mens zijn plan in zich mee, maar is het een onduidelijke kaart die moeilijk te ontcijferen valt, en maken we daarom zoveel omwegen en verdwalen we soms, antwoordde je.

Ik beschouwde mijn auto en mijn huis als verloren, de enige aardse goederen die ik bezat, de rest was schulden, en ik zou wel zien wat ik daarmee aan moest. In laatste instantie zou dat het probleem van de accountant en de advocaten zijn, die zich maandag als aasgieren op mijn overblijfselen zouden storten. Het idee maakte me kwaad maar niet bang. Vanaf mijn zevende heb ik met allerhande beroepen mijn brood verdiend en ik ben ervan overtuigd dat ik dat altijd zal blijven kunnen doen. Waar ik me wel zorgen over maakte waren mijn werknemers. Zij zijn mijn echte familie, maar ik ging ervan uit dat Mike en Tina zonder problemen een andere baan zouden vinden en Daisy zou ongetwijfeld worden overgenomen door Carmen, want Doña Inmaculada is te oud om het huishouden in haar eentje te doen. Tegen de avond ging ik bij Timothy en Ming langs om hun te vertellen wat er gebeurd was. Zes maanden eerder had ik mijn therapie beëindigd en nu waren Ming en ik zeer goede vrienden, niet alleen vanwege de lange relatie die in haar praktijk was ontstaan, maar ook omdat ze met Tim samenwoonde, die een ander mens was geworden sinds zij in zijn leven was gekomen om daar met haar wijsheid orde in te scheppen. Ming bleek een bewonderenswaardige balsem voor mijn gekwelde vriend te zijn. Gedurende die vijf jaar van pijnlijke exploraties doorliep ik de gehele omtrek van mijn bestaan tot dan toe, en toen ik bij het einde kwam en weer bij het vertrekpunt terug was, zette zij een punt achter de behandeling. Zij zei dat vanaf dat moment het belangrijkste deel van het genezingsproces begon en dat ik dat zelf moest doen, dat ik op een invalide leek die men heeft leren lopen en die alleen evenwicht en zekerheid krijgt door de moeizame oefening van elke pas. Met veel geduld van haar en inspanning van mijn kant slaagden we erin de vulkanische verwarring waarin de eerste helft van mijn leven zich had afgespeeld op te helderen. Aan haar hand ging ik het vertrek met de ontregelde machines en de onafgemaakte apparaten binnen waarover mijn vader zo dikwijls sprak, en schepte er geleidelijk aan orde, verwijderde vuil, lijmde stukken aan, repareerde defecten en legde de laatste hand aan wat onvoltooid was gebleven. Er moest nog veel schoongemaakt worden, maar dat kon ik alleen doen. Ik wist dat mijn tocht door deze wereld altijd een surrealistisch tapijt vol losse draden zou zijn, maar ik kon nu tenminste het patroon zien.

'Deze keer is het dan echt raak. Ik krijg geen krediet meer van de banken en kan mijn schulden niet betalen. Er zit niets anders op dan mijn faillissement aanvragen,' zei ik tegen mijn vrienden. 'De essentiële zaken zijn gevrijwaard tegen deze crisis, Greg, er is alleen maar materieel verlies, de rest is ongeschonden,' antwoordde Ming en zij had zoals altijd gelijk.

'Ik neem aan dat ik opnieuw zal moeten beginnen,' mompelde ik met een vreemd gevoel van euforie.

Het leven is een opeenstapeling van ironie. Toen ik mijn gezin uiteen zag vallen en een goed deel van mijn relaties afstootte, werd ik niet langer gekweld door de eenzaamheid. Daarna, toen het kaartenhuis van mijn kantoor instortte en ik bankroet ging, ervoer ik voor de eerste keer werkelijke zekerheid. En net toen ik was opgehouden een vrouw te zoeken, verscheen jij en dwong me de rozestruiken in vaste grond te planten. Ik besefte dat geld me uiteindelijk nooit zoveel heeft geïnteresseerd als ik mezelf wilde doen geloven; de hebzuchtige plannen die ik in het ziekenhuis op Hawaii maakte waren een vergissing en diep in mijn hart heb ik dat altijd vermoed. De ogenschijnlijke successen hebben me niet bedrogen, de waarheid is dat ik altijd achtervolgd werd door een vaag gevoel van mislukking. Niettemin deed ik er een eeuwigheid over om te accepteren dat hoe meer ik vergaarde hoe kwetsbaarder ik was, omdat ik in een land leef waar met het tegengestelde bericht de vloer wordt aangeveegd. Je hebt een ongelooflijke helderheid van geest nodig, zoals die van Carmen, om niet in de val te lopen. Ik had die helderheid niet en moest wegzinken tot ik op de bodem zat voordat er iets begon te dagen. Op het moment van de ineenstorting, toen ik niets meer overhad, ontdekte ik dat ik me niet terneergeslagen voelde, maar vrij. Ik begreep dat het belangrijkste niet het overleven of succes was, zoals ik eerst dacht, maar het zoeken van mijn ziel die in het drijfzand van mijn kinderjaren was achtergebleven. Toen ik die vond, wist ik dat die kracht, waarvoor ik zulke wanhopige moeite verspild had, altijd in mij had gezeten. Ik verzoende me met mijzelf, ik accepteerde mezelf met een beetje welwillendheid en dat was het eerste begin van mijn innerlijke rust. Ik geloof dat dat het ogenblik was waarop ik me bewust werd wie ik in werkelijkheid ben en ten slotte het gevoel kreeg mijn leven onder controle te hebben.

Toen ik 's maandags op kantoor kwam met de bedoeling de laatste zaken af te wikkelen, vond ik op mijn bureau een bos rozen en de samenzweerderige glimlach van Tina Faibich en Mike Tong, die al een hele tijd op mij hadden zitten wachten.

'We hebben weliswaar niet de schat van Francis Drake, maar ik heb wel een krediet losgekregen,' kondigde mijn boekhouder aan, terwijl hij aan zijn stropdas frommelde zoals hij altijd deed als hij zenuwachtig was.

'Wat zeg je me nu?'

'Ik heb de vrijheid genomen uw vriendin Carmen Morales in Rome te bellen. Zij zal ons een flink bedrag geven. Ook heb ik een oom die bankier is en bereid om ons een lening te verstrekken. Daarmee kunnen we gaan onderhandelen. Als we ons failliet laten verklaren zullen de anderen niets vangen, het is in hun eigen belang ons faciliteiten te geven en geduldig te zijn.'

'Ik kan geen enkele garantie bieden.'

'Chinezen geloven elkaar op hun erewoord. Carmen zei dat u haar heeft gefinancierd sinds uw zesde, dat zij niets anders doet dan u het geleende geld terugbetalen.'

'Nog meer schulden, Mike?'

'Daar zijn we onderhand aan gewend, wat maakt één streep meer op een tijger uit?'

'Dat wil zeggen dat we doorgaan met de strijd!' glimlachte ik in de zekerheid dat het ditmaal op mijn voorwaarden zou gaan.

De rest weet je al, want dat hebben we samen beleefd. De avond dat we elkaar leerden kennen, vroeg je mij mijn leven te vertellen. Dat is een lang verhaal, waarschuwde ik. Geeft niet, ik heb alle tijd, zei je, zonder te weten wat je je op de hals haalde met dit oneindige plan.